INTRODUCTION

C'est lors de l'un de mes premiers voyages en Égypte que j'ai rencontré Soliman Khattab. Il vivait avec sa famille au pied des Pyramides, à la place même où ses lointains ancêtres, parents d'Omar ibn al-Khattab, le second khalife et compagnon de Mohammed, se sont établis, peu après que Amr ibn al-As eut arraché la vallée du Nil aux Byzantins pour la donner à l'islam. Notre amitié est née à la suite de conversations où il a pu voir que je ne m'intéressais pas uniquement à l'Égypte pharaonique. Lorsqu'il sut que j'avais passé près de trois années au Sénégal et en Mauritanie, lorsque j'eus évoqué devant lui les jours et les soirs passés dans le désert mauritanien en compagnie des Maures, à écouter leurs griots raconter les vieilles légendes sahariennes tout en buvant les trois tasses rituelles de thé brûlant, il s'est ouvert à moi. Il m'a reçu sous sa propre tente dressée à la lisière du désert libyque, revêtu de l'habit traditionnel. Assis sur d'épais tapis, nous avons conversé des heures durant, de l'islam, de ses poètes, en dégustant le thé à la menthe et en fumant la chicha.

Mais, par-dessus tout, Soliman aimait à me parler de sa famille, des vieilles traditions qui s'y sont conservées et qu'on se transmet de bouche à bouche. Ces légendes nous ramenaient vers le berceau de l'islam, dans cette Arabie toute voisine, d'où sont venus ses ancêtres. Nous y évoquions les poètes de l'Arabie préislamique, la vie des bédouins en ces temps, et surtout le Prophète Mohammed, sa vie, son combat pour faire triompher sa religion. Un jour que je lui parlais de cette prodigieuse anthologie (l'édition du Caire de 1905 compte vingt volumes) où l'on trouve une collection de poèmes avec des notices sur leurs auteurs, recueillie au xe siècle par Abu'l-Faradj al-Isfahani, sous le titre de « Livre des Chants » *(Kitab al-Aghani)*, Soliman me dit : « J'admire ta connaissance des anciens poètes arabes, mais je suis sûr qu'il y en a un que tu ne connais pas. » Je le remerciai de me faire crédit d'un savoir qui reste en réalité assez restreint, et je lui demandai de qui il s'agissait. Il me dit son nom et j'avouai n'avoir jamais entendu parler de Chafiq ibn Majid al-Izzat. « Il fut, me fit savoir Soliman, non seulement un poète, mais aussi un guerrier et, surtout, un témoin de la naissance de l'islam et un compagnon de l'Envoyé d'Allah (que son nom soit béni). » Je lui répondis que j'avais lu aussi bien ce qu'on appelle la *Sirat Rasul Allah*, le texte fondamental sur la vie de Mohammed rédigé par ibn Ishaq, ainsi que la biographie due à Tabari, et bien d'autres ouvrages encore sur le Prophète de l'islam, ainsi que ces recueils de ses actes et paroles glanés auprès de ceux qui l'avaient connu, les *Hadith*, mais je n'y avais jamais lu le nom de ce Chafiq. « Tu ne trouveras son nom nulle part, m'a assuré Soliman. Mais bien des témoins de la vie du Prophète sont restés obscurs ou sont tombés dans l'oubli. Apprends que ce poète est finalement venu s'installer sur les bords du Nil, car il fut un ami d'Amr, le conquérant de l'Égypte, et aussi d'Omar. Et c'est là, tout près de l'endroit où nous sommes, qu'il a terminé ses jours. Il a écrit ce que l'on peut appeler ses mémoires, et ceci à la demande du fils d'al-Abbas, l'un des oncles du Prophète. Mais le manuscrit est resté toujours dans notre famille. »

Là, j'ai dressé l'oreille. « Un manuscrit, as-tu dit ? » « Un manuscrit » a-t-il répondu. Je manifestai mes doutes, ce qui a paru chagriner mon ami. « Demain, me dit-il, tu devras bien me croire. » Et, en effet, le lendemain, nous nous retrouvions devant sa tente. C'était un soir de pleine lune, un soir pour moi inoubliable. Il ouvrit devant moi un coffre ancien en bois revêtu de cuir et renforcé de bandes de cuivre. Il était visiblement soigneusement entretenu car le cuivre restait jaune, sans trace de vert-de-gris. Il l'ouvrit, je dirais presque religieusement, et je pus voir qu'il contenait des reliures de cuir brun, sans titre ni ornement. Ces couvertures en peau de bœuf protégeaient des pages que je reconnus être faites de feuilles de papier reliées, et couvertes d'une écriture arabe ronde, élégante. Soliman m'ayant confié un volume, je le feuilletai avec précaution car je vis que les pages étaient parcheminées et fragiles.

Puis je me tournai vers mon ami : « De quand date ce texte ? » lui ai-je demandé. « De l'an trente ou peut-être quarante » a-t-il assuré sans hésiter. Il s'agissait des années musulmanes, comptées à partir de l'hégire, soit 622 de l'ère chrétienne, ce qui plaçait la rédaction de ce texte vers le milieu du VIIe siècle. « C'est impossible » ai-je déclaré, péremptoire. Soliman s'est étonné de ma repartie et il m'a assuré qu'il suffisait de lire le texte pour voir qu'il se passait à l'époque de l'hégire, que l'histoire commençait même plusieurs années avant. « Peut-être, ai-je répondu, mais regarde : ça, c'est du papier. Or le papier, inventé par les Chinois, n'a été connu des Arabes, qui l'ont transmis au monde occidental, qu'au milieu du siècle suivant, le VIIIe siècle pour les chrétiens. Mais ce n'est que plus tard, surtout en Égypte, que le papier remplace le papyrus. L'écriture aussi est celle qu'on appelle *naskhi.* Vois comme elle est ronde et parfaitement tracée. Si tu veux mon avis, ce manuscrit doit dater de la pleine maturité de l'époque fatimide*, c'est-à-dire du XIe ou du XIIe siècle. » Soliman a alors souri et il m'a rapporté la tradition qui se transmet dans sa famille : le manuscrit original aurait bien été écrit par Chafiq lui-même. Il se serait transmis dans sa famille pendant plusieurs générations, mais il était rédigé sur papyrus et il commençait à se détériorer dangereusement. C'est l'un de ses ancêtres qui aurait demandé à un scribe venu de Bagdad, plusieurs siècles plus tard, de retranscrire le manuscrit sur du papier. Et c'est ce texte que j'avais entre

* Il s'agit de la dynastie originaire de Tunisie mais qui prétendait descendre de Fatima, la fille aînée de Mohammed, et qui régna sur l'Égypte à partir de la fin du Xe siècle. On lui doit la fondation du Caire.

les mains. Quant au manuscrit original, personne ne savait ce qu'il était devenu. Personnellement, je suis persuadé qu'il s'est peu à peu détruit.

Nous avons consacré de très nombreuses soirées à déchiffrer ce texte, que Soliman me traduisait. Lorsque je jetais un regard sur le manuscrit, je pouvais comprendre que Soliman ajoutait des fioritures au texte original. Mais je ne m'en plaignais pas, car il me semblait que parfois le texte était sec et mal venu. D'autre part, comme c'est l'usage dans les anciens textes arabes, les personnages y sont toujours nommés avec toute une lignée d'ancêtres, ce qui fait de fastidieuses litanies de noms précédés de *ibn*, « fils de ». Les poèmes, soit de l'auteur lui-même, soit d'autres poètes de l'Arabie anté-islamique restés célèbres, s'y trouvent en abondance, et on sait combien il est difficile de faire passer dans une langue étrangère un souffle et un rythme poétiques, surtout lorsqu'il s'agit de transcrire en français de sonores mètres arabes. Mais malgré tout, une vive émotion m'a saisi, à bien des reprises, en entendant cette voix sortie de la nuit des temps. De mon côté, je retrouvais la vie que j'avais un moment connue dans les déserts de Mauritanie, et, en songeant à mes amis R'geibat, je voyais que cette vie des bédouins n'avait pas bougé malgré le passage des siècles, malgré le rouleau compresseur et unificateur de notre moderne civilisation technique.

Il m'est alors venu à l'esprit que l'histoire de Chafiq méritait d'être révélée au grand jour, qu'elle méritait mieux que de rester ensevelie dans un coffret, ignorée de tous. J'ai alors proposé à Soliman de la faire connaître au public français. Car non seulement c'est un témoignage vivant sur cette époque mythique où est né cet islam qui maintenant est devenu la religion et la culture de plusieurs centaines de millions d'hommes, c'est une résurrection de la vie des Arabes d'avant Mohammed, mais c'est surtout l'histoire extraordinaire et aventureuse d'un homme qui a vécu intensément, souffert et aimé jusqu'à en perdre parfois la raison. L'Arabie est un pays de poètes, mais surtout de ces poètes fous, fous d'amour jusqu'à en mourir, comme ce fut le cas de ce Majnoun Leïla, ce « fou » de Leïla qui a si bien inspiré Aragon, ou encore de cet Antara, guerrier prodigieux et poète sublime (il apparaît d'ailleurs dans notre manuscrit) qui accumula les exploits les plus fous afin de conquérir son aimée, Abla, et devenu par la suite héros d'épopée et de roman.

Telle est l'histoire que je présente ici, à partir des éléments que m'a procurés Soliman. On verra que le manuscrit à partir duquel j'ai façonné ce roman ne nous conduit pas jusqu'aux rives du Nil. Je n'ai pu travailler que sur les données qui m'ont été fournies. Néanmoins, Soliman, mystérieux et secret, m'a assuré qu'il savait où se trouvait la fin de cette histoire. Mais il n'a pas voulu m'en dire plus. Comme je lui avais parlé de mon intention d'écrire un livre à partir de son histoire, il m'a dit : « Fais comme il te plaira, mais je voudrais savoir ce que, dans ta langue, tu vas pouvoir tirer d'une telle histoire orientale. » « Je pense que tu en seras satisfait, ai-je avancé pour le persuader. Et il ne pourra déplaire à mes compatriotes car, dans ce roman, ils découvriront non seulement ce qu'était l'islam à l'origine et la noblesse de son prophète, mais encore quelle était la vie des Arabes en ces temps de grandeur et d'héroïsme et de poésie. » « Si ton peuple aime cette histoire, m'a alors assuré Soliman, je te livrerai la suite de ce récit, mais uniquement dans ce cas, car, s'il n'en était pas ainsi, à quoi bon me fatiguer à continuer de te raconter cette histoire ? » Soliman est un Oriental, un Égyptien. Il est vrai que, moi aussi, je me sens souvent oriental, voire égyptien…

AVERTISSEMENT

Le problème de la transcription de la graphie des termes arabes s'est posé dès qu'on a voulu en conserver quelques-uns qui semblent difficilement traduisibles, ainsi que pour ce qui concerne les noms propres. Nous avons dû rejeter la graphie savante, telle qu'elle est utilisée en particulier dans l'*Encyclopédie de l'islam*, car elle paraît rébarbative pour le lecteur ordinaire et multiplie les difficultés d'unification. On pouvait adopter le moyen terme qui consiste à utiliser l'accent circonflexe à la place des traits qu'on place au-dessus des voyelles afin de rappeler que ces dernières sont supportées par une semi-voyelle (alif, waw, ya, qui correspondent aux *matres lectionis* de l'alphabet hébreu), l'apostrophe pour noter le 'aïn (gutturale assimilée, d'une manière d'ailleurs inadéquate, à l'esprit rude du grec ancien), kh pour le k guttural (voisin de la jota espagnole), le dj, pour la lettre djal. Finalement, cet ouvrage étant rédigé sous forme romanesque, nous avons abandonné toute accentuation qui risque de dérouter ou gêner le lecteur, ne conservant que le kh et le dj, qui appartiennent d'ailleurs à une graphie devenue commune en français (par exemple le nom de Khadidja, l'une des épouses de Mahomet). Par ailleurs, pour certains termes courants, nous avons remplacé le 'par a comme dans Kaaba (pour Ka'ba). Enfin, pour ce qui concerne le nom du Prophète, nous avons choisi la graphie classique de Mohammed (Muhammad avec un point sous le h dans la graphie dite savante). En revanche, nous avons souvent transcrit par un u la voyelle qui se prononce ou et nous avons transcrit par un k le kaf et par un q (non suivi d'un u) le qof. Enfin, nous n'avons pas tenu compte de la règle qui veut que devant une consonne solaire le l de l'article al se confonde avec la consonne suivante (ainsi écrit-on al-qamar, la lune — mot masculin —, et achchams, le soleil — mot féminin).

OUVERTURE

Comme ils me semblent lointains les jours glorieux de ma jeunesse ! Le temps s'élance plus rapide dans sa course que les chamelles de Jurach, et moi, j'ai vu mes cheveux blanchir et la vigueur de ma jeunesse m'abandonner. Les clameurs des combats se sont éteintes, se sont éteints aussi les chants d'amour sur mes lèvres, mais ils vivent encore dans mon cœur, ils y proclament toujours la beauté de Joumana, la vaillance de Jalila, et ma propre amertume.

Te souviens-tu, Jalila, des jours de notre enfance, de ces rêves de grandeur et de gloire qui exaltaient nos âmes ? Mais ces rêves sont retombés pareils à l'aigle des montagnes du Hedjaz qu'abat la flèche implacable du chasseur. Et toi, ma Joumana, où es-tu maintenant ? Je ne puis croire que tu ne sois plus qu'une poignée de poussière que foule un pied indifférent. Non, tu ne peux être qu'en ce jardin lointain et mystérieux où règne le Dieu unique qui s'est révélé au Prophète, même si dans ton existence tu ne l'as pas reconnu ; Mohammed n'a-t-il pas dit qu'Allah est beau et qu'il aime la beauté ? T'aurait-il alors faite belle pour ensuite te rejeter dans un feu éternel ? Dans ce cas, serait-il le Clément, le Miséricordieux ?

Il ne sera pas dit qu'en vain ma vie se sera prolongée, que ma vieillesse aura été inutile aussi bien pour moi que pour les autres. Les paroles d'Abdallah ibn Abbas*, venu me visiter dans ma solitude, ne sont pas tombées inutilement de ses lèvres :

— Chafiq, m'a t il dit, toi qui as vu tant de choses, toi qui as eu le privilège d'approcher si souvent le Prophète, que son nom soit béni ! toi qui as été le témoin et l'acteur de tant d'actions glorieuses, pourquoi ne conserverais-tu pas le souvenir de ces ans écoulés, de ces jours des Arabes qui ont modifié la face du monde ? Tu es l'un des rares hommes de ce temps qui sache écrire et ta mémoire est aussi vaste que le ciel du désert : ne penses-tu pas que si Allah, que son nom soit exalté ! t'a accordé de tels dons, c'est pour que tu sois à même de témoigner ? Et encore, ne te trouvais-tu pas auprès de l'Envoyé d'Allah lorsqu'il a dit : « Celui qui, parmi vous, a été témoin de quelque chose, qu'il en fasse profiter ceux qui étaient absents. » Or, moi, j'étais alors trop jeune pour avoir pu témoigner de toutes ces choses. N'avais-je pas à peine huit ans quand mon cousin a été appelé auprès de celui qui l'avait envoyé parmi nous ? Quand j'aurai atteint ton âge, moi aussi j'inscrirai avec mon calame tout ce que j'aurai vu au cours de ma vie, et déjà j'ai conservé par écrit un grand nombre des récitations que l'ange du Seigneur des mondes a révélées à son Prophète, car la mémoire des hommes peut toujours défaillir alors que ce qui est écrit ne peut être oublié. Or, écris tout ce que tu sais encore avant que ne vienne l'oubli. Et lorsque tu seras parvenu au terme de ta tâche, tu me confieras ce pan du passé, et je le ferai recopier par l'un de mes scribes afin que ces événements ne soient pas perdus et, si tu le permets, j'y puiserai ce qui me semblera utile pour parler de ces temps dans le livre que j'écrirai sur ce que j'ai vu et connu.

Ainsi a parlé Abdallah fils d'Abbas, l'oncle du Prophète, et ses paroles ont pénétré mon esprit, et j'ai décidé de prendre mon calame pour faire revivre dans l'esprit des généra-

* Il s'agit du cousin germain de Mohammed, né en 625. Il est l'ancêtre de la dynastie des Abbassides qui régna sur Bagdad à partir de 750, date qui est aussi celle de la fondation de cette ville. Abdallah ibn Abbas recueillit un grand nombre de versets du Coran et il rédigea des Mémoires qui ne nous ont pas été conservés.

tions futures la trame de ma vie, afin qu'elle n'ait pas été inutile, afin que ne tombe pas dans l'oubli mon nom, et ton nom, ô Joumana, car c'est toi qui continues de rafraîchir mon âme et qui étanches ma soif. Je me suis abreuvé de ton amour et de ta beauté et, parce que tu as ainsi étanché cette soif d'amour, je t'ai appelée Nahila, celle qui étanche la soif, et c'est sous ce nom que j'ai chanté ton amour.

De ma petite demeure sur les bords du Nil, dans cette Égypte que mon ami Amr ibn al-As a donnée à l'islam, je laisse écouler paisiblement les jours au fil du fleuve majestueux, de ce fleuve-roi où je me suis longtemps abreuvé.

Mais maintenant c'est une autre soif qui tourmente mon âme, une soif d'éternité.

CHAPITRE 1

LES OASIS DE L'ENFANCE

Lorsque je vins au monde qui est le nôtre, il y avait cinq années que Parwiz* était monté sur le trône des Perses, à Ctésiphon. Mon père était l'un des hommes les plus notables des Banu Abdallah**. Ma venue fut pour lui une bénédiction. J'avais une sœur, Rahifa, mon aînée de plusieurs années, et mon père avait depuis longtemps prié Wadd dont il disait qu'il régnait dans le ciel orageux. Il avait offert sur ses autels, dans son temple de Dumat al-Jandal***, du lait de chamelle et des fruits de l'oasis, et aussi il avait sacrifié des brebis. Et j'étais enfin venu au monde. Jusqu'alors mon père avait ressenti la honte de n'avoir pas d'enfant mâle, et il refusait d'être élu sayyid par les autres chefs des grandes familles de la tribu. Son père, al-Hakim, était un homme

---

* Parwiz, plus connu sous le nom de Chosroès II (ou Khousrow), a été l'un des derniers grands rois de la dynastie perse des Sassanides. Il a détrôné son père Hormizd et s'est installé sur son trône en 590 ; il est mort en 628 ; quelques années plus tard les Arabes musulmans conquéraient l'Empire perse.

** Il s'agit de l'un des clans de l'opulente tribu des Kalb, la branche la plus importante du peuple des Qudaa qui occupait le nord de la péninsule arabique.

*** Dumat al-Jandal est le nom ancien de l'actuelle al-Jawf, au nord de l'Arabie, aux confins septentrionaux du Nafud.

savant qui jouissait d'un grand prestige. Il avait été le sayyid de notre clan jusqu'à ce qu'il trouve une mort glorieuse, dans le soleil, lors de la guerre qu'il conduisit contre les Ghassanides*, car notre clan avait des liens très étroits avec les Perses et la tribu des Lakhmides de Hira, ces éternels ennemis des Byzantins. À la mort de mon grand-père, les anciens avaient voulu élire à sa place Majid ibn Hakim, mon père, mais il avait refusé cet honneur parce qu'il n'avait pas de fils. Je naquis, je fis sa joie, et il devint chef des Banu Abdallah.

Je ne suis pas né sous la tente, mais dans une maison de pierre, dans le château de l'un des douze villages de l'oasis de Dumat al-Jandal. Ce village était celui des Banu Abdallah et le château appartenait à mon père. Car notre tribu avait prit goût à la vie des cités et les gens riches de notre clan faisaient garder par des esclaves leurs troupeaux dans nos pâturages entre Dumat et Tayma, en bordure du Nafud, le désert vide où règnent la soif et les djinns.

Je ne restai pas dans ma tribu. Il est une mode que les gens de La Mecque ont répandue pour des raisons justifiées : leur ville est malsaine, l'air y est lourd et chaud ; nombreux sont les enfants qui y meurent en bas âge ; aussi des nourrices issues des diverses tribus du Hedjaz, et même de plus lointaines régions, viennent proposer aux Mecquois de nourrir leurs enfants en les emmenant dans les pâturages du désert. Ainsi grandissent-ils dans ces immensités où ont vécu leurs ancêtres. Mon père pouvait me faire allaiter par une nourrice de notre peuple et me faire grandir sous les tentes de Kalb. Mais il avait des parents dans la tribu des Quraychites qui dominent La Mecque, et il a voulu faire comme eux, afin qu'on ne le regarde pas avec mépris. Il a décidé de me confier à une femme de la tribu des Ghatafan.

Les Ghatafan étaient alors entièrement nomades, ils méprisaient le confort des villes ; seuls de leur peuple, quel-

---

* Puissante tribu d'Arabes de Syrie installée autour de Sergiopolis (actuelle Résafa). À sa tête étaient des rois dont le dernier, al-Numan, fut détrôné par l'empereur byzantin Maurice en 584. Les Byzantins répartirent l'ancien royaume entre quinze princes arabes. Parallèlement, les Lakhmides, d'origine arabe, régnaient sur Hira, dans le sud de la Mésopotamie, et ils étaient alliés des Perses.

ques membres de la famille des Banu Sirmah étaient établis dans une cité, à Nakhla, où ils étaient les desservants du temple d'al-Uzza, la grande divinité des Ghatafan et des Quraychites ; leur territoire s'étendait au nord de La Mecque, jusqu'à Khaybar. Ils étaient alliés aux Quraychites, qui entretenaient alors avec eux d'étroits liens d'amitié. Car les Mecquois ne vivaient que du trafic de l'encens et des résines aromatiques, importées du Yémen, ainsi que de diverses marchandises précieuses, qu'ils transportaient jusqu'aux cités de l'empire de Roum, en Palestine et en Syrie ; ils ne pouvaient se permettre de s'aliéner les Ghatafan qui commandaient les pistes du nord de La Mecque. Parmi toutes les tribus de l'Arabie, les Ghatafan étaient l'une des plus belliqueuses. Mon père aurait pu trouver là une raison suffisante pour me confier à leurs soins, puisqu'il désirait que je devienne digne de lui succéder à la tête de notre clan ; mais c'est surtout ma mère qui voulut qu'il en fût ainsi. Car ma mère, Fadila bint Hudhaifa, appartenait à l'une des grandes familles des Ghatafan. Elle avait quitté les siens pour venir vivre dans le clan de mon père, gage d'alliance entre les Banu Abdallah et les Fazarah, le clan auquel appartenait la famille de ma mère. Hudhaifa, le père de ma mère, avait été le chef des Dhubyan, la tribu la plus importante des Ghatafan avec les Abs. Il s'était distingué au cours de plusieurs combats glorieux, ceux qu'on appelait « les jours d'al-Nasar et d'al-Jifar ». Je ne l'ai pas connu car lorsque je suis entré dans cette famille il venait de perdre la vie lors d'une sanglante bataille livrée contre les Abs à Dahis.

Outre ma mère, mon grand-père avait trois enfants : Malik, son fils aîné, Hisn et Adiba, une fille plus jeune que Fadila, ma mère. Adiba avait été élevée dans une famille de La Mecque, elle y avait appris à lire et à écrire, car elle avait montré un goût prononcé pour la poésie. Elle a composé de beaux poèmes qui peuvent rivaliser avec ceux des plus illustres poétesses de son temps. Adiba était rentrée dans sa famille pour épouser un puissant guerrier, Abd al-Uzza. C'est à Adiba que mes parents me confièrent, l'année même de son mariage. Peu après mon arrivée, elle eut un fils, Ayman, et son époux sacrifia plusieurs brebis à al-Uzza, déesse de la végétation et de la fécondité.

De ma petite enfance passée chez les Ghatafan, il ne me reste que des souvenirs confus, des images d'instants heureux mais fugitifs : nos baignades dans les sources des oasis, nos jeux avec des cerfs-volants que nous fabriquions avec des bouts de tissu, les bêlements des chèvres et des brebis dont les femmes tiraient le lait que nous buvions encore tout écumant, nos batailles aussi, avec des arcs et des sabres en bois que confectionnaient pour nous nos aînés. Ceux-là, nous les regardions avec admiration et, bien qu'ils fussent à peine des adolescents, nous les enviions car déjà nous rêvions de grandes chevauchées dans le désert, de chasses aux gazelles, de combats glorieux ; et il nous semblait qu'ils étaient des hommes promis à ces aventures qui berçaient nos sommeils d'enfants. Car les Ghatafan ne vivaient que pour la guerre et la chasse, ils n'aimaient que les exploits héroïques.

À peine commençais-je à me tenir droit sur mes jambes qu'Abd al-Uzza me jucha sur un cheval, bas mais fougueux, et m'apprit à tenir en selle. Il agit pareillement avec son fils Ayman qui était mon cousin mais aussi mon frère de lait et mon compagnon de jeu. Il nous apprit ensuite à monter un chameau, à le seller, à le diriger et le faire obéir au claquement de langue. Lorsque nous fûmes entrés dans notre neuvième année, Abd al-Uzza nous mit entre les mains un petit sabre et nous fit nous exercer à lancer le javelot et à tirer sérieusement à l'arc. Dans le même temps, suivant le souhait de ma mère, Adiba nous enseigna les lettres, ce qui n'était alors pas de notre goût, mais nous avions appris l'obéissance auprès d'Abd al-Uzza.

C'est aussi à cet âge que je commençai à m'intéresser à toi, ma Jalila.

Jalila, ma cousine, ma sœur de lait ! Elle avait deux ans de moins que moi et, jusqu'alors, je ne l'avais regardée que d'un œil lointain et attendri, comme un enfant qui vient à peine de quitter le giron de sa mère. Mais à six ans, elle s'imposa à nous avec force. Elle avait commencé par nous observer de ses grands yeux noirs et j'y surprenais une admiration pour nos jeunes exploits. Nous rivalisions, son frère Ayman et moi, pour nous distinguer à ses yeux et à ceux des autres filles de nos âges. Puis Jalila vint participer à nos jeux et, lorsque son frère voulait la chasser en lui rappelant qu'elle n'était qu'une fille, elle le frappait en criant qu'elle valait autant qu'un garçon, qu'elle saurait même nous surpasser en toutes choses. Ce qui faisait rire son frère, mais m'émouvait au fond de mon cœur et provoquait mon admiration.

Mais Jalila était une fille et plus elle grandissait, plus elle se révélait svelte et belle. Et un jour vint où elle découvrit l'une des différences profondes entre une fille et un garçon dans certaines familles où régnaient les mœurs austères et cruelles de nos ancêtres.

Jalila avait une lointaine cousine, Samiha, avec qui elle avait souvent joué dans sa petite enfance. Son père, Diman ibn Jadan, était un notable des Muharib, un clan des Ghatafan. Il désirait devenir sayyid de son clan mais il était comme mon père, il n'osait se présenter tant qu'il n'aurait pas de fils. Et comme les années s'écoulaient sans que son épouse lui donnât un garçon, alors qu'il lui était né plusieurs filles pour sa honte, il fit le vœu imprudent de sacrifier sa fille aînée si les dieux qu'il adorait lui accordaient un enfant mâle. Or Samiha était l'aînée des quatre filles que lui avait données son épouse. Et un jour, son désir fut comblé, elle enfanta un garçon. C'était une coutume qui tombait en désuétude que celle de sacrifier les filles, car il ne semblait pas que les dieux exigeassent pareils sacrifices, et la plupart des tribus avaient suffisamment de biens et de pâturages pour ne pas redouter de ne pouvoir nourrir toutes les bouches de la famille. Ainsi ne songions-nous nullement à cela lorsqu'un matin, je rencontrai Jalila juchée sur son ânesse. Moi même je montais un cheval et je me sentais fier, car c'était la première fois qu'Abd al-Uzza me permettait d'aller seul sur une telle monture. En vérité, je me rendais vers la tente où logeaient Jalila et les femmes de la famille, dans l'oasis où nous avions établi notre camp, afin de me montrer à ma cousine dans cet équipage. Je fis l'étonné en la voyant ainsi, car il était insolite qu'elle allât à dos d'âne :

— Jalila, ma sœur, lui dis-je, où te rends-tu sur cette ânesse ?

— Qu'al-Uzza te bénisse, mon frère, me répondit-elle. Comme tu me vois ainsi, je me rends chez ma cousine Samiha.

— Tu ne vas pas t'aventurer seule dans le désert sur cette bête ! m'exclamai-je.

Car je savais que Diman ibn Jadan était parti au désert avec son clan et sa famille.

Elle eut tôt fait de me rassurer :

— Tu sais bien que mon père ne m'aurait pas permis de m'éloigner, me dit-elle. Samiha est revenue avec sa famille et ils ont établi leur camp à l'orée de l'oasis.

— Dans ces conditions, si tu le veux bien, je t'accompagne, je n'ai rien d'autre à faire que de laisser courir ce cheval.

Ayant ainsi parlé, je vins me ranger près d'elle sans attendre son accord. Elle talonna le flanc de l'ânesse qui partit au petit trot. Nous avons parcouru les chemins de terre ombragés par les palmiers et les dattiers, tout en parlant de nos affaires d'enfants.

— Ainsi, me disait-elle, mon père t'a laissé aller seul sur ce cheval ?

— Comme tu vois, assurais-je en redressant mon torse.

— Mon frère n'est pas avec toi ?

— Je suis parti seul car ton père n'a pas voulu le laisser aller avec moi. Il considère qu'il ne maîtrise pas encore assez bien son cheval.

Elle a tourné vers moi un long regard que j'ai jugé admiratif, puis elle a ri et j'ai ri avec elle.

— Ne crois-tu pas, lui ai-je alors demandé, que je deviendrai un grand guerrier de mon peuple ?

Elle a fait une moue avant de remarquer :

— C'est bien possible, par al-Uzza, mais tes parents ne t'ont pas donné un nom qui te prédestine à devenir un redoutable guerrier.

Al-Chafiq* est le nom que mon père a voulu me donner parce qu'il souhaitait que je l'honore, sans que cela puisse nuire à ma fougue, car il considérait qu'on pouvait compatir aux malheurs d'autrui sans pour autant être faible et timoré.

— En quoi peux-tu penser qu'un tel nom doive être néfaste pour un futur sayyid ? lui demandai-je en me redressant fièrement. Tu verras que je saurai l'honorer et que je serai en même temps un grand guerrier de mon peuple.

---

* Chafiq signifie « tendre », « compatissant ».

Elle a alors hoché la tête d'un air grave puis elle a déclaré :

— Je voudrais pouvoir être fière de mon frère.

Le campement des Muharib était ouvert, dépourvu de palissade, car on n'avait pas à craindre d'attaque de tribus hostiles ou de brigands dans cette oasis où étaient établis plusieurs clans puissants de notre peuple. Nous avons bientôt trouvé les tentes de la famille de Diman ibn Jadan, mais nous ne vîmes pas Samiha. En revanche, les femmes s'étaient assises sous les auvents, devant leurs tentes, et elles gémissaient sans que nous en sachions la raison.

Nous avons sauté au bas de nos montures et nous nous sommes approchés, mais nous n'osions élever la voix, par respect pour le chagrin de ces femmes. Néanmoins, Jalila vint s'asseoir auprès de la sœur cadette de Samiha et, se penchant vers elle, elle lui demanda à voix basse la raison de ces pleurs :

— Notre père a emmené Samiha, pleurnicha l'enfant.

— C'est pour cela que vous pleurez ? s'étonna Jalila.

Elle hocha la tête et, comme Jalila insistait, elle lui dit :

— Ne sais-tu pas que notre père a fait un vœu terrible ? Et maintenant un frère nous a été donné, et notre père a emmené Samiha au désert.

— Où au désert ? a demandé Jalila.

Elle fit un signe de la main, désignant les dunes qui ondulaient par delà la ligne des palmiers. Alors, sans la moindre hésitation, Jalila courut vers l'ânesse, l'enfourcha et partit dans cette direction. Moi-même je me hâtai de sauter sur mon cheval et je la rattrapai bientôt.

— Arrête, lui dis-je, n'y va pas.

— Non, j'irai, répliqua-t-elle en serrant les lèvres et talonnant sa monture pour la faire se hâter.

— Que veux-tu faire ? Songerais-tu à aller contre la volonté de ton oncle ? Il a fait un vœu qui l'engage auprès des dieux et des hommes.

Elle détourna la tête sans répondre, sans doute convaincue de son impuissance. Au bas de la ligne des dunes, elle arrêta son ânesse et, sautant à terre, elle courut jusqu'à la crête. Je l'y rejoignis bientôt et nous sommes restés là, immobiles.

Il y avait en deçà quelques hommes et Diman ibn Jadan.

Ils avaient creusé un trou profond dans le sable, et y avaient fait descendre Samiha. Ils s'étaient alors éloignés à peu de distance, tandis que Diman sortait du trou où il avait accompagné son enfant. Elle avait paru s'étonner, car sans doute elle ignorait son proche destin :

— Mon père, s'écria-t-elle, tu ne vas pas me laisser seule ici ?

Mais lui, sans répondre, commença à jeter des pelletées de sable dans le trou. Elle leva vers lui son regard de gazelle traquée et s'écria :

— Mon père ! Que fais-tu ? Tu me jettes de la terre ? Pourquoi fais-tu cela ?

Et lui, toujours sans répondre, il continuait de verser de la terre. Elle tenta de sortir du trou, mais les parois s'effritaient sous ses mains tandis que la terre commençait à monter le long de ses jambes.

— Mon père, cria-t-elle encore, pourquoi me couvres-tu de terre ? Qu'ai-je donc fait de mal ?

Diman jetait toujours du sable, de plus en plus vite, car sans doute il craignait de ne pouvoir conduire jusqu'au bout de son achèvement une aussi terrible tâche, et il restait muet. Mais que peut répondre aux supplications de sa fille un père qui agit d'une telle manière ? Je pris ta main dans la mienne, Jalila, et je la serrai de toutes mes forces, car je sentais que tu étais disposée à t'élancer vers ce fossoyeur de ta compagne, en un élan inutile qui ne t'aurait valu que les réprimandes de ton père. Car même aurions-nous été capables de défendre la malheureuse Samiha, nous ne l'aurions pu, à moins d'accepter le risque d'entraîner notre clan dans une guerre contre le clan de Diman ibn Jadan.

Samiha s'était mise à sangloter car elle sentait que son père serait inflexible, et comme tout être vivant elle avait peur de la mort qui courait vers elle comme un étalon qui poursuit les juments.

— Père, gémit-elle, tu ne vas pas m'abandonner seule ici, je veux vivre encore, je veux encore voir la lumière du soleil… Non, mon père, je ne veux pas mourir ! Oh ma mère, viens à mon secours !

Ces paroles ainsi dites, je ne pus jamais les oublier, elles se sont gravées dans ma mémoire à jamais. Je me sentais terriblement désemparé, car j'aurais voulu être capable de voler au secours de cette enfant, mais je demeurais faible, impuissant et triste jusqu'à la mort. Et toi, Jalila, tu as enfoui ta tête contre mon épaule et j'ai senti tes larmes chaudes inonder mon vêtement, et tout ton corps était secoué de sanglots tandis que s'étouffaient les cris de l'enfant ensevelie dans cette terre avant que son temps ne soit venu.

Et ce jour, j'ai juré que, lorsque je serais devenu un homme, jamais plus je n'accepterais de rester le témoin passif d'un pareil crime.

CHAPITRE 2

VOYAGE À LA MECQUE

Peu après ces événements, mon père vint me rendre visite dans ma tribu d'adoption. Il se déplaça à la tête d'une centaine de cavaliers, tous des guerriers des Banu Abdallah. Les bagages étaient transportés à dos de chameau et plusieurs femmes suivaient dans leurs palanquins dressés sur les chamelles ; ma mère était parmi elles car elle trouvait là une occasion de faire une visite à ses parents.

Je fus heureux de revoir mon père et ma mère, mais mon plaisir s'assombrit lorsqu'il m'apprit qu'il venait m'enlever à ceux qui étaient devenus pour moi une autre famille. J'avais baissé la tête et je pris une mine consternée ; ce que voyant, mon père me dit :

— Chafiq, tu as dépassé les dix ans depuis le jour de ta naissance, tu n'es plus un enfant, et je veux t'emmener avec moi à La Mecque. Nous nous y rendons pour le pèlerinage de printemps et je tiens à ce que tu nous accompagnes pour faire le tour de la Kaaba.

Cette nouvelle ramena la joie sur mon visage tandis qu'il ajoutait :

— Ta mère demeurera ici, avec ses parents. Nous la reprendrons au retour de La Mecque.

Je me sentais si fier de participer au pèlerinage que j'en oubliais soudain tout ce qui m'avait si fortement attaché à la tribu d'Abd al-Uzza, même toi, Jalila ! Lorsque je t'annonçai la nouvelle, tes yeux se voilèrent de tristesse, mais je te promis de bientôt revenir et de persuader mon père de me laisser encore quelque temps parmi les Fazarah, auprès de toi.

Abd al-Uzza me laissa le cheval qu'il m'avait confié, car il avait vu que je le soignais comme un fidèle compagnon, comme doit le faire tout cavalier. Et nous sommes partis un matin, avant le lever du jour, lorsque la terre est encore enveloppée de la fraîcheur de la nuit. Jalila, tu nous accompagnas en courant, jusqu'à l'orée de la palmeraie, avec ton frère Ayman, et aussi ton plus jeune frère car il commençait à partager nos jeux.

La Mecque était la première ville que je voyais. Elle m'apparut d'une grande beauté, déployée dans sa large vallée comme la fiancée qui attend son époux sur la couche nuptiale. Je chevauchais fièrement au côté de mon père, je redressais la poitrine pour me donner de l'importance et, lorsque nous croisions des enfants à demi nus qui couraient par les rues, je leur adressais des regards condescendants, comme si j'étais d'un autre âge. Ce n'est que plusieurs jours plus tard que je me rendis compte que la ville n'était guère qu'une agglomération serrée de maisons : elles étaient pour la plupart rectangulaires, rarement pourvues de plus de deux étages, couvertes en terrasse, comme j'en avais vu en ordre dispersé dans les oasis ; cependant ces dernières étaient faites en terre, alors qu'à La Mecque elles étaient généralement en pierre.

Tandis que nous entrions dans la ville, mon père m'expliqua que La Mecque était le nombril du monde et que la Kaaba était le nombril de La Mecque. Et toutes les maisons étaient construites autour du sanctuaire, formant des cercles concentriques, les familles des clans les plus nobles des Quraychites étant logées le plus près de la mosquée*, les

---

* Le terme arabe pour la mosquée est *masjid* ; il désigne le lieu où l'on se prosterne. Les temples de l'Arabie préislamique étaient déjà appelés ainsi, quelle que soit la divinité à laquelle ils étaient consacrés. Les musulmans ont repris à leur compte ce terme pour désigner leur lieu de prière.

pauvres, les esclaves, les étrangers sans protection habitant dans les zones les plus éloignées. Nous nous sommes arrêtés devant une demeure vaste et aérée, voisine de la Kaaba, ce qui m'a laissé aussitôt supposer qu'elle appartenait à un notable. Un serviteur nous accueillit sur le seuil. Il connaissait mon père, qu'il salua en invoquant le nom de la déesse Uzza, puis il nous invita à pénétrer sous un large porche qui donnait sur une cour étroite. La plupart des cavaliers qui avaient accompagné mon père s'étaient dispersés à travers les rues de la ville, chacun ayant son hôte, chez qui il se rendait. Je me trouvai ainsi seul avec mon père chez son hôte. Il s'appelait Hatim et il était le fils d'Abdallah ibn Judan, qui s'était rendu célèbre pour la part qu'il avait prise à la fondation d'une association pour la défense des opprimés. Il était un des chefs du clan quraychite des Taym auquel mon grand-père al-Hakim était apparenté par sa mère.

Mon grand-père séjournait à La Mecque avec mon père, alors adolescent, lors de l'affaire du marchand yéménite, laquelle était à l'origine de la fondation de cette association. Cet homme avait vendu des marchandises à un négociant du clan quraychite de Sahm, qui avait ensuite refusé de le payer. Fort du soutien de son clan, le Mecquois avait fait chasser le Yéménite, qui vint réclamer justice aux gens de la ville. Abdallah ibn Judan, chez qui logeaient mon grand-père et son fils, prit parti pour le marchand lésé et il réunit dans sa vaste demeure les chefs de la plupart des grandes familles de La Mecque. Ils décidèrent alors de fonder une alliance dans le but de défendre les faibles, les gens seuls, contre les entreprises des puissants, autant par compassion que par intérêt, car ils redoutaient que de telles injustices ne détournassent de la ville les marchands et les pèlerins venus adorer les dieux installés dans la Kaaba. Une fois prise cette décision, ils se rendirent à la Kaaba, puisèrent de l'eau à la source de Zemzem, la versèrent sur la pierre noire et, après l'avoir recueillie dans un vase, ils en burent à tour de rôle une gorgée en prêtant le serment de défendre l'opprimé et servir la justice. Mon grand-père a aussi prêté serment ainsi que mon père. Fort de ce principe, mon père a voulu m'appeler Chafiq afin que j'utilise ma vigueur et mon courage au service des opprimés, ainsi qu'il en avait décidé pour lui-même.

Mon père me fit connaître ce serment qu'il avait prêté dans son adolescence, et il ajouta qu'il désirait que nous profitions de notre séjour à La Mecque pour que je prête le même serment dans la Kaaba.

Hatim occupait la maison de son père, mort peu d'années auparavant. Il avait l'âge de mon père et ils se trouvaient ensemble lorsque, dans leur première jeunesse, ils avaient prêté le serment. La demeure de Hatim faisait office de *nadi*, lieu de réunion des membres des clans vivant à La Mecque. Et notre hôte voulut nous honorer en envoyant ses deux hérauts, celui de la ville haute et celui de la ville basse, annoncer aux gens du clan notre arrivée et les inviter à un grand banquet le lendemain.

Lorsque je lui fus présenté, Hatim me prit par les épaules et sourit en se tournant vers mon père :

— Majid, lui dit-il, ton fils est beau et robuste, c'est déjà un jeune homme. Je crois que tu peux être fier de lui.

— Il en est bien ainsi, assura mon père. Et, comme tu le vois là, je te prie de nous accompagner à la Kaaba afin que tu sois témoin du serment qu'il va prêter devant la pierre noire, comme nous-mêmes l'avons fait.

— Il en sera ainsi, car il est bon que nous inculquions à nos fils le sens de l'honneur et de la justice dès leur adolescence.

— Sois assuré, ai-je osé répondre, que je saurai me montrer digne de mes ancêtres et que je tiendrai mon serment.

Hatim m'a souri en me frappant l'épaule, puis il nous a invités à prendre place sur des coussins, et il a fait apporter du vin de palme et des boissons aromatisées pour nous rafraîchir.

Mon père a commencé par demander des nouvelles de Hatim, de sa famille et de son clan, puis ils ont parlé de choses diverses et en sont venus à mentionner la foire d'Ukaz, où chaque année les poètes venus de toutes les parties de l'Arabie rivalisent entre eux. Et il fut plus particulièrement question de l'un des plus grands parmi ces poètes, Ziyad ibn Muawiya, qui s'est illustré sous le surnom d'al-Nabigha. Hatim s'est alors mis à psalmodier quelques-unes de ses *qasidas*. Et moi, j'ai alors écouté en silence, de toutes mes deux oreilles, car j'étais émerveillé par la beauté de cette poésie. Hatim et mon père ont poursuivi en parlant de Hira, cette ville arabe voisine de l'Euphrate, aux confins du désert et de l'empire des Perses, car al-Nabigha avait brillé à la cour des deux derniers rois arabes de cette cité. Et moi, je rêvais de devenir poète, d'acquérir une célébrité comme les plus grands de notre nation, comme Imru'l-Qays, le fils du roi des Kinda, prince-poète et le prince des poètes, comme al-Chamfara qui a su si bien parler de la beauté des femmes ; comme cet al-Nabigha. Et mon père déclarait qu'al-Nabigha méritait l'honneur de voir le plus beau de ses poèmes inscrit en lettres d'or et suspendu dans la Kaaba, aux côtés des *qasidas* des plus grands poètes de l'Arabie. C'est au cours de ce séjour à La Mecque et surtout dans la maison de Hatim que j'ai senti naître en moi le désir de poésie et que j'ai résolu au fond de mon cœur d'aller à Hira pour y apprendre l'art des poètes et des musiciens auprès des maîtres persans.

Nous étions au printemps, au milieu de ces trois mois de trêve sacrée pendant lesquels les tribus mettaient de côté armes et querelles pour venir en pèlerinage dans les grands sanctuaires des Arabes. Nombreux étaient alors les hommes qui, comme mon père, se rendaient avec leur famille à La Mecque, la seule cité où l'on pouvait rendre un culte à chacune des divinités de notre nation. Les rues de la ville étaient particulièrement animées et je prenais un grand plaisir à m'y promener, seul de préférence, car j'avais la liberté d'errer à mon gré et de parler avec les garçons de mon âge qui passaient leurs journées à courir par les rues poussiéreuses.

Ce n'est que plusieurs jours après notre arrivée que mon père m'emmena à la Kaaba avec notre hôte. Moi-même, lors de mes randonnées, je n'avais osé m'approcher du lieu sacré, que je n'avais fait qu'entrevoir de loin, depuis les hauteurs dominant la vallée. Mon cœur d'enfant fut saisi d'une violente émotion lorsque, à la suite de mon père, je pénétrai dans l'enceinte sacrée. Une grande animation régnait dans la vaste cour inondée de soleil. La plupart des gens étaient des pèlerins qui faisaient le tour rituel de la Kaaba, car les Mecquois restaient de préférence assis sous les portiques, dans l'ombre desquels ils conversaient paisiblement.

À l'entrée du sanctuaire, mon père et Hatim se dépouillèrent de leurs vêtements pour passer une robe blanche de lin pur. Moi-même, je demeurai nu comme nombre de pèlerins qui n'avaient pas les moyens de se faire confectionner un vêtement pur. Nous sommes allés faire nos ablutions à la source de Zemzem, puis nous nous sommes avancés dans la lumière de la cour. Tout en tournant autour de la Kaaba, mon père me désignait les effigies des divinités qui l'entouraient, trois cent soixante au total, à ce qu'il m'assura, mais je ne les ai jamais comptées. Nous avons fait une station prolongée devant la statue de Wadd car il était le dieu préféré de notre tribu, le protecteur de la cité de Dumat al-Jandal. Je l'admirai alors avec un respect religieux, car on m'avait assuré qu'il dominait le ciel et qu'il apportait l'orage fécondant ; alors que nombre de divinités n'étaient représentées que par de simples pierres, Wadd s'imposait ici comme un jeune homme vigoureux vêtu d'une tunique à longs plis, une cape jetée sur les épaules, armé d'une courte épée, d'un arc suspendu à ses reins, sa main droite étreignant une lance.

— Wadd, me dit mon père, est notre seigneur. Il est dans le même temps le protecteur des guerriers et des amoureux. Lorsqu'un homme est saisi d'une violente passion qui enflamme son cœur, c'est Wadd qui le possède, c'est le souffle de Wadd qui l'entraîne dans ses tourbillons de passion amoureuse tout autant que de passion guerrière.

Je décidai alors que Wadd serait désormais la divinité vers laquelle je tournerais mon visage.

Devant la statue d'al-Uzza, la déesse céleste, nous nous sommes aussi arrêtés et mon père a sacrifié une colombe, car elle était considérée comme la plus puissante des trois filles d'Allah et c'était celle que préféraient les Arabes, mais elle était aussi la divinité protectrice des Ghatafan et j'avais appris à l'adorer dans la famille de ma mère. Au fond de mon cœur je lui adressai une prière en songeant à toi, Jalila, toi qui lui as voué ton âme depuis ton âge le plus tendre.

Nous nous sommes enfin arrêtés devant la porte haute de la Kaaba et mon père s'est tourné vers moi :

— Dans ce sanctuaire, m'apprit-il, est enfermée la pierre noire tombée du ciel. Là s'est manifesté un dieu depuis des temps immémoriaux, depuis les temps de nos ancêtres.

Je considérai avec le plus grand respect l'édifice pareil à un immense cube qui dressait devant moi sa masse imposante. J'osai alors m'étonner que ce monument soit entièrement recouvert d'un tissu rayé rouge et blanc qui l'enveloppait comme une immense robe.

— Jadis on voyait la pierre nue, me répondit mon père. Un prince venu du sud, un Himyarite, décida de revêtir la vierge, car tel est aussi le nom qu'on donne à ce sanctuaire, d'un voile digne d'elle.

— Cet Himyarite s'appelait Tubba, précisa Hatim.

— On dit aussi que c'était le roi Abu Karib, cet insensé qui s'est converti à la religion des Juifs, a répliqué mon père.

— Je ne peux le croire, a répondu Hatim, car je ne peux admettre que les dieux aient accepté un hommage d'un homme qui s'est détourné de leur face pour adopter les croyances d'un peuple esclave.

Mon père parut réfléchir un instant, puis il releva la tête et je vis un grand sourire illuminer son visage.

— Nous avons peut-être tous les deux raison, assura-t-il. Ne dit-on pas que, lorsque l'Himyarite enveloppa la Kaaba d'un tissu bariolé fait de pièces de feutre et de cuir, le temple fut ébranlé sur ses bases jusqu'à ce que le tissu se déchire et tombe ? Mais lorsqu'il fut ensuite revêtu de ce tissu rayé fait d'une seule pièce, il se conserva tel que nous le voyons ce jour. Je suppose que le premier voile fut mis par l'impie roi sabéen, tandis que le second a été donné par Tubba.

J'admirai la finesse de mon père qui avait su si habilement ménager les traditions tout en condamnant l'apostasie de cet Abu Karib qui s'était tourné vers la divinité d'un peuple étranger.

Après que nous eûmes accompli les sept tours rituels, nous sommes entrés dans l'ombre chaude du sanctuaire.

Comme il était dépourvu de toiture, le voile protégeait l'intérieur des ardeurs du soleil, et je crois que c'est la raison pour laquelle on l'a ainsi revêtu. Mon père remit son offrande au gardien du temple, un descendant de ce Qusay qui avait imposé à La Mecque la tribu des Quraychites dont il était le chef, puis nous sommes allés nous prosterner devant la statue de Hubal dressée au-dessus de l'autel des

sacrifices. Tout en tombant à genoux à l'instar de mon père et de notre hôte, j'admirai la statue de ce dieu à l'arc : elle était taillée dans une cornaline veinée ; seul son bras droit, qui manquait à l'origine, avait été remplacé par les Mecquois par un membre en or. Le gardien vint ensuite nous demander si nous voulions tirer, devant le dieu, les sorts avec les flèches. Hatim le remercia et lui donna la raison pour laquelle nous étions entrés dans le sanctuaire. Nous en avons ensuite fait le tour et Hatim a entrepris de me commenter toutes les peintures qui en ornaient les parois. Devant la représentation du vieillard, il m'apprit qu'il s'agissait encore du dieu Hubal, et je demandai pourquoi il était représenté jeune et vigoureux dans la statue et vieux sur la peinture :

— Il est le dieu des sorts, m'apprit-il, mais il est aussi la lune* qui préside au temps. Sur la statue tu le vois dans tout l'éclat de sa jeunesse, comme la lune qui parvient à son plein, et dans le vieillard tu vois la lune à son déclin. Pareillement l'homme va de la jeunesse vers la vieillesse et la mort, mais la lune, elle, renaît chaque mois, éternellement.

Cette remarque m'attrista car je songeais que je deviendrais un homme adulte pour ensuite décliner vers la vieillesse et la mort. Mais je ne dis rien de ce que je ressentais et je laissai parler notre hôte qui me montrait la représentation d'une femme tenant un enfant sur ses genoux.

— Tu vois là Miryam, la mère d'Isha dont les chrétiens ont fait leur dieu, car ils prétendent que cet Isha qu'ils appellent Christ est le fils de leur Dieu suprême. Comme les gens de La Mecque ont des relations avec les chrétiens, auxquels ils vendent de l'encens et bien d'autres produits précieux venant du Sud, ils ont voulu, pour leur complaire, représenter leur dieu comme ils aiment le voir, en enfant sauveur du monde sur les genoux de sa mère, qui est une déesse comme notre al-Lat.

C'est ainsi que j'entendis pour la première fois parler de la religion des chrétiens.

---

* Il convient de rappeler que chez les peuples sémitiques, et en particulier chez les Arabes, la lune est un terme masculin représenté par une divinité masculine.

Nous nous sommes enfin arrêtés devant la pierre noire insérée dans la maçonnerie, dans un angle du temple. Elle était lisse et brillante : tant de mains l'avaient pieusement touchée ! Mon père fit alors ruisseler sur la pierre de l'eau puisée au puits, et Hatim la recueillit dans une coupe. Il me la tendit et je la bus avant de lever la main droite au-dessus de ma tête, et je fis le serment de défendre les opprimés, à quelque clan qu'ils appartinssent, et de leur faire rendre justice. En sortant du sanctuaire, je me sentais un autre garçon, différent de celui qui y était entré, j'avais le sentiment d'être devenu un homme.

Le lendemain de ce jour mémorable, la Kaaba était incendiée.

On rapporta qu'une femme tournait autour du sanctuaire selon les prescriptions, tout en portant une vasque où elle faisait brûler des grains d'encens sur des charbons ardents. Elle s'était imprudemment approchée de la tenture, sur laquelle un coup de vent jeta une braise. Ce jour-là, il soufflait un vent sec du désert : aussitôt le tissu s'est embrasé et il s'est complètement consumé, faisant éclater les pierres de la construction.

En apprenant la nouvelle, mon père me parut navré, mais Hatim se montra au contraire joyeux.

— C'est une bonne chose que ce début d'incendie, déclara-t-il. Je soupçonne même Uthman ibn Talhah d'avoir incité cette femme à mettre le feu au tissu.

Uthman était alors le gardien du temple et de sa porte. Il s'était souvent plaint de la vétusté du monument déjà abîmé par des inondations, et il avait demandé aux chefs des dix clans de La Mecque de se cotiser pour construire un nouveau temple pourvu d'une toiture, car récemment encore un homme s'y était introduit, malgré la porte fermée à clef, pour voler des objets du culte. Mais personne ne voulait prendre une telle initiative, sous prétexte que le monument était sacré, mais en vérité, selon Hatim, parce que nul ne voulait participer aux dépenses.

Nous étions encore à La Mecque lorsque les chefs des clans, sollicités par Uthman, prirent la grave décision de détruire l'ancien sanctuaire pour en reconstruire un nouveau. Mais qui allait oser entreprendre une œuvre qui risquait d'irriter les dieux établis autour de la Kaaba ? Le conseil des dix chefs de chacun des clans se réunit dans la maison du conseil, la *Dar an-Nadwah*, construite face à la Kaaba, et, à la suite de longues discussions, il fut décidé que des hommes importants choisis parmi les quatre grandes tribus des Quraychites, Banu Hachim, Banu Umayya, Banu Zohra et Banu Makhzum, donneraient les premiers coups de pioche, chacune des tribus recevant en charge l'une des faces du monument. Ni mon père ni moi n'avons assisté aux délibérations mais j'étais présent lorsque, la décision ayant été prise, les représentants des tribus se rendirent dans l'enceinte de la Kaaba pour entamer l'œuvre destructrice. Chacun s'était muni d'une pioche et ils se rangèrent autour du monument à demi rongé par le feu tandis que le peuple attendait en silence sous les portiques de l'enceinte. Mais les hommes restèrent à distance sans oser approcher et porter le premier coup de pioche entre les pierres disjointes du temple. Il advint qu'un audacieux s'avança, la pioche levée ; dans le même temps surgit d'une fissure un serpent qui vint se coucher au pied du mur et il demeura là, immobile, à se chauffer au soleil. L'homme, effrayé, recula et reposa son outil. La journée s'écoula ainsi en palabres sans que nul n'osât frapper les murs sacrés.

Le lendemain, dès la première heure, mon père m'emmena sous les portiques car il était anxieux de voir comment allait évoluer l'affaire. Hatim, en tant que chef du clan des Taym, s'était rendu dès l'aurore avec une pioche auprès du mur de la Kaaba. Et voici qu'à nouveau on vit le serpent se glisser hors de son repaire et se lover devant l'entrée du sanctuaire. Chacun demeura silencieux à l'observer, mais il ne semblait pas disposé à s'éloigner. Un homme fit un pas vers lui et leva sa pioche en le menaçant : aussitôt le serpent se redressa et siffla si hargneusement que l'homme recula et revint dans le rang. Ainsi se passa cette nouvelle journée, sans que le travail n'ait avancé d'un pas. Et trois autres jours s'écoulèrent encore. Les anciens se réunirent et ils étaient prêts à renoncer à leur dessein lorsque, soudain, un aigle qui passait dans le ciel se précipita sur le serpent et l'emporta dans ses serres.

— Hubal et al-Uzza nous sont favorables, déclara alors l'un des anciens. Nous pouvons nous mettre à l'œuvre.

Ainsi parla-t-il, mais il n'abattit pas pour autant sa pioche sur la pierre. Alors le chef des Banu Makhzum, Walid ibn al-Mughira s'avança et dit :

— Quand il a été question de reconstruire le temple, nous avons pris une décision. Il ne fallait pas la prendre, mais maintenant que la chose est faite, nous ne pouvons plus reculer ; il faut la mettre à exécution. Les dieux n'ignorent pas nos intentions, ils savent qu'elles vont dans le sens de leur plus grande gloire, ils nous sont favorables.

Les chefs hochèrent la tête et l'un d'eux s'avança :

— Walid, lui dit-il, tu es le plus âgé d'entre nous et celui qu'aime Hubal. Commence à donner le premier coup de pioche.

Par cette exhortation, il avait contraint Walid à agir s'il ne voulait pas perdre la face. Ce dernier ferma les yeux, comme s'il priait, puis il s'approcha du mur et dit à voix haute :

— Allah*, tu sais que notre cœur est pur et que nos intentions te sont favorables, car nous voulons t'élever un temple plus digne de ta grandeur.

Ayant ainsi parlé, il leva la pioche et l'abattit sur un angle du mur. Et il l'attaqua jusqu'à ce qu'il ait arraché plusieurs pierres et qu'il y ait pratiqué une large ouverture. Tous les yeux étaient tournés vers lui, mais personne n'osait venir l'aider. Walid fit quelques pas en arrière pour observer son œuvre, puis il se retira sans prononcer une parole. Quand il se fut éloigné, l'un des anciens se tourna vers les autres et proposa :

— Mes amis, retirons-nous, et revenons demain. Si cette nuit il n'est rien arrivé à Walid, nous nous mettrons tous au travail et avant que trois jours ne se soient écoulés, le monument sera mis à bas.

Tous l'approuvèrent et ils se retirèrent. Le lendemain, Walid se présenta dans l'enceinte sacrée parmi les premiers : il semblait en bonne santé et il assura avoir parfaite-

---

* Allah est un nom de divinité indéfini, dont la racine est la même que celle du « El » (sur laquelle est fondé le pluriel hébreu *Elohim)* des Cananéens. Walid a employé un terme générique qui lui permettait d'impliquer tous les dieux logés dans l'enceinte de la Kaaba. Celle-ci était d'ailleurs appelée aussi *Bayt Allah,* « Maison de Dieu », bien avant Mohammed et l'islam.

ment dormi. Alors chacun se mit à l'œuvre. En peu de jours les murs furent abattus, puis on creusa jusqu'à la profondeur d'un homme. Là les pics se heurtèrent à une roche dure comme du métal. Il fut décidé de s'arrêter et d'entreprendre la construction du nouveau temple.

Mon père était si curieux de voir le nouvel édifice qu'il prolongea son séjour à La Mecque, ce dont je ne me plaignais pas car je m'y étais fait de nombreux compagnons et il me plaisait de parcourir les rues de la ville. Comme les ouvriers, qui étaient tous des membres éminents des clans, se relayaient sans cesse à la tâche, tandis que des gens du peuple apportaient de nouvelles pierres qu'ils allaient chercher dans le voisinage, les murs s'élevèrent rapidement, jusqu'à hauteur d'homme, jusqu'au niveau où avait été enchâssée la pierre noire, laquelle avait été soigneusement mise de côté afin d'être replacée dans l'angle où elle devait demeurer pour l'éternité.

Il m'arrivait d'accompagner mon père dans la mosquée et j'étais avec lui ce jour-là.

Une discussion n'avait pas tardé à s'élever entre les chefs des clans, car chacun voulait avoir l'honneur de soulever la pierre sacrée pour la disposer dans l'emplacement qui lui avait été ménagé dans l'angle du mur. Par Allah ! Ce fut un beau sujet de querelle car chacun des clans prétendait avoir plus de droits que les autres à jouir de cette prérogative, soit que sa noblesse fût plus ancienne, soit qu'il se fût illustré dans de glorieux combats, soit qu'il fût le plus riche ou le plus puissant. On se sépara le soir venu et le lendemain les chefs des clans s'assirent autour de la pierre sacrée et ils recommencèrent à se disputer et à s'injurier. Le lendemain, comme les uns et les autres se traitaient de menteurs, on faillit en venir aux mains et il fallut que des hommes déjà plus sages intervinssent pour que le sang ne coulât point. Enfin, le jour suivant, toujours le même Walid se leva et parla avec sagesse.

— Nous n'allons pas nous déchirer entre nous, dit-il, et nous engager dans une lutte fratricide pour une telle affaire. Je vous propose de choisir parmi nous un arbitre qui décidera qui d'entre nous est le plus digne de mettre la pierre en place.

— Par Hubal, intervint quelqu'un, qui choisirions-nous

comme arbitre ? Car il appartiendra forcément à l'un ou l'autre clan et il favorisera alors les siens.

— Voici ce que je vous propose, suggéra Walid : demeurons en place et attendons sans plus nous quereller. Le premier homme qui entrera dans la mosquée, il sera notre arbitre et la décision lui appartiendra.

Chacun approuva car il lui semblait que cet homme ne pourrait être envoyé que par un dieu. Or, à peine s'était-il tu et s'était-il assis qu'apparut un homme. Je ne lui accordai alors que peu d'attention car il me semblait être un homme comme les autres, comme ceux que je voyais réunis sur l'esplanade.

— Voici précisément al-Amin qui rentre de voyage, dit quelqu'un.

— C'est lui qui nous est envoyé comme arbitre, assura un autre.

Le nouveau venu marcha d'un pas rapide et assuré vers les chefs et les salua.

— Al-Amin, toi qui as mérité ce surnom de loyal, sois le bienvenu parmi nous, lui dit Walid, nous avons besoin de ton arbitrage.

Le nouveau venu s'assit parmi eux et il leur demanda d'une voix posée, mais avec lenteur, comme s'il pesait chacun de ses mots, de quoi il s'agissait. On lui expliqua l'affaire et aussitôt il se leva, ôta son court manteau, l'étala sur le sol, et, prenant la pierre noire, il la déposa en son centre.

— Maintenant, dit-il alors, que le sayyid de chacun des quatre partis se saisisse d'un coin du vêtement, et tous ensemble vous porterez la pierre jusqu'à l'emplacement où elle doit être mise.

Chacun admira la sagesse de cet homme qui avait ainsi su habilement ménager la susceptibilité des chefs de tribu. Ils se levèrent aussitôt et portèrent la pierre jusqu'à la hauteur du mur. Mais il s'agissait encore de la mettre en place.

— Qui d'entre nous prendra la pierre pour la poser dans l'angle ? demanda Walid.

— Chacun de vous a participé à l'honneur de soulever la pierre, dit al-Amin. Il vous revient de désigner celui qui la posera où elle doit demeurer.

— Qui d'autre est mieux désigné que toi pour la mettre en place ? intervint Walid.

Et, chacun ayant approuvé la suggestion, il prit la pierre et la posa sur le mur.

C'était la première fois que je voyais Mohammed fils d'Abdallah ibn Abd al-Muttalib, du clan des Banu Hachim, qu'on appelait plus communément dans la cité al-Amin, « le loyal ». À cette époque il n'était jamais qu'un noble parmi les Quraychites, un caravanier marié à l'une des femmes les plus riches et les plus sages de La Mecque, la noble Khadidja. Lui-même était encore dans l'ignorance de la mission dont il allait être investi dans les années à venir.

CHAPITRE 3

LES FAZARAH

Nous avons quitté La Mecque avant que ne soit achevée la reconstruction de la Kaaba. Le troisième mois de la trêve touchait à sa fin et mon père avait hâte de retourner parmi les siens, car il redoutait que quelque clan hostile ne profitât de son absence avec ses meilleurs guerriers pour effectuer une razzia contre son campement laissé aux portes de Dumat al-Jandal. Nous avons appris par la suite que les murs de la Kaaba avaient été élevés à une grande hauteur et que le monument avait été couvert grâce à la cargaison achetée au capitaine d'un grand bateau éthiopien de passage à Djedda, qui effectuait un transport de bois. Un artisan égyptien s'était chargé de construire la charpente. L'ancienne porte renforcée de fer et couverte de plaques d'or avait été remise en place, mais on avait surélevé l'entrée afin que, lors des grandes pluies, l'intérieur du sanctuaire ne fût pas inondé, comme cela arrivait fréquemment dans le passé.

Nous avions dépassé Yathrib qui n'avait pas encore pris le nom de Médine, la ville du Prophète, et nous avions campé la veille au pied des puissants remparts de Khaybar. Nous venions de croiser sur la piste les rocs couverts de signes peints qui marquaient l'entrée du territoire des Ghatafans, et je n'avais encore osé déclarer à mon père ce qui était au fond de mon cœur, les aspirations qui s'y étaient profondément enracinées au cours de mon séjour à La Mecque dans la demeure d'Hatim ibn Abdallah. Encore deux jours de marche et nous serions de retour dans l'oasis où la famille d'Abd al-Uzza avait installé son campement. Pendant tout le jour j'étais resté derrière mon père et je n'avais cessé de porter mes regards vers sa haute silhouette qui se balançait au rythme du pas de la chamelle. Il restait silencieux, méditatif, comme cela lui arrivait souvent, et cette attitude renfermée m'impressionnait si fort que je me gardais bien de lui adresser alors la parole. Près de lui marchait son robuste esclave éthiopien qui tenait par la bride son cheval tout harnaché, aux flancs duquel étaient suspendus son casque, son bouclier rond, son arc, son carquois et ses javelots. Ainsi, à la moindre alerte, il sautait au bas de la chamelle pour enfourcher son cheval. Moi, je suivais sur ma monture, écrasé par la chaleur du jour, les lèvres sèches. J'aspirais au moment de la halte, lorsque la tombée du jour apporte une certaine fraîcheur et qu'est venu le moment de se désaltérer, mais je redoutais ce moment car j'avais décidé de parler alors à mon père. Ce que je craignais n'était pas sa colère, mais son refus, ou plus encore, ses moqueries.

Le camp fut établi en plein désert, sur un faible monticule d'où on pouvait surveiller les alentours. Tandis que les uns dressaient les tentes, d'autres allumaient des feux pour cuire le gibier chassé durant le jour et divers aliments emportés sur les ânes ; d'autres encore élevaient une enceinte à l'aide d'épineux pour tenir à distance les bêtes fauves. Je participai à la tâche de ces derniers car, bien que je pusse rester oisif, étant donné mon jeune âge, je mettais mon orgueil à me comporter comme les adultes.

Pendant le repas, je demeurais silencieux et j'écoutais mon père qui parlait avec ses compagnons. Je partageais sa tente et je me réservais de lui parler lorsque nous nous retrouverions seuls. Quand il m'envoya me coucher, je me retirai suivant son commandement, mais je restai étendu sur mon lit de peau en m'efforçant de garder les yeux ouverts afin de ne pas m'endormir. Mon père me trouva ainsi et il s'en étonna :

— Chafiq, mon cher fils, tu ne dors pas ? Sans doute est-ce à cause de l'excitation du retour ?

Je saisis cette remarque pour l'assurer qu'il en était bien ainsi, et, tandis qu'il ôtait son turban et sa houppelande*, car en campagne, il conservait ses autres vêtements, je me décidai à l'entretenir de ce qui me tenait à cœur.

— Oui, père, j'ai hâte de retrouver mes compagnons.

— Et aussi ta mère, je suppose, a-t-il ajouté.

— Ma mère, et aussi Adiba, qui m'est une seconde mère.

Je me tus, j'avalai péniblement ma salive, et je me lançai enfin :

— Je voulais encore te dire, père... Voilà, je voudrais devenir comme toi un grand guerrier, un sayyid de notre tribu, mais je voudrais aussi être un poète comme cet Imru' l-Qays qui fut fils de roi, guerrier, et un illustre poète.

Mon père tourna son regard vers moi et sourit, puis, après un court silence, il me répondit ainsi :

— Mon fils, je sais que tu pourras devenir un bon chef et un bon guerrier, car cela dépend de nous, de toi et de moi, et j'ai vu que les dieux t'avaient donné du courage et de la vigueur. Mais n'est pas poète qui veut. L'inspiration vient de la divinité et c'est elle qui accorde ce don. Car autant je serais fier que tu chantes, inspiré par un dieu, autant je serais attristé que tu dises des vers plats et banals uniquement parce que tu as la prétention d'être poète. Car sache qu'il vaut mieux se taire que perdre la face en parlant pour ne rien dire. Or, c'est trop souvent le cas des gens des villes, chez les Perses et les Byzantins où il est bien porté d'écrire pour se faire valoir, mais il n'en est pas ainsi chez les Arabes. Nos poètes chantent la guerre et l'amour parce qu'ils sont inspirés et ils vont se mesurer entre eux dans les grands tournois, à Ukaz et ailleurs. Mais c'est une honte de venir chanter dans ces combats pacifiques et d'être sifflé par les spectateurs. Il faut préférer la mort à un tel déshonneur.

---

* Nous avons rendu par « houppelande » le terme arabe *abâ* qui désigne ici un ample vêtement ouvrant sur le devant, qu'on mettait au-dessus de la chemise et du pantalon bouffant d'origine persane, tel qu'on peut le voir sur les bas-reliefs sassanides contemporains de l'époque de Mohammed.

Les paroles de mon père réjouirent mon cœur, car je voyais qu'il ne s'opposait pas à ma vocation.

— Mon père, lui répondis-je, jamais je ne m'infligerai une telle honte, mais accorde-moi du temps et permets que j'étudie pour devenir poète. Si j'échoue, je saurai toujours me montrer un valeureux guerrier et je n'oublierai jamais le serment que j'ai prêté devant toi et notre hôte, sur la pierre noire de la sainte Kaaba.

— Il est vrai, a admis mon père, que tu es encore bien jeune, et tu as le temps de trouver l'inspiration. Mais qu'attends-tu de moi ?

— Pour aussi vaste que soit notre mémoire, ai-je alors remarqué, elle peut toujours être défaillante. Aussi, je veux parfaitement posséder l'écriture. Ainsi conserverai-je mes pensées, mais encore je pourrai lire ce que les autres ont rêvé et écrit.

— Il est bon que tu saches lire et écrire, a reconnu mon père. Moi-même j'ai trop souvent regretté d'être dans l'ignorance de cette science. Mais n'est-ce pas pour que tu apprennes ces choses que nous t'avons laissé aux soins de ta tante Adiba ?

— J'ai appris auprès d'elle bien des choses, mais je n'en sais pas encore assez. Je voudrais que tu me permettes de demeurer encore deux ans ou trois dans la tribu d'Abd al-Uzza afin d'y parfaire mon éducation. Et ensuite, après avoir séjourné auprès de toi parmi nos tentes, j'aimerais que tu m'envoies à Hira où j'ai entendu dire que les fils des nobles arabes venaient apprendre la langue et les arts des Perses.

— Il en était ainsi lorsque les princes lakhmides régnaient sur la cité, remarqua mon père, sans s'étonner que je voulusse connaître les mœurs des Perses. Mais depuis que le roi des rois Parwiz a détrôné Numan, le dernier roi lakhmide de Hira, il y a deux ans, il n'en va plus de même. Les cheikhs arabes de la ville sont soumis à un prince nommé par le roi, et il n'y a plus de cour brillante où l'on accueille les poètes de l'Arabie.

— C'est bien ce que j'ai entendu dire par Hatim, ai-je admis, mais n'a-t-il pas assuré que nombreux sont encore les poètes qui y viennent séjourner, par tradition, mais aussi pour rencontrer les poètes persans, et ne sont-ils pas reçus dans les demeures des riches Arabes qui commercent avec les tribus de notre nation ?

Mon père a posé sa main sur ma tête, puis il a soufflé la lampe en me disant :

— Il est temps de dormir. Je verrai avec ta mère s'il est bon de te laisser auprès d'Abd al-Uzza et de sa famille.

Je m'endormis satisfait car je savais comment parler à ma mère, et j'étais assuré de ma victoire.

Je repris la route le lendemain, le cœur léger. Alors que les autres jours j'avais suivi la caravane en silence, je me plus à faire galoper mon cheval de divers côtés, jouant à l'éclaireur qui ouvre le chemin, si bien qu'enfin mon père me pria de me calmer car je risquais de fatiguer inutilement ma monture. À peine avais-je repris ma place derrière mon père que je le vis soudain tourner la tête vers le levant, et il porta sa main en visière au-dessus de ses yeux. J'admirai l'acuité de son regard car il me fallut scruter l'horizon un moment avant de distinguer une fine traînée de poussière et quelques points noirs qui se détachaient entre le ciel éclatant et la terre ocrée. L'un des compagnons de mon père poussa vers lui sa chamelle et ils se mirent à parler de ce que nous voyions.

— C'est une caravane qui vient des terres des Abs, disait mon père.

— Si ce sont des gens de cette tribu il faut rester prudent, remarqua son compagnon. Mais si ce sont des rôdeurs du désert, ils verront que nous sommes des Kalb, nombreux et bien armés. Ils ne chercheront pas le combat.

— Il ne semble pas que ce soit une caravane de marchands, constata mon père en distinguant mieux les animaux sur lesquels étaient montés les étrangers. Il peut s'agir d'une troupe d'Abs partie en razzia. Ils semblent se diriger vers la même oasis que nous et ils pourraient alors vouloir s'attaquer à la tribu d'Abd al-Uzza.

Mon père fit arrêter la troupe. Les chameaux s'agenouillèrent pour permettre aux guerriers de mettre pied à terre. Chacun assura son sabre dans sa gaine avant d'enfourcher son cheval. Puis on se remit en route. Ma curiosité avait été éveillée et je demandai à mon père pourquoi la tribu de ma mère avait à craindre les violences de ces gens.

— Sache mon fils, m'apprit-il, que les Abs font aussi

partie du peuple des Ghatafan, comme les Fazarah, le clan de ta mère. Tous les Ghatafan sont venus du sud, après la rupture du barrage de Marib, et ils se sont installés dans ces régions voici un demi-siècle. Les Fazarah appartiennent à la fraction des Dhubyan. Il fut un temps où Abs et Dhubyan avaient le même chef, puis les deux tribus se sont séparées, chacune s'étant choisi son propre sayyid. Un jour, lors d'une course de chevaux qui eut lieu entre les deux tribus, s'éleva une violente dispute entre les cavaliers ; on en vint aux mains et le sang a coulé. Depuis lors, le prix du sang n'ayant pas été payé, c'est une guerre sans merci entre les deux tribus. Et comme leurs territoires sont contigus, elles ne cessent de conduire des razzias chacune chez son voisin.

Je fis alors remarquer à mon père que durant toutes les années que j'avais passées dans la famille d'Abd al-Uzza, je n'avais jamais entendu parler d'attaque des Abs. Il reconnut alors que les Abs portaient leur haine plus particulièrement contre les Fazarah, clan de la famille de ma mère et de sa sœur Adiba, mais qu'ils semblaient respecter la famille d'Abd al-Uzza.

Tandis que nous parlions ainsi, tout en continuant de progresser sur la piste à peine discernable dans le plateau pierreux sur lequel nous étions engagés, l'inquiétante caravane se rapprochait et nous pouvions discerner les chameaux ainsi que les gens qui les montaient.

— Il y a parmi eux des femmes, remarqua alors mon père avec soulagement. Ce ne peut être une troupe de guerriers partant pour une razzia.

Les voyageurs nous avaient aperçus et ils déviaient leur route pour tenter manifestement de nous rejoindre, ce qui ne manqua pas d'inquiéter mon père. Aussi ordonna-t-il à ses compagnons de rester sur les chevaux et de tenir leurs armes à portée de la main. De mon côté, je me sentais tout excité par l'aventure et je souhaitais follement que nous fussions attaqués pour pouvoir utiliser mon arc, avec lequel je ne m'étais jusqu'alors exercé qu'à tirer sur des renards et des rats. Avant que la matinée ne touchât à sa fin, la caravane étrangère nous avait rejoints. Il y avait plus d'une centaine d'hommes et uniquement deux femmes. L'une d'entre elles se tenait assise dans un palanquin dressé sur le dos d'une chamelle vigoureuse, dont les portières de peau étaient relevées. Je remarquai que près d'elle étaient posés deux javelots et un arc avec son carquois. Elle-même était une femme d'une quarantaine d'années, vêtue d'une robe sombre, la chevelure couverte d'un voile léger, les membres et le cou ornés de bijoux. L'autre femme allait à cheval et, bien qu'elle portât une robe propre à son sexe, elle avait noué sur sa taille une ceinture dans laquelle était passé un sabre, et dans son dos pendait un carquois rempli de flèches. Seule sa longue chevelure qui flottait dans le vent révélait la vraie nature de son sexe.

À la tête de cette troupe caracolait un cavalier accompagné d'un jeune homme d'une quinzaine d'années armé comme les autres guerriers qui le suivaient.

Mon père était descendu de son cheval pour s'approcher du cavalier qu'il salua en invoquant al-Uzza. Le cavalier lui rendit son salut après être descendu de sa monture. C'est ainsi qu'en plein désert je rencontrai Hisn ibn Hudhaifa, mon oncle, le frère de Fadila, ma mère, et d'Adiba, et le chef des Fazarah. Mon père vint ensuite saluer avec de profondes marques de respect la femme qui se tenait sur la chamelle. C'était Umm Qirfah Fatima, la cousine et la belle-sœur d'Hisn ibn Hudhaifa, car elle avait épousé son frère aîné Malik ibn Hudhaifa, et elle-même était la fille de Rabia ibn Badr, frère d'Hudhaifa. Elle s'était acquis le plus grand respect parmi les Ghatafan, tout autant par son courage et ses actions guerrières que par la sagesse de ses conseils et cette autorité naturelle qui impose le respect à tous. Depuis plus de vingt ans elle avait participé à un nombre considérable de batailles et de razzias, tenant l'arc et la lance, entraînant les hommes au combat, sans jamais avoir reçu une blessure. Sa présence dans une troupe sur le pied de guerre paraissait comme un gage de succès au point que les clans qu'elle combattait, à commencer par les Abs, la redoutaient et n'osaient plus affronter les escadrons dans lesquels elle se trouvait.

Mais celle qui frappa alors le plus mon imagination fut la jeune guerrière, Umm Zamil, la fille de Fatima. Elle marchait sur les traces de sa mère et participait aux combats avec les hommes, tout autant qu'à leurs chasses. Ce qui ne l'empêchait pas de s'être mariée et d'avoir eu un enfant, ce

Zamil qui lui valut le nom d'Umm Zamil *. Quant au jeune homme qui chevauchait auprès de Hisn, c'était son fils Uyainah, qui se révéla ainsi être mon cousin.

Chacun descendit de sa monture et on se congratula, puis les serviteurs étalèrent les tapis de selle et dressèrent les toiles, sous lesquelles on se réunit pour boire du lait de chamelle et du vin de dattes.

Hisn expliqua qu'avec ses compagnons il avait quitté les pâturages du Walil-Rumma, au cœur des territoires des Fazarah, pour rencontrer les chefs des Abs et leur proposer une trêve. Umm Qirfah l'avait accompagné pour se porter garante de la paix et une trêve de deux ans avait été conclue entre les deux peuples. Ayant appris que mon père se rendait chez Abd al-Uzza, Hisn lui dit :

— Si tu le permets, nous ferons route ensemble, car ce sera une occasion pour moi de rencontrer mes sœurs et les enfants d'Abd al-Uzza que je n'ai jamais vus que tout petits. Toi aussi, Chafiq, poursuivit-il en se tournant vers moi, je t'ai vu alors que tu étais un nourrisson, mais tu ne peux te souvenir de moi. Bien des années se sont écoulées depuis et te voilà devenu un grand garçon.

— Que la déesse Uzza te réserve encore des années nombreuses et glorieuses, répondis-je.

Nous avons parlé encore un moment avant de nous remettre en route, les deux caravanes s'étant unies. Moi, je chevauchais à côté d'Uyainah, proche de moi par l'âge. Il ne tarda pas à me parler de lui-même et des exploits qu'il avait déjà accomplis à la chasse, auprès de son père. Il prenait un ton protecteur qui m'agaçait, mais j'admirais qu'il ait déjà réalisé tant d'actions d'éclat, et je me jurais de marcher sur ses traces. Mais bientôt Umm Zamil vint auprès de nous et sa présence m'impressionna. Elle me parut belle, bien que ses traits fussent virils, et je prenais plaisir à la regarder. Uyainah s'était tu, et elle me regardait en riant.

---

* Umm Zamil signifie « mère de Zamil ». Il arrivait souvent que les femmes qui enfantaient un fils missent leur orgueil à prendre le nom de cet enfant, abandonnant leur ancien nom. Umm Qirfah avait pareillement rejeté son nom de Fatima, lui préférant celui de « mère de Qirfah ».

— Je suis sûre, me dit-elle, que notre cousin s'est vanté auprès de toi de mille exploits. Ne lui fais pas confiance, car il aime à se faire valoir mais il en a fait moins qu'il ne le dit.

Uyainah ne parut pas se vexer de sa raillerie ; sans doute y était-il habitué, car il se mit à rire et lui répondit :

— Pourquoi ne pourrait-on rêver ou imaginer de grandes actions ? Il est vrai que j'ai inventé bien des histoires, mais reconnais que je sais manier l'arc et la lance et que je n'ai pas peur d'aller chasser auprès de mon père.

— Je te l'accorde, concéda-t-elle, et je sais bien que vous autres, hommes, vous aimez briller aux yeux du monde et rivaliser de vantardises. Pourtant, n'est-il pas plus sage de se montrer modeste et de laisser à autrui le soin de nous juger à notre juste mesure ?

— Certainement pas, répliqua Uyainah avec vivacité, car dans ce cas on est toujours jugé au-dessous de ses mérites. Il faut les grossir autant qu'on le peut pour qu'ils soient ramenés à leur niveau par les auditeurs, car chacun a toujours tendance à rabaisser les autres pour se rehausser soi-même.

Pour moi, je trouvais qu'Uyainah n'avait pas tout à fait tort, et j'admirais la modestie d'Umm Zamil. Car elle ne parla guère d'elle, mais par la suite j'appris qu'elle avait bien souvent su se montrer supérieure aux meilleurs guerriers de son peuple, autant par sa bravoure que par la sagesse de ses jugements et de son comportement.

Abd al-Uzza nous accueillit en manifestant la joie la plus vive, et je revis avec émotion ma mère, Adiba, et surtout toi, Jalila. C'est en te retrouvant que je songeai qu'en vérité tu m'avais manqué.

Mes vœux furent comblés comme je l'espérais. Mon père et ma mère repartirent pour Dumat al-Jandal en me laissant dans la famille d'Abd al-Uzza. Hisn ibn Hudhaifa s'attarda plus longtemps auprès de nous avec les siens, puis, en accord avec Abd al-Uzza, il revint au début de l'hiver avec une partie de sa tribu pour profiter des riches pâturages de notre oasis. C'est ainsi que je connus plus intimement Uyainah, qui se plaisait à partager nos jeux avec Ayman et son jeune frère, Samir. Mais moi, c'est surtout en ta compagnie que je me plaisais, Jalila. À dix ans tu étais déjà une adolescente et ta beauté ne faisait que s'affirmer, tout autant que ton caractère indépendant et fier, digne d'une fille du désert. On te voyait souvent avec Umm Zamil que tu admi rais, et c'est elle qui t'apprit à tirer à l'arc et à manier la lance, car jamais ton père n'aurait accepté de le faire.

Ainsi se sont écoulées quatre années.

Entre-temps, le clan d'Abd al-Uzza émigra vers le nord, vers les pâturages des Fazarah, et il alla jusque chez les Kalb où nous avons à plusieurs reprises retrouvé le campement de ma tribu. Souvent aussi nous nous sommes rendus jusqu'à Dumat pour vendre des bêtes et acheter divers biens lors des foires.

Et durant ces jours de mon adolescence, je sentais s'affirmer les sentiments que je te portais, Jalila, et toi-même tu ne cachais pas l'amour qui couvait en ton cœur. Car tu étais devenue une jeune fille et tu approchais de l'âge du mariage. Le clan d'Abd al-Uzza nomadisait entre les terres des Kalb et des Fazarah. Ainsi, lorsque nous quittions le voisinage de la tribu de mon père, nous nous rapprochions du clan de Hisn, et nous retrouvions Uyainah et Umm Zamil.

CHAPITRE 4

LE POÈTE VAGABOND

Pour passer la saison chaude, Abd al-Uzza avait installé le campement dans la vaste oasis de Tayma. Palmiers et dattiers en grand nombre y apportent une ombre tiède et constituent l'une des richesses des habitants de la ville. Sa position sur la route de La Mecque à Damas en fait l'une des plus importantes stations de caravanes sur les pistes de la Syrie et de la Mésopotamie, d'autant plus que ses murs offrent une grande sécurité aux voyageurs. Située à la charnière des territoires des Fazarah et des autres tribus des Ghatafan, à une distance de quatre journées de Dumat al-

Jandal, elle était pour le clan d'Abd al-Uzza un lieu de séjour idéal. Il entretenait de bonnes relations avec la population, qui était en partie composée de Juifs émigrés et d'Arabes convertis au judaïsme. Selon des Juifs que j'y ai interrogés, quelques années plus tard, un roi de Babylone y aurait établi son séjour et, depuis, les gens de la ville semblent avoir entretenu d'étroites relations avec la région de cette Babylone dont il ne reste plus que le souvenir, car c'est là, à cette époque, que j'ai bu pour la première fois du vin de Babylone, un nectar particulièrement savoureux, mais épais et entêtant. Nous avions apporté de Dumat diverses marchandises, destinées à être échangées contre des dattes, du vin de palme et des produits maraîchers cultivés dans l'oasis de Tayma, ce qui nous assurait un séjour dans l'opulence jusqu'au seuil de l'hiver. Par ailleurs, la région est riche en gazelles, antilopes et lièvres, grâce à quoi nous n'avions pas à toucher aux troupeaux de chamelles et de moutons du clan tout en nous offrant un exercice agréable avec la chasse.

Le camp avait été établi à l'extrémité de la vallée, à peu de distance de la forteresse d'al-Ablaq qui domine la piste de sa masse imposante aux murs bigarrés qui lui ont valu son nom. Car la vallée est divisée en trois parties : la ville elle-même, blottie derrière son rempart de briques, se trouve au milieu ; à chaque extrémité, al-Cherg et al-Ghrarb, sont groupées des maisons, enfermées chacune dans une enceinte avec ses dattiers et son verger.

J'étais alors dans ma quinzième année, et je songeais avec mélancolie que c'était le dernier été que je passais dans la famille d'Abd al-Uzza. Mon père, auprès de qui nous avions séjourné avant de nous mettre en route pour Tayma, m'avait déclaré que le temps était venu où je devais décider de mon avenir et que je ne pouvais plus rester à la charge de mon oncle, bien que ce dernier ait assuré qu'il était fier de moi, qu'il me garderait comme un fils au même titre qu'Ayman et Samir, et que je pouvais demeurer auprès de lui autant de temps que je voudrais. Mon père m'avait encore accordé l'été, mais je devais être de retour à Dumat avant la fin de la saison. Je restais dans la plus complète indécision car je n'avais pas oublié ce que j'avais un jour confié à mon père, que je voulais apprendre l'art de la poésie à Hira, auprès des maîtres arabes et persans, mais je ne pouvais me décider à m'éloigner de Jalila. Mon intention était alors d'en faire ma femme, mais si elle était en âge de prendre un époux, non seulement j'étais moi-même encore trop jeune pour me marier, mais je devais auparavant passer plusieurs années à Hira avant de revenir auprès de mon père pour partager la vie de notre clan.

S'il m'était arrivé souvent de m'entretenir avec Jalila de mon avenir, de lui dire mes ambitions, mon désir de devenir poète, ma volonté aussi de gagner le respect des hommes de notre tribu afin d'être un jour leur sayyid comme mon père et de faire de grandes actions d'éclat, jamais nous n'avions parlé d'un mariage entre nous, même si les termes d'affection que nous échangions nous avaient laissé comprendre nos sentiments réciproques, dont la portée allait au-delà d'une simple tendresse entre frère et sœur.

Ce matin-là, nous étions allés chasser dans le désert, dès le point du jour, Abd al-Uzza, Ayman, Samir, quelques hommes du clan et moi-même. Je rivalisais de hardiesse avec Ayman pour pousser nos chevaux au galop avant les hommes et les surpasser dans l'adresse au tir à l'arc et au lancer du javelot, car nous mettions notre orgueil à faire mieux que les adultes. Aussi lorsque, vers la fin de la matinée, Abd al-Uzza donna le signal du retour, nous avions la fierté d'avoir abattu ensemble plusieurs pièces de gibier ; nous étions épuisés par la fatigue et la chaleur et les robes de nos chevaux étaient toutes moites. Dès que nous fûmes de retour au campement, nous nous hâtâmes vers l'immense puits où se renouvelait l'eau en abondance afin de nous arroser copieusement puis, après avoir changé de vêtements, je songeais à te voir, Jalila. Je m'inquiétais de toi auprès de ta mère car je t'avais cherchée en vain dans le camp. Elle m'assura ne pas t'avoir vue, et je partis à travers l'oasis. Je te trouvais bientôt assise sur le tronc tordu d'un palmier et auprès de toi se tenait assis Uyainah, tout contre toi. Ce jour-là, j'ai senti pour la première fois l'aiguillon de la jalousie. Sur le moment, je me serais volontiers jeté sur mon cousin, bien qu'il fût plus âgé que moi et aussi plus grand et plus fort, mais je ne me serais pas embarrassé d'une telle considération si je n'avais songé que je n'avais pas de prétexte raisonnable pour l'assaillir de la sorte et que je risquais de perdre la face dans un acte aussi incontrôlé et condamnable. J'aurais fait demi-tour, si je ne m'étais aperçu que vous m'aviez vu. Je vins donc vers vous et, me faisant une figure joyeuse, je saluai Uyainah et, après qu'il m'eut rendu mon salut, je lui demandai :

— Te voici donc en visite avec ta famille ?

Il me fit savoir que son clan s'était installé à moins d'une journée de marche à l'est, vers les pâturages de Birrd.

— Je suis venu passer quelques jours parmi vous, précisa-t-il.

Je m'assis à ta droite, cuisse contre cuisse, et j'éprouvais un sentiment délicieux en sentant tout contre moi la chaleur de ton corps. Mais toi, tu ne semblais pas y prêter la moindre attention. J'ai négligemment parlé de notre chasse et du gibier que j'avais abattu, mais bientôt tu t'es laissée glisser sur le sol en déclarant que nous te tenions trop chaud, que nous te serrions de trop près. Et tu es partie en courant, nous laissant seuls.

— Ta sœur est devenue une magnifique jeune fille, me dit alors Uyainah.

Elle était ma sœur de lait et il la considérait comme ma sœur, ce en quoi il n'avait pas tout à fait tort, mais moi je ne la regardais plus avec un œil de frère.

Je hochai la tête et il reprit aussitôt après, comme une conclusion à ce qu'il venait de me faire remarquer :

— J'en ferais volontiers mon épouse. Crois-tu qu'Abd al-Uzza me la cédera ? Mon père est prêt à lui en donner cinquante chamelles rousses.

Je répliquai aussitôt avec vivacité qu'à mon avis elle n'était pas disposée à se marier et qu'elle valait bien plus que cinquante chamelles, que certainement son père ne la céderait pas aussi facilement.

— Je suis disposé à mettre le prix, répliqua-t-il. Mon père est riche, mais je veux rappeler à Abd al-Uzza que nous sommes chefs de notre tribu, que c'est un honneur que d'entrer dans notre famille.

— Nous sommes cousins et de la même race, lui ai-je répondu. La noblesse de ta famille ne peut pas impressionner Abd al-Uzza. Si tu veux un conseil, prends patience, car Jalila n'a pas encore atteint l'âge du mariage et je crois savoir que ses parents ne veulent pas se séparer d'elle pour l'instant. Il me semble qu'il serait maladroit de ta part d'en parler toi-même, surtout en ce moment.

— Tu sais bien, m'a-t-il répondu, qu'il revient à mon père de faire cette démarche, mais je veux auparavant m'assurer des sentiments de Jalila à mon égard car je ne voudrais pas m'unir à une fille qui agirait par obligation.

— Je crains qu'elle ne te réponde pas favorablement, ai-je eu l'audace d'avancer, dans l'intention de le détourner de son entreprise.

Il hocha la tête en soupirant et me dit :

— Tes craintes sont fondées. Je l'ai sondée et elle m'a laissé entendre qu'elle répugnerait à une quelconque union, que pour le moment elle ne se sentait pas prête à faire une bonne épouse.

Je triomphais intérieurement et, alors que j'étais disposé à frapper mon cousin au moment où je l'abordais, je ressentis une joyeuse pitié à son égard ; je lui tapai sur l'épaule en le consolant :

— Il y a bien d'autres filles à marier, plus belles qu'elle, ai-je assuré effrontément. D'ailleurs, moi qui la connais si bien, je peux dire qu'elle est insupportable, capricieuse. C'est plus un garçon qu'une fille. Elle ne parle que d'Umm Zamil et elle voudrait devenir comme elle, un guerrier. Tu peux être assuré qu'une fois entrée sous ta tente, elle sera la maîtresse de ce qui t'appartient, et il ne te restera plus qu'à lui obéir comme un bon chien fidèle.

Ma remarque le fit rire, mais il me répondit sans balancer :

— Je veux bien devenir son chien fidèle, et il me plairait d'avoir pour épouse une femme virile comme Umm Zamil et belle et gracieuse comme Jalila.

Cette confession me prit de court et je ne trouvai qu'à répondre, en me laissant glisser sur le sol :

— Vraiment, Uyainah, tu ne raisonnes pas comme un homme, comme le futur chef des Fazarah. Je te vois bien mal comme un chien fidèle, il est mieux que tu abandonnes cette folle idée d'épouser notre cousine.

Sur ce conseil que je considérais aussi judicieux que péremptoire, je m'éloignai en direction de notre campement.

Ce n'est que le lendemain que je pus susciter une occasion de m'entretenir seul avec toi, Jalila. Tu étais allée chercher de l'eau au puits. Je te suivis de loin et, lorsque tu revins, ta cruche sur la tête, je me trouvais sur ton chemin. Je te débarrassai de la cruche en te déclarant que j'avais soif, et je me la versai sur la tête et sur mes vêtements. Au lieu de te fâcher, tu as ri, et tu m'as déclaré que j'étais comme un chien mouillé et qu'il ne me restait plus qu'à aller moi-même à nouveau puiser de l'eau. Je te pris par la main et je te fis asseoir sur une large pierre plate où s'installaient les femmes, le soir venu, pour converser entre elles. Tu m'as regardé sans marquer de surprise, et je voyais tes grands yeux noirs, rieurs, tournés vers moi, comme si tu savais déjà de quoi j'allais t'entretenir.

— Uyainah t'a-t-il dit qu'il voulait faire de toi son épouse ? ai-je commencé.

— C'est un bon parti, et il est brave et vigoureux, as-tu répondu en prenant un air moqueur.

— Il sera le chef des Fazarah, mais moi je serai le chef des Banu Abdallah, et mon père possède un véritable château à Dumat.

Tu t'es mise à rire à nouveau, mais je savais que tu cachais ton trouble, et tu m'as répondu :

— Chafiq, depuis que tu vis parmi nous, toi qui as pour moitié du sang des Ghatafan, ignorerais-tu encore que notre peuple ne peut vivre dans des villes et qu'il n'aime que les grands espaces, l'odeur du désert, le campement qu'on établit le soir et les feux qu'on allume pour préparer les repas ?

Ta réponse ne m'a pas pris de court et j'ai aussitôt répondu que moi aussi, c'est ce que j'aimais, car j'étais autant que toi un fils des Ghatafan.

Tu as alors soupiré, retrouvant ton sérieux, et tu m'as rappelé que j'allais partir, que j'allais te laisser parmi les tiens.

J'ai alors osé te prendre la main et je t'ai déclaré ce que je gardais en secret dans mon cœur.

— Peut-être vais-je devoir m'éloigner de toi, mais ce sera juste le temps qu'il faut pour que tu deviennes une jeune femme et que moi j'apprenne tout ce que je dois savoir pour être poète et le futur chef d'un clan puissant.

Je suis resté un moment silencieux sans pouvoir oser dire ce qui était dans mon cœur. J'avais presque peur que tu te moques de moi. J'ai rassemblé tout ce que j'avais de courage, car il faut souvent plus de courage pour avouer à une femme qu'on l'aime que pour affronter un ennemi sur un champ de bataille, et je te dis ces mots simples, mais si chargés de sentiment :

— Jalila, je veux terminer ma vie auprès de toi, je veux que tu sois la mère de mes enfants.

Tu m'as lancé un long regard où j'ai cru lire la joie mais aussi le doute et tu as dit :

— Le veux-tu vraiment ? Dans ce cas, Chafiq, je le veux aussi. Mais je crains que tu ne m'oublies bientôt, car on dit que les villes sont pleines de tentations.

— Comment pourrais-je jamais t'oublier, toi qui es ma sœur et mon épouse ? ai-je assuré.

Et mon cœur était sincère, et ceci je le pense encore, malgré tout ce qui s'est passé, malgré... Mais je ne veux plus remuer ces souvenirs qui me sont si doux et si pénibles, car j'ignorais que le destin qui nous est imparti se rit de nos désirs et de nos serments.

Nous parlions ainsi, échangeant ces serments, et tu m'assurais que tu m'attendrais, que tu me resterais fidèle, et moi je te déclarais que tu occuperais toujours l'espace de mon cœur, lorsque nous avons vu venir vers nous un homme noblement drapé dans son manteau léger, sur un chameau qui allait d'un pas lent. Et derrière lui suivaient ses serviteurs avec des chameaux de bât. Quel spectacle lui avons-nous offert pour que, au lieu de passer son chemin en nous saluant, il se soit arrêté après avoir invoqué « le dieu qui règne dans le ciel » selon une expression qui m'a paru alors étrange ?

Nous le regardions, étonnés et dans le même temps irrités, car il semblait vouloir entrer par effraction dans notre intimité, interrompant notre entretien. Mais en vérité, qu'avions-nous de plus à nous dire après de tels aveux ? Nos doigts restaient toujours unis, et ils parlaient de nos cœurs plus encore que nos lèvres.

Le voyageur nous a regardés et il a repris :

— Si je cherchais une image de l'amour et de la beauté, c'est en ce lieu que je l'aurais trouvée.

Ayant ainsi parlé, il fit agenouiller sa monture et se laissa glisser à terre. Ses serviteurs firent de même et l'un d'eux, sur un signe de lui, vint étaler sur le sol son tapis de selle sur lequel il s'assit, face à nous. Un autre serviteur lui apporta un luth persan et il en fit vibrer les cordes, puis il chanta des vers à la louange de la beauté des femmes. Je n'ai pas gardé le souvenir exact des paroles, mais il y dressait le portrait de la beauté idéale avec sa lourde chevelure de nuit, son visage à l'ovale allongé et au teint lunaire, son nez droit, ses sourcils noirs, son long cou, sa taille fine sur laquelle ploie sa poitrine, ses jambes élancées. Il me semblait qu'il avait écrit ce poème pour toi, Jalila, tant je te retrouvais dans ce portrait, mais visiblement c'était un *nasib** savant qui avait demandé un long travail de polissage.

Je ne manquais pas de le féliciter lorsqu'il se fut tu, car je trouvais son poème d'une grande beauté et son art parfait. Il nous dit alors s'appeler Abu Baçir Maymun, et appartenir à la tribu des Qays ibn Thalabah, du pays de Yamamah, en Arabie orientale. Et il ajouta :

— On me surnomme al-Acha et c'est sous ce nom que je me suis acquis une réputation de poète.

Je me suis alors levé pour le saluer, car j'avais entendu parler de lui d'une manière particulièrement élogieuse par Hatim et mon père, à la Mecque. Je me suis ensuite présenté à lui et je lui ai demandé s'il était simplement de passage à Tayma.

— En tout lieu, je ne suis jamais qu'un passant, répondit-il. Comme le vent, j'erre à travers le monde. Le désert est ma demeure, et aussi les cités qui jalonnent les routes de ma vie. Mais mon cœur se tourne de préférence vers trois villes : la première est Ukaz où je reviens presque chaque année pour rivaliser avec mes frères en poésie ; la seconde est Hira où j'ai mes plus précieux compagnons ; la troisième Tayma où je me retrempe dans la gloire de Sam-

* Ce terme de *nasib* désigne dans la poétique arabe un poème introductif destiné à faire l'éloge d'une femme qu'a, en principe, aimée le poète. Le *nasib* apparaît constitué dès le VIe siècle comme pièce d'introduction au grand poème d'apparat appelé *qasida*. *Nasib* et *qasida* remontent à l'époque pré-islamique ; ils sont les formes par excellence dans lesquelles les poètes bédouins de l'Arabie ancienne se sont exprimés.

mawal ibn Adiya, le plus fidèle des hommes et l'un des plus illustres poètes.

Sans doute attendait-il que je l'interroge sur ce Sammawal, dont je savais qu'il avait été poète et le seigneur du château d'Ablaq.

Al-Acha se tourna vers la forteresse dont les murs bariolés se distinguaient à travers les palmes et, la désignant d'un geste ample, il parla ainsi :

— On dit que ce château a été construit par Adiya, le père de Sammawal, il y a un siècle, mais en vérité c'est Salomon, le roi des Juifs, Salomon le magnifique, le magicien inspiré, qui l'a bâti avec l'aide des djinns voici plus de mille ans. Sammawal croyait dans le dieu des Juifs et c'est lui qu'il adorait, mais ses ancêtres étaient Arabes. Il était le maître de ce beau château où il vivait. Là il composait des *qasida* et il pratiquait l'hospitalité comme un bédouin et comme un prince : ceci se passait il y a plus de trois générations, et ses petits-enfants sont toujours les maîtres de cette forteresse.

Il nous raconta alors l'histoire du prince poète Imru'l-Qays qu'on a surnommé le roi errant, car il était fils du roi des Kinda. Il nous apprit comment Imru'l-Qays partit pour le pays de Roum, laissant aux soins de son hôte ses parents et ses biens les plus précieux, dont une cuirasse en or et des armes magnifiques. Il nous dit comment, par la suite, Sammawal préféra laisser tuer son fils sous ses yeux plutôt que de trahir la parole donnée et livrer à une armée ennemie les biens que le poète exilé lui avait confiés.

Nous avions écouté cette terrible histoire en silence. Il me semblait qu'elle nous était contée pour nous montrer combien la fidélité, aussi bien en amitié qu'en amour, est l'une des plus nobles qualités dont puisse se prévaloir un homme.

Je ne puis douter que c'est le destin qui m'a fait ainsi croiser le chemin d'al-Acha. Il m'entretint longtemps encore et il en vint à parler de Hira, des poètes et des savants qu'on y rencontrait, de la vie qu'on y menait, si bien que je ne rêvais plus que de m'y rendre, car rien mieux que ses paroles n'aurait pu me conforter dans mon désir ancien de séjourner dans cette cité. J'ai conduit al-Acha auprès d'Abd al-Uzza et de ma tante. Adiba avait souvent entendu parler d'al-Acha et elle connaissait ses poèmes ; aussi parut-elle enchantée de s'entretenir avec lui et de l'écouter psalmodier des vers. Il resta ainsi plus d'une lune à Tayma, partageant son temps entre notre camp et le château d'Ablaq, où il était reçu comme un hôte de marque pour avoir chanté la fidélité de Sammawal. Je lui fis part de mon désir de me rendre à Hira pour y apprendre la musique et la poésie. Il m'apprit qu'il y possédait une demeure, qu'en quittant Tayma il s'y rendrait par petites étapes afin d'y passer l'hiver et que je serais le bienvenu chez lui. Et comme il précisa qu'il passerait par Dumat al-Jandal, je lui recommandai d'aller voir mes parents, lui assurant qu'il serait honorablement reçu par mon père qui connaissait sa réputation et admirait ses poèmes. Ainsi nous sommes-nous séparés en nous promettant de nous retrouver dans sa demeure de Hira.

CHAPITRE 5

LE MAÎTRE ET LE DISCIPLE

Vint le temps de la séparation. Mon père avait envoyé à Tayma une troupe de cavaliers chargés de m'escorter jusqu'à Dumat. Ils amenaient avec eux plusieurs magnifiques chevaux de Médie, cadeau de mon père à Abd al-Uzza. L'un d'entre eux m'était destiné et c'est lui que j'enfourchai fièrement pour prendre la route du désert. Malgré les airs glorieux que je me donnais, cet éloignement me fut pénible car al-Uzza et Adiba m'étaient plus chers qu'un père et une mère, Ayman et Samir m'étaient des frères, quant à toi, Jalila, tu m'étais plus qu'une sœur.

Pendant les quatre journées que dura le voyage, je cachai ma mélancolie et ma tristesse ; il m'arrivait de me réveiller en larmes car j'avais rêvé de toi, Jalila, je croyais te retrouver et je te perdais à mon réveil.

À peine arrivé à Dumat, je fus entraîné dans les tourbillons d'une nouvelle vie. Mon père m'apprit qu'al-Acha lui avait rendu visite et qu'il avait séjourné quelque temps dans ma famille avant de se rendre à Hira.

— C'est Wadd lui-même, notre seigneur, me dit mon père, qui t'a fait rencontrer cet homme alors qu'il passait par Tayma. Il a honoré notre demeure de sa présence et j'aurais voulu qu'il restât parmi nous jusqu'à ton retour. Mais il a dû partir pour Hira où il était attendu. Nous allons consacrer ces prochains jours à t'équiper, puis tu te mettras en route pour Hira avant la fin du mois : al-Acha t'y attend, il met sa demeure à ta disposition et il t'introduira dans la société de la ville.

Nous étions au mois Rabi al-Awwal* qui est celui où se tient la grande foire annuelle de Dumat al-Jandal. À cette époque, la domination de la ville était partagée entre deux rois qui régnaient alternativement. L'un qui appartenait à notre tribu des Kalb était Qunafah ; l'autre était Ukaydir, un Ibadite de la tribu des Kinda qui, comme nombre d'Ibadites, avait adopté les croyances des chrétiens. Kalb et Ibad sont originaires du Sud de l'Arabie, mais les Kalb sont devenus plus puissants, et ils auraient pu imposer un roi de leur nation si Ukaydir et son père avant lui ne s'étaient pas appuyés sur des empereurs chrétiens de Roum qui soutenaient leur candidature. Chaque année, juste avant que ne se tienne la foire, la possession du trône était remise en question et voici de quelle manière se faisait l'élection : ce n'était pas après une guerre ou un combat singulier qu'Ukaydir ou Qunafah montait sur le trône à son tour, mais suite à la résolution d'énigmes. Les deux candidats s'adressaient mutuellement des énigmes et celui qui les résolvait régnait pendant l'année. Il est vrai que son pouvoir était limité par la puissance des chefs des clans formant les tribus, et c'est grâce à cet arbitrage que le roi en place se voyait contraint de céder son trône au vainqueur. C'est dans cette foire que le prince nouvellement intronisé trouvait le plus grand avantage, car il avait pour privilège de pouvoir vendre tout ce qu'il voulait avant que les autres marchands ne viennent proposer leurs produits, sur lesquels il percevait une taxe.

---

* Voir l'annexe relative au calendrier arabe.

Mon père m'emmena à la foire dans l'intention de me faire choisir les esclaves qu'il voulait m'acheter pour constituer ma suite pour mon voyage à Hira. La foire, qui rassemblait un grand concours de bédouins venus des quatre horizons de l'île des Arabes *, se tenait aux portes de la ville, au pied de la citadelle de Marid, entièrement construite en pierres de taille, mais elle s'étendait à travers l'oasis jusqu'à l'orée des villages établis dans le voisinage. Là étaient rassemblées toutes les richesses de la péninsule, depuis les résines balsamiques du Sud jusqu'aux dattes de l'Oman, depuis les ânesses de Dina jusqu'aux panthères de Tabala. Mais on y trouvait aussi des épices et les paons de l'Inde, l'or et l'ivoire du royaume d'Abyssinie, les vins de Syrie et de Babylone, les étoffes de Perse et d'Égypte, la soie de Sérique. Et, naturellement, les produits propres à l'oasis : sandales et selles de cuir, vêtements de dessus en laine, et même les dattes, qui sont pourtant excellentes, n'étaient achetées que par les membres des clans miséreux qui erraient dans les immensités sablonneuses du désert de Tawus **.

Mon père acquit pour moi plusieurs esclaves mâles pour me servir, après m'avoir promené tout au long des diverses rues du marché afin de me faire admirer les merveilles qui y étaient exposées. Dans les rues réservées à notre peuple, et où l'on vendait surtout du bétail, des chameaux et des chevaux, nous nous arrêtâmes devant les tentes de laine où étaient présentées les jeunes filles de la tribu que leurs parents vendaient pour être prostituées, ce qui est une coutume propre aux Kalb : on assure que pour un père pauvre qui ne peut continuer de nourrir sa fille ni la marier honorablement, il est mieux de la vendre ainsi plutôt que de l'enterrer vivante. L'intention de mon père était de m'acheter une jeune femme qui pourrait dans le même temps me servir et m'initier aux plaisirs de l'amour. Je songeai aussitôt à toi, Jalila, et je me dis que ce serait bien vite trahir nos serments que d'accepter une telle offre.

---

* Nous avons traduit littéralement l'appellation de *Djezirat al-Arab*, « l'île des Arabes », donnée parfois par les Arabes à la péninsule arabique.

** Tawus (ou Taous) est le nom ancien du Nafud, cet immense désert de sable qui s'étend au sud d'al-Jawf.

— Père, ai-je alors déclaré, je ne veux pas de femme, et surtout pas une fille de notre peuple. Comment pourrais-je accepter de prendre pour esclave et de me soumettre une femme de notre tribu ? Nous serions du même sang : je ne pourrais jamais envisager autre chose que le mariage avec elle. Or, je ne veux pas me marier pour l'instant, je dois auparavant accomplir mon séjour à Hira.

Je ne voulais pas lui dire qu'en vérité, c'est toi, Jalila, que je désirais épouser : notre amour était un secret que nous seuls devions partager, toi et moi, que nul ne devait connaître avant le jour où nous serions prêts à nous unir. Nous nous étions jurés de conserver jalousement ce secret, je devais ainsi l'enfouir au fond de ma poitrine.

Mon père n'insista pas, à mon grand soulagement. Il se contenta de hocher la tête puis il déclara, en posant son bras sur mes épaules :

— Il est vrai qu'à Hira les occasions ne te manqueront pas de devenir un homme.

Je ne relevai pas cette remarque dont je ne saisissais pas clairement le sens, car il me semblait que la condition d'adulte ne devait pas être sanctionnée par l'union avec une femme mais bien plutôt par une capacité à se conduire dans la vie, à gérer sa propre destinée, à devenir un membre de son clan à part entière et à participer à sa prospérité.

Parmi les quatre esclaves que m'avait achetés mon père, il en est un que j'ai choisi moi-même, ce dont je n'ai pas eu à me repentir. C'était un Abyssin d'une haute taille, robuste comme un lion du désert, ce qui lui valut son nom d'Azzam. Dès que je le vis debout, le visage fièrement redressé bien qu'il fût nu et enchaîné, je demandai à mon père de l'acheter. Un homme le marchanda à son vendeur ; mon père proposa un prix élevé et lança la pierre car telle est la coutume, dans cette foire, de jeter une pierre pour marquer sa volonté d'acquérir un bien. Je voulus qu'on lui ôtât aussitôt ses chaînes, bien que le marchand eût assuré que c'était un homme féroce, l'ancien esclave d'un guerrier de la tribu de Tamim tué au cours d'une razzia et qui avait été mis en vente par les enfants du défunt car ils craignaient ses colères. À ma demande, mon père lui acheta un pagne et une ample chemise et moi, je lui ai pris la main et je lui ai dit : « Azzam, tu seras mon protecteur, car j'ai confiance en toi. » Il avait alors porté sa main à mon front et m'avait répondu d'un ton grave : « Sache, mon maître, que jamais Azzam n'a trahi la confiance qu'on a mise en lui. »

Avant la fin de ce mois, nous prîmes la route de Hira. À ma demande mon père avait accordé une monture à chacun de mes serviteurs, trois chamelles, et un beau cheval pour Azzam. Cependant il avait refusé de leur donner des armes, de peur qu'ils ne cherchassent à les utiliser contre moi.

Ma sœur aînée, Rahifa, avait épousé un riche caravanier, sayyid de la tribu des Banu Idjl, dont les territoires s'étendent aussi aux environs de Dumat. Il était en relation constante avec Hira et Ctésiphon, la capitale de l'empire des Perses située à peu de distance au nord de Hira, car ses caravanes assuraient le trafic entre ces cités et le Hedjaz. Je profitai d'un voyage d'une de ses caravanes à Hira pour m'y intégrer afin de voyager en toute sécurité. La piste conduisant vers l'Iraq était contrôlée par les Banu Amr ibn Marthad chez lesquels mon beau-frère, Manzalah ibn Thalaba, prenait son escorte.

Dès l'abord, Hira qui, aux portes du désert, déploie ses belles demeures aux hautes terrasses sur les bords du lac Nadjaf, au milieu des champs de blé et des vergers, largement irrigués par de nombreux canaux au cours rectiligne, exerça sur mon esprit une vive séduction. Même Tayma sous sa couronne de palmiers me parut pauvre et sévère en comparaison, et je me demandais comment, alors qu'il existait des lieux aussi charmants que Hira, on pouvait vivre dans l'aride cuvette de La Mecque. Mais j'étais alors trop jeune pour sentir la grandeur et la sainteté de la cité des Quraychites.

Manzalah me conduisit jusqu'à la demeure d'al-Acha, située dans un vaste jardin, hors des murs de la ville, vers les rives du lac. Mon hôte, averti de mon imminente arrivée par un messager, m'attendait avec une impatience qui m'étonna, car il ne la cacha pas plus que la joie que ma présence lui procurait. Je lui remis les nombreux présents que lui envoyait mon père, puis il me conduisit en personne dans la chambre qui m'était destinée, tandis que son majordome s'occupait de loger ma suite.

Les Arabes de Hira avaient depuis déjà longtemps oublié la rude existence de leurs ancêtres sous la tente pour adopter les mœurs, que certains déclarent corrompues mais que d'autres qualifient de raffinées et délicieuses, des Perses. Depuis qu'un gouverneur, de père arabe mais de mère persane, administrait la cité, et qu'une garnison était établie dans l'une des forteresses, construite face au désert, on ne fermait plus les portes de la ville la nuit et les gens aisés commençaient à se faire bâtir des maisons hors des murs, au milieu des jardins persans, riches en parterres de roses et en tapis de verdure. Je jouis sans tarder de ce luxe propre aux villes opulentes. En effet, la demeure d'al-Acha offrait une salle pourvue d'un bassin où l'on pouvait se baigner.

— Tu es tout couvert de la poussière du chemin et tes vêtements sont mouillés de sueur, me dit-il. Il faut que tu abandonnes aux portes de cette ville les habitudes des bédouins et que tu deviennes un jeune homme de noble allure.

Sur ces mots il fit entrer deux jeunes femmes qui m'ont emmené dans cette salle de bains, où elles m'ont dépouillé de mes vêtements et m'ont fait descendre dans le bassin rempli d'eau tiède sur laquelle flottaient des pétales de rose. Ainsi je fus lavé, parfumé et revêtu d'habits propres, taillés dans le lin le plus fin et dans la soie.

Le repas fut ensuite servi dans une cour intérieure entourée d'un portique et agrémentée d'un bassin en son centre. J'admirai la beauté du lieu, le luxe de la demeure, le nombre de serviteurs.

— Al-Acha, demandai-je à mon hôte, après lui avoir fait part de mon admiration, est-ce à la munificence des seigneurs du désert que tu dois de posséder une si riche demeure et tant de serviteurs ?

Il était assis auprès de moi, sur des coussins, devant une table très basse sculptée dans un bois précieux et incrusté d'ivoire. Il toucha le meuble, nouveau pour moi car les plats, chez nous, étaient toujours déposés sur une natte ou un grand plateau, et il me dit :

— Tu vois cette table, elle vient de Syrie, et il faudrait plusieurs chameaux pour l'acheter. En vérité cette maison ne m'appartient pas, ni la plupart des serviteurs que tu y vois. C'est une ancienne demeure du dernier roi de Hira, Numan ibn al-Mundhir. Il y venait l'été pour y chercher un peu de fraîcheur hors de la ville. Le roi des Perses, Parwiz

Khousrow, après avoir emprisonné Numan et l'avoir fait mettre à mort, a donné cette demeure au prince de la ville. Ce dernier est un homme magnifique et il met sa gloire à rivaliser avec les anciens rois de la race des Lakhmides. Il cherche à attirer à sa cour les poètes arabes par ses libéralités, mais la plupart des anciens poètes qui ont rendu Hira illustre sont morts, les autres n'ont guère envie de flatter un simple prince au service d'une nation étrangère. Pour ma part, je ne nourris pas de ces préjugés et il m'importe peu que mon protecteur soit persan ou arabe, qu'il soit prince ou roi du moment qu'il se montre généreux. C'est ainsi qu'il a mis cette demeure à ma disposition, et j'y suis le maître car il se contente d'en assumer l'entretien tout en ayant la délicatesse de ne pas importuner ses hôtes. Il lui suffit que j'honore la cité de ma présence et que je vienne le saluer dans son palais trois ou quatre fois par mois.

Tandis qu'il parlait ainsi, les servantes apportaient des plats délicats et très élaborés, préparés par un cuisinier syrien, comme jamais je n'en avais goûté, et nous buvions ce vin de Babylone qu'al-Acha prisait particulièrement.

— Ne crois pas, cependant, poursuivit-il, que le gouverneur agisse ainsi dans un but totalement désintéressé. En vérité, il sait combien est forte l'influence que les poètes exercent sur leur tribu : il espère qu'ils feront l'éloge du roi des Perses et que seront ainsi facilitées les relations entre les Perses et les Arabes.

J'ai oublié tout ce que mon hôte et maître a dit ce soir-là, d'autant que j'abusais de ce vin qui me fit bientôt tourner la tête et me mit dans un état de joyeuse hébétude. Je me rappelle, néanmoins, qu'il me parla avec volubilité des relations de maître à disciple qu'il lia aux notions de beauté et d'amour spirituel, ce qui me parut un discours incompréhensible. Mais il revint bientôt sur cette vue singulière, avec laquelle je me familiarisai.

Nous avions terminé notre repas lorsque entra une jeune femme dont la peau était aussi sombre que celle de mon esclave Azzam, mais elle avait un profil d'une grande finesse, des membres élancés et de grands yeux expressifs : Horaïra, tel était son nom, était l'esclave favorite de mon hôte. Elle portait un luth persan et, après nous avoir salués, elle s'assit sur un épais coussin et se mit à chanter des poèmes consacrés au vin, aux beaux adolescents et aux troublantes jeunes filles, tous œuvre d'al-Acha. Horaïra avait une voix grave, veloutée comme un vin doux, sinueuse, qui enchantait l'oreille. Si je m'endormis avant qu'elle ne se tût, c'est parce que je fus dominé par la fatigue et l'ivresse, et le lendemain je déclarai à mon hôte que j'étais confus de m'être ainsi assoupi, et je voulus être conduit auprès d'Horaïra pour la féliciter. Al-Acha me caressa les cheveux en me disant que je m'inquiétais pour de futiles affaires, qu'Horaïra ne pouvait pas s'être blessée de mon sommeil parce qu'elle savait qu'elle n'était qu'une esclave et surtout parce qu'elle avait conscience de ses talents de chanteuse et de musicienne.

Dès le lendemain de mon arrivée, al-Acha me présenta la cité où j'étais destiné à passer plusieurs années. Nous avons erré par les rues animées, où al-Acha rencontrait de nombreuses personnes de sa connaissance, puis nous nous sommes arrêtés devant un monument pourvu de colonnes qui tombait en ruines :

— C'est, m'annonça-t-il, l'ancien temple de Sabad, la déesse protectrice de la ville. Mais plus personne n'y entre, excepté quelques vieillards et son prêtre. Ainsi passe la gloire des dieux. Car les habitants de la ville ont délaissé leur vieille divinité pour se tourner vers d'autres dieux. Nombreux sont ceux qui ont adopté le christianisme à la suite des derniers rois lakhmides qui se sont convertis, mais les Byzantins les disent hérétiques car ils sont pour la plupart des nestoriens. D'autres se sont tournés vers une religion prêchée voici près de trois siècles par un homme originaire de cette région appelé Mani. Si j'ai bien compris ce que prétendent les gens qui se disent manichéens, leur religion est un mélange de christianisme et du culte des Perses qui croient que le monde est dominé par deux forces en lutte, le bien et le mal. Nombreux sont d'ailleurs les Perses qui rendent un culte au feu et à un dieu bon qu'ils appellent Ahoura-Mazda. Tu peux voir que dans cette seule ville les habitants sont partagés entre nombre de cultes différents, car je ne t'en ai mentionné que quelques-uns et il faudrait encore y ajouter les juifs.

Al-Acha m'entretint souvent de sa conception de Dieu et sans doute, si je ne l'avais pas eu pour maître, j'aurais continué à croire dans les dieux de notre nation et en particulier dans Wadd et al-Uzza. Il avait longtemps voyagé à travers le monde, dans toute l'Arabie, du Sud au Nord, mais aussi en Iraq et dans l'empire de Roum, en Syrie et en Palestine. Il avait eu d'étroites relations avec les chrétiens de ces régions, et surtout les chrétiens ibadites de Hira, et ceux de Nedjran ; l'évêque de cette ville était son ami et le recevait dans sa demeure lors de ses séjours dans le Yémen. Dans les premiers temps j'avais pensé que mon hôte était chrétien. Il est vrai qu'il n'assistait jamais à aucun office de ce culte, mais comme j'en ignorais alors l'existence, car nos dieux ancestraux n'exigent aucun rituel compliqué ni d'offices semblables à ceux des chrétiens, je ne m'étais pas posé la question. Mais un jour, alors que je l'interrogeais sur ses croyances profondes, il me parla à peu près dans ces termes :

— Comme toi, dans ma jeunesse, je croyais aux dieux des Arabes. Ma tribu nomadise dans le Yamama, au cœur de l'île des Arabes, dans la région du village de Manfuah, où l'on vénère plus particulièrement al-Jadd, seigneur des puits et des pâturages. Lorsque je suis entré en relation avec les chrétiens et qu'ils ont entrepris de me convertir à leurs croyances, j'ai pris conscience de l'inconsistance de nos dieux. J'ai alors cherché à mieux connaître le dieu des chrétiens. Car ils prétendent n'adorer qu'un Dieu unique qui règne sur le monde et a tout créé. Mais en approfondissant leurs croyances et en prenant connaissance des spéculations des anciens penseurs du pays de Roum qui se faisaient appeler « amis de la sagesse », j'ai compris que je prenais une mauvaise route. Car bien que les chrétiens prétendent adorer un seul dieu, ils en adorent en réalité trois, même s'ils affirment qu'ils ne forment qu'une seule personne, ce qui est une absurdité.

Là, j'interrompis mon maître pour lui demander si le dieu des chrétiens n'était pas cet Isha dont j'avais vu une représentation sur les genoux de sa mère sur les murs de la Kaaba.

— C'est l'un de ces trois dieux qui constitue leur Trinité, me répondit-il. On l'a représenté à la Kaaba parce que les Arabes, afin d'être sûrs de ne fâcher aucun dieu, les placent tous dans l'enceinte sacrée et leur rendent un culte. Il faut encore que tu saches que selon la foi des chrétiens, cet Isha, né de Miryam, aurait été envoyé par son père pour sauver les hommes, raison pour laquelle il est mort sur la croix, devenue le symbole de leur religion ; car les chrétiens ont adopté cette croyance propre aux Juifs selon laquelle le premier homme appelé Adam et la première femme appelée Ève ont péché en désobéissant à leur dieu créateur, raison pour laquelle ils ont été chassés du magnifique jardin où ils vivaient immortels et sans soucis, et sont devenus mortels.

— Quel rapport cela a-t-il avec cet Isha qui sauve les hommes en se faisant mettre sur une croix ? lui ai-je demandé, étonné par ces contes puérils.

— Les chrétiens pensent que cette chute du jardin de l'Éden, car tel est le nom qu'ils donnent à ce jardin, représente une faute qui se transmet de génération en génération et qui est cause qu'après la mort, tous les hommes vont dans un lieu affreux appelé Enfer où l'âme brûle éternellement.

Comme j'avais entendu dire par bien des gens que l'âme était un souffle incorporel, je m'étonnais qu'elle pût brûler, ce qui fit sourire mon maître qui me dit :

— Tu vois bien que tout cela est d'une grande naïveté. Et sache encore que le sacrifice de cet Isha, qui était aussi un dieu, a sauvé les hommes de ce péché originel.

— Mais, ai-je alors demandé, car j'allais de surprise en surprise, si cet Isha était dieu, il n'avait aucun mérite à se sacrifier puisqu'un dieu ne peut souffrir et qu'il est immortel. Et je ne vois pas pourquoi le grand dieu qui est son père a mis tant de temps avant de l'envoyer parmi les hommes. Mais ce qui me paraît plus monstrueux, c'est que ce péché soit transmis héréditairement sans qu'on puisse même le racheter. Car chez nous, s'il est vrai que le meurtre d'un homme d'un autre clan appelle une vengeance, et que des guerres de clans puissent durer ainsi plusieurs générations, seuls les guerriers sont impliqués dans cette aventure et on a toujours le loisir de payer le prix du sang en chameaux et en moutons.

— Ai-je besoin de t'en dire plus, conclut al-Acha, pour que tu comprennes pourquoi je n'ai pu être chrétien ?

Après un bref silence, il reprit ainsi :

— J'ai aussi songé à me tourner vers la religion des

Juifs. Mais là encore j'ai été déçu. Comme ils refusent de faire des statues de leur dieu, en déclarant que le Créateur de l'univers est si grand qu'il ne peut être représenté, j'ai prêté l'oreille à leurs discours. Mais bientôt je me suis aperçu que ce dieu qu'ils appellent Yahvé ne vaut pas mieux que les dieux des tribus arabes. C'est le dieu d'un seul peuple, les Juifs, et il exclut tous les autres peuples : ne peuvent l'adorer que les Juifs. Au moins nos dieux ne voient aucun inconvénient à être vénérés par des étrangers. Mais lorsque j'ai pris connaissance de quelques-uns des livres des Juifs, j'ai été outré car j'ai vu que leur Yahvé ne vaut pas mieux que le roi des rois des Perses. Comme lui il exige d'être adoré, il a besoin qu'on le prie, que les hommes rampent à ses pieds, il ne cesse de prendre des colères affreuses, exige la mort de ses ennemis, non seulement des guerriers des peuples qui ne l'adorent pas, mais souvent de toute leur famille et même de leur bétail, ce qui révèle une grande sottise unie à une plus grande méchanceté car ces pauvres bêtes ne sont pour rien dans ces histoires.

Tandis qu'il parlait ainsi, son visage s'était animé, tant il semblait rempli de colère contre cette vision d'un dieu aussi violent et jaloux, vision qui, selon lui, défigurait le véritable visage du grand Dieu créateur.

— Et ne crois pas que ce dieu épargne son peuple qui se dit élu et qu'il le favorise. Tout au contraire : il ne cesse de lui envoyer des malheurs, il accepte qu'il soit vaincu par tous ses voisins, déporté, détruit par deux fois. Il entend sans broncher ce même Isha se prétendre son fils et les chrétiens déclarer avec aplomb que c'est lui qu'ils adorent, ceci au détriment de ces malheureux juifs, auxquels ils prennent même leur dieu. Mais voici que non contents d'adorer un pareil despote, qui, par l'intermédiaire d'un prophète appelé Moïse, leur a donné un code de lois particulièrement compliqué, les Juifs ont renchéri sur le rituel et leurs prêtres ont compilé des volumes entiers pour codifier le moindre acte de la vie quotidienne, si bien qu'ils ne peuvent pas faire un pas hors de chez eux sans risquer de pécher et de provoquer la colère de leur dieu.

« Ainsi, poursuivit mon maître, voyant d'un côté les chrétiens divisés en mille sectes, se disputant férocement entre eux pour un point de détail absurde, de l'autre les juifs martyrisés par leur propre dieu, j'ai songé à me tourner vers la religion des Perses. Elle me semblait toucher une vérité lorsqu'elle montrait le monde déchiré entre le dieu du bien et celui du mal, et en situant à la fin des temps le triomphe du bien. En outre il est une question que je posais avant toute autre lorsque je parlais avec un chrétien ou un juif : comment admettre que le dieu que vous adorez soit seul, l'unique, le créateur de tout ce qui est, et qu'il soit impuissant à s'imposer à tous les hommes ? Mieux encore car, même au sein de ses fidèles, pour ce qui est des chrétiens, il n'est pas capable de leur imposer une seule règle et chacune des sectes chrétiennes prétend détenir la vérité. Pour le moins, Ahoura-Mazda, le dieu suprême des zoroastriens, est adoré pareillement dans tout l'Empire perse et, de plus, il a donné à ses adorateurs un bel empire, la puissance et la richesse.

« Mais là encore, je me suis dit que cet Ahoura-Mazda n'était pas tout-puissant puisqu'il ne réussira à vaincre le dieu du mal qu'à la fin des temps, et en outre, il est entouré d'un nombre considérable de divinités mâles et femelles, ce qui fait que la religion des Perses ne vaut pas mieux que celle des Arabes. Voilà pourquoi je me suis tourné vers les anciens amis de la sagesse. Car j'ai d'abord vu que c'est chez eux que les chrétiens ont puisé l'idée d'un dieu créateur qui anime le monde. Mais cet être dont on ne peut pénétrer la nature n'a rien de ces dieux tyranniques qui exigent d'être adorés comme de vulgaires rois humains. Il est au-delà de ces faiblesses humaines que chrétiens, juifs et zoroastriens attribuent si généreusement à leurs dieux, il règne immuable par delà le ciel et il laisse les hommes agir selon leur volonté, à moins qu'il n'ait inscrit dans l'avenir toutes leurs actions sans qu'ils ne puissent rien y changer. Mais peu importe car qu'est-ce qu'une existence humaine en regard de l'éternité ? Et que représente un geste d'homme, dût-il apporter la mort, cette mort qui nous effraie tant mais qui est peut-être un grand bien ?

Je demeurai un instant méditatif avant de remarquer :

— Mais si les hommes ont dressé des autels aux dieux et s'ils éprouvent un tel besoin de les adorer, n'est-ce pas parce que précisément les dieux veulent qu'il en soit ainsi ? N'existe-t-il pas un vrai dieu qui regarderait comme son peuple tous les hommes qui tourneraient vers lui leur visage, sans distinction de tribu, de nation ou de langue ?

Al-Acha a soupiré et a simplement remarqué :

— Si ce dieu dont la face serait tournée vers les humains existait, il se serait manifesté depuis longtemps.

— Peut-être attend-il le moment de se manifester, ai-je murmuré.

Il a souri, a passé sa main dans mes cheveux, comme il aimait le faire, et il a soupiré :

— Dans l'attente improbable que ce dieu se manifeste, je continue de croire au dieu des amis de la sagesse, éternel, infini, contenant en lui l'Univers.

Et moi j'ai soupiré en concluant :

— Mais avec ton dieu, que devenons-nous, nous pauvres humains, nés uniquement pour mourir ?

— Rien, souffla-t-il.

Et il appela Horaïra pour qu'elle nous apporte du vin.

CHAPITRE 6

LE TEMPS DES PLAISIRS À HIRA

À peine m'étais-je installé dans la demeure d'al-Acha qu'il entreprit de faire de moi le poète que j'aspirais à devenir. Il commença par me faire remplir des feuilles d'écriture, afin que j'apprenne la calligraphie, ce qui était aussi une occasion de copier ses poèmes et de m'imprégner de leur esprit. Alors qu'auprès d'Adiba nous écrivions sur du cuir ou même des pierres plates ou des morceaux de brique, il disposait de papyrus sur lesquels je prenais bientôt un véritable plaisir à tracer des lettres élégantes. Dans le même temps, il m'initia à la métrique, me fit pénétrer les arcanes de la poésie en m'enseignant non seulement les formes des poèmes, en me donnant à apprendre par cœur des modèles de *qasida* pour m'imprégner de l'esprit de ce genre si parfait, mais aussi en m'inculquant toutes les finesses de l'approche amoureuse. Ainsi me forma-t-il peu à peu à veiller à l'élégance des gestes, me fit-il travailler ma voix pour que je fusse tout aussi bien capable d'avoir une parfaite élocution dans la conversation que de chanter les vers de ma composition. Il me familiarisa avec les diverses formes de poèmes, le panégyrique, *madih*, d'une pratique indispensable pour tout poète qui veut vivre de son art, la satire, *hidja*, car elle permet tout autant de railler un adversaire que d'amorcer un duel amoureux avec la femme qu'on veut séduire, et surtout le poème de l'amour passion, *ishq*. Il me disait que les Persans prétendent être les seuls à détenir les secrets du *ishq*, et il admettait qu'ils n'avaient pas tort, raison pour laquelle il s'était mis à leur école. Mais il ajoutait que s'il reconnaissait un plus grand raffinement chez les Persans, c'étaient les Arabes qui, dans leur langue, célébraient l'amour avec le plus d'éclat. Et il ajoutait :

— Nous sommes le peuple de la poésie et notre langue est faite pour chanter sur des rythmes variés. C'est la raison pour laquelle nous avons produit tant d'illustres poètes, depuis al-Chamfara et Amr ibn Kulthum jusqu'à Antara et moi-même. Les Persans n'ont jamais que des chanteurs, car leurs poètes sont médiocres et restent dans l'obscurité. Il en va de même pour les Byzantins qui ne savent qu'écrire des livres sur leur dieu, dont ils ne cessent de discuter l'unité et la pluralité, mais qui n'ont plus de poètes depuis qu'ils sont devenus chrétiens. Ces fous ne savent pas qu'un peuple sans poètes est un peuple sans âme.

Je pensais alors qu'al-Acha vantait notre nation, mais je sais maintenant qu'il était en deçà de la vérité car je pourrais citer plus de trente grands poètes de notre peuple dont les noms traverseront les siècles, et c'est une grande gloire pour les Arabes.

Mon maître ne tarda pas à m'emmener dans les tavernes, lorsque descendait le soir sur les jardins de Hira. Ces tavernes étaient tenues par des juifs ou des chrétiens, parfois par des femmes ; car tavernes et cabarets étaient nombreux dans cette ville à la croisée des chemins, étape des caravanes d'Arabie et d'Égypte, aux portes de l'Empire perse. Lorsque mon maître était en joie ou dans la tristesse et qu'il voulait donc chercher l'oubli, nous allions dans ces cabarets où l'on sert toutes les boissons fermentées, vins de vignes de toute provenance, vins de palme, bières d'orge ou de blé, hydromel. Des musiciens y accompagnaient des chanteurs et parfois des chanteuses, persans, syriens, rarement arabes. Lorsqu'al-Acha se sentait d'humeur égale et sereine, nous allions dans des tavernes où il consommait du vin, vierge* au parfum d'éternité, tout en devisant sur l'amour, la beauté, la mort, et parfois l'Être suprême, inconnaissable, parfait et miséricordieux qu'il désignait du nom d'Allah, car c'était le seul terme divin qui conservât un sens indéterminé et n'appartînt pas en propre à une divinité aux attributs précis, quoiqu'on lui prêtait la paternité de trois grandes déesses, Manat, al-Lat et al-Uzza.

Et, en parlant de l'amour et de la beauté, il me disait :

— La beauté n'est jamais que le reflet de Dieu, sa lumière qui éclaire une partie obscure du monde : les êtres et les choses empruntent leur beauté à Allah comme la lune brille des rayons du soleil, ainsi que l'assurent les sages de Roum. C'est pourquoi la beauté incarnée dans un être doit inspirer l'amour car cet amour nous conduit par l'intermédiaire de l'être aimé à Allah, par l'amour on s'élève ainsi vers l'Inaccessible. Je veux te révéler, ô Chafiq, la nature de l'amour qui doit unir le disciple à son maître. Car il ne peut y avoir de relation féconde entre maître et disciple s'il n'y a pas entre eux ce lien mystérieux qu'est l'amour. Oui, Chafiq, j'aime la beauté de ton visage et de ton corps, mais aussi la beauté de ton âme comme tu dois aimer la beauté de ma propre âme. C'est ainsi que l'un des grands sages anciens concevait l'amour de ses disciples.

Je commençai par m'étonner d'un pareil discours. Car je ne concevais pas qu'il puisse exister une quelconque forme d'amour autre que celle qu'un homme peut porter à une femme et qui s'exprime par un besoin d'union dont la fin est la création d'un être nouveau dans la chair. Aussi je lui répondis, osant l'interrompre en profitant d'une pause :

— Maymun, j'ai toujours entendu dire autour de moi que l'amour était le sentiment qui doit unir un homme à

---

* En arabe le terme « vin » est féminin. Bien que ce ne soit pas encore le cas à l'époque d'al-Acha, cette comparaison du vin à une vierge ou à une jeune femme est, par la suite, devenue un poncif de la poésie arabe.

une femme pour que soit engendré un fruit destiné à perpétuer la lignée des hommes. Existerait-il un amour qui ne soit pas créateur ?

— Mon fils, répondit al-Acha, tu as encore une vision bien simpliste du monde. Sans doute l'amour qui pousse l'un vers l'autre deux êtres de sexe opposé est une manifestation de ce lien subtil qui unit les êtres. Mais cette attirance dont la fin n'est qu'une union qui ne distingue en rien l'homme de l'animal n'est jamais que l'expression la plus élémentaire, j'oserais dire la plus grossière de l'amour. La contemplation de la beauté à travers le miroir de l'amour doit se suffire à elle-même et elle ne doit surtout pas être troublée par un acte qui n'apporte jamais qu'un plaisir fugitif. C'est par l'intériorisation de cette contemplation qu'on parvient à la contemplation intérieure de l'Être suprême et qu'on accède à la connaissance intuitive d'Allah. L'amour est le seul lien qui nous unisse à Lui et nous permette ainsi de Le connaître. Mais ne te méprends pas sur le sens du terme « amour ». On ne peut aimer Allah, être invisible, inconcevable, comme on aimerait une femme qu'on tient enlacée sur sa couche. Par amour d'Allah il faut entendre l'émotion causée au fond de notre âme par la vision de la beauté, qu'elle se manifeste par le spectacle d'un magnifique paysage, d'un éclatant lever de soleil, ou l'apparition d'un être créé qui incarne à nos yeux la beauté. C'est en intériorisant cette émotion, en la transcendant que nous pouvons commencer à nous élever le long de ce lien ténu et indescriptible qui nous lie à Allah. La beauté sensible n'est qu'un miroir où notre âme peut contempler la lumière divine sans cependant en découvrir la source, et par l'amour que fait naître en nous cette image de la beauté nous commençons à devenir capables de nous élever vers Allah. Mais c'est une longue route qu'on entreprend dans une nuit obscure où brille dans un lointain indéfini le visage du créateur.

— Mais toi, mon maître, ai-je demandé à al-Acha, t'es-tu élevé sur cette échelle divine et as-tu rejeté au loin ce désir de jouir par les sens de la beauté incarnée pour embrasser la beauté incréée ?

Il a soupiré en vidant sa coupe de vin :

— Si j'avais rompu tout lien charnel, recevrais-je

Horaïra dans ma couche ? Et si je cherche en toi la beauté et un miroir de mon âme, n'est-ce pas précisément parce que, n'éprouvant pour toi aucun désir car je n'aime pas charnellement les garçons, j'espère par toi m'élever vers la beauté d'Allah, comme tu pourras tenter toi-même cette aventure de l'âme en t'appuyant sur ce que tu trouveras en moi de beau et de bon ?

C'est par de tels discours que mon maître commença à m'entraîner sur le chemin de la sagesse, sur la route qui conduit à l'Absolu. Il est vrai que bien qu'il assurât n'aimer en moi que la forme de l'âme, il lui arrivait souvent de me prendre la main, de me donner des caresses et même des baisers, mais jamais il ne chercha à pousser plus loin ses avantages : le ventre de Horaïra lui suffisait pour assouvir les désirs qu'il assurait devoir être satisfaits.

— Si notre créateur, disait-il encore, ou, dans le cas improbable où il n'y aurait pas de divinité créatrice, la nature dont nous procédons et participons, nous a accordé le désir de la possession charnelle, ce n'est pas pour en faire fi comme ces ascètes chrétiens qui croient être agréables à leur dieu en méprisant les biens créés par ce même dieu ; il me paraît que c'est plutôt lui faire injure que de dédaigner ses décrets. L'acte charnel est, au contraire, nécessaire pour dompter la matière et permettre à l'esprit de s'élever sans disperser une précieuse énergie en combattant inutilement les impérieux besoins de la nature.

Ainsi s'écoulèrent les mois dans le sablier du temps, et je gagnais en force et en savoir. Car les travaux de l'esprit auxquels m'astreignait mon maître ne me faisaient pas négliger les exercices du corps. Avant mon départ de Dumat, mon père avait donné ses instructions à Azzam, selon lesquelles il devait m'entraîner au maniement des armes et m'emmener chevaucher dans le désert et y chasser chaque jour. Et lorsque, fatigué d'une trop longue soirée arrosée de vin, je rechignais à la tâche, Azzam me forçait à monter sur mon cheval en me disant :

— Pardonne-moi, mon maître, de te brusquer, mais si je n'agis pas ainsi ton père me fouettera. Et même ne le ferait-il pas, j'agirais de la même manière. Car tu es mon maître et je veux servir un guerrier et non une femme. Et n'oublie pas que tu es destiné à succéder à ton père dont tu es le fils unique et l'espoir, et que tu deviendras un jour sayyid de ta tribu. Or, tu le sais, le chef doit donner l'exemple, il doit être le premier en toute chose : sa générosité ne doit pas pouvoir être surpassée, mais non plus sa bravoure, et il doit être le premier au combat à la tête de ses guerriers.

Les discours d'Azzam ranimaient mes ardeurs juvéniles et ils me rappelaient aussi que tu m'attendais, Jalila, et que sans doute tu ne voudrais pas voir revenir vers toi un être sans vigueur et sans courage. C'est ta pensée qui soutenait mon bras lorsque, lassé de frapper le bouclier ou le sabre d'Azzam qui, lui, était infatigable, je m'apprêtais à abaisser mon propre sabre pour rompre le corps à corps. Je revenais alors à l'assaut avec une ardeur renouvelée, et Azzam riait, et il admirait que je sois capable de prendre ainsi sur moi-même et que je revienne au combat sans faillir. Il disait que sans doute un djinn entrait en moi pour m'apporter une énergie nouvelle ; il ignorait qu'il y avait du vrai dans sa remarque, car c'est ton esprit, Jalila, qui me rendait mes forces.

Et pendant tous ces mois, je vivais dans la chasteté, je n'approchai nulle femme. Il est vrai que je sentais souvent monter en moi d'amples vagues de désir, mais je les endiguais, et je refusais de m'en ouvrir à al-Acha. Mais al-Uzza, en la divinité de qui je croyais encore, malgré tous les discours de mon maître, ne paraissait pas satisfaite de se voir ainsi vaincue. Elle réussit à engendrer en moi un de ces désirs irrésistibles qui nous font rejeter toute barrière, suscitent toutes les audaces dans les cœurs les plus timides.

Dix-huit fois la lune avait crû et décrû dans le ciel depuis mon installation à Hira. Je commençais à maîtriser la technique du vers, je savais jouer de la flûte habilement et scander la musique sur un tambour ; je pouvais réciter plus de six douzaines de poèmes appris par cœur et sélectionnés parmi les meilleurs des poètes les plus grands ; ma main traçait avec rapidité et sûreté les signes de l'écriture, et je commençais à comprendre la langue des Perses. J'avais été présenté par al-Acha à Iyas ibn Qabiça, le prince de Hira qui, sachant qui était mon père, m'avait reçu avec les plus grands honneurs, comme si j'avais été l'envoyé du roi d'Abyssinie. Mes parents étaient d'ailleurs venus par deux fois séjourner parmi nous, et mon père avait rendu une visite de courtoisie au prince. Mais jamais encore je n'étais allé à Ctésiphon, la capitale de l'empire, où résidait Parwiz.

Or, l'année précédente, le roi des rois avait déclaré la guerre au César de Roum et ses armées s'étaient emparées de plusieurs villes de Syrie, et même d'Antioche qui en était la capitale et d'Apamée, l'une des plus importantes cités. Après avoir consolidé ses conquêtes et établi des garnisons, le général perse revenait triomphalement dans la capitale et un grand concours de peuples se rendait à Ctésiphon pour assister au défilé de l'armée victorieuse. Sur ma prière, al-Acha accepta de me conduire à Ctésiphon, qui n'était qu'à deux petites journées de Hira. La recommandation du gouverneur nous permit d'être logés dans une demeure appartenant à l'administration impériale et d'être reçus dans le palais parmi les invités de Parwiz. Et moi je suis entré dans le palais du grand roi des Perses. S'il existait un dieu comme celui des juifs ou des chrétiens, je crois qu'il vivrait dans un pareil palais et qu'il s'entourerait d'un semblable cérémonial. Nous avions revêtu, al-Acha et moi, nos plus beaux habits, mais nous paraissions pourtant misérables aux côtés des courtisans parés de brocarts de soie et d'or. Mais on voyait que nous étions des Arabes et comme tels nous passions pour propres et bien vêtus avec nos *burdas* rayés et nos turbans, car al-Acha, s'il voulait que je m'habille selon la mode délicate des Perses lorsque j'étais à Hira, avait mis un point d'orgueil à bien montrer nos origines arabes lorsque nous étions à Ctésiphon.

L'immense salle d'audience, dont la voûte est si haute que le regard se perd dans sa pénombre, était remplie de monde, contenu par des gardes magnifiquement parés. Et j'admirais que le sol aussi bien que les murs fussent couverts d'épais tapis aux couleurs chatoyantes et aux dessins si variés que l'œil se perdait dans les contours indécis des motifs toujours renouvelés. Le fond de la salle était clos par un rideau pourpre, qui s'ouvrit après que les hérauts eurent réclamé le silence. Et à mes yeux apparut le souverain assis sur un trône d'or. Tout autour de lui n'était qu'ors : les coussins disposés sur le siège, les broderies de son lourd vêtement de soie et surtout sa couronne incrustée de pierres précieuses rouges et vertes qui jetaient mille feux colorés. Mais cette couronne ne faisait que surmonter sa tête sans la toucher, car j'appris qu'elle pesait le poids d'un homme corpulent ! Elle était suspendue au plafond par une chaîne à peine visible dans la pénombre. Car dans la voûte étaient aménagées d'étroites ouvertures si habilement disposées que la lumière diffuse qui en tombait venait éclairer le souverain, qu'elle baignait dans une poussière argentée, lui conférant une apparence mystérieuse destinée à souligner son aspect divin. Sur les côtés se tenaient, roides et hiératiques, gardes chamarrés d'or et hauts dignitaires si immobiles que je crus tout d'abord que c'étaient des statues, comme celle de Hubal que j'avais vue dans la Kaaba.

Durant toute la cérémonie je me suis senti oppressé ; j'étais si mal à l'aise que je n'ai été soulagé qu'une fois dehors. Lorsque s'était ouvert le rideau, tout le monde était tombé à genoux et s'était prosterné ; nous avions fait de même, al-Acha et moi, mais mon cœur était ulcéré car je songeais que ce n'était qu'un homme, mortel comme les autres, de nature semblable à la nôtre et dominé par les mêmes besoins que tous les autres humains, et pourtant il se faisait adorer comme un dieu. Puis il me revint à l'esprit certaines remarques de mon maître, et je me persuadais que c'était bien le cérémonial d'adoration des rois que les hommes avaient transposé à leurs dieux, mais que tout cela était bien vain car tous autant que nous étions dans cette salle ne serions plus que poussière avant qu'un siècle ne se soit écoulé. La grandeur humaine n'est qu'un leurre, elle n'a de réalité que celle que nous lui accordons par convention.

Nous avons ensuite assisté au défilé des troupes perses, et lorsque je songeais aux quelques centaines, parfois un millier d'individus que comptaient nos clans, j'étais pris de vertige en voyant ce flot humain bardé de métal, qui s'écoulait sans paraître jamais devoir se tarir comme le large cours de l'Euphrate dont nous avions traversé le lit pour nous rendre à Ctésiphon. Et je me persuadais naïvement qu'un roi qui pouvait disposer de tant de milliers d'hommes prêts à se battre et à mourir pour lui avait quelque chose de plus qu'humain et devait être invincible.

Ce jour et les jours suivants, toute la ville fut en fête. Je devrais plutôt dire les villes, car la capitale de l'empire est constituée par un ensemble de sept villes qu'en arabe nous appelons al-Madaïn, parmi lesquelles Ctésiphon constitue la résidence royale. Mais la plus grande de ces sept villes est Séleucie, bâtie face à Ctésiphon, sur la rive opposée du Tigre. C'est là que nous étions logés et dès le premier soir nous avons erré dans les rues larges, toujours droites et se coupant régulièrement, souvent bordées de portiques.

Notre intention était de rester quelques jours dans cette ville pour en explorer les tavernes afin de découvrir de nouveaux vins, car al-Acha n'y était allé que rarement et il n'y était pas revenu depuis plusieurs années.

La maison où nous demeurions se trouvait en bordure du Tigre, à peu de distance des remparts, mais à l'extérieur. Elle était vaste, tenue par un chrétien qui parlait parfaitement notre langue, mais aussi persan et les idiomes des Syriens et des Byzantins. C'est pourquoi l'administration impériale y logeait les notables étrangers, envoyés du César de Roum (mais en ce temps où il était en guerre contre les Perses il n'y en avait pas), gouverneurs des provinces de l'empire, et surtout des Arabes.

C'est ainsi que, lorsque nous rentrâmes tard dans la nuit, l'esprit embué par un vin exquis de Syrie, nous nous sommes trouvés face à face avec deux hommes dont l'ample vêtement flottant et le turban nous révélaient l'origine arabe. Al-Acha avait sans doute trop bu pour les reconnaître, mais ce n'était pas le cas de ces derniers car l'un d'eux, après nous avoir salués, lui dit :

— Maymun ibn Qays, la vierge à la robe purpurine aurait-elle si étroitement drapé ton esprit que tu ne me reconnaisses pas ?

— La vierge m'a emporté dans l'empyrée où vivent les djinns, répondit mon maître, sans cependant paraître tituber.

— C'est donc, repartit son interlocuteur, que tu vois le monde de trop haut, et je te parais trop lointain pour que tu reconnaisses en moi Labid ibn Rabia.

En entendant ces paroles, je me sentis revigoré et j'ouvris de grands yeux : quoi, pensais-je, ai-je réellement devant moi Labid, celui en qui al-Nabigha saluait le plus grand poète de l'Arabie ? Le maître dont j'avais appris par cœur tant de poèmes magnifiques, celui qui avait porté la *qasida* à sa perfection, celui qui excellait aussi bien dans l'élégie que dans l'incantation, l'homme que je rêvais de rencontrer et que je vénérais le plus après al-Acha !

— Par al-Lat ! s'est exclamé mon maître dont le visage s'est illuminé d'un grand sourire, pardonne-moi, car en vérité la vierge suave m'a égaré l'esprit, elle est un mauvais djinn, en cette circonstance.

Labid nous présenta son compagnon qui était son demi-frère, Arbad ibn Qays. Moi-même je fus nommé par mon maître, qui ajouta que j'étais destiné à marcher à leur suite sur le chemin pierreux de la poésie, ce qui fit remarquer à Labid que ces pierres du chemin pouvaient aussi bien être des cailloux que des pierres précieuses.

Labid nous fit savoir que lui-même, son demi-frère, qui était encore un jeune homme, et l'un des chefs de leur clan, Amir ibn al-Tufayl, avaient été délégués auprès du roi des rois pour l'assurer de leur amitié. Car, nominalement, le roi des Perses était le seigneur des tribus de l'Arabie orientale. Ils étaient logés dans la même demeure que nous mais ils n'y étaient arrivés que dans la journée, raison pour laquelle nous ne les avions pas rencontrés plus tôt.

Lorsque nous nous sommes retrouvés seuls, al-Acha me dit :

— Je suis heureux de revoir Labid car c'est un homme que j'admire et j'ai appris bien des choses en écoutant ses poèmes. Mais il appartient à la tribu des Banu Amir qui sont des brigands. Lorsque je dois traverser leur territoire, et que je suis chargé de biens, je requiers toujours la protection de puissants clans voisins pour ne pas risquer d'être dépouillé par les Banu Amir. Or, leurs territoires sont contigus à ceux de ma tribu, de sorte qu'il m'arrive souvent de devoir passer dans leur domaine.

Je m'étonnais qu'un poète de la notoriété d'al-Acha risquât d'être assailli par des bédouins et j'ajoutais :

— Mais, puisque tu es lié d'amitié avec Labid, ne pourrait-il pas intervenir en ta faveur si d'aventure tu étais attaqué par des gens de sa tribu ?

— Sans doute le ferait-il, mais il appartient au clan des Banu Jafar qui nomadise dans une région excentrique du territoire des Banu Amir. Aussi, dans le cas où je serais attaqué par une bande dans le désert, il resterait dans l'ignorance de la situation. Au demeurant, je ne risquerais rien pour ma vie, mais je n'en voudrais pas pour autant être dépouillé de trésors que je ramène de mes errances dans les cours des princes de notre monde.

Nous avons revu Labid et ses compagnons le lendemain. Sans y penser, je crois l'avoir séduit en lui chantant ses propres poèmes car il s'est écrié à l'adresse d'al-Acha, après m'avoir entendu :

— Par les trois déesses*, Maymun ! tu as magnifiquement formé ce garçon ! C'est un disciple comme lui que j'aimerais trouver. Il a une voix si belle et jamais je n'ai entendu si bien chanter mes propres poèmes, au point que j'ai de la peine à les reconnaître et qu'ils me paraissent plus sublimes encore que je ne l'avais pensé.

Ainsi nous retrouvions-nous lorsque la nuit tombait et nous courions tous ensemble les tavernes pour goûter à cette liqueur de la vigne que mon maître n'appelait jamais que la vierge ou la jeune fille, lorsqu'elle était bonne ; mais s'il arrivait qu'elle soit de la piquette, il déclarait que c'était une vieille acariâtre, et si elle était trop diluée dans de l'eau, elle devenait une fille sans saveur, un fruit trop vert.

CHAPITRE 7

LA FILLE AUX YEUX DE TURQUOISE

Un soir, Labid nous dit qu'il nous invitait à passer une partie de la nuit dans un cabaret dont on lui avait fait les plus chauds compliments : on y trouvait les meilleurs vins de Syrie, d'Égypte et de Babylonie, mais c'était aussi l'un des lieux de plaisir où l'on pouvait voir danser quelques-unes des plus belles femmes de la Perse. Nous nous sommes donc rendus chez Qobad. Ainsi s'ap-

* Les Arabes ont toujours marqué une tendance à scander leurs exclamations en jurant par une divinité. Même après l'avènement de l'islam, Allah continue d'être ainsi évoqué à tout propos. Dans le cas présent, notre poète invoque al-Garaniq, qui n'est pas une divinité mais désigne les trois principales déesses filles d'Allah. (Voir l'annexe consacrée aux divinités à l'entrée al-Garaniq.)

pelait le taulier qui avait un nom perse mais qui, en réalité, était babylonien. Il avait adopté les mœurs des Perses et leurs dieux, bien qu'il ne crût qu'en l'or que lui rapportait son commerce.

La salle était pleine de consommateurs qui tous parlaient des langues qui m'étaient étrangères, car on n'y voyait guère d'Arabes. L'atmosphère de la pièce était voilée par les fumées des lampes à huile en grand nombre, des aromates qui brûlaient dans des cassolettes, et en particulier d'une plante appelée haschich dont on m'a dit qu'elle venait de l'Inde mais que les Perses cultivaient chez eux depuis déjà plusieurs siècles. Parmi les odeurs mêlées je ne sus distinguer celle qui appartenait en propre à cette plante, dont mon maître m'a assuré qu'elle provoquait des visions étranges et inclinait les sens à la volupté. Aussi je crois que mon âme était habitée par l'esprit de ces fumées lorsque est apparue Fayruz.

Dans le fond de la salle se tenaient des musiciennes qui jouaient sur des instruments propres aux Persans et en particulier celui qu'ils appellent luth, très peu répandu chez nous mais dont j'ai appris à jouer. Contrairement aux Arabes, chez qui les musiciens qui s'exhibent en public sont des hommes, ici ce n'étaient que des femmes toutes vêtues de voiles légers et parées de bijoux rutilants. Et cet orchestre accompagnait des chansons dans lesquelles il n'était question que d'amour et de vin. En revanche, le service était assuré par de jeunes garçons à la longue chevelure bouclée, vêtus de robes légères qui laissaient entrevoir leurs corps élancés de gazelles. Labid parlait avec al-Acha, Arbas s'entretenait avec Amir ibn al-Tufayl, et moi j'écoutais tout le monde et personne, et ma tête commençait à tourner dans l'ivresse des fumées d'aromates et des vins mêlés. Mon regard errait sur les jeunes serveurs, échansons aux grâces féminines qui se laissaient caresser par les clients qu'entraînait l'ivresse, et mon regard s'arrêta sur Fayruz. Elle était arrivée à pas de colombe dans un souffle de vent car je ne l'avais pas vue paraître et pourtant elle se tenait auprès des musiciennes et elle dansait, une danse lente et ondulante, et tout son corps se mouvait avec la grâce nonchalante des nymphéas dans le courant d'un fleuve, et je distinguais toutes les formes de son corps à travers le voile qui la nimbait d'une poussière d'or, pareille à la teinte de ses cheveux. Et je n'avais encore jamais vu une chevelure de cette couleur inconnue dans notre nation, pareille aux sables de Tawus, pareille à la toison des lions de Tabala, pareille au miel de Yalban.

Mes yeux, une fois qu'ils se furent arrêtés sur elle, ne pouvaient plus s'en détacher, et je ne voyais plus rien d'autre que son visage aux éclats lunaires, que son corps aux suaves contours, je n'entendais rien d'autre que la musique qui rythmait ses pas et ses gestes. Il m'apparut que mes compagnons avaient à leur tour découvert la troublante beauté de la danseuse car ils se turent et tournèrent vers elle leurs regards.

— Voilà une fille que j'aimerais volontiers, déclara mon maître lorsqu'elle se fut retirée au milieu des cris et des appels du public.

Quand il disait « aimer », mon maître entendait s'unir charnellement et il lui arrivait parfois de l'avouer, mais il ne cherchait jamais à conférer une quelconque réalité à un désir qu'il laissait dans le domaine du rêve ou de l'illusion. Labid l'ignorait car il lui répondit :

— Pour ce qui me concerne, cette teinte claire des cheveux et ces yeux de la couleur du ciel ne sont pas de mon goût. Mais si tu sais y mettre le prix, je suis certain que Qobad te la cédera, pour une nuit et même pour plus longtemps encore.

— Une femme s'achète, mais ne se loue pas, répondit al-Acha d'un ton péremptoire.

Comme je sentais que la discussion à propos de cette créature qui me paraissait alors descendue du ciel semblait devoir s'arrêter là, j'osai la relancer tant j'étais curieux d'en savoir plus sur cette créature.

— Dis-moi, Labid, demandai-je, existe-t-il des hennés qui donnent aux cheveux une telle teinte ?

Mes compagnons rirent de ma question mais sincèrement, n'ayant jamais vu que des chevelures sombres, je n'imaginais pas qu'il pût exister naturellement de telles teintes, et Labid me répondit :

— Dans les régions qui touchent au septentrion, et même dans l'empire des Perses, il y a beaucoup de gens, hommes et femmes, qui ont, dès la naissance, les cheveux de cette teinte dorée. Cette danseuse vient des montagnes qui sont au-dessus du royaume d'Arménie où une grande partie de la population a les cheveux et les yeux de cette couleur. Elle a été vendue par ses parents alors qu'elle était tout enfant à un marchand d'esclaves qui l'a formée, lui a appris à danser, avant de venir l'exposer sur le marché de Ctésiphon. C'est ainsi que Qobad l'a achetée. Bien qu'elle ne soit pas de ce pays elle parle le persan et porte le nom de Fayruz qui, dans cette langue, signifie turquoise, par référence à la teinte de ses yeux.

Je ne lui posai plus de questions, satisfait de ce que j'avais entendu, car je ne voulais pas qu'on pût supposer que je m'intéressais trop vivement à une esclave.

Al-Acha, qui avait senti l'intensité du regard que j'avais porté sur la jeune femme, leva sa coupe en se tournant vers moi et me lança en persan :

— *May Khwur !*

Ce qui est une invitation à boire du vin, et à oublier tout le reste.

Mais je ne songeais plus qu'à elle et cette nuit, je ne dormis pas, et j'étais sans cesse dominé par le désir de la posséder.

Pendant les jours qui suivirent je n'écoutais que d'une oreille distraite les enseignements de mon maître. J'avais surtout hâte de voir descendre la nuit étoilée pour pouvoir courir jusqu'au cabaret où dansait Fayruz. Mais, si moi je la vis avec les yeux de la passion, elle ne parut pas me remarquer. Il est vrai que la salle du cabaret était toujours pleine et, le soir, elle restait dans la pénombre car, de cette façon, étaient mises en valeur les musiciennes et les danseuses qu'éclairaient de nombreux flambeaux. Cette faible clarté favorisait aussi les amours équivoques, dérobait aux regards étrangers les caresses furtives que les hommes honteux accordaient aux gracieux échansons. Et je remarquai que bien des habitués de la maison de Qobad montraient une nette préférence pour les beaux adolescents qui les servaient :

— Tous ces hommes énervés par la mollesse des villes et les mœurs amollies des Perses, avait déclaré Labid, cherchent des sensations nouvelles dans des amours épicènes. Ils aiment les adolescents aux grâces de filles ou les filles aux hanches et aux poitrines de garçons. Moi, je viens ici pour voir ces belles danseuses qui ont emprunté leurs formes féminines à ces divinités du ciel que les Perses appellent *péris*.

Je partageais son sentiment sans cependant l'exprimer hautement. Mais ces constatations me laissaient l'espoir de n'avoir pas de concurrent dans mon entreprise de conquête de Fayruz. Je ne savais d'ailleurs pas de quelle manière je pourrais m'y prendre, ne possédant aucune expérience dans un domaine si nouveau pour moi. Je ne pouvais lui parler lorsqu'elle se donnait le soir en spectacle, car elle quittait la salle à peine ses danses terminées. Je ne songeais pas non plus à m'ouvrir de mon désir à Qobad qui était son maître, car je n'imaginais pas qu'un maître pût prostituer son esclave.

Je devins bientôt maussade, je cessais de manger, mais buvais de plus en plus, si bien qu'al-Acha s'en alarmât.

— Chafiq, me dit-il, alors que je psalmodiais avec une émotion inaccoutumée une *qasida* du grand poète des Abs, Antara ibn Shaddad, dans laquelle il chante son amour pour sa chère Abla, j'ai le sentiment qu'un djinn s'est emparé de ton âme… depuis quelques jours déjà.

Je saisis l'occasion pour lui avouer une passion que je ne parvenais plus à contenir :

— Ta langue t'a inspiré le mot juste, ô Maymun ! C'est bien un djinn qui s'est emparé de mon âme, un djinn femelle que je ne puis chasser de mon chemin.

— Dis-moi, a alors repris al-Acha, ce djinn ne serait-il pas plutôt une péri et ne porterait-elle pas le nom d'une pierre précieuse ?

— Tu m'as deviné, ai-je reconnu avec étonnement. Elle est une pierre bleue, la plus précieuse qui soit à mon cœur.

Mon maître a alors ri et il s'est exclamé :

— Dans le désir que tu as de cette femme, il n'y a aucune raison de désespoir ! C'est l'ardeur de la jeunesse qui ronge ton sang, mais cette ardeur, il t'est facile de l'apaiser. Fayruz n'est jamais qu'une esclave. Il suffit que nous proposions quelques pièces d'or à son maître pour qu'il te la cède pour une nuit. Et ton père est suffisamment riche pour que tu puisses ainsi jouir d'elle de nombreuses nuits de suite.

— Maymun ! me suis-je écrié, tes paroles blessent mon cœur. Je ne comprends pas ce que tu veux dire par là. Je sais bien qu'une esclave s'achète et je suis prêt à la payer à son maître le prix qu'il en exigera. Mais jamais je n'oserais lui demander de me la céder.

Al-Acha poussa un soupir avant de remarquer :

— Je ne songeais pas à te proposer de l'acheter, mais seulement de la louer pour quelques instants passés en sa compagnie.

— Mais je la veux pour moi, pour moi seul ! me suis-je écrié.

Al-Acha est resté silencieux et méditatif. Je me suis jeté à ses genoux et, lui prenant la main, je lui ai dit :

— Mon maître, je te suis redevable de bien des choses. Je puis assurer avoir trois pères : le premier, Majid ibn Hakim, m'a engendré ; le second, Abd al-Uzza, m'a nourri ; tu es le troisième, qui a formé mon âme comme ma mère avait formé mon corps et qui m'a apporté la nourriture spirituelle. C'est peut-être à toi que je dois le plus, mais ma reconnaissance te sera éternelle si tu m'obtiens Fayruz. Jamais je n'oserais la demander à Qobad ; et d'ailleurs, si je le priais de me la vendre, je suis certain qu'il en rirait, qu'il ne me prendrait pas au sérieux. Mais peut-être pourrais-tu intervenir, le persuader de me la céder.

Je terminais de parler ainsi lorsque entra Labid. Al-Acha l'invita à venir s'asseoir auprès de nous pour boire du vin, et comme le fils de Rabia s'étonnait en voyant ma mine si pâle et mon regard exalté, mon maître lui révéla la raison de ma maladie.

— Il ne convient pas, dit alors Labid, que tu interviennes auprès de Qobad. Il ne te connaît pas et tu peux être assuré de son refus. Laisse-moi faire, je me charge de lui parler. Je lui dirai que c'est pour moi que je veux acheter la jeune fille. Il m'estime et il admire mes poèmes. S'il est un Arabe qui puisse avoir quelque ascendant sur cet homme, je prétends être celui-là.

Je remerciai chaudement Labid en l'assurant de ma reconnaissance :

— J'espère, répliqua-t-il en riant, que si d'aventure je réussis à t'obtenir cette fille, tu ne me le reprocheras pas un jour. Car ces femmes de Perse et de Roum sont de véritables ghuls, l'espèce la plus dangereuse du peuple des djinns. Leur beauté cache l'esprit le plus pervers et leur plaisir est de détruire lentement les hommes qu'elles ont séduits.

Cette remarque n'a alors suscité que mon rire, car al-Acha m'avait appris à m'éloigner de toutes les superstitions des hommes dominés par la crainte d'êtres invisibles créés par leur imagination. Djinns et ghuls étaient de ceux-là, à côté des autres dieux que les chrétiens appelaient des idoles. Il est vrai qu'à mes yeux, les chrétiens adorent aussi des idoles en leurs saints, leur vierge et leur triple divinité.

Ce jour même, Labid est allé visiter Qobad. Je ne puis rapporter que les résultats de leur entretien, n'y ayant pas assisté. Labid avait demandé à Qobad de lui vendre la danseuse, avec l'autorité que lui conféraient son âge, sa notoriété, sa position dans sa tribu, ses relations avec les princes de la ville. Ce sont tant de raisons qui ont sans doute incliné Qobad à utiliser les meilleurs prétextes pour éluder la demande : il aimait tant Fayruz ! Elle lui était si utile ! Elle attirait tant de monde dans son cabaret ! Elle était comme sa fille et il ne pouvait ainsi s'en séparer.

— L'affaire va être difficile à traiter, déclara Labid après nous avoir fait part de son échec. Mais je ne désespère pas de réussir. Je soupçonne ce renard de chercher à faire monter le prix afin de vendre son esclave plus cher que la fille d'un riche Quraychite.

— S'il ne s'agit que de cela, tu peux y mettre le prix, je sais que mon père paiera.

Soit que Qobad ait été plus avide que nous le pensions, soit qu'il ait réellement été attaché à Fayruz, lorsque le jour suivant Labid revint à la charge, il persista dans son attitude de refus. Il alla même jusqu'à assurer qu'il en avait parlé à la jeune fille afin de connaître son sentiment, et elle avait déclaré péremptoirement que jamais elle n'accepterait d'être cédée à un Arabe, aussi riche soit-il. Elle aurait même dit que nous puions, que nous étions sales et grossiers, qu'un chien valait mieux qu'un Arabe.

J'ai été si blessé d'une pareille réponse que je n'ai pu admettre qu'elle ait une telle opinion de notre peuple :

— C'est ce Qobad qui a ainsi parlé par sa bouche ! me suis-je exclamé. Comment, Labid, as-tu pu te laisser insulter de cette manière ?

Mais Labid a souri en déclarant :

— Je suis certain que Qobad a rapporté les paroles de son esclave. Jamais il n'aurait osé penser une chose pareille et surtout le dire, s'il l'avait pensé. Mais, comme il n'a fait que répéter les mots de Fayruz, il a pu s'en servir pour se dérober et opposer un refus définitif à mes offres d'achat.

— Définitif ! me suis-je récrié. Ce n'est pas possible ! Labid, je t'en conjure, il faut que tu m'obtiennes Fayruz, sans quoi je crois que je vais dépérir jusqu'à en mourir.

— Chafiq, intervint mon maître, comment as-tu pu déjà oublier les leçons de sagesse que je t'ai données ? Comment peux-tu aussi follement t'abandonner à un tel désespoir pour un simple désir non satisfait ?

— C'est que, a répondu pour moi Labid, la sagesse ne s'enseigne pas, elle s'acquiert avec le temps et l'expérience. C'est au contraire le propre de la jeunesse que de se laisser emporter par les vents les plus contraires, de croire que les sentiments d'un jour auront une durée éternelle, de confondre un désir éphémère avec l'amour absolu, de vouloir mourir pour ce qui ne mériterait même pas un instant d'attention. Mais telles sont les choses et ainsi devons-nous les prendre, sans espérer corriger la nature ni modifier ce qui échappe à notre empire.

En vain Labid fit-il une troisième tentative, et, pendant ce temps, je me morfondais, je partageais mon temps entre les pleurs et la composition de poèmes enflammés, au point qu'al-Acha disait que tout au moins cet amour m'inspirait de beaux chants et que j'y découvrais ma véritable vocation de poète. Et moi-même, après tant d'années, je me demande si je n'exagérais pas la violence de mon chagrin et de ma passion pour y trouver une raison de poétiser. Le propre de la *qasida* n'est-il pas de chanter les amours malheureuses et impossibles pour une femme que l'amant suit à la trace, dans le désert, de campement en campement, sans d'ailleurs chercher réellement à la rattraper ?

Un poète a besoin d'être amoureux pour ressentir pleinement ce qu'il chante, et, naturellement, son amour doit être malheureux. Je m'en suis persuadé durant ces jours de chagrin et de misère.

Je ne voulais même plus paraître dans la taverne de Qobad. D'abord parce que les paroles méprisantes de la jeune femme m'avaient blessé, mais aussi parce que je craignais que sa vue n'attisât encore ma passion et que la présence de ces hommes qui la regardaient danser dans ses voiles si légers ne me rende furieux de jalousie. Tandis qu'al-Acha, Labid et ses compagnons allaient boire et chanter dans d'autres tavernes, une fois que la nuit avait jeté sur la terre sa robe constellée, moi je restais dans ma chambre, assis sur une natte, à composer des poèmes sur nos amours malheureuses, sur la cruauté de celle que j'aimais, ou encore des satires contre Qobad et contre tous les cabaretiers de Perse, d'Arabie et de Syrie.

Ce soir-là, je notais sur un papyrus les mots qui me venaient sur les lèvres, les mots d'amour que j'adressais à la fille aux yeux de turquoise qui avait pris mon cœur. J'étais assis sur mon tapis, j'avais rejeté au loin les coussins afin de ne pas me laisser envahir par le sommeil, et je rêvais, je soupirais, j'écrivais à la faible lueur tremblante d'une lampe, une coupe de vin posée près de moi, une cruche à portée de la main.

La portière de coton épais qui fermait l'accès de ma chambre fut soudain soulevée et je vis entrer Azzam, mon fidèle serviteur. Il portait sur l'épaule ce qui me parut être un grand sac de cuir. Il vint le poser devant moi et je vis que le sac remuait, comme un être vivant. Azzam s'agenouilla devant moi et me dit :

— Ô mon maître, ton serviteur ne peut supporter de voir ta douleur. Il ne peut s'imaginer qu'un guerrier, fils d'un chef puissant, s'abandonne ainsi aux pleurs comme une femme. Je veux te montrer comment doit agir un guerrier, un vrai bédouin que n'a pas amolli la musique des villes.

Tout en parlant ainsi, il dénouait les cordons du sac, et il se releva, le souleva par le fond. Une forme claire glissa hors de la gaine et je reconnus Fayruz qui gisait sur le tapis. Si elle ne criait pas c'est parce qu'un bandeau fermait ses belles lèvres, et si elle ne pouvait que frétiller comme un serpent captif, c'est parce que ses membres étaient entravés par de solides liens.

— Chez les bédouins belliqueux et nobles, déclara alors sentencieusement Azzam, on enlève les femmes qu'on ne veut pas vous céder, on les conquiert au cours de razzias. Voilà celle que tu aimes, sache maintenant la garder.

Ces fortes exhortations sorties de la bouche d'un esclave

qui méritait d'être un homme libre, un véritable Arabe du désert, me fouettèrent le sang et me rendirent soudain ma fierté et ma joie.

— Azzam, lui répondis-je, tu me donnes une leçon que je ne saurais oublier. Ta condition est indigne de ton âme : lorsque je serai le vrai maître de mes biens et de moi-même, je ferai de toi un homme libre.

— Te servir est ma fierté, répliqua-t-il.

Sur ces mots, il dégaina son long poignard effilé et trancha les liens de la jeune femme. Elle se redressa alors comme une lionne de Bicha et, arrachant son bâillon, elle commença à m'injurier. Elle se serait jetée sur moi si Azzam ne l'avait retenue et il la frappa en disant :

— Incline-toi devant Chafiq ibn Majid, car il est désormais ton nouveau maître.

— Qobad ne m'a pas vendue à lui, que je sache, a-t-elle répondu en redressant le buste, sans se soucier des coups qu'elle venait de recevoir.

Je trouvai spontanément la réponse qu'Azzam aurait voulu entendre :

— Apprends que chez nous, on n'achète pas ce qui n'est pas à vendre, on le prend.

— Qobad saura bien me retrouver…

Avant qu'elle n'ait terminé de parler, Azzam l'avait interrompue :

— Il sera mieux pour lui de ne pas venir te réclamer ici, car je me chargerai de lui couper les oreilles en paiement de son insolence. Et si tu te montres aussi insolente envers mon maître, crains que je ne commence par couper les tiennes.

La menace me fit sourire mais elle parut impressionner Fayruz qui ne répondit pas. Je fis signe à Azzam pour lui indiquer que je voulais rester seul avec la jeune femme.

Quand il fut sorti, je remplis une coupe de vin et je la tendis à Fayruz, mais elle la frappa d'un geste rageur, la faisant rouler sur le tapis.

— Sacré est le sang de la vigne, lui dis-je sans me mettre en colère. Il faut le respecter car il est l'adjuvant de l'amour et il permet à l'âme de s'élever vers le ciel.

Mes paroles ont paru calmer ma lionne qui s'est assise sur les talons et est demeurée immobile, son regard fixé sur moi.

Et ce regard qui dans la pénombre paraissait sombre et orageux me troubla vivement. Je ne laissai rien paraître de mon émotion de me trouver face à celle que je désirais, si proche d'elle, seul à seule. Je sentais son parfum qui me parut composé des quatre essences de fleurs qui forment une perfection pour l'odorat, le myrte et la giroflée, le nard et la rose.

— Fayruz, lui dis-je alors, écoute mes paroles, car elles décident de ton avenir et de nos relations futures. Azzam te l'a déclaré, désormais tu m'appartiens et nul ne pourra t'enlever à moi. Mais tu ne perds pas au change. Tu étais l'esclave de ce tavernier ventripotent qui t'obligeait à t'exhiber dans son cabaret et t'infligeait je ne sais trop quelles hontes. Je ne me crois pas difforme et tu peux découvrir ici que les Arabes ne puent pas, comme tu l'aurais déclaré, selon les dires de Qobad. Moi-même je sais jouer du luth et composer des poèmes que je chante, et si tu veux me prêter une oreille attentive je te dirai ceux que m'a inspirés l'amour que ta vue a suscité en mon cœur. Mais je sais aussi manier le sabre et la lance, et mon père est le sayyid d'une tribu riche et puissante. Nous possédons un château dans l'oasis de Dumat al-Jandal et des troupeaux de chameaux et de moutons, et aussi des chevaux en grand nombre.

Par de telles paroles je ne tardais pas à dompter cette cavale fougueuse. Il est vrai que je lui proposais une vie sans désagrément en compagnie d'un homme de son âge et d'aspect avenant, car je crois avoir été beau dans ma jeunesse, en tout cas je parus tel aux regards de bien des hommes et des femmes.

Je m'étais adressé à Fayruz en arabe et je vis qu'elle m'avait parfaitement compris car lorsque je me tus, elle me dit :

— Pardonne-moi d'avoir renversé ce vin. Si tu veux m'en servir une nouvelle coupe, je la boirai pour te montrer que je ne te hais pas ni ne te méprise.

Je m'empressai de lui tendre une coupe pleine puis je pris mon luth et je lui dis un poème dans lequel j'exaltais sa beauté et son amour. Elle m'écoutait, les yeux baissés, sans un mouvement, mais je voyais sa poitrine se soulever plus vite et je sentis que je me la soumettais doucement. Lorsque je me tus elle se leva, remplit de vin la coupe dans laquelle elle avait bu et me la tendit. J'en vidai la moitié.

Elle s'était agenouillée tout près de moi et elle me prit la coupe des mains pour la vider entièrement.

En mes reins le désir se déployait comme un tissu moiré chauffé par les rayons du soleil, mais je ne savais encore comment me comporter car je craignais qu'elle ne résistât à ma passion. Or c'est elle qui la première retira son vêtement léger pour m'apparaître dans l'éclat de sa beauté mise à nu, puis elle vint contre moi, me poussa dans les coussins et s'allongea sur moi en cherchant mes lèvres. Je lui rendis ses baisers avec maladresse car j'ignorais encore ce témoignage du désir. Et elle riait tout en cherchant à me dépouiller de mes vêtements. Dans ma fièvre, je lui étais plus un obstacle qu'une aide, mais bientôt, sans que nul tissu arrogant ou indiscret ne vînt séparer nos corps, nous avons roulé sur les tapis si étroitement enlacés que nulle force ne semblait susceptible de nous séparer. Fayruz n'était plus vierge et moi je l'étais encore malgré mon âge, mais ce fut pour moi une bonne chose car je connus en une seule nuit toutes les voluptés des amants.

Rien ne pouvait m'attacher plus étroitement à Fayruz que des étreintes renouvelées jusqu'à l'épuisement, et je sais maintenant que c'est ce qu'elle voulait. Car si dans un premier temps son enlèvement lui avait paru une infortune, elle avait découvert avec ravissement que s'ouvraient pour elle de merveilleuses perspectives, alors que son esclavage chez Qobad ne pouvait que la conduire à vieillir dans le stupre et la misère.

CHAPITRE 8

LA FUITE

Lorsque mon maître découvrit la présence de Fayruz dans ma chambre, où je la tenais soigneusement dissimulée, mais non enfermée car je ne craignais pas qu'elle cherchât à fuir, il prit un air soucieux :

— Chafiq, me dit-il, entraîné par une passion inconsidérée, tu t'es laissé aller à un acte de violence qui peut avoir de fâcheuses conséquences. Bien que cela ne soit plus de mon âge et que je préfère la tendresse d'une amie soumise et peu exigeante, je comprends pourtant ton geste.

Je lui avouai que je n'étais pas l'auteur de ce rapt, qu'Azzam avait agi à mon insu, mais je me hâtai de préciser que j'en étais content et que je prenais en charge toute la responsabilité de l'affaire. Labid, mis au courant de l'aventure, se montra plus inquiet :

— Cet homme, dit-il en parlant de Qobad, n'aura de cesse qu'il n'ait retrouvé son esclave. Il ne serait qu'un simple cabaretier, ce ne serait pas d'une grande importance et, si tu étais conduit devant un juge, il te serait facile, avec l'appui de nos amis de ce pays, de conserver ta prise en payant le prix auquel on l'estimerait.

— Ce serait de ma part une belle concession, ai-je répliqué, car chez nous, lorsque au cours d'une razzia on enlève des femmes, on ne les rend qu'en échange d'une rançon ou alors on les garde pour soi.

— Les Perses ont des lois et des mœurs différentes des nôtres, me fit remarquer Labid. Et dans ce cas précis, il se trouve que le cabaret de ce Qobad est fréquenté par de hauts et puissants personnages qui jouissent d'une grande influence à la cour. Et sache que Qobad leur louait pour une nuit ta Fayruz, ce pourquoi ils payaient plusieurs dirhems d'argent. Ceux-là vont se sentir frustrés et ils vont, de tout le poids de leur autorité, aider Qobad à récupérer une si précieuse esclave. Comme j'ai vainement proposé de l'acheter, nous pouvons être convaincus qu'avant la fin de ce jour, les gardes de la ville seront ici pour me demander des comptes et ils auront certainement l'autorisation de fouiller les lieux. Chafiq, tu t'es rendu coupable d'un acte que la loi de cet empire considère comme un crime grave, et tu risques d'être jeté en prison et soumis à une forte amende. Je crains que ni la considération dont jouit ton père dans la tribu, ni notre intervention ne te seront d'un grand secours.

— Je partage ton avis, intervint al-Acha. Il ne nous reste que la solution de faire nos bagages sans tarder et de nous hâter de reprendre la route de Hira.

— C'était le conseil que je voulais vous donner, dit Labid. Moi-même je dois encore rester ici plusieurs jours. Je serai sans doute surveillé de loin, et on verra que je ne cache pas cette esclave.

Ainsi fut-il fait. Fayruz fut revêtue d'une ample robe arabe, sa chevelure fut soigneusement cachée sous un voile épais et, comme les femmes de chez nous le faisaient parfois lorsqu'on chemine sur les pistes poussiéreuses, elle se voila le visage. Elle prit place dans un palanquin dressé sur une chamelle à la course rapide et nous nous mîmes en route sans plus tarder avec al-Acha et nos serviteurs. Notre hôte, ce chrétien qui tenait la demeure, avait paru surpris de nous voir ainsi prêts au départ, mais al-Acha lui dit avec autorité :

— Tels sont les poètes errants : un jour ici, le lendemain là, nous allons selon notre humeur. C'est bientôt chez nous la foire d'Ukaz, mon ami Labid me l'a rappelé. J'ai l'intention de m'y rendre avec mon disciple afin d'y présenter mes derniers poèmes. Cette ville est bien loin d'ici, il est grand temps de partir.

Il loua ensuite notre hôte pour l'agrément de son hospitalité et il le gratifia de plusieurs pièces d'or.

Azzam se tenait auprès de la chamelle de Fayruz et, avec son grand sabre dont la lame nue était glissée dans sa large ceinture de tissu, son arc puissant sur les épaules, sa lance et son bouclier rond renforcé de cuivre, il tenait par son seul aspect tout curieux à distance.

— Souhaitons, me dit mon maître, que ce chrétien, si d'aventure il est interrogé par les gardes, n'évoque pas notre départ qu'on pourrait qualifier de précipité. J'espère que mes explications tout autant que l'or qu'il a reçu lui feront oublier notre existence.

Par mesure de précaution, nous avons fait courir nos bêtes et au lieu de nous arrêter pour la nuit, à peine avions-nous laissé reposer les montures un moment, à la tombée du jour, que nous avons repris notre route. Ainsi sommes-nous parvenus à Hira avant l'aube.

— Songes-tu réellement à te rendre à la foire d'Ukaz ? ai-je demandé à al-Acha.

— Je n'ai fait cette déclaration à notre hôte, m'a-t-il répondu avec un sourire, que pour l'égarer. S'il s'avise de mentionner notre départ, il ne manquera pas de préciser que nous sommes partis pour Ukaz, de sorte que l'on renoncera à envoyer une troupe à notre poursuite, dans le cas où les soupçons se porteraient sur nous.

— Pourquoi n'irions-nous pas là-bas ? ai-je suggéré.

— Tout d'abord parce que la foire s'ouvre d'ici une douzaine de jours. Même en crevant nos montures, nous aurions quelque mal à y parvenir avant qu'elle ne soit close. Mais surtout, qu'y ferions-nous ? Moi-même je n'ai rien produit ces derniers temps qui mérite d'être présenté dans les tournois de poésie. Quant à tes poèmes, ils ne sont pas encore assez forts, tu ne maîtrises pas suffisamment la langue poétique et ton inspiration n'est pas assez profonde pour que tu puisses t'aventurer à présenter un quelconque poème devant les juges. Tu es bien jeune et les juges n'en seront que plus sévères, car ils n'aiment pas que des adolescents aient la prétention de rivaliser avec les maîtres.

Je pris un air renfrogné en lui faisant remarquer que j'avais dix-huit ans, que je rivalisais avec Azzam dans le maniement du sabre et de l'arc, que j'étais aussi un bon cavalier.

Al-Acha le reconnut bien volontiers, mais il précisa que si j'étais sans doute capable de me présenter à Ukaz pour les courses de chevaux et les exercices de tir à l'arc, je ne tirerais que peu de profit d'une quelconque victoire, alors que seule la poésie confère une gloire éternelle.

— Tu peux, ajouta-t-il, y devenir illustre par ton talent, mais tu risques aussi d'y acquérir la réputation d'un sot et d'un prétentieux. Néanmoins, ajouta-t-il, il me semble que cette flamme qui brûle en toi pour Fayruz pourrait t'inspirer de belles chansons dignes d'être présentées à Ukaz l'an prochain.

Je me promis d'étonner mon maître et nous décidâmes de rester encore quelques mois à Hira pour parachever mon éducation.

Al-Acha étant assuré de la discrétion de ses serviteurs comme je l'étais des miens, Fayruz put aller en toute liberté dans la demeure de Hira et dans le jardin. Mais, afin qu'elle ne risquât pas d'être remarquée par des visiteurs indiscrets à cause de la teinte de ses cheveux, je les lui fis teindre en noir, malgré le plaisir que me procurait le spectacle de ses boucles pareilles à de l'or pur d'Égypte.

Dans les premiers temps, je passais mes nuits et une grande partie du jour en sa compagnie. Avec elle je me perfectionnais dans l'art du luth dont elle jouait excellemment, et j'approfondissais mes connaissances en persan. Mais ce n'étaient là que des prétextes pour la garder auprès de moi, car je ne pouvais me lasser d'admirer sa beauté et de caresser son corps toujours offert à mes désirs.

— Chafiq, me disait mon maître, il est de ton âge d'abuser des plaisirs nouveaux, mais je crains que tu ne te perdes en t'abandonnant aussi totalement à l'amour de ton esclave. Tu refuses d'aller à la chasse, c'est à peine si tu acceptes d'exercer ton corps avec Azzam, et je ne te vois plus guère que lorsque vient le soir et que nous vidons ensemble des coupes de vin en écoutant les chants d'Horaïra et en regardant danser ta Fayruz. Tu es tellement occupé à la regarder et à jouir de sa beauté que tu ne trouves même plus le temps de composer des chants, ou lorsque tu t'assieds devant ton encrier et ton calame tu restes pensif en face de ta page blanche sans parvenir à aligner deux vers.

— C'est que, lui répondis-je, Fayruz me remplit tant par son amour que je suis comme un mangeur rassasié, comme un buveur ivre. Je sens que la création est un besoin de compenser un manque, que le malheur, la tristesse, le chagrin sont les ferments de la création. Le désir comblé n'exige pas d'autre satisfaction.

Labid ne fit que passer à Hira. Il resta une nuit dans notre demeure, avec ses compagnons. Il nous apprit que, comme il s'y attendait, les gardes étaient venus le trouver avec un juge qui l'avait interrogé à propos de la disparition de Fayruz. Sa position d'émissaire de sa tribu lui avait valu ces égards, car en général un accusé est traîné devant le juge ; or Qobad l'avait accusé. Il avait été facile à Labid de prouver son innocence, d'autant qu'il avait passé la nuit de l'enlèvement dans une taverne en bonne compagnie, ce qu'avait confirmé le tavernier. En vain la maison des hôtes avait été fouillée et il semblait que le tenancier ne nous avait pas mentionnés. Lorsque le lendemain il s'apprêta à reprendre la route avec ses compagnons et les serviteurs, il nous dit :

— Nous retournons dans notre tribu. Si les dieux le veulent, nous nous reverrons l'an prochain à Ukaz, car j'ai l'intention de m'y rendre. Que Wadd vous garde.

Je laissais s'écouler le temps dans les plaisirs de l'amour de Fayruz. Un amour qui, en réalité, me fatiguait, car je m'y abandonnais avec tant de vigueur que je maigrissais.

— Cette esclave te dévore, me disait al-Acha. Je crains que Labid n'ait pressenti la vérité en te souhaitant qu'elle ne soit pas une ghul.

— Elle espère avoir de moi un fils, et je ne serais pas fâché d'en engendrer un dans un ventre aussi bien fait. Mais, quoique nous fassions tout ce qu'il faut dans ce but, elle reste stérile.

— Pour aussi belle qu'elle te paraisse, répliqua mon maître, crois-tu qu'il serait heureux qu'elle te donnât un fils ? L'enfant né d'une esclave reste étranger à son clan. Considère combien cet Antara, né de Zabiba, une esclave noire, a dû lutter pour se faire reconnaître par son père Shaddad ibn Amr et être admis à part entière dans le clan des Abs ? Les actions d'éclat qui l'ont distingué aux yeux des hommes de sa tribu, sa valeur guerrière, ses incessantes batailles où il déployait un héroïsme rare n'auraient pas suffi à le tirer de son état de semi-esclavage s'il n'avait aussi brillé comme poète, s'il n'avait pas remporté tant de victoires à Ukaz. Or, pour un Antara, combien de fils nés d'une esclave sont demeurés dans l'obscurité de la servitude ?

À cette objection, j'avais une réponse :

— Maymun, lui dis-je, si Fayruz me donne un fils, je l'épouserai après l'avoir rendue libre. Ainsi l'enfant né de nos amours sera-t-il mon fils légitime.

— Tu oublies qu'elle n'est pas de notre nation, qu'elle n'appartient à aucun clan. Qui la reconnaîtra et la protégera ? Qui oubliera qu'elle est une ancienne esclave ?

Je connaissais les lois de nos tribus, et je voulais m'insurger contre ce qui me paraissait une injustice. Mon long séjour à Hira, loin des miens, loin de tout clan, en compagnie d'al-Acha, n'avait fait que me renforcer dans cette volonté d'échapper à l'emprise du clan où j'étais né. Aussi je lui répondis simplement :

— Qui ? Mais moi ! Et cela seul compte.

— Tu te trompes, Chafiq. Ce qui compte c'est la tradition ancestrale, c'est la loi non écrite de notre peuple. À moins que tu ne veuilles plus vivre parmi les tiens, au sein de ton propre clan, que tu abandonnes l'idée de devenir sayyid, et même de participer aux tournois de poésie d'Ukaz, que tu acceptes toi-même de te bannir de ta nation, tu ne peux mépriser l'opinion d'autrui. Or, pour tous ceux qui t'entourent, ton fils ne sera jamais que le fils d'une esclave et il lui faudra accomplir bien des travaux pour se faire reconnaître le fils de Chafiq ibn Majid, non par toi, mais par les hommes de ta tribu.

J'étais bien contraint de reconnaître cette triste réalité, même si je cherchais à l'occulter. Mais je ne voulais rien en dire à Fayruz afin de ne pas l'attrister. Il me suffisait de pouvoir jouir pleinement de chaque instant, de prendre en sa compagnie mon plaisir, tout en faisant quelques concessions aux nécessités de mon éducation, mais il était bien abrégé le temps que je consacrais à l'étude de la métrique ou au tir à l'arc et au maniement du sabre. Al-Acha avait acquis trop de sagesse pour s'en fâcher et il se contentait des instants que je lui consacrais.

Ma passion pour Fayruz m'entraîna bientôt à commettre des imprudences. Je commençai par vouloir retrouver la teinte de ses cheveux. Chaque fois qu'elle les lavait la teinture se dissolvait dans l'eau et il fallait les noircir à nouveau ; je lui dis de cesser de se teindre, ce qu'elle fit sans déplaisir, car elle assurait que l'éclat solaire de sa chevelure lui était une parure qu'on ne pouvait que lui envier. Elle se plaignit ensuite de ne pouvoir sortir et comme, pour m'exercer au tir à l'arc, j'allais avec Azzam dans le désert, elle me demanda un jour de l'emmener dans ces courses. Elle m'assura savoir bien monter à cheval et y prendre plaisir. Je cédai. Je lui fis revêtir un habit masculin à la mode persane avec larges culottes et houppelande, elle enveloppa ses cheveux et son cou dans un turban. Ainsi sommes-nous allés dans le désert, Azzam, Fayruz et moi. Je vis qu'elle savait bien tenir en selle et, après quelques sorties vers les bords de l'Euphrate, je décidai de recommencer à chasser en l'emmenant avec moi.

Il nous arrivait de croiser de nombreuses personnes sur le chemin, voyageurs, paysans se rendant aux champs ou à la ville, pêcheurs aux bords du lac ou du fleuve, et même des groupes de chasseurs. À al-Acha qui m'avait mis en garde contre de telles rencontres, je répliquai que, personne ne connaissant Fayruz, nul ne pourrait donc la reconnaître sous son habit de cavalier. Or, un jour qu'il rentrait du palais où il avait rendu une visite au gouverneur, al-Acha vint auprès de moi, le front marqué d'un pli d'inquiétude.

— Chafiq, me dit-il, tu as été bien léger dans ton comportement. Il ne fallait pas te montrer en compagnie de Fayruz. On t'a trop souvent vu dans la seule compagnie de ton esclave abyssin pour que quelqu'un ne se demande pas un jour qui pouvait bien être l'homme qui maintenant participe à vos chasses. C'est la question que m'a posée Iyas. On lui a rapporté la chose et comme nous sommes logés dans une de ses demeures, il a voulu savoir qui était le compagnon avec qui on t'avait vu chevaucher dans la campagne.

Je demandai à al-Acha ce qu'il avait répondu :

— J'ai été pris de court, avoua-t-il. Je ne pouvais pourtant pas paraître hésiter. Je lui ai donc répondu que c'était un tien parent qui venait d'arriver de Dumat pour t'apporter un message de ton père.

— Maymun, lui dis-je, j'admire ta promptitude et ta repartie. Je suppose que ta réponse a satisfait la curiosité de notre hôte.

— En aucune manière. Il a commencé par s'étonner que les gardes qui parcourent les pistes frontalières ne l'aient pas remarqué, d'autant qu'il ne concevait pas que ton parent ait pu venir seul. Or nulle caravane n'avait été signalée ces jours derniers. J'ai ajouté au premier mensonge en lui répliquant qu'il était arrivé de nuit. Je ne sais si Iyas a cru à ce conte, mais il n'a pas insisté. Néanmoins, au moment de nous séparer, il m'a demandé que tu viennes lui rendre une visite et que tu lui amènes ton parent. J'ai eu tort de ne pas lui avouer la vérité tout de suite car, maintenant que je lui ai menti, il ne pourra qu'en être fâché et je crains qu'au lieu d'avoir en lui un allié nous n'en ayons fait un adversaire.

— Pourquoi, ai-je suggéré, ne pas se rendre à son invitation ? Fayruz parle parfaitement notre langue. Il suffit qu'elle se noircisse les cheveux et je la présenterai comme mon jeune cousin.

— Qui serait venu ici seul, sans escorte, sans s'être intégré à une caravane ? Et sa voix ne risque-t-elle pas de la trahir ? Iyas a sans doute été avisé du rapt de l'esclave de Qobad et il sait bien que nous avons séjourné à Séleucie. Il lui sera trop aisé de faire le rapprochement. Cet homme est avisé et il n'est pas nécessaire qu'il ait vu Fayruz pour la reconnaître.

Je ne savais qu'opposer aux arguments de mon maître. Je lui demandai ce qu'il me conseillait de faire.

— Nous plions bagages avec la plus grande discrétion ; nous chargeons les bêtes et dès que la nuit est tombée, nous prenons la route du sud.

Je m'étonnais de tant de précipitation.

— Je pourrais aussi bien lui rendre une visite seul en prétextant une maladie de mon parent. Nous aurions ainsi le temps de voir venir. Il me semble que le gouverneur nous est favorable, et il m'a bien accueilli.

— Et certainement il te recevra avec mille politesses si tu vas le visiter. Mais apprends à te méfier de la courtoisie des puissants. Songe à Tarafa.

Comme je m'étonnais de cette allusion, il reprit :

— N'as-tu pas appris par cœur quelques-uns de ses poèmes ?

— Certainement, et je ne crois pas qu'on exagère en le déclarant l'un des plus grands poètes de notre nation.

— Oui, mais il avait la langue trop acérée et sans le savoir il a blessé la vanité du roi de Hira, Amr ibn Hind. Avant de quitter sa cour où il avait été fastueusement reçu, le roi lui remit une lettre pour le gouverneur de l'île de Bahreïn où se rendait Tarafa. Il était accompagné de son oncle al-Mutalammis, et ils étaient ensemble comme toi et moi, car Tarafa, bien que déjà illustre, était encore jeune, moins d'une trentaine d'années. Son oncle avait aussi été gratifié d'une lettre de recommandation pour le gouverneur de Bahreïn. Mais il était plus avisé que Tarafa et il osa en faire sauter le cachet pour en prendre connaissance. Or, ni al-Mutalammis ni son neveu ne savaient lire. Il la confia donc à un scribe de sa connaissance et celui-ci la déchiffra : il s'agissait bien d'une recommandation, mais il était recommandé au gouverneur de mettre à mort le porteur de cette lettre. Al-Mutalammis s'en est ouvert à son neveu, mais celui-ci en a ri. Il avait la certitude que le scribe s'était moqué de lui, et il ne pouvait imaginer, dans la folie de sa jeunesse, que le roi qui l'avait si amicalement accueilli l'envoie de cette manière détournée vers la mort, lui, l'un des poètes les plus réputés de l'Arabie, lui dont les poèmes avaient si souvent été couronnés à Ukaz. Il ignora les objurgations de son oncle, qui eut la sagesse de se réfugier en Syrie, auprès des Ghassanides, les mortels ennemis des Lakhmides de Hira. Quant à Tarafa, il alla allégrement vers son destin. Le gouverneur de Bahreïn lut la lettre, et Tarafa périt enseveli vivant. Telle est la perfidie des rois et des puissants.

Je me rendis aux raisons de mon maître et nous nous préparâmes à prendre la fuite. Car je ne pouvais autrement qualifier notre départ de Hira. Je m'en inquiétais pour al-Acha car il lui serait dès lors difficile de retourner dans cette ville qui lui était chère.

— Ne te fais pas de souci à ce propos, me répondit-il lorsque je lui fis part de ma consternation. J'ai trop prolongé mon séjour à Hira pour avoir envie d'y retourner de si tôt. Et d'ici que le désir me prenne d'y revenir, un autre prince aura été nommé à la place d'Iyas ibn Qabiça. Pour l'instant, ce qui compte, c'est que nous parvenions à nous trouver demain suffisamment loin pour ne pas risquer d'être rattrapés.

Était-ce un bien ou un mal ? Cette nuit-là la lune était à son plein et elle a éclairé notre chemin dès que nous avons quitté le jardin de notre demeure. Tandis que nous suivions la piste silencieuse, je regardais nos ombres s'allonger entre les palmiers qui frémissaient doucement dans le vent léger de la nuit. Les maisons de terre devant lesquelles nous passions étaient closes et obscures. Seuls parfois des chiens aboyaient à notre approche, d'autres chiens leur faisaient écho dans le lointain. J'avais l'impression que leurs aboiements étaient entendus jusque dans la ville, jusque dans le palais d'Iyas. Ils furent entendus par une escouade de gardes. Ils étaient une douzaine, à cheval à l'orée du désert. En nous distinguant au loin, ils poussèrent leurs montures dans notre direction.

— Évitons de prendre la fuite, dit al-Acha. Nous ne devons pas avoir l'air de chercher à les éviter. Néanmoins, tenez vos armes prêtes.

Comme nous allions au pas, ils eurent tôt fait de nous rattraper et leur chef nous intima l'ordre de nous arrêter.

— Qui êtes-vous et où allez-vous à cette heure de la nuit ? nous demanda le chef en se plaçant face à nous, en travers de la piste.

Sans manifester la moindre émotion, al-Acha répondit que nous étions des ambassadeurs envoyés à Ctésiphon par la tribu des Banu Saad et que nous rentrions en hâte dans notre territoire car nous venions d'apprendre la mort du sayyid de la tribu :

— Son fils, poursuivit-il en me désignant, veut brûler les étapes pour prendre la succession de son père.

Al-Acha avait eu l'habileté de citer les Banu Saad parce qu'ils avaient acquis une réputation de guerriers, particulièrement belliqueux et indépendants, que le roi des Perses cherchait à s'attacher. Ils nomadisaient dans le Yamamah et constituaient un important groupe de Tamim. Mais, contrairement à notre attente, l'officier déclara qu'il ne pouvait pas nous laisser aller, que nous devions auparavant être conduits devant le chef des gardes pour qu'il nous identifie et nous permette de poursuivre notre route. Al-Acha se fit autoritaire, déclara que nous ne pouvions accepter de perdre notre temps, qu'il ne pouvait tolérer qu'un fils de prince soit traité pareillement, mais rien n'y fit. L'officier restait intraitable, assurant que ces formalités ne prendraient qu'un court moment, qu'il suffisait que nous les suivions au galop et que nous serions bientôt de retour sur la piste.

Comme je voyais qu'al-Acha commençait à perdre pied, je m'avançai et, m'arrêtant devant l'officier, je m'écriai avec colère :

— Jamais un prince arabe venu en ambassade auprès de votre empereur n'acceptera de se plier aux exigences d'un subalterne perse. Pousse-toi de mon chemin ou crains ma colère, et sache que tu risques aussi d'encourir la colère de ton roi car un tel affront me sera une raison de rompre toutes les relations avec la Perse et d'entrer en guerre contre elle.

Mais l'homme était buté, pareil à un roc immuable, ce que les gens appellent un parfait fonctionnaire ou un soldat discipliné, mais qui n'est jamais à nos yeux qu'un parfait imbécile. Il me regarda de haut et répliqua :

— J'ai des ordres du gouverneur, je les exécute. Il vous faudra nous suivre de gré ou de force.

Son arrogance m'a fait tourner les sens et j'ai senti monter en moi toute la fougue de notre peuple. Il levait la main pour ordonner à ses hommes de nous menacer de leurs armes ; il ne put en faire plus : je levai ma lance avec une rapidité qui m'étonna moi-même et je le transperçai d'un seul coup, en plein cœur. Déjà Azzam, qui n'attendait que ce signal, avait frappé de son javelot un soldat et moi-même, dégainant mon sabre, je me jetai sur le premier soldat que je vis devant moi. Tant de décision et de hargne, la mort inattendue de leur chef, le sabre d'Azzam qui en deux coups fit sauter deux têtes, suffirent pour remplir de terreur les autres soldats qui, talonnant leurs montures, détalèrent au galop.

— Voilà qui ne va pas arranger nos affaires, remarqua al-Acha.

Mais aussitôt il ajouta :

— Chafiq, tu t'es montré un guerrier digne de ton peuple. J'espère que tu seras aussi brillant quand tu te mesureras dans les chants avec des adversaires dignes de toi.

Je me sentais d'une telle fierté que, si l'on ne m'avait pas retenu, je serais parti à la poursuite des fuyards pour leur faire subir le sort de leur chef. Al-Acha trouva plus prudent de piquer des deux en sens inverse.

— Car, remarqua-t-il, toute la cavalerie du gouverneur de Hira va se lancer sur notre piste.

Mais la réaction qui me réjouit le plus vivement fut celle de Fayruz. Elle poussa son cheval vers moi, m'enlaça pour me donner un baiser et elle me dit :

— Chafiq, mon maître bien-aimé, tu es vraiment un grand guerrier et je suis fière de t'appartenir.

Nous avons alors poussé nos montures au galop en direction de Dumat al-Jandal.

CHAPITRE 9

LES BOURGEOIS DE LA MECQUE

Je n'ai jamais su si les soldats de Hira ne nous ont pas rattrapés parce que nous avions trop d'avance et avons poussé notre allure jusqu'à la limite des capacités de nos bêtes, ou bien parce que, trompés par les dires d'al-Acha, ils ont pris la route qui descend vers le golfe Arabique au lieu d'emprunter celle de Dumat, ou enfin s'ils ont simplement renoncé à nous poursuivre, craignant que nous ne fussions ceux que nous avions prétendu être et risquant ainsi d'encourir la colère du roi des Perses. Toujours est-il que nous sommes parvenus à Dumat sans avoir encore eu à en découdre. Mon père s'est montré surpris mais heureux de mon retour aussi soudain qu'inattendu, mais c'est certainement ma mère qui a manifesté la joie la plus vive. Al-Acha a été comblé de présents et mon père lui a fait don d'une demeure dans notre village, à peu de distance de celle où nous résidions lorsque nous n'étions pas sous nos tentes. Bien que de nombreuses familles composant la tribu aient fait construire des maisons en briques crues et en terre dans le village que nous y avions fondé, chacun avait conservé ses tentes dans le campement dressé à l'extrémité de l'oasis, à peu de distance du village, à l'orée du désert. La vie que j'avais menée pendant plusieurs années dans une confortable maison de Hira n'avait pas amolli mon âme et je sentais au fond de moi un besoin de retrouver l'existence de mes ancêtres, sous les tentes, face aux vastes solitudes du Nafud. Je rompis délibérément avec mes anciennes habitudes et je m'installai dans la tente familiale que j'avais si peu connue. J'y logeai seul avec Fayruz, car mon père, lorsqu'il était à Dumat, préférait le confort de notre demeure, tout autant que ma mère. Ma sœur aînée vivait avec son époux et j'appris que ma jeune sœur Azza avait épousé le fils d'un riche négociant de La Mecque et qu'elle était ainsi entrée dans la famille d'Abu Sufyan ibn Harb, l'un des hommes les plus fortunés parmi les Mecquois et l'un des chefs des Quraychites.

Ma tente était vaste et confortable. D'épais tapis de laine aux vives couleurs, sur lesquels étaient jetés des tapis délicats venus de Perse, couvraient le sol. Azzam logeait dans une partie de la tente tandis que mes autres serviteurs avaient leur propre toit. J'avais naturellement gardé Fayruz auprès de moi, bien que je sentisse qu'elle eût préféré la belle maison du village à la plus confortable de nos tentes. Ni mon père ni ma mère n'avaient vu d'objection à la présence de Fayruz à mes côtés et s'ils ne pouvaient la regarder comme leur belle-fille, ils ne voyaient pas en elle une simple esclave, ne serait-ce qu'à cause de son origine, de ses talents et de l'amour que j'avais déclaré lui porter. Néanmoins, quelque temps après mon retour, voyant combien je montrais d'attachement à Fayruz, mon père se décida à me dire :

— Chafiq, il est naturel que tu aies auprès de toi des esclaves qui soient tes concubines. Nous en avons tous, et toi tu n'en as même qu'une seule. Il est vrai que c'est aussi ce qui me chagrine car tu reportes sur elle une affection que j'appellerais plutôt une passion indécente. Al-Acha m'a assuré que tu avais un talent de poète et que tu composais de belles chansons. Je veux bien le croire, quoique tu ne nous aies toujours pas donné d'aperçu de tes talents. On prétend que les poètes chantent leurs amours, mais il convient que cette passion ne s'exprime que dans les mots et non dans la vie, surtout avec une telle force. Il me paraît qu'il est temps que tu prennes une épouse qui te donnera de beaux fils.

— Père, ai-je répondu d'un ton respectueux, je songe à me marier, mais je n'ai pas encore fait mon choix. Laisse-moi encore quelque temps. Il est vrai que je ressens une étrange attirance pour Fayruz, mais al-Acha m'a dit un jour que plus une passion est grande plus vite elle s'apaise, comme un feu de petit bois mort : il produit de grandes flammes brûlantes, mais il a tôt fait de se réduire en cendres, alors qu'un bois dur et épais se consume lentement mais réchauffe pendant longtemps la tente durant les longues nuits d'hiver.

Je parlai ainsi pour ne pas contrarier mon père et pour qu'il ne vînt pas chaque jour m'inciter à prendre une épouse. Car je ne croyais pas alors que la flamme dont je brûlais pour Fayruz pourrait s'éteindre rapidement. Et je songeais aussi à toi, Jalila. Car même au plus fort de la tourmente amoureuse, je ne pouvais t'oublier. Je continuais de te porter ce sentiment profond et doux que je ne saurais définir mais qui m'attachait à toi, sans que je parvinsse par sa force à chasser mon brûlant désir pour Fayruz. Mais je ne pouvais déclarer hautement que si jamais je me mariais, ce ne pourrait être qu'avec toi. Certainement mon père aurait été enchanté de t'avoir pour belle-fille, et le tien ne m'aurait pas repoussé, lui qui me regarde comme un fils. Mais voilà, Fayruz était devenue l'obstacle qui me séparait de toi. Car, après les serments que nous avions échangés, comment aurais-je pu venir vers toi en traînant après moi Fayruz ? Comment aurais-je pu te dire : « Jalila, le temps est venu pour que soient tenus nos serments, mais tu devras partager mon amour avec une autre femme » ? Je te connaissais trop bien pour savoir que tu me repousserais avec dédain, que tu me voudrais tout à toi comme toi-même serais entièrement à moi. Car même si les hommes riches et puissants de notre peuple ont souvent plusieurs épouses et plus encore de concubines, il est de tradition dans ta famille autant que dans la mienne de n'avoir qu'une seule épouse qu'on choisit et qui nous choisit, et qu'on aime. Ton père n'a jamais eu qu'une seule épouse légitime, Adiba, et mon père n'a jamais aimé que ma mère, même quand elle ne lui avait donné encore qu'une fille, même quand il s'amusait avec ses esclaves. Voilà pourquoi, Jalila, je ne suis pas venu vers toi dès mon retour de Hira, car il y avait Fayruz, ma destinée.

Mes paroles satisfirent mon père qui ne me parla plus de mariage, à condition que je ne tarde pas trop à prendre une décision, avait-il précisé.

Nous avons ainsi passé tout l'hiver sous les tentes, à Dumat. Je veillais à ce que, suivant la tradition des sayyids généreux, ce qu'était mon père plus que tout autre, des marmites fussent maintenues tout le temps sur le feu et des moutons fussent rôtis en permanence pour pouvoir nourrir les voyageurs qui venaient vers nous et les pauvres qui cherchaient refuge auprès de nous. Je partageais mon temps entre la chasse en compagnie d'Azzam, de mon père et des jeunes hommes de la tribu, les longs entretiens avec al-

Acha qui demeurait à mes yeux mon maître et qui d'ailleurs continuait à me faire travailler mes poèmes, les entretiens, le soir à la veillée, avec les hôtes de passage, et enfin l'amour de Fayruz. J'étais si fier de ses talents de danseuse que je la faisais danser devant mes hôtes, et moi-même je leur chantais des *qasida*, celles que j'avais apprises par cœur, celles aussi que j'avais composées.

C'est par l'un de ces voyageurs, un homme qui venait de Hira et que nous avions connu là-bas, al-Acha et moi-même, que nous apprîmes ce qui s'était passé avec Iyas. Ce dernier était prévenu de l'enlèvement de Fayruz et, bien que ce ne soit que longtemps après qu'il avait appris l'apparition soudaine d'une personne à mon côté lors de mes chasses et de mes promenades au bord de l'Euphrate, il s'était douté de la vérité. Comme il n'avait cependant pas de certitude, il n'avait pas voulu user de violence en envoyant ses gardes auprès de nous, mais il avait parlé à al-Acha dans les termes habiles que j'ai rapportés. Et, comme il était avisé, il avait déjà donné l'ordre d'intercepter toute personne qui prendrait la route du sud. Car, et c'est ce que nous ignorions, Qobad avait promis une très grosse récompense à qui lui ramènerait son esclave. Nous étions désormais persuadés qu'il était prudent de ne plus remettre les pieds dans le territoire contrôlé par le gouverneur de Hira.

Lorsque revint le mois de Shawwal et que les brèves pluies couvrirent le désert de fleurs printanières, al-Acha me dit :

— Chafiq, lorsque la nouvelle lune commencera sa croissance dans le ciel s'ouvrira la foire d'Ukaz. Il était entendu entre nous depuis longtemps que tu m'y accompagnerais : le temps est maintenant venu de prendre la route.

La trêve sacrée reconnue sur tout le Hedjaz et proclamée par les gens de La Mecque ne débutait que le mois suivant. Bien que nous dussions traverser les territoires de tribus amies, ou de ma parentèle, comme les Ghatafan, il convenait de réunir une escorte bien armée pour ne pas risquer d'être pillés. Mon père commençait à perdre le goût des longues randonnées. Alors que les années que j'avais passées dans les plaisirs d'une vie facile à Hira n'avaient pas amolli mon âme et que la sève de ma jeunesse me faisait aspirer aux grandes courses dans le désert et même aux combats glorieux à la suite desquels je pourrais, comme Antara, comme Salama ibn Jandal, l'honneur des Banu Amir, comme bien d'autres poètes guerriers encore, chanter mes propres exploits en des vers étincelants comme une lame de sabre dans le soleil, la venue de l'âge inclinait mon père à préférer une vie paisible dans sa confortable demeure de Dumat. Il avait même profité de mon retour pour m'abandonner le soin d'aller visiter nos troupeaux et nos bergers aux pâturages, ne se réservant que la tâche du gouvernement de notre tribu avec l'assemblée des anciens. Aussi ne manifesta-t-il guère le désir de nous accompagner dans notre voyage. Je n'eus pas de mal à réunir quelques douzaines d'hommes valeureux pour nous accompagner, désireux d'accomplir le pèlerinage à la Kaaba, ainsi que des caravaniers de notre tribu qui voulaient aller vendre et acheter des marchandises à Ukaz. Nous nous mîmes en route avec une caravane de plus de deux cents chameaux et d'une centaine de cavaliers dont je pris la tête. Car d'un commun accord ces hommes avaient agréé les recommandations de mon père qui m'avait proposé pour le remplacer au commandement de la caravane.

Nous avons traversé le territoire des Ghatafan, et je rencontrai quelques membres de son peuple, mais je souhaitais éviter une confrontation avec toi, Jalila, ou avec tes parents, car mon attachement à Fayruz était encore trop fort pour que je puisse dans le même temps t'aimer comme tu étais en droit de le souhaiter ; et je ne voulais pas que les voix du désert te fissent savoir que j'étais rentré de Hira et que j'étais passé dans les territoires de la tribu sans chercher à te rencontrer, car tu n'aurais pas compris une telle attitude. Je prétextais la nécessité qui nous était imposée de parvenir dans les délais les plus brefs à La Mecque pour ne pas m'enquérir de la famille de ma mère.

Ainsi sommes-nous parvenus en vue de La Mecque avant la fin du mois. Nous avions décidé d'établir notre campement à l'est de la ville, dans la plaine qui s'étend jusqu'au mont Arafat. Mais je savais que moi-même je devrais aller loger chez mon hôte Hatim ibn Abdallah, qui aurait reçu comme un affront que je dédaignasse son hospitalité.

Alors que nous suivions une large piste qui conduit à la

porte de la ville, nous avons vu s'avancer vers nous des hommes dont les clairs vêtements de fin coton et de soie laissaient supposer qu'ils appartenaient à l'aristocratie locale. Ils avaient dressé sur le bord de la route, au pied de quelques palmiers, une grande tente aux pans relevés, au sol couvert de tapis, et tout alentour étaient tendues des toiles sous lesquelles des femmes et des serviteurs s'activaient à diverses tâches. J'allais en tête de la caravane, sur ma chamelle, aux côtés d'al-Acha et d'un autre compagnon, l'un des plus riches trafiquants de notre tribu, qui était en relation constante avec les marchands de La Mecque. Les hommes nous saluèrent en invoquant la protection d'Hubal, et ils s'adressèrent plus particulièrement à notre compagnon qu'ils connaissaient visiblement :

— Kilab ibn Jadara, notre frère, sois le bienvenu dans notre cité avec tes compagnons, ta caravane, et tous tes animaux, dit l'un des hommes dont le port rendu majestueux par une belle corpulence en faisait le héraut par excellence de cette étrange délégation.

Kilab lui rendit son salut, puis il nous désigna en nous nommant.

— Que la paix soit sur vous, nous dit l'homme.

Et il poursuivit à l'adresse d'al-Acha.

— Abu Baçir (c'est le surnom qu'on donnait à mon maître aussi bien à La Mecque qu'à Ukaz), c'est pour les Quraychites un honneur que de recevoir dans les murs de notre cité un aussi illustre poète. Bien que je ne sois qu'un humble commerçant, je serais mille fois honoré si tu acceptais de loger dans ma modeste demeure.

— Ce serait pour moi la plus grande gloire, répondit mon maître, et tu vois la plus profonde tristesse s'emparer de mon cœur en déclinant ton offre, mais mon compagnon, Chafiq ibn Majid, est l'hôte de Hatim ibn Abdallah, et moi-même j'ai été prié de loger dans sa demeure. Tu comprends que je ne peux maintenant me désister.

— Pardonne-moi, répondit l'homme, mais pour le moins tu viendras partager quelques repas avec ma famille. Et toi aussi, Chafiq, car si je ne me trompe tu es le fils du sayyid des Banu Abdallah, et c'est ta sœur qui a épousé Amr, le fils d'Abu Sufyan, de sorte que je suis maintenant ton oncle.

Je me suis réjoui de faire la connaissance de cet oncle dont je n'avais jamais entendu parler, mais il me fit aussitôt connaître l'origine de cette parenté :

— Mon nom est Abu Lahab, précisa-t-il. Moi-même j'ai épousé la sœur d'Abu Sufyan, Umm Jamil, qui est la tante d'Amr.

Nous avons accepté son invitation à nous arrêter auprès de la vaste tente et de venir y boire.

Lorsque nous fûmes assis sur les coussins, notre hôte nous entreprit aussitôt :

— Frères, si vous nous voyez établis sur cette route, ce n'est pas pour le simple plaisir de recevoir les voyageurs, bien que ce soit pour nous un agrément et un honneur lorsqu'il s'agit de visiteurs de votre qualité. Sachez que nous voulons vous mettre en garde contre un homme dans notre ville qui a été saisi par un djinn. Il s'appelle Mohammed ibn Abdallah, du clan des Banu Hachim, et il n'est autre que mon propre neveu. Nous l'avions toujours considéré comme un homme de bien, posé, affable, respectueux des convenances. Il avait même mérité le surnom d'al-Amin. Sans doute certains ont-ils laissé entendre qu'en épousant Khadidja, une riche veuve dont il était le caravanier, il a fait un beau mariage qui l'a enrichi. Mais on pouvait considérer que c'était là le fait de langues de serpent car il faut reconnaître qu'il a l'air d'aimer son épouse et qu'il lui est d'une fidélité qui nous étonne tous, car il n'a pas pris d'autre femme qu'elle et il n'a pas non plus de concubine.

En entendant ce discours, je dressai l'oreille car, si j'avais oublié le nom de Mohammed, ce surnom d'al-Amin me rappela l'homme qui avait remis en place la pierre noire de la Kaaba, alors que je me trouvais dans la ville sainte.

— Je peux prétendre, poursuivit Abu Lahab, avoir été l'un des plus affectueux de ses onze oncles. Alors qu'il venait de naître, c'est ma concubine, Thuwaybah, qui le reçut dans notre demeure et le nourrit pendant quelques jours en attendant qu'on le donne en nourrice à Halimah qui l'a emmené au désert. Et pourtant, un jour que j'eus une querelle avec mon frère Abu Thalib, nous en vînmes à nous frapper ; je le fis tomber au sol et m'assis sur sa poitrine pour lui envoyer des gifles. Alors ce Mohammed, qui était un enfant vigoureux, se jeta sur moi et me bouscula. Mon frère en profita pour prendre le dessus à son tour, il s'assit sur ma poitrine et il me frappa, mais alors Mohammed n'a pas cherché à intervenir en ma faveur. N'est-ce pas là l'acte d'un cœur perverti ?

— Mon oncle, lui ai-je fait remarquer, il me semble que tu juges trop promptement sur un acte de peu d'importance et peut-être ton neveu avait-il, pour des raisons que j'ignore, plus d'affection pour ton frère.

— De ceci je ne doute pas car pour soulager Abu Thalib, chargé d'une grande famille, après son mariage avec Khadidja Mohammed a pris chez lui Ali, le fils d'Abu Thalib.

— Fort bien, fils d'Abd al-Muttalib, intervint al-Acha, mais dis-moi : qu'est-ce qui te fait croire que ton neveu est possédé par un djinn ?

Abu Lahab hocha la tête, soupira, nous invita à vider les coupes qu'on nous avait apportées, puis il reprit :

— Voici quelques mois, Mohammed nous a tous invités dans sa demeure, ses oncles, ses tantes, ses cousins. Il est rare que nous nous retrouvions tous en famille ; ce n'est jamais que dans des occasions exceptionnelles, mariage, naissance ou deuil. Aussi nous en sommes-nous étonnés. Comme il était resté un mois entier sans sortir de sa demeure, nous avions cru tout d'abord qu'il était malade, mais il avait déclaré à ses tantes qu'il n'en était rien ; nous avons alors supposé qu'il voulait nous entretenir d'une affaire grave concernant la famille. Le repas se passa bien, non pas dans la demeure de Khadidja trop étroite pour contenir tout le monde, mais hors des murs, sous de grands vélums. Nous nous sommes retirés après avoir bien bu et bien mangé. Mais une de mes sœurs me dit que notre neveu nous avait réunis dans le but de nous annoncer une nouvelle importante et qu'il y avait sans doute renoncé au dernier moment. Et elle me laissa entendre que c'était à cause de ma présence car il n'avait pas osé parler devant nous. Cette remarque me déplut car je ne voyais pas de raison pour que Mohammed ne voulût pas me parler. J'appris bientôt qu'il organisait un nouveau repas de famille, mais je n'y étais pas invité. Je m'y suis quand même rendu et j'ai pris place parmi mes parents sans que Mohammed ne me fasse de remarque. Il est vrai qu'il aurait eu une belle réponse. Et ce jour-là, il a parlé. « Vous savez tous, nous dit-il, que mon grand-père vénéré — votre père, mes oncles— Abd al-Muttalib, avait l'habitude de se retirer dans la caverne de Hira, sur le mont Nur. Moi-même il m'est arrivé aussi de l'imiter, depuis quelques années. » En bref, il nous a rapporté que, voici quatre ans, alors qu'il en était à son quarantième anniversaire, il avait passé plusieurs jours dans cette caverne, lors du mois Ramadan. Là, un être lumineux lui serait apparu. Il prétend qu'il était comme ces êtres ailés que les chrétiens appellent des anges, comme celui qui serait venu pour annoncer à Miryam qu'elle allait enfanter Isha. Cet ange, qui pour nous, cela ne fait aucun doute, n'est autre que le djinn qui loge dans cette grotte, aurait prétendu être envoyé par le dieu que nous appelons Allah afin de révéler à Mohammed une vérité que nous aurions ignorée jusqu'à ce jour. Et cette vérité, la voici : il n'y a qu'un seul dieu, que Mohammed déclare clément et miséricordieux, et son nom est Allah. Tous les autres dieux, ceux qu'adorent nos ancêtres de tout temps, ne seraient que des formes vides, ce que Mohammed, après les chrétiens et les juifs, appelle des idoles.

En entendant notre hôte parler ainsi, mon maître ne put s'empêcher de rire et de l'interrompre :

— Par cet Allah qu'invoque ton neveu, lui dit-il, je ne vois pas dans cette affaire une raison de s'alarmer ni de déclarer qu'un djinn le possède. Il ne fait que répéter ce que disent les chrétiens. Moi-même qui ne suis ni chrétien ni juif, je ne crois pas plus en la réalité de leur dieu qu'en celle des nôtres. Mais je suis convaincu qu'il y a, par delà l'empyrée, un être parfait, incréé, qui régit l'univers. Appelez-le comme vous voulez, moi je veux bien lui donner le nom d'Allah, car en réalité il ne peut pas avoir de nom, il est innommable. Car, dis-moi : quel est l'homme qui oserait donner un nom humain au créateur de l'univers ? Mais jamais je n'admettrai que cet être absolu puisse communiquer de telle manière avec les hommes. Ce sont eux qui le croient, ce sont eux qui le nomment, mais lui-même est bien au-delà de tout cela.

Abu Lahab cligna des paupières, soupira et reprit :

— Abu Baçir, nous savons que tu es un *hanif**, mais te sens-tu poursuivi par des voix ? T'a-t-on jamais vu trembler, délirer, comme un *kahin*** possédé par un être surnaturel ? Et ensuite, t'es-tu mis à prêcher une nouvelle religion, à dire que tu es détenteur de la vérité, révélée à toi seul par un dieu, et que tous les autres dieux ne sont que des idoles ? Or ce sont ces folies que Mohammed met dans la tête de ceux qui l'écoutent. Il est habile, c'est un bon orateur, et il sait entraîner les gens par la douceur de sa voix et la conviction de ses paroles. Ainsi nous a-t-il tous réunis, tous les membres de notre famille, pour nous faire connaître cette mission, en prétendant que l'ange avec qui il s'entretient lui aurait ordonné de réunir les parents de son clan qui lui sont le plus proches et de les avertir de la mission dont il est investi. Voilà jusqu'où va sa folie. Pour ma part, je n'ai pu l'entendre jusqu'au bout. Je me suis levé en l'injuriant et je suis parti.

— Mon oncle, lui ai-je alors dit, je ne comprends pas la vivacité de ta réaction. Qu'importe que ton neveu croie à ce dieu ? N'y a-t-il pas dans cette ville des juifs, qui adorent un seul dieu et qui prétendent que les dieux de notre peuple ne sont que des idoles ? Êtes-vous pour autant entrés en guerre contre eux ?

— Ils le prétendent, a objecté mon oncle, mais qui leur prête foi, sinon eux-mêmes et les gens de leur race ? Car

* Ce terme de hanif peut recevoir plusieurs acceptions. Dans le Coran il désigne ceux qui sont restés ou sont retournés dans la religion d'Abraham, c'est-à-dire qui adorent le « vrai dieu ». Mais il qualifiait aussi ces hommes qui, à la veille de l'avènement de l'islam, s'étaient détournés du culte des anciennes divinités pour croire en un dieu universel sans pour autant s'être convertis au christianisme ou au judaïsme. Ils étaient ainsi prédisposés à recevoir le message de Mohammed, bien qu'ils ne se soient pas tous ralliés à l'islam.

** Dans l'Arabie préislamique on désignait sous le nom de kahin (féminin kahina) des hommes ou des femmes dont la fonction était proche de celle des chamans d'Asie centrale et de Sibérie. Ils étaient devins, quelque peu sorciers, et on les consultait aussi bien pour les affaires du clan que pour les questions privées. On pensait que leurs pouvoirs étaient surnaturels, qu'ils étaient inspirés par les djinns. Ils rendaient leurs oracles sous des formes poétiques et c'est peut-être là qu'il faut chercher l'origine de la poésie arabe tout autant que l'importance accordée aux poètes dans la société arabe.

même si on a pu voir des Arabes se convertir aux croyances des juifs ou des chrétiens, ils ne sont qu'en petit nombre et ils n'osent pas venir parmi nous pour chercher à détruire les traditions de nos ancêtres. Mais Mohammed tient un langage différent. Il est des nôtres, il vit parmi nous, il a rallié à son culte impie nombre de Quraychites. Si l'on nie la divinité de Hubal et de Wadd, des trois déesses filles d'Allah, et de tous nos autres dieux, si l'on se détourne de leur culte et de leurs oracles, ce sera la fin de l'hégémonie de nos cités, la fin du pèlerinage à la Kaaba.

— Si je comprends bien, ai-je alors remarqué, ce que tu crains plus que tout c'est de perdre ce qui fait la richesse de votre cité ?

— Chafiq, s'est-il écrié, comment peux-tu penser ainsi ! Ce qui me révolte, c'est le mépris que manifeste Mohammed pour les traditions de nos ancêtres, pour les dieux qui ont fait la grandeur et la gloire de nos tribus. Si l'on renverse nos dieux, on détruit la cohésion des tribus, on rejette les vénérables lois des clans et pour les remplacer par quoi ? Tous les Arabes conscients de la valeur de nos traditions sont persuadés de ce que je dis là. C'est la raison pour laquelle ils ont pour la plupart d'entre eux refusé de se convertir à la religion prêchée par cet Isha, qui s'est pourtant imposée à tout l'empire de Roum. Chrétiens et juifs nous attaquaient de l'extérieur mais, avec Mohammed, c'est de l'intérieur que nous sommes assaillis. Voilà pourquoi nous avons accepté de consacrer une partie de notre temps à nous tenir sur les routes qui mènent à notre cité afin de mettre en garde les pèlerins et les voyageurs contre un homme qui sera notre destruction si nous n'y prenons garde.

Après Abu Lahab, une femme assise parmi nous prit la parole. C'était Umm Jamil, son épouse. Elle nous apprit que Mohammed avait prêché en public, sur le mont Safa, qu'il avait déclaré être envoyé par Allah en personne pour leur ordonner de l'adorer et d'abandonner le culte des idoles, et même qu'il avait menacé des châtiments du ciel ceux qui ne l'écouteraient pas.

— Est-ce le fait d'un homme sensé, conclut-elle, que de quereller les gens qui ne veulent pas écouter vos paroles, surtout quand elles sont aussi insensées, et de les menacer de tous les maux ? Comme mon époux et moi-même avons osé lui tenir tête et lui répondre, il a formulé le souhait que les deux mains de mon époux périssent, et lui-même qu'il périsse tout entier, qu'il perde ses richesses, et que moi je sois traînée par une corde attachée à mon cou. Voyez, la guerre est déclarée entre nous et j'ai ordonné à mes deux fils de répudier leurs épouses car elles sont les filles de Mohammed et de Khadidja. Il faut que notre neveu ait réellement perdu la tête pour s'être conduit d'une manière aussi indigne envers son oncle et sa tante.

Nous avons quitté Abu Lahab et les siens pour aller dresser notre camp, et moi-même j'ai pris la route de la demeure de Hatim ibn Abdallah en compagnie d'al-Acha, de Fayruz et de nos serviteurs. Et mon maître me dit :

— Chafiq, je serais curieux de connaître ce Mohammed. J'ai le sentiment qu'il apporte quelque chose de nouveau sous le soleil. Mais je ne sais pas s'il faut s'en réjouir ou s'en inquiéter.

— Il faut, ai-je répondu, que les accents de cet homme soient persuasifs et que ses paroles soient troublantes pour que les marchands de La Mecque en soient si fortement bouleversés qu'ils aillent jusqu'à mettre en garde les étrangers qui passent par la ville. Mais comment juger si c'est un bien ou un mal ? Seul l'avenir nous le dira, si encore il parvient à se rallier suffisamment de partisans pour prendre le pouvoir dans cette ville. Car il apparaît que c'est là son dessein et la raison pour laquelle ces marchands le craignent.

— Chafiq, me dit mon maître, je ne suis pas aussi sûr que toi qu'il veuille par ce moyen instaurer à son profit une sorte de royauté sur les Quraychites. Il me paraît plutôt qu'il est persuadé de sa mission comme on dit que l'étaient chez les juifs Moïse et Isha. Dès lors, ses vues vont bien au-delà d'une simple ambition politique, car ce sont des paroles qui me paraissent susceptibles de transformer le monde.

CHAPITRE 10

LA MAISON D'ABU SUFYAN

Les premiers jours que j'ai passés à La Mecque ont été occupés par des visites. Hatim ibn Abdallah connaissait mon maître de réputation, tant sa gloire avait rayonné par delà les déserts sur tout le pays des Arabes. Il lui manifesta un grand respect et j'en ressentis une nouvelle fierté comme si ce respect rejaillissait sur moi, son humble disciple. Ma première visite fut pour Abu Sufyan. Sa demeure, proche de la Kaaba, était vaste. Il y logeait avec son épouse Hind et ses enfants. Hanzalah, l'aîné, et Amr, son cadet d'un an, occupaient chacun un petit logis à l'étage avec leurs épouses respectives. Hatim nous conduisit la première fois chez eux, al-Acha et moi-même. Abu Sufyan nous reçut dans sa salle basse, ouverte sur une cour où était planté un grand palmier qui projetait une ombre agréable. Il m'apparut comme un homme affable, courtois, peut-être un peu trop intéressé par l'affrètement de ses caravanes, qui transportaient entre La Mecque et Damas les richesses du Yémen et d'où il rapportait les plus précieux produits de l'empire de Roum. Quoiqu'elle eût donné à son époux trois enfants, Ramla, l'aînée, Yazid, un jeune garçon d'une huitaine d'années et son frère puîné, Muawiya, Hind était restée jeune d'allure, et sa beauté conservait encore tout son éclat. Le premier jour, nous avons rencontré tous les membres de la famille d'Abu Sufyan, sauf Ramla. Cette dernière avait épousé un membre du clan des Umayyades qui est aussi celui d'Abu Sufyan et elle était naturellement allée vivre chez son époux. C'est dans ce temps qu'elle mit au monde une fille, Habiba, dont elle prit ensuite le nom d'Umm Habiba.

Ce jour-là, j'ai surtout parlé avec ma sœur Azza et son mari Amr, qui me parut être un homme aimable mais de peu de caractère. Je m'en réjouissais pour ma sœur qui manifestement le dominait en toute chose et obtenait de lui tout ce qu'elle désirait, mais j'en avais une certaine peine au fond de mon cœur car je songeais qu'il était indigne d'un homme de se laisser diriger par son épouse. C'est en observant Azza et Amr que je me suis mis à me tourner vers moi-même. Je m'étais refusé à emmener Fayruz avec moi lors de ces visites car elle n'était pas mon épouse et on l'aurait plutôt regardée comme mon esclave, ce qu'elle était en droit sinon en fait, puisque mon père ne l'avait pas affranchie, bien que nous ne l'eussions pas achetée, mais en ces temps, aux regards des Arabes, une femme enlevée était considérée comme une esclave au même titre que celles qu'on acquérait sur les marchés. Or un jour, peu de temps après mon arrivée à La Mecque, elle vint à moi alors que je rentrais d'une visite de chez Safwan ibn Umayyah, l'un des puissants du clan quraychite des Banu Jumah, chargé de tirer les sorts lors des affaires concernant la cité.

— Chafiq, me dit-elle sans préambule, je suis lasse de cette vie. Tu me délaisses, je dépéris dans cette demeure. Ne suis-je pas, en vérité, ta compagne, celle qu'aime ton cœur ? Aurais-tu honte de moi, pour ne pas m'emmener chez des gens qui ne sont que des chameliers du désert ? À moins que tu ne songes à voir d'autres femmes à mon insu ?

Je ne sus encore lui imposer mon autorité et, au lieu de lui intimer l'ordre de se tenir à sa place et d'agir selon ma volonté, je cherchai à calmer sa rancœur, je lui fis entendre que je ne pouvais pas l'emmener dans ces visites tant qu'elle n'était pas mon épouse, mais qu'elle serait ma gloire lors des tournois poétiques d'Ukaz.

— Et combien de temps vais-je encore devoir attendre avant que tu ne m'affranchisses et ne fasses de moi ta femme ? me demanda-t-elle avec aigreur.

Je la rassurai en lui disant que cela ne saurait tarder, mais que la décision appartenait à mon père car je n'étais pas encore en âge de décider par moi-même.

— Si je dois attendre que tu deviennes le sayyid de ta tribu, je serai morte avant, conclut-elle.

Sur ces mots elle se mit à pleurer et je me sentis coupable de négligence à son égard, si bien que je la consolai et lui promis d'intervenir auprès de mon père dès notre retour à Dumat al-Jandal.

Mais lorsque je me trouvais loin de sa présence, je me disais qu'il était indigne d'un homme, d'un guerrier et du futur chef que je prétendais être, de se laisser émouvoir ainsi par les larmes d'une femme et de tolérer qu'elle remplisse de ses cris la demeure de notre hôte. Ce dernier était d'une si parfaite discrétion qu'il paraissait ne rien remarquer, comme si Fayruz n'existait pas. Au demeurant il se comportait de la sorte devant elle et cela ne faisait qu'irriter ma belle compagne, qui imaginait mal qu'un homme pût passer près d'elle sans l'admirer et, pire, sans s'apercevoir de sa présence.

Cette découverte de la vie des riches Mecquois m'avait fait oublier l'existence de Mohammed et de ce que nous avaient dit Abu Lahab et son épouse. Je n'avais d'ailleurs pas revu ces derniers et nous avions, al-Acha et moi-même, négligé de parler à nos hôtes de notre entretien avec eux. Par ailleurs, j'avais eu tôt fait de me lier d'amitié avec les deux fils d'Abu Sufyan, Hanzalah et mon beau-frère Amr ; ils étaient plus âgés que nous de peu d'années et ils participaient aussi à nos agapes, car leur mariage n'avait guère modifié leur ancienne vie de jeunes célibataires. Ils faisaient partie de cette société de jeunes gens, fils de notables de La Mecque, qui consumaient la plus grande partie de leur temps dans les plaisirs. Ils aimaient les boissons fermentées*, la musique, la poésie. Et la poésie qu'ils goûtaient particulièrement était celle qui célébrait l'amour et la beauté des femmes. Ces joyeux compagnons, appelés *fityan*, formaient de véritables confréries qui ne s'excluaient pas mutuellement. Ils se réunissaient souvent au cours de longs séjours dans le désert où il arrivait qu'ils retrouvassent les *fityan* de Yathrib ; ensemble ils renouaient avec l'ancienne vie des nomades, bien oubliée par ces enfants des villes. Les fils d'Abu Sufyan se firent une gloire d'emmener parmi leurs compagnons mon maître, qui avait acquis une belle réputation de poète du vin et de l'amour. Quant à moi, les poèmes que j'avais composés à la gloire de Fayruz, mon habileté à jouer du luth et la capacité que j'avais acquise à Hira d'exalter mon sens poétique lorsque j'étais pris de vin me firent accepter d'emblée dans ces

* Nous avons traduit par « boissons fermentées » le terme de *nabidh* par lequel on entend plus particulièrement la bière à base d'orge *(mizr)*, l'hydromel *(bit)*, le vin de dattes *(fadikh)*.

compagnies. Ainsi, les bruyantes sorties avec les *fityan*, les visites aux notables de la ville, nos entretiens avec Hatim ibn Abdallah, les soirées passées en sa demeure à écouter les chants d'Horaïra et à regarder les danses de Fayruz, avaient occupé une si grande partie de notre temps que nous n'étions toujours pas allés faire une visite à la Kaaba. Lorsque j'en parlais parfois à mon maître, il me répondait :

— Pourquoi tant de hâte à aller visiter ces dieux qui ne sont que des morceaux de pierre ? Car, s'ils sont vraiment des dieux, ils sont partout et non pas uniquement incarnés dans ces statues, et ils ne sont pas enfermés dans un temple d'où ils ne pourraient jamais sortir. Et s'ils ne sont pas des dieux, quelle utilité d'aller les adorer ? Non, mon fils, Dieu, car il faut l'appeler ainsi et non lui donner un pluriel, Dieu se trouve partout dans le monde dont il est le créateur et si tu veux l'adorer tu peux le faire aussi bien ici que n'importe où ailleurs. Le monde que nous voyons est son seul temple, c'est sous le ciel étoilé que nous pouvons le mieux l'adorer.

— Cependant, lui rétorquais-je, ne donne-t-il pas des signes de sa présence, par exemple lorsqu'il a laissé tomber du ciel cette pierre noire insérée dans le mur de la Kaaba ? N'est-ce pas la raison pour laquelle on peut considérer qu'elle est sacrée, car n'est-elle pas une manifestation sensible du créateur ?

— Peut-être, mais cette pierre n'est jamais qu'une pierre et ce qui compte c'est l'esprit divin qui l'anime comme il anime le reste du monde, tout ce qui est créé, tout ce que nos sens peuvent saisir.

Puis il ajoutait avec un sourire :

— Tranquillise-toi, nous irons faire un tour à la Kaaba, mais prenons notre temps et ne faisons pas comme ces pèlerins superstitieux qui se hâtent de courir brûler l'encens sur l'autel des dieux comme s'ils risquaient de s'irriter de ne pas recevoir nos adorations dès notre arrivée en cette ville, alors qu'ils ne sont rien d'autre que ce que les chrétiens appellent des idoles sans nul pouvoir.

Bien qu'il ne soit toujours pas parvenu à me convaincre que les dieux adorés par nos ancêtres fussent de simples objets sans nulle puissance, je l'écoutais en me disant qu'il était vrai que les dieux n'étaient jamais qu'un des aspects que revêtait le dieu créateur, et que, en conséquence, ils se trouvaient partout, même en nous, qu'ils ne pouvaient avoir de demeure fixe, comme les hommes. Al-Acha me disait souvent en riant, à ce propos, que les dieux des Arabes étaient, comme eux, des nomades. Et ne disait-on pas justement que les trois déesses, les *Garaniq*, al-Lat, al-Uzza et Manat, étaient les filles d'Allah ? Et cela ne signifiait-il pas qu'elles n'étaient jamais que des manifestations de ce dieu créateur ? Si nos ancêtres ne lui avaient jamais consacré de temples et ne lui vouaient aucun culte, n'était-ce pas parce qu'il était trop grand, trop loin de nous pour pouvoir être accessible à nos prières, et qu'il convenait de réserver celles-ci à ses manifestations sensibles qui n'étaient autres que les divinités que nous adorions depuis l'origine des temps, ces trois cent soixante dieux qui avaient trouvé leur place autour de la Kaaba ?

Ainsi m'étais-je laissé persuader par al-Acha de ne nous rendre à la mosquée que le jour où la fantaisie nous en prendrait. Au demeurant, je songeais beaucoup plus à jouir pleinement de la vie de plaisir qui s'offrait à moi que d'aller visiter ces divinités auxquelles je ne portais pas une profonde vénération.

Une grande fête me rappela l'existence de Mohammed et de ses sectateurs qu'on commençait à appeler musulmans, c'est-à-dire ceux qui sont soumis à la volonté précisément de cet Allah.

Pour la naissance de Habiba, bien que ce fût une fille, Abu Sufyan avait voulu donner un grand banquet, dont il avait assumé les frais avec le père de son beau-fils Ubayd Allah. Il y avait là beaucoup d'invités et, comme il arrivait dans ces circonstances, les convives s'étaient réunis sous les vélums dressés hors de la ville. Ma mémoire me fait défaut pour citer tous ceux qui se trouvaient là, assis sur des tapis ou des coussins moelleux que nos hôtes avaient déployés pour honorer leurs invités. Je me trouvais dans le voisinage d'Abu Sufyan avec al-Acha. Et près de nous, il y avait Hind son épouse et ses fils, ma sœur Azza, et la jeune mère, Ramla, avec son époux et Suhayl, le père de ce dernier. Suhayl était un homme important, autant par sa taille que par sa situation, car il était le chef du clan des Amir. Je revis ce jour-là Abu Lahab qui avait pris place auprès de notre hôte, car il était son beau-frère, et avec lui son épouse Umm Jamil. Et près d'eux était assis un homme jeune de belle apparence, particulièrement grand et robuste. On me dit que c'était Omar ibn al-Khattab et malgré son jeune âge (il avait alors vingt-cinq ans) il siégeait au Conseil des Dix de la cité, car il occupait une place éminente dans le clan des Banu Adi. Il était avec son oncle Amr, qu'on avait surnommé Abu'l-Hakam*, l'un des hommes les plus influents de la tribu des Makhzum et le neveu du sayyid de cette tribu, ce même Walid que j'avais vu dans mon enfance lors de la destruction de la Kaaba.

L'atmosphère était à la joie. Sur les broches, à l'écart, rôtissaient moutons et chevreaux, autour desquels s'affairaient des serviteurs, tandis que les servantes distribuaient les mets aux convives. Abu Sufyan avait longuement parlé de ses voyages au Yémen et en Syrie et al-Acha avait entretenu l'assemblée de la vie à Hira et du faste du roi des rois à Ctésiphon. Lorsque, le repas terminé, on servit du vin d'al-Andarin que les chameliers d'Abu Sufyan avaient rapporté de Syrie, Omar se tourna vers moi :

— Chafiq, me dit-il, j'ai bien du plaisir à te connaître, car on m'a fait l'éloge de tes talents de poète. Chez nous, je veux dire dans notre famille, les hommes et les femmes apprennent à lire et à écrire et nous goûtons le savoir et les vers. Et j'ai entendu dire des poèmes que tu as consacrés à ton esclave, qu'on prétend être une Persane très belle. Pourquoi ne nous la montres-tu pas ? On dit qu'elle danse bien gracieusement, qu'elle a une belle voix et qu'elle joue joliment de cet instrument que les Persans appellent luth. Or ces poèmes que tu lui as consacrés me paraissent bien beaux et nous serions heureux que tu nous en dises quelques-uns. Mais nous serions encore plus heureux si tu les faisais chanter devant nous par ta belle esclave.

Ainsi me parla-t-il, et j'en fus dans le même temps flatté et contrit. Car si je m'étais refusé à emmener Fayruz parmi les *fityan*, c'est parce que, en vérité, je craignais de la perdre ; car nous autres, Arabes, nous sommes prêts à tout faire pour obtenir ce que nous désirons, en particulier lors-

* Ce surnom d'Abu'l-Hakam signifie « père du savoir », que les musulmans ont transformé en Abu Jahl, « père de l'ignorance », surnom qui lui est resté dans le monde islamique.

qu'il s'agit d'une belle femme. Notre nature est portée sur les plaisirs et la vue de la beauté émeut notre esprit mais agite nos sens à un point qu'ignorent les hommes des autres nations. Il est vrai que les femmes de notre peuple partagent notre lascivité. Aussi je craignais qu'on ne me sollicitât pour me l'acheter et, dans le cas où je refuserais, qu'on ne me la ravît. Car bien que j'eusse de nombreuses protections à La Mecque, il n'en demeurait pas moins que je n'étais pas un Quraychite.

— Omar, lui répondis-je, tes paroles coulent dans mon cœur comme du vin mêlé de miel. Mais je ne suis pas un chanteur et je ne saurais chanter mes propres vers avec un art digne d'une aussi illustre assemblée. Quant à Fayruz, elle est à mes yeux autre chose qu'une simple esclave et je ne puis l'obliger à s'exhiber en public telle une fille de cabaret.

Comme Omar insistait, Abu Sufyan intervint d'un ton où se mêlaient une courtoise raillerie et une secrète sévérité :

— Omar, lui dit-il, cesse d'importuner notre hôte. Sans doute il est inspiré car il compose de belles *qasidas* et si tu veux les entendre, il te suffira de te rendre le mois prochain à Ukaz où il participera aux tournois, car il ne convient pas à un sayyid d'une puissante tribu de faire le jongleur dans une noble assemblée. Quant à son esclave, nous te connaissons trop comme amateur de la beauté des dames et il n'a pas tort de ne pas vouloir te la montrer. Car sans doute ton cœur s'enflammerait et tu n'en dormirais plus que tu n'aies réussi à la circonvenir.

— Fils de Harb, lui répondit Omar, pourquoi aiguises-tu ta langue contre moi ? Il est vrai que je suis un admirateur de la beauté, mais je m'en voudrais de chercher à voler une esclave à un homme qui est ton hôte et ton ami.

La réponse d'Omar me soulagea car je craignais qu'il ne reçût mal les remontrances d'Abu Sufyan. Aussitôt après Abu Lahab prit la parole :

— Je me réjouis, fils de Majid, me dit-il, d'apprendre par la bouche de notre hôte que tu vas participer à la foire d'Ukaz. Je crois que nous assisterons à de beaux tournois car on dit que cette année nombreux sont les participants, et je suppose que tu te présenteras aussi, Abu Baçir.

Mon maître hocha la tête :

— Je ne sais encore si j'y dirai quelques poèmes : j'aurais plus de gloire à y présenter Chafiq qui est mon disciple aimé.

— Il y a pourtant longtemps qu'on ne t'y a vu, poursuivit Abu Lahab, et ta gloire ne pourra que rejaillir sur ton disciple.

Il fit une pause avant de reprendre à l'adresse de Hind :

— On m'a rapporté que toi aussi, Hind, tu te présenteras au tournoi. Ce serait une heureuse initiative car les quelques poèmes que j'ai entendus de ta composition ont su transporter mon âme.

— Qu'al-Uzza bénisse tes paroles, répliqua l'épouse d'Abu Sufyan avec un sourire. Il est vrai que j'ai l'intention de me rendre à Ukaz, mais ne vous attendez pas à ce que je chante ce qui plaît à vos cœurs. Je veux, par mes poèmes, au contraire éveiller votre colère et secouer votre torpeur. Sachez que j'ai composé de virulentes invectives contre le fils d'Abdallah, ton propre neveu, Abd al-Uzza.

— Voilà une heureuse initiative, répliqua Abu Lahab, et je ne vois pas pourquoi tu me prends ainsi à partie à cause de mon neveu. N'ai-je pas été l'un des premiers à le tancer, ne me suis-je pas, pendant des jours, tenu sur la route pour mettre en garde contre ses paroles de fiel les pèlerins qui viennent dans notre ville ?

— Je me félicite d'une telle décision, dit à son tour Abu'l-Hakam, mais il me semble que je n'ai pas attendu que tu viennes me tirer de ma torpeur pour prendre l'initiative d'assaillir ce Mohammed chaque fois que je le rencontre.

— Abu'l-Hakam, intervint à son tour Omar, tu te vantes de bien modestes actions. Tu l'injuries, tu lui lances des immondices, mais ce ne sont là que des enfantillages. Je sais que lorsqu'il est ainsi bravé, Mohammed se détourne et vous domine par son mépris. Et ses sectateurs se lamentent parce que vous êtes des incrédules, mais ils se réjouissent en secret car de tels actes choquent bien des gens qui se tournent alors vers celui qui se dit l'envoyé d'Allah, et il sait alors attirer à lui par d'insidieuses paroles.

— Omar, que ta langue soit desséchée pour parler ainsi du Prophète d'Allah ! Ses paroles ne sont pas insidieuses, il ne fait que parler au nom d'Allah. Et le Miséricordieux lui a fait dire ces paroles par son envoyé lumineux : sais-tu qui est celui qui se détourne de cette religion et nie le Jugement ? C'est le même qui repousse l'orphelin, qui détourne les autres de nourrir le pauvre. Malheur à ceux qui prient sans se soucier de la prière, qui agissent ainsi par obstination, qui refusent l'aumône, car ce sont des hypocrites.

Tous les regards se sont tournés vers Ramla qui venait de parler ainsi. Et moi, j'étais sans doute le plus surpris de tous en entendant de telles paroles dans cette assemblée, prononcée par la fille même de notre hôte, Abu Sufyan. Car nul ne m'avait encore dit qu'elle s'était détournée du culte de nos ancêtres, qu'elle avait écouté les paroles de Mohammed et avait cru en lui. Et elle avait entraîné dans ses croyances son propre époux, Ubayd Allah. C'est ce dernier qui rompit le silence par ces mots :

— Vous tous qui êtes réunis pour fêter la naissance de notre fille, écoutez-moi. Alors que dans le passé nous nous serions désolés, Ramla et moi, d'avoir mis au monde une fille, nous nous en réjouissons, car nous avons entendu la parole d'Allah par la voix de son prophète. Car sachez que Mohammed a en horreur le sacrifice des filles…

— Ubayd Allah ! l'interrompit Abu Sufyan avec humeur, crois-tu que nous-mêmes n'avons pas en horreur de tels sacrifices ? As-tu rencontré de notre temps un seul homme de la tribu de Quraych qui ait sacrifié sa fille ? Avons-nous attendu ce Mohammed pour nous détourner de cette vieille croyance ? Les dieux ne sont pas aussi cruels et ils se contentent de sacrifices d'animaux.

Je n'ai pu alors m'empêcher d'intervenir à mon tour :

— Il n'en va pas toujours ainsi, ai-je déclaré.

Et j'ai rappelé le sacrifice que Diman ibn Jadan avait fait de sa fille Samiha, pour accomplir un vœu.

— Pardonne-moi, Chafiq, repartit alors Abu Lahab, mais ce Diman était un Ghatafan inepte ou bien avare. Car il lui suffisait d'agir comme mon vénéré père Abd al-Muttalib.

Comme je l'interrogeais sur ce qu'il entendait par là, il me dit :

— Sache que mon père, bien qu'il eût plusieurs épouses, n'avait jamais qu'un fils alors que son cousin Umayya, le grand-père de notre hôte, en avait de nombreux. Abd al-Muttalib fit le vœu imprudent de sacrifier son dixième fils si le dieu lui en donnait neuf autres. Or le dieu sait combler ses fidèles, et il accorda tous ces fils à mon père. Je fus l'un d'entre eux, et le dernier fut Abdallah, le père même de ce Mohammed. Alors Abd al-Muttalib se rendit à la Kaaba et il interrogea le kahin qui tira les sorts avec les flèches. Il proposa dix chameaux contre la vie de son dernier-né, mais le dieu refusa, et il monta le prix de son sang jusqu'à cent chameaux. Et le dieu accepta l'échange, et Abdallah fut épargné.

— Par Quzah ! s'écria alors Umm Jamil, le dieu aurait mieux fait de refuser l'échange ! Ainsi ne serait jamais né ce Mohammed, ton neveu qui nous donne tant de soucis !

— Et moi, je te réponds, repartit aussitôt Ramla, que sans doute c'est Allah lui-même qui a agréé l'échange afin que naisse celui qu'il prédestinait à recevoir son message, à devenir son Envoyé. Car le souci que vous donne notre Prophète n'est que la crainte de perdre votre puissance et vos richesses. Or, écoute ce que dit le Miséricordieux, par la voix de son Envoyé : Malheur au médisant et au calomniateur, à celui qui amasse les richesses et en fait le compte. Il croit que ses trésors le rendront immortel alors qu'il sera précipité dans la Hotama !

— Eh ! intervint Abu'l-Hakam, qui d'entre nous peut croire que ses richesses l'empêcheront de mourir ? Et dis-moi ce qu'est cette Hotama !

— Le Miséricordieux a dit, répliqua Ramla, que la Hotama est le feu ardent d'Allah, le feu qui dévore jusqu'au cœur les incroyants. Il formera sur eux une voûte et il en sera les colonnes.

Omar s'est alors levé et il s'est écrié :

— Ce sont là folies, mots vides de sens. Et vous tous, vous ne faites que parler. Moi j'agirai et ce Mohammed, sans doute le tuerai-je… avec ce sabre !

En parlant ainsi, il a frappé le large étui de cuir de son sabre, et la colère brillait dans ses yeux.

— Fils d'al-Khattab, intervint Abu Sufyan, je t'en prie, reprends-toi et assieds-toi. Nul d'entre nous ne peut s'égarer jusqu'à oser frapper Mohammed, car il appellerait sur ta tête la vengeance du clan de Hachim. Son oncle Abu

Thalib, bien qu'il ne partage pas ses convictions religieuses, le défend, et il est le chef des Hachimites. Moi-même, bien que je réprouve l'attitude de Mohammed, jamais je ne pourrais permettre qu'on le mette à mort.

— Mon époux, intervint Hind, tu es trop bon, trop bienveillant envers un ennemi aussi dangereux. Moi, si j'étais un homme, je ne craindrais pas de déclencher une guerre de clans en faisant couler son sang, et j'approuve Omar : seule la lame d'un cimeterre pourra l'empêcher de continuer à prononcer ces paroles impies qui offensent les dieux de nos ancêtres.

Je vis alors Abu Sufyan rougir de colère et il s'écria en se tournant vers son épouse :

— Tais-toi, ma femme ! Certes, tu ne peux qu'approuver les paroles violentes d'Omar, mais apprends à tenir ta langue en ma présence.

— Pourquoi tiendrais-je ma langue, répliqua Hind d'un ton aussi haut que celui de son époux, alors que déjà le mal a pénétré chez nous, alors que notre propre fille s'est éloignée de nous pour suivre cet homme qui détourne nos enfants du droit chemin !

La querelle commençait à s'envenimer et déjà Ramla et son mari se levaient pour quitter l'assemblée lorsque intervint al-Acha. Il sut par ses paroles habiles apaiser les esprits, et il se mit à dire un poème de sa composition dans lequel il rappelait combien la vie de l'homme est courte et précaire, combien sont faibles nos lumières sur ce qui regarde les dieux et le monde qui nous entoure, en conclusion de quoi il invitait à boire du vin, à chanter des poèmes sur une belle musique et à jouir des instants de la vie sans les gâcher en vaines querelles.

Ce même jour j'appris de la bouche de ma sœur que si son beau-père avait pris à parti si vivement Hind et avait souligné qu'elle ne pouvait qu'approuver Omar, c'est parce qu'il soupçonnait qu'Omar avait été l'amant de sa femme. Car Hind ne s'était guère acquis une réputation de fidélité. Elle avait d'abord été mariée à Fakih ibn Mughira, qui l'avait répudiée sur le soupçon d'avoir des relations adultères avec un homme du voisinage. Après son mariage avec Abu Sufyan, on rapportait qu'elle avait eu plusieurs liaisons, et en particulier avec Omar. Son époux fermait les yeux parce qu'il l'aimait, et aussi pour sa beauté car c'était sans doute l'une des plus belles femmes de La Mecque, et de plus elle était savante et poète, ce qui lui faisait pardonner ses infidélités.

CHAPITRE 11

LE JARDIN DU HEDJAZ

J'oubliai bientôt la querelle qui s'était élevée dans la famille d'Abu Sufyan à propos de Mohammed. Le banquet ne se termina que tard dans la journée et, lorsque je rentrai chez notre hôte, Hatim ibn Abdallah, je trouvai Fayruz dans le pire des états. Elle était malade, non de l'une de ces maladies qui vous maintiennent impuissant et inactif sur une couche, mais de fureur. De ses cris, de ses reproches, je n'ai retenu que quelques mots, toujours les mêmes : elle savait que, lors du banquet d'où je revenais, les hommes avaient amené leurs femmes et leurs esclaves, que ces dernières avaient servi et dansé, mais tout au moins elles avaient été présentes ; elle, elle n'était donc rien, ni épouse ni esclave : je prétendais qu'elle était pour moi comme une épouse, mais je la tenais toujours recluse, et elle n'était pas non plus une esclave sans quoi je la traiterais comme telle et je la voudrais auprès de moi en tout lieu.

— Aurais-tu donc tellement honte de moi ? poursuivit-elle. Suis-je donc si difforme, si laide que tu n'oses me montrer à autrui ? Dans ce cas, pourquoi donc m'as-tu fait enlever ? Rends-moi à mon vrai propriétaire, à ce Qobad qui lui, au moins, ne me cachait pas, tout au contraire ! Bien qu'esclave, je menais une vie normale, je vivais comme une femme et non comme ces recluses chrétiennes qui passent leur existence enfermées pour prier leur dieu.

Je mis fin à cette querelle, et surtout à ses cris, en lui envoyant des gifles pour lui montrer que j'étais le maître, et en la consolant d'une manière plus douce pour lui rappeler que je pouvais aussi bien être son dieu.

Le lendemain, je l'emmenai à la Kaaba. Depuis notre arrivée à La Mecque elle me demandait de la conduire dans l'enceinte sacrée :

— Vois, me disait-elle, depuis que je suis auprès de toi, je ne puis adorer ma divinité comme il le faudrait. Toi, tu as toujours la possibilité de venir brûler de l'encens ou de sacrifier devant l'un des dieux de tes ancêtres, et même lorsque tu voyages tu transportes dans la tente sacrée la statue de Wadd, alors que moi, je ne peux qu'invoquer ma déesse sans la toucher.

Fayruz prétendait avoir été élevée dans la religion des Perses. Mais elle se souciait peu de rendre un culte au feu et à leur divinité suprême, Ahoura-Mazda. Elle ne s'adressait jamais qu'à Anahita, maîtresse des eaux et divinité fécondante. Fayruz me l'avait souvent décrite, soit qu'elle apparût couverte de peaux de loutre, soit qu'elle demeurât sans vêtement, mais elle avait la taille alors fortement serrée dans une ceinture qui faisait ressortir la beauté de sa poitrine et la rondeur de ses hanches ; et c'est ainsi que Fayruz aimait à paraître sous mes regards, comme si elle voulait incarner à mes yeux cette déesse qui irradiait la beauté. Elle pensait qu'Anahita avait son effigie parmi les trois cent soixante divinités logées dans l'enceinte sacrée. Ne sachant en reconnaître que bien peu parmi tant d'idoles souvent figurées par une simple pierre, je ne cherchais pas à la détromper.

Dans la rue, elle marcha derrière moi, comme il convenait à une femme esclave, mais elle avait veillé à revêtir une robe de fin tissu toute brodée selon la mode persane. Ainsi attirait-elle tous les regards, car elle n'avait couvert d'aucun voile sa chevelure lumineuse. Je m'efforçais de songer que l'on m'enviait de posséder une telle beauté et j'en éprouvais plus de fierté que de jalousie. À quelques pas en arrière suivait Azzam, dont la stature imposait le respect et éloignait les imprudents qui auraient pu tenter de frôler Fayruz.

Ainsi sommes-nous parvenus jusqu'à la porte de l'enceinte sacrée. Chacun des clans quraychites détient plusieurs fonctions dans la cité. Celui des Banu Abd al-Dar a en charge la garde de la Kaaba. Cette fonction était alors occupée par un homme riche et puissant, Uthman ibn Talhah. Il déléguait généralement ses pouvoirs à des serviteurs mais, ce jour-là, c'est lui-même qui se tenait assis près de la porte, car nombreux étaient les pèlerins qui venaient faire les tours rituels du sanctuaire. Je l'avais déjà rencontré à plusieurs reprises dans diverses maisons où m'avait introduit notre hôte. Il me reconnut, me salua et m'invita à quitter mes vêtements pour revêtir une tunique pure. Je lui payai la location et j'invitai Fayruz à changer de vêtements. Elle s'y refusa en déclarant qu'elle ne supporterait pas sur sa peau un habit qui avait déjà servi à quelqu'un d'autre. Dans ces conditions, soit elle conservait sa robe, mais elle devait ensuite s'en séparer pour quitter le sanctuaire, car elle était dès lors consacrée et chargée de la puissance de la divinité, soit elle s'en dépouillait et allait nue. Nombreux étaient ceux qui faisaient dans cet état le parcours rituel, mais les femmes pudiques attendaient la nuit ou revêtaient une ceinture frangée. Je sentis que Fayruz avait choisi de se comporter de la sorte par pure ostentation ou plutôt par provocation :

— Je ne suis jamais qu'une esclave, avait-elle déclaré en se dépouillant de ses vêtements.

Uthman avait eu un sourire entendu qui m'avait dissuadé de faire preuve d'une puérile autorité. Je m'engageai dans l'esplanade ensoleillée remplie de pèlerins, bientôt suivi de Fayruz qui semblait parfaitement indifférente aux regards tournés vers elle. Cependant, je hâtais le pas afin d'abréger le temps passé dans cette déambulation devant les effigies divines. Fayruz, qui trottinait derrière moi, me pria de ralentir mon train :

— Comment pourrais-je reconnaître la statue de ma déesse parmi tous ces dieux, poursuivit-elle, si nous allons si vite ?

Je fus contraint de ralentir mon pas en voyant qu'elle avait soudain cessé de me suivre et s'était arrêtée devant les deux idoles dressées près du puits de Zemzem, où un homme offrait à boire aux pèlerins. Je revins sur mes pas.

— Je crois, me dit-elle, que ces deux pierres représentent Anahita et Mithra, car ils sont tous deux comme la lune et le soleil.

— Certainement pas, ai-je répliqué. Sache que dans les temps anciens, un homme et une femme sont venus du sud pour faire ce pèlerinage. Ils s'appelaient Isaf et Naïla. Cette dernière était lascive et amoureuse et elle a invité Isaf à s'unir à elle, dans le sanctuaire. On prétend qu'en ces temps les femmes se prostituaient souvent dans les temples de Syrie et de Babylone car ainsi le voulaient les dieux. Mais ce n'était pas le cas chez nous et les dieux ont changé en pierre ce couple impudique.

Fayruz a fait une moue et a déclaré que, s'il en était ainsi, sa déesse ne pouvait avoir accepté d'être installée dans ce sanctuaire. Sa conclusion me fut agréable car aussitôt elle est revenue vers la porte où elle a repris ses habits. Néanmoins son attitude provocante m'avait déplu et je craignais que mon hôte n'en prît ombrage. Il ne m'en toucha pas un seul mot, soit qu'il n'en ait pas eu vent, soit plutôt que comme pour tous les Mecquois une telle chose lui soit apparue parfaitement naturelle, puisqu'elle se pratiquait couramment. Mais nous autres, bédouins, nous avons plus de pudeur que les gens des villes, et j'en ai éprouvé une honte qui m'a incité à hâter notre départ pour Ukaz. Mes compagnons, qui pendant tous ces jours avaient campé aux portes de la ville, furent les plus heureux de notre départ car ils commençaient à manquer de fourrage pour les bêtes, chevaux et chameaux. C'est pourquoi je décidai de passer par Taïf et d'y demeurer jusqu'à l'ouverture de la foire. Nous avions emporté de précieuses marchandises venues de Perse et de Syrie afin de faire des cadeaux à nos hôtes, procéder à des échanges pour notre ravitaillement et surtout les vendre lors de la foire. Mon père, qui avait organisé pour moi cette expédition, était un homme avisé et il avait fait d'habiles calculs pour que les bénéfices des ventes couvrissent non seulement les frais de ce voyage mais augmentassent encore les biens de la tribu, et de notre famille. Il est vrai qu'il avait confié les soins du marchandage et de l'économie de notre caravane à des hommes d'expérience, habitués à ces transactions car, non seulement je n'avais aucune qualité dans ce domaine, mais encore je professais en secret un profond mépris pour ces manières de s'enrichir. Le mode de vie des Ghatafan avait si fortement marqué mon esprit que je me considérais avant tout comme un bédouin, guerrier et poète, quoique je n'eusse encore jamais ni combattu ni participé à des tournois de poésie, et j'avais décidé en conséquence que les biens des sédentaires devaient se conquérir par la lame du sabre.

En ces jours je me sentais l'âme débordante de fierté tandis que j'allais sur ma chamelle richement harnachée, revêtu de beaux vêtements, mon sabre soutenu devant moi par un baudrier de cuir joliment travaillé, mon arc et mon carquois sur les reins, suivi de près par Azzam qui tenait la bride mon étalon noir harnaché d'une belle selle de cuir sortie d'un atelier de Hira, prêt à être enfourché pour traquer une bête sauvage ou charger un adversaire imprévu. Car, bien qu'on fût dans les mois de la trêve, on pouvait toujours rencontrer une bande de Hawazin décidée à rompre la trêve, qu'ils ne respectaient que lorsqu'ils y trouvaient un intérêt, ou même de Banu Ghifar descendus du Nord du Hedjaz et qui, eux, ignoraient toujours les trêves et ne vivaient que du brigandage.

Fayruz se tenait avec les autres femmes, au milieu de la caravane, toutes installées dans des palanquins fermés par des voiles légers, car la chaleur était déjà pesante quoiqu'on ne fût que dans les premiers mois du printemps. Al-Acha ne m'accompagnait pas : c'était la première fois que nous nous séparions depuis tant d'années. Peut-être avait-il soupçonné en moi une certaine impatience, voire une lassitude, car il est vrai que je commençais à prendre ombrage de ses conseils incessants, des airs protecteurs qu'il adoptait à mon endroit, de l'ostentation avec laquelle il déclarait que je tenais entièrement de lui tout mon savoir, aussi bien dans l'art poétique que dans le maniement du luth et le chant. Il oubliait que je devais bien plus à Fayruz qu'à lui mon habileté dans l'art musical, que c'est auprès d'elle que j'avais appris à m'exprimer en persan et à prendre ainsi directement connaissance du *ishq* des Persans en pratiquant leur poésie dans leur propre langue. Il est vrai qu'il en était arrivé à me reprocher de trop chanter l'amour passionné et de négliger les autres aspects de la *qasida*, qui dans son développement dépasse largement la vision amoureuse. Le respect que je devais à mon maître m'avait interdit d'avoir des mots avec lui, de lui répondre même, mais j'avais laissé percer ma réprobation dans des gestes, dans une volonté manifeste de me trouver le moins souvent possible en sa compagnie. Aussi, lorsque je lui avais fait part de mon intention de quitter La Mecque pour me rendre à Taïf afin d'aller faire paître nos bêtes dans ses riches herbages montagneux, il m'avait approuvé mais m'avait dit qu'il ne pourrait m'y accompagner, ayant encore des obligations envers quelques-uns des riches Quraychites dont nous avions été les hôtes. Une telle complicité s'était établie entre nous que je compris que ce n'était là qu'un prétexte pour me laisser aller sans lui, et je n'insistai pas. Il m'avait tapé amicalement sur l'épaule en me disant :

— Nous nous retrouverons bientôt à Ukaz, où j'irai en compagnie d'Abu Sufyan et des siens, puisque son épouse va y présenter quelques-uns de ses derniers poèmes.

En revanche, j'étais en compagnie de Khalid. Bien qu'il fût marié et qu'il eût quelques années de plus que moi, je l'avais rencontré lors de nos sorties avec les jeunes gens de La Mecque, ces *fityan* parmi lesquels je m'étais fait de nombreux amis. Son père était ce Walid ibn al-Mughira, le chef du puissant clan des Makhzum, celui-là même qui, lors de mon premier séjour dans la sainte cité, avait été le plus hardi pour donner le premier coup de pioche dans l'ancienne Kaaba après l'incendie. La famille de Khalid possédait, comme la plupart des riches Mecquois, une propriété dans le voisinage de Taïf où l'on venait passer les mois brûlants de l'été. Devant s'y rendre, Khalid avait profité de mon déplacement pour m'y accompagner, désireux de me donner l'hospitalité dans sa demeure.

Le voyage à Taïf nous a ainsi pris trois journées, car nous ne nous sommes pas hâtés et nous avons trouvé à plusieurs reprises des occasions de laisser la caravane continuer sa route tandis que nous enfourchions nos coursiers pour nous élancer à la poursuite de gazelles, Khalid, Azzam, moi et quelques jeunes guerriers de notre troupe.

C'est lors de notre première étape que revint m'assaillir ton souvenir, Jalila ! Oui, je t'avais oubliée, ou plutôt je voulais éloigner de moi ton image afin qu'elle ne vienne pas troubler mon plaisir, mon désir de Fayruz, un désir que ma maîtresse esclave s'acharnait à éteindre, tout en croyant le ranimer, par ses caprices, ses colères, sa jalousie, l'astreinte de sa passion.

En ces derniers temps de la Djahiliya*, il y avait, sur cette route qui menait vers l'Iraq à travers les solitudes du Najd, un sanctuaire où al-Uzza rendait ses oracles. Il s'élevait à un parasange** du village de Nakhla, dans la vallée de Hurad. Quoique cette divinité fût particulièrement vénérée par les Quraychites, ce sanctuaire se trouvait à l'extrémité du territoire des Ghatafan. Ces derniers vouaient aussi un culte à cette déesse qu'on disait être l'étoile du soir, et aussi l'étoile du matin, incarnée dans al-Lat, qui sont toutes les deux l'Aphrodite des Grecs. Il y avait là trois grands acacias sous lesquels les voyageurs cherchaient un peu d'ombre lors des haltes. Il s'y trouvait aussi un puits et en des temps lointains un Ghatafan, Zalim ibn Asad, avait construit là un sanctuaire pour une pierre blanche tombée du ciel. Il était aussi appelé la Kaaba*** des Ghatafan : on y venait en pèlerinage et, comme à la Kaaba de La Mecque, on en faisait plusieurs fois le tour. Dans le temple même on avait placé la pierre d'al-Uzza et une statue d'al-Lat, sans doute pour rappeler que les deux divinités n'en formaient qu'une seule. Khalid qui, comme tous les Quraychites, vénérait plus que toute autre cette al-Uzza, voulut en écouter l'oracle. Un oracle dont je ne sais encore que penser car, la porte du sanctuaire restant close, on l'interrogeait du dehors et il en sortait une voix mystérieuse. L'oracle lui promit une grande destinée et la gloire, ce qui s'est réalisé, mais il n'a pas vu que ce même Khalid allait, une quinzaine d'années plus tard, détruire à jamais le sanctuaire et son idole parlante.

— Quelle peut bien être cette gloire que m'a prédite la déesse ? s'exaltait Khalid. Sans doute succéderai-je à mon père, qu'al-Uzza le bénisse, à la tête des Makhzum, mais peut-on se glorifier de ce qu'on obtient par la naissance ?

---

* *Djahiliya*, qu'on peut traduire par « temps de l'ignorance », est le nom donné par les musulmans à l'époque qui précède la révélation de l'islam.

** Le parasange est une mesure itinéraire d'origine perse utilisée par les Arabes, d'environ 5 250 mètres.

*** *Kaaba* a le sens premier de « cube ». C'est pour sa forme cubique que le temple de La Mecque qui renfermait la pierre noire fut ainsi dénommé, mais il n'était pas le seul et d'autres temples possédant cette forme pouvaient aussi recevoir le nom de kaaba.

Quelles grandes actions pourrais-je bien accomplir pour que ma renommée s'étende au-delà du Hedjaz et s'envole au-dessus de la poussière des siècles ?

— Pourquoi t'inquiéter ainsi, Khalid, lui dis-je, pourquoi t'interroger sur les desseins d'Allah ? Ce sera toujours en vain. Laisse venir ton temps, et alors tu comprendras.

— Chafiq, répliqua-t-il en me lançant un regard torve, pourquoi invoques-tu cet Allah et non al-Uzza ? Tu t'exprimes comme ce Mohammed.

— Tu sais bien que je ne connais pas l'homme dont tu parles. Mais tu sais aussi que je suis comme al-Acha. Je n'ai que peu de foi dans la réalité de toutes ces divinités et je crois qu'il n'y a qu'un dieu qui se manifeste sous la forme de tous ces dieux, mâles et femelles. Et c'est le nom d'Allah qui nous paraît le plus juste pour désigner un être qui, dans sa réalité, est innommable. Car n'est-ce pas le signe d'une grande présomption que de prétendre attribuer un nom emprunté au langage des mortels à Celui qui est par essence immortel et infini ?

— Tu as peut-être raison, admit Khalid, mais il faut bien disposer d'un mot pour désigner chaque chose, sans quoi il ne pourrait y avoir de communication entre humains et nul ne comprendrait son voisin. Ainsi, je veux bien que tu appelles Allah celle que je nomme al-Uzza.

— Je crains, Khalid, que tu ne m'aies pas compris. Pour moi, celle que tu appelles al-Uzza n'a de réalité que dans la foi que ses fidèles ont en sa présence. Mais pour les autres, par exemple les juifs ou les chrétiens, ce n'est qu'une pierre, ce qu'ils appellent une idole. Alors que cet être suprême, éternel et infini qui régit l'univers a une réalité, et la preuve de son existence se trouve dans l'existence même du monde, de ce monde où nous vivons, dans notre propre existence, nous qui sommes ses créatures.

— Chafiq, a soupiré Khalid, j'oubliais que tu es un Kalb et que nombreux sont les hommes de ta tribu qui croient dans cet étrange dieu des chrétiens qui est unique mais divisé en trois êtres distincts. Mais je ne savais pas que tu étais chrétien.

— Non, Khalid, me suis-je défendu. S'il est vrai qu'il y a bien des chrétiens parmi les Kalb, les gens de mon clan adorent les dieux des Arabes. Et Wadd n'est-il pas le protecteur de Dumat ? Quant à moi, je te l'ai dit, je suis comme al-Acha, un hanif. Mais je suis respectueux de la croyance des autres et, tu as pu le voir, je suis entré dans le sanctuaire d'al-Uzza, et j'ai déambulé tout autour selon le rite, comme je l'ai aussi fait autour de la Kaaba de La Mecque.

Nous parlions ainsi lorsque mon regard s'arrêta sur un homme qui venait vers nous. Et ce fut pour mon cœur un grand choc car je crus te voir, Jalila. Or c'était Ayman, ton grand frère et mon frère de lait. Près de quatre années avaient passé depuis que nous nous étions quittés, mais le temps n'avait que peu modifié nos visages, et aucunement érodé nos sentiments. Nous nous sommes embrassés et je ne parvenais pas à parler, si vive était mon émotion.

Lorsque nous eûmes retrouvé la parole, Ayman me dit :

— Chafiq, mon frère ! En vérité, c'est al-Uzza elle-même qui a voulu cette rencontre. Que son nom soit béni, car elle a fait que je retrouve mon frère après tant d'années de séparation. Que deviens-tu ? Que fais-tu, si loin des tiens ? Pourquoi nous as-tu laissés si longtemps sans nouvelles ?

Il m'accablait de questions et moi j'aurais voulu lui en poser tout autant, des questions te concernant, ma Jalila. Je lui présentai Khalid et je lui fis savoir les raisons qui m'avaient amené jusqu'ici.

— Ainsi, me dit-il alors, toi aussi tu es devenu un poète ? Et de ce pas tu te rends à Ukaz pour participer à une joute poétique ! C'est là que moi-même je vais, mais pas pour y déployer l'étendard de la poésie. Je veux y faire courir mon cheval, l'un des plus beaux chevaux d'Arabie, que j'ai moi-même choisi dans le haras de notre père et que j'ai dressé.

Mes lèvres brûlaient de demander de tes nouvelles, Jalila, mais je devais retenir ma langue.

— Fils de l'oncle, lui demandai-je, serais-tu accompagné par ton père Abd al-Uzza, et par d'autres personnes de ta famille ?

— Non, je suis venu seul, avec plusieurs hommes des Banu Asad, et je suis leur chef.

Il me cita les noms de ses compagnons, qui avaient établi leur camp à peu de distance, mais je ne l'écoutais que d'une moitié d'oreille car j'attendais qu'il se décidât à parler de toi, Jalila. Mais il ne semblait pas se soucier de toi plus que d'une datte. Ses compagnons avaient amené des chèvres destinées à être sacrifiées sur le *gabgab* dressé devant le sanctuaire, auprès de la fosse. Et il procéda aux sacrifices avant d'interroger la déesse. Il m'avait demandé de demeurer auprès de lui pendant la cérémonie, car, par ma mère, n'appartenais-je pas à la tribu des Ghatafan ? Mais au lieu de demander à la divinité s'il serait vainqueur lors de la course à Ukaz, il déclara tranquillement qu'il offrait ces sacrifices pour qu'elle lui accordât la victoire. Et la voix lui répondit à peu près en ces termes :

— Il ne m'appartient pas de faire que tu sois le premier ou le dernier. Le destin des humains est tracé dans le ciel et nul ne peut le changer. J'aurais pu te dire si tu allais remporter la victoire ou non, mais tu ne m'as pas posé la question : je n'ai rien d'autre à te répondre.

Ayman cacha son dépit et se retira après que la viande des animaux sacrifiés eut été distribuée. Et moi je lui dis, pour apaiser sa colère :

— Fils de l'oncle, il est bien vrai qu'il vaut mieux que tu ignores si tu auras la victoire. Car si la voix t'avait appris que tu devais être vaincu, tu ne serais même pas allé jusqu'à Ukaz. Et si elle t'avait assuré de la victoire, tu risquais de te laisser aller, devenant trop sûr de toi. Ainsi, ce n'est qu'en te présentant à Ukaz que tu sauras quel est ton destin.

Ma remarque lui rendit sa joyeuse humeur et nous nous sommes réunis avec nos deux troupes, pour banqueter. Ce n'est que vers la fin du repas qu'Ayman me parla de toi, Jalila. Il avait vu Fayruz, car elle assistait au repas avec les épouses et les concubines. Et Fayruz montrait avec ostentation qu'elle était la femme qui partageait le lit du chef de la délégation des Kalb, et elle se plaisait à répéter que j'allais remporter la victoire poétique à Ukaz, car je chantais notre amour en de beaux vers et je m'accompagnais du luth, ce bel instrument des Persans que les Arabes maniaient maladroitement, mais dont je jouais avec une parfaite maîtrise.

— Il est beau, mon frère, soupira-t-il, que les dieux t'aient accordé non seulement le don de chanter la beauté et l'amour, mais encore d'avoir une beauté et un amour à chanter ; car visiblement cette Fayruz, qui est très belle, t'aime avec passion. Moi-même j'ai trouvé une épouse que je respecte et qui, je l'espère, me donnera de beaux enfants. Mais j'ai bien du souci pour notre sœur. Elle a maintenant dix-sept ans, et toujours pas d'époux. Nous craignons, mon père et moi-même, qu'elle ne reste toujours vierge.

Cette première remarque réjouit mon âme, car dans mon cœur je craignais que tu m'eusses oublié et que tu eusses accepté un époux. J'osais croire que c'était la conséquence du serment que nous nous étions mutuellement prêté, que moi-même je n'avais pas trahi puisque je n'avais pas non plus d'épouse. Je cherchai alors à le sonder.

— Quoi ! m'exclamai-je, l'oncle ne lui a pas imposé d'époux ?

— Tu sais bien, me répondit mon cousin, qu'il n'est pas dans nos mœurs d'imposer des maris à nos filles. Aussi bien mon père que moi-même lui avons proposé plusieurs partis. Mais elle les refuse tous. Depuis quelque temps, elle s'est fait une compagne d'Umm Zamil et elle vit plus souvent parmi les Fazarah que parmi les nôtres. En compagnie d'Umm Zamil et de sa mère Umm Qirfah, elle aime aller à cheval, chasse à l'arc, s'entraîne à manier le sabre comme un homme. Ce n'est pas à une fille d'un pareil caractère qu'on peut imposer un époux. Néanmoins, nous avons espoir qu'elle accepte un jour de devenir l'épouse de notre cousin Uyainah, le fils d'Hisn ibn Hudhaifa. Il deviendra le chef des Fazarah à la mort de son père, et il a déjà demandé Jalila à notre père. Il a proposé une magnifique dot, comme jamais fille ne pourrait en rêver, mais Jalila a refusé. Nous ne désespérons pourtant pas de la persuader, car il nous plairait qu'elle entrât dans le clan des Fazarah. Uyainah nous a assuré qu'il saurait la conquérir, et il s'y attache visiblement car depuis quelque temps on le voit fréquemment en compagnie d'Umm Zamil, ce qui lui permet de se trouver auprès de Jalila, sans paraître s'humilier à la suite du refus qu'il a essuyé.

Ces nouvelles me rassurèrent tout en m'inquiétant car je me rappelais qu'Uyainah songeait à t'épouser depuis déjà longtemps, et il ne semblait pas avoir renoncé à ce mariage. Dans la nuit qui suivit cette rencontre je pris la décision de rentrer chez nous et de demander à mon père sa bénédiction pour mon mariage avec toi, ma Jalila, afin qu'il en fît la demande à mon oncle. Nous nous sommes séparés le lendemain matin pour reprendre nos routes, nous vers Taïf, Ayman et les siens vers Ukaz, où nous nous étions promis de nous retrouver d'ici peu de jours.

Taïf, qui règne majestueusement sur de fraîches montagnes riches en pâturages, en vergers et en vignes, Taïf fastueuse derrière ses remparts puissants, Taïf dans sa giboyeuse vallée de Wajj, entourée de villages opulents et de vastes domaines dont un grand nombre appartient à de riches Mecquois, Taïf ce grand jardin du Hedjaz, me fit la plus forte impression parmi toutes les villes que j'avais encore jamais vues. Car même Hira, qui par son port drainait les richesses de la mer Arabique, même Ctésiphon, la fastueuse capitale des souverains sassanides de Perse, ne m'avaient pas semblé aussi fraîches et blanches, au milieu d'une si belle végétation sans cesse alimentée par de clairs ruisseaux. Et cette fraîcheur, on la goûte d'autant mieux qu'on vient de la plaine caillouteuse, brûlante et desséchée où se dresse La Mecque. Les remparts qui ceignent la ville sont les plus puissants de toute l'île des Arabes. Ils ont été construits par un ingénieur venu de Perse, envoyé par le roi des rois pour complaire aux gens de Taïf.

Le domaine familial de Khalid se trouve hors des murs, vers le mont Athal. Son étendue nous permit d'y dresser notre campement et d'y faire paître nos bêtes, mais mon hôte tint à ce que je logeasse, non sous ma tente, mais dans la vaste demeure élevée au cœur d'une forêt d'arbres que je n'avais encore jamais vus ailleurs, ni dans nos oasis si riches en palmiers ni vers les rives de l'Euphrate et du Tigre.

Khalid était venu à Taïf pour s'occuper des affaires financières de son père. Ce dernier commençait à sentir le poids de l'âge et il abandonnait de plus en plus son autorité à son fils. S'il continuait à gérer les intérêts des Makhzum dont il était le chef, il abandonnait à Khalid ce qui concernait les intérêts de la famille. Or les Makhzum, et plus particulièrement la famille de Walid, père de Khalid, disposaient d'une position financière dominante à Taïf, et ceci malgré le grand nombre de Juifs qui habitaient la ville et y vivaient du trafic de l'argent. Car, plus que partout ailleurs, on prêtait ici facilement de l'argent, sans exiger de garanties sérieuses, de sorte qu'on venait y emprunter depuis les villes les plus lointaines. Mais, en contrepartie, les intérêts étaient les plus élevés du monde, jusqu'à cent pour cent sur un an, et la somme ainsi doublée doublait à nouveau l'année suivante si le prêt n'était pas remboursé avec ses intérêts. Dans cette course à l'argent, la famille de Khalid rivalisait avec les usuriers juifs, et elle avait sur eux l'avantage du prestige et de la crainte qu'on avait de ne pouvoir rembourser des gens aussi puissants.

C'est de cette manière, par des dettes qu'ils savaient le moment venu effacer avec générosité, que les Makhzuna tenaient entre leurs mains les trois hommes qui gouvernaient alors la cité. Ainsi ai-je été introduit dans la famille d'Amru ibn Umayr, car je m'étais si étroitement lié à Khalid qu'il voulut me faire connaître tous les notables de Taïf. Et je crois que ces derniers étaient d'autant plus satisfaits de me rencontrer qu'ils avaient des liens commerciaux avec Dumat et que ma tribu était la mieux placée pour prendre en charge la défense de leurs caravanes. Le premier soin de nos hôtes fut de nous emmener faire nos dévotions au temple d'al-Lat, la déesse protectrice de la ville. Elle était la divinité de la tribu des Thaqif, qui dominait à Taïf et à laquelle appartenait la famille d'Amru, mais aussi de leurs voisins les Hawazin. Son temple, situé sur un roc, au pied du mont Athal, était aussi marqué par une pierre blanche et on y venait en pèlerinage, car il se présentait comme un rival de la Kaaba de La Mecque. Et moi, plus je visitais ces sanctuaires des anciens dieux, plus je m'affermissais dans la conviction que ce n'étaient que des idoles sans puissance. Mais contrairement à al-Acha qui proclamait ses doutes et se tenait à l'écart des rites, moi je participais au culte si j'y étais convié par mes hôtes, car je ne voulais pas les désobliger et je songeais qu'il était dans l'ordre des choses de conserver les cultes et les traditions que nous avaient légués nos ancêtres. Aussi, à l'imitation de mes hôtes, Habib, Maçoud et Abd-Yalil, les trois fils d'Amru ibn Umayr, j'ai acheté des galettes d'orge grillé aux boutiquiers installés près de l'entrée du temple, et j'ai pénétré à leur suite dans le sanctuaire tout tendu de draperies, pour les offrir sur la pierre blanche dans laquelle la déesse est censée vivre. J'ai aussi versé ma contribution pour l'encens qui y a été brûlé, et j'ai même prié en moi-même la déesse pour qu'elle me donne l'inspiration afin de briller à Ukaz.

Car, en ces temps, je songeais surtout à me préparer aux tournois de poésie d'Ukaz. Je passais la plus grande partie de mon temps à polir soigneusement des poèmes et à m'essayer à les chanter afin d'être capable de le faire en public sans faillir, sans hésiter. Fayruz m'accompagnait avec son luth et m'encourageait, car c'est sa beauté et son amour que j'exaltais dans mes vers. Et je prenais Khalid pour public, en le priant de ne pas craindre de m'apporter ses critiques afin de m'aider à me perfectionner.

Khalid était un homme droit, fidèle dans ses amitiés et ses convictions, parfois vif dans ses jugements, violent dans ses actes, mais loyal et courageux. Il attendit qu'une certaine intimité soit établie dans nos rapports pour me dire, un jour que nous nous trouvions seuls :

— Chafiq, tu me connais suffisamment bien pour savoir qu'il n'est pas dans mes habitudes de m'occuper des affaires d'autrui. Mais je me sens pour toi une trop vive amitié pour ne pas chercher à te donner un conseil. Sans doute Fayruz est-elle d'une grande beauté et elle a l'art de te distraire par ses chants et ses danses. Toi-même tu sembles inspiré dans tes vers par l'amour que tu lui portes et tu as vu que je n'ai eu que peu à redire sur la manière dont tu chantes cette passion. Mais tu sais bien que tu ne peux faire d'elle ton épouse. Si tu n'en étais pas convaincu, tu l'aurais déjà épousée, et tu ne pourrais maintenant que le regretter. Pardonne-moi, mais j'ai vu comment elle se comporte à ton égard, et j'ai été scandalisé. Les femmes de notre peuple sont souvent irritables, autoritaires, mais elles savent se montrer réservées en public et, d'autre part, ce sont des femmes libres de haute origine. Ne penses-tu pas qu'il est temps que tu te maries, que tu prennes au moins une épouse ? Tu as rencontré dans notre cité un bon nombre de jeunes filles, sœurs de nos compagnons, qui seraient heureuses d'entrer dans ta famille et de devenir la mère de tes enfants. Un mariage ne t'empêchera pas de garder auprès de toi Fayruz, et la présence d'une autre femme qui sera la maîtresse de ta maison ne pourra que calmer ses emportements.

Bien que je dusse reconnaître le bien-fondé de ces remarques, je ne m'y rendis pas car je songeais toujours à toi,

Jalila, et, d'autre part, je ne parvenais pas à me déprendre de Fayruz. Cependant, je ne m'en ouvris pas à Khalid et ne lui confiai pas le secret de mon ancien amour pour ma cousine. Je me contentai de lui répondre que je ne répugnais pas à envisager un mariage, mais que je voulais prendre mon temps et que je devais encore consulter mon père. Ce dernier argument était le plus concluant car n'était-ce pas le père qui, depuis la nuit des temps, préparait les mariages de ses enfants ?

CHAPITRE 12

LA FOIRE D'UKAZ

Ukaz, comment t'oublier lorsqu'on a séjourné dans ta vallée riche en palmiers, au mois de Dul-qada, lors de la grande foire ? Pendant vingt jours les caravanes venues de toutes les parties de l'Arabie affluent dans les vastes champs d'al-Utayda, hors des murs de la ville. Les tractations ne se font pas en privé, dans les cours des maisons, comme à Taïf, mais sur cette aire immense auprès de laquelle se déploient les campements des tribus. Là se croisent les marchands juifs de Yathrib et de Khaybar, les Ibadites chrétiens de Hira qu'on reconnaît à leurs lourdes bottes, les Persans qui depuis le lointain Khorassan ont pris le relais pour amener jusque-là les soieries de la Sérique, et tous les peuples de l'Arabie. Là était fixé le prix des diverses qualités de myrrhe et d'encens : encens d'Abyssinie, du Saba, de l'Hadramout, de Socotra, du Dhofar, le meilleur. Ce commerce était entre les mains des tribus du Yémen, et c'est aussi de ces riches montagnes du Sud que venaient l'or, les bijoux en onyx et en pierres rares, les cuirs repoussés, les armes précieuses, la vaisselle et les livres, les vases à boire de Hali, les cordages de Muhdjira, les paniers d'Athar. Là encore les anciens des clans et des tribus se retrouvaient pour parler de politique et de grand négoce, là se préparaient les traités, les conventions, mais aussi là se déclenchaient les guerres, telles ces journées de Fidjar où, à la suite de quelques injures échangées sur le marché d'Ukaz, malgré la trêve sacrée, à quatre reprises les Quraychites alliés aux Kinana affrontèrent les Hawazin en de sanglants combats.

Afin de ne pas avoir à installer notre campement dans l'obscurité, nous avions quitté Taïf à la tombée de la nuit, et nous étions parvenus à Ukaz au petit matin, ce qui nous permit de ne pas souffrir de la chaleur de ces débuts d'été sur les pistes du désert. Nous avons établi notre campement dans une aire voisine du mont Athal, dans le voisinage du sanctuaire de Djihar, la divinité des Hawazin d'Ukaz. Dans le voisinage, les riches quraychites venus de La Mecque avaient aussi fait dresser par leurs serviteurs de magnifiques tentes de soie et de coton, toutes brodées d'or, par lesquelles on devinait que ces riches marchands n'avaient plus que de lointaines relations avec les nomades venus du nord dont on voyait au loin, vers la lisière du désert, les pauvres tentes faites de peaux cousues. J'y retrouvai mon beau-frère, Amr ibn Abu Sufyan, qui était venu avec ma sœur Azza et sa famille, et bien d'autres personnes que j'avais connues à La Mecque.

L'un de nos premiers soucis, après que nous eûmes établi notre campement, fut d'aller sacrifier sur l'autel de Djihar. Ses desservants appartiennent au clan Hawazin des al-Awf al-Nadriyin et à celui des Muharib, et c'était une courtoisie à leur rendre que d'aller en pèlerinage dans le sanctuaire de leur dieu. J'ai d'ailleurs agi ainsi sur les conseils d'Abu Sufyan qui me dit que, si je voulais concourir lors des jeux poétiques, il était préférable qu'on m'eût vu avec les miens faire en procession le tour des rochers près desquels est construit le sanctuaire et que les gens d'ici disent être sacrés, car le dieu s'y serait manifesté en d'autres temps. C'est d'ailleurs la première question que me posa Ghailan ibn Salamah, homme vénérable et poète de la tribu des Thaqif. Depuis des années il présidait le tribunal de la foire d'Ukaz. Il siégeait au tribunal qui rend la justice, mais aussi parmi les juges des joutes poétiques, et il consacrait tous les trois jours une journée pour recevoir les personnages illustres, les chefs de clan et de tribu et les poètes qui désirent s'inscrire aux divers concours.

Je m'étais hâté de lui rendre visite, le lendemain de notre arrivée. Après que je lui eus été présenté par Abu Sufyan, il me félicita pour mon désir de participer aux joutes poétiques, puis il me demanda :

— Es-tu allé en pèlerinage aux rochers de Djihar ?

Ma réponse parut le soulager et il me dit alors, sans cacher ses sentiments :

— Je sais que tu n'es pas chrétien comme le sont bien des hommes des Kalb. Mais on m'a dit que tu étais un hanif. Je vois pourtant que tu ne méprises pas les dieux de nos ancêtres : c'est une bonne chose. Car un grand vent de folie souffle sur nos villes depuis que juifs et chrétiens se sont installés parmi nous et osent dire que nos dieux sont des idoles sans puissance, qui n'ont même pas de réalité. Les Arabes les méprisent et ne les écoutent pas, excepté quelques tribus perdues qu'ont corrompues les croyances des chrétiens de l'empire de Roum avec lesquels elles sont en contact. Mais, tu dois le savoir, de prétendus prophètes se sont levés chez nous, parmi nos plus nobles clans. Depuis longtemps déjà, le Yamamah est bouleversé par les prédications de ce Maslama, de la tribu des Banu Hanifah. Comme les chrétiens et les juifs il appelle son dieu al-Rahman, le Miséricordieux, et lui-même ose se faire appeler Rahman al-Yamamah. Il prétend avoir reçu une révélation de ce dieu unique, et il tente de convertir à sa foi tous les Arabes de sa tribu, et lui-même prêche le jeûne, l'abstinence, défend l'usage du vin, et il ose déclarer que les dieux que nous adorons sont des idoles. Plus près de nous, chez les Abs, Khalid ibn Sinan tient les mêmes discours et se prétend prophète d'un dieu unique, tout autant qu'un certain Hanzala ibn Safwan. Et maintenant, Abu Sufyan vient de m'apprendre qu'au sein de sa propre famille, un homme, Mohammed fils d'Abdallah, fils d'Abd al-Muttalib, a aussi été saisi par un djinn et qu'il se croit envoyé par Allah, le père même des trois déesses, pour venir prêcher à son tour l'adoration d'un dieu unique qui serait cet Allah.

— Fils de Salamah, lui ai-je répondu, je ne connais pas les dieux dont parlent ces hommes mais, dis-moi, en quoi leurs croyances importent-elles pour un poète qui veut se présenter à Ukaz ? Il y a bien parmi les Arabes des poètes qui croient ou qui ont cru dans le dieu des juifs ou dans celui des chrétiens, et ils n'en sont pas moins bons poètes pour autant.

— Je te l'accorde, fils de Majid, concéda-t-il, mais lorsqu'ils sont emportés par l'élan de leur foi, ces hommes ne chantent plus de véritables qasida. Il n'est plus question que de leur dieu, alors que la poésie des Arabes est faite pour chanter la guerre, l'amour, le vin, ou encore la mort glorieuse des guerriers en de tristes élégies. Ce sont de tels chants qu'on vient entendre à Ukaz, non des prédications destinées à ravager les croyances que nous ont léguées nos ancêtres depuis la nuit des temps, depuis que les dieux se sont manifestés sur la terre des Arabes.

— Pour cela, l'ai-je rassuré, n'aie aucune crainte. Je ne chanterai que l'amour et la beauté, car je n'ai que faire des dieux, qu'ils règnent seuls ou en nombre dans les cieux et sur la terre.

— Ta réponse me plaît, Chafiq. Tu pourras te présenter aux concours poétiques.

En quittant la demeure de Ghailan ibn Salamah (car il résidait si souvent à Ukaz qu'il s'y était fait construire une belle maison), je rencontrai mon frère de lait Ayman. Il me déclara qu'il me cherchait, qu'il avait appris mon arrivée, qu'il s'était rendu dans mon campement et qu'on lui avait dit où je me trouvais en ce même instant. Il était en compagnie d'un homme au noble port qu'il me dit s'appeler Mirdas ibn Abi Amir. C'était l'un des plus illustres parmi les puissants de la tribu des Sulaym. La passion des chevaux avait bien vite uni les deux hommes, d'autant plus qu'Ayman avait commencé par en acheter plusieurs à Mirdas qui possédait un magnifique haras.

Après l'échange des saluts, Mirdas me dit :

— Fils de Majid, Ayman m'a appris que tu étais ici pour présenter quelques-uns de tes poèmes. Sais-tu que tu seras confronté à de redoutables adversaires ? Car cette année se trouvent réunis quelques-uns des plus prestigieux poètes de l'île des Arabes.

— Tu m'en vois heureux, lui ai-je répondu, car, si je gagne, ma victoire sera d'autant plus éclatante, et si je perds je n'aurai à en éprouver ni honte ni dépit.

— C'est là une sage parole que j'aime trouver sur les

lèvres d'un jeune homme. Connais-tu les noms de tes adversaires ?

— Bien qu'il ne se fût pas encore prononcé lorsque je l'ai quitté, voici quelques jours, je ne serais pas surpris que le plus prestigieux soit mon maître Maymun ibn Qays.

— Tu ne te trompes pas, il est venu s'inscrire hier soir, après bien des hésitations, a-t-il cru utile de préciser.

Et il lui plut de me citer les noms des poètes avec lesquels je devais rivaliser, ce qui aurait été pour me décourager si je n'avais été persuadé que j'allais étonner cette noble assemblée par la manière dont je possédais la technique des Persans. Il précisa ensuite que cette assemblée de poètes était la plus brillante qu'il avait jamais connue, car on y verrait aussi Antara ibn Shaddad, peut-être le plus admirable de tous les hommes de notre peuple. Il était venu avec une délégation des Abs, et Mirdas m'assura qu'il était toujours aussi droit et puissant malgré son grand âge, car on disait qu'il avait quatre-vingt-dix ans. Je le vis peu après, et j'eus quelque mal à croire qu'il eût un tel âge, car il m'apparut droit sur son cheval, revêtu d'une armure de mailles d'acier, une énorme épée pendant sur sa poitrine, sa tête crépue couverte d'un casque brillant, sa cape de soie d'un blanc éclatant faisant ressortir la sombre brillance de sa peau. Il n'était pas venu pour participer aux concours poétiques, mais pour tenir à distance, par la terreur qu'il inspirait, la délégation des Dhubyan. Car les hommes des jeunes générations qui me liront auront peut-être oublié cette querelle sans fin qui a déchiré les Abs et les Dhubyan, cette fameuse guerre de Dahis et al-Ghabra. Il y avait alors cinq ans que la querelle avait éclaté, à l'occasion d'une foire d'Ukaz. Dahis était le nom de l'étalon de Qaïs ibn Zuheïr, de la tribu des Abs, et al-Ghabra était la jument de Hamal ibn Badr, du peuple des Dhubyan. Les deux hommes avaient parié chacun cent chamelles sur son propre cheval. Et Hamal s'était rendu coupable d'une véritable traîtrise en plaçant des complices à un détour de la piste. Lorsque arrivèrent les chevaux, Dahis en tête, ils surgirent brusquement devant lui et l'effrayèrent, si bien qu'il se cabra, renversa son cavalier, ce qui permit à al-Ghabra de rattraper son retard et de remporter finalement la victoire. Qaïs accusa Hamal et se déclara le vainqueur ; mais, la jument étant arrivée la première, Hamal reçut le prix de la victoire et exigea les cent chamelles. Qaïs refusa de payer. On en vint aux injures, puis aux coups. Ainsi commença cette guerre entre les deux clans, une guerre qui devait durer pendant deux générations. Et, malgré la trêve, Abs et Dhubyan ne se présentaient à Ukaz que munis d'armures et d'armes, redoutant quelque félonie de leur ennemi.

J'appris aussi par Mirdas qu'étaient présents Labid ibn Rabia et al-Nabigha. Ce dernier, parce qu'il était un poète célèbre mais aussi parce qu'il appartenait à la tribu des Thaqif, était désigné pour être le juge suprême dans les concours de poésie ; Labid, qui avait remporté de nombreuses victoires à Ukaz, ne venait pas pour concourir : éternel poète errant, il lui plaisait de venir prendre l'air de ces belles assemblées où il retrouvait d'autres poètes, amis ou adversaires, mais tous personnages qu'il estimait.

Tout en devisant de la sorte, nous marchions le long des allées formées par les étals des marchands assis sur des tapis, sans nous soucier des cris, des appels, des chiens et des enfants qui se jetaient dans nos jambes. Ayman prit à son tour la parole.

— Mirdas a négligé de t'apprendre, car grande est sa modestie, que lui-même est poète, mais il ne participera pas aux jeux. En revanche, tu devras y affronter son épouse, Tumadir bint Amr. Je l'ai entendue hier, alors qu'elle s'exerçait à chanter le poème qu'elle veut présenter, et je peux t'assurer que son chant est d'une grande beauté.

Al-Acha m'avait déjà parlé de cette femme qui surpassait toutes les poétesses de son temps. Elle était alors encore jeune et loin d'avoir donné toute la mesure de ses talents qui ne parvinrent à leur perfection que plus tard, lorsque les malheurs qui frappèrent ses frères lui inspirèrent de magnifiques élégies funèbres. Mais elle avait déjà reçu le surnom d'al-Khansa et elle avait acquis une certaine renommée. Je me réjouis alors sincèrement de l'occasion qui m'était offerte non seulement de rencontrer cette femme, mais de me mesurer à elle dans une joute poétique. J'exprimai mon sentiment à Mirdas, qui m'invita à l'accompagner jusqu'à son campement afin que j'y rencontre son épouse. Je lui demandai alors s'il avait aussi l'intention de participer aux courses de chevaux.

— Certainement pas, me répondit-il. Moi-même je suis trop vieux pour risquer de me briser un membre en courant personnellement, et il me paraît indigne de faire courir quelqu'un à ma place. Je me contente de vendre des chevaux, qui tous peuvent prétendre donner la victoire à ceux qui les auront acquis.

— Comment, m'étonnais-je, peux-tu dire que tu es trop vieux alors que je te vois là droit comme une lance et vert comme un jeune palmier. Ne me dis pas que tu ne te déplaces plus que sur un chameau pourvu d'une confortable selle !

— J'aime trop les chevaux pour ne plus les monter. Mais c'est tout autre chose de faire mille extravagances sur sa monture pour avoir la gloire de gagner une course. J'en ai maintenant suffisamment remporté pour ne plus caresser de telles ambitions. Mais j'ai toujours un bien grand plaisir à voir courir les chevaux, et je veux miser sur ton frère Ayman qui est un magnifique cavalier. Je l'ai vu monter hier, et j'ai admiré sa maîtrise et son audace. Au point que je parierai sur lui plutôt que sur mes deux beaux-frères qui sont de valeureux guerriers, de véritables fursan*, mais qui n'ont jamais remporté de course.

Nous nous étions arrêtés devant une tente ouverte sur laquelle flottait le drapeau signalant la boutique d'un de ces marchands de vin ambulants qu'on retrouvait en grand nombre dans les foires.

— Dès que je vois une de ces tavernes remplies de ces trésors que nous ont donnés les dieux dans leur grande bonté, déclara Mirdas, je ne puis m'empêcher d'avoir soif et de désirer tâter à ces douces boissons. J'invoque alors Dimar, le dieu qui me protège, celui que j'adore car il m'a toujours été favorable, et si je ne le sens pas retenir mes pas, j'entre dans la taverne. En cet instant, il ne s'oppose

* Ce terme est difficilement traduisible ; la notion qui s'en rapprocherait le plus pourrait être celle de preux. Dans l'Arabie préislamique le *faris* (sing. de *fursan)* était un homme qui unissait la vaillance à la noblesse d'âme, guerrier généreux et cavalier accompli. Si à ces qualités morales et physiques venait s'ajouter un talent poétique, son heureux possesseur représentait l'idéal du héros. Cet idéal a été illustré plus particulièrement par Antara.

pas à cette halte, il nous invite même à rafraîchir nos gorges.

— Et je vous invite avec lui, ajouta le tavernier qui se tenait sous l'auvent de sa boutique de toile.

Nous avons pris place sur des tapis moelleux. Bien que la nuit fût encore loin d'avoir jeté dans le ciel son manteau d'étoiles, nombreux étaient les hommes installés dans la vaste tente et tout alentour pour goûter les boissons fermentées qu'on y servait. Le patron, un Juif de Damas, à ce que nous fit savoir Mirdas qui avait déjà exploré la place, s'empressa de nous présenter ses boissons contenues dans des outres rangées au fond de la tente, et qu'un jeune esclave maintenait sans cesse humides afin de les conserver fraîches.

— Il y a d'abord, commença le tavernier, du vin né aux cimes des palmiers pareils à des vierges. Ce sont de bons crus, les meilleurs qui nous viennent d'Oman et de Mudar. Ces perles sombres qui tombent en lourdes grappes des chevelures des palmes ont mûri dans le soleil nourricier pour nous donner ce nectar qui a vieilli dans mes outres. Si vous préférez, je peux vous proposer le vin d'or irisé qui est né du mariage du suc des abeilles, du fruit des palmiers et de l'orge blond des champs de Syrie, ce *nabidh* à la saveur de printemps.

Mirdas leva la main pour l'arrêter et s'écria :

— Garde pour toi ces merveilles, moi, ce que je veux, c'est le jus de la vigne, la douce vierge qui apporte l'ivresse et nous fait voir le visage des dieux. Propose-nous un vin de Mésopotamie ou de Syrie. Mais je ne veux pas de ce vin de Taïf qui n'a ni corps ni chaleur.

Le tavernier s'inclina en assurant qu'il serait servi à sa convenance, et bientôt un adolescent aux yeux de gazelle vint à nous avec une aiguière d'argent et des verres opaques dans lesquels il fit mousser le vin aux reflets violets. En connaisseur, Mirdas en huma le parfum, en prit une gorgée, s'en imprégna la bouche, fit claquer la langue, et déclara d'un air satisfait au serveur qu'il pouvait laisser l'aiguière et en apporter une autre du même cru. Je ne bus tout d'abord qu'un verre, pour honorer notre compagnon, car j'avais appris auprès d'al-Acha à ne boire que le soir, afin de conserver dans le jour l'esprit clair. Celui de Mirdas fut bientôt troublé et il se mit à parler sans plus réfléchir, oubliant que je lui étais étranger. C'est ainsi que j'appris de sa bouche qu'il aimait bien son épouse et la respectait, mais qu'il lui reprochait d'aimer ses deux frères plus que lui-même, plus que tout au monde.

— Elle n'a d'admiration et de tendresse que pour ses frères Muawiya et Çakr. Ces deux-là sont l'orgueil de la famille et de leur clan. Déjà, alors qu'ils étaient enfants, leur père, Amr ibn al-Charid, les emmenait dans les marchés du pays et il allait déclarant qu'il était le père des deux plus beaux garçons de tous les Mudar. C'était un guerrier, un sayyid de sa tribu et aussi un grand orateur, de sorte que personne ne songeait à se moquer de son orgueil paternel. Je sais bien que ces deux-là ne m'aiment pas beaucoup, et vont jusqu'à reprocher à leur sœur ce mariage, soi-disant parce que je suis prodigue et que j'aime le vin. Pourtant, elle a bien accepté de devenir ma femme. Car il n'est pas né celui qui pourrait imposer sa volonté à ma Tumadir ! Témoin la manière dont elle a éconduit ce pauvre Durayd ibn al-Çimma, qui est pourtant un grand poète, un homme de noble race et l'un des meilleurs guerriers des Hawazin. Il était là, devant elle, et pourtant elle a mis les mains aux hanches et, se tournant vers ses frères qui se tenaient auprès d'elle, sans se soucier que Durayd fût un ami de Muawiya, elle s'est écriée : « Vous me voyez m'éloigner de mes cousins droits et minces comme des lances pour épouser un Juchamite qui peut mourir ce jour ou demain ? »

— Tu devrais alors, ai-je remarqué, être fier d'avoir été choisi par une femme qui a ainsi refusé un tel homme.

— C'est que, lorsque je l'ai demandée en mariage, j'étais amoureux d'elle, bien qu'elle ait déjà eu un mari et que moi-même j'aie eu une épouse et un fils, mon cher al-Abbas. J'étais alors plus jeune et je crois avoir réussi à la séduire par mon aspect.

Tout en écoutant Mirdas, j'observais l'animation de la place, dans un paysage voilé d'une poussière soulevée par les pas des troupeaux, des chameaux et des chevaux. Et à proximité j'entrevis un visage qui ne m'était pas étranger. L'homme s'arrêta, leva le regard vers le drapeau signalant le cabaret ambulant, puis vint vers nous. Je reconnus Labid et lui-même nous reconnut car il vint s'arrêter devant nous et salua Mirdas qu'il connaissait visiblement bien, puis, me regardant :

— Par la Kaaba, mais c'est le fils de Majid ! Comme je suis heureux de te retrouver enfin dans ce sanctuaire de l'ivresse !

Il prit place parmi nous et je lui présentai mon frère de lait.

— Tout drapeau de marchand attire mon regard, dit-il ensuite. Et je suis venu bien qu'il soit jour. Mais cette foire tout emplie des chants des poètes invite à la douceur de vivre et au plaisir. Ah ! Que de nuits toutes divines ai-je passées avec des compagnons d'ivresse !

Nous allions en quête de drapeaux pour y chercher les vins les plus exquis qui avaient vieilli dans les outres goudronnées ou dans les jarres aux teintes nocturnes. Et jusqu'au petit jour nous causions entre amis en buvant des vins délicieux tout en écoutant des chansons de taverne accompagnées de la musique du luth.

Labid, selon son habitude, parlait haut et fort, d'une belle voix sonore, si bien qu'il ne manqua pas d'être reconnu par des buveurs du voisinage qui vinrent prendre place auprès de nous et lui demandèrent de dire ses vers, comme s'il était son propre rawi*. Une femme, sans doute une Syrienne qui appartenait à la maison du tavernier, vint avec un luth en se proposant d'accompagner Labid. Il ne se fit pas longuement prier pour chanter car il était aussi fier de sa voix que de son talent. Il commença par des qasida dont plusieurs avaient déjà remporté le prix à Ukaz. Il chanta aussi l'amour et le vin, mais lorsqu'il gémit sur le destin des humains, hôtes de passage sur la terre qui disparaissent

---

* Ce terme, qu'on peut traduire par « transmetteur », désignait les chanteurs qui allaient de tribu en tribu pour chanter les *qasida* des grands poètes. Certains de ces poètes avaient leur propre *rawi* qui faisait ainsi connaître leurs œuvres à travers toute l'Arabie. Il convient peut-être de rappeler ici que, s'il existait deux grands dialectes arabes, l'un parlé au nord, l'autre au sud de l'Arabie, chaque tribu avait son propre patois. Néanmoins, dès ses origines, c'est-à-dire dès le VIe siècle, la langue utilisée par les poètes, quelle que fût leur origine, était celle du Hedjaz, celle des gens de La Mecque et de sa région, ce qui marque l'importance qu'avaient déjà prise la cité caravanière et son pèlerinage de la Kaaba.

dans la nuit de la mort, nous nous mîmes à gémir et à pleurer et Mirdas réclama à grands cris des chants joyeux, ces chants le rythme des tavernes, car, brailla-t-il, ce n'est pas le moment, quand l'ivresse a élevé nos âmes vers la joie, de nous attrister dans des élégies funèbres.

La nuit était tombée depuis longtemps lorsque nous avons quitté le tavernier en titubant, car j'avais été bien vite entraîné à rompre avec ma volonté de ne commencer à boire qu'après la venue de la nuit. Nous sommes rentrés chacun de notre côté dans notre campement, et je ne vis pas ce soir là al-Khansa.

Mais je la rencontrai le lendemain, car Ayman vint me chercher pour me dire que Mirdas nous invitait tous deux, avec les gens de notre suite, pour partager le repas de sa famille. J'y vins avec mon fidèle Azzam, quelques compagnons, et je dus emmener Fayruz afin de ne pas lui donner une nouvelle occasion de faire un scandale, car, lorsque j'étais rentré la veille, si tardivement, elle savait déjà que j'avais passé la journée dans la taverne ambulante, ce que je n'aurais d'ailleurs pu cacher vu mon état d'ébriété, et elle avait éclaté en mille reproches, non pas parce que je m'étais enivré, mais parce que je ne l'avais pas fait venir pour participer à nos ébats.

Nous fûmes reçus par Tumadir, comme il était naturel, et elle nous conduisit auprès de Mirdas et de ses frères, tout en me disant :

— Fils de Majid, mon époux m'a dit grand bien de toi, et je veux bien le croire, quoique je sache que tu as passé la plus grande partie du temps en sa compagnie dans une maison de vin. Mais il y avait, paraît-il, Labid, pour qui j'ai la plus grande admiration.

Je trouvai dès l'abord cette femme aussi belle que sage, et je tins à ce qu'elle eût une bonne opinion de moi.

— Al-Khansa, lui répondis-je, ta renommée est venue jusqu'à mes oreilles et, en te voyant, je ne doute pas qu'elle soit méritée. Mais je veux que tu saches qu'il n'est pas dans mes habitudes de passer le jour sous le drapeau d'une taverne. Je partage avec toi mon admiration pour Labid, et tu peux ainsi comprendre que, alors que Mirdas nous emmenait auprès de toi, la rencontre d'un si parfait poète nous a détournés de notre chemin.

Çakr qui, depuis la mort d'Amr, leur père, était devenu le chef de son clan, offrait le repas avec sa générosité habituelle. Il avait invité des hommes nobles de toutes les tribus. J'y retrouvai aussi bien al-Acha, que je n'avais pas encore revu depuis mon arrivée à Ukaz, qu'Abu Sufyan et les siens, et aussi Labid. Mais al-Nabigha n'avait pas été invité, afin qu'on ne puisse murmurer que c'était pour le séduire et qu'il donnât le prix de poésie à al-Khansa. Nous étions ainsi nombreux, assis sur de grands tapis, tandis que rôtissaient les viandes et bouillaient les chaudrons autour desquels s'empressaient les serviteurs. Je crois avoir été particulièrement honoré car je fus placé entre Labid et Muawiya, à peu de distance d'al-Khansa. Muawiya me disait qu'il serait bon que nous établissions des échanges entre les Sulaym et les Kalb ; je n'en disconvenais pas, et j'invitai mes hôtes à venir un jour à Dumat al-Jandal pour y rencontrer mon père et les grands de notre peuple. De son côté, Labid m'invitait à venir dans le Yamamah, dans les territoires de sa tribu, et il ajoutait en riant :

— Ce sont des brigands, mais aussi de valeureux guerriers et des poètes. Ils ne peuvent que t'honorer.

Je le remerciai en le saluant et je m'engageai à venir un jour parmi les gens de sa tribu. J'ignorais alors que j'allais y rencontrer mon destin.

Les concours de poésie débutèrent le lendemain. L'assemblée se tenait à proximité du temple de Djihar, dans un cirque de rochers. Ainsi était-on sous la protection du dieu tout en se trouvant loin des tumultes de la foire, suffisamment près néanmoins pour qu'une foule d'auditeurs vînt entendre les poèmes. Les hauteurs rocheuses tout alentour et les moindres espaces libres furent bientôt envahis par des groupes silencieux et recueillis, l'oreille tendue vers le chanteur. Les poètes qui n'avaient pas une voix suffisamment sonore faisaient dire leur poème par un rawi. Tous proposèrent la classique qasida sur des rythmes différents, tous sauf Hind et moi-même.

Pour moi, je m'accompagnai de mon luth pour chanter les charmes d'une femme et la passion qu'elle avait suscitée en moi, et j'y ajoutai un éloge du vin que je comparais à la beauté de ma maîtresse, tous deux étant susceptibles d'emporter l'âme vers un autre ciel dans les tourbillons de l'ivresse. Tous ceux qui me connaissaient pensaient que cette femme dont je chantais l'amour était Fayruz et elle-même en était profondément convaincue. Mais, en vérité, c'est toi, Jalila, qui alors occupais ma pensée et c'est à toi que je consacrais ce poème, dans le fond de mon cœur. Car, non seulement je ne voulais pas trahir notre secret en révélant ton nom, ma Jalila, mais j'étais toujours retenu par cette coutume qui nous est propre, à nous Arabes, selon laquelle un père pouvait refuser de donner sa fille à un homme qui avait déclaré publiquement son amour pour elle. Ainsi ai-je cru protéger notre amour tout en le célébrant. Mais ce n'était un secret que pour moi seul, car comment aurais-tu pu savoir que ce chant d'amour s'adressait à toi, alors qu'aux yeux de tous c'est la beauté de Fayruz que j'exaltais ainsi ?

Quant à Hind, animée par une autre passion, elle déclama des vers vengeurs contre le fils d'Abdallah, ennemi de nos divinités ancestrales. Pour cela, elle fut vivement applaudie, mais aussitôt après un homme se dressa sur un roc qui dominait les environs, et il osa affronter l'assemblée des Arabes. Il défendit Mohammed, mais en des termes inattendus. Il déclara que le dieu unique au nom de qui il prêchait était le même que le dieu des chrétiens, que c'est lui qui avait ainsi inspiré Mohammed, car, comme les chrétiens, il parlait de la résurrection, de l'enfer qui menaçait les incrédules, de l'impuissance des dieux de nos pères qui n'étaient que des idoles habitées par des démons.

J'appris par la rumeur que cet homme s'appelait Qoss, qu'il venait de Nedjran, cette ville chrétienne du Yémen, et qu'il profitait de la foire pour prêcher au nom d'Isha, fils de Miryam. Cet homme assura qu'il avait personnellement rencontré Mohammed, justement à Ukaz même, à l'occasion d'une foire, qu'ils avaient longuement discuté, et qu'en réalité Mohammed était chrétien, mais sans le savoir. Ce dont j'ai douté, car je connaissais bien la doctrine des chrétiens, autant par des gens de Dumat, car nombreux étaient les Arabes convertis à cette religion parmi les Kalb, que par mes conversations avec al-Acha et des chrétiens Ibadites de Hira, et ce que je savais de ce Mohammed ne répondait pas à la doctrine fondamentale des sectateurs d'Isha.

Beaucoup l'écoutèrent avec patience, mais quelques auditeurs lui jetèrent des pierres en criant qu'ils étaient venus pour entendre les chants des poètes de notre nation et non les élucubrations d'un impie, d'un traître à la religion de nos ancêtres. Quelques-uns s'armèrent même de leurs sabres en déclarant qu'il était intolérable qu'un ennemi des dieux vînt les injurier à la porte de leur sanctuaire. Mais la plupart des gens se détournèrent. Et, comme la langue de ce Qoss ne cessait de s'agiter, on dut le faire emmener par les gens chargés d'assurer la police, afin que le juge, al-Nabigha, pût prononcer son verdict.

Labid, qui était à mes côtés, m'avait félicité pour la beauté de mon chant, mais il m'avait tout de suite assuré que je ne pouvais obtenir le prix. Mon poème n'était pas une qasida ; il apparaissait plutôt comme un panégyrique d'une femme qui n'était jamais qu'une esclave et une concubine, et même pas de sang arabe.

— C'est une chanson de taverne aussi bien qu'un poème mystique et pourtant sensuel, de sorte qu'un ensemble aussi bâtard ne peut espérer obtenir de suffrages, avait-il conclu. Je ne comprends pas que tu te sois laissé entraîner à présenter un poème ainsi conçu alors qu'al-Acha t'a longuement enseigné la structure de la qasida.

Et il se trompait d'autant moins qu'al-Acha, qui était passé parmi les premiers, en considération de sa gloire, avait chanté une parfaite qasida débutant par le *nasib* où il sut trouver des accents touchants pour parler de sa dame, laquelle était entièrement imaginaire, et se terminant par un *madih* dans lequel il fit le panégyrique non point de sa propre tribu mais de la nation arabe, chez laquelle étaient exaltées les seules vraies valeurs : la gloire des armes, l'esprit de chevalerie, l'amour de la beauté à travers la poésie. Al-Khansa avait aussi chanté un magnifique poème, si bien qu'al-Nabigha, s'adressant d'abord à elle :

— Si Abu Baçir ne s'était pas présenté et ne nous avait pas émerveillés par son chant, j'aurais dit que tu étais le plus grand poète parmi les hommes et les djinns, lui dit-il.

Avant qu'al-Khansa n'ait pu répondre, un homme que je ne connaissais pas encore, mais qu'on me dit être Hassan ibn Thabit al-Ansari, un poète de la tribu des Yamani, originaire de Yathrib, et qui n'était sans doute arrivé que tardivement dans le cercle des auditeurs, s'avança en s'écriant, plein de colère :

— Par al-Lat, al-Nabigha, je suis plus grand poète que toi-même, bien qu'on te prétende le meilleur d'entre nous.

Sans s'offenser, avec le plus grand calme, al-Nabigha se tourna vers al-Khansa en disant :

— Je vois que Hassan est arrivé trop tard pour t'entendre, Tumadir ! Chante à nouveau tes vers.

Et le silence retomba tandis qu'elle psalmodiait son poème de sa voix modulée et pourtant forte.

Lorsqu'elle se tut, Hassan, qui se laissait aussi facilement emporter par la colère que par l'enthousiasme, s'écria :

— Par le Soleil et par la Lune ! Il est vrai que je n'ai encore vu femme plus poète que toi !

— Ni homme non plus, ajouta-t-elle avec un sourire.

Et je dus reconnaître qu'on ne savait qui, d'al-Acha ou d'al-Khansa, méritait la palme de la poésie en ce jour.

CHAPITRE 13

LA LUNE SE FEND

Bien que j'eusse pris plaisir au séjour d'Ukaz, séjour que je prolongeais encore longtemps après la fin de la foire, sous prétexte de conclure des affaires, ce qui n'était pas tout à fait une fausse raison puisque notre voyage a été particulièrement lucratif, il a pourtant été porteur de malheur. Tout d'abord pour al-Khansa et ses frères, avec lesquels je m'étais lié d'amitié. Je venais souvent les visiter dans leur campement et ils me rendaient mes visites en compagnie de leur beau-frère Mirdas. Lors des courses, mon frère Ayman avait remporté plusieurs victoires, devant eux, pour la plus grande gloire de Mirdas qui avait parié sur les chevaux qu'il lui avait vendus ; mais au lieu d'aigrir nos rapports avec Çakr et Muawiya, ces victoires avaient provoqué leur admiration et ils s'étaient ainsi liés d'amitié avec Ayman. Mon admiration allait surtout vers al-Khansa, ce qui suscita la jalousie de Fayruz, bien que je n'eusse jamais songé à séduire la fidèle épouse de Mirdas.

Or un soir, nous étions allés, Mirdas et Muawiya, Labid et al-Acha, Khalid ibn Walid, Ayman et moi-même, boire, chanter et jouer dans une tente à vin. Nous avions emmené avec nous nos concubines, al-Acha sa Horaïra, moi-même ma Fayruz. Seul Muawiya restait sans compagne. Nous étions installés depuis un petit moment, buvant des vins de Syrie et de Mésopotamie tout en chantant nos propres chants, lorsque entra un homme accompagné d'une jeune femme d'une si grande beauté que tous les regards se tournèrent vers elle. Il vint vers nous, nous salua, et Ayman l'invita à prendre place parmi nous, car il l'avait déjà rencontré. Hachim ibn Harmala, tel était le nom de cet homme qui appartenait au clan des Murrites, une fraction de la tribu des Ghatafan, tribu qui était aussi celle de mon frère de lait. Ainsi avaient-ils sympathisé, d'autant que Hachim était venu pour participer aux courses de chevaux. Comme il n'avait pas couru contre Ayman, il n'y avait eu entre eux aucune cause d'inimitié.

Dès que Hachim se fut assis dans notre cercle, Muawiya n'eut plus d'yeux que pour son esclave qui se tenait légèrement en retrait. Je ne sais si Muawiya s'enivra pour se donner du courage et trouver en son ébriété une excuse, ou s'il était dans ses habitudes d'abuser du vin. Mais bientôt il commença à se balancer au rythme des chants, puis il chanta lui-même d'une voix hésitante, enfin il se leva en titubant et vint s'asseoir auprès de Hachim. Ce dernier, qui avait aussi abusé du vin, n'y trouva pas à redire, ce qui sans doute encouragea Muawiya dans ses desseins. Car lorsque l'ivresse nous eut tous profondément atteints, il osa enlacer l'esclave de Hachim et lui donner des baisers. Elle s'en défendit vigoureusement en criant, ce qui tira son maître de sa rêverie avinée. Il se jeta sur Muawiya en grognant comme un chameau blessé. Les deux hommes roulèrent sur les tapis et nous dûmes les séparer. Ils ne s'en injurièrent pas moins vigoureusement et ainsi se termina un peu abruptement cette soirée.

L'affaire semblait s'être arrêtée à cette altercation, événement banal dans de telles rencontres. Mais le malheur voulut que, même une fois dissipés les mensonges de l'ivresse,

Muawiya se sentît toujours amoureux de la belle esclave. Hachim ibn Harmala était reparti le lendemain avec son frère Durayd, pour rejoindre sa tribu qui nomadisait dans les déserts aux environs de Yathrib. De son côté, Muawiya était trop occupé par sa passion nouvelle pour pouvoir reprendre le cours de son ancienne existence. Il ne laissa aucun de ses compagnons en repos qu'il ne les ait persuadés de lancer une expédition contre les Murrites. Et ils partirent un jour, une petite troupe d'une trentaine d'hommes qui s'étaient laissé entraîner par Muawiya. Il y avait parmi eux son ancien beau-frère, le premier mari d'al-Khansa, Abd al-Uzza. Elle avait eu de lui un fils, Abu Chajara, puis ils s'étaient séparés, mais Abd al-Uzza était resté l'ami de Muawiya, bien qu'il fût beaucoup plus âgé que lui. Ils trouvèrent le campement de Hachim et, au petit matin, lorsque le jour pâlit l'horizon avant que ne se montre le soleil, ils attaquèrent le campement. Je ne connais cette histoire que par ce que j'en ai entendu dire. Je ne sais donc comment, dans la mêlée, Muawiya fut tué en tentant d'enlever l'esclave que défendaient Hachim et son frère Durayd. Ainsi ses compagnons ramenèrent-ils le corps sanglant de Muawiya parmi les siens. Abd al-Uzza a aussi trouvé la mort dans cette aventure.

Ce fut, pour al-Khansa, le premier déchirement. Il lui inspira ses premiers thrènes et les éloges de ses frères grâce auxquels elle a acquis l'immortalité. Et depuis ce jour elle n'a cessé d'inciter Banu Sulaym et Banu Amir à partir en guerre contre Ghatafan et Murrites afin de venger cette mort par d'autres morts, et enlever à ces tribus leurs vierges au doux regard.

Lorsque a débuté cette guerre entre ces clans, j'avais quitté depuis longtemps Ukaz et je me trouvais loin des territoires des uns et des autres. En rentrant à Dumat, je prolongeai encore mon séjour à La Mecque. Mes compagnons d'un temps s'en étaient retournés vers leurs tribus depuis déjà plusieurs jours. Al-Acha était reparti parmi les siens, lui le poète errant, le penseur sceptique, l'amant du vin et de la beauté, mon maître. Lorsque nous nous étions séparés une première fois, avant de nous retrouver à Ukaz, je n'avais ressenti aucune mélancolie, aucune tristesse. Peut-être parce que j'avais besoin de me retrouver avec moi-même, certainement parce que je savais que nous allions bientôt nous revoir. Mais désormais notre séparation pouvait durer longtemps, toujours peut-être. Et il fallait qu'il fût ainsi loin de moi pour que j'éprouvasse le regret de son absence. Nous avions vécu ensemble tant d'années fécondes, partagé tant de moments chargés d'émotion, de bonheur ! Et je me sentis si seul, si désemparé, que je désirais rester quelque temps à La Mecque pour y retrouver mes compagnons de plaisir, les fils d'Abu Sufyan et les fityan. Khalid ibn Walid participait à nos beuveries et c'est surtout pendant ces jours-là que nos liens d'amitié se tissèrent plus étroitement encore ; nous avons échangé notre sang afin que jamais la querelle ne s'élève entre nous.

Pour ne plus avoir à subir les plaintes et les colères de Fayruz, je m'étais résolu à l'emmener avec moi dans toutes les sorties que je faisais en compagnie des fityan, ce qui visiblement ne leur déplaisait pas car ils prenaient un grand plaisir à la regarder danser. Et au lieu d'en ressentir une quelconque jalousie, j'y trouvais une sorte de fierté en me disant que cette beauté que tout le monde désirait m'appartenait, n'aimait que moi. Ainsi je ne songeais même plus à fuir le piège dans lequel elle me retenait, d'autant qu'elle ne cherchait plus à me persuader de l'épouser.

Mes compagnons avaient dressé nos tentes à quelque distance de la ville, dans la direction du mont Haïra. Il y a là une forêt d'épineux, d'arbustes aux fleurs blanches et de palmiers, qui donne une ombre agréable par les grosses chaleurs d'été. On était entré dans le mois de Du'l-Hidjdja et le soleil brûlait la terre desséchée lorsqu'il parvenait au zénith. Je passais généralement ces heures brûlantes dans l'ombre étouffante de la demeure de Hatim ibn Abdallah, notre hôte, ou dans celle d'Abu Sufyan. Mais, un jour qu'il faisait plus chaud encore que d'habitude, je préférais rester sous ma tente ouverte, aérée par un vent léger. Comme à l'accoutumée, nos serviteurs entretenaient des braises qui tenaient au chaud les chaudrons remplis de nourriture, et, dans l'ombre des arbres, les outres remplies d'eau et de vin étaient maintenues humides. J'avais passé une partie de la nuit précédente à boire et à chanter en compagnie, dans une taverne de la ville, et je voulais profiter des heures chaudes du milieu du jour pour me reposer.

À peine m'étais-je allongé sur ma couche que j'entendis des cris et comme un bruit de querelle. Je me relevai aussitôt et, sortant de ma tente, je vis des inconnus qui passaient en traînant les pieds dans la poussière et, un peu plus loin, dans l'ombre des arbres, j'aperçus des serviteurs de notre tribu qui se querellaient avec d'autres étrangers. Azzam, qui se tenait sous l'auvent, à l'entrée de la tente, s'était levé et il fronçait les sourcils d'un air inquiet. Je lui demandai ce qui se passait.

— Je crois, me répondit-il, que ce sont des gens de la ville qui sont montés sur le mont Nour.

Il était alors d'usage chez les hommes pieux de La Mecque d'aller passer quelques jours et autant de nuits sur la hauteur voisine du Nour pour y méditer. Chaque tribu avait ses emplacements et on y avait construit des cabanes où ceux qui le voulaient pouvaient ainsi rechercher la solitude. Mais cette retraite se pratiquait généralement en hiver, au mois de Radjab.

Un passant qui avait entendu ma question et la réponse de mon serviteur nous salua et me dit :

— Nous descendons du mont Nour. Nous avons suivi ce jeune homme des Banu Abd al-Muttalib qui parle avec le ciel. Il y a là une grotte étroite, la grotte de Hira, où il se retire pour méditer et parler avec le djinn qui vient le visiter. Nous l'avons suivi car on lui disait que si vraiment il était protégé par une divinité, il devait nous en donner la preuve par quelque signe. Moi-même je suis chrétien, et je sais que les hommes inspirés par Dieu peuvent accomplir des miracles. Isha, le fils de Dieu, en réalisa un bon nombre par lesquels il a révélé à tous les hommes son origine divine. Mais même un simple homme peut accomplir des actes peu communs : ce fut le cas de notre saint législateur, Moïse. Avec l'aide de Dieu, il a accompli nombre de miracles qui ont montré à Pharaon où était la vérité. Et voici que cet homme a fait un miracle cette nuit même : il a levé la main et d'un geste il a fendu la lune en deux.

— L'as-tu vu de tes yeux ? m'étonnais-je, car il ne me semblait pas que quelqu'un eût assisté à ce miracle ni dans notre campement ni à La Mecque.

— Las ! a-t-il soupiré, je m'étais endormi et je n'ai rien vu moi-même. Le fils d'Abdallah aurait alors demandé aux gens présents d'en porter témoignage. Les incrédules dirent qu'ils n'avaient rien vu, ou encore que ce n'était qu'un tour de magie, mais ceux qui se sont convertis et sont entrés dans cette nouvelle secte qu'on appelle les musulmans, jurent que le miracle a eu lieu, et que c'est Allah lui-même qui a séparé la lune en deux parties, pendant un moment. Pour moi, je pense que Dieu a voulu que le miracle s'accomplisse. N'a-t-il pas permis à Josué d'arrêter le soleil dans sa course ? Josué n'était qu'un homme, comme ce prophète de La Mecque, et il est possible que Dieu l'ait envoyé ici pour que tous les Arabes idolâtres se convertissent au Christ.

— Et que se passe-t-il ici, dans le bois ? demandai-je ensuite.

— Ces hommes ont soif. Mohammed est parmi eux, et lui aussi voudrait boire, mais les esclaves leur refusent l'eau parce qu'ils ne veulent pas retourner en ville en chercher. Ils nous ont dit que nous n'avions qu'à nous adresser aux taverniers, car ils ne sont pas des marchands d'eau ou de vin. Moi, je ne veux pas chercher querelle et je rentre de ce pas à la ville pour m'y désaltérer et apaiser ma faim.

J'invitai l'homme à me suivre et me hâtai vers le bois, où j'interpellai les serviteurs d'un ton si sévère qu'ils tombèrent à genoux :

— Par la source sacrée de Zemzem ! me suis-je écrié, comment osez-vous refuser à boire à des voyageurs qui ont soif ?

— Seigneur, me dit l'un des esclaves, tu nous as confié la garde des boissons et des vivres. Ce vin ne nous appartient pas et nous ne pouvons le donner sans permission.

— Peut-être, ai-je concédé, mais l'eau appartient à tout le monde, à tous ceux qui veulent se désaltérer. Qu'on distribue à ces gens ce qu'ils désirent, eau ou vin, et s'ils ont faim, qu'on leur serve à manger de tout ce qui chauffe dans les chaudrons.

Aussitôt on ouvrit les outres et les serviteurs remplirent d'eau des gobelets. Un jeune homme, vêtu avec recherche, beau de visage, porta une coupe pleine à celui en qui je reconnus l'homme que j'avais vu une fois dans mon adolescence dans la Kaaba, celui qu'on appelait alors Amin, Mohammed ibn Abdallah. Il avait pris la coupe et, après avoir bu, il se tourna vers moi ; je fus surpris par la force de son regard et la luminosité de son visage. Il me rendit grâce puis il dit, s'adressant plutôt à ceux qui l'entouraient qu'à moi-même, à ce que je crus, tout en continuant de me scruter :

— Au nom d'Allah qui fait miséricorde, le Miséricordieux ! Par le temps qui s'écoule ! L'homme travaille sûrement à sa perte, excepté ceux qui croient, ceux qui accomplissent des œuvres droites, ceux qui s'exhortent mutuellement à chercher la vérité.

Lui-même ne mangea pas car il déclara vouloir jeûner ce jour, et il s'éloigna avec ceux qui lui étaient fidèles. Les autres restèrent et burent et mangèrent à notre table. Et ils commentaient le miracle. Les uns disaient qu'ils n'avaient rien vu de particulier, que la lune avait simplement été divisée par un nuage étroit. Et ceux qui croyaient l'avoir vue se fendre déclaraient que c'était de la sorcellerie. Que peut-être le djinn qui occupait la grotte où se retirait Mohammed lui parlait et lui conférait ce pouvoir magique, mais Allah, le père des trois déesses, n'était certainement pour rien dans ces miracles.

Lorsque, le jour suivant, je suis revenu à La Mecque, il n'y était plus question que du miracle de la lune fendue. Je m'étais rendu tout d'abord chez Khalid avec qui j'avais des relations plus amicales qu'avec mon beau-frère Amr. Nous formions alors une petite bande d'amis, tournés vers les plaisirs, la musique et le vin, Khalid, Hanzalah et son frère Amr ibn Abu Sufyan, mon propre beau-frère, et aussi Omar qui était notre aîné d'à peine quelques années, et encore Amr ibn al-As, dont le père était le chef du clan quraychite des Sahmites.

La demeure de Walid, le père de Khalid, était en effervescence. J'y trouvai Khalid dans la grande salle ouverte sur la cour où Walid recevait clients et amis lorsqu'ils venaient nombreux. Autour du maître de maison assis parmi un amas de coussins étaient réunies plusieurs personnes de ma connaissance : Walid, le maître des lieux, Abu Sufyan, ses fils et son épouse Hind, Utba ibn Rabia, père de Hind et l'un des hommes les plus importants du clan des Abd Shams, d'autres encore. On y parlait de Mohammed et du miracle qu'il venait d'accomplir ; et encore du danger que sa prédication faisait courir à la religion traditionnelle et, partant, aux bénéfices que les riches quraychites tiraient de ces cultes.

— Il fut un temps, remarquait Abu Sufyan, où seuls des gens sans importance écoutaient les paroles de Mohammed. Que sa femme, la noble Khadidja, ait cru en lui, on ne peut y trouver à redire. Ni non plus son cousin et fils adoptif, le jeune Ali ibn Abu Thalib. Abu Thalib lui-même n'accorde aucune foi aux paroles de son neveu Mohammed, mais il est prêt à le défendre si l'on songeait à attenter à sa vie, lui et tout son clan des Banu Hachim. Qui étaient alors ses partisans ? Ce Khabbab ibn al-Aratt, fils d'une circonciseuse et simple forgeron.

— Un très bon artisan, intervint Omar. Il m'a forgé une belle et solide épée, une épée qui un jour me servira à mettre à mort ce Mohammed s'il s'entête dans ses prétentions.

— Fils d'al-Khattab, répliqua Walid, songerais-tu à engager les Banu Adi, dont tu es maintenant le sayyid, dans une guerre contre les Banu Hachim uniquement pour faire taire Mohammed ? Ce serait là une grande folie dans laquelle nous ne te suivrons pas. Abu Sufyan est le miroir de la vérité. Car que sont les compagnons de ce prophète ? Tous des petites gens, des pauvres, des affranchis, des esclaves. Pour ces derniers, s'ils nous appartiennent, il nous revient de les châtier comme il convient.

— Certainement, fils d'al-Mughira, reprit Abu Sufyan, mais voici que maintenant il commence à rallier des gens de plus haute origine. Tel Uthman ibn Affan, mon propre cousin. On le trouve désormais toujours dans le sillage de Mohammed et il affiche ostensiblement sa foi. N'a-t-il pas épousé Ruqayya, la fille de Mohammed, répudiée par toi-même, Utba ibn Abd al-Uzza ? Or c'est un riche marchand, influent malgré sa jeunesse.

— Quelle crainte, intervint Hind tandis qu'Utba hochait gravement la tête, pouvez-vous avoir de cet homme efféminé qui ne songe qu'à l'élégance de ses vêtements et dont le courage ne dépasse pas celui d'une gazelle du désert ?

— Ce n'est pas que nous ayons à le craindre, répliqua Walid, mais c'est un homme riche et influent qui peut entraîner d'autres personnages d'importance dans le camp des musulmans.

— Oui, enchérit Abu Sufyan. Et le prétendu miracle qu'il vient d'accomplir incline vers ce Mohammed bien des hésitants.

— Ce miracle ne peut être qu'un effet de sorcellerie, assura Walid. Car comment imaginer qu'un dieu, quel qu'il soit, puisse avoir désigné ce Mohammed pour être son messager ? Si Allah ou une tout autre divinité avait un message à transmettre aux Quraychites, serait-il allé chercher le plus obscur d'entre nous ? Un homme de bonne naissance, sans doute, un de nos parents, mais dont la richesse n'est établie que sur son mariage avec la noble Khadidja. N'est-ce pas au chef des Quraychites que le dieu aurait dû s'adresser, à des hommes influents, puissants, des hommes écoutés ? Ne suis-je pas le premier de notre peuple ? Il ne se serait ainsi adressé ni à moi, ni même à Abu Maçoud, le sayyid des Thaqif ? Ne sommes-nous pas les deux hommes les plus puissants et les plus influents de tout le Hedjaz ? Les premiers des deux grandes cités de ce pays ?

Au fond de mon cœur je songeais que Walid était d'une grande vanité car il croyait que la richesse et la puissance confèrent la sagesse et la science, alors que non seulement elles sont étrangères les unes aux autres, mais généralement inconciliables. Omar remarqua alors d'une manière que je trouvai judicieuse :

— C'est bien parce qu'il n'est pas un des puissants chefs de la ville que Mohammed peut se dire ainsi inspiré par je ne sais quel dieu. N'est-ce pas un moyen pour s'imposer aux autres ? Par cette prétendue inspiration, ne se hausse-t-il pas, aux yeux du peuple, à la hauteur des plus riches et des plus puissants ?

— Omar, intervint Utba ibn Rabia, nous ne pouvons repousser l'idée qu'un dieu inspire le fils d'Abdallah. Et dans ce cas, nous dresserions contre nous ce dieu. Selon Mohammed lui-même, il s'agirait d'Allah, le père des trois déesses, des Garaniq. Pourquoi pas ? Comment savoir si les voix qui s'adressent aux devins et aux poètes ne sont pas celles de quelque dieu ?

Utba, le fils d'Abd al-Uzza, qui assistait à la réunion, bien qu'il se fût converti aux croyances des chrétiens, intervint à son tour :

— Il n'est que trop vrai que Dieu peut souffler dans

l'esprit des hommes qu'il a choisis. Mais il ne le fait que par l'intermédiaire de ceux que nous, chrétiens, appelons des anges. Ce sont des anges qu'il a toujours envoyés pour s'adresser à ses prophètes, comme il est dit dans nos livres sacrés transmis par les juifs. Il n'est ainsi pas exclu que le Créateur s'adresse à Mohammed par l'intermédiaire d'un de ses anges. On dit qu'il s'agit de celui que nous appelons Gabriel, le même qui est venu annoncer à Miryam la naissance d'Isha.

— Ce Mohammed n'est qu'un ambitieux, un agitateur, s'écria Abu Jahl d'un ton véhément, sans tenir compte de l'intervention d'Utba. Tu as raison, Omar, ce qu'il désire, c'est le pouvoir, c'est devenir notre égal. Ce dieu qui lui parle, je suis persuadé que c'est une invention de son esprit avisé. Par la Kaaba ! Nous-mêmes et ceux de notre clan, tout autant que vous, les fils d'Abd Manaf, n'avons-nous pas honoré les dieux comme il convenait ? Vous avez nourri les pauvres, mais nous aussi. Vous avez porté les fardeaux d'autrui, mais pas plus que nous. Vous avez donné, mais nous avons donné. Nous voici maintenant à la fin de la course comme deux juments dociles, jarret contre jarret. Pourquoi pourriez-vous vous vanter et dire : « L'un des nôtres est un prophète, il reçoit des révélations du ciel ? » Pourquoi serait-il de votre famille plutôt que de la nôtre ? Non, jamais nous ne pourrons croire une chose pareille ! Jamais nous n'accepterons que cet homme soit le porteur d'une quelconque vérité.

— Amr Abu'l-Hakam, intervint Utba ibn Rabia, s'il est vrai que le clan des Makhzum, ton clan, n'est pas inférieur à celui d'Abd Manaf, c'est tout de même celui-ci qui descend en droite ligne de Qoçay, le fondateur de la puissance des Quraychites. Mais peu importe le clan auquel appartient Mohammed, car il est visible qu'il n'attache pas d'importance à la naissance des gens et qu'il recrute ses partisans dans toutes les classes de la société, et même dans toutes les tribus. Pour nous, nous n'avons que peu de choix : ou bien nous nous opposons à lui par la violence, car il est maintenant visible qu'il ne renoncera jamais à ses ambitions, et c'est alors une véritable guerre de clan qui va s'engager car Abu Thalib le soutiendra avec tout le clan, des Hachimites, ou nous nous résignons à composer. Si nous le laissons faire, il parviendra un jour à s'imposer, et il le fera au nom d'un dieu, que ce soit Allah ou toute autre divinité dont il se prétendra l'envoyé. Or, s'il prend le pouvoir au nom d'un dieu, il gouvernera au nom de ce dieu et notre assemblée, au regard du peuple, ne représentera que bien peu de puissance en face de la volonté supérieure d'une divinité. Permettez-moi d'agir tant qu'il en est encore temps. Laissez-moi aller vers lui, et je lui parlerai. Je lui demanderai ce qu'il veut exactement : si c'est de l'argent, nous lui en donnerons. Si c'est une partie de notre pouvoir, nous la lui céderons, car, après tout, il appartient à une vieille et puissante famille. Et même s'il veut être notre roi, à condition qu'il respecte le pouvoir de notre assemblée, pourquoi ne le ferions-nous pas roi ? Tous les peuples du monde ont des rois, nous autres, Arabes, sommes les seuls à n'en pas avoir. Pourquoi les Quraychites ne se donneraient-ils pas un roi ?

À ces mots, Abu Jahl se leva en déclarant :

— Je ne veux pas en entendre plus. Jamais je n'accepterai que notre sénat abandonne ses pouvoirs à un seul homme, serait-il réellement envoyé par une divinité.

— Fils d'Abu'l-Hakam, intervint Abu Sufyan en levant la main, ne te laisse pas emporter par la colère. Que Utba aille vers Mohammed et qu'il sonde ses intentions. Nous verrons bien ce qu'il lui répondra et nous verrons alors ce qu'il y a lieu de faire. Il convient de réfléchir longuement à propos de questions aussi graves. Crois-tu que moi-même je sois aussi disposé à céder mon autorité à cet homme ? Et il en va de même pour Walid, je pense. Mais peut-être vaut-il mieux lui accorder certains avantages que de nous engager dans un combat dont nous ne sortirons pas forcément victorieux. Et dans lequel nous risquons de tout perdre pour n'avoir pas voulu céder un peu.

Bien que je ne me sentisse pas directement concerné par les affaires des Quraychites, j'avais suffisamment de liens avec eux pour désirer savoir comment Mohammed accueillerait les propositions d'Utba. Aussi, sachant qu'Utba avait l'intention de rencontrer Mohammed lorsqu'il viendrait faire ses ablutions et méditer à la Kaaba, je fus l'un des premiers, le matin suivant, à m'y rendre. Je profitai de cette visite pour exécuter les tours rituels de la Kaaba et apporter mes offrandes à Wadd, puis j'allais m'asseoir dans l'ombre chaude d'un des portiques, près de l'endroit où je savais que Mohammed avait l'habitude de venir méditer ou s'entretenir avec ses compagnons. Il vint bientôt, en compagnie d'Uthman et d'Ali ibn Abu Thalib. J'avais déjà eu l'occasion d'apercevoir Uthman et j'avais remarqué qu'il était toujours vêtu avec élégance ; je trouvais une certaine affectation dans sa manière de marcher et de parler. Mais je ne le trouvais pas efféminé comme l'avait si dédaigneusement déclaré l'épouse d'Abu Sufyan. C'était la première fois que je voyais Ali et je fus frappé par la beauté de son visage et la noblesse de son port. Il était encore très jeune, moins d'une quinzaine d'années, et il n'avait guère de poil au menton. C'est à cette époque-là qu'il faisait ses premières apparitions dans le monde, auprès de son cousin.

Ils me saluèrent en passant auprès de moi, et je leur rendis leur salut tandis qu'ils allaient s'asseoir à peu de distance. Ils se mirent à parler entre eux et je tendis l'oreille, espérant saisir quelques nobles paroles tombées des lèvres d'un homme qui se déclarait inspiré par un dieu. Mais il avait associé Uthman à ses affaires, et il ne fut question que de la caravane que son épouse Khadidja avait envoyée vers le pays de Roum et dont il attendait des nouvelles avec impatience. Car la guerre avait repris entre l'empereur de Byzance et le roi des Perses. Ce dernier avait enlevé Damas aux Byzantins, et les Arabes pouvaient craindre pour les caravanes qu'ils envoyaient dans ces régions, chargées d'encens et d'autres précieuses marchandises. Dans un passé récent, à ce que rappelait Mohammed, c'est lui-même qui conduisait les caravanes organisées par sa riche épouse. Mais la mission que son dieu lui avait confiée le retenait maintenant à La Mecque, car il devait sans relâche défendre la cause de son dieu qu'il disait être Allah. Or cet Allah n'avait pour nous, Arabes, aucune personnalité marquée. Il restait vaguement le créateur du monde, le premier des dieux des anciens jours, mais il avait perdu tout pouvoir réel, aussi bien en regard des autres grands dieux qui avaient leurs sanctuaires propres que face aux trois déesses qu'on disait être ses filles et qui étaient unies sous l'appellation de Garaniq, les Grues, al-Lat, al-Uzza et Manat. Selon un kahin à qui j'en avais parlé, lors de ce séjour à

La Mecque, son vrai nom aurait été al-Ilah, « celui à qui est dû un culte », mais il avait remarqué en souriant que c'était précisément le seul de nos dieux à qui on ne rendait aucun culte ! Certains assuraient que cet Allah avait une épouse, Allat, qui n'était autre qu'al-Lat, sa fille. Et moi, je m'étonnais que ce fût ce vieux dieu oublié qui ait ainsi pu se manifester soudainement au fils d'Abdallah.

Bientôt la conversation changea car plusieurs hommes vinrent prendre place auprès de Mohammed. Comme l'avait fait remarquer Abu Sufyan, c'étaient de petites gens, tel ce Khabbab, le forgeron, ou encore Rukanah. On rapportait, à propos de ce dernier, une histoire merveilleuse que j'avais du mal à croire. J'avais eu l'occasion de le rencontrer dans les rues de La Mecque, où il aimait s'exhiber dans des concours de lutte. Il était de grande taille et particulièrement robuste ; aussi remportait-il généralement la victoire et rares se faisaient ceux qui acceptaient de se mesurer à lui. Or, alors qu'il paissait ses moutons lors du printemps précédent, lorsque les pluies font soudainement surgir la végétation des sables du désert, Mohammed vint à lui et, au lieu de lui prêcher son nouveau culte, il le défia à la lutte ; l'enjeu était le tiers du troupeau de Rukanah, contre autant de chameaux appartenant à Mohammed. Rukanah, qui est un homme assez simple, accepta volontiers un combat dans lequel il était certain de vaincre. Or il fut battu par Mohammed, ce qui est possible car, bien que moins massif que Rukanah, le prophète était de belle taille et robuste. Rukanah voulut sa revanche, furieux d'avoir ainsi perdu le tiers de son troupeau. Il proposa un second tiers, et il le perdit. Et encore une fois il provoqua Mohammed contre le dernier tiers qu'il perdit. Alors il se mit à gémir. Il n'osait plus rentrer chez lui dans la crainte de sa femme. Car, comme partout chez nous, ce sont les femmes qui règnent dans nos demeures et l'époux ne peut manquer aux devoirs de sa tâche sans risquer de se voir abandonner par l'épouse, à qui il doit restituer la dot. Mohammed lui parla alors de son dieu et de sa mission, sans cependant chercher à le persuader. Puis il lui dit qu'il ne voulait pas, après l'avoir vaincu, lui prendre son seul bien et ruiner son ménage. Il lui dit de rentrer chez lui, avec son troupeau qu'il lui restitua. Rukanah tomba alors à genoux et s'écria : « Certainement tu es l'envoyé d'Allah et je veux partager ta foi. » Depuis, il est sur ses pas comme un chien fidèle.

Cependant je reconnus parmi ceux qui venaient à lui des hommes d'illustre famille. D'abord Ubayd Allah ibn Suhayl, de la noble lignée d'Umayya, et, en conséquence, proche parent d'Abu Sufyan et d'Uthman. C'est lui qui avait épousé Ramla, la fille d'Abu Sufyan. Il était avec son frère Abdallah ibn Suhayl qui s'était aussi converti à la nouvelle religion. Je reconnus encore Abdallah ibn Saad, le frère de lait d'Uthman, dont Mohammed avait fait son secrétaire. Et aussi Abu Ubayda ibn al-Djarah, du clan quraychite d'al-Harith.

Or tous ces hommes de noble souche n'étaient pas encore arrivés lorsque surgirent sous les portiques de la Kaaba Abu Jahl en compagnie d'Utba ibn Rabia et de quelques personnes de son entourage.

— Voici ton prophète, fils d'Abdu Manaf, dit Abu Jahl à Utba en voyant Mohammed.

— Eh, répliqua Utba, pourquoi ne pourrions-nous avoir un prophète ?

— Quoi, ajouta l'un des compagnons d'Abu Jahl, ce sont là les disciples de ce prophète ? Ce seraient ces hommes de rien qu'Allah aurait choisis pour révéler sa vérité et nous conduire dans la bonne voie ?

Je ne sais si Mohammed et ceux qui l'entouraient ont entendu ces remarques. En tout cas, ils ne parurent pas y prêter la moindre attention, car ils poursuivirent leur conversation comme s'ils n'avaient pas vu les nouveaux venus. Utba vint alors seul parmi eux et, après les avoir salués, il s'assit auprès de Mohammed et l'entreprit aussitôt :

— Eh, neveu ! tu sais que tu es des nôtres. Tu es de noble lignée, tu as une noble et riche épouse et tous tant que nous sommes nous t'estimions. Mais voilà que tu as apporté le trouble dans notre tribu, tu as méprisé nos dieux et tu t'es détourné de nos cultes. Pis encore, tu as déclaré infidèles nos ancêtres, les tiens, fils d'Abdallah, et tu les a voués à un feu éternel dans ce que tu appelles la Hotama. Je viens vers toi en parent, en ami. Je veux te faire des propositions qu'il tiendra à toi d'examiner.

— Parle, je t'écoute, répondit Mohammed.

— Dis-moi, neveu ! Que désires-tu ? Si tu as provoqué

toute cette affaire pour avoir plus de biens, je le comprends. Après tout, tu es notre proche parent et le destin a voulu que tu n'aies pas d'héritage, bien que tu aies fait un heureux mariage. Mais qu'à cela ne tienne. Nous te donnerons plus d'argent encore si ton désir est d'être le plus riche d'entre nous. Si c'est au pouvoir que tu aspires, nous ferons de toi notre chef et rien ne sera décidé dans notre conseil sans ton assentiment. Tu veux devenir notre souverain ? Nous te donnerons la royauté.

Après chaque supposition, Utba faisait une pause, comme s'il attendait une réponse de Mohammed, mais ce dernier se contentait de secouer la tête, en silence.

— Si d'aventure, poursuivit Utba, c'est un djinn qui te harcèle, nous paierons un devin ou un savant pour te guérir. Il arrive souvent qu'un djinn hante un homme, mais avec de la patience on est toujours parvenu à le chasser et à libérer le malheureux ainsi tourmenté.

Mohammed attendit que son interlocuteur se soit finalement tu, à bout d'arguments, puis, après un silence, il déclara en se tournant plus vers ses compagnons que vers Utba :

— Au nom d'Allah, le Clément, le Miséricordieux, que soit béni celui qui tient la Royauté entre ses mains. Il domine toute chose, c'est lui qui a créé la vie et la mort, et il n'y a pas d'autre vrai roi en ce monde. J'en jure par le crépuscule, par la nuit qui enveloppe la terre et par la lune en son plein : vous subirez bien des transformations. Pourquoi ne croient-ils pas ? Pourquoi ne se prosternent-ils pas lorsqu'on récite le Coran ? Ils font tout le contraire, les incrédules. Ils crient à l'imposture, mais Allah connaît la haine secrète qu'ils dissimulent. Annonce-leur le terrible châtiment ; ne seront épargnés que ceux qui auront cru et fait le bien. Ceux-là recevront une récompense qui durera éternellement.

Ayant ainsi parlé, il se détourna. Utba resta un moment silencieux et immobile. Enfin il se leva et s'éloigna, sans ajouter une parole. Il passa auprès d'Abu Jahl qui lui lançait un regard narquois, mais il ne lui parla pas.

Je ne rentrai chez Abu Sufyan qu'à la fin de la journée, car je m'étais ensuite rendu à mon campement. Je l'interrogeai sur la décision qui avait été prise, à la suite de l'inter-

vention d'Utba auprès de Mohammed. Abu Sufyan se gratta la tête d'un air embarrassé, puis il me dit :

— Utba est un homme fin, mais je crains qu'il n'ait pas vu la réalité. Il nous a rapporté son entrevue avec mon cousin puis, aux propos violents d'Abu Lahab, furieux que sa fille et son beau-fils aient suivi l'enseignement de Mohammed, il a opposé ces conseils : Ignorez-le car ses paroles sont persuasives et il risque d'avoir de plus en plus de partisans. Souhaitez que les bédouins d'une autre tribu le mettent à mort, mais vous, laissez-le en paix. Dans ce cas, vous n'aurez rien à vous reprocher et il n'y aura pas de guerre de clans. Et si c'est lui qui l'emporte sur les Arabes, sur vous rejaillira sa gloire et vous pourrez continuer de vous enrichir.

— Il convient d'approuver Utba, ai-je répliqué. Il ne servirait de rien d'user de violence. Ou bien Mohammed est vraiment un prophète d'Allah et dans ce cas il triomphera quoi que vous fassiez, ou bien c'est un imposteur, et alors il échouera. Mais gardez-vous d'user de violence envers lui, car vous ne ferez que lui gagner des partisans.

Peu après, je quittais La Mecque pour rentrer parmi les miens, car mes compagnons commençaient à trouver le temps long dans cette ville brûlante, entourée de déserts, et ils rêvaient de nos oasis aux eaux vives, remplies des ombres des dattiers lourds de leurs fruits succulents.

CHAPITRE 14

LE DÉSIR DE JALILA

Lorsque je fus rentré à Dumat me reprit le désir de Jalila. Ma vie à La Mecque et à Ukaz s'était écoulée comme un torrent lorsque les pluies de printemps remplissent les oueds desséchés. Je m'étais laissé emporter dans ses tourbillons, dans l'ivresse des soirées passées parmi les fityan, dans la passion pour la musique et la poésie, la mienne et

celle des autres, dans les jeux aussi. Ayman et Mirdas m'avaient communiqué le goût des courses de chevaux. Les gens de La Mecque en étaient aussi amateurs et on en organisait souvent dans des terrains aménagés hors des murs de la ville. J'avais acheté à Mirdas et aux fils d'al-Khansa plusieurs chevaux que je m'étais décidé à monter moi-même pour concourir, et il m'était arrivé de gagner quelques courses. J'avais aussi pris goût à un jeu que chérissaient les jeunes gens de la ville, le kurrak. Il s'agissait de lancer avec les pieds une grosse balle qu'on devait amener ainsi derrière la ligne de joueurs adverses. Il y avait des terrains aménagés pour ce jeu dans chaque quartier de La Mecque car non seulement nombreux étaient les jeunes gens qui y jouaient, mais plus nombreux encore étaient ceux qui venaient regarder les joutes et pariaient sur le camp de leur choix.

Nous n'avions rien de tout cela à Dumat al-Jandal. Sans ces plaisirs, loin des amitiés que j'avais nouées à La Mecque, loin aussi d'al-Acha, je trouvais bien terne et monotone la vie dans notre grande oasis. Et la présence de Fayruz me paraissait de plus en plus oppressante, car je ne pouvais la tenir éloignée comme je l'avais fait à La Mecque. Je ne t'avais pourtant pas oubliée, Jalila, mais ainsi va la vie et les lunes passent avec une si grave lenteur et pourtant si rapidement !

Un jour que je revenais d'une longue chevauchée dans l'oasis, jusqu'aux sables du désert, mon père me fit appeler. Il s'était décidément installé dans notre demeure qu'il avait fait embellir par des portiques selon la mode des gens de Roum, tandis que je continuais à préférer vivre dans notre campement, à l'ombre des grands palmiers. Je me rendis auprès de mon père d'une seule traite et, dès que je l'eus salué avec tout le respect d'un fils aimant et fidèle, il me déclara d'un ton ferme, venant droit au but :

— Chafiq, mon fils, je viens d'avoir un long entretien avec ta mère, la noble fille d'Hudhaifa. Elle m'a exhorté à te parler sans plus différer. Il est temps que tu songes à te marier. Durant ta longue absence notre tribu a noué d'intéressantes relations avec les tribus du Sud, avec les Tamim. Tu le sais, mon fils, ils tiennent tous les territoires qui nous séparent du golfe Arabique, de l'Oman et du Dhofar. Leur

alliance nous est très précieuse. Grâce à un poète que tu connais bien, Labid ibn Rabia, je suis entré en relation avec le sayyid des Banu Amir. Sa réputation de guerrier a dépassé les déserts et il est respecté de tous les Arabes. Tu as certainement entendu parler de celui qu'on n'appelle plus qu'Asad al-Tamim*. Il est désormais notre allié et pour sceller ce pacte, tu épouseras sa fille.

Seul le respect que je devais à mon père m'empêcha de l'interrompre et de lui crier que jamais je n'épouserais une autre femme que toi, Jalila. Mais mon père ne me regardait qu'à peine, entièrement occupé de son discours. Ou peut-être ne voulait-il pas affronter mon regard, dans la crainte que ce mariage imposé ne fût pas à ma convenance. Il voulait ostensiblement ignorer mes réactions à l'annonce de cette décision. Et il parla encore ainsi :

— C'est un très beau mariage que nous t'avons organisé, mais il nous coûte cher en chameaux et autres biens. Il te sera sans doute agréable d'apprendre que tu iras auprès de ta fiancée avec tous les présents qui lui sont destinés, et tu séjourneras dans sa tribu pour être notre représentant là-bas. Ainsi pourras-tu retrouver tes anciens amis, Labid et aussi Maymun ibn Qays. Je sais qu'il est retourné parmi les siens, mais il va souvent rendre visite à Labid. Je n'ai pas vu ta fiancée, mais on la dit aimable, soumise, enfin elle a tout ce qu'il convient pour satisfaire un homme.

Mon père parlait encore sans que je l'écoute, car je rejetais l'idée d'une union avec une autre que toi, Jalila. Lorsque je compris qu'il s'était tu, attendant ma réponse, je commençai par tenter de biaiser :

— Mon père, lui dis-je, loin de moi de vouloir critiquer tes alliances, mais ne sais-tu pas que les Banu Amir sont de véritables brigands, des nomades sans ville qui pillent les voyageurs, rançonnent les caravanes ? Est-ce digne des Banu Abdallah de s'unir à des gens de si mauvaise réputation ?

— Il est vrai, reconnut mon père, que les Banu Amir sont des guerriers craints des tribus du voisinage. Mais justement, il est utile de les avoir pour alliés et, je te l'ai dit,

* C'est là un surnom qui signifie « le Lion des Tamim ».

ils tiennent toutes les pistes du Centre de l'Arabie, ils nomadisent jusqu'aux rives du Golfe, d'où ils transportent des denrées précieuses vers les villes de l'intérieur. Ce sont de bons alliés car ils sont fidèles aux traités. Et nous devons profiter de leurs bonnes dispositions à notre égard pour sceller un véritable pacte de sang.

Ne sachant plus que répondre à de tels arguments, je ne pus plus longtemps cacher mon dépit.

— Pardonne-moi, mon père, déclarai-je, mais je ne peux épouser la fille d'Asad al-Tamim.

— Et pourquoi ne le pourrais-tu ? s'enquit mon père, sans cependant se mettre en colère.

Je me décidai alors à lui livrer mon secret, tout en regrettant d'avoir tant temporisé pour le faire, car je pensais que cet aveu m'aurait évité de me trouver devant un mariage imposé.

— Jalila et moi, nous nous aimons, depuis longtemps, depuis toujours, et nous avons juré de nous marier. Je n'épouserai qu'elle, jamais je ne trahirai un serment.

Je m'attendais à ce que mon père éclatât de colère, mais il me dit avec le plus grand calme :

— Chafiq, je savais que tu étais amoureux de ta cousine, depuis longtemps. Avant même que tu ne partes pour Hira. À vrai dire, je m'en doutais seulement, car tout le monde avait bien vu que vous étiez toujours ensemble, que tu préférais sa compagnie à celle des autres garçons de ton âge. J'en ai ensuite eu confirmation par ta mère. Elle l'a su par sa sœur. Car son père a voulu marier Jalila à un homme de sa tribu, et elle a refusé, et finalement elle a fait connaître à sa mère ce même serment que tu m'avoues maintenant. C'est depuis ce temps qu'elle s'est réfugiée auprès d'Umm Qirfah et de sa fille Umm Zamil et qu'elle mène une vie qui n'est pas celle d'une jeune fille, mais plutôt d'un garçon. Crois bien, mon cher enfant, que si ce mariage avait été possible, il y a longtemps que ta mère et moi serions intervenus pour qu'il se réalise, bien que les liens entre notre tribu et celle d'Abd al-Uzza soient déjà fortement noués. Mais ignorerais-tu que tu ne peux épouser Jalila, car elle est ta sœur de lait ? Contre cela, nul ne peut rien, c'est la loi de notre nation depuis qu'elle existe, personne ne peut la transgresser, serait-il roi ou fils de roi. Je croyais que tu le savais, j'espérais que tu avais oublié ta cousine durant ces années passées loin d'elle, à Hira et à La Mecque.

Il n'est que trop vrai que, s'il arrivait souvent que nous épousions nos cousines, nos sœurs de lait étaient chez nous considérées comme de vraies sœurs de sang. Mais j'avais éloigné de moi cette menace qui planait sur nos amours. À moins qu'au fond de moi-même, c'est la crainte de cette révélation, la peur de cette interdiction qui m'avait ainsi tenu éloigné de toi, Jalila. Car, dans cet oubli d'une loi que je trouvais inique, je conservais l'espoir qu'un jour tu serais mienne, et je vivais dans ce futur que je repoussais toujours à plus tard.

— Non, mon père, je ne l'ai pas oubliée, je n'ai pu l'oublier, malgré tout, malgré la vie que j'ai menée durant ces années, sage et studieuse à Hira, joyeuse et libre à La Mecque, ville de tous les plaisirs, malgré aussi l'amour de Fayruz dans lequel j'espérais trouver cet oubli. Mais Jalila m'est trop chère, son souvenir ne peut me quitter.

— Tu l'oublieras, dans l'amour de ton épouse.

Je ne répondis pas, car je ne pouvais imaginer qu'une autre femme fît que je t'oublie, ma Jalila. Et cette épouse qu'on voulait me donner, elle me semblait si lointaine, si insignifiante, que je ne posais aucune question à son sujet, je ne m'enquis même pas de son nom. Car elle importait peu à mes yeux, pas plus, d'ailleurs, qu'à ceux de mon père : seul comptait son propre père, ce Lion des Tamim dont l'alliance était pour notre clan, et surtout notre famille, un moyen d'augmenter ses richesses et sa puissance.

Lorsque je quittai mon père, j'enfourchai mon cheval et je me rendis d'une seule traite à notre campement. Lorsque j'y parvins, ma décision était prise. Je remis ma monture aux soins d'Azzam, en lui recommandant de la faire marcher un moment avant de la bouchonner et de lui donner à boire. Par ce moyen je l'éloignais de ma tente car il aurait pu s'étonner que, rentrant d'une longue course, je selle ma chamelle blanche pour repartir dans le désert. Fayruz était absente et je m'en réjouis car j'aurais eu du mal à l'éloigner. Je chargeai un chameau de bât d'outres d'eau, de fourrage et de graines de khimkhim dont ces animaux sont si friands, d'un abri en tissu léger, de sacs de nourriture, dattes et viande séchée, de ma cotte de mailles, de mon casque et de mon bouclier rond, de flèches dans leurs carquois et de lances de rechange, puis je sellai ma chamelle, une bête robuste et rapide à la rotule ferme. Je jetai sur ma poitrine un baudrier auquel était attaché mon beau sabre d'acier trempé de Macharif que m'avait offert Abu Sufyan lors de mon départ de La Mecque, j'attachai sur mes reins mon arc de selle et, ainsi équipé, je quittai de notre campement sans avoir été vu.

Avant de m'éloigner du dernier puits de l'oasis, j'y fis boire abondamment mes chameaux afin qu'ils fussent capables de courir pendant des jours et des jours et je nouai le long de leurs pattes d'épaisses courroies pour protéger la plante de leurs pieds, car on m'avait assuré que le sol du désert était semé de pierres dures et effilées comme des lames d'acier. Je commençais à bien connaître la route de Tayma et je savais que les points d'eau y étaient en nombre suffisant, mais j'avais pris la décision de couper court à travers le Nefoud, par le chemin le plus direct. Ainsi je m'éloignais sans regrets des frais jardins de Doumat et de ses sources claires pour m'engager dans ce désert de feu et de vent. J'avais toujours entendu dire par les bédouins qui venaient à Doumat depuis l'oasis de Haïl, au sud du Nefoud, que c'était l'un des déserts les plus inhospitaliers de l'Arabie, que sa traversée était rendue très pénible par les collines de sable qui le sillonnaient, appelées *fouldj*, car elles obligeaient sans cesse à monter et redescendre ou à faire d'incessants détours ; on n'y trouvait non plus aucun puits et les seules et rares plantes qui y poussaient, le *noçy* et l'arbuste *ghada*, ne pouvaient même pas servir à nourrir les chameaux.

Audacieux mais inquiet au fond de moi, je marchai tout le reste du jour et la nuit ne m'arrêta pas, car j'étais sûr que dès qu'on s'apercevrait de ma disparition mon père enverrait des hommes à cheval pour me chercher et me ramener auprès de lui. J'étais tout aussi certain qu'ils prendraient la piste de Tayma car mon père se douterait bien que c'était vers toi, Jalila, que je m'étais aussi follement élancé. Aussi devais-je prendre une grande avance pour parvenir bien avant mes poursuivants à Tayma, où je pensais obtenir des renseignements sur le lieu où tu te trouverais. J'ignorais quelle pourrait être la réception que tu me réserverais, je ne savais même pas si je parviendrais à te rencontrer, puisque j'avais appris par Ayman que tu avais adopté la vie nomade des Fazarah, mais j'étais entraîné par un élan dont je n'étais pas le maître.

Je ne me déplaçais que la nuit, à la lueur des étoiles, qui me servaient aussi de guides pour ne pas perdre la direction de Tayma. Nous étions au milieu du mois de Rabi al-Ahir mais la chaleur était encore écrasante lorsque le soleil était haut dans le ciel. Ainsi, dès que le soleil commençait à flamber dans le ciel laiteux, je dressais mon abri et prenais du repos jusqu'à la venue du soir. J'étais dans une telle solitude, parmi ces dunes et ces collines de sable et de terre rougeâtre, que je dormais l'esprit en repos, assuré de ne pas être surpris dans mon sommeil par un groupe de pillards bédouins. Les nuits étaient déjà fraîches et je ne buvais qu'au matin, avant que le soleil n'ait chauffé l'eau dans les outres.

Néanmoins, je dus convenir que ce désert était loin d'être aussi inhospitalier que le déclaraient les bédouins qui, de cette manière, devaient vouloir tenir éloignées les autres tribus du voisinage, et qu'on leur abandonnât ainsi le monopole des transports par cette voie directe. Par la suite, j'ai appris qu'en hiver, lors des pluies, le désert se couvre d'une dense végétation, en particulier de plantes remplies de suc, grâce à quoi les chameaux et les chèvres y trouvent pour de longs jours une nourriture substantielle sans qu'ils aient besoin d'eau.

En quatre jours je parvins au puits d'Assafiyah et, le lendemain, j'étais à Tayma.

C'était l'époque où les tribus des régions voisines venaient vendre leur bétail. L'oasis et le désert environnant étaient ainsi occupés par les tentes des nomades. J'errais parmi les tentes à la recherche de celles d'Abd al-Uzza, je m'enquérais auprès des bédouins du lieu où se trouvaient les Dhubyan, mais nul ne pouvait me renseigner. Je décidai, néanmoins, de rester pendant un jour ou deux avant de reprendre la route, vers le sud, vers Khaybar et les territoires des Ghatafan. Pendant tous ces jours passés dans le désert, je n'avais pensé qu'à toi, Jalila, à toi et à ce que je ferais lorsque je t'aurais retrouvée. Mais je ne savais encore quelle attitude j'adopterais. J'avais tout d'abord songé à t'enlever, à t'emmener au loin et à faire de toi mon épouse au mépris de nos lois et de nos familles. Mais comment alors aurions-nous pu vivre ? J'espérais que mes amis de La Mecque nous accueilleraient, mais je n'en étais pas sûr car je connaissais leur respect pour nos lois et nos coutumes. Nous aurions pu, tout aussi bien, nous réfugier auprès d'al-Acha, car j'étais certain qu'il nous approuverait, mais comment passer toute une vie ainsi, victimes du mépris de nos propres clans ? Ainsi étais-je partagé entre mes sentiments et ces impératifs d'une société à laquelle je pouvais difficilement me soustraire. Je débordais de colère contre une coutume absurde, qui n'avait même pas la religion pour la justifier, au point que j'envisageais de me faire chrétien. Mais je songeais qu'une telle conversion n'aurait rien changé à l'affaire et je me retrouvais devant ma propre impuissance.

J'errais désespérément dans les villages de l'oasis, mais ici tout m'était soudainement devenu étranger. Les vergers clos de murs en terre, défendus par leurs tours carrées, d'où fusaient les chants des oiseaux, les appels des jardiniers, les cris des enfants, les aboiements des chiens dans le lointain, le bruissement des palmes, toutes ces rumeurs, toutes ces odeurs qui avaient enchanté mon enfance, avaient perdu pour moi tout charme. Des gens que j'avais connus, je n'en reconnaissais aucun. J'éprouvais si vivement le mal de ton absence, ma Jalila, que toute beauté me semblait avoir disparu de ce monde, car ta présence illuminait la terre, ton visage était comme le soleil rayonnant, ta chevelure comme la nuit qui s'étend sur la terre, mais sans toi, il n'y avait plus ni jour ni nuit, ni soleil ni étoiles. Je ne reconnus qu'un lieu qui m'était cher entre tous, cet arbre sur le tronc duquel nous nous asseyions côte à côte, ce lieu chéri où nous avions scellé notre pacte et échangé nos sangs. Et je pleurai.

Je dus me persuader qu'aucun membre de la tribu des Dhubyan n'était venu dans l'oasis ; je me décidai donc à prendre la route du sud, vers les pâturages des Fazarah. Car je supposais, à la suite de ce que m'avait appris Ayman à Ukaz, que tu te trouvais parmi eux, auprès d'Umm Qirfah et de sa famille. J'avais chargé sur mon chameau de bât mon maigre bagage, lequel avait l'avantage de ne pas attirer la convoitise des pillards, et je marchais à côté de ma chamelle vers le sud de l'oasis, lorsque je vis une foule assemblée aux alentours d'une longue piste. Un homme que j'interrogeai m'apprit qu'il allait y avoir une course de chevaux. Je décidai de rester. Je liai mes bêtes à un palmier, les commis à la garde d'un jeune garçon assis sur le seuil d'une maison voisine, puis je me mêlai à la foule des spectateurs.

Je m'arrêtai au bord de la piste, où je ne pus voir que le nuage de poussière soulevé par le passage des chevaux. Mais j'entendis auprès de moi des hommes qui prenaient des paris ; et ils misaient sur un cheval dont le nom m'intrigua, car c'était celui de l'un des chevaux avec lesquels avait couru Ayman à Ukaz. Je leur demandai par qui il était monté, et ils me confirmèrent que c'était celui d'Ayman ibn Abd al-Uzza. Lorsque repassèrent les chevaux, je le reconnus, largement en tête. Et je me réjouis autant de le rencontrer ici que de sa victoire. Je vins vers lui, jouant des coudes pour me frayer un chemin jusqu'à lui car il était pressé par ses admirateurs. En me reconnaissant, il vint m'accoler et je le félicitai.

— Chafiq, mon frère ! s'exclama-t-il, quelle joie est la mienne en te retrouvant ici ! Nul ne m'a avisé de ta venue. Es-tu avec ta tribu ? Où as-tu monté ton campement ?

Je lui appris que j'étais venu seul car je désirais le revoir, lui et sa famille. Et je m'étonnai de mon côté de ne pas avoir trouvé son campement.

— Je suis venu seul, moi aussi, me fit-il savoir. Je loge au château d'Ablaq. J'y ai été invité par son seigneur, le petit-fils de Sammawal ibn Adiya. Il aime aussi les chevaux et les courses. J'ai couru pour lui et, grâce à al-Uzza, j'ai encore gagné.

Ayman confia son cheval à son esclave et il m'entraîna vers la tente qu'il avait fait monter par ses serviteurs auprès de la piste. Une belle tente en cuir, au sol couvert de tapis de soie. Il m'apprit qu'il avait remporté avec ses chevaux un grand nombre de courses, et qu'il s'était enrichi de cette manière. Cette tente, avec tout ce qu'elle contenait, il l'avait gagnée sur un concurrent qui l'avait défié. Je le félicitais puis, comme il m'invitait à l'accompagner au château d'Ablaq pour y demeurer quelques jours, je ne cherchai plus à lui dissimuler la raison de ma venue à Tayma.

— Ayman, lui avouai-je, je n'ai pas l'intention de rester ici, malgré tout le plaisir que j'ai à me trouver en ta compagnie. Tu es un frère pour moi, et je peux te parler en toute liberté. Je ne sais si on te l'a dit, sinon, apprends que je suis amoureux de notre sœur, de Jalila. J'ai quitté mon père, ma maison, pour courir auprès d'elle, car je veux en faire mon épouse. Ceci, malgré nos lois, malgré mon père qui me destine à la fille d'un puissant sayyid des Tamim.

— Comment se fait-il, Chafiq, s'étonna Ayman, que tu ne me révèles cet amour que maintenant ? N'étais-je pas ton frère, ton ami ? Par la Kaaba et le puits de Zemzem ! Ni toi ni Jalila n'avez ouvert la bouche devant moi !

— Pardonne-moi, fils de l'oncle, mais nous nous étions mutuellement jurés, Jalila et moi, de ne révéler le secret de notre amour que le jour où nous pourrions nous épouser, après mon retour de Hira. Puis le temps s'est écoulé… et me voilà maintenant sur la route du désespoir et de l'amertume. Mon père, mis au courant de nos amours par ta mère, ma tante, m'a rappelé que nous ne pouvions nous marier, car elle est ma sœur de lait.

Ayman hocha tristement la tête.

— Maintenant, soupira-t-il, je comprends pourquoi Jalila refusait toutes les offres de mariage, même les plus flatteuses. Je comprends aussi pourquoi mon père s'est finalement mis en colère, et encore pourquoi, afin de ne plus avoir à refuser les partis proposés, elle s'est réfugiée auprès des Fazarah. Mais pourquoi as-tu tant attendu pour venir lui parler ? Il y a maintenant déjà plus de quatorze lunes que tu es rentré de Hira. Et, depuis ce temps, jamais tu n'as songé à venir auprès d'elle. Et pourtant tu es passé bien près de nos territoires lorsque tu es venu à La Mecque et à Ukaz.

Je baissai la tête et poussai un grand soupir sans répondre, car je connaissais trop bien mes torts. Après un silence, Ayman reprit :

— Chafiq, il est maintenant trop tard. Jalila a épousé Uyainah ibn Hisn, notre cousin. Je t'avais dit, lors de notre rencontre à Ukaz, qu'il courait après elle comme le lion après la gazelle. Elle a finalement cédé, il y a de cela quelques jours à peine. Je suis parti pour Tayma le lendemain de leur mariage. Mais j'avais le sentiment qu'elle ne ressentait rien pour lui, qu'elle avait accepté de l'épouser par lassitude, ou même par dépit. Je comprends maintenant : elle a dû se rendre compte que tu l'avais abandonnée, qu'elle ne pouvait plus rien espérer de ton côté. Chafiq, mon amitié pour toi est aussi profonde que le puits de Matloub, chez les Banu Kilab ! Pourquoi ne m'as-tu pas mis dans le secret ? Pourquoi ne m'as-tu encore rien dit à Ukaz, quand je t'ai donné des nouvelles de Jalila ? Tu es mon frère, et j'aurais aimé que tu sois aussi mon beau-frère. Car peu importe à mes yeux cette coutume qui interdit d'épouser sa sœur de lait. J'aurais su parler à mon père, j'aurais su le persuader de te donner Jalila. Maintenant il est trop tard, car elle est la femme de notre cousin, et tu peux être persuadé que pour rien au monde il ne la cédera, jamais il n'acceptera de la répudier pour qu'un autre l'épouse.

De ceci, je n'étais que trop persuadé, mais je n'étais pas près de capituler pour autant.

— Sais-tu, demandai-je, où elle se trouve en ce moment ?

— Je l'ignore précisément. Je sais que Hisn ibn Hudhaifa, le père d'Uyainah, avait l'intention de se rendre avec son clan chez les Sulaym, précisément auprès de Mirdas ibn Abi Amir et de son épouse Tumadir bint Amr, afin de chercher à éviter une guerre entre Ghatafan et Sulaym, en leur offrant le prix du sang.

C'est à cette occasion que mon cousin m'apprit comment le frère d'al-Khansa, Muawiya ibn Amr, avait été tué lors de son raid chez les Murrites, alors qu'il espérait enlever l'esclave de Hachim ibn Harmala. Les Murrites appartiennent à la tribu des Ghatafan, avec les Fazarah, les Muharib, les Achjah, les Thalabah et les Dhubyan. Hisn, dont le clan n'était pas réellement impliqué dans cette affaire, espérait ainsi réussir à apaiser la colère des Sulaym, ou, en tout cas, éviter à son clan de devoir entrer en guerre contre celui de Mirdas, les Banu al-Charid. Il avait été question que vienne avec lui Umm Qirfah, à cause du prestige dont elle jouissait auprès de toutes les tribus du Hedjaz et même plus loin encore. Umm Zamil, sa fille, ne pouvait que l'accompagner, et aussi bien Uyainah et Jalila.

Ayman aurait voulu que je reste au moins un jour en sa compagnie, car il souhaitait me conduire au château d'Ablaq. Mais moi j'étais trop impatient de te retrouver, Jalila, de te revoir, de te parler, de te faire savoir que je t'aimais toujours, que je ne t'avais pas oubliée. Mais aussi, je craignais de voir surgir à tout moment la troupe de mon père chargée de me ramener auprès de lui. Je priai Ayman, dans le cas où les gens de ma tribu lui demanderaient s'il m'avait rencontré, de ne rien leur dire, de les éviter pour ne pas avoir à leur mentir. Et je me remis en route, avant la fin de l'après-midi.

Je suivis la vieille piste des caravanes de l'encens qui, de l'empire de Roum, conduisait au Yémen par Tayma et La Mecque. Les puits et les villages y sont nombreux, mais j'évitais de me montrer trop ostensiblement, redoutant toujours les hommes envoyés à ma recherche par mon père. Ce n'est que plus tard que je sus vaines mes craintes. En réalité, en apprenant mon départ, mon père avait bien compris que j'avais voulu retrouver Jalila. Mais il savait qu'elle allait décidément épouser Uyainah, que le mariage se réalisait au moment même où je m'élançais à sa rencontre : ainsi préférait-il que je la revoie et que je rentre ensuite parmi les miens de mon plein gré, après avoir été persuadé que celle que j'aimais ne pourrait jamais plus être à moi.

Le clan d'Abd al-Uzza était établi dans le voisinage de Khaybar, ainsi que je l'appris lorsque je fus parvenu dans cette antique cité. Je ne cherchais pas à retrouver la famille de Jalila, car je craignais qu'Abd al-Uzza ne s'interposât et ne me fît saisir et reconduire à Dumat. Néanmoins, j'allai à la recherche de quelque garçon des Dhubyan de ma connaissance qui pouvait me renseigner sur la route prise par Hisn ibn Hudhaifa et les siens. Je ne tardais pas à rencontrer un de mes compagnons d'enfance, qui me mit sur la bonne piste. Hisn et les siens s'étaient engagés dans le Najd, vers les monts d'al-Aswad, pour retrouver le campement des Banu al-Charid. Ainsi je m'engageai dans le territoire des Abs, maîtres de ces régions qui séparent Ghatafan de Sulaym.

Je ne pénétrai pas sans quelque appréhension dans le territoire des Abs. Craintes plutôt pour la petite troupe de Hisn ibn Hudhaifa et, en conséquence, pour Jalila, que pour moi-même. Car les Abs étaient tout autant que les Sulaym les ennemis des Ghatafan. Les Abs, ayant à leur tête Antara, avaient vaincu les Fazarah dans un passé récent, lors de la bataille d'al-Mourayqib. Aux côtés des Fazarah combattaient les Dhubyan et Antara avait tué de sa main, en combat singulier, Damdam, sayyid du clan des Banu Mourra. Bien que ces tribus ne se soient plus affrontées depuis ce temps, elles n'en étaient pas pour autant réconciliées. Et, pour moi, je ne devais pas oublier que j'appartenais par ma mère aux Ghatafan.

CHAPITRE 15

LE DÉCHIREMENT

Je pénétrais dans la vallée d'al-Jiwa lorsque je vis venir à moi quelques cavaliers. De loin je vis briller dans le soleil leurs casques et leurs cottes de mailles. Je ne cherchai pas à revêtir ma propre cotte et à coiffer mon casque. Je me disais que, s'ils avaient des intentions agressives, même avec mes armes je ne pourrais leur résister longtemps ; et si je m'armais, je montrais par une semblable précaution que je me méfiais d'eux, ce qui pouvait provoquer leur colère. Aussi, je continuais d'avancer d'un pas tranquille, me laissant balancer au rythme lent de ma chamelle. Au lieu de dégainer mon sabre, je m'emparai de mon luth et je me mis à chanter des poèmes que j'avais consacrés à la gloire de la beauté de Jalila et à l'amour qui brûlait dans mon cœur. Je laissais ainsi les cavaliers m'approcher et m'entourer. Alors je cessai mon chant et je les saluai. Celui qui semblait être leur chef me rendit mon salut puis il me demanda mon nom et ma tribu :

— Car, ajouta-t-il, comment se fait-il que tu erres seul, sans nul compagnon ? Comment oses-tu te hasarder dans les terres des Abs ? Dis-nous franchement : appartiens-tu à la tribu des Tayy, ces brigands qui ne connaissent que le pillage ?

— Mon nom est Chafiq ibn Majid, et j'appartiens à la

tribu des Kalb, lui répondis-je. Tu peux voir que je ne viens pas chez vous avec des intentions malveillantes et plus que mon sabre, mes poèmes me sont une raison de vaincre. Si tu es un chef des Abs, sache alors que je porte la plus grande admiration à Antara ibn Shaddad, car ses poèmes m'ont été des modèles. Et je te serais reconnaissant de me conduire auprès de lui, afin que je le salue et lui fasse part de mon respect.

— Je te reconnais, intervint alors un compagnon de mon interlocuteur. Tu étais à Ukaz lors de la dernière foire et tu as participé aux concours de poésie. Nous avons trouvé tes chants très beaux, et Antara lui-même a loué tes mérites. Mais tu arrives trop tard. Tu ne pourras que venir avec nous pleurer la mort d'un héros. Antara est mort, tué lors d'un combat contre les Tayy. Ils descendaient du Najd, des djebels Salma et Aja où ils ont leurs repaires, afin de piller nos troupeaux. Antara les retint, seul à la sortie d'un défilé. Il a combattu ainsi avec autant de vigueur que dans sa jeunesse, alors qu'il avait plus de quatre-vingt-dix ans. Et il contint nos ennemis jusqu'à l'arrivée des nôtres. Mais une flèche perfide l'avait atteint, une de ces flèches si fines qu'elles pénètrent dans les mailles des cottes et s'enfoncent comme des épines jusqu'au cœur*. Ainsi a péri en combattant, droit sur son cheval, le héros de notre nation, Antara fils de Shaddad, l'époux d'Abla.

Je passai la nuit dans le campement des Abs. Bien que le héros fût mort depuis plusieurs jours et que son corps eût été déposé dans le sable, dans l'ombre de quelques palmiers, les femmes ont continué leurs lamentations, toute la nuit durant. Et moi-même j'ai improvisé un poème à sa gloire, non pas un marthiya, mais au contraire un madih, par lequel je voulais exalter sa gloire et rappeler qu'il restait vivant dans le cœur de tous les hommes bien nés et que sa renommée traverserait les siècles**. Les Abs n'ayant plus

* Ces flèches particulières aux pointes en acier, très fines et acérées, étaient appelées *sira* (singulier *sirwa).*

** Le *marthiya* est une élégie funèbre, une sorte de thrène où la lamentation alterne avec les cris de vengeance, telle que l'ont illustrée en particulier al-Khansa et Labid. Le *madih* est un panégyrique. En fait, la gloire d'Antara a bien traversé les siècles. Plusieurs gestes épiques lui furent par la suite consacrées, à la confluence desquelles est parmi eux de poète, car l'autre grand poète qui avait illustré leur tribu, Urwa ibn al-Ward, était lui aussi mort depuis peu de temps, ils me félicitèrent pour mes chants ; ils avaient dû jusqu'alors se contenter de faire entonner par un rawi quelques-unes des élégies d'Antara.

Après le banquet qui fut donné le soir en mon honneur, après que j'eus chanté mes improvisations, le sayyid m'interrogea sur les raisons de ma présence en ces lieux. Je lui avouais que j'étais à la recherche de l'expédition de Hisn ibn Hudhaifa, et je ne cachais pas qu'il y avait parmi eux la femme que j'aimais, celle pour l'amour de qui j'étais disposé à donner ma vie. Mais je ne me laissais pas aller à la nommer. Le sayyid fit l'éloge de ma discrétion et de mon courage, puis il me dit :

— Les Fazarah sont passés par ici, il y a deux jours. Nous ne sommes pas en guerre contre eux. Ils nous ont fait des dons et ils ont partagé nos lamentations sur la mort d'Antara. Ils allaient chez les Banu Sulaym, afin d'apaiser la colère de la famille de Muawiya ibn Amr. Mais ils ne réussiront pas à les calmer car je sais qu'al-Khansa est remplie de haine, par amour pour son frère. Elle chante des thrènes vengeurs et exhorte sa tribu à s'engager dans une guerre sans merci contre les Murrites. Et pourtant, c'est bien Muawiya qui est en tort. N'a-t-il pas cherché à enlever l'esclave de Hachim ibn Harmala ? N'est-il pas venu la nuit jusqu'à leurs tentes, avec une troupe de compagnons, pour attaquer à l'aube des gens qui ne leur avaient rien fait ? Il ne faut pas que le verbe d'al-Khansa puisse l'emporter sur la sagesse, il ne faut pas que les Banu al-Charid se laissent entraîner à la guerre par la faute d'une femme trop folle de son frère.

— Le propre de la passion est de ne pouvoir se contrôler, ai-je soupiré. Je sais que Tumadir aime ses frères plus qu'il n'est convenable, mais ce n'est pas une femme ordinaire et, sans doute, un dieu ou un djinn l'habite, qui lui inspire des poèmes si beaux, si forts, si lyriques. Néan-

né, au xe siècle, le texte qu'on est convenu d'intituler le *Roman d'Antar*. L'un de ses grands poèmes (qasida), consacré à sa passion pour Abla, a été, entre autres, conservé parmi les sept Moallaqat.

moins, je formule le souhait que Hisn parvienne à persuader son clan d'accepter le prix du sang.

Je repris ma route le lendemain, peu après que l'aube eut blanchi l'horizon oriental. Bien que ton image, Jalila, ne me quittât pas, j'emportais le regret d'être venu parmi les Abs trop tard pour pouvoir m'entretenir avec Antara, ne serait-ce qu'une seule soirée. D'un autre côté, je me réjouissais que mon si court séjour dans la tribu d'Antara ait tissé entre les Abs et moi-même des liens d'amitié et d'admiration. Car ce n'était pas sans mal que j'avais pu repartir dès le jour suivant : chacun voulait me voir, m'entendre ; tous désiraient que je séjourne longtemps parmi eux pour chanter la gloire de leur héroïque poète. Cependant, Antara lui-même avait trop pleuré et chanté son amour pour Abla pour qu'ils ne puissent comprendre que moi-même, étant emporté dans les tourbillons de la passion pour une femme des Ghatafan, je m'élançasse sans plus différer sur les traces de ses pas.

Je ne progressais plus que le regard fixé sur l'horizon, dans l'espoir d'apercevoir la caravane des Ghatafan. Je me posais alors la question de savoir quelle serait l'attitude que je devrais adopter. Car, sans doute, on s'étonnerait de me rencontrer si loin de ma tribu. Et je ne pouvais, sans mettre Jalila et moi-même dans une situation périlleuse, sinon fatale à notre amour et à nous-mêmes maintenant qu'elle s'était donnée un époux, avouer le vrai motif de ma venue sur le territoire des Banu Sulaym. Je me rappelai alors que Mirdas, le mari d'al-Khansa, m'avait exhorté à venir lui rendre visite dans leurs pâturages d'hiver. Un dieu bienveillant ne me procurait-il pas là une bonne raison de me retrouver chez les Sulaym au moment même où y séjournait la famille d'Hisn ibn Hudhaifa ?

Avant le coucher du soleil, je retrouvai des traces de foyers à proximité de quelques palmiers et d'épineux. Je ne doutais pas que c'étaient là les restes du campement de la troupe d'Hisn. J'aurais pu poursuivre encore mon chemin, jusqu'à la tombée du jour, mais je voulus chercher en ce lieu la place où tu avais dormi, une ou deux nuits auparavant, ma Jalila. Je déchargeais les chameaux et, après avoir dressé mon abri, j'errais aux alentours des cendres des foyers. Mon imagination situait en tel endroit puis en tel autre la place rendue chère par la présence de ton corps. Je me résignai enfin à m'asseoir dans la poussière et je me mis à pleurer en évoquant les jours anciens, les jours heureux de notre enfance et de notre adolescence, alors que naissait l'amour en nos cœurs et que l'espérance nourrissait nos sentiments réciproques. Le désespoir alternait en moi avec la colère et la détermination. Je ne pouvais admettre que tu appartiennes à quelqu'un d'autre que moi, et surtout pas à cet Uyainah envers qui je me sentais rempli de haine. Emporté alors dans cet élan de révolte, je me voyais t'enlever, t'emmener loin de cet époux que tu ne pouvais avoir accepté que par lassitude ou dépit. Car ne valait-il pas mieux une vie errante, loin des lois des clans, dans la plénitude de l'amour, qu'une existence dans l'opulence et le désespoir ?

Je repris la route avant l'aube, l'esprit rempli de chimères, résolu à mettre à exécution mon projet d'enlèvement, sans me soucier de ses conséquences.

Je retrouvai le campement des Banu al-Charid vers le mont Aram, aux eaux de Warid. La première personne que j'y rencontrai fut Mirdas. Il faisait courir ses chevaux avec l'aide de quelques jeunes gens de sa tribu et de son fils al-Abbas. En me reconnaissant, il vint vers moi pour me saluer :

— Que le salut de Dimar* t'accompagne, me dit-il. Je suis heureux de te voir. Le malheur s'est abattu sur notre famille. Peut-être sais-tu que Tumadir pleure la mort de son frère Muawiya.

— Je l'ai appris et je veux t'apporter, à toi et aux tiens, tout mon soutien, ai-je assuré, trouvant là un nouveau prétexte à ma visite. Car tu es mon ami, j'ai été l'ami de Muawiya, et j'admire al-Khansa. Mais je venais te dire que tu ne dois pas t'abandonner à un désir de vengeance qui risque encore de provoquer une interminable guerre de clans. Vois, depuis déjà plusieurs années Abs et Dhubyan se déchirent en une guerre sanglante pour une simple affaire de chevaux ; vous n'allez pas vous engager dans une pareille guerre contre les Murrites.

* Dimar est une divinité peu connue par ailleurs, dont Mirdas était un fervent adorateur.

— Chafiq, me répondit-il, précisément Hisn ibn Hudhaifa, un Fazarah à la famille de qui tu es toi-même lié par le sang, est arrivé hier avec son fils et Umm Qirfah pour nous proposer le prix du sang, bien qu'ils n'appartiennent pas au clan des Banu Murrah. Mais mon épouse al-Khansa ne veut rien entendre. C'est à peine si elle a écouté les propositions de Hisn. Et en voyant que les hommes de chez nous prêtaient une oreille favorable aux propositions de Hisn, elle les a réunis et les a exhortés à la vengeance et à la guerre. Al-Khansa ne parle pas comme les hommes ordinaires : elle a entonné un chant de vengeance qui a profondément remué nos compagnons. Ainsi restons-nous indécis.

En vérité, dans cet instant, peu m'importait qu'éclatât une guerre entre Sulaym et Murrites. Ma pensée n'était tournée que vers toi, Jalila, mais je ne laissais rien percer de mon impatience. Je causai un moment avec Mirdas, qui m'invita à m'installer dans son campement. Nous nous apprêtions à nous y rendre lorsque survint Uyainah.

— Chafiq, mon cher cousin ! s'exclama-t-il en me reconnaissant. Je bénis al-Uqaysir* d'avoir conduit tes pas jusqu'ici.

Il ouvrait les bras avec un large sourire. Je le saluai en manifestant la plus grande joie.

— Uyainah, je partage ta joie. Comment se fait-il que je te rencontre ici, alors que je te croyais au loin, parmi les tiens ? lui demandai-je avec la plus grande duplicité.

Je l'écoutais patiemment me donner les explications que je connaissais et lorsqu'il se décida à m'annoncer son mariage avec Jalila, je manifestai plus encore de surprise et me réjouis d'une si belle union. Je ne parvenais cependant pas à discerner s'il savait que j'avais aimé et que j'aimais encore Jalila. Je sus, par la suite, qu'il l'ignorait, car tu lui avais tu cette passion tout autant que tes parents.

— Ainsi, poursuivait-il, tu ignorais que j'avais épousé ta propre sœur ?

* Al-Uqaysir était l'une des divinités préférées des Ghatafan. Il était figuré par un bétyle. On lui attribuait l'invention de la musique et de la poésie. Toutes ces raisons justifient son invocation par Uyainah en s'adressant à Chafiq.

— Je ne l'ai plus revue depuis plusieurs années et lorsque j'ai rencontré Ayman à Ukaz, au printemps dernier, elle n'avait pas encore accepté d'époux.

Comme Uyainah s'étonnait de son côté de me rencontrer chez les Banu al-Charid, c'est Mirdas qui intervint pour lui faire part de nos liens d'amitié et de ma promesse faite à Ukaz de venir lui rendre visite dans le territoire de son clan. Ainsi je pus supposer qu'Uyainah ne se doutait pas que j'avais été attiré en ces pâturages par l'amour qui me liait à toi, Jalila, à toi, son épouse. Uyainah nous accompagna auprès d'al-Khansa et de son frère Çakr. J'unissais ma voix à la leur pour faire l'éloge de Muawiya et je cherchais, mais vainement, des mots qui puissent apaiser la colère d'al-Khansa contre le meurtrier de son frère. J'osai rappeler la manière dont il avait regardé l'esclave de Hachim ibn Harmala, et je regrettais que la déesse al-Uzza ait allumé dans son cœur le feu d'une passion fatale. Je laissais entendre de cette manière que les torts étaient du côté de Muawiya, mais al-Khansa ne voyait qu'avec les yeux du cœur et elle se contenta de psalmodier un thrène vengeur.

Je suivis Uyainah dans son campement. Et je te revis, Jalila, assise avec les femmes, dans l'ombre des banians. Tu étais entre Umm Qirfah et Umm Zamil et vous parliez, et vous riiez. Mais en m'apercevant si soudainement, tu es devenue grave et il m'a semblé que ton visage éclatant de lumière s'est marqué d'une légère rougeur. D'un geste coquet, tu as remonté ton voile sur ta bouche, plus pour dissimuler ton trouble que pour dérober ta beauté devant celui qu'on regardait comme ton frère. Et ta beauté me parut extrême, approfondie par une maturité qui s'exprimait dans l'éclat de ton regard.

— Voyez qui je vous amène, s'écriait Uyainah d'un ton joyeux. Jalila, ne viens-tu pas embrasser ton frère ?

— J'ai quelque mal à reconnaître mon frère en celui qui est resté loin de sa sœur pendant tant d'années, sans plus se soucier d'elle que de la lune en son plein lorsque brille le soleil.

Il y avait tant d'aigreur dans tes paroles ! Et moi j'ai salué chacune des femmes puis je me suis tourné vers toi. J'aurais voulu prendre ta main, mais je ne l'osais de peur que tout le monde vît que je tremblais.

— Sache pourtant, ô ma sœur bien-aimée, ai-je alors répliqué, que c'est toi le soleil dans le ciel à son zénith ; et alors, que m'importe la lune ?

— Chafiq, mon frère, intervint Uyainah, je t'envie d'être un poète, car tu sais toujours ce qu'il faut répondre, même quand on ne t'adresse pas des paroles amènes.

Et il m'entraîna vers la tente de son père. Hisn était assis dans l'ombre de l'auvent, sur des tapis de soie, en compagnie de quelques anciens des Sulaym. Je saluai l'assemblée et, sur leur invitation, je m'assis parmi eux, avec Uyainah. L'un des sayyids des Sulaym assurait que leur tribu n'entrerait pas en guerre contre les Banu Murrah, car il n'était que trop avéré que les torts étaient du côté de Muawiya.

— Néanmoins, poursuivit-il, la fille d'Amr n'aura de repos qu'elle ait trouvé un homme qui accepte de venger son frère en tuant les fils d'Harmala.

— Que se lève un vengeur, répondit Hisn, ce n'est plus notre affaire. Ce que nous voulons éviter, c'est une nouvelle guerre entre les Banu Murrah et les Banu al-Charid, afin que Ghatafan d'un côté et Sulaym de l'autre ne soient pas impliqués malgré eux dans une guerre qu'ils n'auraient pas provoquée.

Les hommes échangèrent des serments en invoquant Asham, l'idole noire. On égorgea une brebis et ils trempèrent leurs mains dans son sang pour sceller cet accord de paix. Je compris alors que Mirdas eût refusé de participer à ces conciles dans la crainte d'encourir la colère de son irascible épouse.

Mais moi, tout en écoutant les discours, ma pensée n'était occupée que de toi, Jalila, de toi que je venais de revoir, plus belle que je ne t'imaginais, mais plus loin de moi que jamais.

De tout ce jour je ne te revis pas, et je ne cherchais pas à t'approcher car je ne voulais pas éveiller le moindre soupçon sur mes intentions. Lorsque tomba la nuit et que commencèrent à briller les feux, je vins m'installer sur les tapis, auprès d'Uyainah qui m'y avait invité. Nous étions assis, les femmes d'un côté et les hommes face à elles. Et tu fus placée vis-à-vis de moi, ma Jalila. J'évitais de tourner mes yeux vers toi, mais je sentais ton regard sombre peser sur moi. Et lorsque nous fûmes repus de nourriture, Hisn me pria de chanter l'un de mes poèmes, car depuis Ukaz, ma réputation de poète était parvenue jusque dans les tribus du Nord, assura-t-il. Mais je crois que c'est Ayman qui avait fait l'éloge de mes chants. Un jeune garçon courut chercher mon luth. Je l'accordai et je chantai ainsi, des vers que j'improvisais, qui me venaient aux lèvres sans effort, car je les lisais dans ton regard, Jalila.

Ô souvenir des jours enfuis
souvenir de tes lèvres, tes tresses pareilles à un serpent.
Promesses oubliées. Qui a voulu séparer les amants ?
Je me suis arrêté dans le lieu de nos serments,
mais il ne restait plus que des foyers éteints.
Au loin s'en est allée celle que j'aime
celle qui est pareille aux lionnes de Bicha,
celle qui déchire mon cœur.
Épanchement de mes larmes,
tu habites mon cœur mais je suis loin du tien.
Jours de l'oubli, jours de l'éloignement.
Fière colombe parmi les tamaris,
de tes pattes s'égouttent tous les parfums,
les parfums à l'image de l'aimée
qui ne sont que rêverie, mirages dans la lumière du désert.
Et mon cœur abandonné à sa solitude.

On m'applaudit, mais on me reprocha la mélancolie de ce chant désespéré. Je prétendis que c'était une convention du genre car on émouvait plus avec des larmes qu'avec des rires. Et toi, Jalila, tu tenais ton regard attaché à moi, un regard nocturne qui glissait par-dessus le voile que tu t'obstinais à maintenir sur le bas de ton visage. Ton visage qui m'accompagna pendant tout mon sommeil, cette nuit-là. Hisn avait déclaré qu'il rentrerait avec les siens le surlendemain, sa mission accomplie. Je guettais, dès le matin suivant, l'occasion de te rencontrer, seule à seul. Et je crois que cette occasion, tu l'as volontairement suscitée, en attendant que le soleil fût au zénith, au moment où chacun s'était retiré sous sa tente, pour te rendre au puits alors désert. Je me hâtai de t'y retrouver. Je te pris des mains la corde de l'outre pleine, que je remontais avec lenteur.

— Jalila, ma sœur, mon aimée, as-tu vraiment oublié nos serments, aux jours heureux de Tayma ? ai-je murmuré tout en tirant sur la corde.

— Chafiq, n'est-ce pas plutôt toi qui les as bien vite oubliés ? as-tu répliqué. N'est-ce pas toi qui es parti au loin et ne m'as plus jamais donné de nouvelles ? Et lorsque j'ai à nouveau entendu parler de toi, ce fut par Ayman. Il ignorait notre serment, notre secret, et il m'a dit avec quel art, quelle passion, au tournoi d'Ukaz tu as chanté la beauté d'une esclave persane, une femme aux cheveux d'or que tu emmènes partout avec toi et dont on dit que tu es follement amoureux. Moi, je n'avais de pensée que pour toi. J'avais refusé tous les partis que m'avait proposés mon père, sans craindre de susciter sa colère. J'ai alors résolu de me réfugier auprès d'Umm Qirfah, qui a été pour moi une autre mère, mais j'ai alors été en rapports permanents avec Uyainah. Il m'épiait sans cesse et ne manquait jamais une occasion de m'aborder quand il me voyait seule. Et alors il me disait son amour, me jurait d'être mon esclave. Bien sûr, il cachait sa passion afin qu'on ne pût la soupçonner, de crainte qu'on lui refusât ma main. Il disait à Umm Qirfah : « Jalila est une jeune fille qui conviendrait à un homme comme moi. Elle est agréable à regarder, elle sait bien monter à cheval. Elle est robuste et je la vois aller avec toi et ta fille dans le désert pour chasser les bêtes sauvages, comme de vrais guerriers. » Et Umm Qirfah se faisait son défenseur, elle m'incitait à l'agréer comme époux, car elle était sûre que mon père serait heureux d'avoir un gendre comme lui. Mais moi, je ne pensais qu'à toi. J'avais finalement avoué à ma mère mon amour. Elle m'avait opposé non seulement que tu es mon frère de lait, mais encore que si vraiment nous nous aimions aussi passionnément que je le prétendais, c'était une raison plus impérieuse pour que nous ne puissions nous marier. Car, plus encore dans notre tribu restée bédouine que dans la tienne où vous avez adopté les mœurs des gens des villes, on ne peut tolérer qu'un époux soit amoureux de sa femme, et si ce dernier montre ostensiblement sa passion, il se voit contraint de répudier une femme qu'il n'a pas le droit d'aimer de cette manière outrageante aux regards des gens du clan et de la famille. J'ai alors compris que jamais nous ne pourrions être mari et femme. Et puis j'ai entendu ce que m'ont rapporté à ton propos Ayman et les hommes qui l'accompagnaient à Ukaz. J'ai alors agréé Uyainah. Il est maintenant mon époux et je vais repartir avec lui dans les territoires de sa tribu.

— Jalila, m'écriai-je, comment as-tu pu croire que je t'avais oubliée ? Il est vrai que j'ai une esclave, mais je n'ai pas d'épouse et j'ai toujours refusé d'en prendre une. Lorsque à Ukaz j'ai chanté mon amour pour cette femme, en réalité c'était à toi que je pensais, mais je ne pouvais le déclarer ouvertement. Car, tu le sais, on peut chanter l'amour d'une esclave, celui d'une femme dont on tait le nom, mais jamais celui de la jeune fille qu'on aime si on espère pouvoir l'épouser un jour. Mais depuis que nous nous sommes quittés, c'est toujours toi qui as vécu au creux de ma poitrine.

Mes paroles ont fait naître une couleur sur tes joues pâlies et une lueur dans ton regard assombri, ma Jalila, puis tu as soupiré en baissant les paupières :

— Chafiq, je veux bien te croire. Mais que pouvons-nous faire ? Le destin nous sépare, aucun dieu n'a voulu que nous soyons l'un à l'autre, les lois de nos clans s'y opposent. Et maintenant que je suis l'épouse de notre cousin, il n'est plus même d'espoir. Il est meilleur que nous oubliions nos amours et nos serments. Nous sommes frère et sœur aux yeux du monde, nous devons nous comporter comme tels.

— Non, Jalila ! me suis-je écrié, je ne le peux. Je veux t'enlever, je veux que tu fuies avec moi, loin d'ici, loin de ceux qui veulent nous interdire de nous aimer.

— Chafiq, ce serait là une grande folie ! La honte d'une telle action nous poursuivrait en tout lieu, et tu provoquerais sans doute une guerre entre ton clan et le mien, car malgré toute l'affection que mon père peut avoir pour toi, il ne saurait sans être déshonoré laisser impunie une telle action. Tout le peuple des Ghatafan serait à ses côtés et ton père lui-même ne pourrait te défendre, car même les Kalb ne voudraient assumer ton déshonneur.

Je ne voulais pas t'entendre, emporté dans l'élan de ma

passion. Et toi, soit que tu aies dit vrai, soit que tu aies voulu ainsi me détourner de toi, tu m'as déclaré hautement que jamais tu ne me suivrais parce que, en vérité, tu aimais Uyainah. Et sur ces mots cruels, sans plus vouloir m'écouter, tu as mis la cruche sur l'épaule et tu t'es éloignée, svelte et rapide, me laissant terrassé, mon cœur effondré dans la poussière d'un amour détruit.

CHAPITRE 16

L'ÉTOILE

Comment ai-je réussi à rentrer à Dumat ? Comment ne suis-je pas mort dans le désert ? Comment ai-je vécu pendant les mois qui ont suivi cette rencontre, au cours de laquelle tu as cherché à percer mon cœur d'un trait mortel comme le chasseur qui traque la gazelle dans le désert de Tabalah ? Je n'en ai conservé aucun souvenir. Je sais que mon père me reçut sans colère, attendant mon retour avec patience. On reparla de mon mariage avec la fille du Lion des Tamim, et je n'y mettais plus d'objection.

C'est en ce temps qu'on apprit que les Perses, en guerre contre l'empereur de Roum, s'étaient emparés de Jérusalem. Nous l'apprîmes par des chrétiens des Kalb, car ils étaient alors nombreux dans notre tribu. Ils gémissaient en assurant que les impies, adorateurs du feu, avaient emporté la sainte croix de Jérusalem, la prétendue croix où aurait été attaché Isha, le dieu des Chrétiens. Cela importait peu à mon père et moins encore à moi-même. Ce qui l'inquiétait, c'était que les Perses, dans leur élan conquérant, cherchassent à s'emparer des oasis du Nord de l'île des Arabes : Dumat al-Jandal était la première menacée. Et un autre danger se trouvait dans l'interruption des relations avec la Syrie et la Palestine, en partie occupées par les Perses. Cette guerre perturbait le trafic caravanier dans lequel résidait le plus clair de la richesse de ma famille, et aussi de celle des gens de La Mecque tout autant que de ceux de Yathrib et de Khaybar.

Mais les craintes de mon père se révélèrent heureusement vaines et ce qui n'était plus vendu aux Byzantins l'était aux Perses. Avant que ne tombent les pluies d'hiver, une année après ma tragique rencontre avec Jalila, je me mettais en route pour le Yamamah à la tête d'une riche caravane et de nombreux guerriers. J'avais exigé que nous passions par La Mecque, bien que cela représentât un immense détour, car j'espérais y retrouver mes anciens amis et, avant de m'unir à une inconnue envers qui je ressentais une sourde hostilité, je voulais encore trouver un oubli dans les jeux et les fêtes avec les fityan de La Mecque et de Yathrib. Mais, dans le fond de moi-même, je voulais retarder le plus possible le jour où je serais uni à une autre femme que celle qui était dans mon cœur, que toi, ma Jalila. Et j'avais emmené avec moi Fayruz afin de bien montrer à ma future épouse que j'avais une esclave vers qui allaient toutes mes faveurs.

Bien que je n'en eusse rien dit à personne, j'étais aussi curieux de savoir où en était la querelle entre les premiers parmi les Quraychites et Mohammed ibn Abdallah. Moi-même j'avais de tels doutes sur la réalité et la puissance des dieux de nos ancêtres que je me disais qu'il me serait facile de me convertir aux idées de ce Mohammed. Car ce qu'il enseignait me semblait, par l'esprit, voisin de ce que soutenait al-Acha et je me demandais si, en adhérant à la nouvelle religion que prêchait cet homme qui se disait envoyé d'Allah, je ne trouverais pas un refuge contre ces lois des clans dont j'étais devenu la victime. Il me suffirait alors de convertir Jalila pour que nous puissions nous marier. C'était là une belle espérance qui me soutint durant ce nouveau voyage à La Mecque.

Comme à l'accoutumée nous avons dressé notre campement aux portes de la ville, et moi-même je me suis installé avec Fayruz et mon fidèle Azzam chez Hatim ibn Abdallah, notre hôte. Il m'offrit du vin de palme et, tandis que nous buvions, il me donna des nouvelles de la ville. Les prédications de Mohammed et les nombreux partisans qu'il ralliait à sa religion donnaient de plus en plus de soucis aux chefs de la cité.

— Ce ne sont plus les esclaves ou les gens du petit peuple qui viennent vers lui, disait Hatim.

— Il y a déjà quelque temps, lui répondis-je, que des gens bien placés dans votre ville se sont convertis à ses croyances. Déjà, même si son oncle et protecteur Abu Thalib ne l'a pas suivi dans ses convictions, je sais que le fils de celui-ci, Ali, est devenu son plus fidèle disciple. Tout autant que son épouse, la riche Khadidja, et des gens comme Uthman.

— Depuis ton dernier séjour parmi nous, précisa mon hôte, il s'est fait bien des partisans. Ce qui me chagrine le plus, c'est la défection d'Abu Bakr, le fils d'Abi Quhafah. Son père, l'un des premiers du clan des Taym, appartenait à notre confrérie du Hilf al-Fudul, et il a été l'un des premiers à prêter serment avec nous sur la pierre noire. Son fils lui a succédé et il fait partie, par droit héréditaire, du Conseil des Dix qui gouverne la ville. Or cet Abu Bakr est devenu le meilleur ami de Mohammed, qui est son aîné d'un an à peine. Comme il a quelque bien, lorsqu'il sait que l'un d'entre nous bat son esclave parce que celui-ci s'est converti à la religion prêchée par Mohammed, il l'achète et le libère. Dernièrement encore il est intervenu auprès d'Umayyah qui persécutait Bilal, son esclave abyssin, qui est devenu musulman. Il a persuadé Umayyah de l'échanger contre un sien esclave, lui aussi noir, mais plus jeune, robuste et en pleine santé. Ce Bilal est maintenant libre et vit dans l'entourage de Mohammed. Bien qu'il ne soit pas très riche, cet Abu Bakr est toujours prêt à payer bien plus cher que sa valeur tout esclave qui s'est converti afin de le libérer. Et comme il paie bien, même les ennemis les plus acharnés de Mohammed se résolvent à la vente. Encore récemment Omar lui-même a accepté de lui céder un bon prix une esclave qu'il était en train de rouer de coups pour lui faire renier sa foi nouvelle. Je crains bien qu'en voyant cela, tous les esclaves de la ville ne se convertissent et qu'Abu Bakr ou l'un des riches musulmans ne les achète et les affranchisse.

Après une pause, mon hôte, que j'écoutais avec attention, reprit ainsi :

— Il est vrai que Mohammed a perdu une partie de ses partisans et qu'il lui faut renouveler sa troupe.

Comme je lui demandais des explications, Hatim me fit savoir que, craignant pour la vie de ses compagnons peu fortunés, Mohammed les avait incités à quitter La Mecque pour s'installer en une contrée plus accueillante. Ainsi avaient-ils émigré jusqu'en Abyssinie, sous la conduite d'Uthman. Le roi de ce pays africain, qu'on appelle Naghashi *, les avait, à ce qu'on rapportait, accueillis avec bienveillance et autorisés à pratiquer leur religion selon leur désir. Lui-même est chrétien, comme l'ensemble de son peuple.

Parmi ces musulmans qui avaient émigré en Abyssinie, et que me cita mon hôte, il y avait Umm Habiba, la propre fille d'Abu Sufyan et de Hind, qui était alors l'épouse d'Ubayd Allah ibn Suhayl, cousin de Mohammed par sa tante Umaymah. Ce couple comptait parmi les premiers convertis à la foi du Prophète.

En quittant Hatim, ce jour-là, je me rendis à la Kaaba dans l'espoir d'y rencontrer Mohammed. Je trouvai, à la porte du temple, Uthman ibn Talhah, le gardien de la Kaaba. Au cours de mes divers séjours à La Mecque je m'étais lié avec lui, d'autant plus facilement qu'il était un ami de Khalid et que je le rencontrais souvent dans la demeure du fils de Walid.

Après m'avoir salué, la première question qu'il me posa fut :

— Tu n'as pas amené avec toi ta belle esclave pour faire le tour de la Kaaba ?

Je vis bien qu'il n'avait pu oublier Fayruz et je songeais que, si je n'avais pas eu dans le cœur la volonté de provoquer et d'humilier celle qui était destinée à devenir mon épouse en manifestant une passion pourtant bien éteinte pour mon esclave, je l'aurais volontiers cédée à cet homme. Elle ne se montrait plus exigeante et agressive comme dans le passé, ayant compris que je n'avais plus pour elle suffisamment de désir pour lui passer tous ses caprices ; mais, dès que je m'éloignais d'elle quelques jours, elle m'acca-

* C'est la forme du nom du négus à cette époque. Il régnait sur un État dont la capitale était Axoum, au nord de l'actuelle Éthiopie. Il semble que notre auteur ait cru que Naghashi était le nom propre du roi abyssin.

blait de reproches, et lorsqu'elle était auprès de moi, par ses soupirs, ses pleurs, ses regards sombres, elle me faisait sentir combien par mon attitude de plus en plus indifférente je lui causais de souffrances et de tourments.

— Je ne viens pas ici en pèlerinage, ni même pour prier le dieu de notre nation, lui répondis-je. Je viens pour m'asseoir dans l'ombre des portiques dans l'espoir de rencontrer quelque connaissance.

— On dit que tu vas te marier et que tu te rends dans le Yamamah avec de riches présents pour le père de ta future épouse. Qui est celle qu'a choisie ton père ?

— Je ne la connais pas. C'est la fille d'un sayyid des Tamim. Mais sache, Uthman, que j'ai peu de hâte de la rencontrer.

— Je comprends que lorsqu'on a une aussi belle esclave que ta Fayruz, on ne peut avoir de désir pour une autre femme.

Je laissais croire à Uthman qu'il en était bien ainsi. Nous marchions dans l'ombre tout en devisant de la sorte. Je ne vis que quelques pèlerins autour de la Kaaba et il n'y avait que peu de personnes installées sous les portiques.

— Il paraît que Mohammed, le fils d'Abdallah, vient chaque jour prier ici, dis-je alors à Uthman.

— Il prie et il prêche aussi. Mais ici, dans cette enceinte sacrée, tous les dieux ont droit de cité et chacun a le loisir d'adorer celui qui lui plaît. Celui de Mohammed est Allah. Je ne vois pas ce qu'on pourrait lui reprocher, sinon qu'il ne veut pas entendre parler des autres dieux. Nous avons entre nous suffisamment discuté de ces questions pour que tu saches que je suis comme toi et comme al-Acha, que je crois que tous les dieux qui peuplent cette mosquée ne sont jamais que les manifestations d'une même divinité suprême. Aussi, je laisse Mohammed parler autant qu'il lui plaît et peu m'importent les sarcasmes et les reproches d'Amr Abu'l-Hakam*, qui voudrait que j'interdise à cet homme l'accès du sanctuaire.

— Il me plairait de rencontrer ce Mohammed et de

* Il s'agit de celui qui est resté avec le surnom d'Abu Jahl, et dont il a déjà été question.

m'entretenir avec lui, avouai-je alors à Uthman. Sais-tu s'il va venir tout à l'heure ?

— Je l'ignore, mais laisse-moi te donner un conseil : si tu désires t'entretenir avec le fils d'Abdallah, essaie plutôt de le rencontrer chez son ami Abu Bakr. Il vient lui rendre visite chaque après-midi. Tu trouveras sa demeure dans le quartier des Banu Jumah. Mais évite de t'adresser à lui en public, à moins que ce ne soit pour l'injurier. Sans quoi, tu te feras réprimander par tes amis de cette ville. Tu sais mieux que moi que précisément tes meilleurs amis comme Khalid, tes parents comme Abu Sufyan, sont les ennemis jurés de ce Mohammed. Ils verraient mal que toi, leur hôte et ami, tu converses avec cet homme. Ils craindraient qu'il ne te convertisse à sa foi.

— Je doute qu'il y réussisse, à moins que ses croyances soient identiques aux miennes.

— Il est vrai que, comme nous, il croit qu'il n'y a qu'un seul et unique dieu, maître des mondes. Mais il enseigne aussi des idées étranges qu'il a empruntées aux juifs et aux chrétiens, comme cette croyance en un jugement dernier et une résurrection des corps. Lorsqu'on lui demande quand un tel événement aura lieu, il assure que ce moment est plus proche que nous ne le pensons. Mais moi, ce que j'aimerais savoir, c'est quel corps de nous-mêmes ressuscitera : notre corps de vieillard au moment où la mort nous aura saisis ? ou notre corps de jeune homme ? ou celui que nous avions étant tout jeune enfant ? Et pourquoi Allah attendrait-il la fin des temps pour juger les morts ? Car, dans sa prescience, il devrait savoir d'avance le destin de chacune des âmes des défunts. En quoi aurait-il besoin de porter ensuite un jugement comme un simple mortel qui, avant de juger, doit entendre les témoins et la défense de l'accusé ?

Il me vint alors à l'esprit qu'Uthman avait raison et que c'était là une croyance bien puérile. Je comprenais mal comment des hommes raisonnables pouvaient ainsi abaisser le dieu suprême et omniscient au rang d'un juge humain.

— Tu soulèves là un grave problème, opinai-je. Et j'ajouterais ceci : en quoi ceux qui n'ont pas eu la révélation d'Allah sont-ils coupables ? Car le vrai coupable, ne serait-ce pas la divinité créatrice et omnisciente elle-même, pour avoir tant tardé à se révéler à son prophète ? Et alors, pourquoi seraient-ils jugés et jetés dans ce que les juifs appellent la Géhenne ? Il y aurait là une bien grande injustice qu'on ne peut sans blasphème attribuer à l'être parfait et absolu que doit être le Maître des mondes. Et s'il doit dans le même temps juger tous les humains qui ont vécu sur la terre depuis la création du monde, j'imagine mal comment la chose peut se passer car les âmes des défunts doivent être plus nombreuses que les sables du désert. D'ailleurs, si elles ont déjà brûlé en enfer, pourquoi les en sortir ? Et si Allah doit les en tirer, pourquoi donc les y a-t-il jetées ? Voilà quelques-unes des questions que je voudrais poser à Mohammed car je trouve qu'il y a dans cette doctrine des juifs et des chrétiens bien des incohérences, bien des vues enfantines. Je ne puis croire qu'un homme comme Mohammed, qui serait directement inspiré par Allah, ainsi qu'il l'assure, puisse enseigner de telles absurdités.

— Je t'assure que c'est pourtant le cas. Tu peux l'interroger, tu verras qu'il dit la même chose que les juifs et les chrétiens, au point que bien des gens de notre ville assurent qu'il va puiser chez ces étrangers les croyances qu'il voudrait nous imposer.

En quittant Uthman, je cherchai la demeure d'Abu Bakr. Je savais où se trouvaient les habitations des gens du clan des Banu Jumah ; lorsque je fus parvenu dans le quartier, je demandai à une femme qui passait dans la rue le chemin de la maison d'Abu Bakr.

Elle me jeta un regard dédaigneux et passa son chemin. J'avisai alors un vieillard qui s'approchait, juché sur son âne dont il frappait doucement l'échine de petits coups de sa baguette tout en se brossant les dents*. Il s'arrêta, me rendit mon salut puis, à ma question, il soupira :

— Nous avons en lui un voisin bien encombrant. Quand il a acheté sa maison dans notre quartier, nous nous en som-

* Il s'agit d'un bâtonnet qu'on mâchonnait afin d'en faire une sorte de brosse avec les fibres. Ainsi tenait-on ses dents propres. Ce cure-dents, appelé le *miswak*, était couramment utilisé et il fut recommandé dans l'Islam. Un hadith rapporte qu'au moment de sa mort, Mohammed était auprès d'Aycha, son épouse préférée, la fille d'Abu Bakr, et qu'elle mâchonna un miswak pour en frotter les dents du Prophète.

mes réjouis car c'était pour nous un honneur que d'avoir dans le voisinage le fils d'Abi Quhafah. Mais maintenant qu'il s'est lié d'amitié avec le fils d'Abdallah et qu'il pratique sa religion, nous n'avons que des ennuis. Surtout à cause de cet Amr Abu'l-Hakam. Il vient jusque dans nos rues pour injurier ceux qui fréquentent Mohammed et il menace ceux qui songeraient à écouter ses paroles. Les misérables, il n'hésite pas à les frapper ; les marchands, il leur promet de leur retirer autant les clients que les fournisseurs ; quant aux riches, il les prend par les sentiments, les supplie de ne pas trahir la religion de leurs pères, et s'ils semblent toujours disposés à se convertir, il les injurie, les dit traîtres à leurs ancêtres qui valaient pourtant beaucoup mieux qu'eux. Serais-tu musulman ?

— Non, mais je voudrais rencontrer ce Mohammed.

— Il est vrai qu'il vient chaque jour en visite chez Abu Bakr. Sa demeure se trouve dans cette rue, tout au fond : c'est la grande maison que tu aperçois, là-bas…

Il désignait la rue avec sa badine. Je le remerciai et poursuivis mon chemin, dans la bonne direction. Lorsque je heurtai à la porte de la demeure d'Abu Bakr, je ne sus pourquoi mon cœur battait plus fort qu'à l'ordinaire. Une femme vint m'ouvrir et je lui demandai à voir le maître de céans. Elle me répondit qu'il était sorti, précisément avec Mohammed, et que sans doute il ne rentrerait pas avant la tombée de la nuit.

Le destin tient à peu de chose, car si j'étais venu quelques instants plus tôt et que j'avais alors parlé avec Mohammed, j'aurais peut-être adhéré alors à ses idées.

Je me rendis à la demeure de Walid où je retrouvai Khalid avec qui je passai la soirée.

Je n'avais évidemment pas abandonné l'idée de me rendre chez Abu Bakr une nouvelle fois afin de m'enquérir auprès de lui du moment où Mohammed viendrait lui rendre visite. Dès le matin suivant, j'allai donc frapper une nouvelle fois à sa porte. Il était présent et me reçut avec aménité. Je lui dis qui j'étais et il m'assura avoir entendu parler de moi d'une façon élogieuse. Il me demanda ensuite pourquoi je désirais rencontrer celui qu'il appelait l'« Envoyé d'Allah ». Je lui déclarai que j'avais été le disciple d'al-Acha et que, comme lui, je n'avais que peu de foi dans la réalité des dieux de nos pères, que je pensais qu'il ne pouvait y avoir qu'un seul dieu, Maître des mondes.

— Alors, m'assura-t-il, tu es déjà musulman sans le savoir.

— Il y a chez nous, à Dumat al-Jandal, lui dis-je, beaucoup de chrétiens qui appellent les dieux des Arabes des idoles sans puissance, à moins qu'ils ne déclarent que ce sont des démons. Ils assurent aussi qu'ils croient en un Dieu unique.

— Ce sont des menteurs, des hypocrites. Sans doute Isha, qui fut l'un des prophètes, le dernier avant Mohammed qui est le Sceau des prophètes, a enseigné l'unité de Dieu. Mais les chrétiens ont mal interprété ses paroles. Ils ont fait de cet Isha un autre dieu, fils de Dieu, et aussi de ce qu'ils appellent le Saint-Esprit, de sorte que leur dieu est une trinité, c'est-à-dire qu'ils adorent trois dieux. Et en plus ils sont tout près d'adorer pareillement Miryam, la mère d'Isha, et même les martyrs de leur foi et d'autres hommes mortels qu'ils appellent des saints. Ils croient que ces humains peuvent intercéder auprès de Dieu. Non, les chrétiens sont toujours des polythéistes. Seul Mohammed a reçu la révélation de l'unité de Dieu.

— Pourtant, Abu Bakr, al-Acha ou moi-même, nous n'avons eu aucune révélation, ce qui ne nous empêche pas de croire en un seul dieu.

— Vous n'avez pas reçu de révélation, mais c'est cependant Allah qui vous a inspiré cette croyance. Seul l'islam pourra vous permettre de connaître complètement la vérité sur Allah et de savoir ce qu'il convient de faire pour lui être agréable. Tu dois écouter la parole de Mohammed, car il ne parle pas par lui-même, il ne fait que répéter ce que lui révèle un ange envoyé par Allah le miséricordieux. Viens tout à l'heure à la Kaaba. Mohammed s'y rendra et il parlera aux Quraychites : il l'a annoncé et il y aura certainement beaucoup de monde pour l'écouter.

J'osais alors demander à Abu Bakr si le dieu de Mohammed avait imposé de nouvelles lois aux hommes.

— Sans doute, des recommandations de piété et de pitié. S'il est venu à notre foi tant de pauvres et d'esclaves, c'est parce qu'Allah a déclaré que nous étions tous égaux à ses yeux, et tous ceux qui ont embrassé l'islam sont frères et égaux. Ainsi nous imposons-nous l'obligation de faire l'aumône aux plus pauvres, et nous voulons que les prescriptions divines passent avant les lois et les querelles des clans. Tous les Arabes doivent par l'islam être unis en un seul peuple, une seule foi, une seule loi.

Le discours d'Abu Bakr me charma et j'osai alors lui déclarer :

— Moi-même, je suis amoureux de ma sœur de lait. Mais une loi inique, la loi de nos clans, fait que je n'ai pas le droit de l'épouser. Dans la loi de Mohammed, en sera-t-il toujours ainsi ?

— Ne crois pas que notre saint Prophète décide des lois. Il ne parle jamais que par la volonté d'Allah et il n'est pas dans son pouvoir de changer selon sa fantaisie les lois qui régissent nos tribus*. Si Allah le veut, cette loi sera abolie. Mais quelle est à ce propos la volonté du Seigneur miséricordieux ? Je l'ignore et je ne crois pas qu'il se soit encore manifesté à son Envoyé.

Cette remarque m'avait quelque peu déçu ; cependant, je remerciai Abu Bakr d'avoir bien voulu me recevoir et je lui promis de me rendre à la mosquée lorsque le fils d'Abdallah y viendrait.

Il est vrai que nombreux furent les hommes et les femmes qui se rendirent à la Kaaba ce jour. Et si je n'en avais pas été averti par Abu Bakr, j'aurais su par Abu Sufyan que Mohammed allait y parler, car lui-même me dit qu'il s'y rendait, avec son épouse et les gens de sa famille. J'y vins avec eux.

Mohammed arriva peu après nous, en compagnie d'Ali, de son épouse Khadidja et de ses fidèles. Ils n'étaient plus que quelques dizaines, la plupart d'entre eux ayant émigré en Abyssinie. Abu Sufyan, dans sa sagesse, avait demandé aux ennemis les plus acharnés de Mohammed, Abu Jahl et sa femme, sa propre épouse Hind, Abu Lahab l'oncle du

---

* Même dans des affaires le concernant directement, Mohammed ne se permettait pas de modifier une tradition de sa propre initiative, surtout si elle risquait de choquer profondément les tribus. Ainsi, à ce que rapporte Tabari, après la mort de Khadidja (à qui il resta fidèle jusqu'à ce qu'elle meure en 619), il voulut épouser Habiba, sa sœur de lait. On lui fit remarquer cette parenté et il dut renoncer à ce mariage.

Prophète, de ne pas paraître, car il voulait éviter toute altercation dans l'enceinte sacrée. Walid ibn al-Mughira, le père de Khalid, s'était joint à lui pour cette demande, de sorte qu'ils avaient obtempéré. On avait aussi demandé à Omar ibn al-Khattab de ne pas paraître, car on redoutait la violence de ses réactions, d'autant qu'il se promenait toujours avec son sabre pendu sur sa poitrine.

Sous les regards de ses adversaires, Mohammed s'agenouilla, avec ses compagnons, face à la Kaaba, et il pria en se prosternant à plusieurs reprises. Puis il se redressa et, se tournant vers l'assistance, il parla ainsi :

— Par l'étoile quand elle se couche, votre compatriote, ô Quraychites, n'est pas égaré, il n'est pas trompé. Ses paroles ne sont pas dictées par une quelconque passion. Il a reçu une révélation : sa connaissance, il la doit au Puissant, au Fort. Le Vigoureux * s'est levé en majesté, dans le ciel le plus haut, puis il descendit et s'arrêta à la distance de deux portées d'arc, et il révéla à son serviteur ce qu'il devait lui révéler. Mon cœur n'a pas menti, il a bien vu. Élèveriez-vous des doutes sur la réalité de ses visions ? Il l'avait déjà vu dans une autre apparition, près du jujubier d'al-Muntaba, au jardin d'al-Mawa **, alors que le jujubier était couvert par ce qui le couvrait. Son regard ne se détourna pas, il ne fut pas trompé. Il a vu la plus grande manifestation de son Seigneur.

---

* En nommant le Fort, le Vigoureux, Mohammed pensait non pas à Allah, ainsi que certains commentateurs l'ont compris, mais à l'ange qui lui apparaissait, intermédiaire entre le Prophète et Dieu. Cet intermédiaire fut, par la suite, identifié à Gabriel. Il s'agit ici de la première version de la sourate LIII, dite l'Étoile, qui a, ensuite, été modifiée et complétée pour être intégrée dans le Coran.

** Al-Muntaba, qui signifie « la limite », et al-Mawa, dont le sens est « refuge » « lieu de séjour », sont aussi interprétés d'une façon symbolique, non plus comme des noms de lieux voisins de La Mecque, mais comme la limite du Paradis. Mohammed y aurait été transporté lors d'une vision nocturne qui fait l'objet de la sourate XVII et a, par la suite, reçu de nombreux développements. Mais comme la sourate XVII a été donnée bien plus tard, à Yathrib, devenue alors Médine, l'interprétation symbolique paraît difficilement acceptable, d'autant plus que les Quraychites auxquels s'adresse le Prophète ne pouvaient comprendre ce langage symbolique, qui ne prend une consistance que tardivement dans l'islam primitif.

« Avez-vous considéré al-Lat et al-Uzza et Manat, cette troisième ? Ce sont de sublimes Garaniq et leur intercession est souhaitable. »

À peine Mohammed eut-il prononcé ces paroles que les Quraychites témoins de la scène manifestèrent leur contentement et se prosternèrent, et les compagnons du Prophète firent de même. Moi-même je suivis le mouvement, mais je restais en retrait lorsque Abu Sufyan, songeant à se réconcilier avec son frère de lait qui avait fait une telle concession, vint l'embrasser. Mohammed accepta son accolade avec joie, et il semblait que les nuages qui avaient obscurci le ciel des Quraychites allaient disparaître. Pour ma part, je songeais que reconnaître ces déesses, en qui les Arabes voyaient les filles d'Allah, comme des intermédiaires entre les humains et Allah, était en contradiction avec la vision d'un dieu unique et hors du monde. Néanmoins, il m'apparaissait que Mohammed acceptait des intermédiaires entre son dieu et les hommes, tel cet ange qui lui transmettait les volontés divines. Mais je ne trouvais pas de raisons péremptoires pour me convertir à la religion des musulmans, d'autant qu'une telle conversion ne me semblait pas devoir m'apporter un quelconque avantage dans mon amour pour Jalila.

Dès lors, je ne cherchai plus à rencontrer le Prophète.

Aussi bien chez Abu Sufyan que chez Walid, on ne parlait plus que de la justification de Mohammed. Puisqu'il avait reconnu l'autorité des trois déesses si chères au cœur des Arabes et en particulier des Quraychites, il n'y avait plus de raison de persécuter ses disciples. Et nul ne voyait d'inconvénient à accepter qu'Allah soit considéré comme le dieu suprême des Arabes, ce que, somme toute, il était auparavant ; mais si lointain qu'on ne songeait pas à s'adresser à lui. Pour ma part, j'en arrivais même à me persuader que la tentative faite par Mohammed pour établir une nouvelle religion, comme l'avait fait Isha chez les Roum, avait échoué, et je ne savais s'il fallait s'en réjouir ou s'en désoler. Comme j'en parlais avec Khalid, il me dit qu'après tout peu importait, que ce qui comptait c'était que les rapports entre les divers clans des Quraychites ne soient pas aigris par ces querelles religieuses et que le commerce continue de prospérer. Sur ces sages paroles, il m'invita à venir avec lui dans la propriété familiale de Taïf. Comme c'était sur la route du Yamamah, j'acceptais son invitation et, avec ma caravane, nous quittâmes La Mecque, moins d'un mois après y être arrivés. Son père Walid avait pris la route avec nous, emmenant quantité de moutons et de chameaux. Mais il s'arrêta à Nakhla où il offrit tout ce bétail à al-Uzza. Il sacrifia à la déesse cette énorme quantité de bêtes. Et, au fond de moi-même, je songeais que c'était là une grande folie. La seule justification d'un tel sacrifice ne se trouvait, à mes yeux, que dans le fait que, si le sang des victimes était recueilli dans le gabgab pour être offert à la déesse, la viande de ces oblations était distribuée aux pèlerins et aux pauvres.

Walid resta à Nakhla, où il demeurait en général trois jours pour prier sa déesse. Nous reprîmes notre route le lendemain, et je ne pus alors m'empêcher de faire remarquer à Khalid :

— Je trouve que ces dieux qui réclament des sacrifices sanglants, comme s'ils avaient besoin de nourriture pour croître et prospérer, ainsi qu'il en va pour les animaux et les humains, sont de bien pauvres créatures. Car le propre de Dieu n'est-il pas d'être incréé et immortel ? Comment l'imaginer comme nous, avec notre aspect et nos besoins ? Ce ne peut plus être un dieu. Il me semble que Dieu, s'il exige quelque sacrifice, ce doit être le sacrifice de nos prières, de notre soumission à sa volonté. Lui offrir de la nourriture, c'est l'injurier, le rabaisser à notre niveau de mortels.

— Chafiq, me répondit Khalid, je partage ton opinion et tu peux voir que je ne participe pas aux sacrifices de mon père. Mais il convient de maintenir les traditions des ancêtres, même si l'on ne partage pas leur foi. Je ne pense pas qu'al-Uzza ait besoin de tout ce sang, mais en est-elle pour autant une simple idole, comme le prétendent les chrétiens et les juifs ? Mohammed semble avoir partagé un moment leur opinion, mais tu vois bien que, lui aussi, il a reconnu finalement que ces déesses étaient de bons intercesseurs auprès d'Allah.

— Il est vrai que s'il existe un Dieu par delà la plus haute sphère du ciel, il est si éloigné des humains qu'il ne peut s'adresser à eux que par des intermédiaires. C'est pourquoi, sans doute, il a envoyé son messager céleste pour faire connaître sa volonté à Mohammed.

— Oui, dans la mesure où ce que prétend le fils d'Abdallah n'est pas une simple illusion comme un mirage dans le désert.

Et je songeais que Khalid avait raison, car comment savoir où est la vérité, tant elle se dérobe à nos regards !

CHAPITRE 17

LA ROUTE DU YAMAMAH

Nous avons longuement séjourné à Taïf. L'endroit était si agréable que mes compagnons ne trouvaient pas d'inconvénients à y prolonger notre étape. Je m'y liais plus étroitement avec Habib, Maçoud et Abd-Yalil, les trois fils d'Amru ibn Umayr, le sayyid des Thaqif et le premier parmi les gens de Taïf. Nous échangeâmes des présents et, à Khalid, je fis cadeau de mon plus beau cheval, celui que je montais personnellement, car j'avais vu qu'il l'admirait particulièrement. Nous nous résolûmes enfin à reprendre la route du Yamamah.

J'avais avec moi une trentaine d'hommes pour m'escorter et défendre notre riche caravane. Car j'amenais pour la dot et les présents à faire à Asad al-Tamim, mon futur beau-père, une cinquantaine de chameaux au poil roux, autant de chamelles blanches, une douzaine de chevaux rapides, et un coffre rempli de dirhems perses, outre les biens nécessaires pour vivre pendant tout le voyage, nos montures et les chameaux de bât. De quoi largement tenter les pillards, nombreux vers la frange du Najd.

Nous avions traversé le territoire des Banu Chayban, le territoire des Hawazin, nous allions bientôt pénétrer dans celui des Banu Hanifa. Ainsi avions-nous parcouru la partie la plus aride de notre route ; les puits y étaient peu nombreux, les oasis plus rares encore. Notre guide, un Kalb qui avait parcouru toutes les pistes du désert, nous avait dit qu'avant deux jours, peut-être même le lendemain dans la soirée, nous serions parvenus à la source d'al-Kulab, près du village de Djadud, à la limite du territoire des Tamim, à l'orée du Yamamah. Nous laissions sur notre droite la montagne noire d'Adja où résidait la divinité des Tayy, al-Fals. Notre guide expliqua que cet al-Fals, divinité protectrice des fugitifs et des animaux, se manifestait sensiblement sous la forme d'une figure géante rouge insérée dans une avancée rocheuse du djebel Adja. Un sanctuaire lui était consacré, desservi par les Banu Baoulan. Mes compagnons invoquèrent cet al-Fals et lui sacrifièrent une brebis, afin de se le rendre favorable.

La plupart des clans des Tayy étaient alors nomades et ils vivaient surtout de pillage. Ils comptaient parmi les quelques tribus qui méprisaient la trêve déclarée lors des grandes foires et du pèlerinage à la Kaaba, et les voyageurs qui s'égaraient dans leurs territoires pouvaient toujours redouter leurs attaques. Les caravaniers qui trafiquaient entre le couchant et le levant le savaient et ils payaient d'avance une lourde taxe pour faire passer leurs marchandises à travers leur territoire. Les voyageurs isolés ou en petits groupes, s'ils voyaient venir à eux un rezzou de Tayy, évitaient de se défendre et se laissaient dépouiller, voire capturer. Pour nous, nous étions certains que notre nombre découragerait toute attaque. Nous avions d'ailleurs longé tout leur territoire sans avoir eu affaire à aucun de leur groupe, bien qu'il soit parfois arrivé que nous distinguions au loin quelques coureurs sur leurs chameaux, mais il était impossible de savoir à quelle tribu ils appartenaient. Aussi, nous éloignant désormais de leurs territoires, mes compagnons se sentaient plus en sécurité. Car, durant ces derniers jours, nous étions restés sur la défensive lors des marches. Nous gardions près de nous nos chevaux harnachés et à portée de la main nos cottes aux mailles doubles et nos casques, nos sabres au tranchant poli et nos lances de bois dur. Pendant la nuit, nous avions organisé des tours de garde, et nous entourions le campement de bois d'épineux.

L'attaque eut lieu juste au moment où le ciel commence à blanchir et que la nuit s'enfuit vers le couchant. C'est l'heure où le sommeil est encore pesant et où une insidieuse lassitude envahit les paupières des veilleurs. Je fus brutalement tiré de mon sommeil par des cris et le froissement des fers qui se croisent. Je saisis mon sabre et sortis de ma tente. J'eus à peine le temps de distinguer des silhouettes sombres qui bondissaient parmi nos tentes, d'entendre les hennissements des chevaux effrayés et des blatèrements de chameaux. M'attendait-on à la sortie de la tente ? Je ne sais. Le coup qui fut porté sur mon crâne fut si violent que j'eus à peine le temps de le sentir : une fulgurante douleur, et je plongeai dans la nuit.

Lorsque je soulevai les paupières, je vis tout près de mon visage la terre ocre qui irradiait une chaleur insupportable. Je refermais les yeux, mais j'avais du mal à aspirer l'air brûlant. Et il me semblait que ma tête était serrée dans un casque si étroit que j'avais l'impression que mon crâne allait s'ouvrir. L'étau d'une violente douleur oppressait ma chevelure et le sang battait fortement dans mes tempes douloureuses. Je parvins à me redresser sur les genoux, puis à relever la tête. Je ne vis autour de moi que le désert fermé au loin par une chaîne de montagnes et, tout près, quelques cadavres épars, dépouillés de leurs vêtements. Sur les peaux noircies, les filets de sang se mêlaient à une fine poussière déposée par le vent. Je vis alors que moi-même j'étais entièrement nu, mais, en ce moment, je ne m'en étonnai pas, comme si c'était un état normal.

Je suis incapable de me rappeler ce que j'ai alors pu penser ou comprendre. Je n'étais plus qu'un étranger à moi-même. Tout mon passé, tout ce que j'avais été, s'était soudainement écoulé de ma tête par la blessure qui y avait été faite. Je ne comprenais ni où j'étais, ni qui j'étais, ni ce qui m'était arrivé. Néanmoins, je cherchais à comprendre pourquoi je me trouvais ainsi dans ce désert inconnu, et qui étaient ces hommes, couchés dans la poussière, sans mouvement. Je m'approchai d'eux, en titubant, je les retournais lorsqu'ils se trouvaient sur le ventre, mais je ne savais pas qu'ils étaient mes compagnons, je ne les reconnaissais pas. Et je ne cessais de me demander ce que je faisais en ce lieu, qui m'y avait amené.

En errant dans ce qui avait été notre campement, je découvris des restes de foyers encore tièdes. Je savais qu'il s'agissait de foyers, mais, malgré tous mes efforts, je ne parvenais pas à me rappeler d'où ils venaient, par qui avaient été allumés les feux.

Le soleil était maintenant bas sur l'horizon, qu'il commençait à embraser. Je ne sais ce qui m'a poussé à lui tourner le dos et à marcher vers le levant : j'aurais tout aussi bien pu aller vers le soleil couchant et, de la sorte, revenir sans le savoir sur mes pas, c'est-à-dire aller vers une mort certaine car il n'y avait de puits qu'à trois jours de marche.

Mon crâne était si douloureux, ma tête si lourde, que j'avais du mal à mettre un pied devant l'autre. En portant la main à mes cheveux, j'avais senti qu'ils étaient poisseux du sang qui avait coulé de ma blessure, et je vis que mes doigts étaient rouges. Ainsi, je compris que j'avais été blessé, mais pourquoi, par qui ? En vain je fis de nouveaux efforts pour raviver ma mémoire. Et je poursuivis mon chemin, dans la nuit. Je n'avais guère l'habitude de marcher sans chaussures dans le désert et je m'écorchais les pieds, sans même m'en rendre compte. Il fallut qu'ils deviennent très douloureux pour que je songeasse à voir où je mettais mes pas.

Combien de temps ai-je ainsi marché, la tête lourde et douloureuse, le visage embrasé, les lèvres desséchées, les pieds ensanglantés ? Je suis incapable de le dire. J'allais, l'esprit vide, sans savoir qui j'étais, ce que je faisais, poussé en avant par le désir de vivre, à moins que ce ne fût par un djinn protecteur, je ne sais. Je sentais mes forces faiblir, le mal qui perforait mon crâne gagner sur mon souffle de vie. Il fallait que je boive, que je mange, que je dorme. Je me laissai tomber à terre et demeurai immobile avant de sombrer dans un lourd sommeil.

Quand je me réveillai, le soleil était haut dans le ciel et brûlait ma peau. Près de moi je vis un oiseau lugubre : il attendait que je tombe sans force pour commencer à me dévorer. Il avait commencé à picorer mon oreille, et c'est ce qui m'avait tiré de mon sommeil. Bien que je me sentisse las et faible, bien que la soif brûlât mes entrailles et ma gorge, bien que la douleur perçât mon crâne comme une lame d'acier, je me relevai et repris ma route, d'un pas de plus en plus lent. En levant les yeux vers l'horizon, je vis dans un lointain trouble et mouvant des palmiers, une nappe d'eau qui semblait miroiter dans la lumière crue. Je me dis que si c'était un mirage, cette illusion d'une réalité que nous donne un esprit malin, je n'aurais pas la force d'aller plus loin et il ne me resterait plus qu'à me laisser mourir. Si c'était une réalité, peut-être y puiserais-je un espoir de survie. Je fis un effort violent sur moi-même pour hâter le pas. Je traînais les pieds sur la terre dure et rugueuse, et il me semblait que je n'avançais pas, qu'à mesure que je faisais un pas la terre reculait pour me laisser toujours à la même place. Et pourtant la vision de l'oasis se rapprochait, mais la lisière verdoyante paraissait encore si lointaine que je me persuadais que j'étais victime d'une illusion. Je sentis des larmes couler sur mes joues, sans cependant les rafraîchir tant ma peau était brûlante.

Cependant je poursuivis un effort qui me coûtait tant, car la ligne des arbres s'approchait. Il me vint à l'esprit une prière, et ce sont les noms d'Allah et d'al-Rahman qui fleurirent sur mes lèvres, mais je ne savais même pas ce que ces mots représentaient car leur sens aussi s'était effacé de ma mémoire.

Je m'avançai sous l'arceau des arbres, dans l'ombre de leurs palmes, et je respirai l'odeur subtile des plantes. Le sol n'était plus sous mes pieds rugueux, pierreux, hostile : c'était un tapis de fine poussière, tendre, profonde. Et j'entendis soudain des appels, des rires joyeux, des voix claires de femmes. Je me traînai jusqu'à l'endroit d'où ils provenaient. Dans les branches des arbres roucoulaient des colombes qui semblaient faire écho aux chants des femmes, car elles avaient cessé de rire pour se mettre à chanter. Je découvris alors une source claire qui formait un bassin entouré de buissons et ombragé par de hautes palmes. Et dans l'eau se baignaient des jeunes filles. Elles avaient défait leurs chevelures sombres, mais leurs corps, dépouillés de tout voile, étaient clairs. Elles restaient debout, de l'eau jusqu'à la taille, et elles chantaient tout en tordant leurs cheveux.

Mais je ne fus alors que peu sensible à tant de beauté, je ne voyais plus que l'eau qui miroitait contre le ciel. J'y courus et m'y jetais. Mon apparition fit fuir les jeunes filles comme une troupe de gazelles que surprend la panthère au bord de la mare, quand descend le soir. Je me serais sans doute noyé dans ces eaux revivifiantes, tant je me sentais faible, si l'une d'entre elles n'était revenue pour me sortir la tête de l'eau. Je retombai alors dans un trou profond.

Quand je sortis de l'antre de la mort, je vis le soleil. Je me trouvais dans une pièce fraîche, étendu sur un lit, couvert d'un drap léger. Et sur moi se penchait un visage qui me fut un ravissement, plus lumineux que le soleil. Plus tard, j'ai chanté ce visage à l'ovale parfait, ces yeux larges et rieurs, ces cheveux pareils aux palmes légères qui frissonnent dans le vent du soir.

Le visage se détourna et j'entendis une voix qui disait :

— Viens vite voir, il a ouvert les yeux, il revit.

Un vieillard se pencha sur moi et posa sa main sur mon front. Puis il prit mon poignet pour tâter mon pouls.

— Ta tête te fait-elle toujours souffrir ? me demanda-t-il.

Je portai ma main à ma tête et je sentis des tissus qui l'entouraient.

— Non, je ne sens plus rien, ai-je reconnu.

— Il est sauvé, dit alors le vieillard.

Puis il se tourna vers moi et me dit :

— Tu peux rendre grâce aux trois déesses, et aussi à Joumana, car c'est à elle que tu dois la vie.

Ainsi ai-je appris de sa bouche que, lorsque j'étais tombé dans la source où j'allais me noyer, c'est elle qui avait osé revenir vers moi et me traîner hors de l'eau. Et, avec l'aide de ses compagnes, elle m'avait emmené jusque dans cette chambre où j'avais sommeillé pendant plusieurs jours. Un dieu secourable, ou le destin, avait voulu que séjournât dans le village un médecin qui avait étudié à Jundaishapur, en Iran. Là-bas s'étaient mariées la médecine des gens de Roum et celle des Perses, et la renommée des écoles de cette cité s'était répandue à travers tout l'Orient. Venaient y étudier sous les plus grands maîtres des hommes originaires de toutes les parties de l'Empire sassanide, mais aussi de Roum et même d'Arabie.

Il m'apprit que le coup que j'avais reçu avait fêlé mon os crânien, mais j'avais heureusement la tête dure. Il me demanda alors mon nom. Je le regardai avec étonnement.

— Mon nom ? ai-je murmuré en fronçant les sourcils.

Je ne savais toujours plus qui j'étais, je n'imaginais même pas, avant qu'il ne me posât la question, que je pusse avoir un nom, ni d'où je venais. Il m'interrogea sur ma tribu, mais je secouai la tête.

— Je ne sais plus… Avais-je un nom ? Une tribu ?

— Sans aucun doute : tout être humain a un nom et tout Arabe appartient à une tribu. Visiblement tu faisais partie d'une caravane qui a été attaquée par des pillards, sans doute des Tayy. On a retrouvé des cadavres à demi dévorés, à un peu plus d'un jour de marche, en direction de La Mecque. C'étaient sans doute tes compagnons.

— Mes compagnons ? Oui, je me souviens. Ils étaient morts, et moi je n'ai pas été tué. Mais par qui aurais-je pu être tué ?

Le médecin se tourna vers la jeune fille qui restait à côté de lui, assise à mon chevet.

— Cet homme a perdu la mémoire de son passé. Mais il la retrouvera. On a étudié des cas semblables, à Jundaishapur. Certains médecins perses assurent qu'un démon obscurcit ainsi le souvenir, profitant de la faiblesse du sujet, faiblesse provoquée par la blessure. Selon les médecins grecs, ce serait plutôt la conséquence directe du coup reçu sur la tête, car ils pensent que c'est là que se trouve le siège de la mémoire. Avec le temps, il retrouvera le souvenir des événements passés, ne te fais pas de soucis.

Après une pause, il reprit ainsi :

— Il est temps que je reprenne ma route. Ton protégé est maintenant hors de danger. Tu continueras de lui donner chaque jour les potions que je t'ai prescrites et il faut qu'il mange beaucoup pour retrouver ses forces. Qu'il boive aussi abondamment, de l'eau, bien sûr, du lait de chamelle et du vin léger.

Il sortit, suivi de la jeune fille. Je repoussai le linge qui me couvrait et je m'assis sur le bord du lit fait d'un cadre en bois sur lequel était tendue une peau de bœuf couverte de coussins. Mes reins étaient ceints d'un pagne et je vis que mon corps était propre. On avait dû me laver pendant mon long sommeil. Je tentai de me redresser, mais le sol vacilla et je dus m'asseoir à nouveau. La jeune fille revint alors et courut vers moi en s'écriant :

— Il ne faut pas chercher à te lever. Tu dois rester couché encore plusieurs jours, jusqu'à ce que tu aies retrouvé suffisamment de forces pour pouvoir rester debout.

En parlant ainsi elle était venue tout près de moi pour m'aider à m'étendre et je me laissais faire. Son contact provoqua en moi une sensation délicieuse et la vue de son visage illumina mon âme. Je ne savais, dans le moment, quel sentiment commençait ainsi à s'insinuer en moi.

Lorsque je fus de nouveau étendu, elle me dit :

— Vraiment, tu ne parviens pas à retrouver ton nom ?

Je secouai la tête et poussai un grand soupir.

— Moi, dit-elle en pointant deux doigts vers sa poitrine, je m'appelle Joumana. Et toi, tu ne sais plus ton nom ?

— Je n'ai plus que le souvenir d'un désert, de corps abandonnés, d'un homme nu qui se redresse, seul dans un air en feu. Cet homme, c'était moi. Et j'ai marché longtemps dans le désert, et j'ai bien cru perdre la vie. Puis je suis arrivé dans une oasis, et j'ai découvert une source où se baignaient des jeunes filles. La soif qui dévorait ma poitrine était si ardente que je n'ai pu m'empêcher de me jeter dans l'eau. Et je me retrouve ici, dans ce lit. Ce qu'il y a eu avant, je l'ignore. Et pourtant, je n'ai pas oublié notre langage.

— Ici, tu es dans la maison d'une parente à moi, ma tante. Cette oasis s'appelle Djadud et la source où tu nous as vues avec mes cousines est al-Kulab. Elle appartient à l'un des plus puissants clans des Tamim, la tribu de mon père.

— Et ton père, où donc est-il ?

— Il est parti avec les hommes de notre clan, dans une lointaine expédition. C'est pourquoi il m'a confiée aux soins de ma tante, dans ce village.

Je l'écoutais encore parler, puis je m'endormis à nouveau.

Je restais encore couché pendant plusieurs jours. Et c'est Joumana qui s'est occupée de moi avec tant de zèle que, même aurait-elle été semblable à une chamelle, je l'en aurais cependant aimée. Mais elle était plus belle que les gazelles du désert, lorsqu'elles jouent dans les pâturages de Bicha, alors que le désert est en fleur, après les pluies d'hiver. Sa tante Halima vint aussi me rendre visite, presque chaque jour, ainsi que ses trois cousines, mais c'est elle qui me prodiguait tous les soins et m'apportait à manger et à boire. Un jour, je lui demandai :

— Joumana, pourquoi est-ce toujours toi qui t'occupes de moi ? Et même, pourquoi m'avez-vous ainsi recueilli et soigné, alors que vous ne savez pas qui je suis, tes cousines et toi-même ?

— N'est-ce pas un devoir sacré que de recueillir ceux qui ont besoin d'aide ? me demanda-t-elle. C'est moi qui, la première, t'ai vu, alors que tu approchais de la source, tout couvert de poussière et de sang, chancelant comme un homme ivre. C'est moi qui ai osé revenir après notre fuite et qui t'ai retiré de l'eau. Tu es ainsi mon hôte, c'est moi qui dois te rendre complètement à la vie.

— Mais peut-être suis-je un brigand, ou encore j'appartiens à une tribu ennemie de la tienne.

— Tout cela importe peu. Tu es mon hôte, je ne veux pas savoir autre chose de toi, même aurais-tu conservé la mémoire de ton nom, de ton passé.

— Et pourtant, cette mémoire, il faut que je la retrouve. Je veux savoir qui je suis, quelle est ma tribu, il le faut…

Je frappai du poing les coussins dans ma colère impuissante. Joumana me prit la main et, avec une grande tendresse dans les gestes et dans la voix, elle me dit :

— Tu ne dois pas te laisser ainsi emporter. Il faut que tu restes calme, et que tu ne t'agites pas, jusqu'à ce que tu sois complètement guéri. Alors sans doute retrouveras-tu le souvenir des jours anciens. Pour moi, peu m'importe qui tu es. Tu es toi, et le reste est sans grand intérêt.

Je ne soupçonnais pas la nature des sentiments qu'elle me portait, mais moi, je découvrais que l'inclination qui m'entraînait vers elle n'était autre que de l'amour. J'avais d'abord cru que c'était du désir, mais ce besoin de la voir, de la sentir près de moi, allait au-delà du simple désir. Je compris que je l'aimais. Ce sentiment qui soudainement me remplit la poitrine, j'en eus peur tout en le bénissant. Car je me disais que jamais je ne pourrais connaître l'amour de cette jeune fille, moi qui étais un vagabond, un homme sans nom, sans passé, sans mémoire.

Je ne dis rien à Joumana de cet amour qu'elle avait suscité en mon cœur, mais je crois que mes silences et mes regards étaient plus éloquents que les paroles les plus passionnées. Et je croyais aussi lire dans ses yeux qu'elle partageait mes sentiments. Mais elle non plus n'en disait rien.

Je recommençai à me lever et à marcher dans la pièce. Mais je ne retrouvais toujours pas la mémoire. Un matin,

Joumana vint avec un luth persan pour me dire des chants d'un poète de sa famille, son grand-oncle, qu'elle avait connu quand elle était enfant, alors qu'il était déjà âgé. Et elle chanta d'une belle voix, pareille à un chant d'oiseau, un poème qui m'émut. Lorsqu'elle se tut, je lui dis :

— Par la lune et les étoiles, je crois connaître ce poème. C'est une qasida, et il me semble l'avoir entendue, il me semble même que je l'ai apprise, autrefois. Comment se nomme son auteur ?

— Salama ibn Jandal, de la tribu des Banu Amir.

Ce nom, que j'avais si bien connu, n'éveilla pourtant alors aucun écho dans mon âme. Je cherchai, mais en vain, si je l'avais déjà entendu prononcer et où, mais je me heurtais à une porte obscure.

Je secouai la tête puis je priai Joumana de me confier son instrument. Je me sentis saisi d'une vive émotion en le serrant contre ma poitrine et en tendant les cordes. Et, je ne sais sous quelle inspiration, je me mis à en tirer un air dont j'ignorais l'origine, et j'improvisai un poème dans lequel je chantais mon amour pour une jeune fille plus belle que la lune à son lever dans le ciel étoilé, une jeune fille que j'appelais Nahila, car elle avait étanché ma soif quand j'étais altéré, après une longue course dans le désert. Lorsque je me fus tu, elle baissa les yeux, resta un instant méditative, puis elle me dit, d'une voix mal assurée :

— Sans doute cette Nahila est une jeune fille que tu as connue et aimée avant que tu ne perdes la mémoire. Vraiment, tu as dû en être très amoureux pour encore être ainsi inspiré par cet amour et lui adresser de si beaux chants.

Elle demeura silencieuse, la tête baissée. Et moi, je la dévorais du regard, et je me sentais envahi par un flot d'amour pour elle. Elle releva le front et, me souriant, elle déclara soudain :

— Puisque tu ne sais plus quel est ton nom, je vais désormais t'appeler al-Habib*.

En cet instant entra sa tante avec l'une de ses cousines. J'avais remarqué que Halima, si elle laissait sa nièce vaquer à mes soins, ne nous laissait jamais seuls plus d'un certain

* Al-Habib signifie « l'amoureux », et Nahila « celle qui étanche la soif ».

temps, de crainte, sans doute, que je ne tente de la séduire. Ceci, surtout depuis que je commençais à me remettre de ma blessure et que je recouvrais une plus grande vigueur.

— Ma tante, lui dit Joumana en prenant un ton joyeux, je crois que notre hôte retrouve quelques souvenirs. Il a su tirer une belle musique de mon luth, et il a dit un beau poème qu'il a dédié à une femme appelée Nahila. Ne crois-tu pas qu'il était poète dans sa tribu et qu'il a aimé cette dame ?

Cette remarque parut calmer l'inquiétude de Halima qui répliqua :

— C'est bien possible et nous devons nous en réjouir car notre hôte va pouvoir peu à peu retrouver son passé. Nous pourrons ainsi le rendre à sa tribu dès que rentrera ton père, ou même avant, peut-être.

Et moi, je ne dis pas que Nahila était le nom que je venais d'attribuer à Joumana. Je fis un effort pour déchirer le voile qui me séparait de mon passé, car maintenant j'avais hâte de savoir qui j'étais et à quelle tribu j'appartenais. Car je ne songeais plus qu'à Joumana. Mais, pour l'acheter à son père, je devais savoir si j'en avais les moyens. Je fis un tel effort que je fus saisi d'un violent mal de tête, sans cependant que filtre le moindre rayon de lumière dans la nuit obscure de mon passé.

CHAPITRE 18

NAHILA

Bientôt, je recommençai à sortir et, pour retrouver mes forces, je m'astreignais à faire des exercices violents. En me promenant dans la palmeraie, je constatai qu'on n'y voyait que des femmes, des enfants et des vieillards. Je m'en étonnai auprès de Joumana qui me répondit simplement :

— Mon père est parti avec tous les hommes de notre

clan vers le nord. Nous sommes en guerre contre les Banu Saad, bien que nous appartenions tous à la tribu d'al-Tamim.

— Comment les hommes de ton clan ont-ils osé tous s'éloigner sans laisser la moindre défense à votre village ? m'étonnai-je.

— Nous n'avons rien à craindre. Actuellement, nos seuls ennemis sont les Banu Saad qui nomadisent vers le nord du Yamamah. Nous avons passé des traités de paix avec toutes les autres tribus qui sont au midi, au levant et au couchant.

— Tu ne sais donc pas quand ton père va rentrer avec ses compagnons ?

Elle a secoué la tête, et elle a parlé d'autre chose, comme s'il lui déplaisait d'aborder ce sujet. Je n'insistai pas.

La tante de Joumana habitait une vaste demeure avec ses filles. Je savais qu'elle n'avait pas de fils et qu'elle avait perdu son époux, au cours d'une guerre de clans. Ainsi son frère, le père de Joumana, Jabir Abd Taym, l'avait prise sous sa protection avec ses nièces, en attendant qu'elle se trouve un nouvel époux. Halima m'avait permis de prendre des vêtements de son défunt mari, mais non sans quelque réticence. Néanmoins, comme je ne pouvais aller nu, elle s'était résolue à me laisser faire un choix. Je vis aussi qu'il y avait des chevaux et des chameaux dans un pâturage clos, contigu à la maison. Comme depuis la mort du mari de Halima, à qui ils appartenaient, nul ne les avait utilisés, je proposai de monter les chevaux, car je rappelai à Halima qu'il était nécessaire de les faire ainsi courir pour entretenir leur vigueur. Ainsi ai-je passé une partie de mes journées à galoper dans la palmeraie. En voyant la manière dont je maîtrisais mes montures, Joumana en conclut que je devais être le fils d'un homme riche et noble, pour être un cavalier aussi accompli. Je poussais un soupir pour lui marquer mon impuissance à retrouver un quelconque souvenir.

Chaque jour faisait croître en mon cœur mon amour pour Joumana. Cependant je me gardais de le lui déclarer directement, par retenue, mais aussi par crainte d'être repoussé. Non pas que je pusse douter des sentiments qu'elle me portait, car nos regards exprimaient mieux nos sentiments réciproques que toute parole, mais parce que je redoutais de l'entendre me dire que jamais son père ne la donnerait à un homme sans nom, sans tribu, sans nul bien. Cet amour, il n'était pas un jour que je ne l'exprimasse par des paroles, ou plutôt par des chants qui tous étaient consacrés à Nahila, la bien-aimée. Et, excepté lorsque je faisais mes courses à cheval, nous étions ensemble tout le temps. Nous allions nous promener vers la source et je l'aidais à y puiser de l'eau que nous ramenions à la maison dans des cruches chargées sur les flancs des ânes. Nous errions aussi parfois dans la palmeraie, mais Joumana préférait l'éviter :

— Il est mieux que les femmes du village ne nous voient pas trop souvent ensemble, me dit-elle. Il faut éviter de leur donner des occasions de jaser.

Mais, dans la maison où nous nous installions dans la cour ombragée pour faire de la musique et chanter, en général avec les cousines de Joumana, nous continuions de passer ensemble nos journées, et c'est Halima qui commença à s'inquiéter. Un jour, elle me prit à part et me dit :

— Habib, je ne sais quels sont tes sentiments envers nous.

— Comment, Umm Salma*, peux-tu t'interroger sur mes sentiments ? m'étonnais-je. Je vous dois la vie, à toi et à ta famille, ma vie t'appartient, et aussi ma reconnaissance et mon affection.

— Je voulais parler, précisa-t-elle, de tes sentiments à l'égard de Joumana.

Je restais hésitant et, avant que je ne réponde, elle poursuivit :

— Je préfère ne pas savoir ce qu'il en est en réalité et je veux croire que tu aimes une certaine Nahila, dont tu chantes les grâces sans te lasser. Mais pour ce qui concerne ma nièce, il faut que tu saches que son père, Jabir Abd Taym, la destine au fils d'un riche et puissant seigneur. Les

---

* L'auteur a négligé de mentionner les noms des filles de Halima. Néanmoins, on peut croire que Salma était le nom de l'aînée de celles-ci. Car la politesse arabe voulait qu'on appelât les hommes et les femmes mariés par le nom de l'aîné de leurs enfants, avec une priorité pour les garçons, précédé du titre de père *(Abu)* ou de mère *(Umm)*. Ainsi Chafiq appelle-t-il Halima, Umm Salma, c'est-à-dire « Mère de Salma ».

accords de mariage sont signés et mon frère est parti avec ses guerriers au-devant de lui. Il doit, avec les présents, traverser le territoire des Banu Saad. Ce sont des pillards qui ont déjà combattu notre clan et l'ont même humilié jadis, à la bataille qui les opposa près d'al-Farouq. Aussi, nos guerriers sont allés surveiller les Banu Saad, peut-être même ont-ils fait dans leur camp une razzia pour prendre des otages afin d'assurer la sécurité de la caravane de son beau-fils. Car tu peux te douter que ce serait une grande et insupportable humiliation pour nous si cette caravane était pillée par les Banu Saad.

Je hochai la tête en dissimulant le mal que me faisait cette révélation. Car il m'apparaissait clairement que jamais je ne pourrais espérer obtenir Joumana, si déjà elle était fiancée à un homme suffisamment riche et puissant pour que le clan entier de Jabir se déplace afin de lui faire une escorte.

— Tu comprendras, poursuivait Halima, qu'il me déplairait qu'on puisse rapporter au maître que tu te tenais toujours auprès de Joumana. Son honneur pourrait en être entaché et son fiancé pourrait bien refuser un tel mariage. Je connais mon frère, si les choses en arrivaient là par malheur, il serait capable de te tuer, ce qui ne serait pas grave, mais aussi sa fille.

Je ne relevai pas son petit commentaire sur le peu d'importance de ma mort, car je songeais avant tout à l'honneur et à la vie de Joumana, mais aussi à sa perte certaine pour moi.

— Umm Salma, lui répondis-je en affermissant ma voix, comment peux-tu croire que je voudrais faire par là le malheur de Joumana ? C'est à elle, avant tout, que je dois la vie, et je préférerais mourir plutôt que d'être la cause de son déshonneur. J'éviterai désormais de me montrer avec elle au-dehors, bien que tu puisses être certaine que jamais nous n'avons fait quoi que ce soit de répréhensible.

— Je l'espère bien. Néanmoins, je préférerais que tu sois parti lorsque rentrera mon frère. Je te laisserai des vêtements et tu pourras choisir dans l'enclos un cheval et une chamelle. Je te donnerai aussi les armes de mon époux, car elles ne serviront désormais plus à personne.

— Il en sera fait ainsi, ai-je soupiré. Mais laisse-moi

encore un peu de temps. Peut-être retrouverai-je auparavant le souvenir de mon passé. Il m'arrive de revoir des images de temps lointains, dans mes rêves. Mais, au réveil, il ne m'en reste plus que des bribes, si floues que je suis incapable de les rattacher à des événements qui pourraient m'éclairer sur ce que je fus.

Halima accepta que je séjourne encore quelque temps chez elle, mais à condition de ne plus me montrer au-dehors en compagnie de Joumana.

— Dès que nous aurons la nouvelle du prochain retour de Jabir avec son futur beau-fils, tu devras reprendre la route, précisa-t-elle.

— Je t'obéirai, ai-je assuré en inclinant la tête.

Elle m'a alors conduit dans la chambre de son mari où étaient déposées ses armes, et elle m'a dit que je pouvais choisir toutes celles que je voulais. Je m'équipais d'une cotte légère aux mailles serrées, d'un casque oblong, d'un bouclier léger, d'un sabre à lame fine avec son baudrier, d'une lance et d'un arc avec des flèches. Halima me dit alors que j'étais avisé, car le sabre était une belle arme venant de l'Inde, et la lance sortait de l'atelier de Samhar, établi à Khatt, dans l'île de Bahreïn : de là provenaient les meilleures lances de la péninsule.

— Peut-être étais-tu un poète, conclut-elle, mais je crois aussi que tu étais un guerrier. Il est bien dommage qu'aucun dieu ne daigne te rendre la mémoire. Lorsque tu nous quitteras, prends la route du nord. Tu trouveras un sanctuaire consacré à Ruda, la Dame des Thamudéens. Elle est la maîtresse de l'amour et de la vengeance, mais aussi de la compassion, de la perfection et de la guérison. Offre-lui des sacrifices, je ne doute pas qu'elle te prenne sous sa protection et te rende la mémoire.

Je remerciai Halima et ramenai dans ma chambre mon équipement, dont je fis l'essai. J'étais ainsi équipé lorsque la portière de la chambre fut agitée, et entra Joumana. En me voyant dans ma tenue guerrière, ses yeux brillèrent et elle s'étonna :

— Habib, pourquoi cet équipement ? Envisagerais-tu d'aller chasser dans le désert ? À moins que tu ne songes à reprendre la route… Car je sais que ma tante t'a parlé. Nous avons eu une discussion ce matin, et elle m'a dit qu'elle irait ensuite te trouver. Je vois qu'elle t'a donné les armes de mon oncle.

— Oui, et elle m'a aussi parlé.

— Elle a dû te dire que j'étais fiancée et que mon futur époux allait bientôt arriver, avec mon père.

— C'est ce qu'elle m'a appris. Tu ne m'en avais rien dit.

— Pourquoi t'en aurais-je parlé ? Tu ne songeais pas à me demander à mon père.

— Non, jamais je ne l'aurais osé, moi qui ne suis rien.

Elle me regarda en silence, et je vis des larmes couler sur ses joues.

— Joumana, m'écriai-je, tu pleures !

— Oh, Habib, pourquoi continuer de nous comporter ainsi comme si nous étions étrangers l'un à l'autre ? Peut-être n'es-tu rien, mais tu le sais, tu es tout pour moi.

Et, honteuse de cet aveu, elle se détourna. Je ne pus m'empêcher de la prendre dans mes bras, mais je n'osais poser mes lèvres dans son cou et sur son visage qu'elle tenait de côté.

— Joumana, tu le sais aussi, nous ne pouvons nous aimer, mais cette Nahila, celle qui a étanché ma soif quand mon corps en mourait, et qui continue d'étancher la soif d'amour de mon âme, cette Nahila, tu n'as pu en être dupe, tu sais bien que c'était toi, toi que je ne pouvais nommer devant les autres.

— Habib, est-il donc vrai que tu m'aimes ?

Elle avait tourné vers moi son regard embué de pleurs, mais ses lèvres souriaient, doucement.

— Dire que je t'aime est peu dire. Depuis que j'ai retrouvé la conscience, je n'ai plus de repos et ta beauté m'habite, ton regard est toujours en moi, je me sens mourir en pensant à toi, et chaque jour je meurs plus encore de ne pas t'avoir. Mais je partirai, car je veux ton bien et non ton malheur, et moi-même j'irai où me conduiront mes pas, jusqu'à ce que je défaille, au fond d'un désert où nul humain jamais ne se sera aventuré.

— C'est alors mon malheur que tu feras si jamais tu t'éloignes de moi, gémit-elle en se serrant contre moi.

— Halima me l'a dit, et je n'en puis douter : ton père nous tuera si jamais il apprend que nous nous aimons.

— Emmène-moi loin d'ici, partons où nous porteront tes pas. Je préfère mourir entre tes bras que vivre entre les bras d'un autre homme.

— Ce serait une grande folie. Je ne sais où aller, je n'ai aucun moyen de te faire vivre. Ton père aurait tôt fait de nous retrouver. Peu m'importerait de mourir, si c'est pour toi, mais je ne pourrais supporter l'idée de ta honte, de ta souffrance, de ta mort.

— Ici, sans toi, je ne serais plus une vivante. Je préférerais que mon père m'enterre toute vive, comme on le faisait chez nous jadis, plutôt que de ne plus être près de toi.

Alors, j'osais poser mes lèvres sur les siennes, et elle recueillit mon baiser. Puis elle se dégagea soudainement et me dit :

— Je vais aller sacrifier une chèvre sur l'autel d'al-Lat, et je la prierai de nous aider dans notre amour. Je suis sûre qu'elle m'inspirera ce qu'il convient que nous fassions et la manière dont nous devons le faire.

Je m'assis sur le lit, terrassé par la révélation de la passion de Joumana. Sans doute avais-je senti que je ne lui étais pas indifférent, mais je n'imaginais pas qu'elle pût m'aimer d'une façon aussi totale, aussi désespérée. Et, au lieu de m'en réjouir, je me le reprochais. Si mon amour n'avait pas été partagé, j'aurais pu m'éloigner sans regret, emportant pour moi seul mon chagrin. Mais de son côté elle répondait à ma flamme avec tant d'ardeur que je ne voyais d'issue à une semblable passion que dans la mort : si je la quittais sans l'emmener, j'étais maintenant persuadé qu'elle se laisserait mourir ; si je restais auprès d'elle, ce serait son père qui nous mettrait à mort, je n'en pouvais douter. Si nous fuyions, nous pourrions échapper quelque temps à ses recherches, mais comme je n'avais même pas de tribu où trouver un refuge, il arriverait un moment, même si nous parvenions à survivre sans aucun moyen de subsistance, où nous serions rattrapés, et tout aussi bien mis à mort.

J'étais plongé dans cet abîme de tourments, lorsque j'entendis des cris au-dehors. En sortant de la chambre, je vis Salma, la fille aînée de Halima, échevelée, tremblante, qui s'écria :

— Le malheur est sur nous. Des brigands se sont répandus dans le village, venus on ne sait d'où. Ils ont déjà massacré plusieurs vieillards et ils enlèvent les femmes. Je crains pour Joumana, car elle est sortie dans la palmeraie en emmenant une chèvre.

Je portais toujours ma tenue guerrière, mon arc sur les reins avec le carquois et mon sabre pendu sur ma poitrine. Je saisis ma lance, mon bouclier, et je m'élançai vers le seuil de la maison. Je vis courir vers moi Halima, poursuivie par deux hommes. Ils ne portaient pas de cuirasse, leur tête n'était couverte que d'un turban, et ils n'étaient armés que de courtes lances. En me voyant surgir tout armé, ils s'arrêtèrent soudain. Avant qu'ils n'aient réagi, je me jetais sur eux en poussant le cri de guerre qui revint sur mes lèvres, du fond de ma poitrine :

— Yalil ! Yalil ! Vos corps sont destinés à pourrir dans le désert.

Ma lance jaillit de ma main et frappa le plus proche en pleine poitrine. La lance de l'autre se brisa sur mon bouclier et, comme il me tournait le dos pour prendre la fuite, mon sabre fut dans ma main et tourbillonna : sa tête roula sur le sol dans un flot de sang.

— Yallah ! s'écria Halima, tu te bats comme un lion, comme un vrai guerrier.

— Où est Joumana ? lui demandai-je, sans dissimuler l'anxiété qui m'avait saisi.

— Hâte-toi, elle est au bout du village, vers l'autel d'al-Lat. Mais prends garde à toi, ces brigands sont bien une vingtaine.

Je rengainai mon sabre et je m'élançai à travers la palmeraie. Le plus grand désordre avait balayé le calme serein des jours précédents. Déjà des maisons commençaient à brûler, les chiens hurlaient à la mort, les enfants couraient au hasard, la peur nouait les entrailles des femmes. Les brigands s'étaient dispersés pour piller, de sorte que leur nombre ne leur était plus un avantage sur un homme décidé. J'en surpris plusieurs, soit qu'ils sortissent des maisons, chargés de butin, soit qu'ils courussent après quelque femme. Je les pris tous de court, car ils avaient dû être avertis de l'absence des jeunes guerriers défenseurs des tentes, et ils pensaient pouvoir piller et voler en toute quiétude. Ma lance s'abreuvait de leur sang telles les lionnes de

Tabala, lorsqu'elles traquent les troupeaux de bœufs sauvages.

Halima, qui m'avait suivi, m'entraîna vers l'autel de la déesse. Je reconnus alors la voix de Joumana qui criait mon nom désespérément. Nulle puissance au monde n'aurait pu contenir ma fureur. Je ne fis qu'entrevoir quelques hommes qui avaient jeté sur leurs épaules des jeunes filles pour les emporter dans leurs repaires. Et Joumana se trouvait parmi elles. À nouveau ma lance jaillit de ma main, puis je tirai mon sabre et je me ruai sur les fuyards. Ils se résolurent à abandonner leurs fardeaux et tentèrent de faire face. Mais déjà j'étais sur eux et je poussais à nouveau le yalil guerrier tout en faisant tournoyer mon sabre qui fulgurait dans le soleil. D'autres têtes tombèrent ainsi que des mains qui étreignaient encore une épée. Abandonnant le combat, ceux qui restaient prirent la fuite. Alors je tendis mon arc et les flèches aiguës volèrent vers les reins et les épaules, perçant les chairs, abattant les hommes que la distance n'avait pu protéger de la mort.

Joumana s'était jetée dans les bras de Halima, qui la ramena vers leur demeure tandis que j'achevais d'exterminer les brigands attardés dans le village.

Lorsque je retournai auprès de Halima, je la trouvai seule dans la cour de la maison.

— Habib, me dit-elle, je ne sais quel est ton nom de naissance, mais tu as aujourd'hui mérité celui d'al-Izzat, le Fort, le Glorieux. Ah ! Si tu nous dois la vie, c'est maintenant nous qui te la devons. Si tu veux demeurer parmi nous, je te donnerai l'une de mes filles, celle que tu choisiras, pour épouse. Car toutes nous serons fières d'avoir un beau-fils, un époux ou un beau-frère comme toi. Nul ne peut douter que tu es de noble race, car seul un guerrier est capable de manier comme tu l'as fait la lance et le sabre.

— Umm Salma, lui répondis-je, je te remercie de ta proposition, mais je veux avant tout retrouver la mémoire de mon passé. Qui pourra m'aider en cela ?

— Seule une divinité bienveillante pourra t'exaucer. C'est déjà un dieu, un dieu qui nous protège, qui a voulu que tu sois ici ce jour. Il a conduit tes pas jusqu'à notre village, ce n'est pas sans une intention qui nous reste cachée. Maintenant, je te prie de demeurer parmi nous au moins jusqu'au retour de mon frère et de nos guerriers, car je crains que quelque brigand n'ait pu s'enfuir, et il risque de revenir avec des compagnons, en grand nombre, afin de venger leurs morts.

— Ne crains rien, Umm Salma, je resterai auprès de vous autant de temps que tu le désireras.

— S'il ne tient qu'à moi, tu pourrais demeurer auprès de nous pour toujours. Je ne serais pas si vieille, je serais heureuse d'avoir un époux tel que toi. Mais je sais qui tu aimes. Je sais aussi que tu ne peux l'aimer, c'est pourquoi je t'offre l'une de mes filles. Elles sont belles et elles sauraient t'aimer comme une épouse doit aimer son mari, sans débordement ni trop d'ardeur, Habib.

Je me contentai de pousser un grand soupir, puis je lui demandai la permission de me rendre dans ma chambre pour retirer mon casque et ma cotte, et pour me laver du sang qui me souillait.

Je terminai mes ablutions après m'être dévêtu, lorsque est entrée Joumana. Elle est restée silencieuse, sur le seuil, hésitante, et, comme je me tournais vers elle, elle s'est précipitée entre mes bras.

— Habib, me dit-elle, je ne peux douter que tu ne sois un homme de noble lignée et ma tante en est aussi persuadée. Ton action n'a fait qu'augmenter mon amour pour toi, si encore c'est possible. Je ne veux pas te perdre, je veux être à toi. Vivons notre amour, avec force, avec passion. Il suffit que nous nous aimions comme jamais couple ne s'est aimé, pendant seulement quelques jours, et après nous pourrons mourir, car, en si peu de temps, nous aurons goûté à l'éternité.

À mesure qu'elle parlait son ton s'exaltait, son visage se transfigurait, s'illuminait plus encore, et elle m'entraînait vers le lit. Elle tomba sous moi dans les coussins. La chaleur de son corps m'enveloppait comme sa chevelure dont j'aspirais les parfums. Ô moments sublimes, moments d'égarement et de folie ! L'amour nous unissait alors si étroitement que nulle force humaine ou divine n'aurait pu nous séparer. Dans cet instant nous avions oublié le monde, le soleil et les étoiles, rien n'existait plus que nous, nos corps enlacés, nos bouches unies, et, entre nous, notre passion, désespérée.

— Habib, ô Habib ! s'exclama Joumana lorsque se fut apaisée pour un instant l'ardeur de nos sens, nous ne pourrons plus nous quitter. Non, jamais je ne pourrais vivre loin de toi, avec un autre homme que toi. Je t'aime au point d'en être malade, d'en avoir mal dans la poitrine et dans tout le corps. Je sais que ma tante t'a proposé de te donner l'une de mes cousines. Elle me l'a dit, et je m'en suis réjouie en pensant que, de cette manière, tu pourrais rester parmi nous. Je me disais que l'époux que mon père veut m'imposer ne s'intéresserait pas plus à sa femme que ne le font en général les maris. Et quand il irait à la chasse ou à la guerre avec mon père, je pourrais être auprès de toi. Mais maintenant que j'ai connu ton amour, maintenant que j'ai éprouvé le délire de ton étreinte, comment pourrais-je me donner à un autre homme ? Comment pourrais-je vivre, dormir loin de toi ? Où trouverais-je la patience d'attendre des moments favorables pour venir te retrouver ? Non, je ne veux plus te quitter. Je ne serais pas capable de vivre dans le mensonge, dans l'attente de l'instant fugitif où tu pourras me donner un peu de ton amour. Je suis entièrement à toi, et je ne peux désormais appartenir qu'à toi… ou à la mort.

— Mon aimée, lui dis-je, effrayé par ses paroles, tentons d'abord de vivre, car je voudrais que le rêve que nous vivons en cet instant ne s'évanouisse jamais, que toujours nous restions ainsi unis.

— Alors, il faudra que tu m'enlèves, que nous nous enfuyions au loin, n'importe où, dans le désert, dans une île oubliée de la mer Arabique, au sommet d'une montagne inaccessible, dans l'antre obscur d'un djinn hospitalier, peu importe, du moment que nous serons l'un près de l'autre, que nous resterons seuls avec notre amour.

— Joumana, Joumana mon amour, murmurai-je, je ne peux que maudire cet homme à qui ton père veut te donner. Car même sans nom ni tribu, j'aurais su te conquérir avec la lame de mon épée. Comme l'a fait Antara, le poète noir des Abs, j'aurais étonné ton père par mes exploits au point qu'il aurait reçu comme un honneur de te donner à moi. Mais voilà, il y a cet homme que je hais. Ah ! Que les Banu Saad assaillent sa caravane, qu'ils le massacrent, lui et tous les siens, afin que tu restes à moi !

— Non, Habib, il ne faut pas parler ainsi. Cet homme est jeune, à ce qu'on m'a dit, et il n'est responsable de rien. Tu ne peux ainsi lui souhaiter du mal. Laissons faire le maître du destin, mais ne cherchons pas à nuire à autrui, serait-il notre ennemi.

— Pardonne-moi, Nahila, je me suis laissé entraîner par une passion qui me déborde par trop. Comme ton fiancé ne te connaît pas, comme il ne t'a jamais vue, il ne peut t'aimer. Si je t'enlève, il ne pourra pas avoir de vrais regrets, et si, entre-temps, je retrouve ma mémoire, je saurais alors trouver tant de richesses pour t'avoir que ton père ne pourra me refuser ta main. Qu'un dieu favorable m'entende et comble mes vœux.

— Hélas, soupira Joumana, si tu m'enlèves, tu auras donné la preuve d'une telle passion aux regards du monde que jamais mon père ne pourra t'accepter comme beau-fils. Tu sembles avoir oublié qu'il est deux sortes de femmes qu'un homme ne peut jamais épouser : sa sœur, serait-elle sa sœur de lait, et celle qu'il a poursuivie de son amour sans crainte de révéler au grand jour une passion qu'on admire chez les amants mais qu'on condamne chez les époux.

Ces paroles me frappèrent soudain de stupeur, car j'avais un vague sentiment qu'elles éveillaient en moi je ne savais alors quels échos. Mais je me dis que mon malaise venait du fait que la révélation de notre amour interdirait notre mariage.

— Alors, répondis-je enfin en l'embrassant, nous resterons donc amants, car cet amour que je porte en moi, je voudrais le crier, le jeter à la face du soleil, je voudrais que chacun le sût, que chacun admire combien nous sommes capables de nous aimer, que nous restions dans la mémoire des hommes comme les plus passionnés, les plus heureux et aussi les plus malheureux des amants. Je voudrais que dans les temps futurs, de génération en génération, on parle des amours de Nahila et de Habib, comme chez les Perses on chante ceux de Wis et de Ramin, ou ceux de Khosroe et de Chirin, déjà entrés dans la légende. Un dieu, oui, un dieu m'inspirera pour toi les plus beaux chants, et pour te conquérir aux yeux des hommes, les plus grandes actions d'éclat.

Ainsi rêvions-nous, ainsi exaltions-nous notre passion que rien ne pouvait plus contenir, comme le flot tumultueux qui dévale dans les ouadys après les grandes pluies d'orage.

Nous nous résolûmes à nous séparer pour ne pas être surpris par Halima ou l'une de ses filles. À peine Joumana venait-elle de s'éloigner que m'appela Halima pour me dire que partout dans le village on désirait me voir pour me remercier, pour faire mes louanges, pour me baiser les mains.

— Je ne mérite pas tant d'honneur, déclarai-je franchement à Halima. J'ai fait ce que tout homme digne du titre de guerrier aurait fait. Je ne souhaite qu'une chose, c'est qu'ils se chargent d'enterrer les morts comme il convient.

Je ne précisais pas que si j'avais été saisi d'une telle fureur et si je m'étais battu avec un pareil mépris de la mort, c'était par amour pour Joumana.

Ce soir-là, nous nous assîmes comme à l'accoutumée sur les nattes pour prendre le repas à la lueur des lampes fumeuses. Joumana était assise face à moi, mais j'évitais de porter vers elle mes regards, car je voyais que Halima nous épiait. Et, alors que les autres soirs je n'avais aucune hâte de me retirer dans ma chambre, car je voulais rester le plus longtemps possible en présence de Joumana, je brûlais d'impatience en attendant le moment de la séparation. Halima me demanda si je voulais chanter quelque qasida, comme je le faisais d'habitude, tout en buvant du vin ou de l'eau aromatisée au miel, mais je prétextai une grande fatigue après les combats de la journée. Chacun prit sa lampe et se retira de son côté. Je m'étendis sur ma couche et je suivis longtemps du regard la lueur dorée de la lampe qui faisait danser les ombres sur le mur blanc. Si j'avais voulu si tôt quitter la compagnie de mes hôtes, c'était pour rêver à mon aise de Joumana, que je n'avais osé regarder en public de crainte que nos regards ne trahissent nos plus secrètes actions. Mais j'étais aussi partagé entre la tentation de me glisser dans sa chambre pour la retrouver, et la crainte d'être surpris. J'étais décidé à la rejoindre, mais chaque fois je remettais à un peu plus tard ce moment, afin d'être certain que toute la maisonnée fût endormie.

Ce fut elle qui vint. Je vis frissonner le lourd tissu de la portière et une ombre claire se glissa dans la chambre. La lumière joua sur sa peau et modela sa silhouette gracieuse. Sa chevelure défaite tombait en souples torsades sur sa poitrine qu'elle dérobait à demi, car nul voile ne couvrait sa nudité. Je me redressai et m'assis sur le bord de la couche. Elle s'était arrêtée devant moi, troublée et intimidée, peut-être honteuse de son audace.

— Tu es venue, ma bien-aimée, ai-je murmuré en enlaçant ses reins, tu m'as surpassé en intrépidité et en décision. Je voulais te rejoindre, mais je craignais de t'indisposer, et voici que tu as répondu à mon appel secret.

Je l'entraînai sur la couche, sous la couverture.

— Il est mieux que je vienne à toi, souffla-t-elle, car ma tante n'entrera pas aussi facilement dans ta chambre que dans la mienne.

— Mais si, justement, elle ne te trouve pas dans ton lit ?

— Je pourrais toujours dire que j'ai dû sortir pour un quelconque besoin. Sans lui préciser que c'est pour un besoin d'amour.

Malgré l'ardeur de nos caresses, nous ne nous sommes pas laissé emporter par le désir de partager le même sommeil. Avant que le coq ne chantât, annonçant le retour du jour, Joumana m'a quitté.

Ainsi nous sommes-nous retrouvés, chaque nuit, soit que je vinsse vers elle, soit qu'elle me rejoignît dans ma chambre. Et plus nous étions ensemble, plus croissait notre amour. Les jours me semblaient longs, interminables, et les nuits si courtes ! Je ne vivais plus que dans l'attente de la nuit, et, durant le jour, je trompais mon impatience en m'exerçant au tir à l'arc ou en faisant courir les chevaux. J'avais ainsi sélectionné dans le petit haras le plus rapide et le plus solide d'entre eux, et aussi la chamelle la plus robuste.

— Oh ! soupirait Joumana quand venait le moment de nous séparer, à l'heure où les nuits finissaient de s'étirer dans le ciel, m'endormir entre tes bras et me réveiller avec le soleil, joyeuse, l'âme en paix, sans avoir à feindre une fausse indifférence pendant tout le jour, sans craindre d'être surprise lorsque je viens te retrouver sur cette couche qui devrait être notre lit conjugal, sans appréhender un lendemain qui verra le retour de mon père et la fin de nos amours !

Moi-même je ne pouvais me résoudre à envisager la séparation. Et moins encore à abandonner aux bras d'un autre celle par qui et pour qui je respirais. Lorsque j'essayais d'imaginer sa prise de possession par un autre homme, mon esprit se troublait, mon sang se figeait. Je me disais que je ne pourrais y survivre, que je ne pourrais même le supporter et que je serais capable de tuer celui qui songerait à me l'enlever. Je révélais à Joumana ces pensées : elles la ravirent et l'effrayèrent.

— Non, disait-elle, moi non plus je ne pourrais accepter d'appartenir à un autre qu'à toi, partager la couche d'un autre homme. J'en aurais trop de honte et de chagrin, et moi aussi, je crois que j'en mourrais.

Ainsi, plus notre amour se fortifiait, plus mûrissait en nous nos projets de fuite. Et, une nuit, notre décision fut prise. Pendant la plus grande partie du jour suivant, nous avons guetté le moment où Halima quitterait la maison avec deux de ses filles. Il n'en resta qu'une, la plus jeune. Elle aimait sa cousine et, lorsqu'elle vit nos préparatifs, elle comprit et elle pleura. Joumana la consola, lui promit qu'un jour elles se reverraient, mais que, pour l'instant, elle n'avait que le choix entre s'éloigner ou mourir. L'adolescente nous aida à charger les bêtes. J'avais d'avance équipé mon cheval, comme si je m'étais apprêté à aller à la chasse, ce qui avait justifié que je revêtisse ma cotte et que je prisse mes armes. En hâte je dressai le palanquin sur la chamelle tandis que Joumana réunissait quelques vêtements. Nous avons ensuite chargé un chameau d'eau et de vivres, et un autre d'une tente, d'une couche et de quelques bagages.

Ainsi avons-nous quitté Djadud, mon aimée, dérobée sous les voiles du palanquin, et moi, en direction du levant. La route nous avait été dictée par les circonstances, car nous voulions éviter la piste du nord d'où pouvait à tout moment survenir le père de Joumana, tout autant que celle du couchant, car c'est dans cette direction qu'était allée Halima, vers la sortie de la palmeraie où l'amie à qui elle rendait visite avait sa maison.

Lorsque nous fûmes engagés dans le désert et que je n'aperçus plus que la ligne sombre de la palmeraie, dans le lointain, je descendis de mon cheval, je le liai à la chamelle par une longe puis je vins prendre place dans le palanquin aux côtés de Joumana, enfin libre de l'aimer comme je l'avais tant désiré, oublieux d'un avenir incertain, désireux seulement de jouir de l'instant fugitif que nous aurions voulu prolonger jusqu'à la fin des temps.

CHAPITRE 19

LA FUITE AU DÉSERT

Dans un premier temps, nous disposions de suffisamment de nourriture et d'eau pour éviter les oasis et les puits autour desquels séjournaient des bédouins. Néanmoins, il nous arriva de croiser de petites caravanes ou des familles qui poussaient leurs maigres troupeaux de point d'eau en point d'eau. Nous les saluions comme il convenait, puis nous poursuivions en hâte notre route, autant pour ne pas leur laisser le loisir de nous interroger, car ils pouvaient s'étonner de rencontrer un couple allant seul dans le désert, que pour éviter de leur donner le temps d'évaluer nos biens et d'éveiller ainsi leur convoitise. Mais le manque d'eau et le besoin de trouver du foin pour le cheval nous obligea finalement à nous arrêter dans une oasis. Mes armes et la richesse de notre équipage, quoique restreint, imposèrent le respect. Des femmes qui tiraient de l'eau dans le puits profond nous aidèrent à remplir nos outres et nous offrirent l'hospitalité lorsqu'elles eurent entr'aperçu Joumana qui restait dans le palanquin, à demi dérobée par les rideaux. Je ne pouvais refuser sans les offenser et éveiller suffisamment de soupçons pour qu'elles envoient leurs hommes sur nos traces. Car, qu'auraient-elles pu alors supposer ? Les plus folles pensées auraient germé dans leur imagination et, pour le moins, elles auraient pu croire que j'avais enlevé contre son gré la fille d'un puissant sayyid, ce qui, dans une certaine mesure, était exact.

Joumana se résolut à descendre du palanquin. On lui demanda son nom. Elle donna le surnom que je lui avais choisi, Nahila. On me demanda le mien. Je fis comme si je n'avais pas entendu. Ce fut toi, ma Joumana, qui déclara pour moi :

— Mon époux est très distrait, il ne vous écoute pas. Et il évite devant moi de parler à d'autres femmes car je suis très jalouse. Son nom est Habib ibn Maymun. C'est un guerrier, mais aussi un poète. Nous allons de tribu en tribu pour chanter les amours et les exploits des guerriers des temps jadis.

Quel esprit souffla à Joumana de me dire fils de Maymun ? Elle connaissait al-Acha de réputation, mais jamais depuis notre rencontre je n'avais prononcé le nom de mon ancien maître. Jamais, parce que je l'avais oublié. Et voici que ce nom de Maymun éveilla en moi d'étranges échos, comme d'ailleurs l'avaient déjà fait des noms prononcés devant moi, sans que je puisse alors les situer tout au long de ma vie ancienne enfermée dans la nuit de ma mémoire.

Les femmes voulurent que nous passâmes tout au moins la nuit dans leur campement, afin d'entendre de ma bouche quelque qasida. Les hommes nous reçurent avec de vives marques de respect lorsque les femmes leur eurent dit ce que j'étais : dans ces temps de la Djahiliya, personne n'était plus admiré et parfois craint que les poètes et les devins, car on pensait qu'ils étaient inspirés par des djinns et on leur attribuait de mystérieux pouvoirs. Néanmoins, lorsque nous eûmes mangé et bu, l'un des hommes assis auprès de moi me demanda quelle était ma tribu, d'où nous venions et où nous allions. Et moi, inspiré par je ne sais quel esprit, je répliquai :

— Ma tribu, je ne veux savoir ce qu'elle fut, car je ne partage pas ses croyances. D'où je viens ? De nulle part, du fond des âges. Où je vais ? Vers d'autres temps, là où nous conduit l'esprit d'al-Rahman, le Miséricordieux.

— Serais-tu, s'enquit alors un autre homme, un partisan de ce Maslama al-Rahman al-Yamamah ?

— Je ne sais de qui tu parles, répliquai-je sans mentir, car il était loin de ma mémoire ce Maslama de la tribu des Banu Hanifa, qui prêchait le culte d'un dieu unique, comme Mohammed le faisait à La Mecque.

— Il ne peut être disciple de cet illuminé, constata l'ancien du clan qui nous avait écoutés en silence. Habib ne parle pas de jeûne et il a bu du vin, ce qu'interdit ce Maslama. Mais peut-être t'es-tu converti aux croyances de ce Mohammed qui cause bien des soucis aux gens de La Mecque ?

Le nom de Mohammed éveilla à nouveau en moi d'anciennes visions, et quelques images de mon passé dans la ville sacrée défilèrent devant moi, dans un flou lointain, pareil à un mirage, sans que je fusse capable de les identifier.

— Ce Mohammed est certainement inspiré par un dieu, ai-je répondu.

— Ne crains rien, reprit le vieillard, tu peux devant nous avouer être musulman. Nous ne sommes pas des Quraychites et peu nous importent les convictions de nos hôtes. Il y a parmi nous des sectateurs d'Isha, et aussi de Maslama.

Je ne sais encore quelle voix intérieure me fit déclarer :

— Si j'étais musulman, je ne le cacherais pas. Je crois dans le même dieu unique que les musulmans, mais je n'appartiens pas à leur secte.

À la requête de nos hôtes, j'ai alors chanté des poèmes. Ils jaillissaient en moi comme une source vive dont on ne connaît l'origine, ils surgissaient de la nuit de ma mémoire, car je ne me souvenais pas alors que je les avais composés pour Fayruz, mais c'est le nom de Nahila qui venait sur mes lèvres, et c'est vers elle, assise face à nous, parmi les femmes, que se tournaient mes yeux. Nos regards se croisaient et son visage s'illuminait. Et de nouveaux vers naissaient alors sur mes lèvres, ciselés par l'orfèvre de l'amour ardent.

Nous sommes repartis le lendemain, chargés de vivres que nous avaient donnés nos hôtes. Nous allions alors joyeusement et je songeais que je pourrais ainsi vivre avec Joumana, en poète errant, de tribu en tribu, à travers l'île des Arabes. J'avais alors oublié que c'est ainsi qu'allait al-Acha avec son esclave noire, et j'avais aussi oublié qu'il m'avait mis en garde contre les bédouins du Yamamah.

Encore pendant de longues journées nous avons progressé en direction du soleil levant, vers la mer Arabique. Afin que Joumana ne souffrît pas trop de la chaleur, nous reprenions la route lorsque blanchissait le ciel et nous nous arrêtions lorsqu'il atteignait le zénith. Je veillais à ce que ce soit toujours auprès d'un puits ou en un lieu dans lequel nous pouvions trouver l'ombre de quelques palmiers. Je pensais que nous étions maintenant assez loin de Djadud pour ne plus redouter les poursuites du père de Joumana ; aussi ne mettions-nous aucune hâte dans nos déplacements et s'il se présentait une oasis fraîche et hospitalière, nous y séjournions volontiers. Mes chants nous servaient de monnaie, grâce à quoi nous trouvions toujours à manger à notre faim. Quoiqu'elle fût d'apparence délicate, Joumana était une bédouine et elle supportait sans souffrir cette vie errante, malgré l'inconfort de notre petite tente en peaux quand on ne nous offrait pas l'abri d'un toit solide ou d'une tente vaste et aérée. Lorsque je lui disais que nous ne pourrions pourtant passer notre vie à errer ainsi à l'aventure, qu'elle, fille d'un puissant sayyid, ne pouvait se contenter d'un homme comme moi, sans passé, sans nom ni tribu, elle répliquait que tout cela importait peu, qu'il lui suffisait que nous nous aimions, que le monde n'existait à ses yeux que par moi. Et moi, l'âme ravie, je lui disais alors que sa beauté reflétait la beauté du monde et de son créateur, et que le Miséricordieux ne pouvait que protéger pareilles amours. Et mon aimée ajoutait que nos protectrices étaient les trois déesses, les filles d'Allah, ou encore les deux amoureux changés en pierre, Isaf et Naïla.

Vint un jour où nous avons marché tout le matin sans trouver un quelconque point d'eau. Nous avons poursuivi notre route dans la chaleur de midi, et longtemps après. Je craignais de m'égarer car on distinguait à peine la piste à travers le désert de sable. L'apparition dans l'horizon palpitant de quelques points sombres me fut un soulagement. Je discernai bientôt une huitaine d'hommes qui allaient à pied avec cinq chameaux. Lorsque nous fûmes à leur hauteur nous les saluâmes et je leur demandai s'il y avait un puits ou une oasis à proximité. Celui qui marchait en tête me répondit qu'il n'y avait aucune eau à moins de deux jours de marche. Et il ajouta :

— Notre intention est d'établir ici notre campement pour la nuit. Si tu veux rester auprès de nous, tu seras le bienvenu. Nous avons encore de l'eau dans le cas où tu en manquerais.

Je le remerciai en assurant que j'avais encore de l'eau pour poursuivre ma route.

— Fais selon ton désir, me dit-il. Mais je te conseille de rester sur tes gardes car il y a des rôdeurs de nuit. On est plus en sécurité lorsqu'on est en nombre.

— Je sais me défendre, ai-je répondu. Ma lance a déjà bu le sang de bien des ennemis et mon épée ne sait demeurer tranquille dans son fourreau lorsque j'aperçois des voleurs. Quant aux bêtes fauves, avec cet arc j'en ai abattu plus que bien des grands chasseurs.

J'avais le sentiment que ces hommes nourrissaient de mauvaises pensées à notre égard et, par ces vantardises, je leur signifiais que je ne les craignais pas, bien que, en réalité, je fusse saisi d'une secrète appréhension. Nous nous sommes salués et nous avons repris notre route. En me retournant, après avoir parcouru une certaine distance, je vis que ces hommes avaient déchargé leurs chameaux et entreprenaient de dresser leur tente.

— Peut-être ai-je eu tort de ne pas leur faire confiance et de reprendre la route à une heure aussi tardive, dis-je à Joumana.

— Non, répondit-elle, tu as bien agi. Je n'ai pas confiance en ces hommes. Ils ont cherché à me voir à travers les rideaux, et moi, j'ai surpris chez ceux qui sont restés en arrière des regards inquiétants. Je suis persuadée que tes paroles et tes armes les ont impressionnés, mais il est préférable de nous éloigner d'eux.

La nuit commençait à tomber lorsque nous avons fait halte dans un lieu favorable. Il y avait là des tamaris * avec lesquels je pus faire du feu, des tragacantes pour nourrir les chameaux, et tout autour des rochers qui nous dérobaient aux regards. Je dressai la tente tandis que Joumana soulageait les chameaux de leurs bâts. Mais lorsqu'elle voulut desseller le cheval, je l'en empêchai : souvenir soudain resurgi d'un enseignement d'Abd al-Uzza, selon lequel un guerrier, lorsqu'il allait en campagne dans le désert, devait conserver la selle sur son cheval afin de pouvoir l'enfour-

* Ces arbrisseaux du désert sont une variété de tamaris appelée *ghrotha.* Le tragacante *(qatada)* dont il est ensuite question est un arbrisseau épineux.

cher à tout moment, même au milieu de la nuit. Nous avons mangé, assis côte à côte, puis Joumana me prit par la main. Elle voulut m'entraîner sous la tente, mais la chaleur était encore étouffante et nous avons aménagé notre couche dans un creux de rochers, à peu de distance, afin de nous aimer sous le regard des étoiles.

Ainsi nous sommes-nous assoupis, étroitement enlacés. Les hennissements de mon cheval m'éveillèrent soudain. Je me redressai et me vêtis en hâte. Des bruissements sourds bientôt suivis de cris s'élevèrent dans la nuit claire. J'avais saisi ma lance et jeté mon sabre sur ma poitrine, et je m'élançai vers la tente. Parmi les ombres qui s'agitaient autour et perçaient la peau de grands coups de lance, je reconnus l'homme qui m'avait parlé et proposé de rester parmi eux. Ainsi était-il revenu avec ses complices à la faveur de la nuit et nous nous serions assoupis dans la tente que nous aurions été massacrés dans notre sommeil. Je me précipitai vers eux en poussant le « Yalil » guerrier et vengeur. Ma lance frappa le premier qui se présenta avec tant de violence que le manche se brisa. Avec la hampe qui restait dans ma main, je frappai en plein visage un autre brigand, puis je tirai mon sabre. La lame tourbillonna et heurta un corps mou. Le hurlement de l'homme ainsi touché fit blatérer les chameaux et je le vis fuir dans la pénombre. Je m'apprêtais à le poursuivre lorsque j'entendis derrière moi les cris de Joumana que tentaient d'enlever deux hommes. Je courus vers eux, les obligeant à lâcher leur captive. Ils m'opposèrent leurs sabres brillants puis soudain ils rompirent et prirent la fuite.

Je reçus Joumana dans mes bras.

— J'ai eu si peur ! soupira-t-elle.

Je n'eus pas le loisir de la consoler. Les brigands avaient enfourché nos chameaux sur lesquels ils s'enfuyaient, en emportant une partie de nos bagages. Je courus vers mon cheval pour m'élancer à leur poursuite, mais Joumana me retint en me suppliant de ne pas la laisser seule :

— Ne provoque pas les dieux, poursuivit-elle. Nos vies sont sauves, c'est ce qui compte. Dans cette poursuite, tu pourrais être tué, et alors, que deviendrais-je sans toi ?

Cette raison suffit à apaiser mon ardeur et ma colère et je laissai nos pillards s'enfuir. Je tins Joumana entre mes bras jusqu'à ce qu'elle s'endorme, mais moi je gardais les yeux et les oreilles ouverts, épiant la nuit. Dès que revint le jour, nous nous empressâmes de faire le compte de nos pertes. Il nous restait heureusement mon cheval qui s'était dérobé à l'attaque des pillards, une outre d'eau, quelques dattes. Le palanquin était devenu inutile sans monture et nous n'avions plus, pour nous vêtir, que ce que nous portions sur nous. Il me restait heureusement mon arc et mes flèches pour chasser, et mes pierres à feu. Je hissai Joumana sur le cheval et nous avons repris notre route vers le levant. Je m'affligeais pour ma bien-aimée, mais elle me disait joyeusement que nous devions nous réjouir d'avoir ainsi échappé à une attaque qui aurait pu nous coûter la vie. Il nous restait notre passion, qui était notre raison de vivre, et la liberté de la vivre.

— Quels biens plus précieux pouvons-nous souhaiter posséder ? me demanda Joumana en m'enlaçant.

Et je songeais qu'elle ne pouvait mieux parler.

Je chargeai la croupe du cheval de notre maigre bagage et Joumana prit place sur la selle. Pour moi, malgré la chaleur, j'avais revêtu ma cotte de mailles, coiffé mon casque solide enveloppé dans son turban, jeté mon arc sur mon dos et mon épée sur ma poitrine. Ainsi étais-je prêt non seulement à répondre à toute attaque inopinée, mais à tirer sur tout gibier qui passerait à portée de mes flèches.

Avant la fin de cette même journée nous parvenions à un puits où campait un groupe important de bédouins. Dès qu'ils nous virent arriver, ils nous offrirent la *qira*, le plat d'hospitalité.

— En te voyant ainsi équipé avec seulement ton épouse, me dit le sayyid du clan, je me doute que tu as été attaqué par cette bande de brigands.

— Huit hommes avec cinq chameaux, ai-je répondu. Mais ils ne sont plus que six, et encore je ne sais si deux d'entre ces six survivront aux coups que je leur ai portés, ai-je répondu.

— Tu es un bon guerrier. Combien d'hommes avais-tu avec toi ?

— J'étais seul, avec mon épouse. Ils ont cru nous surprendre au cours de la nuit, mais nous avions quitté notre tente.

— Tu as d'autant plus de mérite. Nous pensions que ces hommes étaient des coureurs du désert. Ils étaient hier campés auprès de ce puits. Nous leur avons offert le plat d'hospitalité et l'eau, mais j'avais des doutes sur leur franchise. Je les ai invités à repartir dès le matin, car je craignais qu'ils ne cherchent à nous voler pendant la nuit. Mes soupçons étaient donc bien fondés. Mais comment se fait-il que tu ailles seul avec ta femme, dans le désert ?

Je lui dis que j'étais un poète errant, que comme les rawi j'allais de campement en campement, chanter des poèmes, ceux des autres, mais aussi ceux de ma composition. Lorsque nous avons quitté le puits, le lendemain, ils nous avaient chargés de provisions et rempli nos outres d'eau. Mais ils étaient trop pauvres pour avoir pu nous offrir une chamelle pour Joumana.

Deux jours plus tard, nous parvenions au bord de la mer. Ni Joumana ni moi n'avions jamais vu ces immenses étendues d'eau amère qui s'étalent à l'infini, se confondent, à l'horizon, avec le ciel. C'était la mer Arabique, dans la région appelée Bahreïn. Elle était alors sous la domination nominale des Perses qui l'avaient placée sous l'autorité d'un gouverneur arabe de la tribu de Tamim, Mundhir ibn Sawa, du clan des Banu Abdallah ibn Zayd.

Nous pensions nous trouver enfin en sécurité dans une province perse. Nous sommes restés un long moment sur le rivage à regarder les souples vagues s'étaler sur le sable, l'envelopper comme une amante. Nous avons trempé nos pieds et nos jambes dans cette eau si claire qu'on aurait pu croire que ce n'était que du vent, si le ciel ne s'y était reflété.

Il convenait dès lors de chercher un moyen pour gagner quelques dirhams afin de nous vêtir convenablement. Car la robe légère de Joumana était sale et déchirée et mon vêtement ne valait pas mieux, au point que, si je n'avais eu mon cheval et mes armes, on aurait pu nous prendre pour des mendiants ou des esclaves en fuite.

Alors que dans le désert, parmi les tribus, lorsque nous arrivions à l'orée d'un campement, nous étions assurés d'avoir pour le moins la *qira*, grâce à quoi nous pouvions manger à notre faim, dans cette région où les gens habitaient des maisons fixes et vivaient de la pêche, de la culture de la terre ou du commerce, les lois de l'hospitalité bédouine étaient oubliées, si jamais on les avait connues. Seul le cheval trouvait son compte car il y avait de l'herbe en abondance et les sources étaient nombreuses. Je connus alors les tiraillements que provoque la faim dans les entrailles, car le peu de nourriture que je récoltais, je le donnais à Joumana. Elle croyait que je la partageais et je faisais semblant de dévorer ma part, que je remettais dans le sac sans qu'elle s'en aperçoive, lui laissant ainsi croire que j'avais gardé quelques restes pour le lendemain. Afin de ménager mes forces, je montais sur le cheval et je tenais ma bien-aimée assise devant moi, entre mes bras. Et nous étions heureux.

Ma fierté m'interdisait de demander l'aumône et je proposais à des pêcheurs de les aider dans leurs travaux. Mais ils rirent en demandant ce qu'un mendiant du désert pouvait bien connaître de leur métier.

— Je ne sais pas comment on répare un filet ou comment on conduit un bateau, répondis-je, mais je sais manier la lance et le sabre.

— Dans ce cas, me lança l'un des hommes, va te présenter au palais du gouverneur pour qu'il t'engage parmi ses gardes.

Ils nous donnèrent cependant des poissons qu'ils étaient en train de faire griller sur un feu de bois.

Nous sûmes par eux que nous étions à Khatt et que se tenait un marché, près de la mer, à peu de distance. Nous nous y rendîmes. Je menais par la bride le cheval sur lequel était juchée Joumana. Il y avait beaucoup de monde, des marchands qui tenaient boutique ou qui exposaient leur marchandise sur des tapis, et des chalands en grand nombre. Ils nous regardaient passer et je voyais leur étonnement, et aussi leur désir lorsque leurs yeux se posaient sur Joumana, dont la beauté me semblait avoir mûri au cours de ces derniers temps, comme un palmier parvenu à sa plus grande splendeur.

Je m'arrêtai devant l'étal d'un marchand d'armes. Il présentait en particulier ces lances de roseau, souples et solides, propres à ce lieu, raison pour laquelle on leur donnait le nom de *khatti*, ainsi que des flèches bien empennées. J'avais épuisé les miennes en chassant dans le désert, mais je n'avais pas le moyen de m'en payer de nouvelles. Je m'éloignais en soupirant. Un peu plus loin s'ouvrait la boutique d'un marchand persan d'instruments de musique. J'y vis de beaux luths et je songeais qu'avec l'un d'eux, je pourrais chanter des poèmes et gagner par ce moyen de quoi nous nourrir. Le marchand m'aborda :

— Si j'en crois tes armes, me dit-il, tu sembles être un guerrier du désert, mais je vois pourtant que tu scrutes mes instruments de plaisir et de joie avec un regard connaisseur.

— Tu ne te trompes pas, lui dis-je, et pour moi, un beau luth est plus précieux qu'une épée.

— On n'en a pas le même usage, admit-il. Pour ma part, je préfère ceux qui font chanter le luth à ceux qui font crisser la lame de leur sabre. Si tu veux tâter l'un d'eux, je te le permets.

Je le remerciai et je fis vibrer les cordes de plusieurs d'entre eux. Lorsque j'eus fait mon choix, le marchand remarqua que j'étais connaisseur. Alors je fis chanter les boyaux tendus et j'entonnais une qasida. Avant que je ne l'eusse conduite jusqu'à sa fin, plusieurs personnes s'étaient approchées pour m'écouter et lorsque je me fus tu, ils m'applaudirent.

— Je crois vraiment que tu es un poète, reconnut le marchand. Je suis alors prêt à te laisser ce luth pour un prix raisonnable. Car c'est un magnifique instrument qui vient des ateliers de Bichapour.

— Quel que soit le prix que tu en demandes, je ne pourrais te le payer, ai-je soupiré. Nous avons été attaqués par des brigands dans le désert, et ils se sont enfuis avec nos biens et nos chameaux.

— Il te reste ton cheval, remarqua le marchand.

— C'est mon seul bien avec mes armes.

— Je suis prêt à t'aider. Cède-moi ton cheval car je vois qu'il est robuste et de bonne race. Je te donne en revanche ce luth et trente dirhams. Avec cet argent, tu peux te joindre à une caravane et payer ton voyage avec tes chants. Si tu veux un conseil, ne reste pas ici. Moi-même je suis du Yamamah. Rends-toi avec ton épouse dans la vallée du Yamamah, chez les Banu Hanifa ; j'appartiens à leur tribu. Là, tu trouveras bien des sayyids opulents, ou même l'un des deux rois de Yamamah. Parmi ces deux, je te conseille de te rendre auprès de Thumama ibn Uthal. Il tient sa cour à Hajr et il accueillerait un poète de ta qualité. La province est riche, boisée, avec des pâturages et de nombreux villages. Les Banu Hanifa sont les plus civils et hospitaliers des gens du Yamamah. Ce ne sont pas des guerriers farouches comme les Banu Amir, et ils ont le sens de l'honneur. Tu connais peut-être l'histoire de cet homme des Banu Kilab qui trouva refuge avec sa femme auprès d'Umayr ibn Sulma, un puissant sayyid de notre tribu. Or, profitant de l'absence d'Umayr, son frère Qurayn, qui était tombé amoureux de l'épouse du Kilabite, tua ce dernier. Le frère du mort vint se plaindre à Umayr qui, apprenant ainsi le crime, n'hésita pas à livrer son frère coupable à sa vengeance. Crois-moi, avec ton talent, chez les Banu Hanifa tu retrouveras bientôt l'opulence, des chevaux et des chameaux autant que tu pourras en désirer.

Ces paroles emportèrent ma conviction. J'acceptai le marché et je me séparai du cheval, non sans quelque regret. J'allais ensuite m'acheter des flèches et une bonne lance, puis je me mis en quête d'une auberge, où nous avons retrouvé la douceur d'un lit après les agréments d'un repas arrosé de vins.

C'était une auberge tenue par un Persan. Les chambres étaient situées à l'étage, qui s'ouvrait par une galerie sur une grande cour au centre de laquelle était creusé le puits. Le soir, j'avais chanté des qasidas, et ensuite des poèmes persans, ce qui avait impressionné l'aubergiste tout en le charmant. Or, l'aube blanchissait le ciel et les coqs commençaient à chanter lorsque l'aubergiste vint frapper à notre porte. Je sautai hors du lit et lui demandai ce qu'il désirait. Il me pria à voix basse d'entrouvrir la porte, ce que je fis, tout en me tenant prêt à la refermer.

— Seigneur, me dit-il en persan sans hausser le ton, il y a dans la cour des hommes qui semblent te chercher, toi et ton épouse.

Je m'étonnais tout en m'inquiétant :

— Qui pourrait bien me demander ? Quel nom ont-ils prononcé ? Je ne t'ai même pas dit mon nom.

— Sans doute, mais ils m'ont dit qu'un homme était venu loger hier dans mon auberge avec une jeune femme.

Ils ont déclaré que l'homme avait un luth et des armes et qu'il s'appelait Habib.

Mon cœur se mit à battre, mais je le calmai et demandai à l'hôte :

— Que leur as-tu répondu ?

— Que je ne voyais pas de qui il était question, que je ne connaissais personne de ce nom. Mais ils ont insisté en déclarant qu'ils étaient sûrs que tu te trouvais ici avec cette jeune femme. Et comme ils semblaient vouloir entrer de force et fouiller les chambres, je leur ai dit que peut-être je voyais de qui ils voulaient parler. Je viens ainsi t'avertir. Il faut que tu t'enfuies sans attendre car il me semble qu'ils ne te veulent aucun bien. Pour moi, je vais les retenir en leur amenant un couple qui a aussi dormi dans mon auberge. Hâte-toi. Pour moi, je ne peux plus te parler, il faut que j'aille chercher ces gens qui en seront quittes pour la peur, car ce n'est pas à eux qu'ils en veulent.

Joumana, qui nous avait écoutés sans cependant comprendre, s'était dressée sur le lit et elle me jeta un regard anxieux tandis que je revêtais ma cotte. Je lui dis en quelques mots ce qui se passait tandis qu'elle se vêtait.

— Qui pourrait nous chercher ? demanda-t-elle. Ne seraient-ce pas des gens qui ont entendu parler de tes talents de chanteur et de poète ? Peut-être le gouverneur de cette contrée qui voudrait t'entendre ?

— Mon âme, je doute, dans ce cas, qu'il envoie ses gens au petit matin. Je crains bien que ce ne soient des hommes qui ne nous veulent pas de bien.

— Mon père, peut-être ?

En parlant ainsi, Joumana avait pâli. Et elle ajouta précipitamment :

— Dans ce cas, il nous faut fuir sans tarder, si encore nous le pouvons.

— Comment ton père aurait-il pu nous retrouver ? m'étonnai-je. Depuis tant de jours que nous avons quitté le village…

— Mon père est comme un chien du désert. On ne peut échapper à sa poursuite. Il lui suffisait d'interroger les gens, partout, aux puits, dans les oasis, sur les pistes. Nous ne passions pas inaperçus.

Nous nous sommes glissés hors de la chambre en nous

courbant afin qu'on ne nous vît pas depuis la cour. Il fallait parcourir la galerie dominant cette cour où, en nous redressant, nous pouvions apercevoir quelques hommes visiblement venus du désert. L'auberge ne comportait qu'une seule issue, près de laquelle se trouvait un escalier ajouré par lequel nous pouvions y accéder. Les hommes, dans la cour, nous tournaient le dos et nous pouvions espérer passer sans qu'ils nous voient, leur attention fixée sur l'escalier opposé qu'avait emprunté l'aubergiste. Nous avons descendu les marches de bois sans faire le moindre bruit, nous sommes parvenus jusqu'à la porte restée ouverte. Je vis une douzaine de chevaux et deux hommes restés auprès d'eux, pour les garder. Afin d'éviter de faire couler du sang, je ne dégainai pas mon épée. Je me jetai sur eux comme le grand vent du désert et les frappai de la hampe de ma lance. La surprise fut telle qu'ils furent jetés à terre. Je bondis sur un cheval et tout en talonnant la bête, j'enlevai Joumana et l'assis devant moi, sans qu'elle eût relâché le luth qu'elle tenait pressé contre sa poitrine. Je pris soin de tourner autour des chevaux en brandissant la lance pour les effrayer. Comme je l'espérais, ils se dispersèrent en hennissant.

Alertés par les cris des deux hommes agressés, leurs compagnons surgirent de la cour. Alors je talonnai ma monture et la poussai au galop, sans vouloir entendre les cris, ainsi qu'un ordre lancé d'une voix puissante et autoritaire :

— Joumana, ne fuis pas. Et toi, Habib, reviens tout de suite.

— C'est mon père ! s'exclama Joumana. Fuyons, il doit être fou de rage.

Je poussai plus encore le cheval et nos poursuivants disparurent derrière le nuage de poussière que soulevaient les sabots du cheval. Renoncèrent-ils à s'élancer sur nos traces ou les perdirent-ils bien vite, car je m'enfonçai dans les rues tortueuses du village pour en ressortir vers la route du couchant, celle du Yamamah ? Toujours est-il que nous nous sommes bientôt retrouvés seuls sur la piste. Et certainement le père de Joumana n'avait pu penser que nous prendrions précisément la route qui nous ramenait vers ses territoires. Il avait dû chercher vers le sud, ou plutôt vers le nord, vers les chemins qui conduisaient en Iraq et restaient dans les territoires contrôlés par les Perses.

Une fois que je fus assuré de n'être plus poursuivi, je sautai à terre et mis au pas le cheval pour ne pas le fatiguer. À l'arçon était suspendue une outre d'eau et un sac de dattes, ce qui nous fut agréable. Nous prîmes la décision de suivre le conseil du luthier et de nous rendre dans le Yamamah, à Hajr.

CHAPITRE 20

LE DÉNOUEMENT

Je veillais à éviter les caravanes et, tout d'abord, nous n'avons marché que la nuit, à la lueur des étoiles. J'espérais ainsi que le père de Joumana perdrait définitivement nos traces. Il est vrai que la manière dont il était parvenu à nous retrouver après plusieurs mois ne me laissait que peu d'espoir d'échouer dans un asile sûr. Je savais aussi que nombreuses étaient les bourgades du Yamamah occupées par les Banu Amir ; le village fortifié d'al-Masif, à quelques jours de marche de Hajr, était la résidence du père de Joumana, bien que, d'après ce qu'elle m'avait appris, il préférât la vie précaire des campements. Ainsi, me disait-elle, avec sa troupe de cavaliers, tentes et bagages portés par des chameaux rapides et robustes, quelques serviteurs eux aussi montés, il se déplaçait avec la plus grande vélocité, apparaissait et disparaissait dans le désert, allait en peu de temps d'une oasis à une autre, ce qui lui permettait de contrôler toutes les caravanes qui transitaient sur ses territoires, de les taxer, mais aussi de les défendre dans le cas d'une attaque de brigands ou de tribus voisines effectuant un raid dans le Yamamah.

À la sortie du désert de Dahna, dont l'extrémité septentrionale sépare le Yamamah du Bahreïn*, nous sommes

* Il ne s'agit pas ici de l'île de Bahreïn, qui s'appelait à l'époque Uwal, mais du littoral qui correspond à l'actuel al-Hasa.

entrés dans de riches vallées. Nous n'avions plus ni eau ni vivres ; je dus me résoudre à acheter diverses denrées et à puiser de l'eau dans un puits. Nous étions dans une vaste palmeraie où je pus me procurer de délicieuses dattes et des fruits de toutes sortes. Comme je portais ma tenue guerrière et que Joumana n'avait qu'une robe très simple mais sale et déchirée, et qu'elle n'avait pas de quoi voiler ses cheveux et son visage, on crut qu'elle était une esclave ou une femme que j'avais capturée pour la vendre. Tandis qu'elle tirait de l'eau au puits, des hommes, assis dans l'ombre à proximité, m'interpellèrent :

— D'où viens-tu ? Quelle est ta tribu ? me demandèrent-ils.

Je répondis que je venais de Bahreïn, que j'appartenais à la tribu des Banu Hanifa, et je fis du luthier de Khatt mon oncle. Mes interlocuteurs appartenaient aussi à un clan des Hanifa, mais ils ne connaissaient heureusement pas mon luthier.

— Si tu cherches le marché aux esclaves, me dit alors l'un des hommes, il n'est pas ouvert ce jour. Si tu veux vendre ton esclave, je connais quelqu'un qui t'en donnera un bon prix.

Je ne cherchai pas à les détromper. Il m'apparut qu'il était mieux qu'ils pussent penser que Joumana était mon esclave plutôt que mon épouse.

— Il n'est pas dans mes intentions de la vendre, ai-je assuré.

— Pourtant, insista l'homme, tu n'ignores pas que les esclaves du Yamamah sont réputées pour leur beauté. Les Perses, et même les Arabes, donneraient cinquante mille dirhams d'une fille comme celle que tu possèdes.

— Je ne la céderais pas pour le double, ai-je répondu.

— Par al-Jadd, je connais quelqu'un qui te les donnerait pour une esclave d'une si grande beauté. Si tu le désires, je peux te conduire auprès de lui.

Je remerciai l'homme pour son offre, mais je la déclinai avec fermeté. Joumana revenant vers moi avec l'outre pleine, je liai celle-ci sur la croupe du cheval, mis la jeune femme en selle et m'éloignai rapidement. Ce que m'avaient dit ces hommes m'inquiétait. Je songeais que s'il y avait des hommes capables de payer des femmes une telle somme, ils ne devaient pas se faire scrupule de les prendre par la force le cas échéant. Je ne regrettais pas d'avoir laissé croire que Joumana était mon esclave. Avant de se résoudre à utiliser la violence, on commence par proposer un achat légal s'il s'agit d'une esclave et, dans ce cas, je savais comment tergiverser pour trouver le temps de m'éloigner ; mais lorsqu'on a affaire à un époux, on n'a que la solution de l'enlèvement, ou plutôt du meurtre si l'on est assuré que l'homme n'appartient pas à un clan voisin qui viendra demander le prix du sang.

Je dis mon sentiment à Joumana en lui demandant de me pardonner d'avoir laissé croire qu'elle était mon esclave.

— Oh, me dit-elle, c'est ce que j'aimerais plutôt être ! N'être rien, sans parents qui me recherchent, toute à toi ! Ainsi nous pourrions aller au hasard de nos pas, sans craindre d'être rattrapés par des hommes tout prêts à te mettre à mort.

Nous nous sommes hâtés de quitter la palmeraie pour nous rendre à Hajr. Je pensais devoir être en sécurité derrière les fortifications de la ville, où veillait une garnison de cavaliers que le roi des Perses avait mis à la disposition de Thumama ibn Uthal. Ce dernier, à la tête de ses guerriers hanifa, assurait la protection des caravanes perses qui transportaient l'encens et divers autres produits du Yémen à Ctésiphon.

Bien qu'il ait pris le titre de roi, Thumama ibn Uthal n'était jamais qu'un puissant sayyid de sa tribu. Il résidait dans une demeure assez vaste, mais qui n'avait rien à voir avec le palais du roi sassanide des Perses à Ctésiphon. Lorsque je me présentai à la porte de sa résidence en déclarant que j'étais un poète errant et que je voulais lui faire l'hommage de quelques-uns de mes chants, je fus reçu aussitôt. Car Thumama se piquait de protéger les poètes et les devins, et il considérait qu'ils étaient l'un des ornements de sa cour. Sa vanité et une certaine brusquerie dans son caractère étaient largement compensés par une véritable bonté et un amour réel de la poésie et de la musique.

Je me présentai sous le nom de Nufayl ibn Hamzah de la tribu des Sulaym. Joumana m'avait choisi cette tribu suffisamment éloignée du Yamamah pour que je ne coure pas le risque de me couper dans le cas où je serais interrogé à son propos.

— Cette tribu est célèbre pour ses poètes, m'avait rappelé Joumana. On ne s'étonnera pas que tu sois des leurs.

Et lorsqu'elle avait nommé al-Khansa parmi ces poètes, je lui avais récité un poème de cette poétesse : il m'était revenu à l'esprit, du fond de ma mémoire qui lentement retrouvait des bribes de mon passé. J'avais l'impression d'avoir rencontré cette al-Khansa, sans pouvoir préciser ce sentiment.

J'avais avec moi mon luth, mais je laissai dans la cour de la demeure Joumana avec le cheval, car il n'aurait pas été convenable que je paraisse devant le sayyid en compagnie d'une femme que je faisais passer pour mon esclave.

Thumama était assis sur son tapis, entouré de quelques compagnons et d'un jeune esclave qui leur servait du vin de dattes. Après m'avoir brièvement interrogé sur mon origine et mon nom, il me demanda de lui réciter une qasida d'un poète connu et un poème de ma composition. Je m'assis et je psalmodiai le poème d'al-Khansa puis une qasida de mon cru. Lorsque j'eus terminé, il me dit :

— Par la Kaaba ! Reste près de moi, Nufayl. Comment se fait-il que je ne t'aie jamais vu à la foire d'Ukaz ?

— Seuls les poètes confirmés peuvent avoir l'audace de se mesurer avec leurs pairs lors des concours d'Ukaz, ai-je répondu avec modestie.

— Dans ce cas, je fais de toi mon poète officiel et je t'emmène à Ukaz dès la prochaine foire.

Je n'espérais pas tant d'honneurs et je remerciai mon hôte et protecteur. Je reçus un logement dans la demeure de Thumama, où je m'installai avec Joumana.

Ce même jour, lorsque commença à tomber la nuit, Thumama me fit prier de venir dîner à sa table, avec ma jeune esclave. Si j'avais présenté Joumana comme mon épouse, elle aurait dû rester auprès des femmes de la maison, mais sa condition d'esclave lui permettait de figurer au banquet des hommes.

— Tu as là une esclave d'une grande beauté, me dit Thumama en voyant Joumana. Veille soigneusement sur elle. Elle va éveiller les concupiscences et tu dois savoir combien les femmes sont curieuses de plaisirs nouveaux. Ne permets pas qu'elle soit séduite par un homme de mon entourage.

— Je tiens trop à elle pour la laisser à la merci du premier venu, ai-je assuré.

Mon hôte se contenta de sourire puis il fit une libation de vin devant une statue grossièrement façonnée dans un gâteau de farine cuite avec des dattes. Il se tourna ensuite vers moi et me tendit l'aiguière remplie de vin afin que je fasse à mon tour une libation. Comme j'hésitais, car j'avais quelque mal à concevoir qu'il pût s'agir là d'une représentation sacrée, il me dit :

— C'est le dieu que nous adorons plus particulièrement. Al-Djarish est pour nous le symbole de notre opulence. Dans un passé encore récent nous lui avions dédié une statue faite de la même pâte, mais d'une taille gigantesque. Certains en ont ri, mais lors d'une disette nous avons pu nourrir une partie de la population de cette ville. Quelques poètes se sont moqués de nous en remarquant que nous n'avons pas eu peur de dévorer notre dieu ; mais précisément, c'est ainsi qu'il a sauvé son peuple. D'ailleurs, les chrétiens ne mangent-ils pas aussi le corps de leur dieu qu'ils appellent Christ ?

Oui, j'avais oublié tout ce que j'avais appris des sectateurs d'Isha, aussi bien dans ma tribu où ils étaient nombreux qu'à Hira où j'avais rencontré de nombreux Ibadites chrétiens et où al-Acha m'avait longuement entretenu de leur doctrine. Aussi, je restais muet et plus encore surpris. Il se mit à rire :

— Je vois donc que tu n'es pas de cette religion. Ni sans doute de celle des juifs. Il est vrai que tu ne pourrais alors nous chanter des qasidas. Mais tu vas rencontrer tout à l'heure Hawdah ibn Ali. Il partage avec moi le pouvoir sur cette contrée et nous nous entendons pour gouverner en harmonie. Lui-même est chrétien. Il pourra te parler de ses croyances. Car il croit en trois dieux qui, prétend-il, n'en font qu'un, ce qui est proprement ridicule, à une divinité appelée Miryam, et à une multitude d'autres dieux qui ont été des hommes ou des femmes élevés au rang d'immortels parce qu'ils ont cru dans les trois dieux auxquels ils donnent le nom de Trinité. Pour ma part, il m'importe peu qu'il croie en trois ou en trois cent soixante dieux. Ce que je peux cependant lui reprocher, c'est qu'il tienne fermement à me convertir à ses croyances, car il prétend détenir la vérité. Comme si un groupe d'hommes pouvait détenir la vérité et que les autres pussent alors être dans l'erreur !

— Certainement, fils d'Uthal, tu es dans l'erreur. Comment est-il possible d'adorer une sorte de gâteau de dattes et d'en faire une divinité ?

Un homme, mince et de haute taille, élégamment vêtu, venait d'entrer dans la salle où nous nous trouvions, et s'était exprimé de la sorte.

— Voilà justement Hawdah ibn Ali, me dit mon hôte qui me présenta à son collègue. Il rit de nous à ce propos mais, au moins, notre dieu sous sa forme de gâteau est meilleur à manger que le sien sous l'apparence d'un pain sans levain. Je crois que, en vérité, c'est la seule chose qui nous différencie, avec le fait que moi, je ne sais si mes dieux existent réellement et j'agis comme je le fais par tradition, alors que lui, il est sûr que le sien existe.

— C'est ce que, dans notre religion, on appelle la foi, déclara Hawdah ibn Ali.

Nous nous sommes assis sur les tapis, Joumana derrière moi. Je remarquai que, avant de puiser dans le grand plat, Hawdah porta deux doigts à son front puis sur sa poitrine et ensuite sur chacune de ses épaules, puis il inclina la tête, balbutia quelques paroles. Les convives attendirent poliment qu'il en eût terminé avec son rite, puis on commença à manger. Thumama fit alors savoir à l'assemblée que j'étais désormais son poète officiel et, pour que nul ne pût douter de mes talents, on me demanda de chanter des poèmes, quand chacun fut repu de nourriture.

Lorsque, ce soir-là, je me retrouvai avec Joumana dans la chambre qui nous avait été attribuée, je lui dis :

— C'est un dieu compatissant qui nous a conduits dans cette demeure. Nous y sommes honorés et en sécurité. Qui pourra désormais reconnaître Habib et Joumana dans le protégé du sayyid de cette cité et dans celle qu'on croit être son esclave.

— Souhaitons, soupira Joumana, que le mauvais œil ne nous frappe pas.

Nous avons alors connu quelque temps de vie heureuse. Il m'arrivait de participer aux chasses de Thumama dans le désert, avec sa suite, et je faisais souvent des promenades à cheval dans la vaste oasis. Joumana, de son côté, restait auprès des femmes de la maison et elle évitait de se montrer au-dehors dans la crainte d'être reconnue par quelque bédouin de sa tribu, car nous avions appris que les Banu Amir venaient souvent séjourner à Hajr où se tenaient des marchés.

Or, parmi les hommes qui accompagnaient Hawdah ibn Ali dans ses déplacements, il s'en trouvait un qui, un jour, m'aborda et me dit sans façon :

— Fils de l'oncle, ton esclave est belle et me plaît. Combien en veux-tu ?

— Ibn Hajar, lui répondis-je, sache que cette esclave n'est pas à vendre.

— Je suis prêt à t'en donner un bon prix. Je suis riche, je peux faire de toi un homme opulent.

— Qu'importe ta richesse, puisque cette esclave est sans prix.

— Rien ni personne n'est sans prix. Allons, décide-toi. Combien en veux-tu ? J'irai jusqu'à cent mille dirhams.

— Je ne la céderai pas pour le double, ai-je affirmé.

Et je lui tournai le dos pour lui signifier que la transaction s'arrêtait là. Néanmoins, il ne se tint pas pour battu et, quelques jours plus tard, il me fit de nouvelles propositions, assorties de menaces voilées dans le cas où je ne céderais pas. Craignant qu'il ne profitât d'une de mes absences pour enlever Joumana, je décidai de m'ouvrir à son chef, Hawdah ibn Ali. Sa religion, son amabilité à mon égard, lui avaient acquis ma confiance. Je profitai d'un moment où je le rencontrai seul pour lui dire :

— Fils d'Ali, je viens te demander ton intervention auprès d'ibn Hajar, car il me cause bien des tourments.

Je lui fis part de ses propositions et de mes craintes. Alors Hawdah me demanda pourquoi je ne voulais pas vendre une esclave dont on me proposait un si grand prix.

— Il est vrai qu'elle est belle, reconnut-il, mais on peut en trouver d'aussi belles dans le Yamamah et avec le tiers de la somme qui t'est proposée, tu peux t'en acheter une autre qui vaudra bien celle-là.

— Sache, lui répondis-je, que nulle femme à mes yeux ne vaudra celle-là. Mais j'ai mis toute ma confiance en toi. Apprends donc qu'en réalité, elle n'est pas mon esclave mais mon épouse. Ou plutôt que je la considère comme telle.

Comme il s'étonnait, en me demandant pourquoi je l'avais fait passer pour mon esclave, j'osai lui révéler la vérité. Qu'elle était la fille d'un sayyid des Banu Amir, que moi-même j'avais perdu la mémoire de mon origine, que nous nous étions enfuis pour vivre notre amour. Il m'avait écouté avec attention, me demanda quelques précisions que je lui donnais, à propos de l'attaque que j'avais subie, du village d'où je m'étais enfui, du nom du père de la jeune fille. Enfin il me frappa sur l'épaule et me dit :

— Sois sans crainte. Je garderai ce secret. Quant à ibn Hajar, je vais lui parler, ou plutôt je vais lui intimer l'ordre de ne plus t'importuner avec cette affaire s'il craint ma colère. Or, je peux t'assurer que tout le monde ici craint la colère de Hawdah ibn Ali.

Son intervention me parut efficace car, depuis ce jour, ibn Hajar cessa de me harceler. J'admirai alors l'autorité du sayyid et je m'en félicitais. J'ignorais alors la perfidie de cet homme. Car, en réalité, c'est lui qui avait été mordu par le serpent du désir, ce que j'appris bien plus tard. Mais il n'avait osé s'adresser directement à moi pour acheter Joumana, sans doute pour ne pas perdre la face en cas de refus et ne pas risquer d'indisposer son collègue. C'est pourquoi il avait ainsi délégué l'un de ses intimes afin de sonder mes sentiments à l'égard de celle qu'il croyait être mon esclave. Et moi, avec une confiance naïve, j'étais follement venu me jeter dans ses filets en lui révélant notre secret. Il avait compris que jamais je ne céderais ma compagne et que, s'il tentait de l'enlever, je ferais tout ce qui était en mon pouvoir pour la lui reprendre. Il avait pu juger, à l'occasion de nos chasses, que j'étais un bon cavalier, un bon archer et, lors de jeux d'armes, que je savais aussi bien manier le sabre que la lance. Il devait ainsi se méfier de ma fougue et, d'autre part, il ne pouvait tenter de m'assassiner alors que j'étais sous la protection de Thumama, qui aurait forcément assumé la vengeance du sang.

Par ma confession, je lui avais fourni les armes nécessaires à la réalisation de ses desseins. Il avait envoyé un autre de ses familiers auprès du père de Joumana afin de lui révéler notre présence à la cour de Thumama. Il savait que, malgré toute l'estime que Thumama pouvait me porter, il n'avait pas le pouvoir d'empêcher Jabir Abd Taym de reprendre sa fille et d'exercer sa vengeance à mon égard, d'autant que je pouvais être accusé légitimement de vol de chevaux, de chameaux et d'armes, et de rapt, ce qui était plus que suffisant pour être mis à mort. Contre la révélation de notre refuge, il espérait que Jabir Abd Taym lui abandonnerait Joumana, mariage honorable pour la fille d'un simple chef de bédouins. Car il était certain que depuis tant de temps, son fiancé ne pouvait que s'être lassé et s'en être retourné parmi les siens. Au demeurant, il aurait été surprenant qu'il acceptât d'épouser une fille enlevée qui avait forcément perdu sa virginité. Nul fier bédouin n'aurait, d'ailleurs, accepté de prendre pour épouse une fille qui avait eu l'audace de fuir avec un étranger, au mépris des lois familiales et tribales. Ainsi Hawdah pensait-il s'imposer comme le sauveur de l'honneur des Banu Amir.

De notre côté, Joumana et moi vivions dans un bonheur que ne venait même plus troubler la moindre inquiétude. Chaque jour qui passait nous enfonçait dans notre certitude de ne plus pouvoir être découverts, et j'en avais même oublié l'imprudence que j'avais commise en me confiant à un homme dont j'ignorais la vraie nature.

Or, un matin, un garde de Thumama vint me faire savoir que son maître demandait que je vienne devant lui avec mon esclave. En général, je venais seul retrouver Thumama pour l'accompagner à la chasse. Je supposais qu'il voulait que Joumana nous suivît lors de la prochaine chasse, à moins qu'il n'eût quelque autre projet. Nous nous rendîmes dans la salle de réception sans la moindre appréhension. Thumama était assis sur des coussins, en compagnie de quelques familiers, mais je remarquais qu'il y avait dans la salle plus de guerriers qu'à l'accoutumée. Je n'y pris cependant pas garde et je vins saluer le roi. Mais, au lieu de me rendre mon salut, il prit un air sévère et s'écria :

— Nufayl ibn Hamzah, ce n'est pas là ton véritable nom. On t'appelle plutôt Habib, et cette femme que tu dis être ton esclave s'appelle en réalité Joumana, et elle est la fille du puissant sayyid Jabir Abd Taym. Le reconnais-tu ?

Joumana poussa un cri car, tandis que Thumama parlait ainsi, son père accompagné de quelques hommes était apparu par une porte de côté. Et, avant que je n'aie pu retrouver mon calme et répondre à Thumama, Jabir me désigna du doigt et dit, d'une voix ferme mais calme, sans colère :

— J'accuse cet homme d'avoir profité de l'hospitalité qui lui a été offerte par une parente à moi, du rapt de ma fille Joumana, ici présente, et du vol de chevaux, de chameaux et d'armes.

— Nufayl, reprit alors Thumama, reconnais-tu ces griefs ?

Je le reconnus volontiers mais, afin de sauver Joumana, je déclarai que je l'avais enlevée de force, emmenée malgré sa résistance, et que j'en avais fait mon esclave.

Joumana redressa fièrement le buste et commença à dire qu'elle m'avait accompagné volontairement mais, me tournant vers elle, je lui intimai l'ordre de se taire. Surprise par un ton qu'elle ne me connaissait pas, elle resta muette, comme je l'espérais.

— Nufayl, soupira Thumama, tu as ainsi trompé ma confiance…

— En quoi t'ai-je trompé ? lui demandai-je. Je ne t'ai pas avoué que j'étais pourchassé par cet homme mais, si mon nom n'est pas Nufayl, il n'est pas plus Habib. Mon vrai nom, ma tribu, je les ai oubliés. La mémoire de tout mon passé s'est enfuie à la suite d'un coup reçu lors de l'attaque de pillards. Pour le reste, il est vrai que je ne suis plus qu'un poète errant, et que cette femme, je peux la considérer comme mon esclave. N'est-ce pas le droit des hommes des tribus victorieuses ?

— Tais-toi ! intervint Jabir, tu n'as vaincu personne, tu as profité de notre hospitalité pour dérober des biens qui m'appartenaient.

Comme je m'apprêtais à répondre, Thumama a levé la main pour imposer le silence.

— Je ne veux plus t'entendre, me dit-il. C'est maintenant une affaire entre Jabir Abd Taym et toi-même. Je te remets entre ses mains.

Je fus désarmé et on lia mes mains derrière mon dos. Je fus ainsi emmené par les hommes de Jabir, avec Joumana. Devant la demeure du roi je vis une quinzaine d'hommes près de chevaux et de chameaux. On nous fit monter sur des chameaux, aussitôt entourés de cavaliers, puis la petite troupe prit la route du couchant. Nous avons quitté la fertile vallée du Yamamah pour nous engager dans une steppe. Mais j'étais si désolé que je ne prêtais que peu d'attention au paysage. Je gémissais en moi-même sur le sort de Joumana, que je ne pouvais voir, car elle avait été placée en queue de la caravane, je spéculais sur le sort qui nous était réservé, je cherchais par quels arguments je pourrais me défendre et sauver Joumana, ou même comment nous pourrions tenter de fuir à nouveau.

La troupe s'arrêta enfin à l'orée d'une oasis, dans un désert de sable. On nous fit descendre de nos montures tandis que plusieurs hommes entreprenaient de creuser un trou profond dans le sable. Cette vue me fit frémir, sans que d'abord je sache pourquoi ; puis, lentement, me revint à la mémoire une scène semblable : un trou creusé dans le sable, un trou dans lequel on avait jeté une jeune fille, et le sable qu'on lançait sur elle, ses cris, ses pleurs, ses supplications… Mais quand était-ce ? Qui était-ce ? Avais-je vécu cette scène lors d'un rêve ?

Lorsque le trou fut suffisamment profond, la plupart des hommes se remirent en selle et s'éloignèrent. Il ne restait plus que le père de Joumana, un homme de très grande taille, à la peau sombre, armé d'un immense sabre, et un homme dont le bas du visage était masqué par le pan de son turban.

— Habib, me dit alors Jabir, tu n'ignores certainement pas la punition que méritent les crimes que tu as commis.

Je secouai la tête en signe de dénégation.

— Tu dois avoir la tête tranchée. Mais si tu m'assures que tu n'es pas réellement coupable, qu'en vérité c'est Joumana qui, par amour pour toi, t'a entraîné à agir ainsi, je te pardonnerai ta faiblesse et je te laisserai libre d'aller. Mais alors c'est ma fille, déshonorée, qui sera ensevelie vivante dans le sable.

— Ne dis plus rien, ai-je répliqué. Joumana n'est pour rien dans cette aventure. Je suis le seul coupable. Je maintiens ce que j'ai déjà déclaré : je l'ai enlevée, je l'ai contrainte à me suivre, j'en ai fait mon esclave.

Mais Joumana s'est jetée aux pieds de son père :

— Père, il ne dit pas la vérité, s'est-elle écriée. L'amour est né pour lui dans mon cœur alors que je le soignais. Et cet amour n'a fait que grandir en moi. Jusqu'au jour où il m'a sauvé la vie, lorsque des brigands ont attaqué notre village. Ils commençaient à piller et massacrer, ils s'apprêtaient à m'enlever pour faire vraiment de moi une esclave ; mais Habib est arrivé comme un lion du désert. Il les a tués, tous, et il m'a arrachée à leurs mains. Alors, j'ai haï l'homme que tu voulais que j'épouse. Et j'ai persuadé Habib de partir, de m'emmener avec lui. Il a d'abord refusé, invoquant justement son honneur et le mien, le droit d'hospitalité qu'il s'apprêtait à violer, mais ma passion l'a emporté, et nous nous sommes enfuis. Je suis seule coupable. Je mérite d'être enterrée vivante, ou encore lapidée, selon ta volonté. Mais sache que je ne pourrais vivre loin de l'amour de Habib, que je préfère mourir ainsi plutôt que de ne plus le voir et d'être contrainte de devenir l'épouse d'un autre homme, d'un homme que je ne connais pas, que je ne veux pas connaître et que je hais, quel qu'il soit.

— S'il en est ainsi, tu seras enterrée vive et Habib pourra s'en aller librement.

J'ai protesté avec plus encore de véhémence et j'ai terminé en disant :

— Que tu commettes un crime et une injustice en mettant ta fille à mort, je ne peux t'en empêcher. Mais la justice exige que moi-même je sois mis à mort. Si tu as décidé de faire périr ta fille, je veux mourir avec elle. Si tu me laissais aller libre, sache que je n'aurais de cesse que je n'aie vengé sa mort, car je la considère comme mon épouse. Mais comme je me maudirais pour avoir tué le père de celle que j'aime, même si je réussissais à échapper à la colère des hommes de ton clan, je me laisserais mourir dans le désert, car je ne peux imaginer de continuer de vivre loin de Joumana.

— S'il en est ainsi, déclara alors Jabir, tu auras la tête tranchée, à l'instant même. Ainsi je t'épargne de voir mourir Joumana sous la terre.

— Qu'il en soit ainsi, puisque je ne peux te persuader de nous laisser vivre.

Sur ces mots, je me suis tourné vers Joumana, qui a poussé un grand cri en tombant à genoux et en tendant les mains vers moi.

— Mon aimée, lui dis-je, sois forte et courageuse. Je

vais mourir pour toi, et j'espère que ton père, touché de pitié, t'épargnera. Que Wadd te protège.

Pourquoi le nom de Wadd, divinité tutélaire des Kalb, est-il venu se poser sur mes lèvres ? Certainement parce que, sous le coup de l'émotion, le passé resurgissait en moi, d'abord lentement, puis les images commençaient à s'échapper de l'antre obscur de ma mémoire.

Je me suis agenouillé tandis que le Nubien dégainait son sabre. J'ai baissé la tête, sans chercher à voir la lame dressée au-dessus de moi. Je fermais les yeux en attendant le coup. Joumana poussa un hurlement lorsque la lame s'abattit ; mais elle tourna et passa au-dessus de ma tête, sans me toucher. J'entendis un rire et, en redressant la tête, je vis devant moi l'homme au turban qui avait rejeté le pan de tissu, afin de me montrer son visage. Et il me dit :

— Par le puits de Zemzem, Chafiq, ne reconnais-tu pas ton vieil ami Labid ibn Rabia ?

Alors, le voile s'est déchiré. Il avait prononcé mon nom et je me rappelais qui j'étais ; tout mon passé resurgit soudain en moi, comme le flot débordant d'une rivière après les grandes pluies d'hiver. Et Jabir vint prendre sa fille par la main, et il lui dit :

— Mon enfant bien-aimée, vraiment tu m'as donné bien du souci. Il faut que tu reprennes ta parole par laquelle tu as déclaré que tu haïssais l'homme que je te destinais, car il n'est autre que ce fou aimé des djinns que tu as appelé Habib, mais qui est en réalité Chafiq ibn Majid, le fils du sayyid des Banu Abdallah. Si vous vous étiez laissé prendre à Khatt, au lieu de fuir follement, il y a longtemps que vous seriez revenus auprès de moi. Mais les dieux décident de ce qui doit être et nous ne sommes rien entre leurs mains.

Et dans le même temps, l'Éthiopien qui m'avait menacé de son sabre tomba à genoux à mes pieds en s'écriant :

— Quoi, mon maître, ne reconnais-tu pas ton esclave aimé, Azzam ? Et sache que mon ancien maître, celui qui m'a vendu pour que je parvienne un jour heureux jusqu'à ta demeure, n'est autre que le père de Joumana, celui qu'on appelle Asad al-Tamim.

Je reconnus aussitôt mon serviteur et, après que Labid eut tranché mes liens, je relevai Azzam et le serrai entre mes bras. Et nous avons tous deux pleuré.

— Ô mon père, s'écria de son côté Joumana, est-il possible qu'il m'arrive un tel bonheur ? Quoi, celui que j'aime jusqu'à en mourir n'est jamais que le mari qui m'était destiné ?

— Silence, ma fille, l'interrompit Jabir en prenant un air sévère. L'amour qui vous unit, toi et Chafiq, ne peut que paraître indécent aux yeux de notre peuple. C'est pourquoi j'ai renvoyé mes hommes et je n'ai gardé auprès de moi que le serviteur de Chafiq et mon ami Labid qui est loin de ces préjugés. Car, en tout honneur, je devrais vous refuser ce mariage : vous vous aimez trop passionnément. Mais j'ai passé un pacte avec Majid, le père de Chafiq, et j'ai reçu pour ta dot des biens en si grand nombre que je ne puis qu'admirer sa générosité et sa richesse. Je ne vois pas comment je pourrais rompre notre contrat, et pourtant je le devrais. J'admire tout autant, et même plus encore, les talents de poète et de musicien de Chafiq, mais aussi son courage, car je sais que c'est un vrai guerrier. Ta tante m'a raconté ses exploits lors de l'attaque des brigands et il n'est pas un habitant du village qui n'ait eu ses louanges à la bouche. Et maintenant j'ai aussi pu admirer sa bravoure devant la mort. Il n'a pas eu une supplication, un semblant de faiblesse. Il a accepté la mort comme un vrai guerrier, comme un homme : je suis fier et heureux d'avoir un pareil gendre. Mais je tiens à ce que vous ne manifestiez pas aussi ostensiblement votre amour devant les hommes de nos tribus. Sachez conserver la réserve qui convient à des époux, et à un homme destiné à devenir le chef de sa tribu.

— Mon père, il en sera fait selon ta volonté, assura Joumana. Mais permets-moi, juste un instant, de rester entre les bras de celui que je considère et aime depuis déjà longtemps comme mon époux. Car si je ne le fais pas sur-le-champ, je crains que n'éclate mon cœur, et que je meure plus vite encore que si j'avais été ensevelie comme tu m'en menaçais.

— Fais, ma fille. Sache que je suis aussi fier de toi, du courage que tu as montré face à la mort. Et aussi de ta sincérité, tout autant que de celle de Chafiq. Mais montre-toi une épouse réservée dès que tu te trouveras en présence des femmes de la tribu.

De cette manière, Jabir avait voulu nous mettre à

l'épreuve, et par cette épreuve nous punir d'avoir si longtemps échappé à ses recherches : ainsi avait-il bien vu qu'un amour sans pareil nous unissait, mais que le courage conduisait nos actions et habitait nos âmes.

Ce n'est pas sans une émotion toujours renouvelée que j'évoque ces moments de bonheur et d'exaltation. Moments fugitifs, mais d'une si grande intensité qu'ils demeurent en nous comme un parfum d'éternité.

Nous nous sommes bientôt mis en route pour l'oasis, toute proche. Et là, j'ai retrouvé mes anciens compagnons, tous les biens qui nous avaient été volés, et même Fayruz qui s'est jetée entre mes bras en pleurant. Mais je ne ressentais plus pour elle aucun sentiment, même pas le moindre désir, car je n'étais plus habité que par l'amour de Joumana. Ce dont elle s'aperçut, sans doute.

Je m'étonnais de retrouver ceux que je croyais perdus à jamais. Mais j'appris de la bouche de Jabir ce qui était arrivé.

Ignorant que j'étais passé par La Mecque pour me rendre auprès de ma fiancée et de lui-même, il avait pris la route de Haïl afin de venir à ma rencontre. Ne sachant quand j'arriverais avec ma caravane, il s'était établi dans le territoire contrôlé par les Banu Saad, comme nous l'avait appris Halima, la tante de Joumana. Il en avait profité pour conduire quelques raids contre des groupes des Banu Saad, sans cependant verser de sang, afin de leur manifester sa puissance. Il s'était enfin décidé à envoyer une délégation à Dumat, impatient de savoir quand j'allais me mettre en route. Ainsi apprit-il que j'avais quitté ma tribu depuis déjà quelque temps à la tête d'une bonne troupe, mais que j'étais passé par La Mecque dans l'intention d'y rencontrer des parents et des amis.

Jabir retourna alors au village où il retrouva sa sœur, qui lui apprit la fuite de sa fille en compagnie d'un étranger. Il entra évidemment dans la plus grande colère, mais, alors qu'il s'apprêtait à se mettre à notre poursuite, il lui vint un messager de mon père qui lui fit savoir que ma caravane avait été attaquée à l'ouest de ses territoires, que la plupart des membres avaient été capturés, et que j'avais été laissé pour mort. Des envoyés du clan de la tribu des Tayy, qui nous avaient ainsi attaqués, étaient venus à Dumat proposer la rançon. Mon père, indigné, avait délégué auprès de Jabir une centaine de guerriers en lui demandant d'unir ses forces aux siennes pour délivrer les captifs et punir les auteurs de la razzia. Les envoyés des Tayy, devenus à leur tour captifs, furent contraints de conduire les guerriers de mon père et ceux de Jabir jusqu'à l'oasis où campaient leurs ennemis. Ils les surprirent, les mirent en fuite, firent plusieurs captifs et reprirent le butin. Je n'étais, on le sait, pas parmi mes compagnons. On retrouva les corps de ceux qui avaient été tués lors de l'attaque de ma caravane et, bien qu'ils aient été rongés par les prédateurs, grâce à ce qui subsistait des vêtements on put constater que je ne figurais pas parmi eux. C'est ainsi qu'on comprit que le malheureux qui avait été recueilli dans la demeure de Halima et s'était enfui avec Joumana devait n'être autre que Chafiq, le fils de Majid. Les talents poétiques que j'avais révélés sous le nom de Habib, et ensuite mes exploits contre les brigands, avaient confirmé cette supposition. Aussi Jabir s'était-il aussitôt mis en quête non pas de l'étranger qui avait enlevé sa fille, mais de celui qui était destiné à devenir son gendre. Il avait mis plus d'un an à nous retrouver, ce qui provoquait son indignation, mais aussi son admiration.

C'est aussi par mon beau-père que j'appris la trahison de Hawdah ibn Ali, car il avait demandé, en récompense, la main de Joumana. Et ce qui me paraissait un crime impardonnable devenait alors à mes yeux un bienfait. Mais je ne poussai pas la reconnaissance jusqu'à aller remercier un homme qui n'avait agi que dans son propre intérêt, sans crainte de causer le malheur et la mort d'autrui.

CHAPITRE 21

LA MISE AU BAN DES BANU HACHIM

Mon mariage avec Joumana fut célébré au mois de Muharram. La chaleur était vive en ce mois de l'été, mais je préférais souffrir de la chaleur plutôt que de voir retarder mon union avec Joumana. Car, afin d'éviter tout scandale, Jabir avait tenu à ce que nous soyons séparés, elle et moi, jusqu'au jour des noces. Il permit que nous nous vissions un moment durant le jour, sous l'œil circonspect de sa sœur Halima. Moi-même je m'étais installé dans mon campement retrouvé, parmi mes compagnons. Mon père, averti de l'heureux dénouement de l'affaire, avait décidé de venir assister à la noce avec ma mère et une suite importante de familiers et de guerriers. Ainsi avait-il fallu attendre son arrivée, ce qui avait d'autant plus retardé le jour du mariage. Mais cette date convenait à Jabir, mon beau-père, car c'était l'époque de la foire de Hajr. Et c'est dans la vallée du Yamamah, aux portes de cette cité, que nos camps avaient été dressés. Jabir voulait faire proclamer les noces et le pacte unissant Banu Amir et Banu Abdallah à tous les Arabes qui venaient participer à la foire, afin que la renommée de cette alliance fût colportée jusqu'aux extrémités de la péninsule.

En me voyant apparaître au seuil de la tente de cuir aux tapis de soie, celle où je logeais lors de mes déplacements et qui avait été récupérée chez les Tayy, Fayruz avait pleuré de joie et j'avais pu espérer retrouver une esclave docile. Comme le premier soir de mon retour j'avais dû me séparer de Joumana, je me retrouvai seul avec elle dans la tente. Elle était venue se coucher auprès de moi et elle chercha à éveiller mon désir, mais je la repoussai.

— Je sais, me dit-elle alors, que tu aimes ta fiancée comme un fou, comme un homme possédé par un djinn. Mais je ne suis pas devenue laide pour autant. Les soirs où tu seras seul, comme celui-ci, pourquoi ne me les consacrerais-tu pas ? Car moi, j'ai toujours beaucoup d'amour pour toi. Et il fut un temps où je pouvais espérer être toujours ton épouse favorite.

— Tu n'aurais pu l'être car je n'aurai jamais qu'une seule épouse et tu sais que je n'aurais pu faire de toi ma femme, lui ai-je répondu.

— Je l'ai bien vu. Mais tu peux me réserver une part de ton plaisir.

— Je ne le peux, car je n'aime que Joumana qui est déjà mon épouse, même si elle n'a pas encore reçu la dot qui lui est destinée parmi tous les cadeaux que mon père a envoyés au sien.

— Je croyais pourtant que tu aimais cette Jalila, dont tu me disais que jamais tu n'épouserais qu'elle.

Cette réflexion avait ramené à ma mémoire ton nom et ta pensée, ma Jalila. Car la réminiscence des choses du passé ne me revenait pas d'un seul coup, et c'est à mesure qu'on les évoquait que les faits remontaient à la surface du puits du souvenir. Et ce fut pour moi comme la douleur d'un coup de poignard, un déchirement. Mais si j'évoquais avec une émotion profonde nos jeux d'enfants, notre pacte, nos serments, la dernière image qui s'imposa à moi fut celle de l'épouse d'Uyainah qui m'avait rejeté. Je songeais alors à Joumana, à sa grâce, à sa beauté, à ce charme qui m'avait si fortement lié à elle, qui nous unissait toujours avec autant de force impérieuse ; et l'image de Jalila s'éloignait dans un flou, comme le reflet d'un être aimé sur la surface brillante d'une source que ride et chasse la chute d'une pierre sur ce cristal brisé.

Mais je ne touchais pas Fayruz et, comme elle m'importunait avec ses gémissements et ses enlacements de serpent, je la chassai hors de la tente.

Je revins aussi à la cour de Thumama. Il parcourait le désert sur la piste de gazelles agiles, avec quelques compagnons, lorsqu'il rencontra notre troupe. Nous montions des chevaux rapides car nous aussi nous chassions des gazelles. Nous avons tous mis pied à terre et nous nous sommes réunis en cercle, sur les tapis de nos selles, afin d'échanger saluts et nouvelles. Immense fut la stupeur de Thumama en me reconnaissant. Jabir se chargea de lui apprendre qui j'étais en réalité et, après qu'il eut donné de longues explications sur les événements qui m'avaient conduit jusqu'à sa cour, le roi se tourna vers moi :

— Par la Kaaba ! Je me réjouis qu'il en soit ainsi, car sache, Chafiq, que ce n'est pas sans bien des regrets que je t'ai abandonné entre les mains de Jabir ibn Taym. Mais comment agir autrement ?

— Je ne t'en fais pas grief, ai-je répliqué, et tu ne pouvais mieux agir que tu ne l'as fait. Je te suis aussi reconnaissant de m'avoir accueilli à ta cour avec tant d'obligeance.

— Je le regrette d'autant moins que j'ai des liens privilégiés avec ton père. Les Banu Hanifah sont unis aux Banu Abdallah par de nombreux pactes.

Je ne revis pas Hawdah ibn Ali lors de mes passages à Hajr. Il se doutait que Jabir m'avait mis au courant de sa perfidie, mais je ne sais qu'il était retenu par la honte ou le dépit. Néanmoins, Jabir l'invita à la noce. Il y vint et personne ne fit allusion à la manière dont j'avais été retrouvé par celui qui allait devenir mon beau-père.

Je revis mon père après deux ans d'éloignement, avec une vive émotion, et plus encore en ce qui concerne ma mère.

Pendant les derniers jours précédant le mariage, je ne pus rencontrer Joumana. Pour le banquet, qui fut donné aux portes de Hajr, on déploya des nappes de lin et l'on égorgea plusieurs chamelles et des moutons en nombre, afin de nourrir tant de monde. On avait fait venir du vin de palme de l'Oman, et mon père avait apporté dans ses bagages une grande quantité d'outres de vin de raisin de la Syrie.

Joumana vint voilée et prit place parmi les femmes. Je ne voyais que son regard brillant qui glissait au-dessus du voile, mais je ne pouvais en détacher mes yeux. Ce soir-là, elle me suivit dans ma tente. Et elle resta dans le camp de mon père jusqu'au départ de celui-ci. J'allai ensuite, avec mon épouse, mes serviteurs et mes biens, m'installer dans le campement de mon beau-père. Cependant, Jabir nous avait donné une maison, dans le village de Djadud où était né notre amour, et nous avions de l'agrément à y résider, pour nous reposer de la vie au désert, la seule qu'aimait réellement mon infatigable beau-père.

Labid, qui n'était plus un jeune homme, avait en partie abandonné sa vie errante, et il se fatiguait à suivre Jabir dans ses incessants déplacements. Aussi venait-il souvent s'installer dans notre demeure, où il avait sa chambre réservée. Par lui j'eus aussi des nouvelles d'al-Acha. Il avait repris sa vie errante et il s'était mis en route pour La Mecque. Lorsqu'ils s'étaient rencontrés, al-Acha lui avait parlé de moi non sans une certaine nostalgie, et il avait en particulier évoqué nos jours déjà lointains de Hira. Et moi, j'eus le désir de revoir celui que je considérais toujours comme mon maître. Lorsque, un jour, Labid m'annonça qu'il devait se rendre à La Mecque, invité par Walid, le père de Khalid, je décidai de l'y accompagner. Quelques jours auparavant étaient passés à Djadud Amir ibn al-Tufayl, l'un des sayyids des Banu Amir, que j'avais connu à Hira, et Arbad, le demi-frère de Labid. Ils se rendaient à La Mecque pour traiter de diverses affaires avec les Quraychites et ils avaient invité Labid à les accompagner. Peu désireux d'entreprendre ce voyage, Labid les avait laissé aller seuls, mais peu après arrivait une invitation de Walid, désireux qu'il participe une fois encore aux concours de la foire d'Ukaz. « Tu passeras la saison froide chez nous, à La Mecque, et nous irons ensuite à Taïf attendre le beau mois de la foire », lui avait-il fait dire par son messager. L'idée de se présenter à Ukaz et de vivre dans le confort de la demeure de Walid avait décidé Labid à entreprendre le voyage.

Joumana, qui rêvait de voir la ville sainte des Quraychites, manifesta la plus grande joie lorsque je lui fis savoir ma décision. Nous nous mîmes en route quelques jours plus tard, avec un escorte d'une cinquantaine d'hommes destinée aussi à accompagner des envoyés de Thumama auprès des chefs des Quraychites. Nombreux étaient les Quraychites installés dans le Yamamah pour y commercer. Je m'étais lié avec certains d'entre eux, soit que je les eusse déjà entrevus à la Mecque, soit qu'ils fussent parents de mes amis mecquois. De leur côté, les Banu Hanifa allaient souvent à La Mecque, soit en pèlerinage, soit pour les marchés qu'ils traitaient avec les Quraychites. Moi-même, en tant que représentant de mon père et des Banu Abdallah, j'avais conclu avec eux des affaires commerciales, laissant aux représentants officiels de ma tribu établis à Hajr après la venue de mon père le soin de traiter avec les Banu Hanifa et les Banu Amr. Ces vieux souvenirs de La Mecque éveillés par mes nouvelles relations avaient contribué aussi à me faire prendre cette décision qui allait m'éloigner d'un beau-père et de nouveaux compagnons pour qui j'avais la plus vive estime et dont la compagnie m'apportait une grande joie.

Nous sommes arrivés aux portes de La Mecque au début du mois de Djumada al-ahira. Le ciel était clair, le soleil brillait, mais, lorsqu'il tombait sur l'horizon, il laissait la place à un froid piquant. J'accompagnai Labid jusqu'à la demeure de Walid, mon intention étant de m'établir chez l'hôte habituel de ma famille, Hatim ibn Abdallah. Mais Walid m'apprit qu'il était mort depuis quelques jours et il m'invita à demeurer chez lui autant qu'il me plairait, avec mon épouse et mes serviteurs :

— Tu sembles avoir oublié, me dit-il avec un sourire, que cette maison est la tienne et que Khalid est ton frère.

Je le remerciai et m'établis dans cette hospitalière demeure. Je n'y trouvai cependant pas Khalid, qui séjournait à Taïf pour y régler quelques affaires. Dès le lendemain je conduisis Joumana chez Abu Sufyan afin de la présenter à sa famille et à ma sœur Azza, épouse d'Amr ibn Abu Sufyan. Malgré ses pièces nombreuses réparties sur deux étages, la maison d'Abu Sufyan était largement occupée par ses fils, ses belles-filles, leurs enfants et ses serviteurs. Il aurait cependant voulu que je m'installasse chez lui, ce que je pus refuser en invoquant le peu d'espace dont il disposait alors que la demeure de Walid était aussi vaste mais seulement occupée par lui-même, son épouse et leur fils. C'est au cours des visites quotidiennes que je fis alors à Abu Sufyan que je tournai mon attention vers Muawiya, le second fils que lui avait donné Hind. Il avait une douzaine d'années et son frère Yazid était de peu son aîné. Lorsque j'avais quitté La Mecque, deux années plus tôt, ils n'étaient que des enfants que je ne faisais qu'entrevoir. Maintenant, Muawiya restait souvent auprès de sa mère, qui toujours était présente lors de nos réunions. Elle régnait en maître sur la maisonnée et son époux, qui au-dehors était l'homme le plus respecté de la cité avec Walid, se laissait de plus en plus fortement dominer par elle. Pour le reste, elle avait pris ma Joumana en amitié et elle l'emmenait souvent dans les appartements des femmes pour lui faire cadeau de vêtements et de bijoux et l'entretenir de ces mille choses propres aux femmes.

Or, un jour, la conversation tomba sur Mohammed dont j'avais, dans une certaine mesure, oublié l'existence, bien qu'il ait été le frère de lait d'Abu Sufyan.

— En vain aurons-nous jeté l'interdit sur le clan de Hachim et de Muttalib si l'on ne sévit pas contre ceux qui osent leur porter ou leur vendre de la nourriture et même continuer de commercer avec eux, s'était écriée Hind.

Son indignation était provoquée par la nouvelle qu'on venait d'apporter dans la demeure, que Hakim, le neveu de Khadidja, l'épouse de Mohammed, avait été surpris par

Abu Jahl alors qu'il se dirigeait, avec un esclave chargé d'un gros sac de farine, vers le quartier où s'étaient établies les familles du clan de Hachim. Abu Jahl avait voulu intervenir, mais un membre du même clan que celui de Hakim, Abu al-Bakhtari, s'était interposé et avait déclaré que cette farine appartenait à Khadidja et qu'on ne pouvait intervenir dans cette affaire, surtout si l'on appartenait à un autre clan, ce qui était le cas d'Abu Jahl*. Comme Abu Jahl avait cherché à s'emparer du sac, Abu al-Bakhtari avait ramassé une mâchoire de chameau qui traînait sur le sol et il en avait frappé le grincheux. Ce dernier était tombé à terre et les deux hommes l'avaient roué de coups de pied avant de s'éloigner. Cette histoire m'avait diverti, car je n'avais que peu d'estime pour Abu Jahl qui était hargneux comme une hyène et agressif comme un chien du désert.

Cependant, je me contentais de sourire puis je m'étonnais :

— Je croyais, dis-je, que Mohammed et ses disciples s'étaient réconciliés avec vous, le jour où il avait reconnu la divinité des trois déesses.

— Il s'est bien vite repenti, assura Abu Sufyan. Un mois s'était à peine écoulé qu'il est revenu pour déclarer qu'il avait été induit en erreur par cette sorte de djinn que les juifs appellent Satan. Il a déclaré que ce n'étaient que des idoles, des noms inventés par nos ancêtres, mais que son Allah n'a rien révélé à ce sujet. Nous avons alors compris que rien ne pourrait détourner Mohammed de ses folies. Et comme il ne pouvait être question d'user de violence car nous craignions trop la vengeance du sang de son clan, nous avons dû nous décider à utiliser l'interdit. Tous nos clans sont tombés d'accord pour que personne ne s'allie par le sang, ne fasse acte de commerce, ne fréquente les gens du clan de Hachim et de celui de Muttalib qui s'est solidarisé avec ce dernier. Et ceci tant que les Hachimites n'auront pas chassé Mohammed ou que celui-ci ne sera pas revenu à de meilleurs sentiments à notre égard.

— Je croyais, ai-je alors rappelé, qu'Omar ibn al-Khat-

* Abu Jahl était le chef du clan des Makhzumites ; Hakim, qui n'était d'ailleurs pas musulman, appartenait à celui d'Asad, tous étant, évidemment, des Quraychites.

tab était disposé à tuer ce Mohammed et à prendre sur lui la responsabilité de ce meurtre.

— Ah, parle-m'en, de ce vantard ! s'exclama Abu Sufyan. Apprends qu'il est devenu musulman et que c'est même l'un des plus ardents défenseurs de Mohammed.

— Comment est-ce possible ? m'étonnais-je.

— Parfaitement, reprit mon hôte avec véhémence en posant un regard sombre sur sa femme. Apprends qu'un jour, oh, peu de temps après que tu eus quitté notre ville, Omar a pris une colère en voyant combien les prédications de Mohammed troublaient l'ordre public. Il saisit son sabre et déclare que, décidément, il va aller tuer Mohammed dans sa demeure. Mais voici qu'en chemin, il tombe sur Nuaym ibn Abdallah, un homme de son clan. En le voyant tout excité, celui-ci lui demande où il se rend, ainsi armé. Omar le lui dit et affiche son intention de tuer Mohammed, ce qui mettrait fin à la division des Quraychites. L'autre tente de le détourner d'un acte qui peut avoir les plus graves conséquences pour leur clan, puis, comme il ne peut le persuader de renoncer à son projet, il lui dit d'agir comme bon lui semble, mais qu'il conviendrait tout d'abord qu'il balaye devant sa propre maison. Omar lui demande ce qu'il entend par là. Nuaym lui apprend alors que sa sœur Fatima et son beau-frère Saïd ont adopté la religion de Mohammed, qu'ils pratiquent en secret. Omar, furieux, se rend de ce pas chez sa sœur. Or, paraît-il, elle et son mari écoutaient un disciple de Mohammed qui leur rapportait des paroles de ce dernier qu'il avait notées par écrit. Car tu dois savoir que Mohammed ne sait pas écrire et que ce sont ses partisans qui mettent par écrit ses élucubrations, sur tout ce qui leur tombe sous la main : feuille de palmier, planche de bois, tesson de poterie, morceaux de cuir. La violence des coups frappés par Omar à la porte met en émoi ces gens, qui cachent l'envoyé de Mohammed. Leur attitude fait naître des soupçons chez Omar, qui leur reproche d'avoir écouté les paroles de Mohammed, et il frappe son beau-frère, ainsi que sa sœur. Si fort qu'elle tombe par terre et se met à saigner. Dans le même temps, elle perd la tablette sur laquelle étaient rédigés les dits de Mohammed. Omar, contrit de s'être ainsi laissé emporter par la colère jusqu'à frapper sa sœur, lui demande de lire ce qui est sur la tablette. Elle obéit. Omar l'écoute, déclare que ces paroles sont belles et véridiques. Puis il exige qu'on le conduise devant Mohammed, et il s'est converti à sa foi après l'avoir entendu parler. N'est-ce pas là quelque chose d'inouï ?

— Omar n'avait-il jamais entendu parler Mohammed ? ai-je demandé, surpris, en effet, par une conversion aussi rapide.

— Je ne le crois pas. Et il a été si profondément convaincu que, le lendemain du jour où il a adopté l'islam, il est allé frapper chez son oncle Abu Jahl pour le provoquer, le sachant l'ennemi le plus acharné de Mohammed. « Je te souhaite la meilleure bienvenue, fils de ma sœur », lui dit Abu Jahl. Puis il lui demande la raison de sa visite, à quoi Omar lui répond qu'il est venu pour lui annoncer qu'il croit en Allah et dans son envoyé Mohammed, et qu'il regarde comme vraies toutes ses paroles. Sur ces mots, Abu Jahl lui a claqué la porte au nez en criant que les dieux le maudissent et que cette malédiction retombe sur les paroles qu'il a prononcées.

— Qui, maintenant, pourra nous débarrasser de ce Mohammed, gémit alors Hind. Qui osera lever l'épée contre Abu Thalib et Omar ibn al-Khattab ?

C'est alors que le jeune Muawiya est intervenu en s'écriant :

— Moi, ma mère, je l'oserai, lorsque je serai grand, quand j'aurai la force de tenir un sabre.

Et Hind lui a caressé les cheveux en souriant.

— Mon cher enfant, j'admire ta fougue et ton courage, mais bien avant ce jour, ce Mohammed et ses folles paroles seront oubliés.

— Il nous faut l'espérer et tendre de toutes nos forces à cette fin, ajouta Abu Sufyan. Sans quoi nous risquons de tout perdre et on peut craindre que notre puissante et belle famille ne soit réduite à la mendicité.

Qui alors parmi nous aurait pu penser que, tout au contraire, le triomphe de Mohammed et de l'islam allait pousser la famille d'Abu Sufyan au premier plan, et que le petit Muawiya allait devenir le maître d'un empire plus vaste que celui des Perses et de Byzance !

Je trouvais Abu Sufyan bien défaitiste et j'en fis la remarque.

— Fils de l'oncle, lui dis-je, je ne vois pas pourquoi si tous les Quraychites se convertissaient aux croyances de Mohammed en un seul dieu, cette nouvelle foi changerait quoi que ce soit à ta position à La Mecque et dans ton clan.

— Je crains que Mohammed ne veuille nous dépouiller de toutes nos prérogatives pour régner seul sur le Hedjaz.

— Il ne me semble pas avoir de telles ambitions politiques. Sans quoi il aurait accepté les offres que vous lui avez faites il y a quelque temps, par l'intermédiaire d'Utba. Non, moi, je suis persuadé que cet homme se croit inspiré par un djinn et qu'il veut établir un nouvel ordre spirituel. Je ne pense pas que ces changements puissent vous être nuisibles, pas plus que si la religion d'Isha se développait parmi nous. Voyez chez les Kalb : la majorité d'entre eux s'est convertie au christianisme, ce qui n'empêche pas notre tribu de prospérer, quelle que soit la religion que nous suivions. Moi-même je n'en ai choisi aucune et je n'en suis pas rejeté pour autant. La plus grande liberté de croyance existe chez nous et il me semble que c'est la meilleure chose. Même les chrétiens de chez nous le pensent, c'est pourquoi ils ne cherchent pas à imposer aux autres leurs croyances.

— Chafiq, répliqua Abu Sufyan, tu es jeune et naïf. Je te vois tout nourri des idées d'al-Acha et tu crois les hommes plutôt généreux et tolérants. Moi, je suis persuadé que si les Kalb adorateurs d'Isha ne vous imposent pas leur croyance, c'est parce qu'ils sont en minorité et qu'ils ne se sentent pas suffisamment puissants pour vous convertir de force. Sans quoi, dis-moi pourquoi dans l'empire de Roum on se battrait pour imposer les croyances de l'empereur qui règne à Byzance ? Et n'est-ce pas par la violence que les sectateurs d'Isha, après s'être emparés de l'État et avoir placé des empereurs chrétiens sur le trône de Roum, ont contraint les gens de l'empire à abandonner les anciens cultes pour le nouveau ? Sois certain que Mohammed veut nous obliger à suivre sa religion contre notre gré et à abandonner les cultes de nos ancêtres. Et c'est cela que nous ne pouvons tolérer. Nous autres, Quraychites, comme tous les Arabes d'ailleurs, nous acceptons toutes les religions, tous les dieux, toutes les croyances. Nous ne persécutons personne, mais nous ne voulons pas être persécutés. C'est pourquoi nous nous élevons contre tous ces fous qui prétendent nous convertir à leurs croyances, comme si c'étaient eux plutôt que les autres qui possédaient la vérité. Nous sommes aussi bien contre Mohammed, bien qu'il soit notre parent, que contre ce Maslama qui voudrait imposer lui aussi sa foi aux gens du Yamamah. Nous avons tout autant combattu dans un passé récent cet Abraha, régent du Yémen pour le roi d'Abyssinie, qui avait forcé son peuple à adopter la religion des chrétiens. Il avait fait bâtir à Sanaa un magnifique temple rempli de croix, et il prétendait faire de sa cité le centre de pèlerinage de tous les Arabes après avoir imposé sa religion à tous nos peuples. C'est nous, les gens de La Mecque, qui nous sommes dressés contre lui et, malgré son armée et ses éléphants, il n'est jamais parvenu à s'emparer de notre cité, et nos dieux lui ont fait subir un terrible échec. Il en sera de même pour Mohammed et tous ces prophètes de malheur.

C'est vers ce temps-là qu'Uthman ibn Mazun renonça officiellement à la protection de Walid ibn al-Mughira. Cet Uthman* était son neveu ; il s'était rallié à la religion de Mohammed et il avait émigré en Abyssinie avec plusieurs de ceux qu'on appelait déjà les musulmans. Il en était revenu avec ses compagnons, malgré, ou peut-être à cause des maux que causait aux Hachimites leur mise au ban des Quraychites. Je me trouvais chez Walid lorsqu'il vint vers lui en lui annonçant sa décision. Walid s'en est étonné :

— Que te prend-il, fils de mon frère ? Quelqu'un de mon clan t'aurait-il injurié ou fait quelque mal ?

— En aucune manière, mon oncle, a répliqué Uthman. Mais je désire être sous la protection d'Allah, et je n'en veux pas d'autre.

Pour ma part, je songeais que l'un n'empêchait pas l'autre et que, dans les circonstances présentes, la protection de Walid face aux persécutions que subissaient les musulmans me paraissait plus efficace que celle d'Allah. Mais Walid n'insista pas et il invita son neveu à l'accompagner à la Kaaba afin de renoncer solennellement et officiellement à

* Il ne faut pas confondre cet Uthman ibn Mazun avec Uthman ibn Affan, cousin d'Abu Sufyan et gendre de Mohammed, le futur khalife, dont il a déjà été question.

sa protection. Ce qui fut fait, mais je trouvais inutile de les accompagner.

Quelques jours plus tard, de nombreux Quraychites qui savaient que Labid logeait chez lui demandèrent à Walid d'organiser une réception au cours de laquelle ceux qui le désiraient pourraient entendre le poète chanter ses qasidas. Walid fit dresser un grand vélum près de la porte de la ville et il invita tous ceux qui le désiraient à venir écouter Labid. J'eus l'honneur de me rendre en ce lieu avec Walid et Labid. Il y eut une grande affluence d'auditeurs et nombre d'entre eux durent rester à l'extérieur, au soleil, qui n'était plus très ardent à cette époque de l'année. À la demande de Labid j'avais emmené Fayruz, qui l'avait souvent accompagné de la musique de son luth lorsqu'il psalmodiait certains de ses poèmes. Je m'assis sur des tapis près de Labid, en compagnie de Walid et de quelques-uns de ses compagnons. Je remarquais que, bien qu'il ait rompu son pacte avec Walid, Uthman était venu assister à la séance, et il avait pris place tout près de nous.

Labid dit d'abord quelques-unes des qasida qui avaient fait sa réputation, puis une nouvelle composition qui montrait qu'il n'avait rien perdu de son génie poétique. Enfin il donna un beau poème où il soulignait les vanités du monde, fruit de la sagesse apportée par les ans et l'expérience. Mais lorsque, parvenant à la fin de son poème, au cours duquel il avait incité les vivants à jouir des biens de ce monde, il dit :

« Excepté Dieu, tout est néant… »

Uthman se leva et lui cria :

— Ta parole est vérité.

Labid avait fait une pause afin de marquer son mécontentement d'avoir ainsi été interrompu dans son élan de lyrisme. Puis il reprit :

« Et tous les plaisirs auront nécessairement une fin. »

Uthman, qui était resté debout, cria alors avec colère :

— Tu mens. Les délices du paradis n'auront jamais de fin.

Des cris de réprobation s'élevèrent. Labid, furieux de cette nouvelle interruption, s'écria alors :

— Ô Quraychites, jamais vos amis n'ont été traités d'une façon aussi outrageante. Depuis quand ce genre d'outrage est-il toléré chez vous ?

Un homme de l'assistance, que je ne connaissais pas, s'est levé à son tour afin de se faire le porte-parole des Quraychites :

— Pardonne-lui, dit-il, cet homme est un des fous partisans de Mohammed. Ils ont abandonné nos anciennes croyances. Ne fais pas attention à lui.

Si Labid fut satisfait de cette intervention, il n'en fut pas de même d'Uthman, qui prit l'homme à partie et l'injuria de telle manière que son interlocuteur vint près de lui et le frappa si violemment au visage que le tour de son œil devint tout noir. Uthman ne se défendit pas, de sorte que l'homme revint s'asseoir, satisfait de l'avoir fait taire, tandis que Walid, s'adressant à Uthman :

— Fils de mon frère, lui dit-il, si tu n'avais pas renoncé à ma protection, ton œil n'aurait pas ainsi souffert.

Mais Uthman, le regardant avec un air de défi :

— Par Allah ! répliqua-t-il, c'est mon autre œil qui souhaiterait souffrir ce que son compagnon a reçu dans la voie d'Allah. Et je suis sous la protection de Celui qui est plus fort et puissant que toi, ô Abu Abdu Shams.

Ces paroles ne rebutèrent pas Walid, vieillard aussi sage que patient.

— Viens, neveu, je suis toujours prêt à t'accorder ma protection.

— Non, mon oncle, je ne veux pas de protection. Je te l'ai dit, je ne souhaite que celle d'Allah.

Sur ces mots il se retira, sans que Walid cherchât à insister. J'appris par la suite que Mohammed, s'il félicita Uthman dans sa volonté de ne se placer que sous la protection d'Allah, ne l'approuva pas dans son intervention intempestive. Car il semblait que Labid n'avait fait allusion qu'aux plaisirs de ce monde. Pour ma part, connaissant les sentiments de Labid à cette époque, je savais qu'il ne pouvait songer qu'aux plaisirs de cette vie, ne serait-ce que parce que l'idée de Paradis, qui alors était propre aux chrétiens, lui était totalement étrangère. En réalité, il avait bien des doutes sur ce qui concernait une vie après la mort, sous quelque forme que ce fût.

CHAPITRE 22

LES RAISINS DE TAÏF

J'avais partagé avec Labid son indignation à la suite des interventions intempestives de cet Uthman. J'ai aussi appris, par la suite, que Mohammed n'approuvait pas sa violence et qu'il arrivait qu'il le blâmât, au point qu'Uthman se trouvait à la tête d'un clan extrémiste parmi les musulmans, qui allait au-delà de la pensée de leur prophète. Mais, d'un autre côté, je désapprouvais l'exclusion que les Quraychites avaient prononcée contre deux de leurs clans. J'avais aussi remarqué que les clans qui s'étaient unis pour mettre au ban de leur confrérie les Hachimites avaient tous prêté le serment d'entraide de l'Hilf al-Fudul. Et je m'en étonnais auprès de Walid.

— Ceci n'entre pas en ligne de compte, me répondit-il. Mohammed a lui aussi prononcé le serment et nous trouvons justement qu'il le trahit dans la mesure où, par son attitude, il risque de favoriser les ennemis des Quraychites. Car si nous sommes décidés à maintenir la justice et à défendre les droits des étrangers qui viennent commercer dans notre cité, nous ne voulons pas, pour autant, qu'ils profitent de nos faiblesses pour nous supplanter et devenir à leur tour injustes en regard de nos propres droits.

— Cette exclusion me paraît pourtant injuste et sans véritable portée. Car, si j'ai bien compris, les Banu Hachim continuent d'envoyer des caravanes en Syrie et leur chef, Abu Thalib, ne paraît pas disposé à capituler et à retirer sa protection à son neveu. D'un autre côté, si votre dessein portait à conséquence, pourriez-vous voir sans frémir ces gens du clan d'Hachim, qui sont souvent vos oncles ou vos cousins, dépérir et mourir sans broncher ? Ce serait pourtant une véritable flétrissure pour vous et une honteuse victoire, remportée non par les armes, mais par un siège peu glorieux. Et encore, par ce moyen vous affaiblissez votre propre peuple, puisque les Banu Hachim sont des Quraychites. Voici qu'ils mettent leur gloire à défendre l'un des leurs contre vos persécutions, de sorte que vous leur permettez de s'élever au-dessus de vous aux yeux des Arabes. Vous allez ainsi obtenir un résultat contraire à vos intérêts, car par là vous risquez de vous attirer le mépris des Arabes et de leur donner à admirer Mohammed et les Banu Hachim.

— J'approuve Chafiq et je me sens de plus en plus coupable de participer à une action indigne. Tout récemment Hicham ibn Amr est venu vers moi et il m'a dit : « Es-tu satisfait de bien manger, de porter de beaux vêtements, de mener une vie agréable tandis que tu sais dans quelle misère tu as placé ton oncle maternel ? » Et il est bien vrai que je me sens tout honteux, bien que je n'aie pas voulu le lui avouer.

L'homme qui avait ainsi parlé était Zuhayr ibn Abu Umayyah, neveu par sa mère d'Abu Thalib. Et je sentis que les Quraychites étaient divisés et que la plupart d'entre eux n'approuvaient pas ces exclusions. Mais je ne pouvais m'investir plus avant dans une affaire qui ne me concernait pas directement.

Néanmoins, j'osai intervenir dans une autre affaire, quelques jours plus tard.

Je me promenais par les rues de la ville en compagnie de Khalid, de retour depuis quelques jours de Taïf, et de Labid. Nous conversions de choses et d'autres et plus particulièrement d'al-Acha, que je n'avais pas retrouvé à La Mecque comme je l'espérais, car il en était reparti peu de jours avant mon arrivée, sans que nul ait pu me dire vers où. Nous étions dans le quartier du clan de Jumah où Abu Bakr, l'ami de Mohammed, avait établi sa demeure. Cependant il était loin de ma pensée en ces instants, car le souvenir d'al-Acha avait ramené à mon esprit celui de Jalila. Des cris, dans une rue voisine, nous ont alertés et nous avons hâté le pas dans leur direction. Nous avons découvert un petit attroupement composé surtout de femmes et d'enfants. Ils entouraient deux hommes couchés dans la poussière et attachés dos à dos par de solides liens. Comme nul n'osait les libérer malgré leurs supplications, je m'approchai et dégainai mon sabre pour rompre les cordes, mais un homme qui se trouvait là me dit :

— Si tu ne veux pas avoir d'ennuis, je te déconseille d'aider ces gens.

— Par la Kaaba ! m'exclamai-je, je voudrais bien savoir pourquoi.

— Ces deux hommes sont des musulmans. Ils ont été battus et ainsi attachés par Nawfal aidé par quelques amis. Moi, j'y ai participé, et Nawfal m'a commis de garde ici pour interdire qu'on les libère jusqu'à ce que tombe la nuit.

En me penchant, je reconnus alors Abu Bakr. L'autre homme était Talhah ibn Ubayd Allah, son cousin. Abu Bakr s'adressa à moi :

— Je te connais ; je sais que tu n'es pas musulman. Je te conseille de ne pas t'occuper de nous car ce Nawfal est un méchant homme. Il est pourtant le demi-frère de Khadidja, l'épouse de Mohammed, mais il est furieux que son fils Aswad ait été converti par moi.

— Abu Bakr, lui ai-je déclaré, je ne suis pas de ta religion, il est vrai, mais je déteste l'injustice et la violence faites par des plus forts à des plus faibles. Moi-même j'ai prêté le serment de l'Hilf al-Fudul, de par ma parenté avec les Quraychites. Je trahirais ce serment si je passais devant une injustice sans m'indigner. Si cet homme (je désignais le gardien préposé là par Nawfal) l'ose et le peut, qu'il essaie de m'empêcher de trancher tes liens. Mais il risque de voir sa propre honte car j'ai fait mes preuves dans les combats.

Comme je me penchais sur Abu Bakr pour trancher ses liens, l'homme fit mine de dégainer son sabre. Mais Khalid lui prit le bras et lui dit :

— Je te déconseille d'affronter Chafiq ibn Majid. Non seulement il n'aurait même pas besoin de son sabre pour te faire mordre la poussière, mais en plus il est l'hôte de mon père Walid et le parent d'Abu Sufyan.

L'homme haussa les épaules et me laissa délivrer Talhah et Abu Bakr. Ce dernier me remercia et nous invita à venir nous rafraîchir dans sa maison. Je lui rendis grâce de son invitation mais je la refusai, sachant que mes compagnons ne pouvaient accepter de me suivre : Khalid à cause de sa position parmi les Quraychites, Labid parce qu'il était encore sous le coup de l'indignation qu'avait soulevée en lui l'intervention maladroite d'Uthman. Je lui déclarai cependant que j'admirais son courage et sa générosité et que, à une autre occasion, j'aurais plaisir à lui rendre visite.

Cette occasion, je ne la rencontrai pas de si tôt. Joumana supportait mal le climat de La Mecque et je songeais à quitter la ville, sans d'ailleurs trop savoir où nous irions, lorsqu'arriva un messager de mon père, à la tête d'une riche caravane. Mon père me demandait de me rendre auprès des chefs des Thaqif afin de passer avec eux un accord commercial pour assurer partiellement un transport de marchandises entre le Yémen et les marchés de l'Empire perse. Nous-mêmes devions prendre le relais pour transporter les marchandises entre Tayma et Ctésiphon, Walid et Khalid devant se charger du transport entre La Mecque et Tayma.

Je me suis installé avec les miens à Taïf, dans la vaste demeure de Walid. Depuis le temps que j'y venais je pouvais considérer cette maison comme la mienne, et c'est en maître que les serviteurs m'y reçurent, en l'absence de Walid et de Khalid restés à La Mecque. Je consacrai une partie de mon temps en visites aux fils d'Amr ibn Umayr, les chefs de la cité et des Thaqif, et aussi à Utba ibn Rabia. Ce dernier était l'homme qui avait, un jour, fait des propositions à Mohammed pour qu'il cessât de prêcher, et qui avait toujours tenté de modérer les passions des Quraychites, et surtout la violence de sa fille Hind, l'épouse d'Abu Sufyan. Il possédait à Taïf, hors des murs de la ville, une vaste demeure entourée de vergers et d'un grand jardin. Il y passait une grande partie de son temps, avec son frère Chaybah et son fils Walid. Ils étaient aussi étroitement liés avec Khalid et son père, et nous envisagions de réaliser tous ensemble de fructueuses transactions commerciales.

Le reste de mon temps, je le consacrai à la chasse en compagnie de mon fidèle Azzam, à la composition de poèmes, et surtout à mon amour pour Joumana. Mon épouse se montrait aimable et compatissante envers Fayruz et elle aimait l'entendre jouer du luth et chanter des élégies persanes. De son côté, Fayruz semblait s'être fait une raison et elle avait cessé de m'importuner de ses reproches. Je sus, par la suite, qu'elle avait fait d'Azzam son amant, mais c'était plus par dépit que par inclination.

J'étais à Taïf lorsque j'appris la mort à peu près en même temps de Khadidja, l'épouse de Mohammed, et d'Abu Thalib, son oncle et protecteur. La nouvelle nous fut portée par Abu Hudhaifa. Ce dernier était le fils d'Utba et le frère de

Walid. Il avait épousé Sahlah, fille de Suhayl, le sayyid des Banu Amır, l'un des clans des Quraychites. La famille de Suhayl n'était pas hostile à l'islam et plusieurs d'entre eux avaient déjà suivi la nouvelle religion. Abu Hudhaifa s'était, je crois, laissé entraîner par sa femme et il était ainsi devenu disciple de Mohammed. Son père ne l'avait pas renié pour autant, songeant que, dans le cas où l'islam triompherait, il aurait, par son fils, une entrée dans le camp des vainqueurs. Il ne pensait pas, alors, que même une fois que l'islam aurait triomphé, Mohammed accueillerait à bras ouverts dans le sein de sa religion même ceux qui avaient été ses ennemis les plus acharnés, du moment qu'ils accepteraient de prononcer la formule que nous commencions tous à connaître à La Mecque : « Il n'y a de Dieu qu'Allah et Mohammed est son envoyé. »

Abu Hudhaifa s'était montré vivement touché par le double deuil de son prophète, qui était aussi un deuil pour tous les musulmans. Utba ne s'en était pas réjoui ouvertement, contrairement à son frère Chaybah et son autre fils Walid. Mais il avait soupiré en déclarant :

— Sans la protection d'Abu Thalib et des Hachimites, je vois mal comment Mohammed pourrait réussir à imposer sa foi. Je crois, mon cher enfant, que tu ferais mieux de revenir aux cultes hérités de nos ancêtres. Pour ma part, je vais faire un sacrifice à al-Lat afin qu'elle te soit encore favorable.

Naturellement, Abu Hudhaifa s'était indigné de la remarque de son père, et il était reparti sur-le-champ pour La Mecque, en déclarant que sans doute Mohammed avait plus que jamais besoin du soutien de ses compagnons.

— J'espérais, ajouta-t-il, que je trouverais en toi, mon père, un protecteur pour l'Envoyé d'Allah. Car sache que le nouveau chef des Hachimites est l'autre oncle de Mohammed, Abu Lahab. Certes, il n'a pas retiré officiellement sa protection à son neveu, car il n'est pas certain que le clan des Banu Hachim le suivrait en ce sens, mais il ferme les yeux sur toutes les avanies qu'on fait subir au Prophète. Ainsi ne se gêne-t-on plus pour lui lancer au visage de la boue ou des ordures, ni pour l'injurier.

— Si vraiment il est protégé par un dieu, déclara alors Utba, ton Mohammed triomphera de toutes ces persécutions et il imposera ses vues. Laisse donc faire ce dieu qui est plus puissant que nous. Dans le cas contraire, il faudra plaindre ce Mohammed car cela signifierait qu'il s'est laissé égarer par quelque djinn, à moins qu'il n'ait jamais laissé parler en lui que des ambitions cachées.

Je songeais qu'Utba avait parlé avec sagesse. Et comme je doutais que les dieux aient quelque pouvoir sur les actions humaines, je me disais que si Mohammed réussissait à imposer ses vues, il en serait d'autant plus méritant. Ce serait alors pour moi une véritable raison de me rallier à sa doctrine, car je trouvais que si une quelconque entité toute-puissante présidait au destin d'un homme, la réussite de ce dernier ne devait rien à ses propres mérites, alors que si ce même homme parvenait à s'imposer par sa seule volonté, par sa seule supériorité, celui-là pouvait dès lors avoir droit à toute notre estime.

Bien que nos affaires aient été heureusement conclues à Taïf, je m'attardais dans cette vallée fraîche et verdoyante. Je prenais plaisir à rester dans les vignes et les vergers de la propriété d'Utba et à converser avec lui et ses parents. C'était un homme tolérant et bon vivant. Il avait tout aussi bien accepté la conversion de son fils que de garder dans sa demeure un jeune esclave qui était chrétien et qui pratiquait son culte en toute tranquillité. Ce serviteur s'appelait Addas.

Or, un jour que, dans le jardin d'Utba, nous mangions des raisins en buvant de l'eau fraîche, dans l'ombre d'une treille, sur des coussins profonds, nous avons perçu une sourde rumeur qui grossit et d'où fusaient des cris et des invectives. Nous avons envoyé aux nouvelles un esclave qui revint quelque temps après :

— Mohammed, le fils d'Abdallah, est venu dans cette ville, auprès des fils d'Amr ibn Umayr, nous apprit-il. Il espérait qu'ils se convertiraient à sa foi et qu'ils se feraient ses protecteurs. Mais Habib lui a déclaré que si Allah l'avait envoyé, il arracherait les tentures de la Kaaba ; Maçoud, lui, s'est fait dédaigneux en s'étonnant : « Quoi, Allah n'aurait trouvé que toi à nous envoyer ? » Quant à Abd-Yalil, il lui a répliqué : « Par al-Lat, je n'ai rien à te dire. Si tu es un envoyé d'Allah, comme tu le prétends, tu es trop important pour que je puisse te répliquer quoi que ce soit. Si tu mens à propos d'Allah, je ne peux m'adresser à quelqu'un de cette espèce. » Et comme Mohammed insistait, ils l'ont chassé, et ils ont ameuté le peuple contre lui. Il s'est alors enfui, talonné par tous ces gens, et voici : il a trouvé un refuge dans votre jardin, tout là-bas, où nul n'a osé le poursuivre.

En nous levant, nous avons, en effet, aperçu un homme agenouillé, dans une partie dégagée du jardin, située au bas d'une pente. Utba s'est alors tourné vers Addas, accroupi auprès de nous, prêt à nous servir :

— Addas, lui dit-il, mets des grappes fraîches sur ce plat et porte-les à cet homme, en le priant de les manger, car il doit avoir faim et soif.

Nous avons suivi du regard le jeune homme, qui vint s'arrêter auprès de Mohammed. Ce dernier s'était assis sur une pierre plate et il prit l'une des grappes. Addas est resté un long moment auprès de lui, sans doute à l'écouter parler car, au bout d'un moment, il posa ses lèvres sur sa tête puis lui baisa les mains et les pieds. Mais Mohammed le fit se relever et sans doute l'incita-t-il à revenir auprès de ses maîtres.

En voyant leur esclave agir de la sorte, mes hôtes s'étaient écriés :

— Voilà que déjà il cherche à corrompre notre serviteur !

Et quand Addas fut revenu auprès d'eux, Chaybah le tança :

— Honte à toi ! Pourquoi as-tu baisé la tête, les mains et les pieds de cet homme ?

— C'est l'un des hommes les plus remarquables de ce pays, a répondu Addas sans se démonter. Il m'a parlé de ma ville natale, de Ninive et du prophète Jonas, un juif qui a vécu il y a bien longtemps. Il a aussi invoqué le nom d'Allah en prenant le raisin.

— Addas, a répliqué Utba, cet acte et ces paroles ne font pas de lui un homme juste. Ne te laisse pas détourner de ta religion, ne te laisse pas aussi facilement séduire par lui. Car ta religion est meilleure que la sienne.

Pour moi qui connaissais bien les chrétiens, leur fanatisme, leur duplicité, la manière dont ils adoraient une multitude de dieux et de saints en prétendant n'en adorer qu'un, lequel intervenait dans la vie de chacun selon ses caprices, de la même manière que les dieux de notre peuple, je ne partageais pas l'avis d'Utba et je songeais que, tant qu'à choisir une religion présidée par une seule divinité, celle de Mohammed me semblait bien supérieure à celle d'Isha.

Il me prit alors envie de profiter de cette occasion pour m'entretenir avec Mohammed et connaître d'un peu plus près ses enseignements. Je vis qu'il venait de s'éloigner, sans doute pour retourner vers La Mecque. Je pris alors congé de mes hôtes et rentrai chez Walid. Là, je fis seller mon cheval par Azzam et je lui dis que je devais me rendre en hâte à La Mecque.

— Quoi, s'étonna mon serviteur, par qui as-tu appris qu'al-Acha était de retour à La Mecque ?

— Que me dis-tu là ?

— N'est-ce pas pour retrouver al-Acha que tu as tant de hâte de retourner à La Mecque ? À l'instant même un voyageur arrivé de là-bas vient de nous le faire savoir et nous t'attendions pour t'en avertir.

Je trouvai dans cette nouvelle une raison suffisante pour me rendre en hâte à La Mecque. Et, sans plus donner d'explications, je repris :

— C'est bien ainsi. J'ai hâte d'aller retrouver mon maître. Apporte aussi mes armes, une outre de vin et une d'eau. Pendant ce temps, je vais me changer et embrasser Joumana.

Mon épouse s'étonna de me voir si pressé de la quitter. Je lui promis de revenir bientôt :

— Ainsi, soupira-t-elle, tu me préfères ton ancien maître.

— Ce n'est pas une question de préférence, l'ai-je rassurée. Mais, pour ne rien te cacher, ce n'est pas à la rencontre d'al-Acha que je cours, mais à la suite de Mohammed avec qui je voudrais m'entretenir.

— Comment ! s'exclama-t-elle. Tu me quittes ainsi pour aller parler à cet homme, ce devin qui rejette avec tant de morgue les dieux de nos ancêtres ? Ne me dis pas que tu es prêt à suivre sa religion.

— Ne crains rien, ma bien-aimée, tu connais maintenant mes idées. Tu sais aussi que, si je n'ai aucune inclination à suivre un quelconque culte, je ne crois pas non plus dans les dieux de nos ancêtres.

— Ce n'est que trop vrai. Mais tu ne les attaques pas, et tu laisses à chacun le loisir de pratiquer le culte qui lui convient. Alors que le dieu de Mohammed est intolérant et exclusif comme celui des chrétiens. J'ai bien vu qu'il veut pour lui toutes les adorations ; on doit s'incliner, se courber devant ses volontés comme s'il était le roi des Perses. Au moins nos dieux ne sont pas aussi jaloux et si l'un nous déplaît, nous pouvons nous tourner vers un autre sans qu'il s'en fâche. D'ailleurs, ils ne se fâchent même pas en voyant que tu ne crois pas en eux. Or, je suis sûre que ce ne serait pas le cas de cet Allah tel que nous le présente ton Mohammed.

— Ce n'est pas mon Mohammed et son dieu n'est pas le mien. Mais cela ne m'empêche pas d'avoir de l'admiration pour cet homme et de m'intéresser à ses enseignements.

— Que les Garaniq fassent que tu ne te laisses pas séduire par ses paroles.

Je poussai au galop mon cheval sur la route de La Mecque, mais je ne voyais pas l'homme que je cherchais. Néanmoins, des paysans rencontrés dans les champs de blé qu'ils fauchaient m'assurèrent qu'ils avaient bien vu passer un homme à cheval, quelques moments auparavant. Je ne le rattrapai que vers Nakhla, après la tombée de la nuit.

Mais maintenant que j'étais auprès de lui, je me trouvais stupide, incapable de lui demander quoi que ce soit. Comme j'avais ralenti mon pas, c'est lui qui me salua.

— Te rends-tu à La Mecque ? me demanda-t-il.

— Je m'y rends, mais je ne sais si j'y parviendrai avant le jour. Je vois que tu n'es pas armé. Si tu le désires, nous pourrons faire la route ensemble, car on peut toujours redouter des voleurs, lorsque la nuit est tombée.

— Je ne les crains pas. Ni non plus les djinns qui hantent les nuits. Ils me semblent même plus disposés à écouter mes paroles que les hommes. Pour le reste, je place toute ma confiance en Allah.

— J'étais dans le verger où tu t'es réfugié, cet après-midi, lui dis-je. Tu n'as sans doute pas eu plus à manger que quelques grappes de raisin.

Je lui offris du pain de Taïf, des dattes et de l'eau de mon outre. Nous avons mis pied à terre et nous nous sommes assis sur les tapis de nos selles.

— J'espérais, me confia-t-il, que les Thaqif tourneraient leurs faces vers Allah, et qu'en s'alliant avec moi ils secouraient le joug des gens de La Mecque. Mais ils préfèrent leur esclavage.

— Aurais-tu oublié, lui fis-je remarquer, qu'ils vouent un culte particulier à al-Lat, qu'à leurs yeux son sanctuaire, dont ils ont la garde, égale celui de La Mecque ? Comment pouvais-tu penser qu'ils allaient abandonner un culte qui leur est si cher et qui leur assure une hégémonie sur la région pour une religion dont ils ne savent rien ?

— Tu as raison. J'espérais qu'ils accepteraient de m'entendre, sinon de me croire. Mais leurs oreilles sont fermées.

Nous avons mangé en silence, après que Mohammed eut étendu la main sur la nourriture en prononçant ces paroles : « Au nom d'Allah ».

— Je sais qui tu es, lui ai-je alors dit, mais moi, sais-tu qui je suis ? Car tu ne m'as pas demandé mon nom.

— Tu es Chafiq, le fils de Majid, l'un des sayyids des Kalb. Je t'ai vu souvent à La Mecque ; tu fréquentes chez mon frère de lait Abu Sufyan, chez mes oncles également. Mais je sais que tu as libéré mon ami Abu Bakr alors que personne ne l'osait. Accepterais-tu d'être mon protecteur ?

— Si tu venais à Dumat, j'accepterais volontiers. Mais à La Mecque, je ne suis qu'un hôte de passage et ma protection ne te servirait à rien. Mais dis-moi comment je peux t'aider.

— Je ne peux rentrer à La Mecque sans avoir un protecteur. Si tu es prêt à me venir en aide, rends-toi auprès d'Akhnas ibn Chariq. C'est l'homme le plus puissant de Zuhrah, le clan de ma mère. C'est vers lui que je dois me tourner puisque les Banu Hachim me font défaut. Demande-lui pour moi sa protection. Dis-lui : « Mohammed te demande de lui accorder ta protection afin qu'il puisse continuer de transmettre les messages de son Seigneur. » De mon côté, je vais attendre dans la caverne du mont Hira.

Nous nous sommes séparés. Et dès que je fus parvenu à La Mecque, avant même d'aller à la recherche d'al-Acha, je me rendis auprès d'Akhnas ibn Chariq. Il me reçut dès que je me présentai, mais, en entendant ma prière, il baissa la tête et me répondit :

— J'aurais volontiers accédé à la demande de Mohammed si je l'avais pu. Mais je n'appartiens pas au clan de Zuhrah, je ne suis qu'un confédéré originaire des Banu Thaqif. Même si Zuhrah me considère comme l'un de leurs chefs, je ne peux m'engager au nom du clan, car je serais désapprouvé. Ma protection serait alors plus nuisible qu'utile à Mohammed.

Je courus rapporter la réponse à Mohammed, qui me demanda alors d'aller faire la même demande à Suhayl ibn Amr, le chef du clan des Amir, le beau-père d'Abu Hudhaifa ibn Utba. Ce dernier avait conservé ses anciennes croyances, bien que la plupart de ses proches aient adopté l'islam. Malgré cela, il n'était pas hostile à la religion de Mohammed, mais il refusa sa protection, car il ne pouvait se mettre en opposition avec les autres clans.

Avant de retourner auprès du fils d'Abdallah, je fus pris du désir de me rendre à la Kaaba. J'espérais, au fond de moi, rencontrer une personne susceptible d'accepter de prendre Mohammed sous sa protection. La première personne que j'y vis fut précisément al-Abbas ibn Abd al-Muttalib, son jeune oncle. J'avais souvent eu l'occasion de le rencontrer, soit à La Mecque même, chez les divers notables de la ville, ou encore à la mosquée car il jouissait du privilège d'abreuver les pèlerins ; il faisait le commerce de l'argent et il s'était enrichi en prêtant et en investissant, en particulier à Taïf et à Yathrib. Nous nous étions aussi rencontrés lors des réunions des fityan, en particulier avec ceux de Yathrib, car il avait de nombreux amis dans cette cité.

Je n'hésitai pas à lui confier l'état de détresse dans lequel se trouvait son neveu.

— Depuis la mort de ton frère Abu Thalib, lui rappelai-je, Mohammed n'a plus de protecteur. Ton autre frère Abu Lahab est rempli d'amertume contre lui et, bien qu'il se soit prétendu son protecteur, il le laisserait assassiner dans la rue sans intervenir.

— Il verrait même l'affaire avec plaisir, renchérit al-Abbas.

— C'est bien pourquoi il ne peut s'adresser à lui. Mais je sais que tu n'es pas hostile à ton neveu. Je crois même que tu restes son seul proche parent qui ne lui veuille pas de mal. C'est la raison pour laquelle je viens à toi pour plaider sa cause.

— Par le puits de Zemzem ! Serais-tu devenu musulman ? s'étonna al-Abbas.

— Al-Abbas, nous avons trop souvent bu et chanté ensemble, et nous avons aussi trop souvent conversé amicalement pour que tu ignores mes opinions. Mais ton frère Abu Thalib était-il musulman ? Et pourtant il a toujours défendu son neveu. Or toi, ton épouse Umm al-Fadl n'a-t-elle pas été l'une des premières femmes de cette ville à écouter les paroles de Mohammed d'une oreille favorable ? Et finalement n'a-t-elle pas adopté sa religion ?

— Sans doute, sans doute, Chafiq. Mais ce sont là des croyances agréables aux femmes. Reconnais avec moi que mon neveu est un doux rêveur et qu'il prend ses visions pour des rencontres avec un djinn. Il est d'ailleurs maintenant convaincu que ce djinn qui lui rend visite s'appelle Gabriel. C'est, m'a-t-on assuré, le nom d'un djinn des juifs et des chrétiens. Mais comme moi-même je ne crois pas à l'existence des djinns, car je n'en ai jamais rencontré, je ne vois dans le fils de mon frère qu'un doux rêveur. Encore que je le trouve bien souvent trop véhément dans ses prédications. Et puis, comment le suivre dans ces sottises que racontent les partisans d'Isha, qu'un jour nous serons ressuscités pour entendre cet Allah nous juger ? Nous avons souvent abordé cette question et tu as trouvé cette idée complètement folle, toi aussi.

— Al-Abbas, je ne viens pas te demander de faire une critique des croyances de ton neveu, mais de le prendre sous ta protection. Écoute. Moi-même je ne crois pas à la plupart des choses qu'il raconte, mais il est aussi des idées que je partage avec lui. Alors, ou bien il est vraiment inspiré par une divinité quelconque, ou bien il a des visions, comme tu l'assures. Mais une chose est certaine, c'est que depuis tant d'années qu'il a commencé à dialoguer avec le ciel, il est si certain de sa vérité qu'il est prêt à subir toutes les souffrances, toutes les humiliations pour imposer ses croyances. Sache, al-Abbas, que ce sont ces hommes qui transforment le monde, et c'est la raison pour laquelle je l'admire. Quel que soit l'esprit qui le guide, s'il triomphe, s'il impose ses vues, tu n'auras pas perdu à avoir été son protecteur. S'il échoue, nul ne t'en voudra, pas plus qu'on n'en a voulu à ton frère Abu Thalib.

— De cela je ne suis pas aussi sûr que toi. Vois déjà tout ce que notre clan a souffert pour avoir accepté de protéger Mohammed. Et maintenant, les affaires de mon neveu vont de plus en plus mal. Tout le monde le rejette, même les hommes de notre clan. Le premier des Hachimites est maintenant mon frère aîné Abu Lahab. Je ne peux me substituer à lui et engager notre clan à nouveau pour assumer la protection d'un membre qui n'a réussi qu'à apporter des maux à la communauté. Personne, d'ailleurs, ne me suivrait. Je ne suis pas hostile à Mohammed ni à ses idées, tu le vois, et j'écoute souvent ma femme qui m'exhorte à me convertir, sans d'ailleurs lui donner satisfaction. Aussi, je veux bien aider mon neveu, avec de l'argent. Ou même avec mes relations. Il y a bien, à Yathrib, quelques hommes influents qui ont été séduits par les paroles de Mohammed, sans même qu'il le sache. Je veux bien leur parler, voir s'ils n'accueilleraient pas mon neveu dans leur cité.

— Ce peut être une solution, ai-je reconnu, mais il n'est pas assuré que ton neveu accepte de s'exiler à Yathrib. Rappelle-toi qu'il n'a pas suivi les musulmans en Abyssinie. Et d'ailleurs, il me semble que déjà plusieurs d'entre eux sont allés s'installer à Yathrib.

— Précisément. Parles-en à Mohammed. Va le retrouver, dis-lui pourquoi je ne peux le prendre sous ma protection ; il doit d'ailleurs le savoir, c'est pourquoi il ne t'a pas demandé d'intervenir auprès de moi. Mais ta démarche ne restera pas inutile. Propose-lui de demander la protection de Mutim ibn Adi. C'est même, à mon avis, le seul Quraychite susceptible d'accepter.

Mutim ibn Adi était l'un des hommes influents de la ville, sayyid du clan de Nawfal. Il était l'arrière-petit-neveu d'Hachim, ancêtre du clan des Hachimites. Lorsqu'il avait été question de mettre fin à l'exclusion des Hachimites, Mutim avait été l'un des premiers à demander qu'il en soit ainsi, ayant toujours désapprouvé cette décision. Il m'avait semblé favorable à Mohammed.

Je revins faire part à Mohammed de mon entrevue avec son oncle al-Abbas, et il me confirma qu'il n'avait pu songer à lui, malgré la conversion de sa femme et l'amitié qu'il lui portait, puisqu'il n'était pas le sayyid de son clan. Mais l'idée de s'adresser à Mutim ibn Adi le séduisit et il me chargea de cette mission.

Lorsque je me présentai devant Mutim pour lui faire part de la requête de son parent, il se leva aussitôt et déclara :

— Qu'il rentre à La Mecque. Je le prends sous ma protection.

— Il sera aux portes de la ville dès demain matin, ai-je assuré.

Suivant la prière de Mohammed, je me rendis ensuite chez sa fille Fatima afin de lui faire savoir où se trouvait le Prophète et l'avertir de son retour le lendemain.

— Vas-tu le retrouver ce soir même ? me demanda Fatima.

— Dès que je te quitte, car j'ai l'intention de l'escorter jusqu'aux portes de la ville où m'attendra Mutim.

— Alors, je te prie de lui apporter ceci.

Elle me remit une petite marmite remplie de viande et de courges, à quoi elle ajouta un pain.

— C'est son plat préféré, me confia-t-elle.

Je me hâtai de retourner auprès de Mohammed et je lui fis part de l'acceptation de Mutim. Il en remercia Allah, puis il me demanda ce qu'il y avait dans la marmite. Je la déposai devant lui et détachai les liens qui maintenaient le couvercle. Il huma le fumet et, sans plus attendre, il s'assit, m'invita à prendre place face à lui, puis il plongea la main dans la marmite où il chercha de préférence les morceaux de courge.

Je puisai à mon tour dans la marmite, sur son invitation. J'ouvris ensuite une gourde que j'avais remplie de vin de Taïf et lui en offris. Il n'en but que quelques gorgées puis me demanda :

— Chafiq, t'arrive-t-il d'abuser de vin jusqu'à en perdre l'esprit ?

— Il m'est arrivé, jadis, d'abuser de cette boisson, mais c'est maintenant fini et je n'en bois que modérément.

— Si tous les hommes étaient sages et sobres, on pourrait permettre de boire des vins divers. Mais ils ne savent pas se dominer et ils ont tôt fait de glisser dans l'ivresse. C'est par leurs excès que les hommes pèchent. Voilà pourquoi on est alors obligé d'interdire certaines choses qui pourtant, prises en petite quantité, ne sont pas nocives. Accorde une licence à un insensé, il ne saura mettre une limite à ses excès.

— Dans ce cas, il s'inflige lui-même sa propre punition, car il a tôt fait de détruire sa propre santé et la lucidité de son esprit.

— La croyance en Allah donne la sagesse, et elle évite ainsi de commettre des actes qui portent en eux leur châtiment.

Sur cette sentence, le Prophète prit une outre pleine d'eau que j'avais rapportée, fit ses ablutions et se mit à prier. Moi-même, afin de ne pas lui être une gêne, je sortis, mais je l'entendis invoquer Allah al-Rahman et lui demander d'apporter sa lumière dans son cœur et dans chacun des organes de ses sens. Puis il se coucha pour dormir. Je restai dehors pour dormir, car il ronflait, ce qui m'était pénible à supporter. Je me réveillai à l'aube et je vis qu'il était aussi éveillé, et il faisait à nouveau ses prières. Néanmoins, pas une seule fois il ne chercha à m'inciter à l'imiter, ni non plus ne m'exhorta à suivre sa religion.

Cependant, alors que nous déjeunions de dattes et de pain, il me dit :

— Tu as une épouse et elle est très belle. Garde-la soigneusement, car Allah l'aimera : Allah est beau et il aime la beauté. Il n'est rien de plus agréable que les femmes et les parfums. Ce sont des dons précieux du Maître des mondes.

Ces paroles me surprirent, mais je ne cherchai pas à lui demander des précisions car il se leva et me dit :

— Allons, il est temps de nous mettre en route.

J'accompagnai ainsi Mohammed jusqu'à la porte orientale de la ville. Là l'attendait Mutim suivi de ses fils, ses neveux et d'autres parents. Ils étaient tous armés, dans la crainte de l'intervention de quelque ennemi trop zélé du Prophète, ou plutôt pour bien marquer leur intention de défendre leur protégé contre toute violence. Pour moi, je ne les suivis pas jusqu'à la Kaaba, où ils avaient l'intention de se rendre pour permettre à Mohammed d'y prier. Car je ne faisais pas parti du clan des protecteurs et je n'avais donc rien à faire parmi eux. En revanche, j'appris par la suite qu'ils avaient rencontré sur leur chemin Abu Jahl. Il n'avait osé assaillir ces hommes armés et décidés de ses quolibets. Il s'était contenté de leur demander s'ils s'étaient convertis à la religion de Mohammed.

— Nous lui avons accordé notre protection. Le reste n'est pas ton affaire, lui avait-il été répondu.

À quoi Abu Jahl avait répliqué en inclinant la tête :

— Celui qui a votre protection, il a aussi la nôtre.

CHAPITRE 23

LE BONHEUR ET LE CHAGRIN

Je revis al-Acha après une séparation de près de six ans, et mon cœur en fut profondément ému. En sa compagnie, je retrouvais nos anciennes heures d'enthousiasme, nos conversations, sa pensée si belle et hautaine, sa poésie qui m'avait été un modèle, et que je savais ne jamais pouvoir surpasser. Le jour où je le revis, il venait de rentrer à La Mecque d'un séjour à Djeddah, le port voisin sur la mer Rouge. Il y avait rencontré des chrétiens de passage sur un vaisseau venu d'Abyssinie, et il était resté en leur compagnie en attendant que se lève le vent et que le bateau puisse reprendre sa course. De mon côté je venais de laisser Mohammed en compagnie de ses nouveaux protecteurs et je m'étais rendu chez Khalid, car j'avais appris que son père était malade. Le vieillard devait mourir peu de temps après.

— Chafiq, me dit mon ancien maître d'un ton affectueux, te voilà devenu maintenant un homme magnifique, un véritable sayyid. Mais comment se fait-il que je ne t'aie jamais revu à Ukaz ? Aurais-tu abandonné la poésie ?

— Certainement pas, ai-je assuré, mais depuis que je n'ai plus mon maître auprès de moi, je ne vis plus que sur mon acquis. Il est vrai que j'ai chanté l'amour et le vin comme tu me l'as enseigné, mais je n'ai personne pour me conseiller, me critiquer. Sans doute, ces derniers temps, j'ai vécu dans l'intimité de Labid, mais il n'est pas mon maître. D'ailleurs, lui-même s'en défend, car il me fait mille compliments, et moi je ne puis le reconnaître pour tel, car tu es mon seul maître.

— Chafiq, tu es trop modeste. Il te revient maintenant de prendre ton essor et de sortir ce que tu as au fond de toi. Si tu ne le sens pas, c'est que tu n'es pas encore parvenu à une maturité suffisante. Prends patience. Un jour viendra où tu donneras tout ce qui est au fond de ton cœur.

— Ce qui est au fond de mon cœur, je crois l'avoir dit, car il a exprimé par mes chants tout ce qu'il ressentait de joie et de tristesse.

— Enfermes-tu toujours dans ta poitrine cette belle et tyrannique Fayruz ?

— Elle est toujours dans ma demeure, mais je l'ai chassée de ma poitrine. Les ans ont muselé sa fougue de jeune cavale indomptée. Depuis que je t'ai quitté, je me suis donné une épouse. Une femme dont je suis amoureux, follement, bien qu'une telle passion doive se taire et se dissimuler.

— Il ne le faut pas. Éloigne de toi ces mœurs de nos tribus restées dans les croyances de leur enfance. Il est mieux d'aimer son épouse et de la désirer que d'être indifférent et se consoler entre les bras des voisines. Même si les voisines sont belles. Ce qui d'ailleurs risque de t'attirer plus d'ennuis que l'amour trop ardent pour ton épouse. Mais dis-moi, cette femme que tu aimes, est-ce toujours cette belle jeune fille dont tu semblais si épris le jour où je t'ai connu, dans la palmeraie de Tayma ?

— Maymun, m'étonnais-je, comment as-tu pu penser que j'étais amoureux de cette jeune fille ?

— Il m'a suffi de vous voir tous les deux, cuisse contre cuisse, vos fronts inclinés sur vos propres cœurs.

— Tu ne m'en as pourtant jamais parlé, par la suite, lorsque nous avons vécu ensemble.

— Toi non plus. Mais j'étais pourtant certain de n'avoir pu me tromper. Même après que je t'ai eu vu t'éprendre d'une esclave persane.

— C'était alors un secret que je voulais conserver entre elle et moi. Mais je n'ai pu l'épouser, car elle est ma sœur de lait.

— Une regrettable parenté, reconnut al-Acha. Et tu ne l'as pas oubliée ?

— Comment l'aurais-je pu ? Et pourtant, je n'en aime pas moins mon épouse.

— Qui est-elle ?

— Elle s'appelle Joumana, et elle est la fille d'un puissant parmi les Banu Amir.

— Où as-tu laissé cette perle de prince* ?

Je le lui dis et l'invitai à m'accompagner à Taïf, ce qu'il accepta d'autant plus volontiers quand je lui appris que Labid, qui était encore à La Mecque, devait nous rejoindre prochainement afin que nous rentrions ensemble dans le Yamamah.

Cette conversation avait réveillé en moi le souvenir de Jalila. Entraîné par les vents de la vie et de l'amour, j'avais laissé éloignée de moi ton image, ô Jalila. Car, lorsque j'y avais repensé, c'était la dernière vision que j'avais eue de toi qui s'imposait à mon esprit, celle d'une jeune femme impérieuse et lointaine qui m'avait tenu à distance, celle de l'épouse d'Uyainah.

Et le soir même, à la lueur tremblante de ma petite lampe, sur un morceau de peau teinte que m'avait fourni Khalid chez qui j'étais allé loger, j'écrivis un poème qui commençait ainsi :

> À Taïf est mon apaisement, à Tayma ma nostalgie.
> Mon âme est écartelée entre des lieux opposés
> mon cœur est déchiré par des mains aimées.
> Mais où donc est ma consolation ?

Dans les bras de l'aimée, j'ai essayé d'oublier à nouveau celle qui était ma sœur et l'épouse d'une autre.

Je suis revenu à Taïf en compagnie d'al-Acha. Khalid aurait voulu nous y accompagner, mais la maladie de son père le retenait à son chevet, à La Mecque. Je quittai le

* Al-Acha fait ici un jeu de mots sur le nom et l'origine de la femme de Chafiq : *Joumana* signifie « perle » et *amir* « prince ».

vieillard le cœur lourd de chagrin et d'appréhension, car je craignais de ne plus le revoir. Et mes craintes n'étaient que trop fondées. Car depuis tant d'années, si Khalid était devenu pour moi un véritable frère, comme l'étaient déjà les frères de Jalila, Walid m'était comme un autre père. Je calculais même que j'avais vécu dans son intimité plus qu'avec mon propre père, quoique moins qu'avec Abd al-Uzza.

Nous ne sommes pas restés longtemps encore à Taïf. Dès que Labid nous y eut rejoints, nous avons repris la route du Yamamah. Ma hâte de rentrer était avant tout justifiée par la grossesse de Joumana. Elle m'avait appris qu'elle était enceinte lors de mon retour à Taïf. En réalité elle était dans cet état depuis plus d'un mois, mais, n'étant pas encore certaine du fait, elle avait préféré différer le moment de me l'annoncer afin de ne pas me donner une illusoire joie. Nous nous sommes établis à Djadud, pour que Joumana vécût son attente dans une demeure confortable entourée de sa tante et de ses cousines.

Il aurait été malséant que je manifestasse trop d'empressement auprès de mon épouse et quelques craintes pour la naissance de l'enfant, ne serait-ce que pour ne pas appeler sur sa tête un mauvais sort. C'est pourquoi, bien que j'eusse préféré demeurer auprès de Joumana, je me rendis à l'invitation de Thumama ibn Uthal à Hajr où mon beau-père avait dressé son campement. J'annonçai à Jabir Abd Taym la bonne nouvelle. Il voulut faire des sacrifices à al-Djadd et à Wadd afin que sa fille me donnât un beau garçon. Je l'accompagnai et plus que jamais je sentis ce jour-là la vanité de nos croyances. Et je songeai à Mohammed qui rejetait tous les sacrifices à ces divinités qu'il disait être des idoles, selon le terme utilisé par les juifs et les sectateurs d'Isha.

Jabir, qui avait senti mes réticences et mon manque d'enthousiasme, me dit alors en se lavant les mains pour se purifier du sang du sacrifice :

— Je sais Chafiq, tu me regardes d'un œil torve parce que tu ne crois pas en ces dieux. Moi, je n'ai pas autant de certitudes que toi. Encore que, depuis que j'ai entendu parler d'al-Rahman, aussi bien par les chrétiens que par ce Maslama, j'ai quelques doutes pour ce qui concerne leur véritable puissance, ou en tout cas l'intérêt qu'ils peuvent porter aux humains. Mais comme je ne suis sûr de rien, même si j'ai écouté souvent ce Maslama chaque fois que je l'ai rencontré dans les vallées du Yamamah, je continue de sacrifier à nos dieux. S'ils n'ont aucune puissance ou même aucune réalité, c'est sans importance et la chamelle que nous avons sacrifiée servira toujours de nourriture aux pauvres. S'ils ont une réalité, ils seront satisfaits et, de la sorte, tout le monde sera content, car je ne vois pas en quoi ces petits sacrifices pourraient gêner cet al-Rahman s'il est le seul dieu existant. D'ailleurs, s'il est vraiment le Miséricordieux, il ne pourra me faire grief d'avoir adressé quelques prières à des dieux qui n'existent pas. Car je ne manque pas non plus de le prier comme le demande ce Maslama. Trois fois par jour je fais des prières à al-Rahman et je jeûne, parfois. Ce que j'ai du mal à croire, c'est qu'à la fin des temps nous ressusciterons pour être jugés par ce dieu. Il paraît que les juifs et les chrétiens disent la même chose, et cela m'inquiète. Car si tant d'hommes le croient et tant de prophètes le disent, c'est que ce doit être vrai.

— Mon père, lui fis-je remarquer, ce n'est pas parce que des gens croient une chose, seraient-ils des millions, qu'elle en est pour autant vraie.

— Tu as raison, c'est pourquoi j'attendrai patiemment la fin des temps pour voir s'ils ne mentent pas. Ce qui me déplaît aussi c'est qu'il a dit aux gens des villes qu'ils étaient préférés par son dieu aux gens des tentes. Moi qui suis un bédouin, je me demande quel est ce dieu qui préfère ces poux accrochés à leurs maisons et à leurs biens à nous autres nomades.

— Je crois, ai-je avancé, qu'il voulait dire par là que personne n'est au-dessus des gens des villes, nul ne leur est supérieur. Il m'a été rapporté que c'est de la sorte qu'il convient d'interpréter les paroles de ce prophète.

— Ce n'est pas un bon prophète dans ces conditions. Car qui oserait prétendre que nous autres, nomades, ne sommes pas supérieurs aux gens des villes ?

— Précisément, les gens des villes eux-mêmes. À mon avis, Jabir, les enseignements de cet homme ne sont pas à suivre. Ne prétend-il pas qu'un homme ne devrait plus toucher sa femme tant qu'il a un fils vivant ? Si on l'écoutait, on serait condamné à n'avoir jamais qu'un fils et à aller dormir avec une autre femme que la sienne, à moins qu'on n'en prenne plusieurs.

— Tu as raison. La prochaine fois que je rencontrerai ce Maslama, je le roulerai dans la poussière pour oser dire de telles âneries. Mais je prierai tout de même al-Rahman.

Mon beau-père repartit peu après pour les régions du nord du Yamamah ; il aurait souhaité que je vienne avec lui, mais je ne voulais pas m'éloigner de Joumana, ce que je n'eus pas de mal à lui faire comprendre. Ainsi étais-je auprès d'elle lorsqu'elle mit au monde un garçon que nous avons appelé Habib, en souvenir du nom qu'elle m'avait donné.

Ces mois qui se sont écoulés dans un nimbe de bonheur subsistent dans ma mémoire d'une manière confuse. Car les jours se succédaient, paisibles et heureux. Je restais tout le temps auprès de Joumana, goûtant en toute quiétude ces moments sans cesse renouvelés de plénitude et de félicité. J'aurais facilement tout oublié entre les bras de Joumana, si je n'avais eu des obligations auxquelles je dus me décider à sacrifier.

Sur l'invitation de Thumama ibn Uthal, nous étions allés nous installer à Hajr. Il m'avait fait remarquer que sa capitale était plus sûre que le village où nous étions, à l'orée du désert, ouvert et mal défendu contre les raids toujours possibles de pillards. J'avais accédé à sa demande d'autant plus volontiers que Jabir, revenu pour voir son petit-fils, devait conduire une caravane jusqu'à Dumat et que je devais l'y accompagner sur la requête de mon père. Car une partie des marchandises transportées avait été financée par ma famille et j'en avais la responsabilité.

Il y avait alors plus de dix-huit lunes qu'était né Habib et Joumana avait retrouvé une santé un moment ébranlée par cette naissance. Aussi la laissai-je l'esprit tranquille à Hajr. Je n'avais pas voulu l'emmener, craignant pour elle les fatigues et les dangers de la route. Car, dans la région de Haïl, certains clans de Tamim étaient entrés en rébellion contre la domination du roi des Perses et faisaient la guerre à tous ceux qui avaient une quelconque relation avec eux, que ce soit commerciale ou politique. Notre caravane se trouvait ainsi particulièrement visée puisque les deux rois du Yamamah étaient vassaux du roi des Perses et que les Kalb, de leur côté, commerçaient constamment avec les villes de l'Iraq. D'autre part, mon beau-père et sa tribu risquaient d'être particulièrement visés, car il avait été contacté par Içmah ibn Ubayr, l'un des chefs du clan d'Abd Manat*, pour participer à cette rébellion. « Toi qui as mérité le surnom de Lion des Tamim, lui avait-il dit, tu ne peux refuser notre pacte. Qu'avons-nous à faire de ces Perses qui prétendent régenter nos territoires ? Les gens de Roum sont entrés en guerre contre eux. Profitons de se qu'ils sont occupés de ce côté pour chasser leurs agents de nos oasis. » Mais, après de longues discussions, Jabir avait refusé d'entrer dans la coalition. D'abord à cause des relations étroites de son clan avec les princes de Hajr qui restaient fidèles aux Perses, et aussi à cause de son alliance avec mon père et les Kalb, eux aussi favorables aux Perses, pour des raisons commerciales plus que politiques, car ils demeuraient totalement indépendants. Mais encore parce que la richesse de son clan résidait avant tout dans le transport des biens circulant entre le Yémen et l'empire des Sassanides ; il fit judicieusement remarquer que, serait-il même disposé à entrer dans l'alliance de ces clans de Tamim, son propre clan n'accepterait pas de le suivre dans une aventure qui le couperait de toutes ses sources de revenus. Içmah se retira avec ses compagnons ; bien qu'il n'ait pas osé proférer d'injures, car mon beau-père ne l'aurait pas toléré, il manifesta son mécontentement par une mine sombre, lourde de menaces.

Et il est vrai que sur la piste de Haïl, nous avons subi l'attaque de bédouins appartenant à Tamim. Jabir assurait qu'ils avaient dû être avertis de notre passage par des émissaires qui nous avaient aperçus dans l'une des oasis émaillant la route. Toujours est-il qu'ils se sont élancés vers nous sur leurs chameaux. Moi-même j'étais sur ma chamelle, mais j'avais près de moi mon cheval avec mes armes. Je ne pris pas le temps de revêtir ma cotte, mais je coiffai mon casque avant d'enfourcher mon cheval et de m'élancer au-

* Les Abd Manat formaient un clan des al-Rihab, sous-groupe important des Tamim. Leur chef le plus important était al-Zibriqan ibn Badr qui dominait aussi les Dabbah, un autre clan des al-Rihab.

devant de nos assaillants. Ce fut un bien beau combat et je pus admirer les exploits de mon beau-père. Son sabre flamboyait dans le soleil, dégoulinant du sang des têtes qu'il avait tranchées d'un seul coup. Je puis prétendre avoir aidé à mettre en fuite nos agresseurs, mais c'est surtout Jabir qui sema parmi eux la terreur. Car il ne cessait de les charger en poussant le « yalil » meurtrier, et chaque fois que sa lance frappait, chaque fois que son sabre tournoyait, un homme tombait. Il était comme un lion de Bicha, comme la meule qui broie le grain. Et les assaillants cédèrent, ils prirent la fuite en criant le nom d'Asad al-Tamim que plusieurs d'entre eux avaient finalement reconnu, à leurs dépens.

J'avais souvent chassé en compagnie de mon beau-père, mais jamais combattu. J'eus alors la fierté de l'entendre me féliciter et déclarer que j'étais digne de lui, digne de porter le nom d'al-Izzat, le Fort, le Glorieux.

Nous sommes arrivés à Dumat seize jours après avoir quitté Hajr. Ma mère m'accueillit avec des larmes et mon père se réjouit de la naissance de notre fils. Mais aussi ils m'apprirent la nouvelle qui pour moi fut la plus stupéfiante : ils s'étaient tous deux convertis au christianisme. Il est vrai que nombreux étaient les Kalbs chrétiens, mais il y en avait peu dans notre clan des Banu Abdallah. À cette époque, j'en voulus à mon père de s'être ainsi converti. Je savais que ma mère avait depuis longtemps marqué une prédilection pour la religion d'Isha. Mais mon père était un ardent adorateur de Wadd et il allait souvent sacrifier dans son temple. S'il s'était finalement converti, c'était à cause, non de l'influence de ma mère, bien que celle-ci fût certaine, mais de la politique. Parmi les deux rois qui régnaient alternativement sur Dumat al-Jandal, Qunafah appartenait aux Kalbs et Ukaydir était un Ibadite chrétien. Mon père était en rivalité avec Qunafah et, comme nombreux étaient les Arabes chrétiens à Dumat, il avait finalement choisi de se convertir à cette religion pour se concilier ces derniers. Ainsi est-ce par pur calcul politique que mon père avait fait un tel choix, lui le descendant d'une fière lignée de chefs bédouins qui avaient toujours refusé la moindre concession aux influences étrangères. Il est vrai qu'en vieillissant mon père s'était de plus en plus éloigné de nos anciennes coutumes. Il avait déjà depuis longtemps abandonné la vie rude du bédouin pour celle du riche commerçant des villes. Et s'il avait pu agir ainsi, c'est parce que, comme les Quraychites de La Mecque, il s'était enrichi par le commerce et même le prêt bancaire. Au demeurant, toutes les alliances familiales qu'il avait contractées ou fait contracter par ses enfants l'avaient été dans un but déterminé, ceci encore à l'instar des Quraychites, qui avaient ainsi étendu leurs réseaux de relations sur un grand nombre de tribus, jusqu'au Yamamah. Et il me rappela que c'est aussi dans ce même esprit qu'il m'avait envoyé à Hira avec al-Acha afin que j'y apprisse la langue et les mœurs des Perses, tout autant que les règles de la poésie et de la musique.

— Le temps est fini des bédouins illettrés et rudes, me dit-il. J'ai l'orgueil d'avoir fait de toi le modèle de l'Arabe raffiné et savant, mais toujours capable de conduire une caravane, maîtriser son cheval et manier la lance et le sabre. Il est beau pour un bédouin de chanter la gloire de son clan et les grandes batailles, et c'est ce que tu as fait magnifiquement, mais il est mieux encore, comme te l'ont appris al-Acha et les poètes de la Perse, de chanter l'amour, la beauté, le vin, les plaisirs de ce monde. C'est là un privilège des poètes raffinés des cités.

— Mon époux, était alors intervenue ma mère, il est mieux encore d'exalter les joies de l'autre monde qu'al-Rahman accorde aux gens de bien.

— Certainement, certainement, avait opiné mon père, mais de ces plaisirs, nous ne savons rien. Nous en reparlerons lorsque nous serons en paradis. Pour l'heure, il est bon de jouir de ceux qu'al-Rahman nous a accordés dans ce monde, sans quoi il nous en aurait privés. C'est donc pour sa plus grande gloire que les poètes chantent l'amour et la beauté qui, déclarent ceux qui connaissent le mieux al-Rahman et ses volontés, sont ses attributs.

Je dus reconnaître que j'avais bien des dettes envers mon père, que c'est grâce à ce qu'il avait fait de moi que je pouvais mener cette vie aisée, en particulier parmi mes parents et amis de La Mecque, et que je pouvais aussi prétendre prendre place parmi les bons poètes de ma nation. Je lui déclarai néanmoins qu'il n'était pas question que je me convertisse à sa nouvelle religion, qui ne valait pas mieux que la religion de ceux que les chrétiens eux-mêmes désignaient du terme dédaigneux de polythéistes.

Ma mère intervint pour affirmer que si je parlais ainsi, c'est parce que je connaissais mal la religion d'Isha. Par respect pour elle je ne lui répondis pas que je l'avais bien connue à Hira, et en particulier grâce à mes conversations avec al-Acha, qui avait même été l'hôte et l'ami de l'évêque chrétien de Nedjran, au Yémen. Je me contentai de lui assurer que peut-être un jour je me laisserai convaincre mais que, pour l'instant, je n'avais aucun sentiment particulier pour ces croyances.

— Chafiq, avait conclu Jabir, fais comme moi, sacrifie à cet Isha comme je prie cet al-Rahman dont parle Maslama. Il paraît que ce sont d'ailleurs les mêmes. On ne s'en porte pas plus mal, et tu feras plaisir à ta mère. Ce te sera d'autant plus facile que tu m'as bien assuré ne pas croire à la réalité des nos dieux ancestraux et que, comme al-Acha, tu crois pourtant à l'existence d'un Créateur qui loge quelque part dans le ciel.

J'opinai en souriant, mais quand je songeais aux représentations de cet Isha assis sur les genoux de sa mère, tel que je l'avais vu peint sur les murs de la Kaaba, je ne pouvais admettre que ce petit bonhomme pareil à mon fils était un dieu plus puissant que Wadd ceint de son épée. Et surtout je ne voyais pas ce qu'il pouvait avoir à faire avec cet être invisible, infini et éternel qui régissait le monde, comme un roi infiniment plus puissant que les maîtres de la Perse et de Roum.

Je séjournai plus d'un mois auprès de mes parents, malgré l'impatience qui me rongeait au souvenir de Joumana. Mes parents devaient nous rejoindre à Hajr afin d'y voir leur petit-fils, mais plus tard, lorsque seraient passées les grandes chaleurs de la saison, car la route était alors pénible. Et il convenait aussi de réunir une forte troupe pour les escorter à cause de la rébellion des Tamim.

Une fois sur le chemin du retour, je fis hâter le pas de notre caravane, peu chargée de marchandises acquises sur le marché de Dumat. J'ignorais alors que je me hâtais non vers le bonheur, mais vers le déchirement et le malheur.

Lorsque, parvenu à Hajr, je me présentai au seuil de la

demeure que Thumama ibn Uthal avait mise à notre disposition, Azzam vint se jeter à mes pieds :

— Mon maître, me dit-il, tu dois me tuer car je n'ai pas su défendre ceux que tu m'avais confiés.

Je restai un instant figé, pétrifié par l'angoisse. Puis je le relevai et lui demandai de s'expliquer. Et il m'a dit. Joumana allait souvent se promener dans les collines environnantes, avec notre fils, sous la protection d'Azzam. Et un jour, Fayruz était venue lui porter à boire, comme à l'accoutumée. Il avait bu, pas plus que d'habitude, et pourtant il s'était endormi d'un lourd sommeil. C'était l'heure de la promenade de Joumana. Elle aimait chercher des plantes avec lesquelles elle faisait des décoctions destinées à guérir des petits maux. N'avait-elle pas agi ainsi lorsque j'étais si malade, après avoir été attaqué et avoir perdu la mémoire ? Et là, elle cueillait des plantes pour calmer les coliques d'Habib.

Joumana est alors allée dans les collines avec notre fils, qu'elle ne laissait jamais seul entre les mains de qui que ce soit. Fayruz l'avait accompagnée, et aucun d'entre eux n'était revenu. Dès son réveil Azzam était parti à leur recherche. Il avait bientôt retrouvé les corps de Joumana et d'Habib, déchirés, au bas d'une colline. Ils avaient été visiblement précipités depuis le sommet. On se lança aussitôt à la poursuite de Fayruz. Elle fut bientôt retrouvée, fuyant vers la mer en compagnie de ce même ibn Hajar, l'homme qu'avait délégué Hawdah ibn Ali pour tenter de m'acheter Joumana, lorsque nous étions arrivés à Hajr sous l'aspect d'un poète errant et de son esclave.

Hawdah ibn Ali avait fait avouer ibn Hajar. Ce dernier s'était épris de Fayruz, et il l'avait sollicitée. Et Fayruz avait vu en lui l'instrument de sa vengeance, le moyen de satisfaire une haine et une jalousie qu'elle avait su habilement dissimuler pendant des années. Sa haine envers moi pour l'avoir finalement négligée, m'être détourné d'elle pour accorder tout mon amour à Joumana. Sa jalousie envers celle que j'avais épousée et qui m'avait donné un fils. Elle avait ainsi su habilement exalter la passion que lui portait ibn Hajar, sans jamais la satisfaire. Jusqu'au jour où elle lui proposa d'être totalement à lui. Ses conditions ? Mettre à mort Joumana et Habib, et ensuite s'enfuir chez les Perses, à Ctésiphon, où ibn Hajar avait de nombreuses connaissances. Ainsi fut-il fait. Fayruz avait profité des promenades de Joumana pour mettre son projet à exécution. Il fallait se débarrasser d'Azzam. Elle mit du pavot dans son vin. Mais elle avait compté sans sa résistance. Et, au lieu de dormir jusqu'au lendemain comme elle l'avait prévu, il s'était bientôt réveillé et il était aussitôt parti à la recherche de sa maîtresse, qu'il avait retrouvée, morte. Les criminels n'avaient pas eu suffisamment de temps pour s'éloigner, et ils avaient ainsi été bientôt rattrapés.

Les deux rois avaient ordonné l'exécution d'ibn Hajar, me laissant le soin de châtier Fayruz. Mais Azzam, qui craignait que je me laissasse fléchir par ses pleurs, l'avait emmenée dans les collines où il lui avait tranché la tête. « Afin d'être sûr que cette ghul ne pourra plus faire de mal à mon maître », déclara-t-il.

Mais moi, je ne l'écoutais plus, je ne songeais pas non plus à le punir d'une faute dont il n'était pas responsable. Je ne pensais plus pouvoir vivre. Sans vouloir en entendre plus, sans accepter d'écouter quiconque aurait cherché à me consoler, je sautai sur mon cheval et je partis au hasard. Il m'emmena ainsi dans l'ouady Hanifa. Les parois des falaises qui bordent la vallée sont creusées de cavernes habitées par les hyènes et les chacals. J'abandonnai mon cheval qui s'était arrêté auprès d'une maigre source autour de laquelle poussait la seule végétation de l'endroit, et j'allai me tapir dans une caverne peu profonde. Là, je déchirai mes vêtements, je m'égratignai le visage, et je m'abandonnai à mon chagrin, attendant la mort.

Et certainement j'aurais bientôt quitté ce monde si Azzam ne m'avait retrouvé. Il voulut me ramener à Hajr, mais je le chassai. Il me connaissait trop bien pour chercher à me persuader, et aussi il imaginait l'immensité de mon chagrin. Il s'établit à peu de distance de la grotte après avoir pris sous sa protection mon cheval, qui aurait été déchiré par les hyènes s'il n'avait été là pour les chasser à grands coups de lance.

Sourd aux prières d'Azzam, me détournant du gibier qu'il attrapait et faisait rôtir, je me nourrissais d'herbes et de racines, comme un animal, et je restais à demi nu, dormais à même le sol. En vain Jabir et sa nièce, Thumama ibn Uthal, Labid lui-même, vinrent m'exhorter à retourner à Hajr et à éloigner de moi un chagrin indigne d'un homme. Mais je ne voulais pas les entendre et je m'enfuyais, je courais dans le désert en criant les noms de Joumana et de Habib. Et alors j'évoquais les jours anciens, les jours heureux où elle était Nahila et moi Habib, les jours enfuis de notre bonheur, de nos amours que nous voulions éternels.

Je ne sais combien de temps j'ai ainsi vécu. J'étais devenu décharné et ma peau s'était tannée. Azzam se désolait, me disait que j'étais comme un animal, que j'allais bientôt mourir si je persistais dans ma folie. Et je lui répondais que je ne faisais pas autre chose que d'attendre la mort.

Et un jour vint une femme, ma mère. Elle partagea mes pleurs, me prit contre sa poitrine, puis, à la fin, elle me dit :

— Mon fils, mon cher enfant, tu ne peux continuer de t'abandonner ainsi. Quoi ! Alors que nous avons eu le malheur de perdre notre bru et notre petit-fils, tu nous porterais le coup fatal de ta propre mort ? En agissant ainsi, mon fils, tu tues ta mère, car je ne pourrais survivre à ta perte. Reprends-toi, mon enfant, et songe que la vie est longue, que tu pourras de nouveau aimer. Et encore, écoute-moi : as-tu oublié Jalila, celle pour qui ton cœur a si longtemps battu ? Maintenant que nous sommes chrétiens, nulle loi dans notre religion n'interdit d'épouser sa sœur de lait. J'en ai parlé à ton père, et il est bien d'accord avec moi. Les hommes et les femmes de notre tribu sont pour la plupart chrétiens, et nul ne songera à te repousser parce que tu auras épousé Jalila. Sans doute a-t-elle un époux. Mais ton père saura le persuader de la répudier. Tu as accordé à Joumana un temps de deuil bien au-delà de la coutume et tu as manifesté une douleur trop au-delà des convenances. Sa mort a été vengée, tu ne peux y ajouter la tienne. Je sais que son âme est dans le ciel, avec notre petit Habib, et je sais tout autant qu'ils doivent se désespérer de te voir aussi triste. Et si elle pouvait revenir auprès de toi, elle te reprocherait certainement de te comporter ainsi. Elle aurait honte de toi. Il est temps que tu reviennes auprès des tiens et que tu retrouves ta dignité d'homme, de bédouin, de sayyid.

Ainsi me parla-t-elle, longtemps, mêlant les caresses et les supplications aux exhortations et à une feinte colère. Et sa voix a su me persuader, et j'ai consenti à rentrer à Hajr.

CHAPITRE 24

LA BATAILLE DE BADR

Malgré l'affection qui maintenant me liait à Jabir, je ne restai pas dans le Yamamah. Il n'était pas une oasis, pas un campement qui ne me rappelât la présence enfuie de Joumana et les jours de bonheur. Je ne pouvais plus vivre parmi des souvenirs qui sans cesse me replaçaient face à mon chagrin. Mon père l'avait bien compris. Il était resté auprès de moi avec ma mère pendant quelques mois, puis il me dit :

— Chafiq, le temps de la peine est terminé. Par ta présence auprès de Jabir, tu as resserré les liens qui unissaient nos familles et désormais d'étroites conventions nous lient. Il conviendrait maintenant que tu retournes à La Mecque. Comme tu le sais, j'ai déjà passé des accords avec Walid, et ces relations ont été poursuivies par Khalid depuis la mort de son père. J'ai ainsi besoin d'un agent à La Mecque car j'y fais de plus en plus d'affaires. Non seulement avec Khalid et les gens de Taïf, mais aussi avec Abu Sufyan. Nous avons décidé de monter, en commun avec d'autres négociants de la ville, une affaire pour le transport de l'encens et de diverses marchandises en Syrie. J'ai investi financièrement, mais il faut que quelqu'un de confiance gère cette affaire avec Abu Sufyan. Je viens de recevoir un message de lui à la suite d'instructions que je lui ai fait parvenir voici quelque temps : il vient d'acheter pour nous une belle demeure dans le voisinage de la sienne. Ainsi tu pourras t'installer chez toi, et non plus chez des hôtes. Elle est pourvue d'une grande cour et de magasins où tu pourras faire entreposer les marchandises venues du sud en attendant de les prendre en charge avec nos caravanes.

C'est ainsi que j'ai repris le chemin de La Mecque, à la

tête d'une petite caravane protégée par une vingtaine de serviteurs bien armés.

Lorsque mon père m'avait remis le commandement de cette petite troupe, j'en avais été surpris :

— Pourquoi tant d'hommes armés pour escorter une caravane qui ne transporte que si peu de marchandises ?

— Ton deuil t'a tenu trop longtemps éloigné des réalités, mon fils, m'apprit mon père. Sache que Yathrib est devenue un repaire de brigands depuis que ce Mohammed ibn Abdallah s'y est établi avec un groupe de gens de La Mecque qui ont adhéré à ses idées. Imagine-toi que tout récemment une bande de ces gens est descendue jusqu'à Nakhla pour attaquer une caravane mecquoise. Ils ont tendu une embuscade aux caravaniers, qui allaient d'autant plus en toute tranquillité que c'était au mois de Rahab, durant la trêve sacrée, et qu'ils se trouvaient dans des territoires contrôlés par les Quraychites ou leurs alliés, les Banu Sulaym. Ainsi, ils ont tué un homme dans le combat, crime sacrilège, ils se sont emparés des marchandises, des animaux et ils ont capturé les caravaniers, deux hommes qui n'avaient pas réussi à s'enfuir et qu'ils ont emmenés à Yathrib. Ils appartenaient au clan de Makhzum qui a dû payer la rançon exigée pour leur libération.

C'est ainsi que j'ai appris que Mohammed avait quitté La Mecque. Sur le moment, je fus scandalisé par un tel raid effectué au mépris du droit des tribus et durant l'un des quatre mois sacrés.

Sitôt arrivé à La Mecque, après mon installation et les visites aux demeures d'Abu Sufyan et de Khalid, je me rendis auprès d'al-Abbas ibn Abd al-Muttalib, l'oncle de Mohammed. Il m'apprit qu'en effet, sur son intervention, Mohammed avait à deux reprises rencontré des gens de Yathrib en secret, près du défilé qui donnait accès à Mina, à peu de distance à l'est de La Mecque*. Quelque temps après il s'était enfui de La Mecque en compagnie d'Abu Bakr et il s'était installé à Yathrib avec de nombreux Mec-

* Il s'agit des deux entrevues dites d'Aqabah, au cours de laquelle plusieurs Médinois se convertirent à l'islam et invitèrent Mohammed à venir s'installer à Médine. Ce nom d'Aqabah vient de l'appellation vague de *'ind al-'aqabah* qui signifie « près du défilé ».

quois convertis qui l'avaient précédé dans cette ville que les musulmans n'appelaient déjà plus que Médine*.

Pendant les mois qui suivirent ma nouvelle installation à La Mecque, je n'eus que peu l'occasion de penser à Mohammed. Il n'y avait plus à La Mecque de musulmans, tous ayant émigré à Médine, et lorsqu'il était question d'eux c'était pour les maudire car, en général, c'était parce qu'ils avaient conduit un raid dans les territoires des Quraychites.

J'avais renoué dans une certaine mesure avec mon ancienne existence dans cette ville qui m'était devenue chère et où j'avais tant d'amis et de parents. Il m'arrivait encore de me retrouver avec les fityan, mais nous n'allions plus dans le désert et, surtout, nous ne rencontrions plus sous nos tentes ceux de Médine, les deux cités étant devenues ennemies depuis que les musulmans y avaient pris le pouvoir. Je ne m'adonnais plus à la poésie car c'était encore un lien qui me ramenait trop cruellement dans l'ombre du souvenir de Joumana. Je m'occupais activement de nos affaires commerciales et je consacrais de nombreux moments de loisir à la compagnie de Khalid, de son ami Amr ibn al-As et de la famille d'Abu Sufyan.

Au cours de l'hiver suivant nous avions accumulé suffisamment de marchandises dans nos entrepôts de La Mecque, Abu Sufyan, ses associés quraychites et moi-même, pour organiser une importante caravane à destination de la Syrie et de l'empire de Roum. Abu Sufyan en prit la tête et je l'accompagnais pour défendre mes propres intérêts, et ceux que m'avaient confiés plusieurs quraychites participant à l'affaire, devant les négociants syriens établis à Bostra et à Damas où nous devions nous rendre. Amr ibn al-As et Khalid nous accompagnaient aussi. Nous étions en tout soixante-dix pour défendre cette immense caravane

* En fait, l'appellation d'al-Madînah était parfois donnée à Yathrib avant l'islam. Yathrib, dont le sens est « qui fait du tort », semble avoir été le nom seulement d'une bourgade de l'oasis où, semble-t-il, on fabriquait des flèches célèbres pour leurs qualités. Mais après l'hégire, c'est-à-dire la « fuite » du prophète à Médine, en septembre 622, Yathrib devint définitivement « la ville du Prophète », Madinat al-Nabî, dont nous avons fait « Médine ».

dans laquelle nous avions tous investi des sommes considérables.

Afin d'éviter Médine, la caravane était passée auprès de la mer, par Yanbu. Nous avions établi notre campement à peu de distance de ce port, sur la colline de Buwana qui portait le nom d'une divinité particulièrement vénérée par les Quraychites. Plusieurs des nôtres, appartenant à cette tribu, suivant un rite qu'ils renouvelaient chaque année, s'étaient alors rasé la tête et avaient sacrifié à leur dieu une certaine quantité de petit bétail qu'ils avaient amené de La Mecque dans ce dessein. Ni Amr ni Khalid, qui commençaient à partager mes vues sur l'inanité de ces cultes, n'ont participé au sacrifice.

Nous avons rejoint Tayma par la piste d'al-Ula. Nous avons ainsi traversé les territoires des Ghatafan et, à Tayma, les souvenirs de ma jeunesse et de Jalila sont venus m'assaillir, m'apportant joie et tristesse.

À la sortie de l'oasis, nous avons rencontré Abd al-Uzza et sa tribu. Je n'avais pas vu Abd al-Uzza et ma tante Adiba depuis bien des années, et mon émotion fut intense en les revoyant, vieillis, mais toujours solides, toujours bien vivants. Je retrouvai aussi mes frères de lait Ayman et Samir, qui avaient chacun fondé une famille. Mais toi, Jalila, tu te trouvais au loin, avec ton époux et ceux qui étaient devenus ta nouvelle famille. J'osai prendre des nouvelles de toi. Adiba se désespérait car elle m'apprit qu'aucun fruit n'était né de ton mariage avec Uyainah, et que ce dernier semblait mécontent de cette stérilité. Car on ne pouvait douter que ce fût toi, Jalila, qui étais stérile, puisqu'il avait pris une concubine qui lui avait déjà donné deux enfants, des filles. Et moi, je m'en réjouissais, car n'était-ce pas là l'une des causes principales de la répudiation de l'épouse ? Et ensuite, qui voudrait prendre pour épouse une femme stérile ? Qui, sauf moi ?

Lorsque nous avons repris la route de la Syrie, je me sentais le cœur léger, presque joyeux.

Bien que ce fût la première fois que je pénétrais en Syrie et dans une province de l'empire de Roum, je n'ai conservé de ce voyage qu'un souvenir vague. Car les déserts et les steppes que nous avons traversés dans les provinces de l'empire ne diffèrent pas des diverses régions que je connaissais de l'Arabie. Et dans les villes, à Bostra et à Damas, nous avons passé le plus clair de notre temps dans les marchés à écouler nos marchandises et à acheter des produits précieux de ce pays afin de les revendre dans le Hedjaz et au Yémen. Aussi était-ce une caravane plus richement chargée encore que celle avec laquelle nous étions venus que nous ramenions à La Mecque, car outre les soieries, les vins, la vaisselle d'argent et de bronze, les armes, et bien d'autres produits acquis en particulier à Damas, nous avions vendu si avantageusement encens, myrrhe et autres aromates que nous ramenions des coffres remplis de deniers byzantins et de dirhems sassanides. Pour transporter toutes ces richesses, notre caravane comptait un millier de chameaux, outre nos chevaux.

Nous sommes repassés par Tayma mais je n'ai alors pas revu Abd al-Uzza qui avait repris la route du désert avec sa famille.

Abu Sufyan était soucieux. Nous étions bien soixante-dix hommes tous robustes et bien armés pour défendre la caravane, mais celle que nous ramenions était plus importante encore que celle avec laquelle nous étions partis et Abu Sufyan craignait que nous ne fussions attaqués.

— Quels dangers pouvons-nous courir ? lui demandais-je. Les pillards les plus redoutables sont les Judham, pourtant nous avons traversé leurs territoires sans incident, et les groupes que nous avons rencontrés n'ont pas osé s'attaquer à une aussi importante caravane. Nous arriverons ensuite chez les Banu Bakr qui sont vos alliés.

— Je n'ai pas de crainte de ce côté-là, assura Abu Sufyan. Je songe plutôt à Mohammed et aux Médinois.

— Nous sommes loin d'eux et encore faudrait-il qu'ils sachent que notre caravane est de retour de Syrie, remarqua Khalid.

— Ce Mohammed a des espions partout. Et tu sais combien les nouvelles se transmettent rapidement dans le désert.

Les craintes d'Abu Sufyan n'étaient pas vaines. Nous avions bifurqué à la hauteur de Khaybar pour prendre la route de la côte que nous avons atteinte à Hawra, dans les territoires des Juhauynah. Nous avons alors suivi la côte pour rejoindre Badr et descendre de là vers La Mecque.

Nous nous sommes engagés dans une zone désertique où il n'y avait que peu de puits. Nous avions fait halte à l'un de ces puits, à quelque distance du rivage, et j'avais été l'un des hommes désignés pour prendre la dernière veille, vers la fin de la nuit. On était à la fin de l'hiver et les aubes étaient glaciales. Nous nous étions installés autour d'un feu, enveloppés dans nos chauds manteaux de laine pour attendre le lever du jour et le réveil. Afin de me réchauffer, je pris mon cheval et le fis courir tout autour du campement. L'horizon blanchissait à l'orient et je distinguais les formes sombres des chameaux couchés auprès des tentes de cuir. Je m'éloignais sur la piste du nord car des hauteurs voisines bouchaient la vue, de sorte que c'est par ce côté que nous risquions d'être surpris. Or, lorsque je parvins au sommet de cette falaise sablonneuse, je distinguai, à une faible distance, une petite troupe de cavaliers qui se dirigeait vers moi. Je ne m'en alarmais pas car ils étaient peu nombreux : j'en dénombrai une quinzaine. Quelles que fussent leurs intentions, ils étaient trop faibles pour oser attaquer notre caravane. Par ailleurs je comptais sur la rapidité de mon cheval pour les devancer dans le cas où ils se montreraient hostiles.

Quand ils furent plus près, je reconnus des Ghatafan… mieux encore, des Fazarah. Je poussai alors mon cheval dans leur direction. Je dévalai la pente et nous nous rencontrâmes au bas de la colline. Uyainah ibn Hisn était à leur tête. Après que nous nous fûmes salués, Uyainah s'exclama :

— Chafiq, mon frère, bénis al-Uzza, la protectrice de ton père, d'avoir permis que je vous trouve.

Je m'étonnai de cette exhortation, mais il poursuivit ainsi :

— Apprends que Mohammed ibn Abdallah, à la tête d'une véritable armée, descend de Médine afin d'intercepter votre caravane à Badr.

— Comment le sais-tu ? m'étonnai-je, et surtout comment les musulmans ont-ils pu être avertis de notre arrivée dans ces parages ?

— Mohammed n'ignorait pas que les Quraychites avaient envoyé une importante caravane vers la Syrie. Il a alors délégué des fidèles dans plusieurs oasis où il était forcé que vous passiez, quel que fût le chemin que vous ayez emprunté. Il y en avait deux à Hawra, qui ont aussitôt couru l'avertir.

— Mais toi, Uyainah, comment as-tu appris cette affaire ?

— Ma tribu a des relations avec les juifs de Khaybar et de Yathrib. Ils m'avaient suggéré d'attaquer votre caravane avant qu'elle ne parvienne à la hauteur de Badr. Mais je n'avais aucune envie d'entrer en guerre contre les Quraychites et j'ai repoussé cette suggestion. Je me serais cependant désintéressé du sort de cette caravane si un juif trop zélé ne m'avait appris que parmi les hommes conduisant la caravane se trouvaient quelques-uns des Quraychites et de leurs alliés les plus en vue. Il a cité évidemment Abu Sufyan, mais aussi Khalid ibn Walid et toi-même. Ta sœur Jalila, qui se trouvait avec nous, car, comme tu le sais, elle participe avec nous à tous les conseils et à toutes les incursions dans le désert, m'a exhorté à courir auprès de toi pour t'avertir du danger que vous courez. Et il est bien vrai que je ne pouvais ainsi abandonner mon frère. Elle ne me l'aurait d'ailleurs jamais pardonné, dans le cas où il me serait venu une pareille idée.

— Je te sais gré de tes sentiments, Uyainah, lui dis-je, mais pourquoi Jalila n'est-elle pas venue avec vous ?

— J'en suis le premier surpris, elle qui se plaît à parcourir le désert avec Umm Zamil, au point que j'ai parfois le sentiment d'avoir épousé un jeune guerrier plutôt qu'une femme. Mais elle a prétendu qu'il fallait aller vite et que la route serait longue et dangereuse. Ce n'est pas pour te faire de la peine, Chafiq, mais j'ai l'impression qu'elle veut t'éviter, je ne sais pourquoi.

Nous nous sommes mis en route vers notre campement, tandis qu'Uyainah reprenait soudain :

— Pardonne-moi, fils de l'oncle, me dit-il, mais j'ai comme le sentiment que, bien que tu sois son frère, Jalila est jalouse de toi.

— Jalouse ? m'étonnai-je. Comment pourrait-elle être jalouse ?

— Simplement, elle a pour toi des sentiments qui ne sont pas ceux d'une sœur pour son frère, mais d'une femme pour un homme dont elle aurait voulu faire son mari.

Cette remarque porta un grand coup dans ma poitrine, mais je dissimulai mon émotion et marquai une totale indifférence.

— Comment peux-tu imaginer une chose pareille, mon frère ? m'étonnai-je.

— Chaque fois qu'elle a parlé de cette esclave que tu avais avec toi et dont tu as chanté la beauté, cette Persane, je voyais ses yeux briller de colère. Et quand elle a appris que tu avais épousé la fille d'un sayyid des Tamim, elle est tombée dans un étrange état de mélancolie. Maintenant, elle demeure loin de moi autant qu'elle le peut, et comme par le passé elle trouve toujours un prétexte pour aller dans le désert avec notre cousine Umm Zamil. Et quand je prétends qu'elle trouve un prétexte, c'est encore trop dire. Elle décide de son propre chef, et parfois elle daigne préciser que c'est pour le plaisir d'une chasse ou pour aller rendre visite à Umm Qirfah et aux gens de sa tribu.

Ces remarques ont secrètement réjoui mon cœur et je me suis senti plein de compassion pour Uyainah qui, finalement, avait fait un bien malheureux mariage, lui qui avait espéré être aimé par une femme pour qui il nourrissait une passion secrète. Néanmoins, je m'ingéniai à le rassurer, car je ne voulais que le moindre soupçon sur mes propres sentiments pût effleurer son esprit jaloux :

— Peut-être, lui dis-je, conserve-t-elle le souvenir de nos jeux d'enfants et y trouve-t-elle une certaine nostalgie. Il est vrai qu'entre frère et sœur on est toujours un peu jaloux. N'est-ce pas au frère qu'il revient de marier sa sœur lorsque le père a disparu ? Ainsi une fille peut-elle voir aussi un père dans son frère, et ne pas aimer le voir marquer de l'amour pour une femme. Car il est dans nos traditions de n'épouser une femme que par raison, et non par amour.

Il hocha la tête, comme pour m'approuver, et, sans doute pour ne pas poursuivre dans cette voie, il me demanda de mes nouvelles ; je me hâtais de lui apprendre ce qui s'était passé à propos de Joumana et de Fayruz, afin qu'il te le rapporte, Jalila, et que tu puisses ainsi rejeter loin de ton âme toute jalousie et tout chagrin.

Je conduisis Uyainah et sa troupe jusqu'à la tente d'Abu Sufyan. Je lui présentai mon cousin, qu'il ne connaissait pas, et, après lui avoir répété ce qu'il m'avait déjà appris, Uyainah poursuivit :

— Mohammed a réuni une troupe de plus de trois cents hommes. Ils disposent de soixante-dix chameaux qu'ils montent à tour de rôle. En tête marche une première troupe avec Musab qui tient la bannière blanche, par droit ancestral du clan d'Abd al-Dar.

— Ah, le traître ! s'exclama Abu Sufyan.

Car Abd al-Dar est le clan des Quraychites qui détient le droit de porter la bannière de la tribu.

— En arrière vient le gros de l'armée. Mohammed marche à leur tête. Elle est constitué par deux corps, chacun derrière une bannière noire, dont l'une est portée par son gendre et cousin Ali ibn Abu Thalib. L'un des corps est constitué par les émigrants qui ont suivi Mohammed, presque tous des Quraychites, l'autre par les Médinois convertis, les Ansar. Ils savent, Abu Sufyan, que vous serez à un contre quatre pour vous défendre et protéger les chameaux. La victoire leur est assurée.

— Il faut poursuivre notre route le long de la mer et éviter Badr, déclara Abu Sufyan après une brève réflexion.

— Il faut aussi, intervint Khalid qui nous avait rejoints, envoyer en hâte un messager à La Mecque afin que soit levée une troupe de renfort. Les musulmans ont visiblement des espions partout et ils peuvent être avisés de notre changement de route.

La suggestion fut adoptée. Damdam, un homme de la tribu des Banu Ghifar qui connaissait particulièrement bien la région et nous avait accompagnés, se porta volontaire pour se rendre à La Mecque. Il prit deux chevaux afin de pouvoir changer de monture et aller ainsi plus vite.

Nous avons levé le camp en toute hâte. Il fut décidé de marcher jour et nuit afin de prendre de court l'armée musulmane. Car, si elle ne nous rencontrait pas à Badr, elle risquait de se porter vers la piste qui suivait la côte et de nous surprendre. Seule la vitesse était notre sauvegarde. Uyainah accepta de parcourir en notre compagnie une partie du chemin afin de servir d'éclaireur sur notre flanc, tant que nous ne serions pas en sécurité. Nous n'avons guère plus eu l'occasion, lui et moi, de parler de toi, ma Jalila. Il restait avec ses guerriers loin de nous, mais toujours en vue, du côté du levant, et lorsque nous nous retrouvions, c'était toujours en compagnie. Au reste, je préférais ne pas paraître m'intéresser trop vivement au comportement de celle qui était toujours son épouse, maintenant qu'il soupçonnait la vérité en ce qui la concernait. Il me suffisait de savoir que les sentiments que tu me portais ne semblaient pas s'être dilués dans la course des ans.

Les Fazarah nous ont quittés à la troisième étape, afin de reprendre la route du nord.

— Ton cousin est un brave guerrier, me dit alors Abu Sufyan, mais je n'ai pas une totale confiance dans les Fazarah. Je te propose de venir avec moi au puits de Badr pour nous assurer que les musulmans nous y attendent. Car, dans le cas contraire, ce serait fou de faire un grand détour et de crever nos chevaux et nos chameaux en hâtant le pas d'une telle manière. Et comme il vient de nous quitter, rien ne nous dit qu'il ne nous a pas tendu un piège en nous faisant passer par une route difficile où nous fatiguerons nos bêtes et qu'il ne s'est pas hâté auprès de Mohammed pour lui faire connaître notre nouvel itinéraire.

Je cherchai à rassurer Abu Sufyan sur ce point. Néanmoins, je ne le détournai pas de son projet car, au fond de moi, je n'avais pas une totale confiance en Uyainah. Or, en arrivant au puits de Badr après un long temps de galop, nous avons rencontré une famille de bédouins. Abu Sufyan leur demanda s'ils n'avaient pas vu des cavaliers ou des chameliers dans les parages depuis quelques jours.

— Précisément, nous dit une jeune fille, alors que je tirais de l'eau avec une compagne, deux chameliers sont venus faire boire leurs bêtes, puis ils s'en sont aussitôt retournés vers l'est.

— Pour nous, intervint une autre fille qui semblait être la compagne en question, nous attendons avec impatience la caravane mecquoise qui vient de Syrie. J'espère qu'elle restera au moins un jour ici car je voudrais travailler pour eux afin de payer une petite dette que j'ai contractée envers mon amie.

Abu Sufyan demanda à la jeune fille le montant de sa dette, puis il en remit le prix à sa compagne, pour les remercier de nous avoir donné ce renseignement. Aussitôt après nous nous sommes élancés sur les traces des deux chameliers jusqu'au haut d'une colline dominant le puits, où il trouva les traces de leur campement. Il y avait là de la fiente de chameau, qu'il ramassa et brisa dans ses doigts. Moi, je m'étonnais de ce geste. Mais il s'exclama :

— Chafiq, vois, c'est ce que je craignais. Il y a bien des noyaux de dattes dans ces bouses. C'est là le fourrage de Yathrib. Ton cousin ne nous a pas trompés car ces hommes sont certainement des coureurs que Mohammed a envoyés à Badr pour s'assurer que nous n'étions pas encore passés. Et tu as pu te convaincre que les gens du pays sont persuadés que nous allons passer par ce puits, comme nous l'a déclaré cette fille.

Nous avons rejoint la caravane et nous avons aussitôt repris notre route le long de la mer. Ainsi sommes-nous bientôt arrivés à La Mecque, épuisés, mais sains et saufs.

Il n'en a pas été ainsi pour une partie des Quraychites. Alertés par Damdam du danger que courait la caravane, les Mecquois réunirent près d'un millier d'hommes afin de voler à son secours. Et, bien qu'on eût bientôt appris que nous avions échappé aux Médinois, ces hommes décidèrent de poursuivre leur marche contre Mohammed et sa troupe, inférieure en nombre, dans l'espoir de le capturer. Chaque clan, excepté celui des Adi, avait envoyé un contingent sous le commandement de l'un de leurs sayyids. Abu Jahl était à la tête des hommes de Makhzum et on le regardait un peu comme le chef de l'armée mecquoise ; on pouvait aussi dire qu'il était à peu près le seul Quraychite de quelque importance qui n'eût pas de liens directs de parenté avec Mohammed. Thalib, le fils aîné d'Abu Thalib, devenu le sayyid des Banu Hachim, prit le commandement des hommes de son clan, sans paraître songer qu'il risquait de heurter son sabre à celui de son frère Ali ; al-Abbas, cet oncle de Mohammed qui l'avait aidé à rencontrer les hommes de Médine, accompagnait Thalib avec un groupe des Banu al-Muttalib. Les chefs du clan d'Asad étaient Hakim neveu de Khadidja et Nawfal, le demi-frère de cette dernière, la défunte épouse de Mohammed. Parmi les oncles et proches parents de Mohammed qui ne l'avaient pas suivi dans son exode à Médine, seul Abu Lahab préféra ne pas se joindre à cette troupe, non par affection pour son neveu, mais parce que son âge et sa corpulence lui interdisaient de prendre part à une telle campagne, qui risquait de se révéler rude.

En apprenant que l'armée avait quitté La Mecque, Abu Sufyan déclara qu'il était inutile qu'elle se rendît à Badr, puisque la caravane était arrivée à sa destination sans embarras. Il envoya vers les chefs un messager pour leur dire de rentrer, et lui-même le suivit après avoir veillé au déchargement de ses propres marchandises.

— Je ne voudrais pas, me dit-il, que frères et cousins fassent mutuellement couler leur sang alors que le sujet de la querelle n'existe plus. Il n'est pas bon que le fils porte l'épée contre son père ou réciproquement.

Et, précisément, nombreux étaient les Quraychites appartenant à de grandes familles qui avaient suivi Mohammed à La Mecque. Dans la bataille qui suivit, Abu Hudhaifa qui avait combattu parmi les musulmans eut le chagrin de voir son père Utbah, venu avec les clans quraychites et tué par un musulman lors du combat, être jeté dans une fosse commune par les vainqueurs.

Pour moi, qui avais moins de raisons que qui que ce soit à La Mecque d'aller combattre les compagnons de Mohammed, je m'occupais de mettre à l'abri les parts de chacun des Quraychites qui avaient participé à la constitution de la caravane et avaient pris la route de Badr pour la défendre.

Bientôt nous vîmes rentrer à La Mecque, par petits groupes, les vêtements déchirés et couverts de poussière, hâves, hagards, les hommes qui avaient constitué la brillante armée des Quraychites. En vain Abu Sufyan avait-il tenté de les dissuader de chercher la bataille.

— Quraychites, leur avait-il dit une fois arrivé parmi eux, près de Badr, renoncez à combattre Mohammed et ses compagnons. Que gagnerez-vous dans cette aventure ? Si vous remportez la victoire, chacun regardera son compagnon avec répugnance en songeant qu'il s'est souillé du sang d'un cousin, d'un frère, d'un oncle, d'un père ou d'un fils. Rentrez chez vous et laissez Mohammed aux Arabes. Dans le cas où ils le tueraient, vous pourrez vous réjouir sans avoir à regretter le sang d'un parent. Dans le cas contraire, il vous saura gré de votre modération à son égard.

Mais Abu Jahl intervint pour les exhorter à se battre, et c'est finalement lui qui emporta la conviction, pour le malheur de tous et pour le sien. Car dans la bataille qui opposa les Quraychites aux musulmans, plus de cinquante Quraychites furent tués et autant furent capturés, alors que les musulmans perdirent à peine une quinzaine d'hommes. La fleur de la noblesse quraychite fut décapitée par les sabres des musulmans. Abu Sufyan, qui avait assisté au combat, m'en fit le récit. On a par la suite sottement prétendu qu'Abu Sufyan, sitôt arrivé à La Mecque, se rendit à la Kaaba où il trouva son oncle Abu Lahab assis dans l'ombre de la tente de Zemzem. Et, à ce dernier qui l'interrogeait, il aurait répondu :

— Le combat s'est réduit à peu de chose : nous sommes allés au-devant de l'ennemi, nous lui avons tourné le dos et il nous a mis en déroute et a fait autant de prisonniers qu'il voulait.

Il est vrai qu'il s'est à peu près exprimé de cette manière. Mais il est faux qu'il aurait ajouté :

— Néanmoins, je ne peux blâmer aucun d'entre nous car nos adversaires étaient aidés par des guerriers vêtus de blanc montés sur des chevaux qui galopaient entre le ciel et la terre. Ils n'épargnaient personne et rien ne pouvait s'opposer à leur puissance.

C'est en effet un bruit que firent courir les musulmans pour laisser entendre qu'Allah avait envoyé des anges à leur secours. Mais si Abu Sufyan, tout autant que les Quraychites, avaient assisté à un pareil miracle, ils auraient dû tous aussitôt se convertir. Pour ma part, je n'ai jamais pu que sourire de la naïveté des hommes qui, pour fortifier leur foi, inventent de telles niaiseries et croient les autres si crédules qu'ils pensent pouvoir leur faire avaler de telles couleuvres.

Les véritables raisons de la victoire des musulmans ne pouvaient échapper à un homme avisé. Nous en avons discuté, Khalid et moi, et nous sommes tombés d'accord sur ce point. D'abord, l'armée des Quraychites avait été affaiblie par la défection des clans de Zuhrah et Adi qui étaient rentrés à La Mecque après l'intervention d'Abu Sufyan. Aussi la disproportion initiale entre le nombre des combattants musulmans et celui des Quraychites fut-elle fortement réduite. Ensuite, l'armée des Quraychites manquait de cohésion et d'unité de commandement, contrairement aux musulmans qui ne suivaient que les directives de Mohammed. Chaque chef de clan voulait se distinguer, combattre pour sa propre gloire : c'est la raison pour laquelle un si grand nombre d'entre eux fut tué ou capturé. D'autres encore ont à peine combattu et ont promptement pris la fuite, non par peur de l'ennemi mais parce qu'ils craignaient qu'une défaite trop sévère des musulmans ne profitât avant tout à Abu Jahl qui s'était, par sa virulence, placé à la tête de la résistance contre Mohammed. Ce que redoutaient les chefs des clans de La Mecque, c'était l'établissement d'une sorte de royauté qui les aurait placés sous la dépendance politique d'un seul homme. Et, en réalité, Abu Sufyan, qui assumait la charge héréditaire de la garde de l'étendard et le tenait sur les champs de bataille, n'était pas le dernier à appréhender et à critiquer les prérogatives que s'attribuait Abu Jahl, au détriment des dix chefs des dix clans qui constituaient le conseil exécutif de la cité.

— La prochaine fois que nous affronterons les musulmans, déclara Khalid au cours d'un conseil large tenu dans la salle des notables voisine de la Kaaba, où je fus admis quoique n'appartenant à aucun clan quraychite, nous remettrons le commandement suprême à un seul d'entre nous. Moi-même, à qui revient par droit héréditaire la garde du dais et les rênes du cheval, je ne m'engagerai dans un combat que si l'on me confie le commandement de toute la cavalerie, à quelque clan qu'appartiennent cheval et guerrier*.

Un grand deuil frappa toutes les familles de La Mecque, et en particulier celle d'Abu Sufyan. Son fils aîné, Hanzalah, avait été tué et Amr, mon beau-frère, capturé. Ma sœur

---

* La salle de réunion du conseil dont il est question ici est appelée *Dâr an-Nadwah.* C'était là qu'on se réunissait non seulement pour délibérer sur les questions politiques, car, en fait, les Quraychites étaient gouvernés par une oligarchie, mais aussi bien on y confiait les flammes de guerre aux chefs avant les expéditions militaires, ou encore on remettait leur robe de femme et leur voile aux filles qui atteignaient l'âge de la puberté, ou on célébrait les mariages. Le dais *(qubbah)* dont parle Khalid était planté en terre après qu'on eut délibéré d'entrer en guerre et chacun y apportait sa contribution en argent et en armes. Les rênes *(a'înnah)* étaient le symbole attaché au commandement de la cavalerie.

en avait ressenti le plus vif chagrin car, visiblement, elle portait la plus grande affection à son époux. Elle en fut d'autant plus désespérée que, les musulmans ayant demandé une somme exorbitante pour la rançon d'Amr, Abu Sufyan avait répondu :

— Après avoir souffert la perte de mon sang en Hanzalah, devrais-je accepter la perte de ma fortune en rachetant Amr ? Qu'il demeure parmi ceux qui l'ont capturé et qu'ils le gardent aussi longtemps qu'ils le désireront.

Amr ne revint parmi les siens que bien des mois plus tard, en échange d'un Médinois venu en pèlerinage à La Mecque et qu'Abu Sufyan avait retenu jusqu'à ce qu'on lui rende son fils.

Hind, l'épouse d'Abu Sufyan, avait perdu son père Utba, son frère Walid et son oncle Chayba. En apprenant que celui qui avait tué son oncle et achevé son père blessé était Hamzah ibn Abd al-Muttalib, un oncle de Mohammed, elle jura qu'un jour elle lui mangerait le foie. Elle fit cependant mieux en composant sur ce désastre et ces morts des élégies et des thrènes d'une grande beauté. Safiya, fille de Musafir ibn Abu Amr, composa aussi plusieurs marthiyas, ainsi que Hind bint Uthatha ibn Abbad. Car La Mecque a produit plus de poétesses que de poètes.

Al-Abbas, l'autre oncle de Mohammed, avait lui aussi été fait prisonnier par les musulmans, ainsi que deux de ses neveux. Et, bien qu'il ait aidé son neveu Mohammed, ce dernier exigea de lui une rançon. Ce ne fut là qu'une des attitudes de Mohammed et des musulmans qui m'indignèrent à cette époque. Car jusqu'à ce jour, dans les guerres de clans que les Arabes avaient menées entre eux, jamais ne s'étaient déchirés de si proches parents, et jamais un vainqueur n'aurait osé demander une rançon pour un proche parent dont il était l'obligé. Lorsque, par la suite, l'islam triompha, il me parut une belle chose que, suivant l'enseignement du Prophète, tous les croyants sincères dussent se considérer comme des frères. Mais, auparavant, j'étais choqué qu'un converti vît dans un autre musulman son frère et repoussât avec dédain celui qui était son vrai frère de sang, simplement parce qu'il ne partageait pas ses croyances.

J'avais aussi été scandalisé par le comportement d'Omar.

Cet homme qui avait nourri tant de sentiments hostiles envers Mohammed, maintenant qu'il s'était converti se montrait d'une dureté bien loin de la vision que le Prophète donnait d'un dieu miséricordieux. Avec l'un des musulmans, tout aussi fanatique que lui, il avait exhorté Mohammed à faire massacrer tous les prisonniers, contre l'avis d'Abu Bakr dont j'ai toujours admiré la modération et la modestie. C'est heureusement l'avis de ce dernier qui prévalut et le Prophète, qui, rapporte-t-on, aurait eu une première révélation lui ordonnant de joncher la terre de leurs cadavres, en reçut aussitôt après une nouvelle lui commandant de les épargner. Selon un verset que j'ai entendu par la suite, l'Intermédiaire aurait dit à Mohammed : « Ô, Envoyé, dis aux captifs qui sont entre vos mains : si Allah voit que vos cœurs sont droits, il vous donnera plus de biens encore que ceux qui vous ont été enlevés et il vous pardonnera. En vérité, Allah est celui qui pardonne, le Miséricordieux. »

C'était là, à mon sens, une invitation à se convertir. Mais il semble qu'aucun n'ait entendu ce langage. Néanmoins, je ne suis pas certain que Mohammed leur ait alors parlé de la sorte. Ce n'est, me semble-t-il, que bien plus tard qu'il le fit. Et alors, nombreux ont été ceux qui ont cru en sa mission.

Parmi ceux qui avaient combattu, du côté des musulmans s'était distingué Ali ibn Abu Thalib, qui avait commencé par participer à un duel à trois musulmans contre trois hommes nobles de l'armée des Quraychites. Il s'était révélé un guerrier impavide et audacieux, prêt à mourir pour la défense de Mohammed. Du côté des Quraychites, il était un homme que je n'aimais pas particulièrement mais qui força mon admiration à la suite de ce que j'entendis rapporter à son propos. Il s'agit d'Abu Jahl. On le vit combattre avec autant de fougue l'épée à la main qu'il l'avait fait en paroles en d'autres circonstances. Il se battit sans faiblir, sans chercher un quelconque salut dans la fuite. Jusqu'au moment où un homme nommé Muadh ibn al-Harith le fit choir de son cheval d'un grand coup de sabre. Ikrimah, le fils d'Abu Jahl, intervint pour tenter de sauver son père. Il se rua sur Muadh dont il coupa le bras, mais il fut éloigné dans les tourbillons du combat. Abu Jahl, grièvement blessé, tentait de se relever lorsqu'un frère de Muadh, Muawwidh, le frappa d'un coup de lance, le laissant pour mort. J'ai appris que cet homme avait été peu après tué, au cours de cette journée. Quant à Abu Jahl, après la bataille Mohammed ordonna qu'on recherchât son corps, afin d'être sûr qu'il avait été tué. Un ancien pâtre, fils d'une esclave, Abdallah ibn Masoud, le retrouva parmi les corps qui gisaient sur le champ de bataille. Il était encore animé d'un souffle de vie. Cet Abdallah qui, à ce qu'on m'a rapporté, en voulait furieusement à Abu Jahl qui l'avait un jour frappé parce qu'il récitait des versets du Coran en face de la Kaaba, lui posa le pied sur la poitrine et souleva sa tête par les cheveux. Abu Jahl ouvrit les yeux et murmura : « Tu es monté bien haut, petit berger. Dis-moi, quelle a été l'issue de cette bataille ? » « Allah et son Envoyé ont vaincu », lui fut-il répondu par l'homme qui, aussitôt après, lui coupa la tête et la porta à Mohammed.

Je m'indignais aussi que Mohammed ait pu envoyer ses hommes au combat sans y participer lui-même, car il s'était retiré dans une cabane où il était entouré de guerriers pour le défendre le cas échéant. Je comparais cette attitude à celle d'Abu Jahl qui n'avait pas craint de risquer sa vie et de la perdre. Je lui reprochais aussi son comportement à l'égard de deux hommes qui avaient été capturés, auxquels il avait d'abord paru faire grâce de la vie. Il s'agissait de Nadr ibn al-Harith et d'Uqbah ibn Abu Muayt.

Le premier avait eu pour plus grand tort d'avoir un jour prétendu mettre en parallèle des chants persans qu'il connaissait avec les sourates du Coran. J'avais eu plaisir à le rencontrer lors de mes séjours à La Mecque car il avait aussi séjourné à Hira où il avait étudié la poésie et les contes des Perses. Or un jour, à La Mecque, Mohammed avait réuni un auditoire et rapporté les malheurs d'anciens peuples. Il avait averti ses auditeurs que ces malheurs étaient la conséquence de la colère d'Allah. Nadr était alors intervenu en disant que ce n'étaient là que de vieilles légendes et que, s'ils voulaient écouter une meilleure histoire, il leur suffisait de l'écouter. Et il leur avait alors raconté les aventures de Rustum et Isbandiyar. Lors d'une halte sur la route de Médine, Mohammed le fit décapiter par Ali.

En apprenant cette fin tragique, Qutayla, sa sœur, se plaignit dans une belle élégie qu'elle a chantée en ma présence. Son triste chant était si beau que je l'ai retenu.

Ô cavalier, je pense que tu atteindras Uthayl
à l'aurore de la cinquième nuit, si la chance est avec toi.
Là, salue pour moi un homme défunt.
Que les doux chameaux toujours t'apportent de mes nouvelles.

Mohammed lui-même, lorsqu'on lui dit ce poème, déclara que s'il l'avait entendu avant que Nadr fût exécuté, il lui aurait laissé la vie sauve.

La fois suivante, il donna l'ordre à un autre de ses hommes de main d'exécuter pareillement Uqbah, car il n'avait pu lui pardonner de lui avoir un jour jeté au visage une vulve de truie alors qu'il priait à la Kaaba. Comme Uqbah lui demandait : « Ô Mohammed, si je meurs, qui prendra soin de mes enfants ? » il lui répondit, impitoyable, « L'Enfer ».

Parmi les captifs se trouvait aussi Walid ibn Walid. C'était le demi-frère par le père de Khalid, devenu le chef de la famille depuis la mort de leur père. Il avait été capturé par Abdallah ibn Jahsh et, sur les conseils de Mohammed, celui-ci exigea pour rançon une très belle armure en argent ciselé qui sortait de l'atelier d'un orfèvre byzantin, et qui avait été l'orgueil du vieux Walid. Khalid, scandalisé, me fit part de cette extravagante exigence, mais je ne savais que lui conseiller. Néanmoins Hicham, l'autre demi-frère de Khalid, intervint auprès de ce dernier en lui disant avec amertume qu'il se comportait ainsi parce qu'il n'était pas le fils de sa mère. Khalid, qui ne voulait encourir pareil reproche, accepta alors l'échange et il se rendit à Médine avec Hicham pour y apporter la précieuse armure et y chercher leur frère. Ce dernier repartit avec eux mais, la nuit suivante, il s'enfuit pour retourner à Médine. Ses frères l'ayant rattrapé, il leur déclara qu'il avait l'intention de se convertir à l'islam. Khalid lui reprocha alors de ne pas l'avoir fait plus tôt, ce qui aurait évité à leur famille de se défaire d'un bien précieux ayant appartenu à leur père. Walid répliqua qu'il avait agi ainsi car il ne voulait pas qu'on pût prétendre qu'il avait embrassé l'islam afin de ne pas payer de rançon. Comme il voyait que Khalid ne semblait pas furieux en découvrant qu'il croyait dans le dieu de Mohammed, il accepta alors de suivre ses frères à La Mecque afin d'y chercher quelques biens personnels pour les emmener à Médine où il voulait s'installer. Mal lui en prit car les Mecquois, furieux de leur défaite, ne pouvaient supporter qu'un nouveau converti vienne parmi eux. Malgré l'intervention de ses frères il fut emprisonné dans une demeure où l'on tenait déjà enfermés les deux frères d'Abu Jahl, qui s'étaient convertis à l'islam et que leur neveu Ikrimah avait fait séquestrer après la mort de son père.

Tel a été, pour les Quraychites, le désastre de Badr. Il fut alors décidé que l'argent qui proviendrait de la vente des produits de la caravane serait consacré à lever une armée pour aller combattre les Médinois. La guerre entre les musulmans et les Arabes a vraiment commencé en cette mémorable journée du mois de Ramadan, l'an 2 de ce qu'on appelle maintenant l'hégire.

CHAPITRE 25

L'ORAGE

Après que furent passés les premiers effets de la défaite de Badr, chacun put découvrir que, du côté des Mecquois, celui qui en avait retiré le plus grand profit était Abu Sufyan. Il restait le seul chef quraychite jouissant d'un grand prestige, et il s'imposa comme le premier de la cité. Il fit en public le vœu d'effectuer un raid contre Médine pour bien montrer que La Mecque n'était pas aussi affaiblie qu'on pouvait le supposer, et que, de cette manière, pourrait être vengé le sang versé à Badr.

Sur ces entrefaites était arrivé à La Mecque un poète médinois. Quoique arabe par son père, membre de la tribu de Tayy, Kaab ibn al-Achraf appartenait par sa mère aux al-Nadir, l'une des trois tribus juives de Yathrib. Il vivait dans cette dernière tribu où il avait acquis un grand prestige et l'autorité d'un chef. Malgré les traités qui avaient uni certains clans arabes de Yathrib et Mohammed, les tribus juives, qui n'avaient jamais reconnu ces traités, restaient hostiles à Mohammed. Kaab se trouvait à Médine lorsqu'il apprit le désastre de Badr et les noms des Quraychites tués lors des combats. « Par al-Rahman, s'était-il alors écrié, si vraiment les musulmans ont tué tous ces hommes, l'intérieur de la terre est maintenant meilleur que son extérieur. » Peu après il est parti pour La Mecque où je le rencontrai. C'est lui qui avait voulu me voir ; il connaissait aussi bien Uyainah et la famille d'Abd al-Uzza que celle de Mirdas ibn Abi Amir et d'al-Khansa, et, par eux, il avait entendu dire le plus grand bien de moi et de mes talents de poète. Dès son arrivée à La Mecque il avait commencé par faire l'éloge funèbre des guerriers morts à Badr, et surtout d'Abu Jahl, Chayba, Utba.

— Chafiq, me dit-il, toi qui as concouru à Ukaz, comment se fait-il que tu ne désires pas composer quelque thrène pour les guerriers tombés dans la journée de Badr, ni non plus un poème héroïque pour exhorter nos guerriers à partir en guerre contre ce Mohammed afin de venger vos morts et laver l'honneur de Quraych terni par cette défaite ?

— Kaab, lui ai-je répondu, s'il m'est arrivé de composer des qasida dans lesquelles j'ai exalté les combats glorieux de nos peuples, je me sens plutôt fait pour chanter l'amour, le vin, la beauté de la vie et de l'aimée. De plus, même m'en sentirais-je le talent, je me refuserais à faire l'éloge des guerres fratricides, des combats non plus entre tribus ou entre clans, où l'on répugnait à faire couler le sang, mais des batailles impitoyables où le frère met à mort son propre frère. Et je ne pousserais pas non plus les Quraychites à poursuivre une guerre qui ne peut devenir que de plus en plus sanglante, de plus en plus acharnée.

— Je n'ose t'en blâmer, mais reconnais que celui qui a allumé l'incendie de la guerre, c'est Mohammed. Et maintenant, non content de chercher à ruiner le commerce de La Mecque en s'attaquant à toutes ses caravanes, il est parti en guerre contre nos meilleurs amis, au cœur de tribus qui te sont chères, chez Ghatafan et Sulaym.

Comme je m'en étonnais, il précisa :

— Cet homme est infatigable et il ne songe qu'à semer la crainte et la discorde chez les Arabes. À peine huit nuits après être rentré à Médine, il a conduit un raid chez les Sulaym, au puits d'al-Kudr. Il y est resté trois jours, mais les ennemis l'évitaient et il est rentré à Médine. Avant que je n'en parte, il s'était mis à la tête d'un nouveau rezzou contre les Ghatafan, après avoir confié à Uthman ibn Affan le gouvernement de Médine.

Cette nouvelle m'inquiéta, bien que je susse les Ghatafan capables de se défendre. Néanmoins, l'évocation de ces derniers suscita en moi ton image, ma Jalila. Depuis que j'avais rencontré Uyainah sur la piste de Badr, je ne pouvais plus douter de la pérennité de ton amour. La manière dont tu l'avais exhorté à courir nous avertir du danger qui nous menaçait, ses confidences selon lesquelles tu semblais jalouse de moi comme le serait non pas une sœur mais une amante, tous ces mots revenaient souvent à ma mémoire et, peu à peu, le visage de Joumana s'estompait avec mon chagrin pour laisser la place à ton reflet vivant et à une lointaine espérance. Bientôt ton visage m'obséda et je voulus te revoir. Je songeais que plus de dix ans s'étaient écoulés depuis que nous avions été séparés, dix ans que tu continuais de vivre en mon cœur comme j'avais la certitude d'avoir vécu dans le tien, même si pendant un moment Joumana y avait aussi trouvé un refuge, et même si le souvenir de la morte tant aimée demeurait sous le désir de la vivante toujours aimée.

Bientôt je ne pus plus dominer mon impatience et cette nouvelle inclination de mon âme. En toi, Jalila, j'aspirais soudain à trouver une consolation à ma peine, mais aussi la réalisation d'une passion que le temps n'était finalement pas parvenu à amenuiser, qui avait toujours couvé en moi, même lorsque j'avais voulu ou cru m'en détacher.

J'annonçai à Khalid et à Abu Sufyan ma décision, non de me rendre chez les Ghatafan, car cette visite leur aurait semblé inopportune dans les circonstances présentes, mais de rentrer à Dumat pour prendre des nouvelles de mes parents et les ordres de mon père concernant nos affaires, compte tenu des circonstances nouvelles.

— Il ne nous vient plus de messagers de Dumat depuis

maintenant trop longtemps, remarquai-je. Je crains que les envoyés de mon père n'aient été interceptés par les émissaires de Mohammed. Il doit être inquiet après avoir eu des échos du désastre de Badr.

— La route de Dumat passe par Yathrib, me fit remarquer Abu Sufyan, et tu risques de te heurter aux musulmans qui, visiblement, ne cessent d'écumer le désert. Toi-même, avec les cavaliers de ta tribu qui t'accompagnent, vous pouvez difficilement passer inaperçus.

— C'est pourquoi mon intention est de partir seul, avec Azzam. On ignore deux hommes dans le désert, mais on commence à s'interroger ou à s'inquiéter lorsqu'ils sont une trentaine.

— Chafiq, me dit Abu Sufyan après un instant de réflexion, patiente seulement quelques jours. Je suis en train de réunir deux ou trois centaines d'hommes avec lesquels j'ai l'intention de mener un raid contre Yathrib. Accompagne-nous jusque-là. On ne peut douter qu'après une telle attaque les Médinois se lancent sur notre piste. Il te sera alors aisé de contourner la ville et de poursuivre de ton côté ta route vers le nord tandis que les musulmans seront à nos trousses dans la direction opposée.

Nous nous mîmes en route quelques jours plus tard. Nous sommes parvenus aux portes de Médine sans avoir rencontré d'ennemis, car nous savions que Mohammed et le plus gros de ses forces poursuivaient leur raid chez les Ghatafan. Nous avons été invités à partager le repas des gens de la tribu juive des Banu al-Nadir qui disposaient d'une forteresse aux portes de la ville. Suivant les renseignements que nous communiquèrent nos hôtes, il aurait été hasardeux de tenter de s'emparer de la ville, où la population arabe avait prêté serment à Mohammed, car elle était encore bien défendue par une nombreuse troupe d'Ansars et d'émigrés quraychites commandés par Omar.

— Nous n'en projetions pas tant, et ce n'est d'ailleurs pas le but réel de notre expédition, avait assuré Abu Sufyan. Il nous suffira d'incendier quelques maisons et ravager quelques champs pour manifester aux yeux des musulmans notre détermination et notre présence.

Tandis que je m'éloignais avec Azzam et contournais la ville pour retrouver la piste du nord, Abu Sufyan mit à exécution son projet. Comme il l'espérait, les musulmans firent une sortie pour défendre leurs biens. Abu Sufyan et ses compagnons, bien qu'ils fussent plus de deux cents, ne cherchèrent pas le combat car, en réalité, Abu Sufyan répugnait à faire couler le sang, surtout quand c'était celui d'hommes de sa tribu, et plus encore des proches parents. Il les attira à sa suite et, afin de ralentir leur marche et cependant les retenir derrière lui, il ordonna à ses hommes d'abandonner peu à peu des sacs de farine d'orge enlevés dans les fermes. La ruse réussit parfaitement et ainsi les musulmans poursuivirent-ils sur une longue distance leurs assaillants, ramassant au fur et à mesure les précieuses denrées. Ainsi, Azzam et moi, nous avons pu nous éloigner de Médine sans être inquiétés. Néanmoins nous restions prudents, l'œil en éveil, car nous risquions de rencontrer la troupe de Mohammed dans le cas où elle rentrerait des hauteurs du Najd où elle était allée piller les tentes des Ghatafan.

En interrogeant les bédouins que nous avons rencontrés aux puits, j'appris que la troupe de Mohammed était passée par le territoire de Sulaym pour rejoindre les hauteurs du Najd où nomadisaient les deux tribus de Ghatafan que son raid visait, Muharib et Thalabah. Mais j'appris aussi que ces derniers avaient appelé à l'aide d'autres clans, et en particulier les Fazarah. J'ai alors hâté la marche pour gagner le Najd en passant par la piste de Khaybar. Lorsque nous avons commencé à nous élever vers les hauteurs du Najd, nous n'avons plus rencontré d'être humain. Je m'y attendais car des nomades des Banu Fadak m'avaient assuré que tous les Ghatafan de la région s'étaient retirés dans les falaises rocheuses du Najd, qui constituaient une forteresse naturelle contre les entreprises des musulmans.

Après deux jours de progression, alors que nous allions au hasard, ne sachant où trouver les Ghatafan, nous vîmes surgir du désert une petite troupe montée à dos de chameau qui piqua sur nous. Ils nous entourèrent et celui qui semblait être leur chef me demanda qui nous étions. Je le lui dis après l'avoir salué et son visage se détendit en me répondant :

— Fils de Majid, sois le bienvenu parmi nous. Je suis Duthur ibn al-Harith, sayyid des Muharib. J'ai entendu parler de toi et je sais que, par ta mère Fadila bint Hudhaifa, non seulement tu es des nôtres mais dans tes veines coule le noble sang de l'un de nos plus illustres chefs.

— Fils de l'oncle, lui répondis-je, je suis heureux de te rencontrer. Je venais auprès de vous pour vous apporter mon soutien, un soutien moral plus que physique, car je n'ai que mon bras et celui de mon serviteur Azzam.

— Deux valeureuses épées valent souvent plus que dix bras de couards, assura-t-il.

— Mon intention est de me rendre à Dumat al-Jandal prendre des nouvelles de la tribu de mon père, car les communications sont coupées depuis que les musulmans occupent Yathrib. Mais je ne veux pas vous quitter tant que vous serez sous la menace de leur armée.

Nous nous mîmes en route vers le campement de Duthur et je lui demandai s'il avait reçu l'aide de mon cousin Uyainah ibn Hisn.

Il soupira et :

— Son frère Kharidjah est venu parmi nous pour nous assurer de son soutien, mais lui-même ne l'a pas suivi avec ses guerriers, m'apprit-il. Uyainah est ce que les gens des villes appellent un habile diplomate, et nous un fourbe. Car il fait des promesses qu'il n'est pas disposé à tenir afin de se ménager ceux dont il redoute de se faire des ennemis. Ainsi, tout en envoyant son frère nous tranquilliser, j'ai appris qu'il a délégué un homme de confiance auprès de Mohammed pour lui assurer qu'il n'interviendrait pas et lui proposer de signer un traité.

Je ne sus si je devais admirer ou flétrir la duplicité d'Uyainah. Dans un premier élan naturel, j'aurais voulu le blâmer et pouvoir le mépriser, mais l'usage des hommes, les années passées dans les villes, la pratique de gens vivant du négoce et devant sans cesse composer avec les voisins, atermoyer avec clients et fournisseurs, louvoyer avec les puissants, m'avaient rendu indulgent. J'osais même faire remarquer à mon interlocuteur qu'Uyainah avait ainsi habilement réussi à ménager les partis afin de préserver l'avenir de son clan.

— Je ne lui en fais pas un reproche, admit-il.

Moi qui en secret commençais à m'attrister en concluant que Jalila ne pouvait donc se trouver parmi mes hôtes, j'eus la surprise de voir venir vers nous une petite troupe de cavaliers. À leur tête se trouvait Umm Zamil et tu chevauchais à ses côtés, ma Jalila. Mon cœur tressaillit en te reconnaissant. Tu avais protégé ta chevelure par un turban comme le font les hommes, au lieu du voile des femmes, et un sabre pendait en travers de ta poitrine. À ta selle étaient liés ton arc et ton carquois et tu étreignais un court javelot. Les ans n'avaient jamais fait qu'affirmer ta beauté, assombrir ton regard. Ta vue réanima la flamme d'amour qui couvait toujours en moi. Néanmoins je cachai avec soin mes sentiments. Je voulais que nul ne pût les lire sur mon visage, nul, pas même toi, de crainte que tu ne me repousses, que tu ne nourrisses encore en toi ce ressentiment qui t'avait entraînée à te détourner de moi lorsque nous nous étions rencontrés dans le camp de Mirdas, chez les Banu al-Charid.

Duthur les salua et, se tournant vers Jalila, il lui dit :

— Fille de l'oncle, vois qui est avec nous. Ton frère Chafiq est venu se joindre à nous pour nous apporter son soutien dans cette épreuve. Lui, il est resté un vrai guerrier, contrairement à ton époux qui nous a abandonnés.

Il y avait de l'amertume dans son ton et, visiblement, il voulait marquer par là le mépris que lui inspirait l'attitude d'Uyainah, quitte à s'en faire un ennemi. Et tu lui répondis, non sans noblesse :

— Fils d'al-Harith, les Fazarah sont auprès de toi, sinon en la personne de mon époux, en la mienne en tout cas, et surtout avec Umm Zamil qui vaut tous les meilleurs guerriers de notre tribu.

— Je m'en réjouis, reconnut-il, car vous valez plus à vous deux que les hommes qui suivent Uyainah. Mais qu'attends-tu toi même pour te réjouir de rencontrer ici ton frère et pour venir l'embrasser ?

Nous sommes descendus de nos montures et tu es venue vers moi, cette fois sans marquer de réticence, et nous nous sommes embrassés.

Le campement de Duthur était établi dans un cirque rocheux aux parois percées de grottes peu profondes. On y accédait par une gorge étroite qui en rendait l'accès difficile et permettait de le défendre contre une forte troupe ennemie. Sur l'invitation de Duthur, je choisis une grotte étroite, voisine de l'entrée du cirque, pour m'y établir, et Azzam occupa un abri tout voisin, avec nos montures. Les Muharib logeaient la nuit dans les grottes, mais ils avaient cependant dressé quelques tentes où ils se retrouvaient durant la journée. Car un campement de toile est particulièrement vulnérable la nuit et surtout au lever du jour, à l'heure des attaques par surprise.

Je souhaitais pouvoir m'entretenir sans témoin avec toi, Jalila, afin de te dire que je n'avais pas oublié nos serments de jadis et que mon amour était toujours aussi vivace en moi, mais je ne le pus durant les premiers jours. Duthur était toujours auprès de moi et toi-même on ne te voyait qu'en compagnie d'Umm Zamil avec qui tu partageais une caverne. Mais il me restait le bonheur de pouvoir te voir chaque jour, de te parler comme un frère avec sa sœur. Sous prétexte d'évoquer nos familles, il m'arrivait de te rappeler quelques souvenirs d'enfance, ce qui me procurait une grande joie. Je voyais que, de ton côté, il te plaisait de participer à ce jeu dans lequel nous étions liés par une complicité qui échappait à ceux qui pouvaient nous écouter. Tu m'as rappelé que tu avais des liens de parenté avec les Muharib. Je me souvins alors de ta malheureuse cousine, Samiha, qu'avait sacrifiée son père Diman ibn Jadan. Je m'enquis de lui, car il avait eu l'ambition de devenir un sayyid des Muharib. Or son sacrifice avait été inutile, car, m'apprit-on, il avait suivi sa fille dans l'au-delà, moins d'une année après l'avoir ensevelie dans les sables du désert, aux portes de Tayma. Et l'évocation de ces souvenirs nous a attristés, toi et moi.

Un soir, alors que nous étions tous assis autour d'un grand feu, tu as servi le vin. Tu es venue, voilée, auprès de moi et, lorsque je t'ai tendu ma coupe, tes doigts ont effleuré les miens, et j'ai senti leur tendresse. Dans la nuit qui suivit, je n'ai rêvé que de toi. Tu venais à moi, ta chevelure nocturne éclairée par le soleil de tes yeux. Mais je ne saisissais jamais qu'une ombre, et tu t'éloignais, riant ou pleurant comme la pluie, larmes des amants délaissés.

Le jour suivant, un éclaireur vint annoncer qu'une troupe ennemie s'était engagée dans les collines arides. Nous avons pris nos armes et nous avons quitté notre repaire dans le dessein de surprendre les musulmans.

— Chafiq, me dit Duthur, reste auprès de moi. Tu connais personnellement ce Mohammed. S'il se trouve parmi nos agresseurs, tu pourras me le désigner, car s'il veut nous faire la guerre, alors je veux le tuer, comme je veux tuer le traître qui a conduit les musulmans dans nos montagnes afin de nous détruire. Car je sais qu'un homme de notre tribu a guidé les musulmans dans ces déserts où se perdent ceux qui n'en connaissent pas les détours. Et ce traître est aussi bien capable de les conduire jusqu'à notre retraite pour que soient massacrés nos femmes et nos enfants.

— Duthur, lui ai-je répondu, que tu mettes à mort un traître à ta nation, c'est une action digne d'éloge. Mais je ne veux pas que tu frappes Mohammed. D'ailleurs, comme tu viens de le remarquer, peut-être ne veut-il pas porter la guerre chez les tiens. Peut-être désire-t-il seulement te montrer sa puissance, et ensuite te proposer un traité, car je crois savoir que c'est sa méthode. Il n'aime pas plus que nous faire couler le sang des Arabes.

Il m'a lancé un regard étonné, et je précisai ma pensée :

— Cet homme se dit inspiré par Allah dont il assure que c'est le seul dieu qui règne sur le monde. Je ne me prononce pas sur la réalité de cette intervention d'Allah, serait-ce par l'intermédiaire d'un être céleste tels les anges des sectateurs d'Isha. Mais si d'aventure il est ainsi soutenu par un dieu, même dans le cas où tu devrais le combattre, tu ne pourras le mettre à mort. Et si tu y réussissais, tu te trouverais en butte à la colère de ce dieu. Aussi, laisse faire le temps et les hasards de la guerre. Ne prends pas sur ta tête la responsabilité d'une mort qui pourrait t'être funeste.

Duthur a paru méditer un instant mes paroles. Nous étions à cheval, lui, moi et seulement quelques hommes. Car la plupart des guerriers de la tribu n'avaient pas de monture ou ne possédaient que des chameaux de bât ; ils suivaient à pied et nous-mêmes étions prêts à sauter à terre pour combattre, car on nous avait assuré que nos ennemis étaient aussi à pied. Or, face à un homme à pied, un cavalier est défavorisé, sauf dans la fuite. À cheval étaient aussi Jalila et Umm Zamil qui se tenaient à nos côtés. Umm Zamil, qui avait entendu la réponse que j'avais faite à Duthur, intervint avec véhémence :

— Chafiq, ne détourne pas Duthur de son projet. S'il est

vrai qu'un dieu inspire Mohammed, qu'il le protège. Et dans ce cas il ne permettra pas à Duthur de tuer son prophète. Dans le cas contraire, c'est qu'aucune divinité n'a tourné sa face vers ce Mohammed. Il pourra alors être mis à mort sans que celui qui l'aura frappé ait à en pâtir. Tout au contraire, il aura l'estime de tous les Arabes opposés à ces musulmans qui font preuve d'un fanatisme bien éloigné de l'esprit de notre peuple, tout au moins lorsqu'il n'est pas saisi par la folie du dieu des chrétiens. Pour moi, je suis disposée à prêter main-forte à Duthur dans une telle entreprise ou même à agir à sa place. Car s'il nous paraît honteux d'assassiner un homme désarmé, n'est-ce pas la gloire du guerrier que de tuer un adversaire dans l'ivresse du combat ? Non pas à l'aide d'une flèche perfide, mais face à face, à la lance ou au sabre ? S'il vient vers nous avec des intentions hostiles, c'est ainsi que se terminera la journée.

Et toi, Jalila, tu approuvas les paroles de ta compagne, tu te déclaras prête à l'aider dans ce combat pour la sauvegarde de nos dieux et des traditions que nous ont léguées nos ancêtres. Tu ajoutas même que, dans une telle circonstance, lorsqu'il s'agissait de l'honneur de nos tribus, de la gloire de nos pères et de la défense de nos traditions, tous les moyens étaient bons, même le meurtre. Et, par là, tu as justifié à mes yeux tous les assassinats que Mohammed lui-même a, par la suite, ordonnés contre des ennemis irascibles, en particulier tous ceux qui, par leurs vers, l'une des armes les plus efficaces, qu'utilisaient les Arabes, avaient entraîné au combat les ennemis de sa religion.

Un cavalier envoyé en éclaireur vint nous avertir que les ennemis s'approchaient, qu'ils entreprenaient de gravir les hauteurs abruptes qui menaient vers la vallée où nous avions retranché notre campement. Il nous apprit qu'ils étaient nombreux, sans doute plusieurs centaines. Nous-mêmes étions à peine plus d'une centaine, car aucun renfort ne nous était arrivé.

— Allons, dit Duthur, nous allons surveiller leurs mouvements. Nous nous dissimulerons à leur regards. Évitons le contact, à moins que le traître qui les guide ne les conduise directement vers notre campement. Dans ce cas, il faudra nous battre.

Les cavaliers de notre troupe ont mis pied à terre et nous

avons avancé prudemment, afin de ne pas signaler notre approche. Quelques-uns des éclaireurs des Muharib se tenaient cachés dans des amas rocheux vers le bord de la falaise. Nous les y avons retrouvés et nous nous sommes couchés sur la terre pour observer l'approche des musulmans. Ils gravissaient péniblement la pente abrupte, glissant sur les cailloux, accrochant leurs vêtements aux épineux qui s'agrippaient aux coteaux arides.

— D'où nous sommes, remarqua l'un des éclaireurs auprès de qui nous nous étions disposés, nous pourrions les accabler de rocs et de flèches.

— Sans doute ces hommes sont-ils venus dans nos territoires plutôt en ennemis qu'en amis, a répliqué Duthur, mais ils n'ont encore commis aucun acte de violence, ils n'ont manifesté aucune intention hostile. Si nous les attaquons maintenant, nous serons les agresseurs, et notre position sera d'autant plus blâmable que nous aurons attaqué par surprise des hommes en difficulté. Il est peu noble d'agir ainsi. Non, laissons-les approcher. Nous nous retirerons alors vers notre refuge et j'irai vers ce Mohammed pour lui demander quelles sont ses intentions. S'il veut la guerre, alors nous la lui servirons. Mais peut-être ne veut-il que la paix, ou encore la conclusion d'un traité.

J'approuvai les sages paroles de Duthur.

Or, tandis que nous observions la progression des musulmans, de noirs nuages s'étaient accumulés dans le ciel et nous avons entendu le tonnerre gronder dans le lointain.

— Si Mohammed vient nous attaquer, remarqua alors Duthur, son dieu n'est pas avec lui alors que Wadd nous protège. Chafiq, une fois parvenu à Dumat al-Jandal, tu pourras lui offrir un sacrifice. Car je vois qu'un orage nous est envoyé par son intervention, un orage qui va plus sûrement arrêter les musulmans que la pluie de flèches que nous pourrions leur envoyer.

C'est alors que j'ai reconnu Mohammed parmi les hommes qui s'approchaient. Je le désignai à Duthur :

— C'est là le fils d'Abdallah, lui dis-je.

Il venait de s'arrêter avec les hommes qui l'accompagnaient et ils s'étaient tous assis sur le sol pour reprendre leur souffle. Nous vîmes qu'ils se tournaient vers l'horizon menaçant, nous présentant leur dos. Près de nous un archer avait placé une flèche sur son arc.

— Duthur, ne laisse pas cet homme de ton clan se souiller d'un meurtre.

Duthur posa sa main sur le bras de l'archer.

— Quelle pensée traverse ta poitrine ? lui demanda Duthur.

— D'ici, ce sera un jeu pour moi que de percer ce Mohammed de ma flèche, déclara l'homme.

— Tu ne le feras pas. D'abord parce que je ne veux pas que nous fassions les premiers couler le sang de ces hommes. Ensuite parce qu'un tel acte déplairait à un hôte que j'honore. Enfin parce que tu ne tireras aucune gloire d'avoir abattu un homme qui te tournait le dos.

Un puissant coup de tonnerre fit broncher les chevaux qui hennirent. Nous les avions laissés en arrière, à la garde de nos serviteurs. Mais les bêtes n'étaient pas attachées et les serviteurs étaient peu nombreux. Nous avons couru vers elles au moment où un violent coup de vent jetait sur nous une pluie qui devint si dense que nous pouvions à peine nous entrevoir tandis que le ciel, devenu si noir qu'il semblait que la nuit était tombée avant la fin du jour, était illuminé d'éclairs. Ainsi le dieu de l'orage frappait-il la terre en poussant ses célestes grondements.

Je parvins à rejoindre Azzam qui luttait contre le vent et l'orage tout en tenant les rênes de son cheval et du mien. La pluie s'abattait avec tant de violence sur le sol desséché que déjà des torrents de boue déferlaient le long de la pente. J'avais pris les guides de mon cheval qui se cabrait et hennissait, je glissais dans la boue, et il m'entraînait dans sa frayeur sans que je réussisse à le maîtriser. Mais je ne voulais surtout pas lâcher le lien qui m'unissait à lui de crainte que, dans son affolement, il n'allât se jeter du haut de la falaise.

Je réussis à calmer sa frayeur en lui parlant et en flattant son encolure. Puis je parvins à le ramener en haut de la pente glissante. Cependant j'étais aveuglé par la pluie qui frappait mon visage avec une violence incontrôlée, tandis que mes vêtements, imprégnés d'eau, me semblaient aussi lourds que s'ils avaient été faits de métal. Une fois mon cheval maîtrisé, ma pensée alla vers toi, Jalila. J'avais vu que toi aussi tu avais couru vers ton cheval, puis le vent et la pluie avaient tissé entre nous un voile épais qui t'avait dérobée à mes regards. Je me dirigeai vers le lieu où tu avais laissé ton cheval. Il était reconnaissable à un acacia aux rudes épines, auquel Umm Zamil et toi-même aviez noué les rênes de vos juments. Mais le tronc, battu par la tempête, se dressait solitaire dans la pénombre constellée d'éclairs.

Maintenant le vent tourbillonnait et, alors qu'il m'avait tout d'abord poussé vers mon cheval, je l'avais contre moi, quelle que fût la direction que je prenais. Je fus comme emporté dans la tourmente, et je ne savais plus vers où j'allais. Les hurlements de la tempête étaient si déchirants que je percevais à peine les cris des hommes qui fuyaient comme moi, sans savoir où les portaient leurs pas. Mais je ne lâchais toujours pas les rênes de mon cheval qui, mettant en son maître toute sa confiance, se laissait guider, sans plus se cabrer ni hennir.

L'orage s'éloigna, mais la pluie tombait toujours aussi intensément et, bien qu'il eût fléchi, le vent soufflait encore avec tant de vigueur que j'avais du mal à avancer contre sa volonté. Cependant le ciel s'éclaircissait et je commençais à discerner des formes devant moi. Et je te vis, Jalila. Je sus que c'était toi, cette silhouette sombre, courbée contre un rocher pour résister à la force de la tempête qui cherchait à l'emporter dans ses tourbillons. Tu avais perdu ta jument qui avait rompu son attache dès les premiers coups du tonnerre et s'était enfuie, tu ne savais où. En vain tu l'avais cherchée dans la tourmente, puis, craignant d'être entraînée sur le bord mortel de la falaise, tu t'étais attachée à un roc pour attendre la fin de la colère céleste. En me reconnaissant, tu as oublié tous tes griefs contre moi, toutes tes craintes des langues fourchues d'autrui, toutes les raisons qui t'avaient poussée à me fuir. Tu t'es jetée dans mes bras et je t'ai serrée contre moi, avec violence, avec passion. J'ai alors senti que tu tremblais de froid dans ton vêtement imprégné de pluie. À quoi aurait servi de te couvrir de mon burda puisque même ma chemise était ruisselante d'eau ?

La pluie tombait moins dru et le souffle de la tempête s'épuisait lentement. Je me hissai sur mon cheval et je te fis asseoir devant moi. Puis je talonnai la bête et la laissai partir au trot, vers où la guidait sa fantaisie. Ni toi, Jalila, ni moi ne prononcions une parole, mais tu t'enlaçais à moi, et ce geste valait mieux à mes yeux que toutes les paroles les plus folles.

Il était certainement conduit pas un dieu, ce cheval qui vint s'arrêter au pied d'une falaise que nous distinguions à travers le rideau de pluie. Je glissai au bas du cheval et je t'aidai à descendre. Tu es tombée dans mes bras et je t'ai emportée dans une grotte qui ouvrait sa bouche obscure au-dessus de nous, en haut d'un étroit sentier bourbeux. Ce n'est qu'une fois parvenu à l'intérieur de l'abri que je reconnus la grotte où j'étais logé, à l'écart des habitats des Muharib.

Je tirai le rideau de cuir épais qui fermait l'entrée et, après m'être débarrassé de mon burda, je me hâtai de jeter du bois sec sur les braises qui couvaient sous la cendre. Tu t'étais accroupie sur un tapis, auprès du feu, et tu me suivais du regard. Tu ne t'es pas défendue lorsque j'ai commencé à t'ôter tes vêtements ruisselants d'eau. Nous tremblions tous les deux lorsque je t'ai dépouillée de ton dernier voile, je ne savais si c'était de froid, d'émotion ou de honte. Mais je me hâtai de t'envelopper dans un manteau chaud et épais. Moi-même je me dévêtis et je couvris mes épaules d'un nouveau burda. Puis je vins m'asseoir auprès de toi, devant le feu qui éclairait ton visage, et je songeais que tu étais belle autant que Joumana, mais différente, et que je t'aimais plus que je ne le croyais en mon cœur. Tu as senti en moi la force de cette passion, une passion que nous partagions et qui brûlait aussi ta propre âme.

Nous restions immobiles et silencieux. Tu avais pris ma main et nos doigts se sont enlacés.

Lorsque je me suis réveillé, tu dormais près de moi, belle comme ces femmes qui symbolisent la beauté éternelle dans les jardins d'Allah. À ton tour tu as ouvert les yeux et nos lèvres se sont unies.

— Chafiq, mon aimé, as-tu murmuré, qu'allons-nous devenir ? Nous avons fait cette nuit un beau rêve, mais maintenant ? Si l'on me voit sortir d'ici, nous sommes déshonorés, bien que rien de blâmable ne se soit passé entre nous, car je n'accepterai d'être à toi que lorsque nous serons mari et femme.

— Mon aimée, qu'importent nos corps ? Nos âmes ne sont-elles pas unies depuis ces temps heureux où nous nous sommes engagés l'un envers l'autre, et ceci pour l'éternité ?

— Comme j'aime t'entendre parler ainsi ! as-tu soupiré. Et, après un silence seulement scandé par l'étreinte de nos mains, tu as murmuré :

— Uyainah est jaloux et il nous hait. S'il apprend que j'ai passé cette nuit auprès de toi il serait bien capable de chercher à me mettre à mort, et je crains le blâme d'Umm Zamil.

— Je ne craindrai pas sa colère, ai-je assuré, car nos corps sont restés purs, tout autant que nos âmes. Mais que tu sortes de ma grotte au vu de tous, qu'importe ? N'es-tu pas ma sœur selon leur loi ? Une sœur peut bien loger chez son frère, surtout lorsqu'elle s'est réfugiée auprès de lui à la suite d'un tel orage.

Tu m'as alors appris une vérité cachée à tous. Que tu avais épousé Uyainah par dépit, mais qu'il ne t'a jamais touchée, car tu ne lui as pas permis de t'approcher ; ainsi n'étais-tu pas stérile comme on pouvait le supposer, tu étais simplement restée vierge. S'il avait accepté d'aller avertir notre caravane du danger qu'elle courait en se dirigeant vers Badr, c'est parce qu'il ne pouvait faire autrement, car tu l'y avais incité devant les nobles de sa tribu qui s'étaient eux-mêmes proposés pour l'accompagner, mais aussi dans l'intention de me rencontrer et de me sonder.

— Lorsqu'il est revenu auprès de nous, m'as-tu appris, il m'a rapporté les malheurs et les deuils qui t'avaient frappé, et il a paru s'en affliger. Moi-même j'ai pleuré pour toi, car visiblement tu as aimé ton épouse. Et lui, il m'a demandé pourquoi je pleurais. Je lui ai répondu que je partageais ta peine, à quoi il a répliqué que je devrais m'en réjouir. Ainsi, a-t-il poursuivi, ton frère bien-aimé est libre, il n'a plus d'épouse que tu puisses jalouser. Et il a ri, méchamment. Comme je lui demandais pourquoi cela le faisait rire, il m'a répondu : « Parce que si lui est libre, toi tu ne l'es pas, tu ne le seras jamais, toujours tu resteras ma femme, malgré toi. »

Vous vous êtes alors violemment disputés, et tu as osé lui lancer au visage que tu le haïssais et que tu m'aimais, et il paraît qu'il en a été réjoui en assurant qu'il te haïssait tout autant, mais qu'il ferait ton malheur en t'obligeant à rester son épouse. Il t'a alors révélé une démarche secrète que mon père avait faite auprès de lui afin qu'il te répudie pour te permettre de m'épouser, puisque, s'étant converti au christianisme, il n'avait plus à suivre les lois ancestrales, et nul dans sa tribu où les chrétiens étaient nombreux ne songerait à nous faire reproche d'un tel mariage. Cette démarche l'avait confirmé dans ses soupçons, et il était ainsi d'autant moins disposé à accepter de te répudier, quel que soit le dédommagement qu'on puisse lui proposer. Pour sa part, il trouvait toute satisfaction avec sa concubine, qui lui avait donné des enfants.

— Tu comprends, maintenant, as-tu conclu, pourquoi il ne faut pas qu'il sache que j'ai partagé ton logis. Ce serait pour lui une occasion, non pas de me répudier, mais au contraire de me mettre à mort sans risquer de s'attirer la vengeance de mon père et de mes frères.

J'ai compris que rien qu'en demeurant auprès de toi, parmi les Muharib, je mettais ta vie en danger. Que je devais me tenir éloigné de toi afin de ne pas lui fournir de raisons d'assouvir sa haine. Il me restait la solution de le tuer, mais par un tel crime je m'attirais la vengeance de tout son clan, et, alors que nous aurions enfin pu réaliser notre amour, un obstacle encore plus insurmontable se dressait entre nous.

Nul ne sut que Jalila avait passé la nuit dans ma grotte. En ce jour, il n'était plus question que de l'exploit de Duthur. Il était revenu au petit matin et nous apprîmes de sa bouche qu'il avait profité de l'orage pour s'introduire dans le camp des musulmans. Il s'était mis à la recherche de Mohammed qu'il avait finalement trouvé, endormi au pied d'un arbre. Le Prophète s'était dépouillé de ses vêtements trempés qu'il avait mis à sécher dans les branches de l'arbre, puis il s'était assoupi. Duthur avait attendu son réveil pour se dresser devant lui, son sabre au poing : « Mohammed, lui avait-il dit, qui, ce jour, te protégera contre moi ? » Le Prophète n'avait pas semblé s'émouvoir, en réalité parce qu'il avait vu deux de ses fidèles se lever derrière son agresseur. « Allah », avait-il répondu. Et, au même moment, Duthur s'était vu désarmer par les deux fidèles. Or son sabre se trouvait entre les mains de Mohammed qui, à son tour, lui demanda : « Qui te protégera contre moi ? » Duthur, se voyant perdu, avait conservé la tête haute en répondant : « Personne. » Il s'attendait à ce que le Prophète le frappât, mais voici qu'il lui rendit son arme et l'invita à parlementer. Il fut conclu entre eux une paix, selon laquelle les Muharib n'attaqueraient pas les musulmans et ne s'uniraient pas aux autres tribus qui viendraient à leur faire la guerre. De son côté, Mohammed promit de ne plus attaquer les Muharib, et il rentra à Médine avec sa troupe.

Par la suite, Duthur s'est converti à l'islam et certains ont prétendu que, lors de sa visite à Mohammed, il ne fut pas désarmé par des hommes, mais par Gabriel lui-même, l'ange qui était en communication avec le Prophète. Je ne pense pas qu'il faille croire en ces contes, que jamais le Prophète lui-même n'a encouragés ; car, s'il a assuré entendre la voix de l'ange d'Allah qui lui dictait les paroles inscrites dans le Ciel, jamais il n'a prétendu que cet être incorporel intervenait ainsi physiquement.

Les musulmans s'étant retirés, dès le lendemain Umm Zamil retournait parmi les siens, avec Jalila.

CHAPITRE 26

LA JOURNÉE D'UHUD

Lorsque je repris la route de Dumat al-Jandal, j'avais l'âme partagée entre la joie et la tristesse, la colère et le désespoir. Joie de savoir que vivait plus fort que jamais l'amour qui nous unissait, Jalila et moi ; tristesse de m'éloigner d'elle alors qu'elle m'avait donné la plus belle preuve de son amour ; colère contre Uyainah que j'aurais voulu mettre à mort ; désespoir de ne pouvoir mettre mon désir à exécution car c'est une guerre sanglante entre Fazarah et Banu Abdallah qu'aurait provoquée une telle action, sans laquelle, néanmoins, je ne pouvais espérer conquérir Jalila.

Une profonde peine ne peut être chassée que par une

peine plus grande encore. Ainsi en a-t-il été. En suivant à travers les palmeraies de Dumat le chemin qui conduisait à la demeure de mes parents, je remarquai que certaines personnes que je croyais reconnaître me jetaient des regards surpris, parfois apitoyés, et certains hostiles. Mais je n'y prêtais pas attention. J'en compris le sens lorsque je découvris qu'il ne restait plus que ruines et cendres de ce qui avait été la belle maison de mon père, son orgueil. Je crus d'abord qu'un incendie d'origine accidentelle avait détruit la demeure, car je ne concevais pas alors l'étendue de mon malheur.

J'avisai le premier passant que je vis. C'était un bédouin qui s'était arrêté devant les ruines et m'observait avec attention. Je lui demandai s'il savait où les Banu Abdallah avaient établi leur camp.

— N'es-tu pas Chafiq ibn Majid ? me demanda-t-il.

— Tu ne te trompes pas. Mais d'où me connais-tu ?

— Je t'ai vu parfois, lorsque, délaissant la demeure de ton père, tu te tenais dans tes tentes, à l'entrée des villages, et même ici, dans cette demeure, car la mienne est voisine. Mais viens, ne restons pas ici.

Sans lui manifester la surprise et l'inquiétude que causaient en moi son air de mystère et ces précautions, je le suivis jusqu'à une maison de belle apparence où il m'invita à pénétrer. Je vis qu'Azzam marchait derrière nous, la main sur son immense sabre. Il se méfiait de cet homme qui s'était pourtant trouvé si opportunément sur notre chemin. Nous avions tous gardé le silence, et j'évitai poliment de l'interroger. Il nous invita à nous installer sur des coussins, dans une salle sombre et fraîche, puis il frappa dans ses mains. Entra une jeune fille qu'il nous dit être sa fille Tumadir, et il lui demanda d'envoyer auprès de nous son frère et un serviteur avec des boissons.

Je ne lui posai toujours pas de questions, bien que mon âme brûlât d'impatience. Un jeune homme se présenta bientôt qu'il nous présenta comme son fils.

— Imru'l-Qaïs, lui dit-il lorsque nous eûmes échangé des salutations, cours à la porte pour voir si personne ne nous a suivis et n'observe notre demeure.

Le jeune homme opina et s'éloigna en hâte. Et moi je

continuai de m'étonner de tant de mystères, sans cependant manifester mon agacement.

— Rends grâce à al-Rahman, me dit-il enfin, pour avoir conduit mes pas devant la demeure de ton père en cet instant. Mon nom est Asbag al-Amr. Ma famille et moi-même sommes chrétiens. Depuis sa conversion, ton père était devenu un ami pour nous. Or, mon âme s'attriste de devoir t'annoncer un grand malheur.

Je tressaillis sans laisser percer mon émotion et mes craintes.

— Ce fut pour tes parents un grand bien mais aussi un mal d'avoir adopté notre religion. Les Banu Abdallah adorent l'idole de Wadd et ils vont tous sacrifier dans son temple. La conversion de tes parents les a indisposés. Et tu dois connaître Jashs ibn Hizam qui se présentait comme le rival de ton père. Il ne rêvait que de devenir sayyid de votre clan. Et il y a réussi. Il a dressé les Banu Abdallah contre ton père. On lui reprochait d'être plus un marchand qu'un chef de bédouins, d'avoir abandonné la tente pour la demeure de ville, et maintenant d'abandonner la religion ancestrale. Il fut accusé d'agir ainsi pour complaire à Ukaydir, ou encore pour se rallier les chrétiens de la ville afin de prendre la place de Qunafah, sans se soucier des intérêts de son propre clan. Ton père n'aurait pas été aussi riche, sans doute aurait-il eu la vie sauve. Mais ses ennemis enviaient ses biens, son opulence. Jashs les a menés à l'assaut de votre demeure et ils ont massacré toute la maisonnée, tes parents, vos serviteurs, les membres de votre clan qui vous étaient dévoués.

Je me levai, indigné, la colère dominant en moi le chagrin. J'étais prêt à aller au-devant de ce Jashs et de ses complices, de les provoquer, de venger le sang de mes parents. Mais mon hôte me pria de me rasseoir.

— Chafiq, me dit-il, mange ta haine et attends que vienne un moment plus favorable à ta vengeance. Jashs est devenu le sayyid de votre clan, il y est tout-puissant, et avec ses amis il a partagé les richesses de ton père, vos chevaux, vos chameaux, vos troupeaux, les marchandises entreposées dans vos magasins, votre or, sauf quelques coffrets de dirhems que des serviteurs fidèles ont pu sauver, lors de l'incendie de votre demeure. Ils sont venus se réfugier chez nous, car ils étaient aussi chrétiens. Les Banu Abdallah les laissent en paix et nous laissent aussi en paix, car nous ne sommes pas de votre clan et notre roi Ukaydir, qui est chrétien comme nous, prendrait position contre eux. Mais si d'aventure toi tu allais parmi eux, ils auraient tôt fait de te mettre à mort : ils savent que tu es le seul homme qu'ils aient à redouter, car à toi revient le soin de venger la mort des tiens, contre ceux de ton propre clan. À Dumat, tu n'es pas en sécurité. Si Jashs te savait revenu dans notre oasis, il n'aurait de cesse qu'il t'ait fait assassiner ou qu'il t'ait tué lui-même. Et il n'y aurait personne pour te venger car aucun de nos deux rois ne voudrait s'aliéner les Banu Abdallah.

Je dus me résoudre à suivre les conseils de mon hôte. Je restai avec Azzam dans sa demeure, sans me montrer, je m'y reposai encore une nuit et une journée et, à la faveur de la nuit suivante, nous avons repris la route de La Mecque, remettant à plus tard une vengeance que j'étais alors impuissant à accomplir. Asbag avait fait apporter devant moi trois coffrets remplis de monnaies de Perse, d'Himyar et de Roum, des jaunes et des blancs* que des serviteurs lui avaient confiés. Je les lui laissai, en lui demandant de les utiliser pour son profit et d'entretenir ainsi les serviteurs qui nous étaient restés fidèles. Moi-même, je ne voulais pas me charger de ce poids, pour rentrer en toute hâte à La Mecque où j'avais suffisamment de richesses pour vivre tranquille. Mais je ne voulais pas de cette tranquillité.

Je fis une assez longue halte à Khaybar où je retrouvai le clan de mon autre père Abd al-Uzza. Il avait auprès de lui son épouse, ma tante, et ses deux fils avec leurs femmes. Ils ignoraient le drame de Dumat. Lorsque je le leur eus appris, ils ne purent m'apporter qu'une faible consolation, car ma consolation ne pouvait se trouver que dans une ven-

* Les jaunes (ou les rouges) et les blancs sont une métaphore employée par les Arabes pour désigner les deniers byzantins *(dananir rumiya)* en or et les drachmes (ou dirhems : *darahim kisrawiya)* en argent de l'empire des Perses Sassanides. À cette époque un dinar valait dix à douze dirhems. L'Himyar, région du Yémen, était particulièrement riche en encens et en résines aromatiques. Sa monnaie était une drachme largement répandue en Arabie.

geance qu'ils étaient impuissants à m'aider à accomplir. J'ai profité d'un jour où je me trouvais seul avec Ayman, alors que nous faisions courir nos chevaux dans le désert, pour lui demander s'il avait des nouvelles de Jalila.

— Je ne sais s'il faut s'en réjouir, m'apprit-il, mais depuis quelque temps elle semble être revenue auprès de son époux. Elle exige de partager sa tente, tient éloignée sa concubine, autant qu'il lui est possible, le suit dans tous ses déplacements, aussi bien lorsqu'il va à la chasse que quand il fait un banquet avec des compagnons. Je ne l'ai pas vue moi-même, mais nombreux sont ceux qui m'ont rapporté ces nouveautés, car on s'en étonne. Je ne serais pas surpris qu'elle agisse soudainement ainsi pour se rendre odieuse à son époux et par ce moyen le contraindre à la répudier. Car, toujours à ce qu'on rapporte, elle n'hésite pas à le contredire en public ; lorsqu'ils chassent, elle s'arrange pour se montrer plus habile que lui, plus rapide sur son cheval ; elle ose le railler ou encore le quereller. Il paraît que récemment encore elle l'a injurié en le traitant de sac à son parce qu'il a proposé aux anciens de son clan de conclure une alliance avec Mohammed et ses partisans. Elle ne cesse de le harceler pour qu'il lui fasse la guerre et elle a aussi hautement déclaré que c'est par couardise qu'il n'a pas osé s'unir à leurs frères des Banu Thalabah et des Banu Muharib pour combattre les musulmans venus piller les territoires des Ghatafan.

— Et comment Uyainah supporte-t-il ces injures ? ai-je demandé à Ayman, car j'étais aussi convaincu que tu agissais bien ainsi pour te rendre odieuse à ton époux, ma Jalila.

— Chafiq, m'a répondu Ayman en riant à demi, tu sais comment nous sommes, nous autres Arabes, devant nos femmes. Il supporte tout avec constance, sans jamais lever le ton. Bien qu'on rapporte que, lorsqu'ils sont seuls dans leur tente, il arrive qu'il pousse des cris de rage. Mais je ne pense pas qu'il ose lever la main sur elle. D'abord parce qu'il la sait bien capable de se défendre, mais aussi parce que je le soupçonne de craindre de lui donner un motif de demander à notre père de rompre le mariage. Car je sais qu'elle voudrait retourner sous nos tentes et que son mari le lui refuse.

Sans le lui avouer, je partageais l'avis de mon frère. Je le quittai, à nouveau rempli d'espoir, car je ne pouvais croire qu'Uvainah puisse encore longtemps tolérer de vivre avec une femme qui lui manifestait autant de haine et de mépris.

Je ne cherchai pas à rencontrer les Fazarah et je me rendis ensuite à La Mecque d'une seule traite, en évitant Médine.

À La Mecque, on ignorait les événements de Dumat, car les relations avec les oasis au nord de Médine étaient décidément coupées. Pendant mon absence, les Quraychites avaient bien organisé une caravane chargée en particulier de vaisselle d'argent et de lingots du même métal, sous la conduite de Safwan, le fils d'Umayya ibn Khalaf, le chef du clan de Jumah. Ce dernier avait été tué à la suite de la bataille de Badr. Il s'enfuyait lorsqu'il avait rencontré Abd al-Rahman ibn Awf, son ancien ami passé à l'islam. Il l'avait prié de le prendre comme captif afin de lui sauver la vie de cette manière. Ainsi fut-il fait, mais Bilal, un ancien esclave noir d'Umayya, lui aussi devenu musulman, reconnut son ancien maître qui l'avait jadis battu et il ameuta tous les musulmans des environs afin qu'ils l'aident à massacrer Umayya, bien qu'il se soit mis sous la protection d'Abd al-Rahman. Ce dernier ne put le sauver de la rage des vainqueurs. Safwan était ainsi devenu le chef de son clan et il avait organisé cette caravane avec l'aide de juifs de Médine. Mais un Ansar qui avait espionné ces juifs s'était hâté d'en avertir Mohammed qui avait envoyé Zayd ibn Haritha, un ancien esclave converti, intercepter la caravane à la tête d'une troupe de cavaliers. Safwan et ses compagnons furent assaillis par surprise et ils ne durent leur salut qu'à la fuite, abandonnant tous leurs biens entre les mains de leurs adversaires.

Cette attaque était une nouvelle raison pour les Quraychites d'organiser une armée pour marcher contre Médine. D'autant que les Mecquois étaient encore sous la fâcheuse impression de ce qu'ils appelaient la perfidie des musulmans. Car on me fit savoir que le poète Kaab ibn al-Achraf était retourné à Médine, au moment où Mohammed rentrait de sa campagne dans le Najd. Le Prophète s'était alors écrié : « Qui me débarrassera de ce fils d'al-Achraf ? » Et aussitôt Mohammed ibn Maslama s'est proposé pour tuer le poète. « Fais, si tu le peux » lui aurait répondu le Prophète. Mais Kaab s'était installé dans la forteresse que les Banu Nadir possèdent aux portes de Médine. Pour l'en faire sortir, il fallait utiliser la ruse et le mensonge. Le fils de Maslama et quatre autres jeunes musulmans qui s'étaient proposés pour perpétrer l'attentat ont, auparavant, demandé au Prophète s'ils pouvaient utiliser la ruse. Ils ont eu la bénédiction de Mohammed, qui avait déclaré que la ruse et la perfidie étaient légitimes en temps de guerre. Or ils étaient en guerre contre Kaab. Il est vrai que dans la guerre tous les moyens sont bons pour remporter la victoire, mais pouvait-on assurer en toute franchise que les musulmans étaient en guerre contre un simple poète ?

Celui que je ne peux m'empêcher de blâmer, c'est Abu Naïlah, le frère de lait de Kaab. Il faisait partie du complot. Il utilisa ce lien ancien et la confiance que lui avait accordée Kaab pour venir au pied de la forteresse avec ses compagnons et appeler le poète. Devant ce dernier, ils se plaignirent du Prophète, des maux qu'il avait apportés dans leurs familles, de la faim qui par sa faute sévissait dans leurs demeures. Les défenseurs de la forteresse, méfiants, acceptèrent de recevoir ces plaignants et de les nourrir à condition qu'ils laissassent leurs armes au-dehors. Kaab fut invité par son frère de lait à venir les recevoir en mains propres. La nuit était tombée mais, avec autant de confiance que de courage, Kaab est sorti pour recevoir les armes, lui-même étant désarmé. Aussitôt il fut saisi, percé de coups et sa tête, tranchée, fut apportée à Mohammed. Aux Banu Nadir qui étaient venus se plaindre auprès de lui pour ce crime, le Prophète répondit que s'il tolérait qu'on lui fût hostile en pensée, il ne pouvait pardonner à ceux qui l'attaquaient avec des vers, armes plus meurtrières que des épées. Et par l'épée devaient périr tous ceux qui agiraient ainsi. Déjà, peu de temps auparavant, le Prophète avait envoyé de la même manière un homme égorger pendant son sommeil Abu Afak, un vieillard de Médine qui avait écrit contre lui une épigramme pour le blâmer du meurtre d'al-Harith ibn Suwayd.

C'est aussi à cette époque que les musulmans avaient assiégé l'autre tribu juive des Banu Qaynuqa dans leur quartier, sous prétexte que certains d'entre eux avaient insulté une femme musulmane. Ils furent contraints de se rendre et, après qu'on leur eut confisqué tous leurs biens, ils furent expulsés de Médine.

Je dus me résoudre à annoncer à mes compagnons qui m'avaient suivi à La Mecque le drame de Dumat. Ils avaient amené avec eux leurs épouses, mais je pus leur donner des nouvelles de leurs parents qui n'avaient pas été inquiétés. Ils me parurent sincères en se montrant outrés par le crime de Jashs ibn Hizam, et ils décidèrent de rester auprès de moi.

Notre commerce avec le Nord était interrompu, mais je continuai d'avoir des relations avec les tribus situées au sud de La Mecque et avec le Yamamah, où j'envoyai un messager pour faire savoir à mon beau-père comment avaient été tués mon père et ma mère. Cependant, une grande agitation régnait dans la ville, car les Quraychites préparaient dans la fièvre une expédition contre Médine.

Dès la fin de la saison froide, dans les derniers jours du mois de Saban, nous nous mîmes en marche vers le nord. Abu Sufyan, qui avait reçu le commandement de l'armée et la charge de la préparation de l'expédition, avait envoyé des messagers à toutes les tribus alliées afin qu'elles unissent leurs forces à celles des Quraychites. Ainsi avait-on réussi à réunir trois mille hommes, autant de chameaux et deux cents chevaux. Tous étaient solidement armés et sept cents d'entre eux étaient pourvus de cottes de mailles ; j'étais de ceux-là. J'allais à cheval, avec mon petit escadron des Banu Abdallah. La cavalerie était commandée par Khalid auprès de qui je chevauchais. Nombreuses étaient les femmes qui nous suivaient sur leurs chamelles : Hind accompagnait Abu Sufyan ; Safwan avait amené ses deux épouses ; Amr ibn al-As était avec Rayta fille de Munabbih ; Fatima, la sœur de Khalid, venait avec son époux Harith ibn Hicham ; Ikrimah, fils d'Abu Jahl, avait avec lui sa femme Umm Hakim, la fille de ce même Harith ibn Hicham…

Nous sommes arrivés en vue des palmeraies de Médine dix jours après avoir quitté La Mecque. Nous avons alors établi notre camp, non pas au sud, mais au nord de l'oasis, que nous avons contournée. Car cette plaine, au pied de la colline d'Uhud, est couverte de champs de blé, qui à cette époque de l'année était en herbe, ce qui constituait d'excellents pâturages pour nos chevaux. Ravager les futures moissons des Médinois était aussi un moyen de les contraindre à sortir de la ville et à accepter le combat. Car l'une des craintes d'Abu Sufyan était qu'ils restent enfermés dans les forteresses qui parsèment les diverses parties de l'oasis, ainsi que dans les quartiers fortifiés de la ville. Il était difficilement envisageable d'en entreprendre les sièges. Or, à ce que nous avons appris par la suite c'était la première idée de Mohammed. Mais les jeunes gens de la ville brûlaient d'en découdre et les Médinois ne pouvaient voir sans colère leurs champs ravagés par nos chevaux.

Nous savions alors que le lendemain aurait lieu le combat.

L'armée médinoise vint prendre position face à nous, vers la falaise d'Uhud, près de la gorge d'où sort l'oued qui nous séparait d'elle.

Une chamelle fut alors sacrifiée et on oignit de son sang les effigies divines conservées dans la tente sacrée. Des jeunes filles des tribus coalisées vinrent danser au son des tambourins tandis qu'on enfermait dans un palanquin dressé sur une chamelle les objets ainsi consacrés. L'un des devins, qui avait aperçu un geai vert dans les buissons épineux, lui lança une pierre ; l'oiseau s'envola :

— Venu de ma gauche, il s'est envolé vers ma droite, constata le devin. C'est un bon présage*.

Afin d'affermir le courage des guerriers, on proclama cet augure.

À la suite du conseil que nous avions tenu la veille, Abu Sufyan se tenait à la tête des hommes à pied, le plus gros de l'armée, qui formait un front central. La cavalerie avait été divisée en deux corps, constituant les ailes. Khalid com-

* Le terme arabe pour désigner cet oiseau est *ash-shiqirrâq*. On en possède une description qui permet de l'identifier soit avec une variété de pic, soit avec une espèce de geai au plumage verdâtre. Dans le *Kitab al-Agânî* (Le livre des Chants) d'al-Isfahânî, immense anthologie qui nous a conservé en particulier de nombreux poèmes de l'Arabie préislamique et des éléments sur la vie de leurs auteurs, il est dit (10,3) que ce qui vient de droite en se dirigeant vers la gauche est favorable, contrairement à ce qui est avancé ici. Mais il semble que ce soit là une tradition des nomades du Najd, alors que pour les gens du Hedjaz, et donc de La Mecque, c'était le contraire.

mandait l'aile droite, Ikrimah ibn Abu Jahl commandait l'aile gauche. Moi-même je me tenais aux côtés de Khalid avec Amr ibn al-As. Les femmes, montées sur les chameaux avec des tambours, formaient une seconde ligne, derrière les premiers rangs des fantassins. La chamelle portant le palladium gardé par un kahin se tenait parmi elles. Au centre du front, près d'Abu Sufyan, flottait l'étendard des Quraychites tenu par Talhah, du clan d'Abd al-Dar ; il était entouré de ses frères et de ses fils, prêts à reprendre l'étendard dans le cas où le porteur serait blessé.

Abu Sufyan attendit que l'armée des Médinois se soit mise en place, face à nous, pour envoyer vers elle un messager. Celui-ci s'arrêta à portée de voix et s'adressa, au nom d'Abu Sufyan, aux deux tribus arabes de Yathrib qui s'étaient ralliées à l'islam :

— Jeunes hommes des Aws et des Khazraj, laissez-moi m'arranger avec mon cousin Mohammed et nous nous éloignerons, car nous n'avons pas de sujet de querelle avec vous.

Comme je m'y attendais, il ne recueillit que des quolibets, des railleries, des injures.

Il y avait, dans nos rangs, un homme de la tribu des Aws, Abu Amir. Influencé par les doctrines des juifs et des chrétiens, il avait mené longtemps à Médine une vie ascétique, ne se couvrant que d'un rude vêtement de bure. Ainsi avait-il reçu l'appellation que les chrétiens donnent aux gens qui mènent ce genre de vie, le moine. Il avait acquis une certaine notoriété parmi les siens et, lorsque Mohammed était venu s'établir à Yathrib, il était allé à lui pour l'entendre. Comme le Prophète se prévalait d'Abraham, l'ancêtre des juifs, Abu Amir lui déclara qu'il était aussi de la lignée d'Abraham. Mais, en écoutant ses prêches, il déclara qu'il falsifiait la religion d'Abraham et il l'avait traité de menteur. Le Prophète répliqua qu'au contraire il avait purifié cette foi, à la suite de quoi le moine invoqua al-Rahman pour qu'il fasse périr le menteur exilé et solitaire. Il s'était ensuite exilé lui-même en émigrant à La Mecque avec une cinquantaine de partisans de la tribu des Aws. À Yathrib était resté son propre fils, Hanzalah, devenu un fidèle de Mohammed.

En découvrant le peu d'impression que les exhortations

d'Abu Sufyan avaient fait sur les gens de sa tribu, Abu Amir sortit à son tour des rangs : il espérait qu'il lui suffirait de se faire reconnaître pour que les Aws quittent leurs rangs et viennent se ranger derrière lui.

— Ô hommes des Aws, mes amis, je suis Abu Amir, commença-t-il.

Mais avant qu'il n'ait pu poursuivre, des cris s'élevèrent des rangs des Aws :

— Qu'Allah te chasse loin de nous, qu'il punisse ton impie scélératesse.

— Un mauvais esprit s'est emparé de mon peuple depuis que je l'ai quitté, s'écria-t-il.

Et il dut se retirer promptement sous une pluie de pierres que lui lançaient ses anciens compagnons.

Il ne restait plus que l'issue du combat. Abu Sufyan s'est alors tourné vers les guerriers et il s'est adressé à ceux qui étaient chargés des drapeaux. De la place où je me trouvais, je n'ai pu distinguer ce qu'il disait, mais par la suite on m'a rapporté une partie de ses paroles :

— Ô Banu Abdu'l-Dar, leur cria-t-il, vous aviez la charge des bannières lors de la journée de Badr : vous avez vu ce qu'il est advenu.

Il leur rappelait par là leur attitude lors de la bataille de Badr, où ils s'étaient laissé capturer. Un rappel qui devait tendre leur courage et leur énergie.

— Les hommes dépendent de la fortune de leurs bannières, poursuivit-il. Aussi, ou bien vous êtes décidés à les défendre jusqu'au bout, ou alors vous nous les abandonnez, et nous vous éviterons les dangers de leur défense.

Ces mots, qui les fustigeaient dans leur honneur, relevèrent leur dignité :

— Pourquoi voulez-vous que nous vous rendions les bannières ? Tu verras en cette journée comment nous saurons défendre la nôtre.

Alors Abu Sufyan donna le signal du combat. Dans l'air calme et serein montèrent les roulements des centaines de tambours que se mirent à frapper les femmes tandis que s'avançaient les premiers rangs. Les femmes sur leurs chameaux les suivaient en encourageant les combattants, tout en continuant de frapper les peaux tendues des tambours.

Et Hind, qui allait en avant, sans crainte des flèches de l'ennemi, psalmodiait ces encouragements :

Allons, fils d'Abdu'l-Dar
en avant, défenseurs de nos arrières,
Frappez de vos sabres tranchants.

Les premiers rangs des fantassins avaient atteint le lit de l'ouady. Suivant la stratégie prévue, les cavaliers restaient en retrait, prêts à intervenir au moment opportun. C'était la première fois que j'assistais à une véritable bataille et je sentais mon cœur battre dans ma poitrine, d'admiration et de plaisir, en entendant les roulements réguliers des tambours qui scandaient la marche des guerriers. Les rangs ultérieurs des fantassins avaient rejoint les montures des femmes et ils poursuivirent leur avance derrière les premiers. Et Hind entonna le chant composé par une autre femme des Banu Ijl, lors de la bataille de Dhu Qar* :

Ô guerriers, si vous avancez, nous vous chérirons
et nous jetterons sous vous de moelleux tapis.
Si vous fuyez, nous vous abandonnerons
vous délaisserons et plus ne vous aimerons.

Je ne sais pourquoi, sans attendre l'ordre d'Abu Sufyan, mais sans doute dans le désir de se distinguer, ou encore par haine d'un ennemi qui avait mis à mort son père, Ikrimah s'élança à la tête de ses chevaux vers les musulmans, engageant ainsi la bataille. Mais il s'attaquait à un front uni protégé par des archers qui accablèrent de flèches les audacieux. Les chevaux furent pris de panique et, échappant au contrôle de leurs maîtres, ils se heurtèrent, s'emballèrent, semant le plus grand désordre dans la troupe de

* Le puits de Dhu Qar était situé en Arabie orientale. Là, au mois de juillet qui avait précédé la journée d'Uhud (samedi 23 mars 625), une petite armée de tribus arabes confédérées avait infligé une défaite à une armée perse commandée par Iyas, prince de Hira. C'était la première victoire que les Arabes remportaient contre les Perses et ils en avaient tiré un grand orgueil. La femme qui avait composé ce chant s'appelait aussi Hind et, à cause de la victoire, il s'était répandu à travers la péninsule.

cavaliers. Abu Sufyan accéléra alors la marche de ses hommes tandis que les tambours semblaient s'emballer, roulant furieusement. Il fallut toute l'autorité de Khalid pour que son corps de cavaliers ne s'élançât pas pareillement dans la mêlée, commettant la même erreur d'Ikrimah qui avait, par sa charge folle, perdu tout l'avantage de l'initiative du combat.

Nous nous trouvions sur une légère éminence qui nous permettait de suivre les diverses phases du combat. Les premiers rangs des deux armées s'étaient heurtés ; aux *yalil* des Quraychites répondaient les *Allahu akbar* des musulmans, et ces cris couvraient les roulements sourds des tambours et les ululements des femmes. Avec une audace qui provoquait l'admiration, au lieu de rester en retrait avec les autres femmes, Hind s'était engagée dans la mêlée et elle faillit ainsi être tuée par Abu Dujanah, un puissant guerrier musulman qu'on pouvait reconnaître au turban rouge dont il avait entouré son casque. Mais il avait retenu son coup en reconnaissant une femme dans Hind.

La mêlée devenait de plus en plus confuse et il nous était difficile de reconnaître alliés et adversaires de l'endroit où nous nous trouvions. Néanmoins, je pus reconnaître Hamzah, l'oncle de Mohammed qui s'était rallié à lui et qui, lors de la bataille de Badr, avait tué Chaybah, l'oncle de Hind, et porté un coup mortel à son père Utba, à la suite de quoi elle avait juré de manger cru son foie. Or, avec une fougue digne d'admiration, Hamzah s'était frayé un chemin jusqu'au groupe formé par les Abd al-Dar autour de la bannière des Quraychites. On aurait même pu craindre qu'il réussît à conquérir la bannière si un esclave abyssin, Wahshi, habile lanceur de javelot, n'avait projeté son arme sous son aisselle, alors qu'il levait le bras pour abattre son sabre. C'est la partie du corps la plus sensible et la seule qui reste découverte quand le guerrier porte une cotte de mailles. La pointe acérée glissa jusqu'au cœur, tuant Hamzah sur le coup. Par cet exploit, Wahshi avait conquis sa liberté, car c'était à ce prix que son maître Jubayr lui avait dit la lui accorder.

Les cavaliers d'Ikrimah mis en déroute, les rangs de nos fantassins rompus, qui commençaient à reculer en désordre, la panique menaçait nos guerriers et déjà les musulmans criaient victoire en invoquant Allah. Leurs archers s'étaient débandés en lorgnant vers notre camp, déjà maîtres du pillage. C'est alors que Khalid décida d'intervenir. Nous avons coiffé nos casques enturbannés, assuré nos javelots et nos boucliers pareils à la lune en son plein. Khalid a levé le bras et désigné l'ennemi de la pointe de son arme. Alors, aux cris de « Ya lal-Uzza ! Ya lal-Hubal ! », sans rompre nos rangs, nous avons lancé nos chevaux, non sur le front du combat, mais sur le flanc de l'ennemi et nous l'avons enveloppé, l'assaillant sur son côté et ses arrières. Par cette charge, Khalid sut montrer comment deux cents cavaliers disciplinés peuvent faire tourner le vent de la victoire. Les quelques archers demeurés à leur poste furent balayés dans la tourmente ; nous avons fondu sur eux comme de lourds nuages menaçants qui éclatent sur le sol en une pluie de javelots. Nous avons ensuite dégainé nos sabres pâles. L'ennemi, pris entre deux étaux, comme le grain dans la meule, vit ses rangs s'éclaircir et les têtes ensanglantées roulèrent sur la terre ardente. Nous étions comme les lions de Bicha lorsqu'ils se jettent sur une troupe de gazelles : rien ne résistait à notre assaut.

Un si grand désordre régnait parmi les musulmans qu'ils se frappèrent entre eux, se blessèrent dans leurs mouvements. Ils n'osaient tourner le dos aux adversaires qu'ils croyaient avoir mis en fuite, mais ils sentaient dans leur nuque courir le vent de l'épouvante. Et, debout, ils mouraient drapés dans leur peur. La confusion parvint à son comble lorsque quelqu'un du côté des musulmans cria que Mohammed avait été tué. J'entendis la clameur tandis que je me trouvais face à un guerrier désarmé qui levait les bras en attendant mon coup. Je me contentai de me baisser et d'un coup de ma lame tranchante, je lui coupai une touffe de cheveux.

— Va, lui dis-je, tu es libre.

Il tomba à genoux tandis que je poussais mon cheval vers le lieu d'où était parti le cri proclamant la mort du Prophète. Et, je ne sais pourquoi, j'en eus le cœur soudainement serré, car cette mort signifiait qu'il n'était inspiré par aucune divinité, que sur le champ d'Uhud allait se terminer une aventure sans précédent. « Il n'en peut être ainsi », ai-je alors murmuré. J'ai fait reculer mon cheval, car je me suis soudainement senti incapable de frapper encore un guerrier du camp adverse, un homme en qui je ne pouvais voir un ennemi. Et je ressentis une secrète joie en voyant que le Prophète qu'on avait dit mort s'était redressé, le visage balafré par une blessure qui l'ensanglantait, mais bien vivant, et aucunement abattu. En découvrant le désastre, il rassembla les fidèles qui l'entouraient et, avec eux, formant un groupe compact, ils battirent en retraite sur les pentes du mont Uhud où ils furent rejoints peu à peu par de nombreux partisans. En revanche, un certain nombre de combattants, archers et guerriers à pied, pour la plupart des Ansars, qui avaient pris la fuite en direction de Médine, furent bientôt taillés en pièce par les cavaliers d'Ikrimah qui s'étaient ressaisis.

Les cris de guerre et les grondements des tambours s'étaient tus, nous restions maîtres du champ de bataille. Les musulmans avaient pris position sur les flancs de la colline, mais ils n'osaient reprendre l'initiative du combat.

Sur le champ sanglant gisaient de nombreux cadavres, peu parmi les nôtres, nombreux chez les musulmans. Je ne le vis pas, car je n'aurais pu le tolérer, mais j'appris par la suite que Wahshi était revenu à la recherche du corps de Hamzah. Lorsqu'il l'eut trouvé, il lui fendit le flanc pour en retirer le foie qu'il donna à Hind, en échange du butin qui lui revenait. Et elle mordit dans ces restes sanglants afin de remplir son vœu, puis elle coupa le nez et les oreilles du cadavre. Sa vengeance satisfaite, elle se dépouilla de ses colliers, de ses bracelets de poignet et de cheville, de ses boucles d'oreille qu'elle donna à Wahshi.

Pour moi, je me trouvais alors auprès d'Abu Sufyan, Khalid, Ikrimah, Amr ibn al-As et les autres chefs pour discuter des initiatives à prendre. Plusieurs voulaient marcher sans différer sur Médine afin de s'emparer de la ville dépourvue de défenseurs, prétendaient-ils.

— Profitons de ce que la plupart des guerriers musulmans sont retirés sur le mont Uhud et les autres dispersés, le cœur dans les genoux. Une fois que nous serons maîtres de Yathrib, Mohammed et ses compagnons n'auront plus de gîte, plus de vivres, plus d'eau. Ils seront bien contraints de se rendre.

Mais moi, je ne voulais pas qu'il en pût être ainsi. Puisque son Seigneur n'avait pas permis que Mohammed fût tué alors qu'il était assailli de toutes parts, il ne pouvait laisser prendre la ville. Je fis remarquer que c'était là une expédition aventureuse car j'avais vu qu'ibn Ubayy avait réussi à fuir les poursuites avec de nombreux guerriers et s'était enfermé dans Yathrib, où avait été laissée une garnison d'hommes des Aws et des Khazraj.

— Nous risquons ainsi de nous trouver à notre tour pris dans une tenaille car n'espérez pas que Mohammed, resté avec de nombreux fidèles derrière nous, ne viendra pas nous prendre de dos. Nous avons aussi perdu de nombreux morts qu'il convient d'ensevelir et nos guerriers sont las de combattre et de tuer. Voyez, vous avez pris une éclatante revanche sur Badr, vos morts ont été vengés. Il serait fou de tenter les dieux. Tout à l'heure vos rangs étaient disloqués par l'ennemi et, n'eût été l'intervention de Khalid avec notre cavalerie, vous auriez pris honteusement la fuite, comme à Badr. Nous tenons une victoire sûre. Ne risquez pas de la transformer en défaite pour vouloir trop la courtiser.

Khalid et surtout Amr partagèrent mon avis. Avec mes guerriers des Banu Abdallah, j'avais acquis une grande gloire et maintenant ma parole avait pris un poids nouveau. Abu Sufyan vint se ranger à mon avis et il fut décidé de reprendre la route de La Mecque après avoir enseveli nos morts et rendu les leurs aux musulmans.

CHAPITRE 27

LA MISSION DE KHAYBAR

Depuis que j'étais rentré à La Mecque, il m'arrivait souvent de me poser la question de savoir pourquoi j'avais éprouvé une étrange émotion lorsque, au cours de la bataille d'Uhud, une voix avait crié que Mohammed était mort. Il est vrai que je ressentais à son égard un sentiment fait d'admiration et de sympathie. Ce sentiment avait mûri en moi au cours des années, lorsque j'entendais mes amis mecquois parler de ce qu'ils appelaient ses scandales, mais qui m'apparaissait avant tout comme des témoignages de courage, de certitude de sa mission, de foi en son dieu et en lui-même, et provoquait en moi plus d'admiration que de réprobation. Ceci d'autant plus que je ne portais aucun crédit à nos croyances traditionnelles. Sans doute avais-je été impressionné dès la première fois qu'il était apparu à mes regards, durant les années de mon adolescence, lorsqu'il s'était agi de remettre en place la pierre noire dans le mur de la nouvelle Kaaba. Mais c'est surtout lors de notre rencontre après l'affaire de Taïf, alors qu'il s'en retournait vers La Mecque, triste mais toujours confiant dans sa mission, que j'avais eu l'occasion de le connaître de plus près, que s'était cristallisé en moi ce sentiment de sympathie, je dirais presque d'affection et d'admiration mêlées, qui maintenant m'envahissait, bien que je ne songeasse toujours pas à me convertir à la religion qu'il prêchait. Je n'avais pas approuvé mes parents lors de leur conversion à la religion d'Isha, conversion qui leur avait été finalement fatale, je n'allais pas, à mon tour, me laisser entraîner dans l'orbite d'une croyance bien proche d'ailleurs de celle des juifs et chrétiens, et dont mon cher al-Acha avait fait le procès devant moi à tant de reprises.

Mais plus que tout autre chose, plus que Mohammed, plus que la mort de mes parents et la vengeance que je devais assumer, plus que mes affaires commerciales que je continuais de conduire sans d'ailleurs beaucoup de conviction, c'est toi, Jalila, qui occupais mes pensées. Le besoin de te revoir, d'être auprès de toi, d'entendre ta voix devint bientôt si obsédant que je ne songeais plus qu'à trouver un prétexte pour me rendre dans ta nouvelle tribu.

Comme à l'accoutumée, ainsi qu'il en avait été à la suite de la bataille de Badr, après la journée d'Uhud nombreux furent les Quraychites d'un côté et les musulmans de l'autre qui composèrent des odes sur ce combat, souvent répondant les unes aux autres, comme le fit chez les musulmans Kaab ibn Malik qui, après avoir chanté un thrène sur la mort de Hamzah et des musulmans, répondit à Amr ibn al-As et à Dirar ibn al-Khattab. Même Ikrimah ibn Abu Jahl fit un poème et Hind se plaignit en vers de n'avoir pas obtenu tout ce qu'elle souhaitait, malgré la mort de Hamzah et la vengeance qu'elle avait exercée sur lui. À La Mecque nous étaient parvenus les chants qu'avaient composés les musulmans, ceux d'Ali ibn Abu Thalib, le gendre de Mohammed, de Nuam, l'épouse de Shammas ibn Uthman, sur la mort de ce dernier, et surtout ceux de Safiya sœur de Hamzah sur la mort héroïque de celui-ci, lequel était appelé le Lion d'Allah, et sa gloire avait été aussi chantée par Abu'l-Hakam ibn Sayd et Abdallah ibn Rawaha. Or, lorsque Amr me dit :

— Chafiq, aucun de nous n'est vraiment poète, et cependant nous sommes nombreux à avoir consacré des poèmes, ode héroïque ou éloge funèbre, à cette journée. Et toi qui as participé aux tournois d'Ukaz, toi qui nous as donné de beaux poèmes d'amour qui sont maintenant sur toutes les bouches, toi encore qui t'es distingué par ton courage dans les champs d'Uhud, tu serais le seul à ne pas glorifier par des vers aux ailes de vent les actions mémorables de cette journée ?

— Amr, lui ai-je répondu franchement, jamais, non jamais on ne me verra utiliser mon inspiration poétique pour magnifier des combats fratricides, comme jamais je n'emploierai une langue harmonieuse pour inciter les Arabes à prendre les armes contre Mohammed et ses compagnons. Contrairement à vous, malgré toute l'amitié et l'estime que je porte à Abu Sufyan, à Khalid, à toi-même et à d'autres encore, je n'en ai pas moins de l'estime pour Omar ibn al-Khattab qui fut notre compagnon lors de nos belles soirées où n'avaient cours que les joyeux chants d'amour, pour le généreux Abu Bakr et surtout pour Mohammed dont j'ai été le compagnon d'un moment. Mon âme souffre de cette guerre entre les Quraychites, une guerre qui a déjà fait couler tant de sang, alors que tout cela aurait pu être évité. Aussi, je te le répète, mes lèvres restent fermées au lendemain d'une journée aussi sanglante, et si je les ouvrais ce serait pour pleurer aussi bien nos morts que ceux des musulmans, à commencer par Hamzah, l'héroïque oncle de Mohammed qui a été aussi indignement traité. Au point que, tu as pu peut-être t'en rendre compte, j'évite de venir chez Abu Sufyan pour le voir lui-même, ses fils et ma sœur, car je répugne à parler à Hind depuis qu'elle a accompli un acte aussi barbare.

Amr a soupiré, il a trouvé que j'étais trop sensible et trop sévère, car elle-même avait eu à pleurer plusieurs parents tués à Badr.

— J'en suis persuadé, lui ai-je accordé, mais si la vengeance est une noble action, nos coutumes se sont adoucies et on peut tout aussi bien accepter le prix du sang. Car la mort du coupable ne rendra pas la vie à ceux qu'on a perdus. Mais, dans le cas d'Hamzah, il n'a pas agi par traîtrise, il a combattu des guerriers qui portaient aussi des armes et pouvaient se défendre. Il a vaincu, c'est sa gloire, mais, le combat ayant été loyal, il n'y avait pas lieu qu'il eût à subir une quelconque vengeance, surtout quand elle s'assortit de répugnantes mutilations. Moi-même je trouve qu'il sera légitime que je tue l'assassin de mes parents car il a agi perfidement et réussi par l'intrigue. Mais si je me trouve face à lui, je ne veux le tuer qu'en combat singulier et, ensuite, jamais je n'accepterai que son cadavre soit profané.

— Chafiq, me dit Amr, je comprends tes sentiments, mais fais-moi l'amitié de n'en pas faire état devant n'importe qui dans cette ville. La défaite de Badr, la guerre que nous a déclarée Mohammed et qui est cause de l'arrêt de notre commerce avec l'empire de Roum, ce sont là des affaires qui ont rendu sombres et susceptibles tous les gens de cette ville. Et, pour ce qui te concerne, certains commencent à te regarder d'un mauvais œil. Car si, grâce à tes accointances avec les Tamim, tu peux continuer de commercer avec les Perses en passant par le Yamamah, les marchands de La Mecque se voient coupés de toute relation avec les riches contrées du Nord, et, même si tu as des liens avec les Quraychites et que tu as plus vécu à La Mecque que dans aucune autre cité, tu restes un étranger à nos tribus. Et maintenant je sais que plusieurs t'accusent d'avoir détourné Abu Sufyan de prendre Médine, car ils prétendent que tu es un allié secret des musulmans. Auprès de ces gens, lorsque je les ai entendus ainsi parler, j'ai amoindri ton influence en rappelant que Khalid aussi bien que moi-même nous avons partagé ton avis et qu'Abu Sufyan a pu choisir en toute liberté, après avoir entendu tous les avis. Mais ce n'est pas suffisant pour apaiser les enragés et ceux qui te jalousent, autant pour tes richesses que pour les hautes protections que tu as dans cette ville. Ils ne cherchent qu'un prétexte pour te faire tomber. Évite ainsi de risquer d'être accusé de pratiquer l'islam en secret.

— Ce serait une bien fausse accusation car si j'ai de l'estime pour les musulmans et de l'admiration pour Mohammed, je ne partage pas leurs convictions religieuses.

— Nous le savons, mais une simple accusation pourrait te nuire. Tu sais que de riches Mecquois ont proposé de payer ceux qui leur apporteraient des têtes de musulmans. Tu as dû aussi apprendre que Mohammed, sollicité par des hommes des Ahabich, a envoyé vers eux une dizaine de musulmans pour les instruire dans sa religion. Or, alors qu'ils étaient parvenus dans le voisinage de La Mecque, au puits d'al-Raji, ils ont été trahis et assaillis par les gens du pays. Ceux-ci les ont massacrés, sauf trois d'entre eux qui se sont rendus et auxquels ils avaient promis la vie sauve. Mais, au lieu d'exiger une rançon, ils ont décidé de les échanger aux Quraychites contre des prisonniers de leur tribu. L'un de ces hommes qui voulut fuir a été tué. Les deux autres ont été achetés par des gens de La Mecque, qui les ont fait mettre à mort. L'un d'eux a même été emmené hors du territoire sacré de la ville afin de pouvoir le torturer avant de le crucifier sans que fût commis un sacrilège.

C'est dans ce même temps qu'on apprit à La Mecque que Mohammed avait chassé de Médine la tribu juive des Banu Nadir. La cause en aurait été un complot fomenté par quelques-uns des chefs de cette tribu contre Mohammed. Il paraît qu'ils l'auraient invité avec Abu Bakr, Omar et quelques-uns des notables musulmans pour un banquet ; ils auraient voulu profiter de cette occasion pour massacrer le Prophète et ses compagnons au cours du repas. On a prétendu que Mohammed aurait été averti du complot par son djinn protecteur qu'on disait maintenant n'être autre que Gabriel, cet ange que, selon les chrétiens, al-Rahman aurait envoyé auprès de Miryam pour lui annoncer la naissance miraculeuse d'Isha. Cette conjuration est-elle vérifiée et Mohammed en a-t-il été avisé de cette manière ? Je ne saurais me prononcer. Toujours est-il que, au milieu du repas, les juifs qui avaient invité les musulmans se sont retirés, je ne sais sous quel prétexte. Aussitôt après Mohammed s'en est allé de son côté et, après avoir attendu un moment en vain, ses autres compagnons sont aussi rentrés chez eux.

Le lendemain, Mohammed invoquait cette grave accusation pour assiéger les Banu Nadir dans leur forteresse. Ils durent capituler et purent quitter la ville en emportant tous leurs biens, et le Prophète leur permit même de vendre leurs terres et de récupérer leurs dettes avant leur départ. On a rapporté que jamais les gens qui fréquentaient les marchés de Médine ne les avaient vus traversés par une si importante et si riche caravane, car les Banu Nadir avaient réuni toutes leurs bêtes, chevaux et chameaux, et les avaient chargées de tous leurs biens, de leurs meubles et même des portes en bois sculpté et des linteaux ornés de leurs demeures. Leurs femmes avaient arboré leurs robes de soie aux chatoyantes couleurs, leurs bijoux d'or et de pierres précieuses où les feux pourpres des rubis rivalisaient avec les irisations marines des émeraudes. Et, malgré leur tristesse de devoir quitter une ville où ils étaient établis depuis des siècles, leur caravane s'avançait au son des tambourins, des flageolets et des chants des femmes.

Certains d'entre les Banu Nadir avaient poursuivi leur exode jusqu'en Syrie mais, pour la plupart, ils s'étaient installés dans l'oasis de Khaybar. Aussitôt après ils avaient commencé à nouer des relations avec les Ghatafan, dans le dessein de s'entendre avec eux pour faire la guerre aux Médinois. Nous apprîmes aussi que parmi les Ghatafan qui avaient pris langue avec les Banu Nadir se trouvaient Abd al-Uzza, établi dans les environs de Khaybar, et Uyainah venu au nom des Fazarah. On rapportait que les Sulaym étaient aussi disposés à entrer dans une coalition contre les musulmans et qu'ils avaient dépêché une ambassade auprès des Banu Nadir. Je trouvai dans ces conciliabules une raison inespérée pour me rendre à Khaybar. J'avisai de mon dessein Abu Sufyan qui m'y encouragea :

— Tes relations privilégiées avec les Ghatafan et les Sulaym, me dit-il, font de toi un envoyé idéal. Il serait utile que tu exhortes ces tribus à s'allier avec les Banu Nadir afin de marcher de leur côté sur Yathrib. Nous-mêmes pourrions alors faire mouvement vers le nord afin de prendre les musulmans entre nos armées et les écraser définitivement.

Je me gardais de lui dire qu'il n'était pas dans mes intentions de devenir la cheville ouvrière d'une semblable coalition qui, en effet, aurait pu être fatale aux musulmans. Mais je pus ainsi me mettre en route en toute quiétude avec mon fidèle Azzam et quelques serviteurs. Je laissais mes biens de La Mecque aux soins de mes compagnons des Banu Abdallah, mais surtout à la surveillance de Khalid et d'Abu Sufyan.

Lorsque j'atteignis le puits de Badr, je restais indécis quant à la route à suivre pour gagner Khaybar, de celle de Yanbu ou de celle de Médine. En passant par Médine, je ne pouvais qu'être intercepté par les escadrons musulmans qui veillaient à maintenir leur contrôle sur les routes qui menaient de La Mecque aux oasis du nord du Hedjaz. Je risquais alors d'être arrêté et mis dans l'incapacité de poursuivre mon voyage à Khaybar. La route de la côte était plus longue, mais moins hasardeuse.

Je n'avais pas encore pris de décision au moment où je donnai l'ordre de lever le camp. Mes serviteurs commençaient à démonter les tentes lorsque Azzam me fit remarquer une troupe de cavaliers qui pénétrait dans l'oasis. L'un d'eux tenait haut dans le vent la bannière noire des Émigrés, les musulmans de La Mecque qui avaient suivi Mohammed à Médine. Ils s'arrêtèrent près de nous et je reconnus Omar qui chevauchait à leur tête. Je ne savais quelle attitude prendre. Je n'ignorais pas la violence de ses sentiments contre ceux qui combattaient le Prophète et je pouvais redouter qu'il me comptât parmi ces derniers.

Je le saluai, en évitant de nommer l'une des divinités auxquelles ni lui ni moi ne croyions. J'invoquai le nom d'al-Rahman.

— Et moi, c'est le salut d'Allah que j'appelle sur ta tête, Chafiq, me répondit-il en mettant pied à terre.

Je l'invitai à s'asseoir au seuil de ma tente, sur les tapis que les serviteurs n'avaient pas encore roulés. Il accepta mon invitation et vint s'installer avec quelques compagnons.

— Chafiq, mon ami, me dit-il, je n'ai pas oublié les jours de notre jeunesse et mes sentiments à ton égard n'ont pas changé, bien que je sois devenu musulman tandis que tu es resté dans le camp des idolâtres.

— Fils d'al-Khattab, lui fis-je remarquer, rappelle-toi

que, alors que toi-même croyais fermement dans les dieux des Arabes, moi-même je soutenais devant toi qu'ils n'étaient que des idoles sans pouvoir, ou, tout au plus, des manifestations de la puissance du dieu unique que j'appelais al-Rahman, à l'instar des chrétiens ou des juifs, bien que je n'eusse pas adopté leurs croyances.

— Le Miséricordieux n'est qu'un des nombreux noms d'Allah, assura-t-il. Aussi, je ne comprends pas que tu ne te sois pas encore rallié à Mohammed. Tu devrais savoir que l'Envoyé d'Allah a pour toi une grande estime. Il n'a pas oublié que tu t'es penché sur lui au moment où il était abandonné et traqué par les Quraychites, que tu as veillé sur son sommeil dans la grotte du mont Hira. Tu es déjà musulman sans le savoir. Écoute encore. Lors de la journée d'Uhud, nous t'avons vu combattre aux côtés de Khalid ibn Walid et d'Amr ibn al-As. Si nous avions avec nous trois hommes comme vous, notre victoire serait proche. Tu vois, Chafiq, on m'a reproché d'être dur avec les idolâtres. Il est vrai que, après la bataille de Badr, j'ai voulu qu'on les massacrât, et je ne le regrette pas, même si le Prophète s'est rangé à l'avis d'Abu Bakr, contre moi. Je suis convaincu que nous vaincrons, mais aussi que la victoire de Mohammed ne détruira pas la puissance de La Mecque, tout au contraire. Le dessein d'Allah, en suscitant son Envoyé, est de réunir toutes les tribus de l'Arabie en un seul peuple, sous une seule bannière, derrière une seule divinité. Dès lors seront terminées les guerres de clans qui nous épuisent, qui font inutilement couler le sang de nos peuples. Nos dissensions, nos guerres intérieures font l'affaire des Perses et des Byzantins. Si nous étions unis, nous abattrions leur puissance et nous serions bientôt maîtres d'un empire qui s'étendrait sur la Syrie et l'Iraq, grâce à quoi nous serions maîtres du commerce sur toutes ces régions. Ce ne serait plus le Sassanide ou le César de Roum qui percevraient les taxes que nous payons pour nos marchandises, mais nous-mêmes. Aussi, je suis rempli de colère contre ces gens qui entravent notre action, qui s'opposent à l'union des Arabes, qui ainsi veulent toujours nous voir divisés. Ils méritent la mort et je trouve notre Prophète trop généreux, Abu Bakr trop tendre. Déjà Mohammed a des scrupules à laisser nos compagnons éliminer des hommes qui ne veulent pas comprendre la grandeur de la mission de l'Envoyé d'Allah, qui s'opposent ainsi aux desseins du Tout-Puissant par aveuglement ou vanité. Sans doute perdront-ils ce combat, mais pourquoi précisément leur permettre de prolonger un combat qui coûte de précieuses vies, et qui retarde inutilement le triomphe de l'islam, c'est-à-dire le triomphe des Arabes sur des empires ennemis ?

— Omar, ai-je admis, tes paroles me font comprendre une attitude que j'ai en effet réprouvée dans le passé, bien que je répugne à user de telles violences.

— Je sais qu'il te plaît de chanter l'amour plus que la guerre. Mais j'ai aussi pu voir que tu n'es pas un lâche. Nous avons également apprécié que tu te sois toujours refusé à faire l'éloge des idolâtres tombés dans les combats qu'ils ont menés contre nous, comme tu n'as jamais cherché à les pousser à nous combattre dans des odes vengeresses. Mais il faut faire mieux : il faut que tu rejoignes nos rangs, que tu mettes au service de l'islam aussi bien tes talents de poète que ta valeur de guerrier. Et maintenant dis-moi, en vérité, où te rendais-tu avec ces quelques serviteurs ?

— À Khaybar afin d'y rencontrer les Ghatafan et les Sulaym. Car ils veulent s'allier aux Banu Nadir pour vous combattre.

— Es-tu toujours disposé à t'y rendre ?

— Plus que jamais. Sache que j'y venais en tant qu'envoyé d'Abu Sufyan pour voir s'ils se coaliseraient avec les Quraychites afin d'assaillir Médine par tous les côtés. Or je ne voulais pas qu'il en pût être ainsi. Je voulais dissuader mes parents qui sont influents parmi les Ghatafan d'entrer dans une telle coalition, comme j'ai aussi dissuadé Abu Sufyan de marcher sur Médine après la journée d'Uhud.

— Ceci, nous le savons, et nous savons aussi que nombreux sont les Quraychites de La Mecque qui murmurent contre toi et qui prétendent que tu es musulman en secret.

— Je ne le suis pas, mais peut-être le deviendrai-je, après avoir rencontré Mohammed. Mais maintenant que je t'ai entendu, je tiens plus que jamais à me rendre à Khaybar : je crois être le seul qui soit capable de dissuader Ghatafan et Sulaym de s'allier aux Quraychites contre vous. Car, si cela arrivait, il n'est pas sûr que vous sortiez victorieux de tant d'ennemis. Pour le moins, ce serait la cause de bien des morts inutiles.

— Chafiq, tes paroles réjouissent mon âme. Si tu le veux, je t'escorterai jusqu'au delà de Médine afin que tu puisses traverser en toute tranquillité les territoires que nous contrôlons.

— Je t'en remercie, mais il ne faut pas qu'on puisse rapporter à Khaybar ou à La Mecque qu'on m'a vu au milieu d'une troupe commandée par Omar ibn al-Khattab. Il me vient à l'idée qu'il serait même imprudent que je passe par la piste de Médine, car on pourrait m'accuser d'être en relations secrètes avec vous. Je ferai donc le détour par Yanbu.

Je quittai Omar, satisfait et heureux. Mais je ne lui fis pas part de ma décision de me rendre à Médine dès que j'aurais réussi à mener à bien à Khaybar la mission que je m'étais fixée.

Le premier campement que je rencontrai, à l'orée de l'oasis de Khaybar, fut celui d'Abd al-Uzza. J'y fus reçu par mes frères de lait et Abd al-Uzza lui-même, qui m'invita à monter nos tentes auprès des siennes.

Peu après mon installation je fus abordé par al-Abbas, le fils de Mirdas ibn Abi Amir. Il était l'hôte d'Ayman qui, depuis la rencontre d'Ukaz, il y avait de cela onze ans, était resté lié avec sa famille. Al-Abbas ibn Mirdas entretenait des liens d'amitié avec les Banu Nadir et il était venu avec quelques hommes des Sulaym pour leur apporter son soutien. Dès qu'il avait été avisé par Ayman de mon arrivée, il s'était hâté de venir me saluer. J'appris de sa bouche que son père était mort quelques années auparavant dans d'étranges circonstances. Il avait des relations d'amitié avec Harb ibn Umayya, le père d'Abu Sufyan. Ils s'étaient associés pour acquérir des terres marécageuses couvertes de roseaux, afin de les assécher et les mettre en culture. Ils vinrent avec leurs esclaves qui incendièrent les roseaux. Il en sortit alors en quantité des serpents blancs dont on prétendit que c'étaient les djinns qui vivaient dans ces marécages. L'un d'eux aurait jeté un sort à Mirdas, qui mourut peu après. Son associé, Harb, mourut d'ailleurs lui aussi peu après. Ceci s'était passé à l'époque où j'errais dans le Yamamah à la recherche de mon identité, en compagnie de

Joumana. De retour à La Mecque, j'avais appris par Abu Sufyan la mort de son père, sans qu'il m'ait rapporté cette anecdote. Selon al-Khansa, que je ne revis que plus tard, et qui lui a consacré une élégie funèbre, il serait mort d'une fièvre contractée dans ces marais d'al-Quraya.

— Si ma belle-mère s'est facilement consolée de la perte de mon père, cet homme généreux qu'aucun astre n'aurait pu surpasser dans une assemblée, poursuivit al-Abbas non sans une certaine amertume dans la voix, elle ne s'est jamais remise de la perte de ses deux frères.

— Quoi, m'étonnais-je, je sais que son frère Muawiya a été tué au cours d'un raid chez les Murrites, mais j'ignorais qu'elle eût perdu son autre frère, Çakr. Ce doit être pour elle un grand chagrin car je me rappelle qu'elle aimait ce frère plus que tout au monde.

— Oui, et même plus peut-être que ses propres enfants. Elle s'est un peu consolée de la mort de Muawiya depuis que l'homme qui l'a tué, Hachim ibn Harmala, a à son tour été tué par un homme de Jusham sur le territoire duquel il avait conduit une razzia, alors qu'il y faisait paître ses troupeaux. Mais par malheur Çakr a voulu porter la guerre chez les Banu Asad. Ce magnifique guerrier a affronté un adversaire digne de lui, Rabia ibn Thawr, l'un des nobles dans le clan des Faqas. Et Rabia a plongé le fer effilé de sa souple lance dans la poitrine de Çakr. Il ne l'a pas tué sur le coup. Mon oncle a été ramené dans notre campement et confié aux soins de son épouse. Mais il est vrai que cette dernière s'est peu occupée de lui. On a même pu lui reprocher de s'être laissé courtiser par des hommes importants de notre tribu, comme si elle se préparait déjà à chercher un nouvel époux. Ainsi a-t-il mis près d'un an à mourir, en une longue agonie. La nuit touchait à sa fin lorsque nous avons appris sa mort. Et depuis Tumadir ne cesse de répéter le cri déchirant qu'elle a poussé en apprenant l'affreuse nouvelle. Le fils d'ibn Amr a été enseveli dans le désert d'al-Aqiq, dans un trou entre des planches. Mais tant de gens de la tribu, tant d'hommes des clans voisins, tant de voyageurs ont jeté sur sa tombe des pierres en signe de deuil et de respect qu'elle est déjà couverte d'une butte qui protège le corps contre les prédateurs du désert. En vain al-Khansa exhorte les Sulaym à la vengeance, elle réclame la mort des Faqas, elle persiste à crier vengeance pour la mort de Muawiya, bien que son meurtrier ne soit plus de ce monde, elle voudrait bouleverser le désert, le mettre à feu et à sang, et moi elle me regarde de travers.

— Trouve-t-elle que tu ne compatis pas suffisamment à sa peine ?

— J'aimais mes oncles, mais les Banu al-Charid ont d'autres soucis que de poursuivre et multiplier des raids vengeurs pour apaiser la colère d'une femme. Je n'en porte pas moins la plus grande estime à Çakr, car bien souvent il a aidé sans compter de ses biens al-Khansa et par la même occasion notre famille. Tu sais que mon père n'avait qu'un défaut, mais grave, je le reconnais, c'est qu'il jouait et perdait ainsi les biens de la famille. Pour ce qui me concerne, à la mort de Çakr, c'est moi qui aurais dû lui succéder à la tête de notre clan. Mais j'ai trouvé devant moi un compétiteur en la personne de Khalaf ibn Nadbah. Nous avons finalement décidé de partager ce pouvoir. Ainsi, il est resté dans nos territoires pendant que moi-même je suis venu ici afin de voir s'il serait heureux que les Sulaym entrent dans une coalition contre Mohammed.

— Fils de Mirdas, l'entrepris-je aussitôt, j'ai bien connu ton père et j'ai pu apprécier sa sagesse. Il aurait été le meilleur chef des Sulaym s'il n'y avait pas eu Çakr ibn Amr. J'ai la certitude que s'il était encore en vie et qu'il ait eu ainsi à régir les destinées de votre tribu, il aurait eu la prudence de ne pas s'engager dans une telle aventure. Les musulmans sont maintenant puissants et bien établis à Médine. Nombreuses sont les tribus qui montrent leur sympathie à Mohammed. Pour ma part, je suis de plus en plus persuadé que l'avenir s'ouvre à lui. La prudence me paraît exiger sinon de se rallier à lui, tout au moins de rester neutre et de voir venir. Les Quraychites ont eu tout à perdre dans cette guerre. Leur commerce avec les empires du Nord est désormais interrompu et ils se voient de plus en plus affaiblis. Le temps travaille pour Mohammed. Si tu entraînes les Sulaym dans cette guerre, crains d'y perdre plutôt que d'y gagner. La neutralité te permettra tout au moins de ne pas affaiblir les tiens.

— Chafiq, me répondit-il, je te croyais ici en tant qu'envoyé des Quraychites pour proposer une alliance des tribus contre Mohammed.

— C'est ma mission officielle. Mais, à dire vrai, Abu Sufyan lui-même a compris qu'une guerre prolongée ne ferait que ruiner plus encore le commerce des Quraychites. Nous sommes de plus en plus nombreux à avoir compris que l'islam pourrait devenir le lien entre les tribus arabes unies par lui. Même nous, quoique étant les sayyids ou des hommes influents de nos tribus, nous ne pouvons nous prononcer pour Mohammed ; il nous faut user de patience car nous risquons de ne pas être suivis par un grand nombre des nôtres. Or, les hommes les plus sensés et les plus clairvoyants de La Mecque ont compris que vaine serait une lutte contre Mohammed. Considère les faits : il y a à peine quelques années, ce Mohammed n'était qu'un chamelier dont la richesse venait de son mariage avec Khadidja. Bien qu'appartenant à l'aristocratie des Quraychites, il n'était que peu de chose. Et voici maintenant qu'il est le maître de Médine, de cette cité qui jusqu'alors était partagée entre tant de clans. Il a vaincu les Quraychites, il est en train de ruiner leur commerce alors que tout le monde les redoutait, qu'ils étaient les plus riches de tous les Arabes. Chaque jour qui passe voit des hommes, des clans entiers se ranger de son côté et affermir sa puissance. Je ne suis pas musulman, mais je suis maintenant persuadé que la gloire de nos peuples est entre ses mains. Toi-même, je t'invite à tourner tes regards vers Médine, tu ne pourras qu'y gagner.

— Les Banu Nadir sont mes amis, les alliés de notre clan, et c'est pour leur apporter notre aide que je suis ici.

— Les Banu Nadir ne sont plus menacés. Ils sont plus riches que nous tous et ils ont retrouvé une attache dans cette oasis. Comme nous autres Arabes, ils ont été nomades pendant des siècles et des siècles. Pourquoi seraient-ils mieux à Médine, où ils s'opposaient secrètement aux vastes desseins de Mohammed, qu'à Khaybar ou en Syrie ? Vas-tu risquer d'affaiblir ta tribu et ta propre autorité pour leur complaire ?

Ainsi ai-je longtemps entretenu al-Abbas de nos intérêts, et je crois l'avoir persuadé du bien-fondé de mes arguments. J'ai parlé dans le même sens à Abd al-Uzza, mais je n'ai pas tenu le même discours à Uyainah.

Car je le vis le lendemain. Il était venu à Khaybar avec plusieurs représentants des clans des Ghatafan et il avait établi son campement loin de celui d'Abd al-Uzza. C'est pourquoi je ne le vis que le lendemain. Il était là avec toi, Jalila. Alors que par le passé tu restais en retrait lorsque je m'entretenais avec mon cousin, tu vins ostensiblement t'asseoir parmi nous.

— Uyainah, lui dis-je, éclaire-moi sur tes intentions. Je sais que nombreux sont les clans des Ghatafan qui ne désirent pas combattre Mohammed. Duthur ibn al-Harith a même passé un pacte avec les musulmans au nom des Muharib. On m'a même rapporté qu'il s'était converti à la religion de Mohammed. Pour toi, j'espère que tu ne vas pas trahir notre cause et continuer de jouer dans les deux camps. Tu as abandonné les Muharib lorsqu'ils ont été attaqués par les musulmans, aucun guerrier des Ghatafan ne nous a soutenus lorsque nous avons combattu à Uhud. Avec votre aide notre victoire aurait été totale.

Je confesse que si je l'exhortais ainsi à prendre parti décidément du côté des ennemis de l'islam, c'est parce que j'avais fait un raisonnement condamnable. Persuadé que je ne pourrais obtenir Jalila qu'une fois débarrassée de son époux, il ne me restait guère de solutions pour me faire l'artisan de sa mort, qui seule était susceptible de rompre leur malheureux mariage. Ayant décidé de rejoindre Mohammed à Médine, je devais trouver le moyen d'être face à lui dans un combat entre les musulmans et leurs adversaires. Pour cela, il convenait qu'il restât l'un des chefs de l'opposition à Mohammed et osât prendre les armes contre lui. Dès lors je pouvais légitimement le tuer en combat singulier, sans risquer d'encourir un quelconque blâme ou de devoir faire face à la vengeance des siens.

— Nous avons des liens privilégiés avec Khaybar et les Banu Nadir, reconnut-il, mais je n'irai pas pour autant engager les Fazari dans une guerre où ils risquent de perdre plus qu'ils ne gagneront. Si vous réussissez à liguer suffisamment de tribus contre Mohammed, je vous rejoindrai, mais pour l'instant je préfère rester dans l'expectative.

Alors tu t'es levée, Jalila, les yeux brillants de colère, et, te tournant vers lui tout en le désignant d'un doigt accusateur :

— Oh ! lâche, couard, lièvre ! t'es-tu écriée. Resteras-tu la honte des Arabes ? Quand auras-tu le courage de faire un choix ? Seras-tu toujours la hyène qui attend de voir où tombent les cadavres afin de pouvoir jouir de la victoire sans avoir pris les risques du combat ? Tu te crois habile en agissant ainsi, alors que la honte rejaillit sur nos familles. Pour moi, j'ai fait mon choix avec les femmes fortes de notre tribu, avec Umm Qirfah et Umm Zamil, je choisis la guerre contre les musulmans. Mais je clamerai partout que je suis contre un époux pareil au serpent qui fuit à l'approche d'un ennemi, qui se dissimule dans les trous des rochers pour frapper quand on ne s'y attend pas.

Sur cette apostrophe injurieuse, elle se détourna et se retira. Et Uyainah, qui avait laissé passer l'orage en courbant l'échine, sourit en soupirant :

— Il est heureux qu'on ne laisse pas gouverner de telles femmes. Dans leur emportement elles auraient tôt fait de conduire nos peuples à leur ruine.

Jalila, visiblement tu as préféré me fuir, sans doute dans la crainte de donner à Uyainah des raisons de manifester sa jalousie, ou même de marquer avec violence ses droits d'époux. Car j'appris qu'à la suite de ton éclat tu avais pris ton cheval et tes armes et tu avais quitté l'oasis, pour aller rejoindre Umm Zamil et les siens, quelque part dans le désert.

Je demeurai une demi-lune à Khaybar, m'ingéniant à persuader les divers clans de l'inutilité de se liguer, mais d'une manière feutrée afin qu'on ne pût m'accuser de semer le doute et finalement la discorde parmi des tribus que j'étais censé devoir unir en un même combat. Et durant tout ce temps j'ai attendu ton retour, Jalila, mais en vain.

CHAPITRE 28

À MÉDINE

En quittant Khaybar, je me suis rendu directement à Médine, et j'y suis resté. J'ai frappé à la porte de la demeure d'Omar qui m'a accueilli avec un grand sourire :

— Je t'attendais, me dit-il simplement. Mohammed, que son nom soit béni, t'attend aussi. Car il sait depuis longtemps qu'un jour tu viendras à lui.

J'avais eu soin d'emporter de La Mecque non seulement mes armes, mes chamelles et mes chevaux, mais aussi des sacs lourds de dirhems et de dinars afin de ne pas être à la charge des gens de Médine. Je le dis à Omar et lui demandai où je pourrais acheter une demeure voisine de la sienne.

— La mienne est vaste, me dit-il, et ma maison est ta maison.

— S'il en est ainsi, lui répondis-je, mon bien est ton bien.

Je lui remis mes bourses en lui disant qu'il en fasse ce qu'il lui plairait.

— Ces jaunes et ces blancs seront toujours utiles à notre cause, ne serait-ce que pour racheter les captifs musulmans et les esclaves. Vois, compagnon. On a prétendu que Mohammed voulait être roi, qu'il avait l'ambition de dominer les Arabes. Or il manque souvent du nécessaire. Ses goûts sont modestes et, tu le sais, il se nourrirait facilement uniquement de courges et jamais il n'a mangé de pain blanc. Dans les temps qui ont suivi son arrivée à Médine, il a commencé par faire construire une mosquée, la première de notre culte, dans une cour où s'était arrêtée sa chamelle Qaswa. Il avait acheté ce terrain à deux orphelins, qui voulaient lui en faire don, mais il n'a pas voulu profiter du prestige que lui confère son apostolat. Il a ensuite fait construire deux maisons contre le mur oriental de la mosquée : une pour l'épouse qu'il a prise à La Mecque, bien après la mort de Khadidja, Sawdah, la veuve d'un croyant pauvre qui était mort lors de l'exil en Abyssinie ; l'autre pour Aycha, la jeune fille d'Abu Bakr, qu'il a alors épousée. Il a maintenant accepté de prendre pour épouse ma propre fille Hafça, dont le mari a été tué à Badr, et il envisage d'épouser encore Umm Salama. Elle est mère de quatre enfants, et elle se trouve aussi dans le besoin. Auprès de lui vivent aussi ses filles. Parmi celles-ci, la plus fidèle, celle qui lui donne tous ses soins, est Fatima, l'épouse de son cousin et fils adoptif, Ali ibn Abu Thalib. Moi, dans cette vaste demeure, j'ai presque honte, car je vis dans le luxe en comparaison de notre Prophète qui a pour couche une simple litière faite de cuir enveloppant des fibres de palmier. Il est vrai qu'il se partage équitablement entre ses femmes, venant dormir chez chacune d'elles à tour de rôle.

Je m'étais alors étonné que Mohammed ait pu accepter d'avoir autant d'épouses, et je ne pensais pas qu'il pût les aimer toutes pareillement. D'autant que, par la suite, il en prit bien d'autres. Toutes il les a respectées pareillement, mais en réalité parmi celles-ci il n'en a aimé qu'une seule, Aycha, dont la beauté était vraiment exceptionnelle. Et il semblerait même que le seul grand amour de sa vie ait été Khadidja, au point que Aycha, qui était très libre avec lui, lui cria un jour : « Jamais tu n'oublieras cette vieille quraychite édentée ! » Les autres femmes, il les épousa parce qu'elles étaient veuves, et souvent dans le besoin, à moins que ce ne fût une captive qu'il libéra ainsi comme Safiya, une juive capturée après la bataille de Khaybar, ou encore Maria, une esclave copte qui lui fut envoyée d'Égypte et qu'il affranchit.

Omar me conduisit devant Mohammed, qui me reçut avec des signes manifestes de joie. Je prononçai devant lui la formule qui me faisait entrer dans le sein de l'islam, ceci en toute sincérité car, par là, je ne faisais que donner un nom, Allah, au Dieu unique dans lequel je croyais depuis mon séjour à Hira. Les prières auxquelles je m'astreignais étaient pour moi un moment de recueillement, un moment d'absence à moi-même pour n'être tourné que vers le grand mystère de l'au-delà ; c'est pourquoi il m'arrivait de demeurer en prière, ou plutôt en méditation, bien plus longtemps que la plupart des musulmans, dont je voyais pour beaucoup qu'ils agissaient plus par habitude que par conviction profonde. Mais, dès ce temps-là, ce qui causait mon étonnement et mon admiration à l'égard du Prophète, c'est sa modération en toute chose. S'il considérait que le jeûne, dans le temps qui lui était imparti, et la prière étaient deux des actes fondamentaux du culte, il blâmait ceux qui en abusaient. Il recommandait de rendre les choses faciles et non ardues, de ne pas aller dans la pratique au-delà de nos propres forces. Il craignait même qu'il y eût de l'ostentation et de la vanité à vouloir aller au-delà de ce qui était prescrit et de déclarer de son propre chef interdites les bonnes choses qu'Allah nous a accordées et rendues licites. Parmi les révélations qu'il a reçues compte celle dans laquelle il est dit qu'Allah n'aime pas ceux qui dépassent les limites, c'est-à-dire qui tombent dans les excès, quels qu'ils soient. Il était loin de ces ascètes chrétiens dont m'avait parlé al-Acha et dont les excès m'avaient choqué. Ce n'est, en vérité, qu'à travers les paroles de Mohammed, qu'elles lui fussent inspirées ou que dans sa sagesse il les puisât en lui-même, que j'ai pu connaître ce Dieu dont m'avait entretenu mon maître sans pouvoir réellement définir ses attributs et qui était jusqu'alors resté à mes yeux un simple concept. Je ressentais la perfection de cet enseignement du Prophète en de nombreuses circonstances, et dans toutes ses recommandations, comme celles-ci : « La justice est proche de la piété ; que la haine ne vous entraîne pas à vous écarter de la droite ligne… » Mais ce n'est pas ici mon propos de rapporter ce que d'autres ont dit mieux que moi et surtout ce qui ressort de l'ensemble des sourates inspirées qui ont été rassemblées sous le nom de Coran.

C'est dans les premiers temps de mon arrivée à Médine que Fatima, l'épouse d'Ali, mit au monde son second fils. Le premier, al-Hassan, était né au début de l'année précédente. Le nouveau-né reçut, selon les vœux de Mohammed, le nom d'al-Hussein. Ces deux fils ont été la gloire de leur père, Ali ibn Abu Thalib. Le Prophète manifesta une véritable passion pour ses deux petits-fils, mais il n'en aimait pas moins ses autres petits-enfants, et en particulier Umamah, la fille de sa fille Zaynab et d'Abu'l-As. Il m'est arrivé de voir le Prophète venir à la mosquée en portant l'enfant sur ses épaules et ne la poser que pour s'agenouiller lors de la prière.

Malgré toutes les obligations de ma nouvelle existence, je n'oubliais ni la vengeance que je devais assumer, ni surtout toi, Jalila, toi et notre amour. Mon choix de l'islam me permettait tous les espoirs. Que d'anciennes lois, que de coutumes iniques ou caduques l'islam n'avait-il pas abolies ! Le Prophète lui-même nous donna peu après un exemple de cette souplesse de la nouvelle loi venue du ciel. Il avait adopté un esclave affranchi, Zayd ibn Haritha. Car Mohammed aimait relever ceux qu'on avait abaissés et élever les esclaves qu'il achetait et affranchissait. Ainsi a-t-il épousé des esclaves dont il a fait des femmes libres, adopté un ancien esclave, ou encore acheté et affranchi pour en faire son secrétaire particulier un esclave persan, Salman al-Farisi.

Sur l'initiative de Mohammed, Zayd épousa Zaynab bint Jahch, dont la mère Umaimah était la tante paternelle du Prophète. Or j'ai été le témoin des querelles de ce ménage, querelles dont l'une des causes était l'amertume de Zaynab, de noble origine quraychite, qui trouvait son mari indigne d'elle. Au point que Zayd souhaitait divorcer. Lorsque j'arrivai à Médine, Zaynab avait plus de trente-cinq ans, ce qui ne l'empêchait pas d'être restée belle et svelte. Dans ce temps-là, Mohammed vint un jour frapper à la porte de son fils adoptif. Ce dernier était absent. Zaynab vint au-devant de son cousin pour le recevoir, seulement vêtue d'une robe légère de la teinte du safran : « Mon époux n'est pas là, ô Envoyé d'Allah, lui dit-elle, mais entre donc. Que mon père et ma mère soient ta rançon. » Le Prophète, qui n'avait jamais eu l'occasion de la voir dans un si simple vêtement qui laissait deviner la beauté de son corps, fut comme ébloui et s'écria : « Gloire à celui qui transforme les cœurs ! »

Il comprenait mal que son fils adoptif ne pût s'accorder avec une femme qui se révélait aimable et d'une telle grâce. Il chercha encore à rétablir les liens qui auraient dû unir les deux époux, mais Zayd se décida malgré tout à se séparer de son épouse. Certains ont prétendu que c'était pour permettre à Mohammed, qui en était tombé amoureux, de la prendre pour femme. Il est vrai que le Prophète avait manifesté à ses intimes son désir d'épouser Zaynab, mais l'ancienne loi, qui mettait sur le même pied le fils adoptif et le fils naturel, interdisait au beau-père d'épouser sa belle-fille une fois divorcée. Mais la coutume qui avait force de loi fut abrogée par une prescription coranique, qui avait ainsi Allah pour garant*. Aussi pouvais-je espérer que serait abrogée cette loi qui interdisait d'épouser sa sœur de lait.

Je crus bientôt pouvoir accomplir ma vengeance. Car il était venu aux oreilles du Prophète qu'Ukaydir, alors roi de Dumat al-Jandal, songeait à entrer dans une coalition avec les Quraychites, et qu'il s'attaquait aux caravanes qui se rendaient à Médine. Il fut décidé d'envoyer contre lui une expédition. Zayd, qui avait reçu de Mohammed le commandement de la troupe chargée du raid, me demanda de lui servir de guide, ce pour quoi j'étais disposé à m'offrir. Au dernier moment, le Prophète en personne décida de venir avec nous, car il lui semblait de la plus grande importance de rallier à sa cause la tribu des Kalb. Le fait que nombre d'entre eux étaient chrétiens lui semblait un pas accompli vers leur conversion, bien que je lui eusse fait remarquer que les sectateurs d'Isha étaient souvent plus sûrs de détenir la vérité que les adorateurs des anciens dieux.

Nous nous mîmes en route le premier jour du mois de Rabi'al-awwal, afin de parvenir à Dumat vers la fin de la grande foire annuelle qui s'y tenait alors. Nous étions ainsi certains d'y trouver Ukaydir et le renfort du peuple qui pourrait permettre de porter un grand coup, soit en amenant à nous les chefs des tribus, soit en les défaisant en une bataille décisive. La route de Dumat était périlleuse dans la mesure où la piste qui y conduisait passait par Khaybar et traversait les territoires des Sulaym et des Ghatafan. Néanmoins, la force numérique de notre armée, qui s'élevait à près d'un millier d'hommes, la crainte que commençaient

* Il s'agit de ce passage de la sourate XXXIII dite « les factions », 36 sqq..., où Gabriel qui parle au nom d'Allah dit en particulier « ... quand Sayd eut cessé tout commerce avec sa femme et l'eut répudiée, nous te l'avons donnée pour épouse afin que ce ne soit pas une faute pour les croyants que d'épouser les femmes de leurs fils adoptifs, quand ceux-ci ont cessé tout commerce avec elles. L'arrêt d'Allah doit s'accomplir. »

à avoir les autres tribus des guerriers musulmans, nous donnaient une belle assurance. Quant à moi, mon souhait le plus cher était précisément que nous fussions attaqués par les Fazarah d'Uyainah.

Or, dans les environs de Khaybar où nous avions établi notre camp, nous avons vu venir à nous un groupe de cavaliers. Et avant même qu'elle ne se soit approchée, je reconnus la bannière d'Uyainah. Je m'étonnais qu'il songeât à nous attaquer, car il était visible de loin que nous formions une véritable armée de musulmans grâce à nos flammes. Et ce fut bien Uyainah qui allait en tête de ses hommes, mais je ne te vis pas auprès de lui, Jalila. Lorsqu'il demanda à parler au Prophète, je compris que tu t'étais désolidarisée de lui dans sa démarche. Il me salua le premier en se prévalant de ma protection pour être reçu en audience par Mohammed. Alors que j'aurais voulu tirer mon sabre face à lui, c'est moi qui fus chargé de le conduire auprès du Prophète.

— Je constate, me dit-il tandis que nous nous dirigions vers la tente de Mohammed, que tu es passé du côté des musulmans.

— Comme bien d'autres, ai-je reconnu, sans chercher à le persuader de me rejoindre dans ce camp.

Uyainah venait offrir au Prophète une alliance, ou plutôt lui demander le droit de venir s'établir avec ses troupeaux à Taghlamain, dont les riches pâturages se trouvaient contrôlés par les musulmans. En échange, il se proposait de lui faire part de la formation de la nouvelle coalition qui se nouait contre nous. Ainsi nous apprit-il que Ghatafan, Quraychites et d'autres tribus encore s'étaient secrètement entendues pour tenter de s'emparer de Médine en profitant de l'absence de Mohammed et de sa troupe, laquelle représentait une grande partie des forces musulmanes. Le voyage aller et retour à Dumat, le temps d'y demeurer pour y régler nos affaires, requéraient plus d'un mois, ce séjour nous tenait donc loin de Médine suffisamment longtemps pour que la ville puisse être investie et prise.

Le Prophète accepta l'alliance d'Uyainah, lui accorda les pâturages de Taghlamain et renonça à l'expédition de Dumat. D'un seul coup je perdais tous mes espoirs.

Je fus chargé de le reconduire auprès des siens afin qu'il ne risquât pas d'être molesté par un musulman trop zélé.

— Ton intervention a peut-être été notre sauvegarde, lui ai-je déclaré. Mais, fils de l'oncle, puisque tu as déjà fait un pas vers nous, qu'attends-tu pour aller plus loin encore et franchir le fossé qui toujours nous sépare ?

— Que veux-tu dire par là ? me demanda-t-il.

— Par Allah, simplement je m'étonne que tu ne viennes pas dans notre camp avec tes hommes, que vous vous convertissiez à notre religion.

J'avoue que je ne parlais pas ainsi parce qu'il m'importait de l'amener avec les Fazarah à embrasser notre cause, bien qu'une telle conversion ne pût que nous être des plus utiles, autant par l'exemple qu'elle aurait représenté que par l'apport en guerriers. Avant tout, je songeais que s'il devenait musulman, il ne pouvait rester marié à une femme qui ne l'était pas. Et je savais, Jalila, que si tu ne l'avais pas accompagné, c'est que tu désapprouvais sa démarche, et que sa conversion serait pour toi une occasion d'obtenir le divorce. J'osais espérer qu'ensuite, par amour pour moi, tu accepterais de te convertir et que je serais alors libre de t'épouser.

— Pourquoi, me répondit Uyainah, voudrais-tu que je prononce des paroles qui m'engageraient trop loin, bien que je ne leur attache aucune valeur ? Il me suffit, pour l'instant, de pouvoir faire paître nos troupeaux en un lieu favorable alors que gagne la sécheresse et que nos vieux pâturages sont maintenant si maigres qu'ils ne nourrissent même plus des chèvres. Je reste par ailleurs en bons termes avec les autres clans de Ghatafan, car ma neutralité ne leur nuit pas, alors que si je m'engageais dans l'islam je devrais combattre contre eux. Je n'ai pas, comme toi, de raisons de me lancer follement dans une aventure qui m'obligerait à prendre tant de risques. Il sera temps d'aviser dans le cas où Mohammed et les musulmans triompheraient. Mais, pour l'instant, votre avenir est trop menacé par cette coalition des tribus. Si vous gagnez, je reconsidérerai ma position.

Je restais un instant silencieux avant de lui poser la question que j'aurais pourtant préféré retenir sur mes lèvres :

— Je suppose que Jalila ne t'approuve pas dans ta démarche, c'est pourquoi je ne la vois pas auprès de toi.

— Ma femme prend le contre-pied de tout ce que je fais. Elle ne sait plus que critiquer chacun de mes actes, s'opposer à toutes mes décisions, me quereller à tout moment.

— Dans ces conditions, pourquoi ne la répudies-tu pas ? Car il me semble que ta vie doit être insupportable dans de pareilles conditions.

— Non, je m'en accommode. Ne serait-ce que parce que je m'arrange pour lui donner des raisons de se tenir loin de ma vue, comme, précisément, en concluant un pacte avec les musulmans et en venant m'établir dans leur territoire. Pour le reste j'ai par ailleurs une belle concubine qui m'aime, m'admire, ne me contredit pas et m'a donné de beaux enfants. Que souhaiter de plus ?

— Certes, Uyainah, mais alors à quoi te sert de garder malgré elle une épouse qui te déteste visiblement ? Pourquoi ne te maries-tu pas plutôt avec ta concubine et ne fais-tu pas ainsi son bonheur et le tien ?

— Nous n'épousons pas des femmes par amour, tu le sais bien, Chafiq. L'alliance et l'amitié d'Abd al-Uzza me sont nécessaires et j'ai aussi besoin de la grosse dot de Jalila. Je n'ai pas envie de devoir la lui rendre, ce que je devrais faire si je la répudiais. Non, fils de l'oncle, les choses sont bien ainsi, et je garderai ta sœur pour épouse, quoi qu'il advienne, quelle que soit son attitude.

Je n'insistais pas car il était visible que, par ces mots, Uyainah me faisait savoir que je devais m'interdire de former aucun espoir de jamais t'avoir pour épouse, ô Jalila ! Et cet obstacle ne pouvait qu'exalter plus encore la flamme dont je brûlais pour toi.

Nous étions parvenus dans le campement d'Uyainah. Il mit pied à terre et m'invita à venir me rafraîchir sous sa tente. Je l'en remerciai tout en déclinant son invitation car j'avais plus envie de plonger mon sabre dans sa poitrine que de boire à sa santé.

— J'ai pourtant mis à rafraîchir dans l'ombre une outre de vin de Syrie, comme tu l'aimes, insista-t-il.

— Apprends, lui répondis-je, que nous autres musulmans nous ne buvons pas de vin.

— Est-ce possible ? Cette vierge vous serait-elle interdite ?

— Pas expressément, mais l'Envoyé d'Allah en condamne l'abus et lui-même n'en boit pas car il redoute ses effets.

— Dans ce cas, ne compte pas qu'un jour je me convertisse à une religion qui interdit de consommer des boissons qui sont l'un des charmes de la vie. Tant qu'à me convertir, je préférais alors la religion d'Isha, qui non seulement n'interdit pas l'usage du vin, mais l'utilise dans son culte. Après tout, je ne vois pas pourquoi j'abandonnerais les croyances de nos ancêtres, qui ne sont pas plus mauvaises que d'autres et qui ne nous imposent pas d'absurdes obligations et de ridicules interdictions.

— Les interdictions de l'islam sont toutes motivées et ne sont pas une gêne, d'autant qu'elles se réduisent à peu de chose. Quant aux obligations, elles ne sont que peu contraignantes. Si tu uses modérément de vin, je ne pense pas qu'on puisse t'en faire grief. Pour le reste, la prière nous rappelle que nous sommes soumis à Dieu, qu'il pense à nous et que nous ne devons pas l'oublier, et le jeûne est utile pour nous rappeler notre condition humaine et plus encore nous faire apprécier les biens terrestres que nous accorde le Miséricordieux. L'obligation de l'aumône est une meilleure chose encore car elle nous rappelle que nos biens sont périssables et que nous les devons au Tout-Puissant. Elle permet de maintenir une certaine égalité dans les fortunes et elle marque une compassion qui éloigne de nous tout égoïsme. Les prescriptions morales de Mohammed sont le ciment d'une société juste et équilibrée.

— Chafiq, je me réjouis de si belles dispositions. Mais tu ne parviendras pas à me persuader par de tels arguments. Mon intérêt, qui s'identifie avec celui de mon clan, est ailleurs, et je continuerai d'agir comme il me semble bon. Néanmoins, réjouissons-nous, même si nous ne partageons pas les mêmes vues et les mêmes dieux, de nous trouver alliés dans le même camp et non en guerre. Car j'imagine mal de devoir croiser mon fer avec le tien sur un champ de bataille.

Pour ma part, je l'imaginais trop bien et le souhaitais trop vivement pour m'associer franchement à son vœu. Je me contentai de soupirer en invoquant la volonté d'Allah, et nous nous sommes quittés. Mais je vis un sourire dur et ironique se dessiner sur son visage lorsque je m'éloignai.

Le lendemain nous levions le camp et rentrions à Médine.

CHAPITRE 29

LE CHEMIN DE LA GLOIRE

Uyainah nous avait encore trompés. J'avais été surpris par son annonce de la coalition des Quraychites avec les Ghatafan et les Sulaym aussi rapidement après mes interventions qui avaient ébranlé les chefs les plus décidés à se lancer dans une véritable guerre contre Médine. Et, en fait, il ne se passa rien pendant plusieurs mois. J'acquis la conviction que mon cousin n'était ainsi intervenu que pour ne pas donner aux musulmans une nouvelle occasion de se renforcer en se ralliant les tribus du Nord, et plus particulièrement les Kalb et les rois de Dumat al-Jandal. D'autre part, cette preuve d'amitié témoignée à Mohammed lui avait permis de jouir de bons pâturages pendant la saison sèche et de se donner le temps de choisir le camp susceptible de l'emporter dans ces épreuves de force, ou encore de rester dans l'expectative.

Ces mois ont été pour moi un temps d'enthousiasme et d'élévation. La grande place de Médine destinée dans le passé à recevoir les caravanes venues de toute l'Arabie et où étaient déballées les marchandises ne servait plus qu'épisodiquement à ces marchés, depuis que les pistes du sud étaient bloquées par les Quraychites et que celles du nord étaient devenues périlleuses. L'année qui suivit mon installation à Médine, Zayd ibn Haritha en fit la malheureuse expérience. Il traversait les territoires des Ghatafan à la tête d'une caravane chargée de marchandises lorsqu'il fut attaqué par une forte troupe parmi laquelle se trouvait Umm Qirfah, la mère d'Umm Zamil. Tous les compagnons de Zayd furent tués et lui-même, blessé, réussit néanmoins à s'enfuir et à parvenir à Médine. Il est vrai que, sa blessure à peine pansée, il se mit à la tête d'une troupe bien armée avec laquelle il rejoignit les Ghatafan au Wadi al-Qura. Il y tua plusieurs ennemis et captura Umm Qirfah avec l'une de ses filles, Jariyah. Zayd prit sur lui de mettre à mort Umm Qirfah. J'en fus peiné, sans cependant pouvoir blâmer Zayd. À Mohammed qui lui faisait reproche d'avoir pris une telle décision, il répliqua que cette femme consacrait toute sa vigueur à appeler les tribus à la guerre contre les musulmans et se mettait à la tête des guerriers de son clan pour conduire des raids contre nous.

— Ta générosité et ta miséricorde sont telles, ô Envoyé d'Allah, conclut Zayd, que tu aurais fait grâce à cette femme qui est notre pire ennemie avec cette Hind, l'épouse d'Abu Sufyan. Pardonne-moi d'avoir devancé ta volonté.

En revanche, Jariyah fut libérée sans rançon.

Mais, au cours des premiers mois que je passai à Médine, je vivais dans une certaine insouciance. Les paroles du Prophète, la vie que je menais avec ses compagnons, l'amitié qui m'unissait à Omar et à Abu Bakr me faisaient oublier la douleur que me causait ton absence, Jalila. Je m'étais aussi acquis une certaine renommée dans les courses de chevaux. Car, en l'absence de marchés, la grande place des caravanes était utilisée comme terrain de courses. On y faisait des courses de chameaux, d'ânes ou encore des courses à pied, mais c'est dans la monte des chevaux que je me distinguais et que je remportai plusieurs victoires. On jouait aussi au *kurrak*, ce jeu de ballon que j'avais pratiqué à La Mecque et qui était tout aussi en vogue à Médine. Le Prophète lui-même participait à nos courses et on le vit un jour concourir avec Aycha : la jeunesse et la vigueur de la jeune femme lui permirent de remporter la victoire sur son époux !

Je recommençais aussi à composer des poèmes. Je ne pouvais m'empêcher de chanter l'amour, la beauté et même parfois le vin.

— Que tu chantes l'amour et la beauté, me dit un jour Mohammed, c'est une bonne chose car Allah est beau et il veut que les hommes et les femmes s'aiment. Il nous a donné la beauté et l'amour pour les chanter. Mais évite de chanter le vin, car ceux qui t'écoutent et qu'enchantent tes vers pourraient y trouver une justification à l'ivresse.

— Envoyé d'Allah, lui répondis-je, je ferai comme tu le souhaites, mais cette ivresse que je chante, c'est non pas celle que procure la boisson, c'est celle que nous apporte la vision de la beauté divine, c'est l'exaltation de l'amour divin à travers la beauté et l'amour des choses de ce monde dont il est le créateur.

Mohammed a souri, mais il m'a fait remarquer que tous les croyants ne l'entendaient pas de cette manière, car l'âme humaine a plus tendance à descendre vers la terre qu'à monter vers le ciel.

Vers la fin de l'hiver nous avons appris qu'une armée mecquoise se mettait en route pour marcher sur Médine. Et, dans le même temps, se levaient contre nous les plus puissantes tribus du Nord : Banu Asad, Ghatafan, Sulaym. Seuls les Banu Amir, qui avaient conclu un pacte avec Mohammed, étaient restés neutres. Les espions que nous avions parmi ces tribus ayant chacun fait son rapport, nous avons pu estimer à une dizaine de milliers d'hommes les forces coalisées qui allaient faire leur jonction dans la vallée de Médine.

— Quel recours pouvons-nous avoir contre une si puissante armée ? demanda Ali au cours du conseil que le Prophète réunit afin de discuter de la situation.

— Je ne vois pas d'autre solution que de nous établir sur les pentes du mont Uhud pour attendre l'ennemi et lui offrir le combat, suggéra Omar.

— Et la ville ? Nos femmes ? Nos enfants ? répliqua Ali.

— Chaque quartier de la ville possède sa tour construite en bonnes pierres où depuis la nuit des temps les défenseurs se sont réfugiés avec leurs familles et leurs troupeaux, mis en sécurité au rez-de-chaussée. Nous continuerons selon cette tradition, car jamais aucune de ces tours n'a été prise par un assiégeant venu de l'extérieur.

— Omar a raison, renchérit Zayd, l'ennemi n'osera pas entreprendre les sièges successifs des châteaux tandis que notre armée pourrait à tout moment l'attaquer par derrière. Et s'ils agissaient ainsi, ils seraient contraints de se diviser en bataillons pour assiéger chacun un château, ce qui les affaiblirait. On peut être sûr qu'ils viendront d'abord se mesurer à nos guerriers.

— Compagnons, leur ai-je fait remarquer, lors de la journée d'Uhud, les deux armées, celle des Quraychites et la vôtre, étaient à peu près à égalité de force, et vous n'avez pu remporter la victoire. Maintenant l'ennemi est trois fois, quatre fois peut-être plus nombreux que nous. Comment pouvez-vous espérer remporter la victoire en reprenant la tactique de la dernière bataille ? Utilisons plutôt les moyens dont usent les Perses et les soldats de Roum pour défendre leurs forteresses et leurs villes. Déposons en hâte nos sabres et armons-nous de pelles, de houes et de pioches. Nous avons une huitaine de jours avant que l'ennemi ne parvienne ici. Dans ce laps de temps, nous aurons pu enfermer la ville dans un profond fossé. Il n'est pas nécessaire d'en entourer toute la ville. Il suffit seulement d'unir par ces fossés chacune des tours et les pâtés de maisons dont les murs forment de véritables remparts tournés vers l'extérieur. Ces fossés rendront inutile la cavalerie des Quraychites, face à laquelle nous sommes en infériorité, et ils briseront les assauts des gens de pied car, lorsqu'ils essayeront de les franchir, nous aurons tout loisir de les accabler de traits. Par ailleurs, ils seront obligés de déployer leurs forces tout autour de la ville, ce qui les affaiblira et rétablira une certaine égalité. Car il nous sera facile de défendre chaque fossé avec quelques poignées de combattants décidés.

Mon idée fut approuvée par Salman, l'ancien esclave persan secrétaire du Prophète. Il dit combien ces défenses s'étaient montrées efficaces dans les guerres de siège conduites par les Perses contre les Byzantins, bien qu'ils aient été constitués en armées organisées et pourvues de matériel de siège.

Mohammed choisit d'adopter cette tactique défensive et, aussitôt après, nous rejetions nos chemises et nous nous mettions à l'œuvre. Comme nous manquions de matériel, je fus envoyé avec Salman et quelques compagnons chez les Banu Qurayzah pour leur emprunter les outils nécessaires. Ils ne firent pas de difficultés pour nous prêter ce qui nous manquait. Nous avons travaillé jour et nuit en nous relayant et même les femmes ont participé à ce rude labeur. Mais aussi lorsqu'on annonça l'approche des armées coalisées, la ville était protégée par une chaîne de tours, de solides maisons en pierre et de fossés larges et profonds. Dans ce réseau de défense nous avions fait l'effort supplémentaire d'enfermer la petite colline de Sal, qui constituait pour nous un observatoire excellent car, de sa hauteur, on découvrait toute la palmeraie et le désert jusqu'à perte de vue. Elle pouvait aussi servir, dans le cas où nous serions débordés, de réduit d'où l'on surplomberait l'assaillant.

Pour ma part, je ne travaillais guère à la tranchée. Nous avions appris que les Banu Nadir avaient fait entrer les Ghatafan dans la coalition en leur promettant la moitié de la récolte de dattes de Khaybar. Lorsque nous eûmes vent de cet accord, je dis à Mohammed :

— Si les Ghatafan sont prêts à se battre et à risquer leur vie pour les dattes de Khaybar, je suis persuadé qu'ils seraient tout aussi prêts à rester dans la paix pour les dattes de Médine, qui sont meilleures que celles de Khaybar.

Les Médinois tombèrent d'accord sur ce point et le Prophète jugea que je serais plus utile en me rendant auprès des Ghatafan pour les persuader de se retirer qu'en tenant une pioche. Je partis seul avec mon fidèle Azzam. Nous avons brûlé les étapes, n'accordant au sommeil que peu de temps ; nous montions alternativement nos chevaux et nos chameaux afin de ne pas les épuiser. Comme je l'espérais, j'appris qu'Abd al-Uzza avait établi son campement dans la palmeraie de Khaybar. Je ne savais quelle réception il me réserverait, car il ne pouvait qu'avoir appris mon ralliement à l'islam, ne serait-ce que par Uyainah. Or, par la volonté d'Allah, la première personne que je rencontrai ce ne fut pas Abd al-Uzza mais al-Acha, mon autre père, mon maître. Ses serviteurs avaient dressé sa tente à l'orée du camp d'Abd al-Uzza dont il était l'hôte. Lui-même était assis sur d'épais tapis, dans l'ombre de la tente, et il tenait sur ses genoux une omoplate de chameau sur laquelle il écrivait à l'aide d'un roseau taillé et d'encre.

Je mis pied à terre et le saluai à la manière musulmane. En me reconnaissant, il se leva et un sourire de bon augure éclaira son visage :

— Chafiq ! s'exclama-t-il, c'est le nouveau dieu que tu adores qui a conduit tes pas vers moi.

— Abu Baçir, ai-je répliqué, s'il en est ainsi, je le prierai avec encore plus de ferveur, car il n'est pas pour moi de plus grande joie que de retrouver celui qui reste mon maître aimé.

Il m'invita à prendre place auprès de lui après avoir demandé à ses serviteurs de s'occuper de nos bêtes.

— J'ai appris ta conversion en arrivant ici, me dit-il.

— Dis-moi alors, je te prie, ton sentiment.

— Je n'en ai pas été étonné. Je sentais que ton âme était religieuse, ou, plutôt, en quête de cet absolu dont nous sommes tous assoiffés, autant que de ce vin qui nous apporte l'oubli de nos maux. Ce que je sais de la religion de Mohammed, et de la manière dont il considère Allah, me laissait pressentir qu'un moment viendrait où tu irais vers lui. Depuis le jour où, toi et moi, alors que tu étais un jeune homme plein d'ardeur, nous avons entendu parler de Mohammed, aux portes de La Mecque, j'ai eu la conviction que cet homme apporterait une révolution dans la religion traditionnelle de nos ancêtres. Maintenant, je suis persuadé qu'il marche vers la victoire et que toi, tu avances vers la lumière.

— Mon maître, lui ai-je alors dit, si tu peux parler de la sorte, que ne suis-tu la religion de l'Envoyé d'Allah ? Car entre la croyance que nous partagions, celle que tu as insufflée dans mon âme par tes merveilleux raisonnements, et ce que prêche Mohammed, il n'y a qu'un cheveu.

— Sans doute, mais c'est quand même un cheveu. Vois-tu, Chafiq, sur cette omoplate je suis en train d'écrire un éloge de Mohammed, alors que les poètes qui nous entourent l'attaquent de leurs saillies. Je ne crains pas plus leur colère que celle des musulmans si je pensais contre eux. D'ailleurs, si je me trouvais dans le camp de Mohammed, je ne sais si je ferais son éloge, car je ne voudrais pas qu'on pût penser qu'al-Acha a une âme de courtisan.

— Par Allah, qui oserait ainsi penser de toi ? Car si j'entendais de telles paroles dans une bouche, c'est mon épée qui ferait avaler une telle calomnie.

Al-Acha sourit et :

— Chafiq, reprit-il, je reconnais bien là ton ancienne fougue. Mais il vaudrait mieux que tu manies l'arme de la poésie, car elle est plus efficace et plus belle que n'importe quelle épée, serait-elle constellée de pierres précieuses. Mais ici, en faisant l'éloge de ce Prophète, je risque de me faire des ennemis, ce qui n'est pas pour me déplaire car, tu le sais, j'ai la vanité d'aimer les joutes oratoires et poétiques.

— Il est vrai qu'en cela, je ne crois pas que tu puisses trouver un rival jusque dans l'empire de Khosroès et dans celui de Roum.

— Il ne faut pas être vaniteux à ce point. Ce qui m'importe, ce n'est pas nécessairement de vaincre par de brillantes paroles, mais de pouvoir les aiguiser selon mon inspiration pour répondre à un adversaire, à condition que celui-ci soit à ma hauteur, sans quoi on n'a aucun mérite à vaincre.

Il fit une pause avant de reprendre :

— Tu vois, c'est un cheveu qui m'a retenu de me tourner vers la religion d'Isha, et le même cheveu me tiendra loin de l'islam. Non pas que je refuse de me donner un maître aussi bien dans un prophète que dans une divinité, mais, si j'ai des convictions acquises par le raisonnement, je n'ai pas la foi en un dieu qui, après avoir créé l'univers dans son immensité, animé les êtres vivants, n'aurait pas la puissance d'imposer son culte à toute cette humanité dont il est le créateur et le maître absolu. Pourquoi devrait-il envoyer par-ci ou par-là des prophètes pour chercher à imposer son culte à des peuples divers, sans que jamais, d'ailleurs, il ne leur inspire un ensemble de prescriptions cohérentes et toujours identiques ? Pourquoi n'aurait-il pas donné dès l'origine à tous les hommes un seul et même culte ? Non, vois-tu, pour moi les religions sont d'inspiration humaine, elles donnent une image de leurs dieux qui n'est pas le reflet de la réalité divine. Et ceci, ce n'est pas parce qu'il n'y a pas de Dieu, c'est parce qu'il anime la nature entière, qu'il réside dans tout ce qui est, aussi bien dans la pierre du chemin que dans la vague de la mer, dans les étoiles qui brillent au firmament que dans le vent qui secoue les chevelures des palmiers, dans la perle qui dort au fond des abîmes marins que dans l'oiseau qui vole dans le ciel. C'est aussi pour cela que je ne blâmerai pas nos ancêtres qui voyaient des dieux manifestés dans des pierres ou des astres, sans cependant participer au culte qu'ils leur vouaient. Car le Créateur du monde n'est pas un simple roi qui aspire à être adoré, qui exige culte et soumission de ses créatures ; il est bien au-delà de tout cela, il est d'une nature bien trop haute et parfaite pour que nous puissions la comprendre. Si je fais l'éloge de Mohammed, c'est parce que j'admire en lui un homme exceptionnel, un meneur de peuples, un homme capable d'unir les Arabes sous un même drapeau, mais il n'est pas pour moi un Prophète inspiré par ce Dieu auquel je crois.

Je ne cherchai pas à convaincre mon maître par des arguments qui lui auraient paru bien légers, sinon naïfs, car je m'exprimais plus avec un cœur simple qu'un esprit profond et brillant. D'autant que, pour moi, c'était aussi plutôt la personnalité de Mohammed, cette flamme et cette grandeur qui faisaient sa dimension plus qu'humaine, qui m'avaient entraîné dans son sillage, qu'une foi soudaine en Allah, sa source d'inspiration. Je croyais en cet Allah à travers son Prophète. C'est la raison pour laquelle, même le dieu appelé al-Rahman par ce Maslama, le prophète des Banu Hanifa, aurait-il été supérieur à celui de Mohammed, c'est ce dernier que j'aurais choisi.

À mon grand regret, je ne pus demeurer aussi longtemps que je l'aurais souhaité en compagnie d'al-Acha. Je me rendis à la tente d'Abd al-Uzza où je trouvai ce dernier avec son épouse et ses serviteurs. Je fus reçu avec la même chaleur que par le passé, ce qui me laissait préjuger un accueil favorable à mes propositions.

— Ainsi, me dit Abd al-Uzza après que je me fus assis auprès de lui, il paraît que tu es passé du côté des gens de Médine ?

— Qui t'a dit cela ?

— Uyainah. Tu te trouvais auprès de Mohammed lorsque notre cousin est venu devant lui pour lui proposer un pacte d'alliance.

— C'est aussi au nom de Mohammed que je viens auprès de toi, lui ai-je fait savoir d'emblée.

— Tu n'ignores certainement pas que les Ghatafan ont passé un accord avec les Banu Nadir pour marcher contre les gens de Médine.

— C'est ce qui m'amène ici. Dis-moi, mon père, quels sont les clans qui s'apprêtent à marcher contre les musulmans ?

— À peu près tous.

— Et toi ?

— Je n'ai pas pris de décision. Il me déplaît d'entraîner notre clan dans une guerre dont on ne connaît pas l'issue. Mais d'un autre côté Khaybar est, avec Tayma, l'une des oasis où nous avons nos amis et nos habitudes. Je veux conserver l'amitié des Banu Nadir qui se sont installés ici avec tant de biens et en si grand nombre qu'ils y imposent leur propre autorité. Et les Arabes qui y vivaient dans le passé les ont accueillis avec joie car ils leur ont apporté des richesses nouvelles.

— Mon père, entends-moi : il y a encore peu d'années, Mohammed était un homme obscur, bien que de noble ascendance. Et maintenant il fait trembler les Quraychites qui sont pourtant ses oncles et ses cousins, et il règne sur Médine. Il n'y règne d'ailleurs pas en despote, mais comme un chef aimé et respecté, un chef qui s'est imposé non par la force des armes mais par la beauté de son enseignement et la hauteur de sa morale. Le Dieu qui l'inspire lui donne toujours la victoire et le jour est proche où les Quraychites accepteront sa religion et se donneront à lui. Ils ne mènent plus, actuellement, que des combats désespérés contre une vérité dont ils sentent la grandeur. Il serait fou d'entraîner nos tribus contre un homme qui, quoi qu'on fasse, triomphera parce qu'il est le bras d'un Dieu victorieux. Je suis envoyé auprès de toi et des Ghatafan pour vous dissuader de prendre part à cette guerre. Nous savons que les gens de Khaybar vous ont proposé la moitié de leur récolte de dattes pour que vous vous engagiez avec les Quraychites. Mais eux-mêmes resteront tranquillement dans leur retraite, vous laissant la gloire de mourir pour leur plus grand bien. Mohammed est disposé à vous offrir le tiers de la récolte de dattes de Médine pour que vous n'interveniez pas dans une expédition vouée à l'échec. Voilà l'accord que nous vous proposons. Serais-tu disposé à faire part de nos offres aux divers clans de notre tribu ?

— Même si le tiers de la récolte de Médine n'arrive pas à égaler la moitié de la récolte de Khaybar, il vaut mieux être payé moins pour rester en paix que plus pour partir en guerre. Mais je ne sais si tous les Ghatafan tiendront ce raisonnement. Je suppose qu'Uyainah sera d'accord, mais je doute que la plus grande partie des Fazarah le suivent. Umm Zamil préférerait donner une récolte de dattes pour entraîner nos tribus à la guerre contre Mohammed. Pourtant cette proposition me séduit. Pour ce qui me concerne, tu peux dire à Mohammed que je l'accepte, mais je ne puis m'engager que pour notre clan.

Je remerciai Abd al-Uzza qui poursuivit :

— Je veux bien être ton messager et rencontrer les autres chefs de clan pour leur faire part des propositions de Mohammed. Mais je me réjouis déjà de n'avoir pas à porter les armes contre toi, mon fils. Néanmoins, je crains que tu ne trouves dans les rangs de vos ennemis cette Umm Zamil que tu as tant admirée dans ta première jeunesse, et aussi ta propre sœur Jalila. Car tu dois savoir que depuis qu'Uyainah a fait un pacte avec Mohammed, elle est revenue auprès d'Umm Zamil et elle est toute disposée à combattre les musulmans qui lui ont pris son frère et qui ont fait que son mari a pu se conduire comme un lâche… Enfin, ce sont là les termes qu'elle a employés, car je ne trouve pas que notre cousin ait fait preuve de lâcheté en passant sa convention avec Mohammed. Je trouverais plutôt qu'il a fait preuve de finesse politique, et il a su conduire son clan dans une voie sûre.

— Me reproche-t-elle de m'être converti ? ai-je demandé en maîtrisant l'émotion qui m'avait saisie en entendant parler de toi, Jalila, par notre père.

— Elle n'a fait aucun reproche devant moi. Elle a simplement déclaré qu'elle n'accepterait jamais de ployer le front devant un homme parce qu'il se prétendait l'envoyé d'un dieu et qu'elle regrettait que tu te sois laissé entraîner parmi ces gens de peu, toi le fils d'un sayyid des Kalb, toi qui avais été élevé par moi comme un bédouin fier et libre.

— Elle fait une étrange confusion en pensant que nous ployons le front devant un homme, ai-je répondu vivement. Mohammed n'est pour nous qu'un homme parmi les autres, mais un homme qui a été choisi par Allah pour devenir son messager auprès des autres hommes, pour porter parmi eux sa parole. Nous n'inclinons le front que devant Allah. Je voudrais la voir pour la tirer d'une pareille erreur.

— Elle est loin d'ici, chez les Sulaym, car une grande fraction des Fazarah sont allés chez les Sulaym pour les persuader de prendre part à la guerre contre Médine. Chafiq, laisse passer le temps, car je ne pense pas qu'il serait heureux que tu cherches à la voir maintenant. Elle est de plus en plus ulcérée contre son mari, mais elle t'en veut d'être passé dans le camp ennemi.

— Les musulmans ne sont pas nos ennemis. Ce sont les Quraychites qui sont devenus les ennemis de Mohammed, leur propre parent.

— Chacun a sa manière de voir les choses, mon fils. Jadis, nous nous battions entre tribus, ou plutôt entre clans, souvent dans le sein d'une même tribu. Il arrivait alors que clans ou tribus s'allient, mais ces conflits restaient restreints. Maintenant, ton Prophète a intéressé tous les Arabes à sa querelle avec les hommes de sa tribu et de son clan. À l'intérieur des clans, les parents sont divisés, ils se mettent à se haïr et se font la guerre, et l'on voit unis Quraychites, Ghatafan, Sulaym contre d'autres Quraychites, Ghatafan et bien d'autres Arabes encore venus à Médine depuis les confins de nos déserts. Je ne sais si tout cela est bien, si ces guerres entre nous sont heureuses.

— Mon père, je puis t'assurer que ces guerres verront le triomphe de Mohammed et de l'islam, elles scelleront l'union des Arabes. Le sang versé sera le mortier de notre grandeur, nos morts seront les remparts de notre foi, mais aussi les fondements de notre gloire future.

J'étais de retour à Médine la veille de l'arrivée de l'armée des Quraychites. Nous étions prêts à la recevoir. Nous pouvions mettre notre confiance dans l'efficacité de nos défenses, mais on avait à redouter un long siège. Nous étions au milieu du mois de Shawwal et nous pouvions espérer que le siège ne dépasserait pas la fin de ce mois car, ensuite, commençait la trêve sacrée qui précédait le temps du pèlerinage à la Kaaba. Mais déjà une quinzaine de jours de siège seraient une dure épreuve car, bien que les Médinois aient fait d'avance la moisson afin de rentrer le blé avant l'arrivée des ennemis, elle était restée maigre et insuffisante pour nourrir toute la population. Afin d'économiser nos réserves de vivres, nous ne mangions pas à notre faim depuis déjà quelque temps, de sorte qu'un siège prolongé pouvait nous être fatal, car il fallait attendre encore un moment la période de la récolte des dattes.

Mohammed avait fait dresser sa tente de cuir teint en rouge au pied du mont Sal où je pris position avec notre faible cavalerie. De là il nous était possible d'intervenir rapidement en tout point. Comme nous n'étions protégés que par le fossé, invisible lorsqu'on était au ras du sol, nous avions l'impression d'avoir devant nous un champ de bataille, sur lequel commençaient à se déployer les forces adverses. L'armée des Quraychites venait du sud-ouest, celle des tribus confédérées du nord-est ; elles firent leur jonction sous nos yeux et, tandis que chaque tribu établissait son campement, je vis une forte troupe de cavaliers s'approcher de nous. Ils allaient au trot, leurs boucliers, leurs casques et les pointes d'acier de leurs lances levées brillant au soleil, flammes dans le vent. Ils venaient vers nous, ayant repéré notre cavalerie, sans doute pour nous offrir le combat, car ils avaient bientôt jugé de notre infériorité. Mon âme s'est désolée en voyant qu'à leur tête chevauchaient Khalid et Amr, les plus chers de mes anciens compagnons, et Ikrimah. Ils se sont arrêtés soudainement en découvrant le fossé qui les séparait des défenseurs.

Nos archers avaient pris place par-delà la tranchée, protégés par des boucliers ou des monticules de terre. Les cavaliers restèrent un long moment au bord de la tranchée, sans doute pour en estimer la largeur et chercher de quelle manière ils pourraient la franchir. Par la suite, j'ai appris qu'ils avaient été surpris de découvrir cette défense, jamais encore utilisée chez les Arabes. C'est ce qu'avait remarqué Ikrimah, qui ajouta que ce devait être là une nouveauté venue de Perse. À quoi Khalid avait répondu qu'il se doutait que cette tactique avait été suggérée par moi. Et dans le même temps le Prophète, qui les observait, me disait que s'il avait dans les rangs des musulmans des hommes comme Khalid et Amr, il aurait la certitude de triompher sur le plan militaire.

— Envoyé d'Allah, lui dis-je, tu le sais, ce sont mes amis. Je ne veux avoir de cesse que je les aie persuadés de venir vers toi.

— Si tu y réussis, notre triomphe est assuré.

— Par Allah, ai-je répliqué, quoi qu'il en soit le triomphe de l'islam a été assuré dès le jour où tu es venu t'établir à Médine, car depuis ce temps al-Rahman t'a toujours donné la victoire, même si elle est restée incertaine comme à Uhud.

Les bords du fossé vers l'intérieur étaient en général plus élevés que vers l'extérieur, surélévation réalisée avec la terre enlevée. Nous y avions rangé nos archers, par petits groupes, protégés derrière des talus. Mais, dans la crainte que la cavalerie quraychite ne tente un assaut en un point particulier, je descendis avec mes cavaliers afin d'être prêt à intervenir promptement le cas échéant. Et, en effet, dans le dessein de tâter le terrain, Khalid lança quelques escadrons vers certains points qui semblaient moins garnis de défenseurs. Ils ne tentèrent pas de franchir le fossé dont les bords étaient trop abrupts pour qu'un cheval tombé au fond pût en ressortir. Il fallait sauter d'un bord à l'autre, ce qui était périlleux. Ils se contentèrent d'arriver dans un tourbillon de poussière en criant, mais ils s'arrêtaient sur le bord d'où ils lançaient leurs javelots. Une pluie de flèches les accueillit, qui eut tôt fait de les décourager, bien que ces tentatives n'aient fait que quelques blessés.

La nuit, particulièrement froide, se passa en veilles, car il fallait tenir en permanence une garde pour interdire aux hommes de pied de franchir le fossé à la faveur de l'obscurité. Les nuits étaient encore glaciales et nous devions nous envelopper dans d'épaisses couvertures pour ne pas être paralysés.

Nous avons appris, le lendemain, que les chefs de la tribu juive des Banu Qurayzah avaient rompu le traité d'alliance qu'ils avaient passé avec Mohammed et qu'ils s'étaient laissé séduire par les promesses des Quraychites et des Banu Nadir. Ils tenaient les forteresses au sud-est de Médine. De là, s'ils recevaient une troupe d'assiégeants, ces derniers pouvaient pénétrer dans une partie de la ville. Mohammed délégua aussitôt auprès des Qurayzah des ambassadeurs pour les exhorter à ne pas briser l'alliance, mais ils ne parvinrent pas à les convaincre. Est-ce par crainte de subir le même sort que les Banu Nadir dans le cas d'une victoire des musulmans, ou bien parce qu'ils préférèrent conserver ainsi une prudente neutralité ? Toujours est-il que les Qurayzah n'ouvrirent pas les portes de leurs forteresses à une troupe d'assiégeants pour leur permettre de pénétrer dans la ville par cette voie. Nos craintes furent vaines de ce côté-là. Mais, par prudence, afin de dissuader l'ennemi de venir attaquer par là, chaque nuit, soit Zayd soit moi, à tour de rôle, avec une troupe de cavaliers nous tournions dans les environs en criant sans cesse *Allahu akbar*, Dieu est grand, afin de montrer que la ville était étroitement surveillée et que nombreux étaient ses défenseurs. Ces courses nocturnes offraient l'avantage à ceux qui en étaient chargés d'avoir moins froid que ceux qui veillaient immobiles à la même place et de ne pas risquer de s'endormir.

Ainsi passèrent huit jours en escarmouches, à lutter plus contre le froid et la faim que contre nos ennemis. Ces derniers ne pouvaient, comme lors de la journée d'Uhud, trouver dans les environs du blé en épis et de la paille pour les animaux. Ils avaient dû apporter avec eux vivres et foin pour les chevaux, de sorte qu'ils commençaient à se fatiguer de ce siège. Ils ont alors tenté de franchir les fossés dans un assaut général. Les hommes qui y descendirent furent facilement abattus à coups de flèches et ceux qui parvenaient à remonter de notre côté étaient aisément repoussés. Néanmoins, les cavaliers ayant repéré les endroits où le fossé était plus étroit, plusieurs d'entre eux le franchirent d'un saut audacieux. Nous nous sommes portés à leur rencontre, lances pointées. Après le premier choc, je dégainai mon sabre. La poussière soulevée par les sabots des chevaux m'empêchait de distinguer nettement mes adversaires, mais je voulais éviter de m'affronter à Khalid ou à Amr, car je n'aurais pu lever mon sabre contre eux.

Nos solides boucliers nous protégeaient efficacement et nos armes qui choquaient ceux de nos ennemis faisaient plus de bruit que de mal. Je frappais un peu au hasard, sans vraiment chercher à éliminer le cavalier qui se trouvait devant moi. J'avançais, frappant l'un puis un autre un peu plus loin, et mes compagnons aussi bien que nos ennemis procédaient pareillement, peu soucieux, en réalité, de poursuivre un véritable duel jusqu'à la mort. La poussière nous collait à la peau, car si les nuits étaient glacées, les jours étaient torrides et la sueur m'aveuglait. Et soudain, je me trouvai face à un cavalier qui maîtrisait son cheval noir à longue crinière, une magnifique bête que j'aurais admirée et convoitée en d'autres circonstances. Je brandis mon sabre et l'abattit. Le cheval de mon adversaire broncha, mais le cavalier le maîtrisa et frappa à son tour. L'acier fulgurant fit tinter le métal du bouclier. Je maintins le sabre relevé avec mon bouclier, obligeant ainsi mon assaillant à découvrir son flanc, vers lequel je portai un coup qui aurait pu être mortel si le cavalier n'avait fait habilement tourner sa monture, évitant la mort d'un cheveu. Mais j'avais accroché de la pointe de mon arme un pan du tissu rouge qui enveloppait sa tête et cachait le bas de son visage. Le voile fut ainsi arraché et je restai immobile, muet de stupeur, en te reconnaissant, ma Jalila. Ma pensée se tourna vers le Miséricordieux qui nous avait mis face à face mais qui n'avait pas voulu que je sois le meurtrier de l'être qui m'était le plus cher au monde, de la femme qui vivait en moi comme je savais vivre en elle.

Moi-même je rejetai le pan de tissu qui voilait le bas de mon visage afin de ne pas être étouffé par la poussière, et c'est seulement alors que tu m'as reconnu.

— Jalila, ai-je crié afin que ma voix couvrît les hurlements des combattants et les roulements des tambours, le destin a voulu que nous nous trouvions face à face dans cette guerre haïssable. Accepte de te déclarer ma captive et de me suivre. Viens avec moi devant l'Envoyé d'Allah et fais la profession de foi musulmane. Dès lors tout lien sera rompu entre toi et ton époux et il n'y aura plus d'obstacle à notre mariage.

— Chafiq, m'as-tu répondu, je ne sais quel sentiment t'a conduit auprès de Mohammed, mais moi, si mes lèvres faisaient cette profession de foi, elles mentiraient et mon cœur ne les suivrait pas.

— Qu'importe ! m'écriai-je, je saurai t'enseigner l'amour d'Allah à travers moi et même si tes lèvres ont pu mentir sur le moment, bientôt c'est ton cœur qui t'entraînera dans notre foi.

Je n'en pus dire plus. Autour de nous se poursuivait le combat et un musulman surgit auprès de moi, le sabre brandi. Jalila évita son coup et moi-même je poussai mon cheval contre lui afin de l'éloigner de celle que j'aimais, car s'il l'avait touchée, même aurait-il été mon frère, je l'aurais abattu. Aussitôt après un Fazarah prit le cheval de Jalila par le mors et il l'entraîna en lui disant :

— Viens, nous nous replions, sans quoi nous allons tous nous faire massacrer.

Et toi, Jalila, tu m'as lancé un long regard dont je ne savais s'il était lourd de chagrin, de reproches ou de défi, puis, faisant tourner bride à ta monture, tu l'as talonnée et, d'un seul élan, tu es repassée de l'autre côté du fossé. Et je t'ai vue t'éloigner et disparaître dans un tourbillon de poussière.

L'assaut des assaillants était repoussé, nous étions victorieux, les cris à la gloire d'Allah s'élevèrent, mais mon cœur était triste et lourd.

Le siège reprit, sans que les coalisés cherchent à nouveau à forcer nos lignes. Mais le froid, les veilles, la faim affaiblissaient les deux camps plus encore que des combats meurtriers.

Mohammed prit alors la décision d'envoyer auprès des Ghatafan un émissaire pour leur rappeler ses propositions de don du tiers des dattes de Médine pour qu'ils se retirent. Je fus à nouveau volontaire pour y aller, mais il me dit :

— Chafiq, je ne t'y enverrai pas. Ce sera Uthman qui ira, car on le regarde chez nos ennemis comme mon gendre et comme un compagnon des premiers temps. Au pire, ils le captureront et nous l'échangerons contre un prisonnier. Mais il n'en irait pas de même pour toi. Car sache que les Quraychites, tout autant que les Ghatafan, te considèrent comme un traître. Tu étais parmi eux lors de la dernière journée d'Uhud, tu as été envoyé par les Quraychites auprès des Ghatafan pour les inciter à s'unir contre moi, et tu as fait tout le contraire. Ils savent que tu as cherché à les dissuader de me combattre, que tu as desservi la cause des Quraychites auprès d'eux et que, finalement, tu as rejoint les rangs des fidèles d'Allah. S'ils te prennent, ils te mettront à mort, et certainement après t'avoir fait cruellement souffrir. Je n'aime pas les martyrs inutiles. Si l'on veut mourir pour l'islam, il est mieux que ce soit en combattant l'ennemi. Mais nous avons maintenant d'autant moins de raisons de mourir que je sais que les Quraychites sont près de se retirer, surtout si les Ghatafan les abandonnent. Et sache que s'ils rentrent à La Mecque sans avoir réussi dans leur entreprise, les Quraychites auront perdu tout crédit aux yeux des Arabes. Leur retraite ne sera que le premier pas vers la défaite et vers notre triomphe.

Uthman alla auprès de Ghatafan, qui réclamèrent non pas

le tiers mais la moitié des dattes de Médine. Ce qui fit murmurer les Médinois et Mohammed leur fit dire qu'il ne céderait pas, qu'ils devaient être heureux de pouvoir encore se retirer honorablement avec la promesse de cette part de la récolte. Les Ghatafan signèrent le traité avec Uthman et, aussitôt après, ils levèrent leur camp.

Dans le même temps un grand vent se mit à souffler du désert. Le soir tombait et la bise, qui soufflait en tempête, était glacée. À la demande du Prophète, un homme, nommé Hudhaifa, accepta de se rendre dans le camp des Quraychites à la faveur de la nuit pour tenter de connaître leurs intentions. J'aurais voulu l'accompagner, mais Mohammed s'y opposa, toujours pour les mêmes raisons qui m'avaient empêché de me rendre auprès des Ghatafan.

Il ne revint qu'à l'aube. Nous l'avions attendu toute la nuit, dans le froid et la tempête, bien que nous fussions mieux protégés de la violence du vent que les assaillants établis dans la plaine ouverte. Nous avions craint qu'il n'ait été capturé et notre joie fut grande de le voir revenir, l'air joyeux malgré ses traits tirés par la fatigue. Il nous apprit qu'il avait traversé le camp des Quraychites sans que les hommes, couchés à l'abri de leurs chameaux, ne se soient souciés de sa présence. Il s'était rendu dans le camp des Ghatafan, pour constater qu'ils avaient abattu leurs tentes et s'étaient bien retirés. Il se trouvait à proximité de la tente d'Abu Sufyan lorsque commençait à blanchir l'horizon. La vie reprenait et les chameaux blatéraient, tandis que les hommes s'agitaient pour se réchauffer. Alors Abu Sufyan réunit quelques-uns des chefs de la tribu qui se trouvaient dans les environs, et il leur cria : « Ô Quraychites, voyez donc vos chameaux et vos chevaux qui sont en train de mourir de faim et de froid. Les Banu Qurayzah seraient prêts à nous trahir après avoir refusé de nous ouvrir les portes de leurs forteresses, et il paraît que les Ghatafan sont déjà en route pour le Najd où ils ont leurs pâturages. Et maintenant ce vent qui brise nos membres nous réduit à la dernière extrémité. Quittons ces lieux, abandonnons un combat vain. Pour moi, je me retire sans plus attendre. »

À peine s'était-il exprimé ainsi qu'il sautait sur son chameau, dans l'intention de partir au plus vite. Mais il avait négligé de défaire l'entrave qui maintenait repliée l'une des pattes de l'animal, pour qu'il ne puisse s'éloigner pendant la nuit. La bête boita sans pouvoir progresser. Alors Ikrimah vint devant lui et lui rappela qu'il était le chef de son peuple et qu'il ne pouvait ainsi le laisser seul. Ces paroles avaient ramené Abu Sufyan à une vue plus juste de la situation et, faisant agenouiller sa bête, il sauta à terre et donna l'ordre du départ. Khalid et Amr se chargèrent de constituer l'arrière-garde avec leur corps de cavalerie. C'est alors que Khalid aurait prononcé ces paroles prophétiques qui devaient préparer sa conversion prochaine avec celle de Amr et résumer la réalité : « Tout homme de sens sait maintenant que Mohammed est réellement inspiré et que proche est le jour qui verra le triomphe de l'islam. »

Lorsque le soleil monta dans le ciel lumineux, le vent était tombé et il ne restait plus devant nous que le désert et la piste qui le sillonnait, sur laquelle on distinguait les cavaliers de Khalid qui s'éloignaient vers La Mecque.

— Dans peu de temps, nous les y suivrons pour faire triompher Allah et instaurer son pèlerinage à la Kaaba, dit alors le Prophète.

Comme il terminait de parler ainsi, Bilal, monté sur le toit de la mosquée, appelait de sa voix puissante les fidèles à la prière, afin de rendre grâce au Dieu triomphant qui nous ouvrait les portes de la gloire.

CHRONOLOGIE

(Sont en caractères romains les événements attestés historiquement. Sont en *italiques* les faits rapportés par l'auteur du manuscrit, mais non attestés par ailleurs, que nous avons tenté de replacer dans le cadre historique connu.)

v. 570 — Naissance de Mohammed.

590 — Khosroès II Parwiz monte sur le trône de Perse. Capitale à Ctésiphon.

v. 593 — Naissance de la grande poétesse arabe al-Khansa.

595 — *Naissance de Chafiq et d'Ayman.*

597 — *Naissance de Jalila.*

v. 600 — Mariage de Mohammed avec Khadidja. Naissance de son cousin et futur beau-fils Ali.

602 — Mort de Numan III ibn al-Mundhir, roi de Hira. La ville de Hira est gouvernée par un fonctionnaire nommé par le roi de Perse.
Naissance de Joumana.

605 — Incendie de la Kaaba.
Chafiq se trouve alors à La Mecque. Il voit pour la première fois Mohammed.
Amr, père d'al-Khansa, présente ses fils à Ukaz.

608 — Mort du poète Salama ibn Jadal, âgé.
Jeunesse de Chafiq et de Jalila chez les Ghatafan.

610 — Premières révélations de Mohammed.
Mort de l'empereur byzantin Phocas. Héraclius lui succède.

611 — *Vers la fin octobre, Chafiq s'installe à Hira avec al-Acha.*

612 — Début de la mission de Mohammed.
Les Perses Sassanides occupent Antioche et Apamée, villes de la Syrie byzantine.

613 — *En avril, Chafiq séjourne à Ctésiphon avec al-Acha. Il y rencontre Labid et Fayruz.*
Retour à Dumat al-Jandal de Chafiq et al-Acha (automne).
Début de la prédication de Mohammed.

614 — Les Perses prennent Damas, ville de la Syrie byzantine.
En avril, Chafiq arrive à La Mecque avec al-Acha. Il devient l'ami de Khalid ibn Walid.
En mai-juin, Chafiq se présente aux concours poétiques d'Ukaz. Il y fait la connaissance d'al-Khansa et de sa famille.
Mohammed s'installe dans la demeure d'al-Arqam.
Retour de Chafiq à Dumat.

615 — *Après avoir appris qu'il ne peut épouser Jalila, Chafiq part à sa recherche. Il apprend son mariage avec Uyainah al-Fazari.*
Mort du grand poète des Abs, Antara.

Les Perses prennent Jérusalem et emportent la « sainte croix » à Ctésiphon.
Émigration en Abyssinie de nombreux musulmans avec Uthman.
Chafiq arrive à la Mecque, en route vers la demeure de sa future épouse.
Mohammed prononce les versets dits « sataniques ».

616 — *Sur la route de Taïf au Yamama la caravane de Chafiq est attaquée. Chafiq est laissé pour mort. Il a perdu la mémoire. Il est recueilli par Joumana et sa tante.*
Chafiq, sous le nom de Habib, fuit avec Joumana vers les rives du golfe Arabique.
La majorité des clans quraychites de La Mecque boycottent le clan de Mohammed.

617 — *Chafiq et Joumana arrivent à la cour du roi du Yamama.*
Conversion à l'islam d'Omar ibn al-Khattab.

618 — *Chafiq est reconnu. Il retrouve la mémoire. Il épouse Joumana.*
Retour à La Mecque de la plupart des musulmans qui s'étaient réfugiés en Abyssinie.
Labid et Chafiq séjournent à La Mecque, chez Walid.
Les Quraychites mettent fin au boycott.

619 — Mort de Khadidja, l'épouse de Mohammed, et d'Abu Thalib, son oncle et protecteur.
Chafiq installé à Taïf, chez Walid, y rencontre Mohammed venu y chercher la protection des Thaqif. Chafiq aide le Prophète à trouver un protecteur à La Mecque.

620 — Premières conversions de Médinois à l'islam.

621 — Première convention d'Aqaba.
Retour de Chafiq dans le Yamama avec les siens.
À la fin de l'année, naissance de son fils Habib.

622 — Deuxième convention d'Aqaba.
Chafiq se rend à Dumat. Ses parents se sont convertis au christianisme.
Assassinat de Joumana et de Habib. Azzam exécute Fayruz. Chafiq se retire dans le Wadi Hanifa.
En septembre, Mohammed quitte La Mecque pour s'installer à Médine : cette « fuite », l'Hégire, marque le début officiel de l'islam et du calendrier musulman.

623 — En mai, Mohammed épouse Aycha, fille d'Abu Bakr.
Affaire de Nakhla (novembre) : attaque par les musulmans d'une caravane mecquoise.
Début de l'offensive de l'empereur byzantin Héraclius contre les Perses.
Retour de Chafiq. S'installe à La Mecque comme agent de son père.

624 — *Chafiq accompagne Abu Sufyan avec la caravane de Syrie.*
En mars, victoire des musulmans sur les Quraychites à Badr. Pertes de la famille d'Abu Sufyan au cours de cette bataille. Parmi les vaincus capturés par les musulmans est exécuté Nadr ibn al-Harith, le frère de la poétesse Qutayla. En avril, Mohammed expulse de Médine la tribu juive des Banu Qaynoqia.
En juillet, bataille de Dhou Qar où les tribus arabes battent les Perses d'Iyas.
Chafiq, venu auprès des Muharib attaqués par Mohammed, retrouve Jalila.
Revenu à Dumat, il apprend l'assassinat de ses parents. Retourne à La Mecque.

625 — Les musulmans sont défaits à Uhud par les Quraychites (le 23 mars).
Chafiq participe à la bataille.
Août : Mohammed expulse de Médine les Banu Nadir. Abbas ibn Mirdas est leur ami et prend leur défense. *Chafiq se trouve alors auprès de sa famille. Il se rend avec lui à Khaybar, puis il va à Médine comprendre les raisons de Mohammed.*
Héraclius occupe l'Arménie perse.
Conversion de Chafiq qui se rend à Médine.

626 — Massacre de soixante-dix musulmans chez les Sulaym, au puits de Bir Maounah, par Amir ibn al-Tufayl.
Août-septembre : expédition musulmane contre Dumat.
Chafiq y participe.

627 — Mars-avril : Siège de Médine par les Quraychites. Guerre dite du Fossé.

L'histoire telle qu'elle est présentée dans le roman se termine à cette date. Il nous a pourtant paru utile de donner encore quelques éléments chronologiques qui permettront de suivre les premières étapes de la progression de l'islam.

Mai : massacre par les musulmans des Banu Qaynoqia.
Victoire d'Héraclius sur les Perses à Ninive.
Seconde expédition à Dumat. Conclusion d'un traité.

628 — Février : Mohammed se rend à La Mecque avec mille cinq cents fidèles. Rencontre avec l'armée des Quraychites qui se termine par des négociations.
Mars : traité d'al-Hodaybiya ; une trêve de deux ans est conclue entre Quraychites de La Mecque et musulmans de Médine.
Mai : conquête par les musulmans des oasis de Khaybar et de Fadak. Al-Abbas ibn Mirdas y participe.

L'armée byzantine d'Héraclius parvient aux portes de Ctésiphon. Mort de Khosroès II.
Mohammed épouse sa captive Safiya.

629 — Fin février : Mohammed avec deux mille musulmans accomplit le pèlerinage de La Mecque.
Khalid et Amr se rendent à Médine au cours de l'été et se convertissent.
Septembre : Sayd et Khalid conduisent une expédition en Syrie. Sont battus par les Byzantins.
Héraclius rapporte la sainte croix à Jérusalem.

630 — 11 janvier : Les musulmans occupent La Mecque.
31 janvier : Bataille des musulmans à Hunayn contre les Hawazin et les Thaqif.
Khalid, devenu l'un des chefs des musulmans, massacre des Banu Jafhima, bien qu'ils se soient convertis.

631 — Mort d'Umayya, hanif et poète des Thaqif.
Expédition des musulmans à Tabuk, à la frontière de l'Empire byzantin.

632 — Pèlerinage à La Mecque de Mohammed avec quatre-vingt dix mille fidèles.
8 juin : mort de Mohammed à Médine.
Abu Bakr succède à Mohammed, en tant que calife.

633 — Conquête du Yémen par les musulmans.

634 — Omar succède à Abu Bakr. C'est au cours des dix ans de règne d'Omar que va commencer à se constituer l'Empire musulman avec la conquête de l'Égypte par Amr, de la Palestine et de la Syrie par Khalid et de l'empire des Perses Sassanides.

639 — Mort d'al-Abbas, fils d'al-Khansa.

644 — Mort d'Omar. Uthman lui succède.

PERSONNAGES

(En petites capitales, personnages historiquement attestés. En petites capitales *italiques*, personnages mentionnés uniquement dans le livre. Les poètes des muallaqats sont *soulignés*.)

ABBAS AL-IBN ABD AL-MUTTALIB, riche banquier mecquois, oncle de Mohammed (demi-frère de son père). Père d'Abdallah. On lui attribue la rédaction première du *Voyage nocturne* de Mohammed.

ABD AL-UZZA, Ghatafan allié aux Quraychites. Époux d'Adiba, père d'Ayman, Jalila et Samir.

ABD AL-UZZA, voir ABU LAHAB.

ABD AL-UZZA, nom du premier mari d'al-Khansa.

ABDALLAH IBN ABBAS, cousin germain de Mohammed. Né en 3 de l'hégire ; recueillit une partie du Coran, écrivit ses mémoires.

ABU AFAK, vieillard de Médine, poète antimusulman.

ABU AMIR DIT AL-RAHIB « le moine », monothéiste de Médine, anti-musulman.

ABU BAKR IBN ABI QUHAFAH, ami et beau-père de Mohammed. Père d'Aycha. Époux d'Umm Ruman, mère d'Aycha.

ABU HUDHAIFA IBN UTBA. Fils d'Utba ibn Rabia. Il se convertit tôt à l'islam avec son épouse Sahlah, fille de Suhayl, chef du clan quraychite des Amir.

ABU JAHL IBN HISHAM, surnom donné par les musulmans (père de l'ignorance) à AMR ABU'L-HAKAM. Quraychite du clan de Makhzum. Père d'Ikrimah, fabricant d'idoles, il était oncle d'Omar et neveu de Walid.

ABU LAHAB, « Père de la flamme » (c'est-à-dire destiné à l'enfer), tel est le surnom que lui ont donné les musulmans et sous lequel il est resté dans l'histoire. Son vrai nom était ABD AL-UZZA IBN ABD AL-MUTTALIB. Son fils Utba a épousé une fille de Mohammed. La répudie et se convertit au christianisme. Sa femme est Umm Jamil, son second fils Utayba.

ABU SUFYAN, frère de lait de Mohammed. Hind est son épouse, mais elle est la belle-mère de ses deux fils Hanzalah (mort à la bataille de Badr) et Amr, époux d'Azza. Ses autres fils sont Muawiya, Yazid et sa fille Umm Habiba, qui épouse Mohammed.

ABU THALIB, oncle de Mohammed. Chef d'un clan quraychite. Meurt en 619. Père de Thalib, d'Ali et de Jafar.

ABU UBAYDA IBN AL-DJARAH, de son vrai nom AMIR IBN ABDALLAH IBN AL-DJARAH, premier compagnon de Mohammed qui l'appelle al-Amin. Remplace Khalid au commandement en Syrie.

ADI IBN ZEYD. Poète de cour à Hirah, il fut mit à mort par le roi de cette cité vers 600. Il était chrétien.

ADIBA, fille d'Hudhaifa, épouse d'Abd al-Uzza, mère d'Ayman, Jalila et Samir.

AL-ABBAS IBN MIRDAS. Fils d'al-Khansa et de Mirdas.

Fidèle du dieu Dimar, à l'instar de son père, il se convertit à l'islam. Mort en 639.

AL-ACHA (MAYMUN IBN QAYS). Poète voyageur de la tribu des Qays ibn Thalaba dans le Yamama. Surnommé Abu Baçir. Amoureux d'une esclave noire, Horaïra. Poète de Hira. Contemporain de Mohammed, qu'il a loué. Mort en 629.

AL-HAKIM, père de Majid, grand-père de Chafiq, apparenté par sa mère au clan quraychite de Taym.

AL-HARITH IBN HILLIZA. Tribu des Banu Yachkur, seigneur du clan des Bakr ibn Wa'yl. Engagé dans la querelle entre les Bakr et les Taghlib, représentés par Amr ibn Kulthum. Mort vers 580.

AL-KHANSA (TUMADIR BINT AMR). De la tribu des Soulaym, morte en 645. Concourt à Ukaz contre Hassan, le futur poète favori de Mohammed.

AL-NABIGHA AL-THUBYANI (ZIYAD IBN MYAWIYA). De la tribu des Thaqif. Né en 535 et mort après 604. Poète de la cour de Hira sous al-Mundhir et Numan III. Il participa aux concours de la foire d'Ukaz où il fut juge.

AL-SHAMFARA (TABIT IBN AWS AL-AZDI). De la tribu des Azd. Poète vagabond, donne l'exemple de descriptions de la femme. Mort en 552.

ALI IBN ABU THALIB, cousin de Mohammed qui le prend chez lui. Épouse Fatima dont il a deux fils, Hassan et Hussein (4e calife de 656 à 661).

AMIR IBN AL-TUFAYL, chef des Banu Amir, tribu de Labid. Né en 553, mort en 632. Tente d'assassiner Mohammed avec Arbad, demi-frère de Labid.

AMR IBN ABU SUFYAN, fils d'Abu Sufyan et de Hind. Épouse Azza, sœur cadette de Chafiq. Fait prisonnier à Badr.

AMR IBN AL-AS. Son père était chef des Sahmites (fraction des Quraychites). Conquérant de l'Égypte. Converti en 629/630, mort en 663. Ami de Muawiya, le soutient contre Ali.

AMR IBN HIND, roi de Hira.

AMR IBN KULTHUM, poète de la cour de Hira. Fin du VIe siècle. De la tribu des Taghlib. Fut un Muallaqa.

AMRU IBN UMAYR, tribu de Thaqif, gouverne Taïf. Ses trois fils sont HABIB, MAÇOUD et ABD-YALIL.

ANTARA IBN SHADDAD AL-ABSI. Mort en 615. Esclave, fils d'une esclave éthiopienne et d'un sayyid. Tribu des Abs.

ARBAD IBN QAYS, demi-frère de Labid par leur mère.

ASAD AL-TAMIM (Le lion des Tamim) surnom de *JABIR ABD TAYM*, sayyid des Banu Amir, père de Joumana.

ASBAG IBN AMR, Kalb chrétien de Dumat al-Jandal, hôte de Chafiq.

ASMA BINT MARWAN, poétesse médinoise, ennemie de Mohammed qui la fait assassiner.

AWS IBN ADJAR (v. 530-v. 620). Tribu des Tamim, vers Bahreïn. Poète de la cour de Hira.

AYCHA, fille d'Abu Bakr, née en 614. Épouse préférée de Mohammed.

AYMAN, fils aîné d'Adiba et Abd al-Uzza, né en 595. Frère de lait et cousin de Chafiq.

AZZA, sœur puînée de Chafiq. Épouse Amr, deuxième fils d'Abu Sufyan.

AZZAM, serviteur abyssin de Chafiq. Ancien esclave de la tribu des Tamim.

BILAL, affranchi africain de Mohammed. Premier muezzin.

ÇAKR IBN AMR, frère d'al-Khansa.

CHAFIQ IBN MAJID AL-IZZAT (le fort, le glorieux) AL-HABIB (amoureux), héros de l'histoire, né en 595. De la tribu des Kalb, clan des Banu Abdallah.

CHAYBAH IBN RABIA, frère d'Utba.

DIMAN IBN JADAN, notable des Muharib, clan des Ghatafan. Il sacrifie sa fille Samiha, cousine de Jalila.

DURAYD AL-ÇIMMA. Poète chevalier, chef des Bani Jusham, de la tribu des Hawazin. Il voulut épouser al-Khansa. Meurt à la bataille de Hunayn en 630. Son frère Abdallah fut tué lors d'un raid contre les Ghatafan.

DUTHUR IBN AL-HARITH, sayyid des Muharib.

FADILA BINT HUDHAIFA, mère de Chafiq, tribu de Ghatafan.

FATIMA, fille de Mohammed et de Khadidja. Épouse d'Ali.

FATIMA, sœur d'Omar ibn al-Khattab, convertie tôt à l'islam.

FAYRUZ, jeune femme de Hira, danseuse, esclave et prostituée, d'origine caucasienne, persanisée.

GHAILAN IBN SALAMAH, thaqif, chef du tribunal d'Ukaz.

HAFÇA BINT OMAR, épouse de Mohammed.

HAFS AL-ALEEMY. De la tribu des Banu Aleem ibn Jenab, un clan des Kalb. Poète de la période islamique.

HALIMA, sœur de Jabir al-Taym, tante de Joumana. Sa fille aînée s'appelait Salma, d'où son surnom d'Umm Salma.

HALIMAH, nourrice de Mohammed.

HAMZAH, oncle de Mohammed, l'un des plus jeunes fils d'Abd al-Muttalib.

HANI IBN MAÇOUD, chef des Banu Idjl, tribu du Nord de l'Arabie. Riche caravanier, époux de Rahifa sœur de Chafiq.

HANZALAH, fils aîné d'Abu Sufyan, tué à Badr.

HATIM IBN ABDALLAH, fils d'Abdallah ibn Judan, chef des Taym.

HAWDA IBN ALI, deuxième « roi » de Yamamah avec Thumama ibn Uthal. Chrétien, il meurt en 629.

HIND BINT UTBA, fille de Utba ibn Rabia, femme d'Abu Sufyan, de la famille des Ghalyb, poétesse, mère de Muawiya et Yazid.

HISN IBN HUDHAIFA, père de Uyainah, frère de Fadila et d'Adiba.

HORAIRA, esclave noire d'al-Acha.

HUDHAIFA IBN BADR, chef des Banu Asad, il succède à son père Badr ibn Amr. Tué lors de la bataille de Dahis. Père de Malik, Hisn, Fadila et Adiba.

IKRIMAH, fils d'Abu Jahl ibn Hisham. Il confectionnait des idoles qu'il vendait aux bédouins qui les dressaient dans leurs tentes.

IMRUL QAYS, fils du roi des Kinda. Mort en 545. Premier auteur des muallaqats, introduit la qasida dans la poésie antéislamique.

IYAS IBN QABIÇA, Arabe, fils d'une Persane, prince de Hira. Vaincu à Dhu Qar.

JALILA BINT ABD AL-UZZA, cousine de Chafiq (par sa mère), petite-fille de Hudhaifa ibn Badr, cousine d'Uyainah chef des Ghatafan, cousine d'Umm Qirfah Fatima et de sa fille Umm Zamil, de la branche des Fazarah.

JARIYAH, fille de Umm Qirfah, capturée avec elle par les musulmans.

JASHS IBN HIZAM, chef des Banu Abdallah, fait tuer Majid et sa femme.

JOUMANA (perle) BINT ASAD AL-TAMIM, de la tribu des Banu Amir, parente de Salama ibn Jandal (le poète mort en 608). Chafiq la surnomme Nahila (qui étanche la soif).

KAAB IBN AL-ACHRAF, poète de la tribu des al-Nadir de Médine. Assassiné sur l'ordre de Mohammed.

KAAB IBN MALIK. Poète de Médine, compagnon de Mohammed. Fréquentait la cour des Ghassanides.

KAAB IBN ZUHAYR. Fils du poète Zuhayr. Il fit des poèmes contre Mohammed qui mit sa tête à prix, mais il obtint son pardon. Cousin d'al-Khansa. Son frère Budjayr se convertit en 629.

KHABBAB IBN AL-ARATT, fils d'une circonciseuse, forgeron fabricant d'épées, fut l'un des premiers adeptes de l'islam.

KHADIDJA, meurt en 619. Première épouse de Mohammed.

KHALID IBN WALID, ami de Chafiq. Se rallie à Mohammed en 629.

KILAB IBN JADARA, marchand de la tribu des Banu Abdallah, compagnon à La Mecque de Chafiq.

LABID IBN RABIA (v. 570-660). Tribu des Banu Amir, clan des Banu Jafar, branche des Kilab. Député auprès de roi de Hira, Abu Qabus Numan (580-602). Son frère Arbad est tué par la foudre.

Majid ibn Hakim, père de Chafiq, sayyid des Banu Abdallah.

Manzalah ibn Thalaba, beau-frère de Chafiq, époux de Rahifa, sayyid des Banu Idjil.

Maslama, prophète des Banu Hanifa, dans le Yamamah. Appelé Mussaylima par les auteurs musulmans.

Mirdas ibn Abi Amir, époux d'al-Khansa.

Mohammed ibn Abdallah, prophète de l'islam.

Muawiya ibn Abu Sufyan, fils de Hind, devint secrétaire de Mohammed ; devint calife de 661 à 680, fondateur de la dynastie des Umayyades.

Muawiya ibn Amr, frère d'al-Khansa.

Nadr ibn al-Harith. Conteur de La Mecque, parle à la veillée. Recueillit à Hira les légendes des Perses.

Omar ibn al-Khattab, du clan de Adi ; neveu d'Abu Jahl. Sa conversion date des environs de 618. Devient beau-père de Mohammed qui épouse sa fille Hafça. Fut le second calife, après Abu Bakr.

Qobad, tavernier babylonien de Séleucie.

Qutayla. Poétesse de famille quraychite. Son frère Nadr ibn Harith fut exécuté par les musulmans après la bataille de Badr (624).

Rahifa, sœur aînée de Chafiq, épouse Manzalah ibn Thalaba.

Ramla, cf. Umm Habiba.

Rukanah, lutteur connu à La Mecque.

Ruqaiyah, fille de Mohammed, épouse Utba, fils d'Abu Lahab, puis Uthman.

Salama ibn Jandal. Poète des Banu Amir, mort en 608.

Salman, esclave persan à Médine, acheté par Mohammed dont il devint secrétaire.

Sammawal ibn Adiya. Poète cavalier juif arabe. Seigneur habitant le château d'Ablag, près de Tayma. Contemporain d'Imrul Qays.

Samir, fils puîné d'Abd al-Uzza, né en 599.

Suhayl ibn Amr al-Amiri, chef des Amir de La Mecque, père d'Abdallah et d'Ubayd Allah.

Suhaym. Esclave éthiopien acheté par Bani al-Hashas des Banu Hassad. Mort en 660. Chante ses amours avec les filles de son maître. Admiré par Mohammed.

Tarafa (453-v.569) Originaire de Bahreïn. Poète à la cour de Hira. Il fut l'un des muallaqs. Mis à mort par le gouverneur de Bahreïn.

Thumama ibn Uthal, « roi » de Yamamah, de la tribu des Banu Hanifah. Visita La Mecque où il rencontra le Prophète. Établi à Hajr.

Ubayd Allah ibn Suhayl, époux d'Umm Habiba, converti très tôt. En Abyssinie il se convertit au christianisme. Il serait mort alcoolique.

Umayya ibn Abi s-Salt. Poète de la tribu des Thaqif. Fut un hanif. Refusa de reconnaître Mohammed. Allié aux Quraychites. Mort en 631.

Umm Habiba, fille d'Abu Sufyan, devient musulmane et épouse Mohammed après un veuvage. Elle se serait alors encore trouvée en Abyssinie. Son vrai nom est Ramla. Son premier mari est un membre du clan des Umayyades, Ubayd Allah, frère cadet de Abdallah ibn Suhayl.

UMM HANI, épouse d'Abu Talib, sœur d'Ali.

UMM JAMIL, épouse d'Abu Lahab, farouche ennemie de Mohammed.

UMM QIRFAH FATIMA, cousine d'Uyainah, très influente chez les Ghatafan. Mère de treize garçons et de Jariyah et Umm Zamil. Capturée par Zayd qui la fit mettre à mort.

UMM ZAMIL, fille de Umm Qirfah, guerrière, convertie, elle apostasie après la mort de Mohammed. En 11 de l'hégire (633) elle se met à la tête d'un soulèvement contre Médine.

UTBA IBN RABIA, Quraychite du clan d'Abd Shams, père de Hind, tué à Badr avec son frère Chayba et son fils Walid. Il était cousin du père d'Abu Sufyan. Son autre fils était Abu Hudhaifa qui se convertit tôt à l'islam. Sa *konya* est Abu l-Walid.

UTHMAN IBN AFFAN, (3e calife), de la famille d'Umayya. Converti, épouse Ruqayya, fille de Mohammed puis, après la mort de celle-ci, Umm Kulthum, autre fille du Prophète.

UYAINAH, fils de Hisn, cousin de Chafiq.

WALID IBN AL-MUGHIRA, Quraychite, chef des Makhzum, père de Khalid.

YAZID IBN ABU SUFYAN, fils de Hind, frère de Muawiya, nommé par Mohammed gouverneur de Tayma et général.

ZAMIL, fils d'Umm Zamil, petit-fils de Umm Qirfah. Cousin lointain de Chafiq.

ZAYD IBN HARITHA, ancien esclave devenu compagnon de Mohammed.

ZAYD IBN THABIT, secrétaire de Mohammed.

ZUHAYR IBN ABI SULMA. Mort en 609, ou plutôt en 627. De la tribu des Sulma, branche des Mouzayna ; par sa mère il était rattaché aux Dhubyan. Frère de Salma et oncle d'al-Khansa. L'un de ses fils, KAAB, se distingua par un panégyrique de Mohammed qui, pour le remercier, couvrit ses épaules de son manteau (Bourda).

MOIS ARABES
(correspondance en l'an 622)

Mois	Villes de foires
1. Muharram : 16 juillet - 15 août	10 au 30 : Natat (Khaybar) 10 au 30 : Hajar (Yamamah)
2. Safar : 16 août - 15 septembre	
3. Rabi'al-awwal : 16 septembre - 15 octobre	1er au 15 ou 30 ? : Dumat al-Jandal

Rabi'al-awwal : Le calendrier arabe se compose de douze mois lunaires de 29 ou 30 jours. À l'époque préislamique, on intercalait un mois lunaire tous les deux ou trois ans pour faire approximativement correspondre année solaire et année lunaire. Il y avait deux mois appelés Rabi et qui se succédaient, Rabi'al-awwal et Rabi'al-ahir. À l'époque de Mohammed, « Rabi le premier » (telle est la traduction d'al-awwal) tombait à peu près entre le 15 septembre et le 15 octobre.

4. RABI'AL-AHIR : 16 octobre - 15 novembre	
5. DJUMADA AL-ULA : 16 novembre - 15 décembre	
6. DJUMADA AL-AHIRA : 16 décembre - 15 janvier	1er au 30 : al-Muchaqar (Bahreïn) (tribus : Abd Qays, Tamim)
7. RADJAB : 16 janvier - 15 février	20 au 25 : Suhar (Oman) 30 : Daba
8. SABAN : 16 février - 15 mars	(milieu du mois) : al-Chihr (entre Oman et Aden)
9. RAMADAN : 16 mars - 15 avril	1er au 20 (ou 10 ?) : Aden 15-30 (milieu) : Sanaa
10. SHAWWAL : 16 avril - 15 mai	
11. DU'L-QADA : 16 mai - 15 juin Trêve en Hidjaz	15 au 30 : Ukaz et ar-Rabiyah
12. DU'L-HIDJDJA : 16 juin - 15 juillet Trêve en Hidjaz	1er au 8 : Dhul-Majaz

DIVINITÉS ET CULTES

AD-DAWAR (OU DUWWAR). Bétyle autour duquel tournaient les Arabes dans leur campement.

AL-FALS. Dieu des Tay, il consistait en une saillie rouge dans la montagne noire de Adja. Protecteur des fugitifs, un sanctuaire lui fut construit à l'époque de Mohammed. Son puits sacré servait de trésor. Les desservants en étaient les Banu Baoulan. Détruit par Ali.

AL-GARANIQ. Nom donné (dans le verset abrégé du Coran 53, 21-22) aux trois déesses al-Lat, al-Uzza et Manat. Ce nom signifierait les Grues ou le Jujubier.

AL-JADD. Divinité protectrice du puits. On connaît une localité du nom de Jadûd dans le territoire des Tamim, où se trouve une source. C'est aussi un cours d'eau dans le Yamamah.

AL-LAT. Déesse adorée chez tous les Arabes, et les Quraychites. Représentée à Taïf par une pierre blanche. On lui offrait beurre et farine.

AL-MUHARRIQ. Idole des Banu Bakr et autres fractions des Rabia, adorée à Salman, en Mésopotamie.

AL-UQAYSIR. Dieu des Qudaa, des Lakhmides, des Amila et des Ghatafan. Lors de son pèlerinage on se rasait la tête, et l'on faisait des offrandes de cheveux et de farine. Représenté par des bétyles, on lui attribuait l'invention du chant et de la musique.

AL-UZZA. Principale déesse des Quraychites, mais honorée par tous les Arabes, son culte était plus récent que ceux de Manat et d'al-Lat avec qui elle formait la triade de La Mecque. Son principal sanctuaire se trouvait dans la vallée de Hurâd, à Nakhla. Elle était identifiée à Vénus, et adorée sous la forme d'une idole noire.

ALLAH. Nom générique du dieu, divinité créatrice.

ASHAM. Divinité de la pluie représentée par une idole noire. Elle était prise à témoin lors des serments à l'occasion desquels on plongeait la main dans le sang.

BUWANA. Idole des Quraychites à qui ils offraient des sacrifices après s'être rasé la tête, une fois l'an. C'est aussi le nom d'une colline près de Yanbû. On y sacrifiait du petit bétail.

DHAT ANWAT. Appellation d'un grand arbre verdoyant à Hunayn. Les Quraychites y venaient en pèlerinage chaque année et y suspendaient leurs armes.

DHU L-KAABAT. Divinité des Bakr et Taglib ibn Wayl. Elle avait son sanctuaire près de Kufa, à Sindab. C'était un château où les Iyad venaient en pèlerinage.

HUBAL. Dieu principal du groupe tribal Kinana-Qouraych, garant de leur union. Seigneur de la Kaaba et de La Mecque.

ISAF et NAÏLA. Idoles représentées dans la Kaaba à La Mecque, autour desquelles s'est formée une légende amoureuse.

MANAT. C'est la plus ancienne des divinités arabes. Elle possédait un sanctuaire important à Qudayd, à une dizaine de kilomètres de Médine. C'était le centre de ralliement des Aws et des Kharzaj. Son idole fut détruite en 8 de l'Hégire.

QUZAH. Divinité de l'arc-en-ciel (?), et nom du lieu où les Quraychites attendaient les pèlerins venant d'Arafa. On y avait élevé des pyrées sur lesquels étaient allumés les feux sacrés.

WADD. Représenté par une statue d'homme de grande taille portant deux vêtements, ceint d'une épée, un arc sur l'épaule, et portant la courte lance (ou une épée suspendue au cou), c'était le jeune dieu de la tempête et de l'orage. Il avait son sanctuaire à Dumat al-Jandal.

[illegible]. C'est la plus ancienne [illegible]. Un
[illegible] au [illegible] important à Oxford, à une [illegible]
de [illegible] de Marathon [illegible]
[illegible]

[illegible]. Divinité [illegible] du [illegible] ou les
[illegible] les [illegible] d'Isis. On
[illegible] des [illegible] sur lesquels [illegible] les [illegible]
[illegible].

[illegible] représenté sur une statue l'homme de [illegible]
[illegible], [illegible] une épée, un arc sur
l'épaule [illegible] une épée [illegible]
[illegible] de la [illegible]
[illegible] Daniel [illegible]